跨度·传记文库

Kuadu Biography Library

王叔和传

韩进林 ◎ 著

中国文史出版社

王叔和诊脉图（成都中医药大学博物馆珍藏）

序

王　平*

　　中医学是中华民族优秀文化的重要组成部分。春秋战国以后，《黄帝内经》《难经》《神农本草经》等大批医经医方著作问世，标志着医药学理论的初步形成。至东汉末年，战乱频发，灾疫连年，民不聊生。曹植《说疫气》"疫气流行，家家有僵尸之痛，室室有号泣之哀；或阖门而殪，或覆族而丧"描述了当时惨景。曹丕致吴质信中亦曰："昔年疫疾，亲故多离其灾，徐、陈、应、刘一时俱逝，痛可言耶？"这一时期虽战乱频发，但也涌现了许多名医名作，如张仲景，他因"感往昔之沦丧，伤横夭之莫救，乃勤求古训，博采众方，撰用《素问》《九卷》《八十一难》《阴阳大论》《胎胪药录》并《平脉辨证》，为《伤寒杂病论》，合十六卷"（张仲景《伤寒论·序》摘句）。

　　《伤寒杂病论》是中医临床理论的基石，是中医辨证论治的基础，学术价值极高，为后世医家所尊崇。为此，张仲景被尊为"医圣"。该书能够流传至今并指导医者临床实践，与魏晋名医王叔和是密不可分的。原书十六卷，包括伤寒和杂病两部分内容，由于其时军阀割据，战乱频繁，致该书散佚于世。今人得睹其貌者，赖王叔和之力也。《甲乙经·序》云："近代太医令王叔和撰次仲景遗论甚精，指事施用。"《养生论》谓："王叔和，性沉静，好著述，考核遗文，采摭群论，撰成《脉经》十卷，编次《张仲景方论》为三十六卷，大行于世。"充分说明张仲景著作散佚不久，即得王叔和及时整理。余嘉锡《四库提要辨证》卷十二子部中，在《注解伤寒论》书名下案云："以余考之，王叔和似是仲景亲授业弟子，故编定其师之书。"作为张仲景亲授业弟子，王叔和常侍诊于仲景之侧，后来在担任魏太医令期间，将《伤寒杂病论》重新编撰后，形成了《伤寒论》和《金匮要略》两部著作，并刊行于世，所以说，仲景著作得以流传至今，王叔和功不可没。

---

　　*王平，男，土家族，湖北中医药大学党委常委、副校长、二级教授，中医内科主任医师、医学博士，博士生导师，博士后指导老师，全国名老中医学术经验优秀继承人，中华中医药科技之星获得者。

鄂东作家韩进林先生长期致力于中医药历史研究，对王叔和情有独钟，多次对其出生地、生活地、行医地、墓葬地进行了现场考察，沿着王叔和的足迹，韩进林先生深入山东邹城、曲阜，山西高平，河南南阳、潢川、新县、新野、商城，湖北随州市及襄阳、蕲春、浠水、罗田和麻城所有乡镇，行程一万余里。所到之处，查阅当地县志、府志、寺庙志、乡（镇）志及王氏族谱，到当地博物馆、中医院了解对王叔和研究的线索与新进展，座谈走访了当地对王叔和研究有成就的人士。

为了写好《王叔和传》，还原医学史，复活王叔和，韩进林先生倾注了大量的心血，在反复研究近两百种文献史料、医学书籍后，撰写了近十五万字的王叔和传之大事年表，对王叔和出生到去世共八十年间所发生的主要人物及事件进行了大致的勾勒，并以此作为纲领来展开创作。王叔和青少年时期就潜心医学，于泫氏县（今山西高平市）拜名师习岐黄之术，后由族叔王粲引荐到荆州（治今湖北襄阳市），为张仲景亲授业弟子，侍诊于仲景之侧，十六岁就开设医寓，二十九岁入太医院，三十二岁为魏太医令，任职九年，其间编撰《伤寒杂病论》，并以《伤寒论》和《金匮要略》刊刻于世。四十一岁寓居于弋阳郡西阳地（今湖北麻城），并在此地结婚、生子、开医馆、著述《脉经》《艾经》，殁后葬于白果镇老爷山，后世尊称为"药王"。

文思何来？文因境成，境由心生，心诚则灵。进林先生作为李时珍及《本草纲目》研究的草根学者，对中医药文化穷究不辍，对鄂东文化的传承传播罄其所学，才有了《王叔和传》的诞生。

《王叔和传》作为文学作品，书中的历史人物和历史事件有一定依据。对于王叔和的人物塑造，作者紧扣"伟大的、传奇的、麻城的王叔和"这条主线，描述了王叔和从一介平民成长为魏国太医令的传奇历程，人物精神饱满、情感丰富，富有仁心大爱。至于时代背景、生活细节、人物对话、心理活动、曲折故事等都是作者大胆的创作成分，用幽默风趣的语言，展现了一千七百多年前的绵绵历史、无尽文化和一个鲜活的王叔和。该书是魏晋时期政治、军事、文化、医药、民生、民俗的一个缩影，也可以说是研究和了解魏晋时期中医药文化，特别是鄂东文化的一部重要的参考书。由于王叔和这个人物离我们年代久远，给创作也带来了一些困难，希望以《王叔和传》的出版为新的起点，在社会上形成研究王叔和的热潮。

吾之有幸，对《王叔和传》先睹为快，感以代序。

目　录

1

3

第一章

王熙诞生　天灾逢乱世
枭雄斗智　麦芒对针尖

历史似一个玩世不恭的老顽童，无忧无虑、不卑不亢地欣赏着人世间无休无止的恩恩怨怨、是是非非。

一千八百多年前的中华大地，杀戮四起，奸雄割据，皇权遭旁落，人祸连天灾，兵荒、饥荒、疫荒，十年不息，十室九空。野心家、阴谋家、冒险家，似雨后的春笋、风中的柳絮，纷纷扬扬，层出不穷。

资料显示，公元180年，今河北平乡西南人，时称巨鹿人张角，创太平道，自称"大贤良师""天公将军"，借治病传教发动民众造反，史称"黄巾起义"。从黄巾起义开始，到公元200年的二十年间，全国发生大小起义三百七十九起，出现割据一方的大小军阀五百九十余人。像董卓、袁绍、袁术、袁胤、刘璋、刘表、张济、张举、张钧、张俭、李傕、郭汜、马腾、韩遂、孙坚、曹操等奸雄，位高权重、拥兵自重的势力威慑皇权帝位。九五之尊、主宰天下的皇帝成了名副其实的孤家寡人。统治中国一百九十多年的东汉王朝，像枯枝朽木般摇摇欲坠。

公元201年的四月二十八日，兖州山阳郡高平县之西南方的一药贾之家，一声婴儿的啼哭，迎来了冉冉升起的旭日。

何为药贾之家？就是从事药材贸易的大商家。婴儿的父亲姓王名赈，精通药石，其曾祖父、祖父、父亲三代都在上党郡，也就是今天的山西省长治市经营药材生意。

到了王赈这一代，他从上党迁回老家山阳高平，仍然从事药材生意。当时的山阳郡，管辖有十个县，郡邑治所在今天的山东省金乡县西北。高平县也就是今天的山东省邹城市。邹城，那可是个藏龙卧虎，蕴英孕杰，出圣人、贤人、伟人的风水宝地。中华民族的儒家亚圣先师孟子，就出生在邹城。儒家至圣先师孔子的出生地曲阜，后来也归山阳郡所管辖，离邹城仅三四十公里。那位刚出生的婴儿，药商王赈的儿子，也是一位华夏英杰、中华医学史上的功勋巨擘人物。医圣张仲景佚散于民间的中华医学第一方书《伤寒杂病论》就是由他

1

搜集整理而传之于世。他还集中华脉学之大成，编纂了中华第一本脉学全书《脉经》，被誉为"中华脉祖"。

婴儿的名字叫王熙。

东汉末至三国时期的人取名字很有趣，百分之九十九点九就一个单字。如《三国演义》中所载的一千二百五十八个人物（五十一个复姓人物除外），名字带两个字的人物仅二十七人，这是为什么呢？是法律所限，不可逾越。这项法律由西汉末王莽拟定。王莽代汉称帝后，公布了一项特别法律《名讳纪》。《名讳纪》规定，人出生入户籍上册，皆由姓名表字组成。而取名，只能用一个字，表字可用两个字。当然，这表字也不是所有人都会取，一般平民百姓是鲜有人取表字的，只有达官显贵书香门第人家之子女，取有表字。如：曹操，姓曹名操，字孟德。刘备，姓刘名备，字玄德。孙权，姓孙名权，字仲谋。蔡琰，字文姬。华佗，字元化。而犯了罪的人，则一律改为两个字名，以示严格区别。王莽的侄孙王琰犯罪入狱，后被判刑服罪，结果在牢里自杀了。王莽不因王琰自杀而了事，铁面无私亲自给其改二字名，叫王剟毚。王莽对执法的严厉，从给其侄孙判刑到改名字一事中，可略见一斑。

王熙，原本也无表字。他十五岁时，随大文学家、建安七子之一的王粲到荆州州邑襄阳，即今天的湖北襄阳市投奔刘表时，居于山都，因与当地一庸医同名，王粲遂给王熙取字"叔和"以显区别，始以叔和传世。王叔和在未去襄阳之前，文中一应称呼皆以"王熙"出现。

王熙的出生地在今天的山东省邹城郭里镇独山村，距邹城市区仅三十多公里。郭里镇中学文化广场的名人走廊中，雕刻有载入中华史册且声名显赫的人物就达二十七位。如：刘表、王粲、仲长统、张俭、刘保等。一个小小的郭里镇，诞生如此之多的精英人杰，可见此地山明水秀、人杰地灵之誉并非浪得虚名。

王熙出生时，头上已有两个哥哥，大哥叫王烝，二哥叫王煦。王熙三岁不到，也做了哥哥，母亲给他生了一个弟弟，叫王照。

王熙的母亲姓卫。卫氏的生父姓李。姓卫就姓卫，怎么又姓李呢？

文献资料显示，大约在东汉灵帝刘宏的建宁年间，王熙的外祖父李氏一家十余口，先后死于大水后的大疫之中。唯独尚在襁褓中的王熙母亲，福大命大造化大，居然从死人堆里爬了出来，被时称河东人，即今天的山西夏县的卫春发现，收为养女抚养成人，故而姓卫。

卫春何许人也？卫春乃西汉名将卫青的后裔。自卫春祖父起，卫家辞官弃武，改攻岐黄之术，以悬壶济世、治病救人为乐事。卫春的孙子卫汎，乃东汉名医张仲景的嫡传弟子。王熙与卫汎是姑舅表亲之关系。王熙出生在与岐黄世家息息相关、与治病救人天天打交道的药贾之家环境里，能成为中华十大名医之一，名列中华医学功勋人物榜，也就不足为奇了。

王熙出生的这一年为蛇年。今湖北省麻城市白果镇药王冲王叔和之后裔，有世代相传的白果《王氏族谱》记载：王叔和出生于辛巳年四月二十八日巳时。《天干地支歌括》云："正月建寅，立春雨水。二月建卯，惊蛰春分。三月建辰，清明谷雨。四月建巳，立夏小满……"四月建巳，又属蛇。查阅《万年历》辛巳年四月二十八日为丁巳日，仍属蛇日，如此算来，王熙的年月日均为蛇。在生肖文化中，蛇称"小龙"。按现代星相学说推算，聚四小龙于一身的王熙出生，非比寻常。故而有民谣曰：四龙共一身，地晃天必惊；四龙出娘胎，洪水滔天来。民谣传说亦非科学，尚不可信。但历史的记载倒与民谣传说有着惊人的相同之处。

《中国历史大事年表》《资治通鉴》《中华灾异志》《中国火灾》等典籍记载，王熙出生这一年的二月初一丁卯日，中原大地发生日全食，时间达半个时辰，也就是一个小时以上。这一年的五月，辖八个郡国、八个县，地域相当于今天山东西部及河南东部的东汉八大州之一的兖州治所昌邑县（位于今山东金乡西北）州衙门后街发生火灾，冲天大火烧了七天七夜，方圆十余里烧成一片废墟，直到无物可烧，大火才自灭而止。两个月后，黄河洪水泛滥，浊浪滔天，陕县，也就是今天河南的三门峡市以下的三郡十六县被洪水全部淹没，半个月后，洪水才逐渐退去，数十万灾民流离失所，无家可归。

农谚曰：十月降霜，冬月降雪，蜉虫瘴气天来灭。王熙出生的这一年，天降大雪提前了两个多月，九月的上旬之日起，豫州、凉州、兖州，普降大雪，十余天不止，百姓及牲畜冻死无数。这三大州的面积非同小可。豫州当时辖六个郡、国，九十七个县，州衙驻地称谯县，即今天的安徽亳县。面积相当于今天淮河以北、伏牛山以东的河南东部、安徽北部。凉州的面积就更大了，管辖有郡与国十二个、县九十八个，州衙治所在今天的甘肃张家川回族自治县，时称陇县。曹操主政期间，迁移至姑臧县，也就是今天的甘肃武威县。辖境相当于今天的甘肃省、宁夏回族自治区和青海湟水流域以及陕西省西部。兖州的辖地前文已有交代，不再重复，总之，这三个州受雪灾面积相当于今天六七个省份的辖境。雪灾最严重的地方当属山阳郡。王熙家乡高平县的冰冻雪封半月有余。仅王熙家族中冻死的就有十余人。王熙家虽然没有人被冻死，但家里灾后失窃，药店里的人参、上党党参等名贵药材被洗劫一空，也算是这场雪灾的间接损失吧。

王熙出生的这一年，有几件时政国事，值得一提。

三月，曹操部下的大将夏侯渊率大军进攻当时的军事要地徐州，连连失败。

这夏侯渊（？—219）表字妙才，沛国谯人，即今天安徽亳州人。与曹操另一大将夏侯惇是同族兄弟。东汉末随曹操起兵，讨伐袁绍、马超、韩遂，作战特别勇猛。曹操平定汉中后，他任征西将军镇守汉中，即今天的陕西省汉中市。屯兵于定军山，与刘备的大军相抗衡，后死于蜀军大将黄忠的"反客为主"之计。当时的徐州太守昌豨，是东汉末年地方势力的一个重要首领，曾与军阀臧霸、孙观等聚众于泰山，与吕布连成团同拒曹操。吕布被曹操所杀后，臧霸、孙观投降了曹操，只有他昌豨不降曹。曹操当然十分恼火，急令夏侯渊攻徐州灭之。可是连续攻打三个月，徐州城固若金汤，久攻不下，曹操着急，夏侯渊更着急。此时一人毛遂自荐，单枪匹马入徐州三公山劝降昌豨，此人就是张辽。张辽（169—222），字文远，雁门马邑（今山西朔县）人。他原是吕布的部下将佐，因作战勇猛，智谋过人，在自傲自大、缺智少谋的吕布手下，未受重用。吕布被杀后，张辽遂被曹操收至麾下，从此鱼儿得水，甚得曹操信任与重用。凭着自身的豪气、胆气和睿智谋略，张辽终于将与曹操势不两立的昌豨太守劝说得口服心服，率大军归降曹操，重镇徐州，兵不血刃，百姓免遭涂炭，张辽可谓大功一件。

曹操除了夺得徐州之外，又在汝南将刘备打得狼狈不堪。丢盔卸甲的刘备走投无路，不得不投奔荆州牧刘表。刘表看在同一个"刘"字的分儿上，收留了刘备，将刘备安置在新野县。刘备总算是有了一个安身之地，遂在新野筑起了一座周长约六百丈（约一公里）的土城以栖身。

这一年，挟天子以令诸侯的曹操还办了一件大事。他上表汉献帝，请封江东的孙权为讨虏将军，兼今浙江绍兴市时称会稽郡的太守。曹操为何要为孙权请封呢？因为孙权的势力日益强盛，除了会稽郡外，当时的孙权还占据今天的浙江杭州市，时称吴郡；今江苏镇江市的丹阳，时称丹阳郡；今江西南昌市，时称豫章郡；今江西吉安县，时称卢陵郡；还有庐江郡；等等五大郡的地盘。而且，这江东之地十分富庶。这对曹操而言，构成了不小的威胁。为了稳住孙权这条江东潜龙，曹操采取的办法是先让孙权不作乱犯上与他作对就行。其实，孙权也不是什么善类，他假意上谢表向曹操表忠心，私下里仍我行我素，做他的一统天下大梦，而且是三番五次，这就给后来的赤壁大战留下了伏笔。

王熙出生的这一年，粉墨登场的人物有很多，比如张鲁、刘表等。可有一个重量级人物，不说不行。因为此人与王熙交往甚密，与王熙进入朝廷太医院、当上太医令有着至关重要的关系。反过来讲，王熙对此人一家祖孙三代皆有重大贡献，也可以这样说，没有王熙以超常医术对此人一家三代的施治，魏晋两朝的历史，极有可能重新改写。这个人就是声名显赫、权倾三朝的司马懿。

司马懿，字仲达，出生于公元179年，比王熙年长二十二岁，乃今天河南温县人，时称河内郡温县。司马懿的家庭是一个世宦之家。他的高祖父司马钧，曾任东汉的征西将军。曾祖父司马量，担任过今天江西南昌市，时称豫章郡的太守。祖父司马隽，曾任颍州太守。父亲司马防，时任京兆尹。京兆尹，那可是一个响当当、硬邦邦的职位，为东汉京师洛阳的最高行政长官，享受秩俸二千石。

王熙出生这一年的二月，名不见经传却有贤名远播的司马懿，被河内郡守陈矫偶然发现，当即举荐为贤才，授上计掾之职。这上计掾为郡守的属官，虽职级比第七品还低半级，可毕竟是入了官场，上了诰簿，以现代人的话说，是踏上了飞黄腾达的发射架。

果不其然，第二年的三月，曹操到河内郡住了三个晚上，由司马懿负责伺奉。曹操不愧为慧眼识才之人，认为此人才干可堪一用。于是将司马懿调到自己身边，升职为文学掾。文学掾乃丞相的属官，多以学者、贤德之士担任，负责管理学政和教授经学。

职务职级俸秩虽然都升了，可对司马懿而言，他并不乐意。为什么呢？因为司马懿的志向和专长是排兵布阵，挥师疆场。说白了，他是一个统率三军的帅才。你要他整天与经学打交道，叫瞎子戴眼镜不对光。为此，司马懿曾多次找曹操想要调动工作，换个工种。曹操总不答应，过了四五年，才将他转为主簿。主簿之职，说是将帅重臣的幕僚，可曹操只许司马懿主管文书，处理与文书相关的事务，就是不让他参与军事指挥之类的事务。这是为什么？《资治通鉴》上记载，曹操欣赏司马懿的才干，但也察觉此人"心渊难测，有野心之患"。倘若通晓军事，将来必是曹家祸患之根。所以，曹操在世时，对司马懿是敬而远之，用他，但不重用，总有一种戒防之心。

公元215年，曹操平定了汉中。随军的司马懿劝曹操乘胜追击，夺取益州，也就是刘备的老巢、今天的成都。如果曹操采取了司马懿的计谋，三国的历史有可能重新改写。司马懿的建言是正确的，随军的多名谋士皆附和司马懿的计谋。因是司马懿提出来的，曹操就是不予采纳。曹操在世时，《三国志》记载，对司马懿的计谋仅采纳了一次。

那是建安二十四年七月，关羽率大军攻打襄阳，连天暴雨久泻不止，汉江、淮水泛滥，平地水盈数尺。关羽水淹曹操七军。樊城守将于禁投降关羽，大将庞德被关羽擒拿，拒绝投降，被关羽杀害。曹操此时气馁心衰，准备迁都避开关羽的锐气。司马懿献计阻止迁都，建言用孙权袭击关羽，这叫借刀杀人之计。曹操采纳了。其结果，孙权派遣大将吕蒙偷袭南郡，即今天的湖北荆州市。关羽败走麦城，被吕蒙所杀。可写《资治通鉴》的司马光说，曹操当时不是听司马懿的，而是听曹仁军师和洽的。也就是说，曹操从不采纳司马懿军事上

5

的建议。

《中国野史》上记载，曹操不重用司马懿，是因为司马懿有"狼顾相"。什么是狼顾相？狼顾相就是指狼惧怕被袭击，走动时常常扭头回看。据说，有一次，司马懿与曹操交谈告辞离开后，曹操高喊了一声：司马仲达。司马懿"正面向后而身子未动"，这正是典型的"狼顾相"。人若反顾有异相，如同狼的动作，就是"内忌外宽，猜忌多权变"之人。曹操验证了司马懿之后，对此十分厌恶。他又观察司马懿多次与人交谈时，有"雄豪之志"，就处处提防，日思夜想，晚上做梦，梦见三马共一槽。"槽"与"曹"谐音，就更加猜疑司马氏将侵蚀曹氏权柄，不仅不听司马懿的计谋，而且几次动了杀心，要杀司马懿，为自己的儿孙除祸根。

说是司马懿被曹操录为文学掾后，不愿意当教授教经学，几次请调未被曹操批准，就心灰意懒，借患病之机辞去官职回家养病。司马懿回家后，曹操觉得此人不除，必有大患。于是派了一名武功极高的杀手去刺杀司马懿。杀手动身后，曹操又觉得有些不妥，便派人将杀手追回，叮嘱杀手对司马懿先进行一番观察，如果是他真的病了，就放上一镒金子走人。如果司马懿没有病，格杀勿论，提头复命。于是杀手到了温县司马懿老家，先在外围进行了一番细致的调查，得知司马懿真的得了"风痹"。"风痹"类似于今天的风湿性关节炎。这个杀手办事很认真，光听说司马懿病了，还不能叫曹操信服，非得亲眼看见不可。待到晚上二更之时，杀手施展飞檐上房如履平地般的壁虎之功，在司马懿卧室顶上，揭开房瓦往下观看。只见司马懿的床边放着药罐和药盏，司马懿半仰半躺在床榻之上，一名伺童正在给他喂药。大概是伺童不小心将药洒在地下，司马懿一挥手将药盏一把扯下摔在地上，刹那间，满屋药味弥漫。又过了一会儿，司马懿连声呼叫"痛杀我也，童儿你快去取刀来，将我这脚砍掉罢了"。杀手听到这里，赶紧从怀里摸出一块用绢帛包好的东西，往地下一扔，飞身下屋而去。那包东西落地后，将司马懿床边药罐子砸了个稀烂。司马懿解开绢帛一看，是块四方石头，便扑哧一笑，用手指蘸着药汁在绢帛上写下四行字：神药天上投，镒金变石头，莽夫贪财汉，贪落项上头。

什么叫未卜先知？司马懿就是未卜先知。他早就算好曹操要派杀手来杀他。杀手的一举一动又全在司马懿的意料之中。他在床上的言行举止，全是有意做给杀手看的。

再说杀手回到许昌，将那晚他在司马懿卧房里看到的一五一十地向曹操禀报了。曹操低头听完后，仰起脖子，眯着眼睛问杀手："镒金可在？"

杀手回答："按丞相吩咐，已将那金子留给司马懿治病了。"

曹操哈哈一笑："贪财小儿，一派胡言！来呀，看这厮怀里掖着什么？"

两名武士立马上前，扭住杀手，从其怀里摸出那锱金子。

曹操将那金子把玩了老半天，叹了一声气："唉，黄金有价，害人无声。"接着将手一挥，那名杀手被人拖出去，人头落地。

这叫以金试君之计。老谋深算的曹操早就算定，如果司马懿无病或是装病，杀手定会将其杀死。如果是真病，司马懿不能死，那这杀手不能留了，留了就是活口。于是这锱金子就是见证。杀手如果不贪财，曹操倒有些为难了，为什么？杀杀手，他就没有理由哇！

如此说来，曹操与司马懿在心计运筹、帷幄妙算上，是针尖对麦芒，半斤对八两，不相上下，各有千秋。曹操虽爱才惜才，可对司马懿是不用不弃。司马懿更有自知之明，韬光养晦，默默无闻做事，夹着尾巴做人。即表现出对权势地位的无所用心，漠然淡视，而处处"勤于吏职，废寝忘食，至于刍牧之间，悉皆临履"，完完全全地变了一个人，变得胸无大志，目光短浅，孜孜于琐碎事务和眼前的小惠利益。曹操这才安下心来，取消了对司马懿的怀疑和警惕。否则，司马懿就是有一百个脑袋也被曹操砍完了。

在《三国演义》中，曹操、司马懿皆是罗贯中口诛笔伐的反派人物，说白了，罗贯中写曹操，是为了赞颂汉室皇叔刘备。写司马懿，是为了衬托慧神智圣的诸葛亮。笔者花笔墨将这两位被《三国演义》边缘化了的人物放在一起，评头论足，并非东扯葫芦西扯瓢，无话找话。而是这曹氏家族、司马家族，与王熙的关系非同一般，特别是司马懿，他是王熙潜心大业、下帷发愤的救星、福星、北斗星。

第二章

王斌返乡　嗣子立王熙
献帝傀儡　丧权倚孟德

公元202年，是马年。马年对王熙一家而言，甚为不利，天灾人祸接二连三。以往的正月，高平人盼雨，是望眼欲穿。没想到，马年的大雨从正月初三开始，一直下到元宵节还没完没了。王熙家的房屋半夜垮塌了三大间，不幸中的万幸是没有砸死人。只是小王熙突遭雨淋，高烧不退。王熙的父亲王赈抱着小王熙走州下县找郎中，费了九牛二虎之力，总算将小王熙从阎王爷的手里讨了回来。王赈的小儿子平安了，不容他歇上半口气，大儿子王烝又被官府抓进了大牢。

王熙的大哥王烝，自小跟着父亲做生易，甚是精明勤奋，在高平县商贸界小有名气。他被抓进监狱不是他做了什么伤天害理的坏事，而是树大招风，同行是冤家，被高平县的另一位商家所妒忌，借自家被盗，用金钱铺路诬告乃王烝所为而出首将其抓走。

就在王熙的父亲王赈为儿子的冤案忙得焦头烂额、精疲力竭之时，王家在高平城里的生药店又半夜起火，店铺及一应药材，还有毗邻的房舍皆被烧得一干二净。王熙的父亲虽说是奄奄一息，举步维艰，可毕竟是个男子汉、大丈夫，没有倒下。王熙的母亲卫氏却被家中连续不断的灾祸击倒了，卧床十余日，水米不沾，药石无效，昏迷不醒。王家上下，一个个左眼瞪右眼，束手无策，眼巴巴地等着阎王老子将其带走。

物极必反，路极必转。

当高平人私下里都在悄悄地议论，老王家这一次再无回天之力、会彻底完蛋的时候，山穷水尽的王熙一家，居然否极泰来，峰回路转。先是王熙的大舅卫生带着儿子卫汛从老家河东赶来高平探亲。这卫家父子皆是河东之医，卫生还是名医，为救亲人，卫氏父子二人自然是张天师发雨——尽葫芦一洒了，偏方神方一起上，白天黑夜不离床，终于将王熙的母亲卫氏从阎罗殿扯了回来。紧接着，王熙的大伯父、王赈的胞兄王斌自并州上党回老家高平祭祖。并州，在东汉年间为上等州，辖有九个郡、八十个县，州府治所设在晋阳，即今天的山西太原市西南。辖地相当于今天的山西、内蒙古、河北、陕西部分地区。

并州是中原商贾云集的地方，做生意人皆以并州商即晋商为自豪。晋商的名气自东汉初年就名中原。王熙的伯父王斌原与弟弟王赈经贸药材，树大开权，兄弟大分家，弟弟王赈回老家高平后，他就改行做贸迁。贸迁是干什么的？贸迁为贩运买卖，相当于今天的长途贩运户。简而言之，王熙的大伯父是很有钱的。有钱的大老板王斌看到弟弟王赈如此落难，当然不会袖手旁观。有钱能使鬼推磨。很快，在王斌的扶持下，王熙的父亲将冤在大牢里的儿子赎了回来，将垮掉的房屋重新盖了起来，被烧毁的生药铺又东山再起，梅开二度。

高平人做梦都不会想到，已跌入深渊谷底的王家居然在一年半载中又一筋斗翻了起来。有兄长王斌做后盾，王熙的父亲是雄风再起，踌躇满志。生意兴隆不用说，又添人进口生了一个儿子。王熙由老幺晋级为老三。王熙的二哥王煦因为在地震后擒贼斗匪有功，受到高平县奖励，选拔进县衙当上了雇习捕快。什么叫雇习捕快？雇习就是今天的临时工，捕快就是今天的警察，以现代的话解释，雇习捕快，即合同制警察是也。东汉末年家里有人在衙门里当捕快，那可是一件长脸的事，平时欺负你的人，会像孙子一样巴结你。王熙一家终于扬眉吐气了。

家里的地位提高了，人气上升了，王熙的母亲是个很有远见的女性，就想到要让王熙读书识字。于是，卫氏女便在儿子牙牙学语的时候教他识字念书。王熙也天生聪慧，才三四岁的幼儿居然能读《尚书》《诗》《礼》。全家人都欢欣鼓舞，最高兴的是王熙的大伯王斌。王斌在上党虽说是家财阔绰，声名甚佳，最大的心病就是不惑之年的他膝下无子。在房族的撮合下，王赈夫妇同意将王熙立给长兄王斌为嗣子。王熙四岁生日那天，王斌遍请乡党、族众，宣布不日将带王熙返回上党郡。为了解除兄弟的后顾之忧，王斌资助王熙的大哥王焱另立门户，举家迁至离老家五里远的凤山桥建起了独门独院。王焱的生意也是另起炉灶，独立经营，资金当然是大伯父王斌出大头。这一切既源于兄弟的手足之情，他王斌要帮兄弟家一把，另外一个重要因素，他得了一个聪明伶俐的王熙，也应该给嗣子王熙家做些补偿。

小家大社会，社会大家庭。

王熙一家三四年间祸福无常不定，变故五次三番。可见，当时的中国所发生的大事小故，是十天八夜也说不完，叙不尽。

有道是，大事小事皆在人为。这三四年的大事太多了，下面说几个主宰大事的人物举一反三，以正视听。

这第一个人物叫袁绍。

袁绍，字本初，东汉末年的汝南汝阳即今天的河南商水西南人。袁绍出身于四世三公的显宦之家。父亲袁逢，汉灵帝刘宏在位时，任司空。袁绍的叔父袁隗，是汉少帝、汉献帝的两朝太傅。太傅为重臣之首，三公之上，与丞相比肩。袁绍的从弟袁术，初为虎贲中郎将，董卓进京专权时，以后将军赏之。袁绍初为司隶校尉，屡劝大将军何进诛宦官。何进被杀，他灭尽宦官，声名大振。董卓进京专权，欲废除少帝，袁绍坚决反对，遭董卓忌恨，不得不离开洛阳任渤海郡太守。公元185年，袁绍联合关中州郡讨伐董卓，被推为盟主。后夺取冀州，击败公孙瓒，据有冀州、青州、幽州、并州四大州的地盘，成为当时势力最大的割据枭雄。曹操与其相比较，不值一提。可袁绍的地盘再大，心胸却狭窄无比，外宽内忌，好谋无断，不能任人唯贤。最后到了忌贤拒谏的地步，将屡出奇谋的谋士许攸家眷扣押囚禁起来，以绝许攸劝谏之烦。许攸愤而投奔曹操，献奇袭袁军粮屯乌巢之计。曹操喜出望外，亲率铁骑五千，打着袁军旗号，轻而易举地将乌巢粮草烧成灰烬。又不费吹灰之力，将袁绍的两名大将张郃、高览收归麾下。在官渡连营数十里、屯兵几十万的袁绍大军，此时将无斗志，兵似散沙，不堪一击。曹操挥师反击，以不足二万之师，对袁军十余万众（《三国演义》夸大曹、袁二军的悬殊，称袁军七十万，曹军七万），如汤浇蚁穴、火烧棉屯，将袁绍的大军打得惶惶大败，狼狈不堪。骄而无谋、不可一世的袁绍仅率八百余骑而仓皇逃命。袁绍的官渡之战，给世界战争史留下了寡谋乏算、骄兵必败的耻辱之例，也给自己掘下了坟墓。

公元202年五月庚戌日，袁绍病死于冀州城。冀州城的治所在邺县，即今天的河北临漳西南。史称，袁绍是吐血而亡，实实在在是被曹操活活气死的。

袁绍一死，在其身边的幼子袁尚当即承袭了冀州牧的职位。牧，乃东汉末期的官名，职俸二千石。汉灵帝刘宏于永康元年将原来一州最高军政长官刺史改称为牧。与刺史不同的是，牧位居九卿，有府属属史，如治中从事、别驾从事、功曹从事、兵曹从事、文学从事、主簿等。

自古长幼有序，承袭之制先长后幼。袁尚身为幼子，可近水楼台先得月，远在青州当刺史的袁谭远水救不了近火，只得忍气吞声，任由兄弟发号施令让他任车骑将军，为抵御曹军的先锋。弟夺兄位，曹操手下的谋士许攸献计，先撤军坐山观虎斗。果然，袁谭忍无可忍，挥师与其弟袁尚刀兵相见。袁尚兵多将广，力量雄厚，袁谭屡战屡败，只好派谋士辛毗向曹操求救。曹操当然高兴，与袁谭一起发兵，将袁尚打得丢盔弃甲，逃往幽州。袁谭看到父亲的老巢被曹操占领了，心里很不舒服，便暗地里收降袁尚的部众，伺机重新夺回冀州城。曹操当然不会让步，亲自统率大军攻打袁谭。袁谭不堪一击，败退于南皮，被困数十天，不得不再次向曹操投降。曹操这次不干了，以袁谭反复无常的小人伎俩予以拒绝。袁谭只得冒死突围，结果在混战中被战马踏成肉泥。

袁绍父子的灭亡对当时的老百姓而言，不是什么伤心悲哀的事情，而是一件大快人心的事。袁绍父子的灭亡，也意味着曹操统一北方的全面胜利，去除了曹操统一北方的最大一块心病。

说完了袁绍说曹操。曹操在三四年中，做了几件惊天动地的大事。

这惊天的事，就是恢复历史上的迎冬礼仪。建安七年九月，曹操给汉献帝上书，要求恢复已经废除很久的迎冬礼仪。什么叫迎冬礼仪？迎冬礼仪就是祭天。历朝历代帝王都会有祭天祭地的活动。自董卓进京以后，朝纲倒悬，礼仪丧失，这一年一度的祭祀仪式就被废除了。

建安八年冬十月己巳，汉献帝批准了丞相曹操的上书，举行迎冬仪式。迎冬仪式专场设在京都许昌北郊，朝中公卿以上的官员全部参加，也是首次参加这种活动。迎冬礼仪议程共有八大章，那气势、那规模古之没有。这就是曹操的性格，不做便罢，要做就做超一流的。

迎冬礼仪的第一章，是恢复八佾舞蹈。何为八佾舞？佾，一种乐舞行例。所谓八佾，即纵横都是八人，共六十四人。这是一项等级森严的规定。古代等级制度规定，祭祀乐舞，只有天子才能用八佾。《穀梁传·隐公五年》："舞夏，天子八佾，诸公六佾，诸侯四佾。"《左传·隐公五年》："天子用佾；诸侯用六；大夫四；士二。"

这八佾舞的阵势一排开，把汉献帝以及公卿以上的大小官员眼睛都看直了。八纵八横的笙管箫乐一齐奏响，长袖飘舞，声乐震天，礼炮齐鸣。汉献帝尽管是个傀儡皇帝，可毕竟是皇帝，礼仪中皆由他首当其冲地唱主角。那种豪迈，那种风光，那种惬意，他是第一次领略，心里总算有一种做皇帝的感觉，也打心眼里对大权独揽的曹丞相有了一丝好感。

曹操所做的动地之事有两项。一项是亲自到河南开封，当时称为浚仪，指挥治理睢阳渠系。睢阳渠，是一条人工开凿的渠系，相传在西汉初年由丞相萧何设计开凿而成。睢阳渠连接古睢水，串引沟通汴水、淮水形成三水交融合汇，天旱可引三水灌溉，水淹时，一地可向三水排泄，对当地的农业、牧业起着重大的作用。因渠系的绝大部分在今天的河南商丘市睢阳区境内，故名睢阳渠。睢阳渠自王莽建新朝以后，基本没人疏浚整治过，沿途淤泥堵塞，岸崩坝塌，几乎丧失了洪排旱灌的功能。曹操亲率大军整治疏治，无疑对开封、商丘两地的百姓农事做了一件天大的好事。

曹操做的动地第二件事，是开凿河道引淇水入白沟以通粮道。淇水，位于今天的河南省北部，古为黄河支流，在今天的河南汲县东北的淇门镇南入黄河，故名淇水。白沟，不是今天的河北省高碑店市内的白沟镇，而是一条比较小的水域，在今天的河南浚县西部，其发源处临近汲县的淇水，其流向为东北向经河南内黄县西北与古清河汇合。曹操引淇水入白沟有两个目的，为统一北方做

11

准备，说白了，是为了打仗运粮的便利。其次，是方便一河两岸的农业灌溉、农民的生活用水。

这拦截淇水可不是一般的工程，其难度不亚于今天长江三峡的堵口合拢。当年，没有钢筋水泥、装卸大车，一点一滴靠的全是人工，其难度可想而知。曹操用什么办法呢？用大枋木作堰拦截。什么叫大枋木？大枋木就是用巨型大树锯成带有角度的像枕木一样，一根一根合起来，间距缝隙很小。用枕木合成一道拦水大坝，也只有他曹操敢想敢干了。史载，在淇水枋木作堰的过程中，淹死的木匠在三百人以上。

曹操没有亏待那死去的三百多木匠，给他们的家属拨付了大量钱粮，其子孙后代享受七品的年俸，有能力的子孙入仕为官。在魏明帝曹叡手下，很有作为、甚得明帝赏识的将作匠魏山、掌旗中郎将鲍信等都是那些木匠的子孙。将作匠魏山，后因修筑陈仓（今陕西宝鸡市）新城有功，死后被追封为陈仓侯。曹操还厚葬了那些死去的木匠、木工。至今，河南汲县江门山有"匠作古冢"遗址，相传就是当年修造淇水堰死去工匠的坟地。

一千八百多年过去了，曹操当年修筑的淇水堰至今仍有一段称"卫海"的河道，还在发挥作用。今人有两句诗对曹操当年引淇筑堰的功绩予以怀念：千古卫海今流畅，遥诉曹公引淇难。

说完了曹操惊天动地为皇帝发奇、为百姓造福的事，下面说说他劳民伤财的事。

公元202—205年，曹操共发起了大小战争十余次，有两场大战杀戮无数。第一场大战，是汉献帝建安八年八月发起的攻击荆州九郡之战。

荆州，为东汉末年的天下中等州，管辖有九个郡、一百一十七个县，史称"荆襄九郡"。地域包括今天的湖北、湖南大部分地区以及河南、贵州、广东、广西的小部分区域。荆州的治所从西汉至东汉都设在今湖南省的汉寿县北。汉桓帝刘志的永兴年间迁至今天的湖北襄阳市。时任荆州牧的为刘表。

刘表，字景升，东汉皇族的远支后裔，山阳高平人，与王熙同为今天山东邹城郭里的老乡，公元190年任荆州刺史，任用蒯良、蒯越、蔡冒等人平定境内的内乱。后为镇南将军，领荆州牧，拥兵自重，观望形势，把荆州治理得还算富庶。《魏书·刘表传》载，刘表长得很俊俏，一表人才，用现在的话说，是个十足的帅哥。"表与汝南陈翔字仲麟、范滂字孟博、鲁国孔昱字世元、渤海范康字仲真、山阳檀敷字文友、张俭字元节、南阳岑晊字公孝为八友。"这"八友"后人也称"八俊""八及""八顾"。总之，刘表在当时的东汉末是飞机上安喇叭——声名远扬，天地皆知。

刘表名气大还有一个重要因素，那就是对待天下文人十分友善，来者不拒，故此，一些北方的文人士子纷纷南投荆州刘表。

也正是因为刘表的名气大，曹操才决定要攻打荆州。在曹操的眼里，他对弱小之辈，不屑一顾，他一生不做欺软怕硬的事。曹操征伐荆州还有一个导火线，那就是刘表收留了刘备。当然，这次曹操发动攻打荆襄九郡的战争，也因路途遥远、部署不足半途而废。

曹操发起的第二场战争，就是攻邺城、破青州。

邺城是冀州的首府、曹操老对头及手下败将袁绍的老巢。前文说过，袁绍自官渡之战后，在床上躺了一年多，最后吐血身亡。袁绍的幼子袁尚自领冀州牧之职，与其兄袁谭发生内讧。曹操乘机发兵将邺城一举拿下。

战争是残酷的。袁绍经营多年的邺城，非比寻常。曹操与袁谭两支兵马将邺城团团围住，以困待攻。城内的袁尚粮草断绝一个多月，兵士将城中百姓的粮食掠夺一空，老百姓活活饿死了万余人。

邺城攻破了以后，曹操又乘胜追击，挥师攻打袁谭的老巢青州城。青州，当时辖有六个郡与国、六十五个县。州府所在地在今天山东淄博市临淄县北。青州地域不算大，相当于今天山东临南以东的北部地区。青州城的攻打比邺城的难度小多了，但双方死伤的兵马也在万人以上。故此，曹操平定了冀州、青州，自领冀州牧后，下令减去两州百姓三年的税赋，将老百姓被减去的税赋转由当地豪绅承担。对各地方的豪强恶绅实施土地兼并之法，既减轻百姓的负担，又算是对邺城饿死百姓的一点补偿。

对邺城百姓而言，曹操还做了一件有益之事。建都邺城，将邺城袁绍经营的都城由今天的河北磁县南，迁到今天的河北临漳县西南约十五公里邺城镇。曹操为什么要南迁邺城呢？一是避开袁绍的晦气，二是邺城镇自古就是名都，春秋霸主齐桓公曾在此建都，由此及彼，不难看出，曹操要当中原霸主的雄心壮志，早就有之。

袁绍、曹操的事说完了，下面该是第三个人物王粲出场了。王粲，字仲宣，生于公元177年，殁于公元217年。王粲论辈分是王熙的族叔，他是引荐王熙进入襄阳的恩人。换句话说，没有王粲，王熙能不能进入襄阳，即便进了襄阳能不能进入上流社会，该打问号了。

东汉末年，没有科举考试，出人头地皆由出身所定、举荐所行，没有王粲的声名远播，出身寒微的王熙，刘表绝对不会收留的。而王粲是什么人？王粲是一位声名如雷贯耳的大作家、大诗人、大文豪，在建安七子中，王粲的成就最大，影响最大。这"两最"中，关键是他创作、遗留的诗文最多。

史书上说，王粲是天生的记忆力惊人，小时候就名噪天下。当时的文豪领袖、大文学家、著名的大儒蔡邕，官居中郎将之职。有一天，听说天才王粲到他家在门外候见时，十分高兴，手忙脚乱地亲自出门迎接王粲，结果将木屐穿倒了，出门后才发现，留下了"蔡中郎倒屐迎仲宣"的千古美谈。王粲强记默识，具有神奇之说。

　　相传，王粲幼小读书十分顽皮。有一次，经学馆老师布置作业，王粲贪玩不知道老师讲的是什么，他又不好意思问别人，怎么办呢？王粲想起了一件事，老师十二分喜欢汉代才女卓文君的诗文。一天老师的文友来相聚，二人共同诵读了文友带来的卓文君的《白头吟》。正读着，老师的妻子来了。这老师是属老鼠的，见了妻子如同老鼠见了猫，浑身都软了刺。偏偏老师的妻子又是个醋罐子，绝对容不得丈夫对美女、才女评头论足，见丈夫捧着《白头吟》在摇头晃脑地诵读，怒从心头起，恶向胆边生，一把抢过《白头吟》竹简，丢进火塘烧成了一堆灰。事后，老师为这事后悔得不得了。因为这《白头吟》还没有完全记住，想又想不起来，找书吧，又没有。为此，常常唉声叹气发呆。小王粲高兴得不得了。为什么呢？因为，那天老师与朋友捧读时，王粲在一旁偶尔碰上了，老师读一句，他记一句，两三遍后，就一字不落地将《白头吟》记入脑子了。老师为没有记住《白头吟》后悔不已，王粲好几次想将《白头吟》告诉老师，但又怕老师骂他偷听犯忌。现在作业记不住了，不如将《白头吟》写出来代替作业。于是，王粲推开竹简，挥笔而就，将《白头吟》写了出来。

白头吟

皑如山上雪，皎若云间月。

闻君有两意，故来相决绝。

今日斗酒会，明日沟水头。

躞蹀御沟上，沟水东西流。

凄凄复凄凄，嫁娶不须啼。

愿得一心人，白首不相离。

竹竿何袅袅，鱼尾何簁簁。

男儿重意气，何用钱刀为！

　　王粲老师看到王粲的作业，激动得差一点发了羊角风。从此以后，对王粲是刮目相看，另眼相待。王粲博闻强识的天赋，就这样出了名，以至大文学家蔡邕都想与王粲见上一面。

第三章

才惊刘表　仲宣入襄阳
初露头角　王熙闯昌邑

公元 203 年冬月，在北方写完《七哀诗》的王粲，心头不免有些伤感。这西北之地，他看得太多，乱象让他心烦意乱。于是他想起了老乡刘表的许多传闻。这南方虽说在当时中原人眼里多蛮夷之地，倒也十分新鲜，于是王粲轻装简从，自长安出发，赶赴襄阳投奔刘表。

刘表对王粲的大名当然不陌生，加上又是同郡同乡这层关系，刘表对王粲十分热情，接待规格也高出任何一位文人士子，天天是美酒佳肴，吃得王粲很有些不好意思。于是王粲就想到给老乡做点什么。有什么需要文人做的事呢？刘表想起了一件事。袁绍死后，袁尚、袁谭兄弟俩内讧突起，骨肉相残，一旁虎视眈眈的曹操拍手叫好。刘表当然十分痛恨曹操称王称霸中原的做法，这袁氏兄弟自相残杀，无疑是亲者痛，仇者快，他刘表不能坐视不管。为他们出兵，他刘表当然做不到。武助不行，文助无须大本钱，正好王粲又自行请命，要为他做点什么。刘表把自己的想法一说，王粲二话没说，一口应承。建安九年的阳春四月，王粲在荆州刘表的州牧大堂，一挥而就写出了《为刘荆州谏袁谭书》《为刘荆州与袁尚书》。

《为刘荆州谏袁谭书》《为刘荆州与袁尚书》称得上才思奔涌，文采非凡，叙理凄切，谏劝动人，见解超然。《后汉书》《三国志》《魏氏春秋》等多种典籍分别刊载，千古传诵。篇幅所限，以下摘段刊出以飨读者。

《为刘荆州谏袁谭书》摘句

天笃降害，祸乱殷流。尊公殂殒，四海悼心。贤胤承统，遐迩属望。咸欲展布腹力，以投盟主，虽亡之日，犹存之愿也！何悟青蝇飞于竿旌，无忌游于二垒，使股肱分成二体，匈臂绝为异身。初闻此问，尚谓不然。定闻信来，乃知阋伯实沈之忿已成，弃亲即仇之计已决，旍旆于中原，暴尸累于城下，闻之哽咽……未若太公之忿于曹也。宣子之臣承业，未若仁君之继统也。且君子违难不适仇国，交绝不出恶声，况亡（亡当作忘——笔者注）先人之仇，弃亲戚之好，而为万世之戒，遗同盟之耻哉……仁君当降志辱身，以济事为务，事定

15

之后，使天下平其曲直，不亦为高义邪！

……

《为刘荆州与袁尚书》摘句

表顿首将军麾下，勤整六师，茇讨暴虐，戎马斯养，馨无不宜，甚善甚善。河山阻限，狼虎当路，虽遣驿使，或至或否，口使引领，告而异。初闻郭公则辛仲治通内外之言，造交遘之隙，使士民不协，奸衅并作，闻之愕然，为增忿怒。校尉刘坚、皇河、田买等前后到荆，得二月六日所起书，又得贤兄贵弟显雍及审别驾书，陈叙事变本末之理，知变起辛、郭，祸结同生，追阕伯、实沈之纵，忘《棠棣》死丧之义，亲寻干戈，僵死流血，闻之哽咽，若存若亡。乃追案书传，思与古比。昔轩辕有涿鹿之战，周公有商、奄之军，皆所以翦除灾害而定王业者也，非强弱之争，喜怒之忿也。是故灭亲不为尤，诛兄不伤义也。今二君初承洪业，纂继前轨，进有国家倾危之虑，退有先公遗恨之责，当唯曹氏是务，不争雄雌之势，唯国是康，不计曲直之利，虽蒙尘垢罪，下为隶围，析入污泥，犹当降志辱身，方以定事为计。何者？夫金木水火，以刚柔相济，然后克得其和，能为民用。若使金与金相迕，火与火相烂，则燋然摧折，俱不得其所也。今青州天性峭急，迷于目前，曲直是非，昭然可见。仁君智数弘大，绰有余裕，当以大包小，以优容劣，归是于此，乃道教之和，义士之行也。纵不能尔，有难忍之忿，且当先除曹操，以卒先公之恨，事定之后，乃议兄弟之怨，使记注之士，定曲直之评，不亦上策邪？

……

王粲写给二袁兄弟的两封信，邺城、青州攻破后，皆落入曹操之手。曹操看了后，不仅没有恼怒，反而爱不释手，连声赞叹："笔妙言切，有彻骨之痛；情真谏烈，有醍醐之警。仲宣真文士也！"以至王粲归降后，曹操还将二袁书交予王粲一览。王粲有些尴尬，想收回二书。曹操说："非也，仲宣之论，有壶瀑之势，晓之以理，动之以情，若谭、尚二逆听其言，恪其论，守其职，也不至于尸暴骨朽得那么快。老夫当累累观之思之，以儆覆辙。"

王粲刚到荆州时，刘表还邀约了不少文人雅士给王粲作陪，逛游荆州的名胜古迹。位于襄阳城不足百里的麦城，相传是当年襄阳侯习郁所筑。这麦城的具体位置在哪里？在今湖北当阳县，故城址在今天的当阳城东南二十公里的沮河西岸。沮河是汉水支流，河虽然不宽，却水势险汹。麦城也不算高大雄伟，却建在沮河边，借水助势，奇峰崔巍，其巍峨与其他城池大有不同。这一天又正是农历的二月十五，荆楚人崇尚农事，景仰棉花始祖嫘祖，每年的二月十五，家家户户以黏米碾粉，做成棉桃般大小的米圆子，祭祀嫘祖娘娘，以求棉花丰收，俗称二月十五花朝节，亦称棉桃节、棉陀节、花陀节。

这天，王粲与裴潜、繁钦、杜袭、赵俨、和洽等文友先是应邀出席了当地棉农的祭嫘祖节庆仪式，又饱食了棉农的"棉桃"圆子后，在当地县官的陪同下，乘兴登上麦城头，俯视着波涛汹涌的沮河水，不由文思泉涌，雅兴勃发，在杜袭、赵俨等人的喝彩声中，王粲的《登楼赋》脱口而出。

登楼赋

登兹楼以四望兮，聊暇日以销忧。览斯宇之所处兮，实显敞而寡仇。挟清漳之通浦兮，倚曲沮之长洲。背坟衍之广陆兮，临皋隰之沃流。北弥陶牧，西接昭丘。华实蔽野，黍稷盈畴。虽信美而非吾土兮，曾何足以少留。

遭纷浊而迁逝兮，漫逾纪以迄今。情眷眷而怀归兮，孰忧思之可任？凭轩槛以遥望兮，向北风而开襟。平原远而极目兮，蔽荆山之高岑。路逶迤而修迥兮，川既漾而济深。悲旧乡之壅隔兮，涕横坠而弗禁。昔尼父之在陈兮，有归欤之叹音。钟仪幽而楚奏兮，庄舄显而越吟，人情同于怀土兮，岂穷达而异心。

惟日月之逾迈兮，俟河清其未极。冀王道之一平兮，假高衢而骋力。惧匏瓜之徒悬兮，畏井渫之莫食。步栖迟以徙倚兮，白日忽其将匿。风萧瑟而并兴兮，天惨惨而无色。兽狂顾以求群兮，鸟相鸣而举翼。原野阒其无人兮，征夫行而未息。心凄怆以感发兮，意忉怛而憯恻。循阶除而下降兮，气交愤于胸臆。夜参半而不寐兮，怅盘桓以反侧。

《登楼赋》是王粲的代表作。古往今来，研究《登楼赋》、注解《登楼赋》的人层出不穷，对《登楼赋》的点评、注解莫衷一是，各有千秋。真正是仁者见仁，智者见智。有的评说《登楼赋》是"因怀归而有此作，述其进退危怯之情"，有的称《登楼赋》"思乡之苦与怀归之情并蓄，进退之忧与失志之悲相融，情辞并茂，物我浑然"，有的人认为《登楼赋》是王粲"难以排遣的故国之思以及忧伤之情，与屈原颇为相似"。还有的人分析《登楼赋》以荆州优美物色以及人文景观，唤醒了身为羁旅之客的王粲诸多回忆与悲伤。如"虽信美而非吾土兮，曾何足以少留"是王粲思乡的一声叹息；"遭纷浊而迁逝兮，漫逾纪以迄今"是王粲回首往昔，世罹动乱苦痛的倾诉；"悲旧乡之壅隔兮，涕横坠而弗禁"是王粲思乡心切的深情自慰；"人情同于怀土兮，岂穷达而异心"是王粲对展望未来，壮志未酬的焦虑。总之，《登楼赋》是借景写情、情调哀婉、意蕴深沉、构思奇特的赋辞奇葩。

《登楼赋》的轰动，为后来曹操对王粲相见恨晚、求贤若渴做了铺垫，也给王熙扎根襄阳奠好了基石。

公元204年的五月初十，四岁的王熙正式离开家乡高平郭里乡独山村，随嗣父王斌到上党郡定居。

王斌是个跑码头、吃四方饭的人，做事很讲究。在动身之前，找高平有名的术士算了一卦。卦象说王斌这几年正在行空亡运，运程很不好，这次回上党郡有三重劫难，好在他有福星相佑，性命无忧，但退财是绝对跑不掉的。有福星相佑，谁是福星呢？于是王斌又给王熙算了一卦。报上王熙的生辰八字，那术士大腿一拍："福星也！此人就是财东你的福星之人，且与你有十余年，最多有十二年，也就是一纪的蟪蛉之缘。赶快将他收为义子吧！"

王斌被术士的一番话说蒙了，犹豫了老半天，求术士给他择一个启程的黄道吉日。术士眼睛闭着鼓捣了好半天，才睁开眼说："你这义子，四条小龙聚身，要逆水山西，得有凤栖最好。五月初十为丁酉日，酉为鸡，鸡亦凤，丁酉日出门，可遇难呈祥，化厄回天。但有一点请财东谨记。"

"先生但讲无妨。"

"你们出门奔上党，只宜坐轿，不可乘车。"

"那是为什么？"王斌急了，迫不及待地问道。

术士用手指敲着桌面不紧不慢地说："因车必有马，巳蛇逢午马，有如慢刀杀。切记！切记！"

五月初十，小王熙坐上了嗣父租来的一驾甚是气派的马车，正式启程奔山西。

这不对呀，术士明明白白地告诉王斌到山西万不可以坐车，只能坐轿，怎么还是坐马车呢？这叫说不说由你，信不信由他。王斌是个很有个性的生意人。术士说了那么多，又很见灵。特别是说王熙，就与见到的一模一样。那十句他王斌听了九句，没听的一句，就是坐轿与坐车的事，他倒要看看，坐马车会有什么变故。这是其一。其二呢，高平距上党路程遥远，坐马车也得几个月，如果是坐轿，那要坐到猴年马月？所以，王斌决定坐车不坐轿。换上今天就容易多了，坐飞机只用两小时，坐高铁也用不了一天。

闲话打住，书接正传。

王斌父子离开高平是晓行夜宿、风雨无阻地驰行于驿道之上。这驿道就是官道，相当于今天的国道和高速公路。按规矩，官道一般不允许民间的车马行驶的。为什么？因为驿道是官府为了邮驿的通行、朝廷公文信函的投递保证快马通过的道路。驿道的最大特点是每隔七八十里的地方设有一个驿站。驿站类似于今天的宾馆、招待所、邮电局，送信的官差在驿站换马、吃、住，地方的官员到京城途中也一律住在驿站，住驿站不仅免费，重要的是很安全。

王斌既不是官员，又不是邮差，他哪有资格行驿道、住驿站呢？任何时候都一样，有钱能买活人倒地，死人翻身。王斌用钱开路，走驿道、住驿站就不足为奇了。

走驿道快多了，仅二十天时间，王斌父子就赶到了兖州的府治所在地昌邑县。昌邑的故城址在今天的山东金乡县西北。作为兖州政治、经济、文化、商贸中心，昌邑的繁荣自不必说。王斌有几笔生意要在昌邑交易，就把王熙托付给昌邑的贸迁好友吴金照顾。

吴金是昌邑数一数二的大户，给两个儿子专门请了一个经师当坐堂师。经师就是塾师的前称，一般皆是饱读经书的文人士子，不愿做官事政就给富绅当坐堂师，教书育人。吴金给儿子请的经师也姓王，叫烝，与王熙的长兄王烝同姓同名一字不差。王斌将王熙交给吴金时，顺便说了句"嗣子王熙能识字读书"，吴金便将王熙交给儿子的老师，与两个儿子一起念书，以利照看。

吴金的大儿子有十岁，小儿子有八岁，都比王熙大。三个儿童在一起，大的欺负小的是很正常的事。开始王熙被吴金的小儿子整治了两次都不反抗，也不作声，到了第三次王熙就不干了。那天午后，吴金两个儿子要王熙趴在地下做马，王熙说什么也不趴下，吴金的大儿子就强行将王熙按着趴在地下，然后屁股一撅骑了上去，正在扬扬得意之时，地下的王熙身子一歪，一下子挺了起来，吴金的大儿子被摔得鼻青脸肿，一阵号哭跑去找老师告状。老师正看书入了神，见吴金的大儿子鼻子破了又流血了，也不问原因，当即一声吼，要王熙把手掌伸出来，又叫吴金的小儿子拿竹板。王熙也不伸手，不慌不忙地说了一句："老师处事不公，王熙不服。"

"哦，老师怎么不公了？你看看，你将哥哥的鼻子、脸都打破了，难道你没有错吗？"

"是哥哥就要照顾小弟弟，可他们已经欺负我两次了。那两次我让着他们，事不过三，是他骑在我身上摔的，我有什么错？"

老师一听，吃了一惊，忙放下书简询问吴金的儿子是不是这么回事。在老师面前，兄弟俩不敢撒谎，只得如实点头。

怎么处置这三个顽皮蛋呢？老师拧着眉头，眼睛看着书简，心里在问自己。这书简上写着燕国神童项橐考圣人孔子的故事。老师马上有了主意，说："你们三个都有错，也都没有错，这竹板子今天暂且不打，我出几个灯谜，你们回去猜，猜对了，谁的竹板子就免了；没猜对，再补板子。王熙年纪小，只要猜对一个，就免。"

这实际上是老师给自己下台阶。因为这灯谜是孔圣人都没有猜着的灯谜，这三个娃娃肯定猜不出的。猜不出来就猜不出来，到时候，就汤下面，对他们教训一番就算了。多一事不如少一事。这王烝老师还是能宽厚待学生的。

是什么灯谜呢？王烝老师拿笔在清水里蘸了蘸，写于竹简之上。

什么水没有鱼？什么火没有烟？什么树没有叶？什么花没有枝？

古代人读书比现代人辛苦多了，一个课本重几十斤。那时候的墨十分金贵,老师出题目,特别是布置作业,一般都不会蘸墨汁,而是蘸清水写在竹简上,有的甚至写在地上,让学生抄。这样既可以磨炼学生的强记功能,又可以节约许多成本。

王烝老师出了灯谜以后,也没当回事,第二天上课之时闭口没谈灯谜的事。小王熙可认真了,把小手一举:"老师好! 昨天老师布置的灯谜,是不是不要交谜底了?"

王烝老师一怔,这个小不点,还真不一样,我没打算追究这件事,他倒自己提出来了,莫非他猜中了谜底? 不可能的,孔圣人都交了白卷,他一个几岁的娃娃怎么猜得出来。于是,王烝老师故意将脸往下一拉,说:"谁说老师不要谜底? 日出辰时,打不得板子,现在辰时已过,来,从大至小说谜底。"

吴金的大儿子挺老实,连连摆头,表示猜不出来。老二口才不错,眨巴着眼睛说:"老师,江河湖海里,什么水都有鱼。柴草灯烛炭,什么火都有烟的。树没有叶子,那叫什么树? 只要是开花的,就一定有枝。这谜底我猜不着。"

王烝老师点了点头,把嘴巴一挑,问王熙:"王熙,你的谜底是什么? 答案是不是与二公子一样?"

王熙站起来回答道:"井水没有鱼,萤火没有烟,枯树没有叶,雪花没有枝。这谜底不知对不对?"

王烝老师头"轰"的一下大了。心里说,门缝里的扁担,把这个小家伙看窄了。真神童也。这下子他不得不认真起来,说:"王熙的谜底一点不错。老二虽没有答出谜底,可动了脑筋,有善思之才。只有老大不动脑筋,不思进取。王熙,你去把老师的竹简拿来,我要教训教训他。"

"不要,老师。"王熙给王烝鞠了一躬说,"老师你饶恕吴哥哥一回吧。其实,这谜底也不是我猜的。"

"噢,那是谁猜的?"

"燕国的神童项橐猜的。"

"那你怎么知道的?"

"是我哥哥王烝教我的。我哥哥也是母亲讲给他听的。我母亲会讲很多的故事,说我太小了,有些故事只讲给哥哥听,不讲给我听。"

"你能不能将这个故事完整地讲给老师和哥哥听?"

"能。"小王熙于是奶声奶气地讲起了故事。

"从前,燕国有个小神童叫项橐,有一天,项橐找到孔子说:'听说孔圣人很有学问,特来求教几个灯谜。'孔子很客气地说:'请讲吧!'项橐向圣人拱了拱手说:'什么水没有鱼? 什么火没有烟? 什么树没有叶? 什么花没有枝?'孔圣人说:'江河湖海,什么水都有鱼。柴草灯烛炭,什么火都有烟。没有叶不能成树，没有枝怎么开花？'项橐一听，咯咯直笑，说：'不对！井水没有鱼，萤火没有烟，枯树没有叶，雪花没有枝。'孔圣人觉得项橐说得很有道理，就拜项橐为老师。"

故事讲完了，小王熙舔着嘴唇给老师鞠躬："哥哥就教我这么多，不知对不对？"

王烝老师喜出望外地边点头边端起案头的茶盏往王熙手上送。王熙连连后退，边退边说："王熙不敢，王熙不能用老师的盏。"

王熙越是推辞，王烝越发喜欢。他真的想不到王熙小小年纪居然懂得那么多礼节，王熙的家教真是一流的水准。伸着茶盏，王熙不接，王烝嫣然一笑，问王熙："你适才说，你哥哥的名字叫什么？"

王熙说："长兄叫王烝，二哥叫王煦。"

王烝说："那就对了，我的名字也叫王烝，与你哥哥同姓同名，现在我不是你的老师，是你的哥哥，这盏茶你应该喝了吧？"

小王熙这才接过茶盏，咂巴咂巴地将王烝的茶一口气喝光了。直喝得王烝老师心花怒放。在后来的日子里，王烝老师巴不得将一肚子的墨水全部倒给王熙，他是打心眼儿里喜欢上了王熙。王熙在吴家住了个把月，辞行的那天晚上，吴金为王斌父子送行，特意叫上儿子的老师。席间王烝对王斌说："爱子天赋，项橐第二，王财东一定要让他好生读书，将来当国家栋梁之材了。若王财东舍得，可将爱子留在昌邑，愚生愿倾心以授。"

王烝老师的话，王斌当然爱听，可他绝不会将王熙留在昌邑。一来王熙年纪太小了，在昌邑他放心不下；二来他要王熙过继给他做儿子，是要王熙传承他的生意。至于王熙读不读书那都无关紧要，他王斌没读什么书，这生意不是照样做得如此红火吗。

第四章

王斌遇险　安邑车马店
王熙救父　街头借人参

　　告别了吴金，离开了昌邑，王斌父子又开始奋行于驿道之上。人逢喜事精神爽。王焱老师对王熙的评价经常在王斌的脑子里回荡，心里甚是惬意，不由想起了临行前术士要他万不可坐车只能坐轿的事。心里说，这坐车走了几个月，不都是一帆风顺、平安得很吗？看来，这术士之言，也有妄谈夸大之词，真是应了那句老话：方术之言，不可不信，不可全信。

　　转眼已到秋季，王斌父子来到了安邑县。安邑属河东郡，归隶州辖地，故城址在今天的山西夏县西北，离上党有五百余里，按此行程，王斌盘算着不出一月就会平安回到上党。

　　住进了安邑最大的一家车马店，王斌心中的一块石头落地了，晚上高兴，他叫了一壶酒，加了几个菜，喝得一醉方休，倒头便睡，一直睡到第二天的日上三竿才醒过来。睁开眼一看，他躺在地下，被褥衣服弄得遍地都是，儿子王熙眼泪汪汪地看着他。见嗣父醒了过来，王熙一把抱住王斌的脖子放声大哭。

　　这是怎么回事？原来，就在王斌大醉不醒之时，一伙约二百人的山匪袭击了这家车马店，所有住店的旅客被洗劫一空，车马店的老板被山匪一刀砍成两截，老板娘被山匪带走，住店的有几个大老板携带的钱财比较多，与山匪打斗，不是被砍伤，就是被杀死。王斌这次随身所带的银钱就很多，加上在昌邑做成了几笔大生意，又赚了不少票子，包裹里银票没有三万也有两万。幸亏他喝得酩酊大醉，山匪踢开他的房门时，他睡得像一头死猪，包裹里所有值钱的东西和银票被抢得一点儿不剩。山匪临出门时见王斌还在迷迷糊糊地说酒话，不由扑哧一声笑了起来，一把将他连人带铺盖拖下了炕，他在地下睡了一宿也毫不知情。这叫蚀财免灾，准确地说是蚀财免死。倘若王斌没有喝醉，山匪抢他的钱财，他王斌毫无疑问要与山匪搏斗，那说不定也成了山匪的刀下之鬼。

　　需要啰唆几句的是，在一千七百多年前，还没有"银票"这个词汇。纸质"银票"的最早出现是在宋代。当时人们使用的皆是金与三铢钱、五铢钱。但是为了携带方便，王莽新朝按战国以前的生铁刀币铸成大额度的货币，有百两、五百两、一千两、五千两，甚至万两、十万两的银瓢。银瓢形如刀币，上铸额度。银瓢是种双保险的货币值。每种瓢值在铸之初，用兽皮或牛皮烙下每种瓢值的印记。使用兑换时，将银瓢与兽皮底上的印记相比对，吻合了即为有效。当然，这种比对只能在州以上的官府存档，也就是说使用铁银瓢只有州以上才行。后世的"银票"，估计就是由铁"银瓢"衍变而成。

发生了死伤几十人的大命案，安邑官府当然是如临大敌，赶到车马店处理。如何处置？车马店老板身首异处，老板娘生死不明，店伙计死的死、伤的伤，官府只好作价将车马店卖掉，将被劫的旅客临时安置到一处小旅馆。王斌父子虽然被洗劫一空，一贫如洗，好在二人毫发无损。尽管报案登记时，王斌被抢走的钱财数量是最多的，可再多也没用。车马店被卖掉的钱与那晚上的损失相比，那只能是杯水车薪。光被杀死的旅客就有七八个，受伤的人有几十个，分给王斌的赔偿还不够车夫脚力的三分之一。

王斌一筹莫展，心如死灰。人一旦进入崩溃的状态，病魔就会乘虚而入。这天王斌在官府跑了一整天，精疲力竭地回到官府临时安置的小旅店，儿子王熙很懂事地捧上一钵小米粥。王斌很欣慰地接过了粥钵，正准备喝粥，突然间，胸口一阵酸胀如同倒海翻江，喉咙里一股热气往上涌，他口一张，一口鲜血喷了出来，紧接着眼前一黑，身子就往后倒。小王熙好不机灵，立马将炕上的一堆被褥衣服往嗣父的身子后一拉扯，王斌就倒在了地下的被褥上，否则，那后果就更不堪设想了。

经过一番抢救，王斌是醒过来了。醒了也是白搭，根本起不了床。郎中说，王斌是焦虑过度，导致血气两虚，气血补不起来，就起不了床。在床上躺了半个月，王斌已瘦得是皮包骨，虚脱得眼皮都睁不开。在小王熙的再三哀求下，人挺仗义的小旅馆老板好不容易找了一个安邑最有名的郎中来。郎中开了方子，说是神医张机张长沙的秘传神方，叫薯蓣汤，主治风气百疾，百服百灵。郎中说，这张机的汤，吃了三至五帖，如果无效的话，那王斌是命尽至此，只能等死了。

小旅馆老板带着王熙找到安邑官府专案组的人，把王斌的病况叙述了一番，然后递上郎中的方帖。专案组的医工看完，说是方中的十九味药中，有十七味他可以提供，只是方中的人参与阿胶那是绝对没有的。其一，人参、阿胶十二分金贵，有钱也买不到；其二，专案组有明文规定，人参、阿胶不能报销的，就算是有这两味药，也要王斌自己掏钱买。

王斌躺在炕上，眼皮都睁不开，话都说不出来，身如水洗，哪里会有钱买人参和阿胶呢？小旅馆老板抖着薯蓣汤方子摇头叹气，无可奈何地对王熙说："小财东呀，你也看到了，鄙人该想到的办法都想了，该找的人我都找了，没有这两味药，你父亲就活不成了。你哩，还只是个几岁的娃娃，我也不能难为你，难为你也是瞎子点灯——白费蜡。这样吧，实话实说，前些时我从河北老家回安邑，朋友送了一些阿胶，我可以给你，只是这人参太金贵了，把我这小店卖了也不值半两人参的钱。你一个小娃娃，举目无亲，你父亲将来在九泉之下，也怪不了你与我，认命吧，我看还是早点找官府为你父亲的后事做个准备。"

王熙攥着小拳头一字一板地说："不，我父亲不能死，我要给他想办法弄人参！"

旅馆老板一丝苦笑，头摇得像车轱辘："小财东呀，你小小年纪有如此孝心，真是感天动地。只是这人参不是凭你的孝心就会长出来的。你说，你到哪儿去弄人参呢？"

王熙眨巴着眼睛说："我去借，借了保证还给他，多还他几倍总可以吧。"

"你呀，真是个娃娃，人参哪有借的，借了又怎么还给人家？"

"我家是开生药铺的，有好多人参。大哥说那人参比命还贵，我还偷偷舔过的。"

"你家不是在山阳高平吗？离这儿千几百里，你怎么还呀？"

"你给我高平的父亲修书一札，叫他把人参给我送过来，父亲一定会同意的，叫他多送些过来。"

"这炕上是你的父亲，怎么你高平又有个父亲呢？"

"这炕上是我的嗣父，我兄弟四人，嗣父没有儿子。"

小王熙这么一说，倒使小旅馆老板的敬意油然而生。心里说，这个娃娃了不得，将来一定有出息，我得尽地主之谊帮帮这个娃儿。于是，他把安邑城里有多少个比较大的生药店都告诉了王熙，并找来一块板子，按照王熙所说，写上十三个大字：借人参二两，十倍偿还，绝不食言。

第二天，小旅馆老板带着王熙，一家一家生药铺地找。每到一家药铺，老板就把王熙嗣父的病情及薯蓣汤的方子说上一遍。然后，王熙把自家开药铺的情况描述一遍，说完，就跪在地下咚咚咚地磕头，边磕头边求告。

这下子安邑城热闹了，人们奔走相告，一传十，十传百，来看热闹的成群结队。看的人多，议论的人更多。有的说，小旅馆老板是骗子，在带着小骗子骗人参，乃千古奇闻。有的说，这一大一小是疯子，天下之大，借钱借物比比皆是，从来没有听说过借人参的，借人参救命，不是疯子是什么？

骗子也好，疯子也罢，没有理睬那才可怕。王熙与旅馆老板忙乎一天，大小药铺走了十几家，多数老板不屑一顾，个别老板虽有同情之感，可担心上当受骗的疑云总是挥之不去。晚上回到旅馆，王熙对小旅馆老板说："大叔，将牌子的字再改写一下。'借人参二两,十倍偿还'改为'借人参二两,还人参五斤'。"

旅馆老板说:"还人参五斤?那可是天大的事,你高平的父亲不同意怎么办?"

王熙说:"不会的,我父亲与嗣父他兄弟俩好得很,救命的事,莫说还五斤,还十斤他也不会皱眉头的。"

第二天,王熙二人又上街了,那"借人参二两,还人参五斤"的字真是太刺眼了,也还真有老板被那句话打动了。

"你这娃儿,牌子上的话不是诳语吧?"在一处挂有"神农草堂"大匾额的店子里,一身富态的老板,用手中的药杆点着王熙胸口前的牌子有些傲慢地问道。

"为父救命,岂敢用诳语骗人。借人参二两,还人参五斤,乃板子上钉钉的事。我写上借条,有老板画押担保。如若不放心,可上府堂诉官。"

"好,你将借据写好,我去取人参给你。"

王熙热泪盈眶,取下板子,从胸前撕下一块布,交给小旅馆老板:"大叔,你帮侄儿写上借据,我来画押。"

那旅馆老板立马答应:"嗯,我写,我写!"

三下五除二,借据写好了,王熙将手指咬破,在布质借据上重重地按下手印。小旅馆老板也在上面画了押。一旁手拿人参的药店老板正要伸手去拿铺台上的借据,小王熙将小手按在借据上说:"这位大伯,你这人参我还没有尝验,可不可以先将人参给我尝一尝?"

"这个……"

药铺老板有些犹豫,可也说不出道道来拒绝,只好极不情愿地将包包交出来递给王熙。

小王熙小心翼翼地解开人参包包,拿出一只人参轻轻地咬了咬后,面带微笑地说道:"这位大伯,我家药铺晒人参时,哥哥要我守在旁边,我好几次都偷偷地尝了,舔了,人参的味道是苦的,你这人参怎么是甘味呀?小侄借人参是给父亲救命的,你看要不要换一换?"

小王熙的话轻而不失重,软中似含刚,把药店老板说得有些头重脚轻的,他原以为一个几岁的娃娃好糊弄,拿出的人参全是假的,没想到小家伙外柔内刚,不仅对人参内行,说出的话也似绵里藏针。实际上这老板根本没有借人参的本意,只是想糊弄糊弄而已。这下好了,像猫钻进了刺丛中,出也不是,进也不是。

就在神农草堂老板进退两难之时,人群中一位汉子站了出来。那汉子似乎认识草堂老板，拱了拱手，说：“甄老板，快去把你上等人参称三两，我出钱买下如何？”甄老板头点得似鸡啄米，说：“好，你等着。”不一会儿，甄老板旋风般拿出一包人参，双手送至大汉手中，“按爷的吩咐，上等人参三两，假一罚十，不不不，假一罚百，请你查验。”

大汉接过人参，莞尔一笑：“对药石，我一窍不通。来来来，小神农，还是你来查验吧。”

王熙接过人参包，先苦后甘，尝了三口，连连点头，奶声奶气地对大汉说：“大叔，这是真货。”

“好，你赶快拿回店里为你父亲救命吧！”

“真的？”王熙激动中，把参包一甩，连忙跪下，磕了三个响头，拿起人参箭一般地往旅馆跑去。

病服药，马服鞍。

王斌服下第一帖药后，眼睛睁开了，三帖药服完后，就下床走路了。连服了五帖，已开始脸泛红光，语气铿锵了。听了旅馆老板讲述了他能起死回生的前后经过后，王斌把王熙紧紧地抱在怀里，眼含热泪，语不成句：“儿，熙儿，福星儿。”

经过十余天的调理，王斌的身子骨已完全康复了。人好了，这安邑也不能长久待下去了。这天晚上，王斌在与小旅馆老板商量着如何筹措回上党的路费。小王熙听说要回上党，嘴巴噘得老高老高。王斌说：“熙儿，要回上党了，你应该高兴呀！”

王熙说：“我高兴不起来。”

“那是为何？”

“父亲，救你的大恩人，我们连他姓什么都不知道，还有，这借据人家也没拿去，以后我们怎么还他人参呀？父亲常说，做人要做君子。君子一言，驷马难追。现在我们要回上党，那别人不说我们是骗子吗？”王熙说完把借据往父亲怀里一塞，“借据在这儿，你怎么交给恩人？”

王斌说：“托付给旅馆大叔，让他帮忙寻找恩人总可以了吧。再说，回上党的盘费，八字还没一撇，十天半月不一定能筹得上，明天我们父子也可以到那天的神农草堂打听打听。”

父子俩正说着话，小旅馆老板一阵风似的跑了进来：“王老板，不用打听，那大恩人自己找上门了。”

“王老板，金安！小神农，晚安！”

这下可把王熙乐坏了，他一把从父亲怀里扯出借据，毕恭毕敬地双手捧着走向大汉，往前一跪：“恩公在上，请将借据收好，我代两位父亲向你保证，按此据还参,绝不食言。"

大汉接过借据,一把将王熙抱入怀里,边亲边说:"小神农,大孝子,爱杀我也!"

小王熙挽住大汉的脖子,奶声奶气地说道:"恩公,这几天可把父亲和我急坏了,那天我只顾拿起人参就跑,也没问你姓什么。"

"我姓文呀!"

"那你叫什么呀?"

"我叫文俊,这名字如何?"

"真乃人如其名,心如其名!"一旁的王斌接过话茬儿说,"若无文义士伸手相援,王某恐一命呜呼了。来,恩人在上,请受上党王斌三拜。"

文俊慌忙放下王熙,扶住王斌,说:"人生在世,祸福无常,见难不救,非君子也。这区区小事,何足挂齿。"

王熙忙说:"那不是小事,文叔,我哥说,人参老贵老贵的,一两人参可买一顷地。我家要还你的是五斤人参,你可千万别把借据弄丢了。"

文俊说:"好好好,文叔不会弄丢的,一定当宝贝收藏。不过,小神农,你文叔想在你的借据上加几行字如何?"

王熙咬着手指,思考了一会儿,很认真地答道:"行,文叔,你写吧!"

小旅馆老板很快端上笔墨。文俊小心摊开借据,在空白之处,写下了如此之句:

五斤人参,万千孝心。孝感天地,欠债已清。
此据乃山阳小神农王熙孝心慧心之见证。

安邑文俊乙酉收讫,以传儿孙。

文俊,人俊心善又健谈。这一夜他留在了小旅馆,与王斌无话不说。他告诉王斌,他是安邑文山文金溪人。文家世代习武,弓马娴熟,排兵布阵,无所不精。父亲文渊当过汉献帝的兵马都督。哥哥文丑是讨卓盟主袁绍手下的猛虎将军,时任延津渡大将军,被关羽斩杀。哥哥死后,袁绍给了文家很多钱财,并要他接替哥哥文丑的大将军之位。文俊十分厌恶战争,不愿为争名夺利的军阀卖命,就以母亲年迈,尽孝事大为由,婉拒袁绍的多次相请,守在安邑文山过着悠哉的田园生活。王熙借人参为父亲救命的事传开后,文俊闻之震惊,就想见见这个人小胆大的山阳娃。那天买下神农草堂的人参后,本想早点过来看看王斌,因为事务缠身,延至今日才找到了王斌栖身的小旅馆。

王斌是生意场上的常胜将军,识人辨才十看九准,他认准了文俊乃侠肝义胆之人,便有意结为金兰之好。文俊十分爽快地答应了,二人报了生辰八字,王斌无疑是兄长。二人叩了天地,行了金兰之礼后,文俊说:"兄长自遭劫至此，在安邑受屈已快半年了，但不知有何打算？"

王斌说："做贸迁生意，我已是炉火纯青了，回上党，重整旗鼓，做我的老本行。"

文俊说："愿兄长早日恢复宏业，资金上，小弟可助点小力。"

第二天一早，文俊回家，傍晚又赶到小旅馆，给王斌送来了两千两银锭、两万两银票（瓢）。

三天后，王斌、王熙父子二人坐上文俊安排的大马车，离开了令王斌闭目回首、睁眼难忘的安邑。一路上，他凭着贸迁生意的经验，逢州过县多与老主顾相会，也结识了不少新主顾，加上怀里有文俊相赠的两万两银票做本钱，做起生意来是如鱼得水，好不顺畅。按照正常行程，从安邑到上党，三四十天就可以到家。路上的生意耽误了不少时日，两个多月后，王斌父子才抵达上党的壶关县。在壶关县住了两天，第二天翻过壶关的金壶岭，就是上党。坐在车上，王斌好不高兴，这一路虽遇生死之劫，却逢凶化吉，遇难呈祥，正应了高平术士那句话，螟蛉之人是他的福星之人。假如不是王熙忽发奇想想挂着牌子借人参，那他的小命必丢，而且也绝对碰不上豪侠仗义的文俊兄弟。这一路上，用文俊送的两万两银票做本钱，他已赚回了一万多。现银由文俊送的两千两增加到了三千两。等明天到家了，他手中的三万两银票，不出三五个月，一定会成倍上涨的。想着想着，王斌渐渐进入了梦乡。梦幻中，王熙已长得很高大，驾着崭新的时下贸迁行业中最大最快的车辆，在同行的喝彩声中，成为河东、河西贸迁界的最高盟主。一群贸迁行业中的大腕、巨头向他拱手祝贺，祝王斌老兄伟业后继有人，爱子的贸迁经略一定青出于蓝胜于蓝。王斌笑得嘴巴合不拢，连连回礼："承蒙，承蒙，承蒙……"承蒙之后的话语没有说出口，头"砰"的一下砸在了车旁的扶手上。王斌睁开眼睛，马车戛然停下来，喊杀声四面而起，车轿的木板被砸得一块不剩，上百名手拿刀枪木棍、头裹黄巾的人将他父子一把从车上扯了下来。

这叫乐极生悲。王斌遇上的劫道军兵，是被朝廷斩杀漏网的黄巾军残部。

第五章

王斌父子　金壶岭遇匪
智降赎金　牛先生施蝎

　　黄巾起义军自被曹操、吕布、公孙瓒、袁术、袁绍、刘备等人剿灭后，有的投降了官府，如河北正定，时称冀州常山真定人的张燕，统率的黄巾军达十万之众。当黄巾军首领张角死后，张燕将队伍立马改换旗号为黑山军，投降了曹操，被曹操封为平北将军，镇守幽州；有的则化整为零，啸聚于山林，不时下山攻城略地，杀官济民，如隐于泰山的一支黄巾军多次下山袭击青州、济州、兖州，最后在黄巾军被朝廷宣布已全部剿灭以后的十余年时间里，居然将就职于今天的山东济宁，时称任成侯的任成国杀死，任成国的所有资财被掠夺一空，分给了当地老百姓；而有的黄巾军被打败后，上山为匪，杀人劫财，成为祸害一方的盗匪。王斌父子遇上的就是凶残阴险、杀人越货的土匪型黄巾军残部。这伙盗匪的狡猾之处，就是利用黄巾军在民众心目中的影响，穿戴仍然、旗帜同前，实则见财就抢，见人就杀，无恶不作。过去被劫道的，无论是官是民，是男是女，是老是少，被扯下马车后，财物掠夺一空，然后不问三七二十一，一律杀死，抛于深壑。这次王斌、王熙父子却例外，没有被当场杀死。原因何在？原因在于王斌包裹里的银子、银票太多太多了。有多少？前文说过，离开安邑时文俊赠送的银子是两千两，银票是两万两，加上这三个月王斌沿途赚的和从一些故旧讨回的旧账，银票高达三万七千两，现银三千有余。领头的山匪看到这么多的银票，激动得嗷嗷大叫。不用说，匪头们无论是劫道，还是下山抢夺，一次性都没见过这么多的钱财，这可是只肥得冒泡泡的大肥羊。几个头目一商量，此人不能杀，留着有用，于是将王斌父子蒙上了眼睛带回了金壶岭老巢。

　　这金壶岭是壶口关的一处隘口，位于当时的并州上党郡壶关县境内，今天的位置在山西长治市东南，名叫壶口山。

　　所谓金壶，顾名思义，就是山形像一只壶，有壶把、壶嘴，惟妙惟肖。民间传说，远古的唐尧时期，首领尧领人劈山治水，在此歇脚，当地民众打了一只山鸡熬成汤，用壶装着送给尧帝补身子。尧帝喝了汤之后，精神抖擞，随手将空壶往深渊抛去，其意是告诉手下要向此地前进，不想深渊之地很快起了一座壶形之山。太阳出来照射在壶山的岩石上折射出金色之光，远远看去，整座山就像一只金色的大壶，金壶岭之名由此而来。

金壶岭盗匪的巢穴位于壶嘴之处，那可是易守难攻、一人当关、万夫莫开的险地。王斌父子被关进了一处口小内空的山洞里，吃的喝的由守洞的人用藤筐往下吊，这父子二人就是浑身长有翅膀也飞不出山洞。

用不了半天的时间，就可以回到阔别了两三年的上党之家，王斌是无论如何也没有想到会在自家门口遇上如此大劫。自安邑出发，这沿途是太顺太畅了，赚了如此多的钱，讨回了多年未讨回的老账，他的脑子里全是喜悦与欢乐。现如今，这么多的银钱没了，又被囚禁在这插翅难飞的山洞里，似从火山口掉进了冰窟窿，心灵的崩溃就像决口的黄河，一泻千丈。这就叫刚者易折，韧者易弯。

小王熙就不一样了，别看年纪小，这一路走来，他经历了太多。特别是安邑的那次大劫难，对小王熙而言，他似乎长了十几岁。这次遇劫匪，当时看到那阵势，他也吓得大哭不止，尿都湿了一裤子。可被匪头带上金壶岭之后，他很快就恢复了正常，心中的一股坚强之气在暗暗使劲：不怕，不怕，不可怕！匪头用藤筐将他父子吊进那瓮口样的山洞之时，他十分冷静地观察着洞里的一切。匪徒们吊下吃的，他大口大口地吃了个饱。看到父亲恹头垂脑，唉声叹气，半口东西都不吃，小王熙端起面钵对王斌说："父亲，你上次在安邑马车店生病，就是从不吃东西引发的，这肚子填饱了，啥病都跑了。在家里，母亲经常对我说这句话。在安邑你没死，这次也死不了。你那天说我是你的福星，有福星在你身边，你别怕。"这哪里像才几岁的孩子说的话？这叫"苦难磨砺出英豪"！

儿子这么一说，王斌真有些无地自容，恨不得找个缝儿钻进去。是呀，他四五十岁的人了，还抵不上才几岁的孩子。这真的不应该。思想心态一端正，王斌没有顾忌了，胃口也大开了，端起大钵也吃了个痛快，晚上睡觉也打起了呼噜，一觉睡到大天光。

第二天，王斌父子被大藤筐吊出了山洞，带到一处宽阔的大厅里。说是大厅，实质上就是一处大山洞进行了人工修筑而已。山匪的大头目长得膀阔四围，一身横肉，对王斌进行了讯问，无非是问些哪里人氏，从哪里来到哪里去，干吗有如此多的钱财等。王斌也不隐瞒，竹筒倒黄鳝，一气说了个干净。就在大头目讯问王斌的时候，从厅里边冒出个小女孩，年纪与王熙不相上下。那女孩一看王熙，张嘴咯咯地笑，还边笑边往王熙身边跑。厅里边的一位老妈妈赶紧上前将小姑娘抱着往厅里走，小姑娘是又哭又闹又踢又打，最后在老妈子的脸上狠狠地咬了一口，老妈子只好将她放下地，小姑娘马上又往王熙身边跑，边跑边叫："我要与哥哥玩，不要你管！"

这险山恶岭之中，怎么会有小女孩呢？是像王熙一样被匪徒抢上山的良家女娃吗？不是，是山寨头目抢上山的压寨夫人所生的女孩，也就是山寨头目的女儿，叫壶娘。

那山匪大头目大概也是苦出身，对女儿是十分疼爱，亲自抱起女儿送往后厅时，小壶娘一双小手在大头目的脸上又抓又掐，哭死哭活地要跟王熙玩。王熙何等的聪明，立马跑了过去，牵住小壶娘的手，那小女孩就破泣而笑。这一声笑，鼻孔里马上鼓出了一个大泡泡，比鸡嗉子还大。撩得大头目还有小王熙以及满厅的人都忍不住笑了起来。

这满厅的笑声把刚开始审讯的气氛缓和了许多。大头目挥挥手，让老妈子将王熙和女儿带进了后厅。就这样王熙与小壶娘在后厅里玩了一上午，王熙只要一离开，小壶娘就大哭不止，上午吃午饭，王熙就与小壶娘坐在一个炕榻上。老妈子告诉大头目，有小男孩陪吃，壶娘上午吃饭比平时多出了一倍，而且不是喂的，是自己动手吃的。大头目脸上堆满了笑容。中午，王斌的伙食在大头目的吩咐下，居然也多了鸡、肉、蛋。天黑时，山匪大头目刚想让人把王熙叫出来，同王斌一道送回原来的瓮口山洞，小壶娘马上大哭大闹，坚决不让王熙走。大头目好说歹说了好大半天，还是不管用，没办法，只好把王斌关进后厅一处闲洞里，小王熙就与小壶娘同睡一条炕。

什么叫福星、救星、吉祥星？这小壶娘就是王熙与父亲的福星、救星、吉祥星。那天夜里，金壶岭，包括与壶关毗邻的三大山、五大峰，突降百年罕见的大暴雨。山洪暴发，浊浪滔天，壶口山中一大半桥涵路涧，被洪水冲得七零八落，山崩塌方无处不是。王斌父子头天晚上住的瓮口洞，被塌方的泥石流填成了平地。假如没有小壶娘强行不让王熙离开，王斌父子一定是神不知鬼不觉葬身于瓮口山洞。如此一类推，正如高平术士所言，王熙就是嗣父王斌的福星、救星、吉祥星。

在金壶岭山匪大头目女儿小壶娘这张护身符的庇护下，被山匪扣押在山上的王斌父子没有吃大苦头，也没有挨过打，受过骂。除了不能下山，父子俩基本上是自由之身。更令王斌欣慰的是，王熙居然还在洞里读起书来了。

咋还有书读呢？仍得益于那大头目的女儿小壶娘。王熙与小壶娘天天形影不离，吃饭睡觉全在一起。刚开始，王熙是为了自保才不得已讨小壶娘的欢心，时间一长，不行了，整天除了吃饭睡觉，陪壶娘捉迷藏，就是看着洞里的岩石、水滴和山上的树木花草发呆。两三岁开始，母亲就叫王熙识字读书，他对识字读书已产生了极大的兴趣。离开后，一路上很少读书。尤其是安邑遇险，整天忙于救嗣父没有时间和心思读书。到了金壶岭，生活基本正常了，王熙就想到了要读书。哪里找书，哪里找先生呢？这里是山匪的山洞呀！小王熙脑瓜子一转，有了，给小壶娘说去。于是他就开始摇头晃脑地背诵起母亲还有昌邑王烝先生教的《诗》《礼》等。小壶娘一看多新鲜呀，就缠着王熙教给她念。王熙就告诉她，他教不了她，要有先生，有书才能教。在王熙的授意下，小壶娘就缠着父亲要给她请先生。小壶娘在大头目的眼里，那是命根子，只要有的，女儿说啥是啥。可这找先生的事又不是一般的事，这里是匪窟，再多的钱也请不来先生呀！怎么办呢？大头目被宝贝女儿缠不过，想到山中队伍里有个牛先生，他包袱里有半袋子竹简，那不就是书。行，就请他教女儿念书。牛先生被大头目请进大厅，说明来意，要他从此啥事不做，天天来教女儿。牛先生唯唯诺诺，战战兢兢，吞吞吐吐老半天不吭声，最后在大头目的一气大吼下，才连声答应。这是为什么？牛先生是敬酒不吃吃罚酒，牵着不走、骑着飞跑的贼种？都不是。牛先生实际上没读过书，说确切点，没正儿八经念过一天书，那怎么又称牛先生呢？这里头有点名堂，扯起来话就长了。

　　牛先生打小爹娘死于伤寒，他跟着叔父长大的。牛先生的叔父是当地的土郎中，多少读了些书，替人瞧病、扯药，看得懂一些医书。叔父孤身一人，给人瞧病、扯药都将牛先生带在身边。天长日久，耳濡目染，牛先生便能从叔父与人的交谈中鹦鹉学舌地背些断章残句。如："知不知，上，不知知，病。夫唯病病，是以不病。圣人不病，以其病病，是以不病。"这是老子《道德经》中的句子。还有"冬寒且凝，春归气发，寒不为释，阳怫于中，寒怫相持，故病温"，这是《黄帝内经·素问》中的句子。还有《易》中的"潜龙勿用。乾一，兑二，离三，震四，巽五，坎六，艮七，坤八"等句子。这些断句中，有一半牛先生只会说，不认识，更写不出来。尽管这样，他与人说话叙理，就与众不同了。那时候，百分之九十九点九的人不读书，也不识字，读书识字是件挺奢侈很神秘神圣的事。牛先生就被人误以为是读过书的人，加上他随叔父多年，被人先生长先生短的叫出了名。那年，叔父去世，他就顶替叔父成了当地的土郎中。有一次，一个病人吃了他给扯的药后，突然死了。病人家人将他扭进官府，关进了大牢。不出十天，黄巾起义军攻破了县城，打开大牢，他就随着牢里的人参加了起义军。临行前，他回到家里，背上叔父留下的半袋竹简，带在身边。也就是这半袋竹简，加上他先生的名气，在十余年生死未卜的战乱中，他没有真刀真枪的上过战场，也没有杀过人。大军战败，就上了金壶岭为匪，他就成了山上的郎中，扯药治病治伤，日子不好也不坏。现如今，山寨大王突然要他真的当先生，教他的女儿，他当然有自知之明，不敢答应，也不敢说出实情。可是，山寨王管不了这么多、这么细，他要尽快满足宝贝女儿的要求。一蛮三分理，你行也行，不行也得行，不教也得教，否则要他的命。这叫什么，叫赶鸭子上架，捉鸡公抱蛋。在人屋檐下，不得不低头。牛先生没得办法，只有死马当活马医，当起了小壶娘和小王熙的老师。正式开课那天，牛先生将那半袋竹简书供在案桌上，装模作样地讲起课来。

那半袋子竹简是什么书呢？是古代医籍《难经》的残本。那上面的字，牛先生自己也是牛屁眼贴膏药——黑对黑。他也不识得，可是不识得也要讲呀。于是牛先生东一棒槌西一榔头，把肚子里记得的句子一股脑儿往外抛。他想，你们两个屁娃娃反正什么也不懂，这山上的人也大字不识，讲对讲错无关紧要，只要哄得山大王的女儿不哭不闹就行了。

牛先生，你哄得了小壶娘，包括山大王在内的所有人，你可哄不了小王熙呀！王熙两三岁就启了蒙，在昌邑吴金家，经王洗先生的悉心指教，《诗》《礼》已经背诵得下来。不过牛先生讲的，王熙还真的没有读过，也算是给王熙一点新鲜，一天两天，还算可以，三天四天，照样这样讲，就不行了。到了第五天，王熙就向牛先生提出要教写字。母亲和王洗老师教的，大部分可以写了。牛先生教的这些，他写不出来，那可是读书之大忌。牛先生一听，要写字是吧，好，就教你写字。前文说过，他能讲的一大半不认得，也写不了，怎么办？牛先生有办法，他将他能写也能认的药草之字写出来，让两个娃练。于是，"甘草、大枣、防风、干姜、地黄、人参、党参、白术"等字写了一挂板。王熙就问："这是什么字？"牛先生说："这就是先生教的课文。"王熙说："先生，你教的是'知不知，上，不知知，病'，这字上面一个都没有呀。"牛先生不耐烦了，"你懂什么？你写的就与你念的是一样的。""不对，先生，这是甘草、大枣、防风、人参、党参、白术。"

牛先生大吃一惊，问王熙："你怎么知道是甘草？"王熙说："我家是开生药店的，这些都是生药名字，我哥哥早就教我认识了。"这下子，牛先生就呆傻了。再一问，这小家伙居然还能背《诗》《礼》，那可了不得，那是他老牛的先生了。牛先生一思忖，就实话真情地与王熙说了，说到最后，眼泪就忍不住地往下淌。什么话这么伤心？牛先生就讲如果他不装模作样地教他们的书，山寨王就会将他杀了。王熙年龄虽小，可是这年把光景，他经历了太多太多的危险，知道牛先生与他差不多，命运坎坷，危险难脱。这一大一小，一老一少，就达成了一种默契，牛先生讲他熟悉的东西，教他们识药认草，小王熙呢，反过来教他熟悉的《诗》《礼》给小壶娘和牛先生。这些内幕当然只有他们师生三人知道，对外特别是对小壶娘的父亲山寨王是严格保密的。就这样小王熙虽身陷匪窝，却仍然没有放弃读书写字，在不断地学习，不断地成熟。

世界上最不讲情面的人，就是时光老人。他老人家无论你是穷是富，是匪是盗，是官是民，是绝对公道的。你穷也是一天，富也是一天，哭也是一天，笑也是一天，光阴一晃而过。王斌父子五月被掠上山，转眼就到八月了，四个月过去了，山匪头目没有找王斌什么麻烦。为什么不找王斌的麻烦，因为他们对王斌的调查没有完。其实，这不是什么新鲜事，从古至今，山匪绑票都是要先做一番调查，将被绑票的人的家庭背景皆掌握清楚，然后根据实情，提赎金，谈条件。

王斌带的钱财太多了，特别是银票多得令他们难以置信。这几个月，大头目就令手下人化装下山，带着银票到上党的衙门验讫，看是真是假，验讫过后，都是真的。还有王斌在上党的店铺房舍都摸得一清二楚。看来这个人留住没杀掉是对的，不吃亏。

八月望日这天，也就是八月十五，山上的大头目将王斌请上了谈判桌。汉代至西晋末，中国人的八月十五不叫中秋节，叫八月望。初一称朔日，十五称望日，八月十五就是八月望。有没有中秋呢？有。每年的立秋那天，就叫中秋节。八月十五，八月望，好日子呀，得有个好收成，山匪头目将与王斌谈判的日子选在这一天也就是想图个吉利。谈判桌上，金壶岭大头目那真是狮子大开口，一口价，十万两银子。王斌一听，老半天吭不了声，他到哪里去弄十万两银子呢？这个，山匪头目管不了，而且理由很充分又简单：王斌从安邑到壶口县的三个多月，一路上顺手牵羊就赚了一万多，照此算下去，十万两银子算什么，也就是一年半载的光景吧！那账算得王斌是头上冒热气，胸口透冷气，这些话都是上山第二天回答山匪头目的问话时答的。看来，"见人且留三分话，不可全抛一片心"的古训千真万确。谈判谈了三天，山匪头目口口不离原词：十万两，一分不能少。谈到第十天，山匪头目改口了，而且改得很离奇，十万两改为一万两，十分之一。是山匪脑子里进了水，还是神经短了路？都不是，是牛先生给小王熙出的锦囊妙计。

自第一天谈判开始，王熙见父亲又是闷闷不语，唉声叹气，照样要问个清楚明白。王斌把山匪要十万两赎金的话一说，王熙也没了主意。第二天上课时，王熙往常的活泼劲一点都没有了。牛先生觉得奇怪，便不住地打听原因。通过这两三个月打交道，牛先生觉得王熙这个小娃十分的不得了，小小年纪居然能懂那么多的事，在读书识字方面，他真的把这个小娃当作自己的老师，在这关键时刻要帮小老师一把。怎么帮？他一没钱，二没权。想了一晚上，冒出一个大胆的点子，用什么办法作为山匪头目降低赎金的条件，再与他们谈判。中午时分，山寨王的女儿睡了，牛先生带着王熙上后山说悄悄话。一老一少刚坐在石头上，两只大蚂蚁样的虫子从石缝中钻了出来，想往王熙身上爬。王熙觉得好玩，正准备伸手去抓，牛先生一脚将那虫子踏死了。他告诉王熙那不是大蚂蚁，是五毒之一的毒蝎子，人被咬了，一两个时辰不诊治，会死人的。小王熙好害怕，问毒蝎子咬了有什么办法治。牛先生说，他叔父有个秘不外传的法子，专治毒蝎咬伤，而且十分简单。就是将毒蝎子泡在胡麻油里，涂在被毒蝎咬伤的地方，涂伤口时，先将伤口挤出血来就行了。这么一说，牛先生眼前一亮，主意出来了：捉一些毒蝎子，晚上偷偷放进山洞，把大小头目都咬伤，再由王熙献治蝎伤的方子。献方子前，以降低赎金为条件。

主意倒是个好主意，可小王熙有些不放心，这胡麻油泡蝎子如果治不好蝎毒怎么办？那是要死人的。牛先生说这个好办，当即将那两只蝎子带回洞中，弄个陶罐装上胡麻油，也就是今天的芝麻油，也叫香油。将毒蝎放入油中浸泡，然后牛先生将王熙带到一处常年见不到阳光的砂土石地里。在金壶岭待了两三年，又经常上山采药，牛先生熟悉那砂土石坳中的毒蝎子多。很快，牛先生就捉到了十多只毒蝎子，并且让毒蝎子在身上咬了两处。小王熙很固执，不论牛先生怎么劝，硬是让毒蝎子也在他身上咬了一口。

牛先生方子见效了。涂上胡麻油不到半刻时间，疼痛开始减退，再过一会儿开始消肿，三刻过后，疼痛就止住了。三天后，小王熙依照牛先生事先的计划，捉回了半罐子毒蝎子，偷偷放入山大王及小头目和兵士的房间。午夜时分，一切按照牛先生的预测，金壶岭的匪巢里以山大王为首，几十人都从被窝里冲了出来，连号带叫，又蹦又跳。睡在小壶娘炕上的小王熙，也让自带的毒蝎咬了自己两口后，将毒蝎掐死，那是怕毒蝎咬了壶娘。牛先生也让蝎子咬了自己，然后将一只被他掐死的蝎子举到火把下大叫起来："不好了，不好了，是被毒蝎子咬了。"正在号啕大哭的小王熙马上不哭了，哽咽地问牛先生："牛先生，你看清楚了是毒蝎子咬伤的吗？"

牛先生边喊"疼死我了"，边把蝎子送至王熙面前。

王熙说："牛先生，真是毒蝎子咬的，那就有救了。我家开生药铺，有种法子专解蝎毒。那是祖上传下来的，不能让别人知道，你也不例外，快去弄一壶胡麻油给我，其他的就不用你管了。"

这一老一少，双簧唱得惟妙惟肖。王熙只身熄灯灭火进屋拿出事先准备好浸了蝎子的胡麻油罐子，当着几十名痛得龇牙咧嘴、喊爹叫娘人的面，在自己的伤口上涂了胡麻油，一会儿就喊着："好了，好了，我的蝎毒解除了。"

这下可热闹了，几十人轰的一下就围了上来，争着求王熙先给他涂药除毒。

小王熙按牛先生事前的叮嘱，把油罐子举着，说："要涂这药除毒，可以，有个条件请大王先答应我。"

那寨主大王哭丧着脸，咧着嘴，说："什么条件，快快说呀！"

"你明天就要放我们父子下山，不能要一分钱的赎金！"

小王熙的话一出口，全场鸦雀无声。寨主大王咧着大嘴，瞪着大眼，左顾右盼像找答案。

"山大王要是不答应免赎金，我就把这解毒的药扔到山岩下，你们都得死，你们都死了，要我父亲的赎金又有什么用？"

"哎呀，痛死我了，痛死我了！"牛先生按照原订的计划，给王熙帮腔，"大王，大王，你就答应吧，不然我们都得死呀！"

"是呀，大王，快答应吧，不然，我们活不成了！"

人群中，有的开始下跪，有的痛晕过去了，倒在地下。叫声、哭声、求情声、干号声不绝于耳。山寨大王痛得说不出话来，连连摇手，语无伦次："不、不是答应你，答应、答应你了？快，快，快给我解毒吧！"

这叫卤水点豆腐———一物降一物。牛先生的这秘方也真是神奇，几十人涂了药，山寨大厅里都静了下来，不一会儿，伤口都不痛了，待肿一消，就恢复了正常。

第六章

巧蒙山匪　老王斌筹钱
喜收王熙　吴阳子设考

第二天，王斌父子去找山大王提出要兑现昨夜的承诺。小王熙可高兴了，一路上又唱又蹦又跳的。谁知，山大王不紧不慢地老半天不开腔，被王斌问急了，就眉头皱着，说是自己的蝎毒没有解尽，要王熙再给他涂上一些。涂完了油，山大王伸着懒腰，打着哈欠说："大财东，昨晚上，我是说了要放你们父子下山，赎金只是减，不是免，不信，可将昨晚的人都找来，让他们做个证，如何？"

王斌明白了，与山匪打交道，别指望他守诚守信。在这里多住一天，多一天的危险，三十六计，走为上。便单刀直入，说："大王，你还要多少赎金，就痛痛快快地说个数。"

山大王皮笑肉不笑地伸出三个指头，直晃晃："三万，不算多吧。"

小王熙一听，还要三万两银子，又气又急地哭了出去。王斌咬着牙骨前思后想，正准备答应，三万就三万。小壶娘一手拉着小王熙，一手举着个布包包，气冲冲地闯了进来："父亲，你不是好人，你坏，你坏！你答应让王熙哥哥下山，不要赎金的。你要是还收王熙哥哥的赎金，我就让这毒蝎把我咬死！毒蝎就在我包里。"壶娘说完，举着布包包就在父亲面前晃。

山大王慌了神，疯了一样从椅子上跳了下来："壶娘，壶娘，你不要乱来，我不收赎金还不行吗！"

小壶娘一脸天真，破涕而笑："真的，父亲，可不许你反悔哈。"

一旁的王斌脑子里旋得飞转。他知道当下之急，是要快刀斩乱麻，迅速离开此地才是上策。想让山大王顺顺当当放他父子，那是不可能的。于是，他主动提出给赎金一万两，今天就放他下山，回上党筹钱。王熙留在山上做人质，三个月内他带一万两现银来取王熙，三个月后，他若不带银子来，王熙任凭处置。

山大王迅疾召来几个小头目，一番合计，答应了王斌的条件，立马派人送王斌下山。

回到了离开两年多的上党郡，王斌仍然没有一丝高兴。儿子还在匪巢，虽说王熙完全有本事照看自己，但危险无处不在，他毕竟只是个孩子。第二天，在上党最大的酒楼办上一桌酒席，请昔日的好友来商量大事。令他大失所望的是，所请的好友，只来了一个人，这个人一到酒楼，说了三句客套话就向王斌诉苦，要借钱。王斌哭笑不得，东跑西颠到处求人借钱。看着忙乎了个把月，没借回一百两银子。于是便将一处繁华的大店铺作价两万两银子卖掉。卖店铺的牌子挂了十余天，无人问津。王斌唉声叹气，将铺价两万两改为一万五千两，三天后，有人上门谈价，开口砍到八千两。王斌费尽口舌，从高处说到矮处，大处说到小处，最后买主才答应九千两，否则，多一两，立马走人。万般无奈的王斌只好忍气吞声以九千两卖掉这幢店铺。

这王斌做大买卖这么多年，怎么如此寒碜，原来不是说他很有钱吗？一点儿不错，对王斌而言，别说是一万两，筹个十万、八万两，也就是打几个招呼的事。他之所以这样四处张扬，完全是做给山匪的耳目眼线看的。

山匪在上党郡还有耳目眼线？说得太邪乎了吧？

一点儿都不邪乎！

王斌是什么人？是生意场上的人精。他知道王熙扣在金壶岭，那就是个要花银子的无底洞，不谋划好，别说一万两银子，就是十万两银子也未必赎得回。王斌知道，他下山，山匪就会派人整天盯着他的一举一动。所以，他有备而防。酒楼请客无人赏脸，来一个客人，还是借钱的，还有贱卖店铺都是事先设计好了的。店铺还是他王斌的店铺，仅换个招牌而已。

这上党郡王斌家发生的一切，远在金壶岭的山大王都了如指掌。有人说，山匪如此猖獗，王斌怎么不去报官呢？报官有什么用？乱世之中，没有山匪强盗，那倒是件很不正常的事。群雄逐鹿，军阀割据，抢城略地的，比比皆是，谁有精力、能力去管山匪的事呢？

两个月后，王斌重返金壶岭。山大王一看，王斌仅背个小包包，而且放下时，一点声响都没有。山大王不高兴了，脸往下拉："王大财东，你不守信诺，我不是说不要银票，要现银吗？"

王斌说："我没带银票呀，这包包里全是儿子的衣服。"

山大王狗眼瞪得塞得进拳头，说："你不带银子，也不带银票，莫非你儿子王熙，你不打算要了？"

王斌一脸的苦笑："大王，你误会了。我只身一人敢带这一万两银子吗？半路上被人打劫了，我怎么向山大王交代呀！银子在山下藏着，你派几个喽啰，挑几担筐，再派上几个有本事的头目，同我下山取银子吧！"

这就是王斌的高明之处。从上党出发，王斌叫了两辆车，一辆坐人，一辆是装粪的粪车，一万两银子装在粪车里。一路上臭烘烘的，路人闻之避远，到了金壶山，就将粪车藏在路边的草丛中。

银子挑上山了，尽管臭不可闻，山大王还是捂住鼻子，令人点了个清楚明白。一万两银子到手了，山大王早就得知这银子是王斌店铺卖的钱，看来王大财东是徒有虚名，再无油水可榨了，便手一挥：走人吧！

王熙父子下山时，牛先生与小壶娘依依不舍地送至半山亭。临别时，这一老二少哭成一团，难舍难分。八个月来，二百多天的相亲相依，小王熙历历在目，那天晚上没有小壶娘的强行挽留，他与父亲早就尸枯骨朽了。三个月前，没有牛先生献奇方奇谋，不知要被山匪敲去多少赎金。还有，牛先生教给他的知识，教他识草识药的本领，那是一笔永恒的财富。王熙跪之于地，朝着远去的牛先生、小壶娘，头磕得山响，石板上磕出了一串串血渍。

父子二人终于平安地回到了上党郡，王斌心上始终压着的一块石头总算卸下了。离开山阳高平的这两年时间里，祸福无常，生死悬线，惊险参差，变故如风。多亏了嗣子王熙，稚年大慧，临危不惧，处变不惊，解危化厄之智，令他王斌叹服汗颜。大难不死，必有后福。如今落籍，要让他好好地玩一玩，以弥补途中的颠苦。王斌把自己的想法说了，问王熙想怎么玩，先到哪里去玩。

王熙说："父亲，这两年都跟着你，儿从山阳玩到了上党，玩腻了。儿最盼的是要念书，请父亲给儿请个德贯智盈的先生吧。"

王斌满口应承，立马召集上党贸易界的大腕、名流，要他们出主意给王熙举荐一个经师先生。哥们儿选来选去，一致推举真阳观道长吴阳子。不过吴阳子不上门，真阳观里设有学堂，要拜吴道长，必须住在真阳观。

上党真阳观，始建于东汉光武帝刘秀的中元初年，已经有一百多年的历史了。历任道长都是高才至德的名流。无论帝王还是诸侯，到上党必须到真阳观问道。时任道长吴阳子，长安人氏，八岁修道入观，时年八十八岁了，仍鹤发童颜。吴阳子脾气有些古怪，办学堂，一次最多只收三个弟子，逢进必考。他有五不收，哪五不收？不启蒙不收，不喝芩黄不收，不善蹙眉不收，不悟道不收，不习岐黄不收。

这不启蒙不收，好解释，没有经过别人教过的学生不收。用现代的话说，你没有上过幼儿园的不收。

不喝芩黄不收。啥叫芩黄？芩黄就是指今天的黄连、黄芩之类的草药汤。这意味着怕吃苦的学生不收。

不善蹙眉不收。蹙眉，就是皱眉头，也叫颦眉。这是个啥意思？一点就通。人皱眉头时，千人千姿，万人万象。易术之士可从皱眉头纹线的深浅长短中，窥视人的善恶、美丑之本态。简言之，就是今天的看相术。所谓不善蹙眉指你不会皱眉头。这只是一句托词，谁都会皱眉头的，吴阳子从你皱眉头上，如果看出你是奸佞邪恶之人，就以你不善皱眉头来婉拒你。

不悟道不收。这个道是个广义之词，用现代语言解释，看你的悟性和智慧的深浅。

不习岐黄不收。不从事治病救人或者说对治病救人不感兴趣的不适合做他的学生。吴阳子每年的端阳、中秋、冬至、立春四季都要在观外施术济民。吴阳子有师祖传给他的金针之术，救人无数。

今年自元宵节开始收徒，人去了上百，至今没有一个学生入了吴阳子的法眼。王斌的朋友异口同声鼓赞王斌将王熙送去试一试，如果能成为吴阳子的学生，无疑是一件天大的好事。王熙听说有如此高的人做老师，也欢喜得不得了，连连点头要去真阳观拜师。第二天，一行人带着王熙上了真阳观。王斌好友简明扼要地把王熙介绍一番，吴阳子闭目微开，看了王熙一眼，微微点头，示意身旁的道童开始考试。这第一关，不用说，王熙是畅通无阻，一口气把《诗》《礼》背完了。

这第二关也不难。道童端出芩黄汤，王熙捧着就喝，一口气喝了个钵底朝天，没有丝毫的惧畏之状。

到了第三关，吴阳子道袍一撩，走下坐榻，一手牵扯王熙，走出道观，讲起了故事。

"建安五年，瘟鼠主岁，寒疫流行，死人无数。中原大地，百里绝户，十室九空。尸横遍野，积若成丘；污血渍潭，腐臭不堪。这天，惊雷滚滚，大雨倾盆过后，从死人堆爬出来一人，他饿了，随手从身边抓起一把已经腐臭的死人肉，大口大口地吃了起来，又大口大口地喝起了沟里的浸尸血水。吃饱了，磨磨蹭蹭、跌跌撞撞地站了起来，走呀，走呀，一宿一昼，没见到活人活物，饿了，接着吃死人肉，渴了，继续喝尸污水。又走了半天，走到了贫道的丹徒观。听好了，是丹霞之丹，不是断脚断腿之断；徒子徒孙之徒，不是人头猪头之头。在丹徒观里，他又昏睡了十多天，最后还是活了下来。"

讲到这里，吴阳子低头贴近王熙的脸，问道："王熙，你想不想见见这位从死人堆里爬出来，靠吃死人肉、喝死人血而活下来的人呀？"

王熙正在抹眼泪，没有回答，但微微地点了一下头。吴阳子道长向道童招了招手，道童从道观偏室领出一位头罩黑纱、身穿褐色道袍的人，站在了王熙面前。

吴阳子问王熙："你敢不敢扯下这个人的面纱？"

王熙头仰着，面带微笑地连连点头。随后，小王熙小手一伸，慢慢地扯下了那人头上的黑纱。黑纱落地，真容露出，随行的所有人都目瞪口呆，惊叹不已。而小王熙却号啕大哭，哭得很是伤心。

不用说，露出真容之人肯定是个面目狰狞之人或者五官有残疾缺陷之人，否则，王熙不会吓得如此大哭。大错特错也！此人乃一位慈眉善目、貌若天仙的道姑。道姑弯腰抱起王熙，一边给他擦泪水，一边问道："小公子，如此害怕，莫非是我吓着你了？"

王熙哽咽着说道："我一点都不害怕。"

"你不害怕，为啥哭得那么伤心呀？其他参试的公子都是害怕我是个丑八怪，而不敢扯面纱而哭，你敢扯面纱，怎么又哭了哩？"

王熙揉着眼角不哭了，盯着道姑说："看到您，我想起了我娘才哭的。舅舅说，那年人瘟，娘亲生身父母一家都死绝了。她才一岁多，在死人堆里爬来爬去，吮着死人手指头上的血水当奶吸，被路过的姥爷发现了，才救了她一命。我姥爷是郎中。"

这纯是个意外的巧合。

从吴阳子脸上的笑色中不难看出，小王熙第三关是顺利通过了。

第四关是悟道关，吴阳子在观中院子里的地上用木棍画了三横，然后告诉王熙，说出这三条横线像什么。可以放开想象，如，像三条河、三条路、三棵树，多多益善也行，只说一样也可，河、路除外。

王熙咬着手指，围着三横转了几圈，眨巴着眼睛，说："像万物。"

吴阳子眼睛一亮："王熙，这地下明明只有三道横，怎么像万物了？"

"老子说，一生二，二生三，三生万物。"

"王熙，你骗了老师吧？适才你说娘亲只教了你《诗》《礼》，昌邑之师王悆教了你《九章》，那《老子》是谁教的呀？"

王熙瞪着大眼睛对吴阳子说："我也不知道老子是哪一个呀？那句话，是牛先生经常挂在嘴边的一句。我问了好几次，老子是谁，牛先生说他也不知道，只知道他叔叔好喜欢老子。牛先生说，老子一定是他叔叔最好的朋友。"接着，王熙把在金壶岭上牛先生教他不少他弄不懂的断章之句的经过说了一遍，只说得吴阳子一脸的灿烂。

第五关很简单。吴阳子告诉王熙："岐黄是很久以前很有本事的老前辈，能给人治病除痛。那些老前辈的本事想不想知道？"王熙说："太想知道了。岐黄老前辈肯定把本事教给我姥爷了。不然，我娘怎么活？娘亲没有活，就生不了我呀。这本事我要学，我要学。"

五关顺畅通过，王熙被吴阳子收为弟子。拜师礼毕，吴阳子好不高兴地告诉王斌，王熙是他二十年来所收的最得意的一个弟子，也肯定是关门弟子。他传承岐黄之术的天赋深厚，不要指望他承接你的贸商伟业，让他自主择业，自由翱翔。

闲话中，王斌至交、真阳观施主声称：吴道长收弟子的五道考关中，有四关不难理解，只有蹙眉关甚为玄妙，要吴阳子指点玄机。

这玄机之玄，玄在何处？玄在道家始祖老子的道统德范上。

老子姓李，名耳，表字聃，亦称聃公、老聃。那美貌道姑之事万确千真，无半点附会。道姑复姓宰父，名姬，死里逃生，拜吴阳子为师，法名再生。吴阳子用再生道姑的大悲大喜之故事来做考题，源起于道家始祖老子先见之明的启发。聃公云：五色令人目盲，五音令人耳聋，五味令人口爽，驰骋畋猎令人心发狂。难得之货令人行妨，是以圣人为腹不为目，故去彼取此。

人有真、诚、仁、慈、孝、善、爱、悌和虚、假、色、盗、贪、邪、淫之心，皆匿于五官之中，至弱冠少年，欲以眉上为最。道姑的生而死、死而生的曲折，囊括有悲、惊、奇、恐、危、鲜、思、逗、喜、悬之元素，闻听之中，眉之五官，显幻至毕，无一有漏。王熙听了再生的故事，与一般少儿的不同之处，表现为恐悚寡薄，慈怜厚悯。那默默地流泪、微微地点头，是孝、善、爱、悌的流露。无语沉默乃焉然成熟。

老子云：宠辱若惊，贵大患若身。何谓宠辱若惊？宠为下，得之若惊，失之若惊，是谓宠辱若惊。何为贵大患若身？吾所以有大患者，为吾有身。及吾无身，吾有何患？故贵以身为天下，若可寄天下。爱以身为天下，若可托天下。

吴阳子说，王熙年纪虽小，有可托天下之志向也！自此，除了教王熙儒学、道学，又循序渐进地给他传授岐黄之学。

第七章

干枯百日　毒蜈蚣复活
堆雪成箴　长平观论古

真阳观吴阳子道长这些天甚为高兴，弟子王熙真是太棒太称心了。所谓太称心，不仅仅是王熙天资聪颖，悟性非凡。那种过目不忘、出口成章，比王熙强多了的弟子他教了好几个，但没有一个像王熙对岐黄之术有如此兴趣。从大半年的教授中，吴阳子发现王熙的骨子里蕴藏着一种对岐黄之术的渴望。他原来几个"得意"弟子中，对岐黄之道的习研，仅作为可有可无的副课，且不乏应付敷衍。

前些天，《老子》的课业收尾了，吴阳子有意亮出金针拨障术的底牌，试试王熙有无兴趣。没想到，小家伙就像磁石粘上了铁，扯也扯不下来。课余时间，总是缠着他，问这问那。只是王熙年龄太小了，此术尚不能让他过早涉入。先以识药尝草教起。那天带王熙上山采药，发现了一条毒蜈蚣，王熙居然毫无惧色，将蜈蚣捉了回来，说是要让蜈蚣咬自己，再用金壶岭牛先生教的胡麻油浸毒蝎解毒，看看胡麻油浸蜈蚣能否解蜈蚣毒。吴阳子心里明白，是他讲的"神农尝百草"的故事已在王熙的心中发酵了。这让他十分高兴。高兴归高兴，吴阳子还是坚决制止了王熙的试验。他又趁机点拨王熙，世间万事万物，没有一成不变的，尤以岐黄为最，岐黄之术，活人为要，万不可等闲视之。岐黄，岐黄，易之为常。何为易？易也，变也。治病之草木，虫兽不可等同而视。如胡麻油浸毒蝎可解蝎毒，胡麻油浸蜈蚣就不一定可解蜈蚣之毒。

王熙小手一举，说："弟子有一事不明。"

吴阳子点点头，说："何事不明，但说无妨。"

"不用毒蜈蚣咬伤，再用胡麻油浸毒蜈蚣以试，怎么知道胡麻油浸毒蜈蚣可否解毒？老师前些日子不是说过，神农尝百草，皆是一口一口地亲自尝试过的。弟子是想学神农爷。"

吴阳子说："你这想法是好，可你要知道，这是毒蜈蚣，假设试之无效，那是要死人的。试毒，当先以解毒为先。况且，你还是个小孩子。今后没有为师的许可，万不可乱试乱尝。否则，为师严惩不饶。"

吴阳子嘴里如此说，心里似打翻了蜜罐子，久饴不退。为了警示王熙，吴阳子将那毒蜈蚣用竹签撑住头、尾，悬于课室，并叮嘱王熙说："蜈蚣乃五毒之首，可入药治疾，但他也不知如何搭配，治疗何疾，只是听祖师讲过而已。今悬之于此，当以警示为要，每天早晚王熙必须看上一遍，对他的叮嘱，默诵一遍，不可遗忘，切记，切记！"吴阳子如此慎重是有道理的。王熙小小年龄，变故经历太多，其心理成熟已远超过了生理年龄，加上他骨子里的岐黄情结，不严厉警示，恐有不测。

转眼过了百天，那条蜈蚣已经干如柴梗。那天早上，吴阳子将干蜈蚣从墙上取了下来，拿下竹签，将它放入一土罐之中，令道童灌满胡麻油。吴阳子是有心之人，王熙那天的话甚是有理，不做试验，如何知道胡麻油浸蜈蚣能否解蜈蚣之毒。他打算先将这干蜈蚣浸入胡麻油，待有机会再抓一条蜈蚣在自己身上试一试。时令已进入隆冬之季，王熙日前告假被父亲接回上党家里小住几日，正好吴阳子空闲了，可完成此事。投入胡麻油罐子里的干蜈蚣经油渍两三天的浸泡，已完全恢复了原先的形体，除了不会动，不仔细看就是一条活的蜈蚣。

时值望日，一轮明月高悬天际，在簌簌寒风中，恪尽职守地献光于大地。戌时一过，吴阳子开始闭目打坐。这是他几十年来必修的功课。打坐的两个时辰中，他会进入一种"无物无我"的境界，啥都不想。两个时辰已过，吴阳子睁开双目，解开穴道。这气穴一松，浑身就有了感觉。突然他觉得颈脖子上有油滑之感，挥手一摸，是条活的蜈蚣。再看案桌上的油罐子，里面空空如也。吴阳子明白这条干枯百日的毒蜈蚣，复活了。如此看来，胡麻油浸泡蜈蚣，不仅解不了毒，反而可使已经死去百日的毒蜈蚣复活。用今天的话解释，胡麻油中有一种可激活蜈蚣休眠功能的元素。

吴阳子揩净颈上的油渍，用手摸了摸颈后有好几处异常，他知道那是被蜈蚣咬过的痕迹。幸亏他打坐时凝住了气道，否则，早被毒死。解开气道那一瞬间，毒素已从气道进入血液。他先用金针在几处穴道上做了封堵，以求缓解毒素的循环，然后又用了药。做完后，吴阳子感觉身子与从前不同，心里明镜般的清楚，毒液已无法排除。这是一条长约半尺许的蜈蚣，枯干百日，再在最适宜毒素激活挥发的胡麻油中泡了三天，其毒素那就是原来的几倍甚至几十倍。幸亏他闭目打坐时屏气封住了穴道，几天内死不了的，但时日不会太多。死，对吴阳子而言，毫无畏惧，最可惜的是他不能将一身的知识，特别是岐黄之道、金针之术传给王熙，实在是太可惜了。王熙是块好料子，他不能以己死而不管，要给王熙找一位能替代自己的师父，好好地雕琢他。那找谁呢？吴阳子想到了泫氏丹朱岭长平观道长吴凡子。吴凡子虽比他年长一岁，其身子骨，还有道行、才干、岐术都在他吴阳子之上。再加之，泫氏之地的神农城、神农坛、神农井、神农泉、神农谷畔等遗址胜迹,对小王熙的成长甚为有利。送王熙到泫氏,别无选择。

眼下时间对吴阳子而言,万分金贵。虽太阳已经西下,吴阳子仍赶到上党城王斌的家里,谎称泫氏丹朱岭长平观道兄吴凡子邀约甚急,要他速带王熙赶往泫氏有要事相商,即刻就要动身。王斌很快找来一辆大车,师徒二人连夜上路,直奔泫氏县。

泫氏县就是今天的山西省高平市。泫氏之名源自战国赵泫氏之邑地。西汉昭帝刘弗陵置泫氏县,六百多年后的北魏皇帝拓跋子攸,于公元529年改泫氏为高平。

泫氏县雄踞太行山麓,背靠三晋腹地,瞰眺千里中原,素有"秦晋唇齿,河朔咽喉"之称。泫氏之地是远古时代的神农炎帝创业之地,相传神农创耒耜、尝百草、辨五谷、教民耕,皆在泫氏。离今天山西高平市区仅十七公里处有一个千年古镇,神农镇。顾名思义,神农镇是神农帝的发祥地。神农帝当年创业创新创世纪的遗址、遗迹,在神农镇随处可见。

两千二百八十多年前,泫氏县境内还发生了一场惨烈之战,在中华历史上乃至世界战争史上难觅二例。那就是我国历史上最早发生、最大规模、最惊心动魄、最惨烈无比、最发人深思的长平之战。

长平之战是战国时秦国与赵国双方倾其国力的一场拉锯式的血战。它历时四年,赵国先后投入的兵力过百万之众,秦国参战者的最保守估计也在百万以上,双方死亡皆不下五十万人。"争地以战,杀人盈野;争城之战,杀人盈城",《孟子·离娄》中刻画这场战争场面的两句话,入木三分。

在这场史无前例的战争中,唱主角的,一个留下了千古笑柄,一个留下了万古骂名。留下千古笑柄的是赵国统帅上将军赵括。赵括是赵国名将马服君赵奢的儿子。赵大公子似绣花枕头,外面花飘飘,里面一团糟。他自恃读了几卷兵书战策,到处高谈阔论,目中无人。中了秦国离间计的赵王委任他为赵军统帅。其结果是蒙昧无知,自傲自大,自己被乱箭射成了刺猬,四十五万大军全军覆没,给赵国的灭亡点燃了导火线。成语"纸上谈兵",就是这位公子留给后人的"杰作"。顺便一提的是,晋代以前,还没有"纸上谈兵"这个词汇,原话叫"桎上谈兵"。出自赵括的母亲谏阻赵王不要以赵括取代上将军的一句话:"大王,知子莫若父,夫君奢在世,屡言括,辞善活泛,腹内空,谋战无实,桎上谈兵,缚足束胳,充卒尚可,非将也。"

桎,古代拘束犯人两脚的刑具。这话的本意是说,赵括的父亲生前多次提到儿子,只是嘴巴会说,肚子没货,没有指挥打仗的真本事,谈兵论战,只能像被戴上刑具的人,束缚自己的手脚,当个士卒还可以,不能当将军。

古代的兵书战策,不是印在纸上的,而是刻在竹、木之简上。我们现在看到的古代典籍，皆是晋朝以后的文人士子校点而成，"桎上谈兵"遂被改为纸上谈兵。

留下万世骂名的是秦国的统帅、上将军白起。白起在军事指挥上无愧于杰出二字，他一生骁勇善战，战功赫赫。但手段残忍，杀戮至极。长平之战结束时，赵国四十万饥疲之师，全部向秦军解甲投降，白起将四十万降卒残忍地全部坑杀。史载，白起在坑杀长平四十万降军之前，大战伊阙，将已投降的二十四万韩、魏联军，一次性斩杀，一个不留。而长平的坑杀中，白起不知何意，将二百四十名尚未成年的降兵免死。长平之战，秦将白起是不是真的活埋了四十万降兵，四十万被埋掉的军卒尸骨何在？1994年6月间，高平市永录乡永录村村民李珠孩在自家果园耕地时，意外揭开了这个千古谜底。四十万遗骸在哪里？在今天高平市东、西梁山之间的丹河附近山谷里。

其实说赵括、白起是长平之战的主角，还真的抬举了二位。这场战争的真正主角应该是赵王和秦王。假如，赵王不被离间计所惑，赵括就不会被推上赵军的统帅宝座。秦王不用白起，仍用王龁为上将军，长平之战的历史也许就不是这种结果。如此说来，白起遭千古耻骂，多少还有点冤枉。

吴阳子道兄吴凡子的丹朱岭长平观，正是当年长平之战的主战场所在地。当吴阳子师徒赶到长平时，长平观道长吴凡子正在观内的雪地上堆雪人。吴凡子仙风道骨，银髯飘飘，道袍弃之一旁，单衣挽袖，双手捧雪，又拍又捏；双颊微红，额头、鼻头上的汗水，似一颗颗晶莹剔透的珠子，不时往下掉，汗珠子滴在雪地上，一滴一个孔。看到吴阳子，吴凡子兴高采烈，连连招手，说："俺堆雪人，贵客临门，添丁进口，好兆头也！"

吴阳子赶上前揖手道："道兄童心未泯，真雅兴也，愚弟望尘莫及，佩服佩服！"

吴凡子将最后一捧雪按在雪人的肚皮上，抓起道袍，披在身上，拉住吴阳子的手，就往阁内走。

吴阳子扭头一声喊："王熙，快来给师父磕头！"

王熙应声上前，双膝往地一伸："师伯在上，徒儿给你磕头，愿师伯天天堆雪人，打雪仗。"

吴阳子说："王熙，我不是叫你给师父磕头吗，你怎么没听清楚？"

"不对呀？"王熙拍着身上的雪渍说，"你才是我的师父，我也没有拜他为师，当然得喊师伯呀，师父不是说，他比你年长一岁吗？"

这一老一少的对话，使吴凡子脑子里立马打了一串问号：吴阳子今天是怎么了，莫非他有什么难言之隐？想到这，吴凡子俯身问王熙："你喜欢堆雪人不？"

王熙看着吴阳子没有吭声，却点了点头。

"喜欢堆雪人，就去帮师伯把刚才堆的雪人修整修整，造个好模好样的，如何？"

王熙当然高兴，小手一拍，欢呼雀跃地往雪人堆里跑。

吴凡子这才扳住吴阳子的肩说："冒雪跑了几百里，莫非有什么急事要愚兄帮忙？"

吴阳子见师兄直言拜上，也就毫不隐瞒，将自己中毒已病入膏肓的事和盘托出，又把王熙的岐黄天赋情愫如何如何地说了个痛快。说到最后，眼圈有些发红："道兄，愚弟到这人间走一遭，皆无甚牵挂，只是这临终前收的弟子，太令我满意了。可惜缘分浅薄，他毕竟还是个孩子，有些东西尚不能过早传给他。于是愚弟想到了兄长。将王熙托付于兄长，将他收为弟子，传你的岐黄之术道，好让王熙将来造福于人世，如何？"

吴阳子如此一说，吴凡子捋髯凝眉，似在沉思。

吴阳子见吴凡子老半天不吭声，有些急了："道兄，我时日不多了，你收下王熙，我迅疾返回真阳观，否则，这把老骨头就会留在泫氏了。"

吴凡子说："此事不急，来，愚兄给你按上一把，或许不是你想象的那样悲坏。"

吴阳子连连摆手："真的不劳兄长费神于我了，你答应收下王熙，就是给我最好的灵丹妙药了。"

"天长观之事，老朽真是铭心刻骨，教训太深太深了。倘若再不慎，重蹈覆辙，我连后悔的机会都没有。师弟，还是容愚兄三思。"

这天长观之事，是啥事？让吴凡子如此纠结？

那是二十年前，吴凡子在雁门天长观当住持时，从山洪中救起了一位少年。那少年无家可归，吴凡子收留观中，见其聪明伶俐，便有意教他一些岐黄之术。那少年见窍放窍，百般地好学，把天长观的人都哄得团团转，皆异口同声要吴凡子收那少年为弟子。吴凡子遂答应下来，传其所秘。可万没想到，那是一个深藏不露、阴险狡诈、贪邪匿蜮之辈，将所学的岐黄之术，用于骗财骗色。到了后来，胆子更大，竟然将观里的钱财盗去，并勾结山匪，里应外合，蒙面洗劫天长观，抢走观里的镇观之宝紫金钵香炉，且杀死护观的三名道护（相当于佛家的护院武僧），还妄图毒杀吴凡子，霸占天长观。

吴凡子死里逃生，求助时任并州刺史高干。几年前，高干之父患恶疾，被吴凡子治愈。高干调动几千人马才将天长观夺回，那伙恶贼逆徒才被诛杀一尽。

天长观收回后，吴凡子倾其余力，将道观恢复如常，但他再也不想在天长观待了。遂选了一名弟子主持天长观，他遁迹于泫氏长平，不再露面。十年前，长平观师兄羽化前，硬是将他强行扶上道长之位。天长观那事发生后，吴凡子再也不收任何徒弟。吴阳子在上党真阳观收弟子的慎重，皆有吴凡子天长观教训的影子，而定下"五不收"。

"道兄放心，这王熙，我是用'五不收'的戒尺量过的，与奸逆之辈不可画等号，且骨子里有一种对岐黄之术的渴望。师兄一身岐术，难道愿意随你一道羽化成烟？"

"慧其二，善其一。岐黄之术，善慧为本。"吴凡子掐着吴阳子的肩，意味深长地说道，"始圣老子言：善行无辙迹，善言无瑕谪，善数不用筹策，善闭无关键而不可开，善结无绳约而不可解。是以圣人常善救人，故无弃人；常善救物，故无弃物。是谓袭明。故善人者，不善人之师，不善人者，善人之资。不贵其师，不爱其资，虽智大迷，是谓要妙。师弟，少安毋躁，收王熙为弟子，亦要善缘，更亦善根。走，看这小家伙的雪人堆得如何。"

二人转到大院，王熙正忙得不亦乐乎。两个雪人已被他修整得像模像样像人形了。看到师父、师伯，王熙抹了把脸上的汗，高兴地说："师父，师伯要我修整的雪人，我已整得差不多了，师伯，你看行吗？"

吴凡子围着雪人转了转，满意地点了点头："不错，不错，贤侄不愧是堆雪人的高手。看你这手艺，你以前堆了不少雪人吧？"

"堆了，堆了，俺两岁，俺娘就教俺堆雪人，俺娘教俺堆的雪人，还给雪人起了名字。"

"嗬，都起了啥名字呀？"

"我家开的生药铺，俺娘说，生药是治病的，人的病是瘟神送的，这雪人就叫瘟神吧。"

"叫瘟神？那不吉利吧，让瘟神站在自家院子里，好不好？"

小王熙揉了揉鼻子说："听了也害怕，可俺娘说，雪人见不了光，太阳一出来就化了，这意味着瘟神被我家生药铺的药给治灭了。"

"你娘说得真好！"吴凡子抓起一把雪堆在雪人的肩膀上，十分亲昵地蹲下身子，"师伯求你一件事，好不好？"

王熙像个大人，双手叉腰，说："师伯，你还求俺，骗俺的吧！俺能做啥呀？"

吴凡子站起来，指着雪人说："师伯求你也给这雪人起个名字，起个有意味的名字。"

王熙脖子一歪，手指往嘴里一塞，绕着雪人转了几圈："起名字可以，起个有意味的名字嘛，还要把雪人修整一下。"

"怎么修，贤侄尽管说，师伯帮你一起修。"

"俺要给这个雪人换个头，不知用什么东西好。"

王熙说着，四处张望，突然看到了远处墙角挂着的几个大葫芦，马上高兴得手舞足蹈："有了，有了，用这葫芦做人头，太像了，太像了。"

吴凡子指挥道童取来两个葫芦，交给王熙，问道："贤侄要葫芦有何用？"

王熙接过葫芦，边往雪人上放，边说："这两个人头做起来了，师伯就会明白我给这雪人起的名字。"

王熙将葫芦的根蒂用小棍子插好，再弯曲后插在雪人的头上，再堆上几捧雪，远看好似这雪人低着头一样。

"师伯，你看出这雪人应该叫啥名字了吧？"

吴凡子远看近看，摇了摇头，说："贤侄，你别考师伯了，还是你自己说出来吧！"

王熙用小手点着说："这边的雪人叫赵——括，这边的雪人叫白——起。他们的名字，师伯一定熟悉。"接着，小王熙绘声绘色地把一路上师父讲的长平之战的故事说了一遍。

吴凡子连连点头，心里说难怪吴阳子师弟对此娃如此上心。他凝思了瞬间，说："王熙贤侄，这名字起得意味深长，师伯谢谢你了。只是他们俩都干啥了，你让他们低着头哩？"

王熙说："圣哲聃公曰：上善若水，水利万物而不争，处众人之所恶，故几于道。居善地，心善渊，与善仁，政善治，事善能，动善时。夫唯不争，故无忧。赵括，没有本事却装有本事，连自己的娘都不让他带兵，他却不听，丧了几十万人的性命，是为不善也。白起，就更不善了，四十万兵士都投降了，还将他们都活埋了。我让他们勾着头，是要他们给长平人谢罪。等太阳出来，赵括、白起皆化成水，这葫芦做人头可化不了，那如同四十万被埋军士的骨骸还在，让今天活着的人不要忘记他们呀！"

吴凡子听到这里，猛地一把将王熙抱起，边抱边亲，嘴里喃喃自语："我收了，我收了！"

十天后，吴凡子正式收王熙为弟子，这是他二十多年来接收的第一个弟子，也是关门弟子。这一年吴凡子已经九十高龄了，收弟子仪程甚为隆重，泫氏周边的神农庙、韩王庙、羊头山庙等道众皆来祝贺。

而此时的吴阳子，已是毒素攻心，再也支撑不住了，王熙拜师仪程结束的第二天，就倒了床，昏迷不醒。他千叮咛万嘱托吴凡子，他中毒之事万不可让王熙知道，如果让王熙知道了他死去的真相，王熙一定会后悔不该将那条蜈蚣活捉回家。

吴阳子一病倒，王熙就跪在师父的榻前，泪流满面，一直守着。吴阳子醒过来，王熙立马就要去喊吴凡子。吴阳子挥手示意王熙，不要去："师父偶染风寒，等过一阵子会自然好的。"

王熙说："不对呀，师父，你不像是风寒之症，凭师父的内外功力，这风寒之症，是放不倒师父的，俺还是去叫师伯师父吧。"

那天，拜吴凡子为师后，王熙就问吴阳子，两个师父怎么叫。吴阳子就故意问他，应该怎么叫。王熙说，按师门之规，应该叫大师父、二师父。吴阳子虽年虚一岁，但为师在先，当是大师父。那称吴凡子二师父又觉得不妥，便称师伯师父。吴阳子听了，十分满意。

吴阳子说："傻孩子，师父自己的病未必自己不清楚。过几天师父回上党真阳观，你在这里跟着师伯师父，把他肚子里的岐黄之术，都学到手。师伯师父有一包古籍，师父才只看了几回，宝贝得很，你要好好地学，都吃到心里，用到该用之处。"

又过了几天，吴阳子的病情微有起色，加上吴凡子给他扎了针，施了药，已经能下地走路了。这些天王熙是寸步不离师父。吴阳子让他背《诗》《礼》《老子》，教他《孟子》《九章》，讲针灸，说药述疾。看看外面的雪已经融化得差不多了，吴阳子便与吴凡子告别，准备回上党。等观里的人找来马车，吴阳子背起行囊准备上车，突然一阵晕眩，天旋地转，倒在了地下。吴凡子赶过来给他施针穴，忙乎了一下午，吴阳子才醒过来，他握住吴凡子的手说："道兄，原想回上党，看来是走不了了。污了为兄宝地啦！王熙全托给你了。还有，所嘱之事，切记，切记。明日巳时前后，吾当去也！羽化之前，这几个时辰任何人不要靠近我，我要闭关思过。巳时，方可入内。"

因吴阳子有言，自那一刻起，吴阳子就一个人留在了室内，门窗紧闭。王熙等都守候在室外。第二天，巳时一过，房门打开，只见吴阳子端坐于榻椅之上，双手放在双膝，似睡非睡，似醒非醒，吴凡子手触鼻息，已升天多时。

道家有戒，羽化之人，禁绝悲泣。小王熙想哭都哭不了，只好眼睁睁地看着师父在腾腾烈焰中化为灰烬。这一年，吴阳子八十又九。

阳子师父走了，好在他生前有先见之明，将王熙托付给了吴凡子。那天王熙给雪人取名字及所讲的那番话，真的令吴凡子喜不自胜，他也万万没有想到自己在有生之年还能收一个如意弟子。吴阳子羽化后，他自是倾其心、尽其意将平生所知，毫不保留地教给王熙。

这一天，是六月六，是泫氏人的神农节会。吴凡子便带王熙到羊头山参加神农庙的神农祭。神农尝百草的故事，王熙早就听说了，而且还会讲。吴凡子将他带到羊头山时告诉他，神农当年就在这里尝百草、辨五谷、始末耕，留下了很多遗迹。这可叫王熙高兴得不得了。他这里摸摸，那里掏掏，见到什么就问。比如，神农庙里的像为啥不叫神农而叫炎帝？既是神农的地方，为啥不叫神农山，叫羊头山？炎帝岭上的炎帝与神农庙里的炎帝是不是一个人？精卫填海里的鸟为什么叫女娃（娲），还跑到羊头山上变成了人，成了炎帝的女儿……也亏得是吴凡子博学多闻，通今博古，没有被王熙问倒，皆一一解答，说得小家伙连连点头，甚是满意。换上别人，就不一定了。因王熙真的很特别，刨根问底的原因，在于他善于观察事物的细致，这令吴凡子打心眼里喜欢。

神农祭的仪程结束了。午饭过后，吴凡子领着王熙出席了立碑上座的仪程。这碑相传是东汉光武帝刘秀当年巡视羊头山令人刻的，屡经战乱，原碑已毁。新任上党太守到泫氏看了残碑，甚觉惋惜，就亲自筹资重刻再矗。那碑高九丈，宽九尺，甚是巍峨壮观，围观者络绎不绝，赞不绝口。有的称碑石坚固，有的说碑文辞美，有的讲书体刚劲。小王熙也挤进了人群中，上看下看，也看出点名堂来了。忙挤出人群，一边擦汗，一边问吴凡子："师父，俺也看出这碑石与众不同。"

吴凡子一听："噢，快说说，有啥不同？"

王熙说："这驮碑的乌龟与俺看到的乌龟就不一样。"

"有啥不一样呀？"

"乌龟只有一个眼珠，可你看师父，这驮碑的乌龟咋有两个眼珠呢？"

吴凡子师徒一问一答，声音很大，把围观的人都吸引过来了。有人惊讶起来，是呀，怎么这龟是双眼珠呢？

于是，有人就喊："这事新鲜，多亏了这位小兄弟发现了，真是人小眼慧呀。吴道长，你给我们讲讲吧！"

有人插科打诨："这有啥好讲的？简单，那两颗眼珠，是这身上的石碑太沉压出多一个呗！"

有人制止住人群的哄笑说："大伙别打岔了，还是听听吴道长的解释吧！"

"各位，真的想知道这驮碑的乌龟双眼的事？"吴凡子往石阶上一站问了一句。

"想知道！"人们异口同声。

"好，那贫道就献丑了。告诉各位，这驮碑的不是龟，也不叫龟，它叫赑屃！"

接着，吴凡子将它的来龙去脉细细地叙述了一遍。

有关赑屃有两种来历。一说赑屃是龙的儿子。龙有九子，赑屃为老六。九龙六太子中最能吃苦负重，力大超群。它的形象也极为特殊，整个身形远看像是一只乌龟，头部却生得酷似龙首，由于它力大无穷，肚子也就大得多，就不时被他的几个兄弟或其他水族诱以美食而唆使它做一些不利于龙宫的事。龙王为制止赑屃惹是生非，就去找太上老君求计。太上老君写了一道咒，令龙王刻在石碑上，除非龙王念老君的咒语，否则，赑屃就不能动弹。从此，赑屃就再也不惹是生非了。

还有一种说法，大禹治水时，发现了许多水灾都是龙太子在兴风作浪。于是有一天，大禹用百猪千羊万鸡将它诱到身边，用它驮三山五岳，移山填海，使治水的进度加快了好多倍。洪水得治后，大禹怕它恶习不改，遂用一块特大的石碑压在它背上，上面刻着它治水的功绩，赑屃甚是得意，就天天驮着到处显摆，再也不危害一方了。

用赑屃驮碑彰显功绩是东汉初年的事。光武帝让张衡写出《西京赋》后，就令人刻碑耀世。碑刻出来后，如何才有气势呢？于是懂天文地理的张衡就建议用赑屃驮碑。光武帝认为好是好，但一定要与乌龟有所区别，于是张衡就在监制时令石匠将它雕塑成龟身、龙首，还特意在眼睛刻上两个眼珠子。张衡为此在《西京赋》中加了一句"巨灵赑屃"的话。后人作注："赑屃，作力之貌也。"历代文献皆仿效之。一千多年后的明代李时珍在《本草纲目》中也记载有"赑屃者，有力貌，今碑趺象之"。

什么叫碑趺？碑趺，就是碑下的石座。今天我们所看到的碑石座都是龟形，眼珠也是单的，那都是我们很少知道赑屃的来历。现出土晋唐以前的碑趺，无一不是龙之首、双眼珠。

吴凡子的渊博知识令在场的人无不钦佩。小王熙人小心细，也成了人们赞不绝口的话题。这师徒二人在羊头山神农庙广场，可谓是风光无限，吸引了不少粉丝。

小王熙成了小明星，吴凡子当然高兴。王熙除了正规的课业外，他要学什么，吴凡子就教什么。有一天，王熙想起了吴阳子师父临终前的嘱咐，师伯师父有一包袱宝贝，他也只过看两次，这包袱里是啥宝贝呢？王熙好想好想知道。一天，王熙把吴阳子师父临终前的话说了一遍，缠着非要看宝贝不可。

吴凡子想了想，这小家伙的悟性太惊人了，是该让他学那岐黄之术的王牌之经了。当天晚上，吴凡子将藏于殿后小密室的包袱取了出来。那是满满一包的简书。摊开书简，王熙就叫了出来："师父，这真是宝贝，三年前俺就知道了，也看过了。"

"什么，三年前你就看过这书了？谁教你的？"

王熙点了点头："嗯，一点不错，俺看过了，只是俺也不知道这叫什么书，就连收这宝贝书的牛先生也不知道叫啥书，上面的字他也不认识，也教不了俺。"王熙把那年被山匪劫上金壶岭一年多，巧遇牛先生的事细细地说了一遍。

吴凡子心里想，难怪吴阳子说王熙的经历太多太多，见识太广太广。他正色告诉王熙，这本书叫《难经》，也叫《八十一难经》。不仅要学，要背，更要紧的是要悟。悟经悟道，才知门道。光学不悟，仅识之肤；悟而不透，拉夫凑数。

岐黄之术，活人为要，毫厘之差，皆有人命之险。赵括带兵，不懂装懂，葬送了四十万人的性命，人们还会怜悯于他。因为他还有一个对手白起在同时担当着罪过。为医者，若有差池，罪过独撑，无人扛领，故而学岐黄者，微乎其微。这除了岐黄之难，担责之险也是主因。吴凡子还告诉王熙，他的《难经》还不完全，卷首卷中有缺漏，虽然不多，也不完整，待以后有机会再行弥补。要学就要一以贯之，不可半途而废，否则，有百害而无一益。

王熙当然是喜出望外，他向师父起誓，不吃透《难经》，决不言弃。

自那天开始，吴凡子开始给王熙教《难经》，仅用几天时间，王熙就将残缺的《难经》背了下来。一背熟后，王熙给自己定下规定，日诵十遍，不完成饭不吃，觉不睡。

第八章

蓍龟言誓　山匪抢庙观
引火烧身　王熙护《难经》

　　王熙将《难经》背诵得滚瓜烂熟了，光能背诵不行呀，要悟道化裁才是正理。可《难经》也真是太深奥了，纵然是一般医者，也得慢慢品悟，何况王熙还是个少年郎。于是，他缠着吴凡子非要讲解、讲透。吴凡子原打算先让他背诵记牢，等过了一年半载，等王熙年纪稍大一些再讲。没想到这个孩子太有恒心、钻劲了，不得不啥事都往前赶。

　　讲经论道，源头重要。给王熙讲什么呢？吴凡子想呀，这个弟子非常人可比，得要接他的思路而来才可以驾驭他的思维思考。于是吴凡子就问王熙："读熟了《难经》，《难经》中有哪些你最喜欢？"

　　王熙说："《难经》里的东西我都喜欢，可就是好多东西我不明白。《难经》多处提到六经，这六经又是什么经？"

　　吴凡子心里说，好了，这孩子思维的脉系绳我牵住了。于是吴凡子就从"六经"源头讲起。

　　"六经"的发起，当追溯到远古时代。传说黄河（当时还没有"河"之说，"河"称"壑"）叫"黄壑"，也叫"黄水"，由龙马背《壑图》（后称《河图》）而出，洛水有神龟背负《洛书》而出，伏羲氏据此画八卦，设想了《易经》，大禹以此排列了五行。到了周之际，贤哲圣祖们基本完成了《易经》。战国初年又诞生了《左传》。《左传》以阴、阳、风、雨、晦、明，来解释人的疾病的成因，称之为六气。春秋到战国末期《尚书》已成书传世，孔子及弟子们对《易经》进行了编纂，到了后期孟子也进行了完善，《易经》就正式成书流传。

　　战国时代，诸子突起，百家争鸣，中华文化进入了一个鼎盛时期。老子、墨子、庄子、孔子、韩非子等圣贤都有不少独到的辩证见解，称之为辩证法。辩证法对中华医学起到了较大的推进作用和启示作用，同时，它也成为祖国医学的重要组成部分。《黄帝内经》《难经》正是在先哲辩证法的引导下形成的。《难经》《灵枢》的编纂者吸取诸子百家的辩证法思想，使之与医学实践的成就相结合，从此奠定了中华医学医理的形成。到秦朝汉代，六经医理说日臻完善。所谓六经，就是人为什么要生病，生病要怎么治，如何少生病、不生病的理说与践行的辩证法归纳。后人为了便于与文化六经的区别，称之为医说六经，也称医理六经。

吴凡子的解释，对王熙而言，有很多也是一头雾水，似懂非懂的，但至少使他明白一个道理，岐黄之道源于文化之道，学岐黄先要学文化。母亲教他读《诗》《礼》，王焘先生教他读《九歌》《九章》，吴阳子师父教他读《老子》，都是有道理的。那不是不教他读岐黄，而是在为他学岐黄打基础，夯功底。吴凡子的讲解，也使小王熙从沸腾的思绪中渐渐理出了一个清晰的头绪：人世间，万事万物皆没有先天先知，不学而知，皆是后天博学嗜究而来。王焘先生、吴阳子、吴凡子等师父之所以全知百晓，都是读书读出来的。小家伙心里就暗暗地较劲：王熙呀王熙，你要好好地读书、读书，多多地读书、读书。

人一旦转过弯来，特别是自己悟道悟出的道道，就会趋于一种特别自觉的境界。小家伙就找吴凡子要他教读《尚书》。吴凡子问道："你不是天天缠着我要讲《难经》吗？怎么又会想到要学《尚书》，《难经》不学了？"

王熙说："师父，我知道自己错了。《难经》我是一定要学的，我现在已经会背诵了，你也讲了，我还真是听不懂许多。原因我悟出了，是我肚子里没有其他的货。要懂《难经》，就要先学比《难经》更难的经，懂更多的理。"

吴凡子微微点头，口若悬河般讲起了《尚书》。《尚书》分《虞书》《夏书》《商书》《周书》《旅书》五部。《虞书》中又分《尧典》《舜典》《大禹谟》《皋陶谟》四章。这尧、舜、禹、皋陶是四个人，都生活在上古时代。尧、舜、禹皆是首领，相当于后来的皇上，皋陶是舜帝时掌管刑法狱讼的大臣，很有才干，舜很想将他的帝位传给他。但皋陶不愿意接舜的帝位，向舜推荐了禹。这尧帝恭敬明达，思虑通融，尽职尽责，又很善于让贤。他在位时，德政普施于四海，惠达于上下，九族亲密和睦。对百官的是非善恶，尧一目了然，任用得心应手，把天下治理得有条不紊，风调雨顺，国泰民安，这都是贤德的功勋。

吴凡子讲得认真，王熙听得更认真。小家伙善于思考，听着听着，就忍不住要提问了："师父，这《虞书》中的四章《尧典》《舜典》《大禹谟》《皋陶谟》，为啥不都称'典'，或者都称'谟'，是有啥讲究？""当然有讲究。"吴凡子侃侃而谈。

"典"，即典范、典常、典章，《尧典》《舜典》是说尧、舜二帝是当帝王的楷模，他们制定的法令、规章，皆是值得借鉴的经典。"谟"，是计策、谋略，《大禹谟》《皋陶谟》讲的是他们二位安邦治国的谋略权宜。

这师徒俩，一个讲得头头是道，一个是听得津津有味。这种有滋有味的日子，在不知不觉中过去了半年。王熙已经将《尚书》从字句到奥理差不多都装到了肚子里。

这天晚上，王熙按师父的叮嘱，把《周书》中的《旅獒》与《尚书》第五部中的《旅獒》的区别进行了细细咀嚼。《周书·旅獒》中的"旅獒"是指西方进贡的高四尺的大犬，乃为獒。史官怕周武王玩物丧志，将太保劝谏武王的一番话记录下来，名曰《旅獒》，意为劝谏勿忘。《尚书》五部的《旅獒》，是为祭天、祭山、祭祀之意，与獒犬有天壤之别。这一章中的《旅獒》多是指周武王灭商后周公祈天祀地的祭文、祭辞、卜辞的记载。

在默默悟悟中，王熙不知不觉地睡着了。日有所思，夜有所梦。一只又高又大的旅獒吐着长长的舌头，正凶猛无比地向王熙扑来，王熙扭头想跑，脚却像生了根一样怎么也迈不开。眼见旅獒的舌头就要舔到手上了，王熙一声大叫，奋力往前一冲，脚一阵轻松，身子却摔得生痛生痛。他睁眼一看，竟躺在了地上，身旁一个蒙面大汉举刀一声大吼："小兔崽子，不许动，动就砍下你的脑袋！"

这是怎么回事？是长平观遇上了盗匪抢劫。连日来泫氏县的盗匪，实则多为黄巾军残部的蜕变之徒，十分猖獗，专抢庙堂、道观，神像上凡涂有金粉银饰的，一律被刮走。韩王山的韩王庙、羊头山的神农庙早在十几天前就被盗匪抢过。吴凡子早有预料，天长观难免一劫，便提前将值钱的东西藏了起来。匪徒在长平观翻了个底朝天，找不出几件像样的东西，就连粉缸面盆的食物也少得可怜。

贼不空过，匪无徒劳。这伙山匪见长平观空空如也，啥也没抢到，甚为恼火，几个头目嘀咕了一会儿，把观里睡着了的道童、道士全部赶起来，将床上的铺盖席卷一空。王熙正在梦中被旅獒追赶，人一急猛地坐起来，一声大叫，将正在准备抢他被子的盗匪吓了一大跳，一把将他摔在了地下。

吴凡子怕王熙吃亏，赶忙挤了过来，双手加额："无量天尊！他是一个娃娃，壮士勿与娃娃计较，若有火气未消，请找贫道发泄吧！"

王熙在金壶岭匪窟里待了快一年，啥阵势没见过。他回顾四周，知道是遇上了上门的山匪，马上镇定自如地对那蒙面的大汉说："你们也是饥寒交迫才不得已而为之是吧，师父，不要紧的，这些好汉不会滥杀无辜的，他们只要金银珠宝、粮食布匹。"

山匪头目见王熙人虽小说话不一般，便围了上来。山匪头目说："小师父，你既知道我们的苦处，总该不会让我们空手而归吧。你师父是不是把东西隐藏了起来？只要将所藏之物拿出来，俺们会马上离开的，且从此再也不踏长平观的门槛。"

"好汉说话算话？"

"说话不算话，死在刀剑下。"

"那好，俺把师父交给俺的一包东西交给你们，你先要他们将这被褥还给师兄弟、师父。再以蓍龟言誓，自今日后不再踏一切庙堂、道观。"

山匪头目把手一挥，那些抢了被褥的山匪把已包好的被褥铺盖都丢还给了道观的人。何以称蓍龟言誓？

蓍龟就是蓍草和龟甲。古代人迷信，认为战争、生产、祭祀、婚姻、筑城、选地等大事，俱出天意，常用以蓍草烧龟甲卜吉凶。《易·系辞上》说"探赜索隐，钩深致远，以定天下之吉凶，成天下之亹亹者，莫大乎蓍龟"。《史记·龟策列传》："王者决定诸疑，参以卜筮，断以蓍龟。"到了王莽的新朝时期，古人蓍龟卜吉凶的习惯，渐渐演变成以蓍龟之法为向苍天盟誓，倘若不按蓍龟之言，就为欺天之举，天诛之，地咒之。以现代人的说法，就是对天发毒誓，说话不算数，天诛地灭。而且这种蓍龟言誓，在黄巾起义军中最为奉行。原来的蓍龟要用蓍草烧龟板，到后来都简化了，折一节蓍草枝，举于额前即为蓍龟言誓。蓍草有清热解暑之功效，一般道观里皆有蓍草。王熙喜欢种蓍草，长平观里到处都有。说话中王熙就从厅里的蓍草盆揪了一节蓍草递给了山匪头目。那山匪头目也没想到一个小小娃儿，居然懂如此多的门道，无可奈何地接过蓍草，对天起誓，若得此娃匿物，自今日后，不再踏一切庙堂、道观。

蓍龟言誓完了，那头目把手一招，一群山匪举着火把围了上来。王熙不慌不忙，领着山匪来到观后小客堂，推开暗门，从里面抱出一大包袱。山匪立刻一拥而上，从王熙手中抢过包袱。山匪头目心花怒放，急不可耐地打开包袱，一脸喜悦，立马化成了冰水。包袱里不是什么金银珠宝，是王熙已背得滚瓜烂熟的《难经》残简。山匪头目瞪眼咬牙地看着王熙老半天，啥话也说不出来。遂将一包袱残简往腋下一夹，吹了一声口哨，几十名山匪灰溜溜地走出了长平观。临出门时，山匪头目掂了掂手中的包袱，随手扔进了正燃烧着熊熊大火的山门香炉里，扬长而去。

王熙见山匪把《难经》残简扔进了香炉里，一声呼叫，奋不顾身就从火炉里抢竹简，《难经》差不多是完好无损地保住了，可王熙的双手被烧出了大燎泡，眉毛烧光，头发也烧掉了不少。

小王熙用一包《难经》残简，诱山匪头目蓍龟言誓，从此不再踏抢一切庙堂、道观的事第二天就传遍了浤氏所有的庙观。庙观的道长、道徒都十分钦佩王熙的胆识。听说王熙为抢回被扔进火炉里的《难经》残简将双手烧伤，许多道观就派人过来慰问王熙，还有的送来治伤的草药和食物。地势较为偏僻的韩王山韩王庙，曾被山匪光顾过两次。韩王庙道长寒真人亲自赶到长平观，看了王熙的烧伤后，寒真人说他那里有一种对烧烫伤有特效的膏油，可治好王熙的烧伤，且不会留疤痕，只是这种膏油每涂一次必须煎熬加兑药粉，甚是复杂，他要王熙住进韩王庙以其方治伤。吴凡子当然同意，就这样，王熙被寒真人接到了韩王庙。

这泫氏县韩王山，位于今天山西高平市城区北十七公里处。战国时，韩王韩简子被秦国大将打败，韩王避乱于此山中，死后葬于此地而得名。韩王庙以祀韩王而建。韩王庙道长寒真人，俗姓韩，名阳子，原是长沙郡，也就是今天湖南省的省会长沙市的太守张仲景的帐下幕僚。因喜好岐黄之道，与张仲景兴趣相投，二人成了莫逆之交。张仲景父亲病逝，母亲及兄嫂、侄儿一家死于伤寒疫气后，遂对官场淡漠，以父逝母亡为由，辞去了太守之职，回家乡湟阳白河以治病救人为业。韩阳子也离开了长沙回家乡泫氏，做了韩王庙的道长，遂将俗姓之韩仍以谐音保留，故取道名"寒真人"。

王熙刚到韩王庙有些不习惯，加上烧伤之痛苦，甚为烦躁不安。寒真人每天给王熙熬膏油涂抹伤口时，便有意地聊些闲话转移王熙的注意力。

"你将《难经》交给山匪，倘若山匪真的将其拿走，你该咋办？"

王熙皱着眉头说："拿去也无关紧要，俺背得下来，重新抄写一遍就是了。"

"那山匪将《难经》丢进火炉里，你干吗又去抢它，连命也不要？"

"将《难经》交给山匪，是想让他们早点离开长平观，以免祸害师父及道长。山匪不要《难经》，要烧了它，俺当然要抢嘛，不能眼睁睁地看着师父的宝贝，在俺的眼底下烧成灰烬，那是罪过。"

寒真人连连点头，他打心眼里也喜欢上了王熙，便趁热打铁，要王熙背一背《难经》。见王熙有些不愿意，便说："王熙，这样好不好，你背一段《难经》，我讲一个张机的故事，如何？"

"张机的故事？就是我师父钦佩得不得了的张长沙、张太守开堂治病的故事？"

"是呀，就是他张机张仲景的故事。"

"那好，那好！"王熙高兴起来，想手舞足蹈，不想扯动了伤口，痛得龇牙咧嘴。

寒真人与张仲景同帐共事六年有余，张仲景的故事他耳熟能详，张口就讲了一个大小柴胡汤的故事。

说是张仲景在长沙当太守时，审理完政事，便给当地百姓诊脉看病，看病的地方就在公堂里。有一天，长沙城商贩的妇人生了一对双胞胎男孩。那时候双胞胎甚为少见，稀奇得不得了。一两天光景，消息就传遍了全城。双胞胎落地才几天就生病了，两兄弟高烧不退。因是未满月之娃，不便抱到太守的公堂里，一家人急得团团转。有人将这事讲给张仲景听了，张仲景二话没说，就令人带路，直奔商贩家里。张仲景给两位降生人间不到十五天的小娃娃看了以后，诊断他们虽然都是高烧，症状相同，但病因完全不一样，所开方子当然不一样。两个小娃娃都没有名字。于是，张仲景就在先落地的娃儿的处方上注明了两个"大"字，在后落地的娃儿的处方上注明了两个"小"字。

两个娃儿的处方都以柴胡为君药，并且都有黄芩、半夏、生姜、大枣，不同的是大娃的处方中加的是大黄、枳实，小娃的处方中加的是人参、甘草。这两个处方都很灵验，喂了药的第二天，大大、小小的烧热都退了。此后，张仲景又用这两个方治愈了不少的病人。有一天，寒真人（时称韩阳子）给张仲景整理医案时，询问这两个方子该怎么记，怎么命名。张仲景考虑到这两个方子都由七味药组成，又都以柴胡为君药，仅两味不同应该命名为"柴胡汤"。怎么区别呢？张仲景想到大娃的处方上有"大"字，马上就有了主意。将大娃的处方：柴胡、黄芩、大黄、半夏、生姜、大枣、炙、枳实汤，命名为"大柴胡汤"；将小娃的处方：柴胡、黄芩、半夏、生姜、大枣、人参、炙、甘草汤，命名为"小柴胡汤"。

寒真人的故事一讲完，王熙就立马背诵《难经》：

四难曰：脉有阴阳之法，何谓也？

然，呼出心与肺，吸入肾与肝，呼吸之间，脾受谷所也，其脉在中。浮者阳也，沉者阴也，故曰阴阳也。

心肺俱浮，何以别之？

然，浮而大散者心也；浮而短涩者肺也。

肾肝俱沉，何以别之？

然，牢而长者肝也，按之濡，举指来实者肾也。

脾者中州，故其脉在中。是阴阳之法也。

脉有一阴一阳，一阴二阳，一阴三阳……

寒真人问道："王熙，一难、二难、三难，是不是忘了，记不起来？"

王熙说："不是，俺师父的《难经》本是残简，一至三难没有。师父说，他是记得的，也可以教俺的。但他不懂，留给俺今后自悟。况且，师父言俺还没有到悟透《难经》的时候，欲速则不达，等到了时候，水到自然成。"

寒真人点了点头，又滔滔不绝给王熙讲了一个张仲景"开笑方治名医"的故事。

张仲景的家乡涅阳县白河之畔有一位名医叫沈槐。沈槐七十多岁，终身未娶，膝下无儿无女。眼见自己的身子骨一天不如一天，不免心存忧患。忧患什么呢？沈槐忧患自己的一身好医术没有人继承，传给别人吧，他又未遇上如意的弟子。就这样日愁夜忧，时间一长居然一病不起，日益严重，眼看着病入膏肓，要见阎王。沈槐的邻居是个好心人，特别同情老夫子的际遇，便四处替沈槐求医。这医者听说是沈槐病了,摇头摆手都拒绝了。为什么?因为沈槐太出名了,他病倒了,哪个敢上门替他看病。这天,张仲景打长沙郡回老家探亲,沈槐的邻居专门赶到了张仲景家求他到沈家为他看病。沈槐的名气,张仲景早有耳闻,也很想拜识老先生,学些医技。听了邻居所言,自家门都没进去,就来到沈槐的家里。一番诊断后,张仲景很快就开出了方子,名曰七神丸:粳米、糯米、小豆、大豆、大麦、小麦、黄黍各一斤,蒸熟后冷却搓捏成丸,用朱砂涂抹,外加一锅小米稀粥送服,一次服完。

病中的沈槐接过方子,不觉哈哈大笑:"老朽行医五十余年,治病无数,这样的方子我还是第一次见到,真是见了活鬼。如此庸人,还称什么名医,坐什么大堂。"待张仲景走后,他让邻居按张仲景的方子做成丸药放在床前,凡有人来探望,沈槐就指着那一堆药丸笑上一番:"你看,你看,这就是张长沙张仲景给我开的药方,你见过五谷杂粮能治病?见过一顿吃下七斤药丸,喝上一锅米粥送服的药方吗?真是天大的笑话,笑杀人也。"

沈槐见天逢人就讲张仲景的笑话,竟把无人继承自己衣钵的事忘得一干二净。

就这样,沈槐笑话了张仲景大半年。而大半年后,沈槐的病在不知不觉中痊愈了。听说沈槐身体康复,又能给人治病了,张仲景前去探望。看着满面红光的沈槐,张仲景上前施了一礼,意味深长地说:"医者,悬壶济世,治病救人,太医虽无子女,吾等晚辈不是你的子女吗?先生哀从何来?"仲景的一席话,让沈槐恍然大悟:"张机果然名不虚传呀,原来你给老朽开出的是一剂忘忧除愁的笑方,真乃天下第一方也!这才是真正拭目以待对症下药。老朽五体投地。"

从此,沈槐不再有什么门第之见,将许多珍贵的奇方奇药都传给了张仲景。

寒真人每讲完一个故事,王熙就背一段《难经》。就这样,王熙在韩王庙住了两个多月,听了张仲景的几十个故事,且也将《难经》反复背给寒真人听,真是一举三得,治好了烧伤,知晓了神医张仲景,又巩固了《难经》的学习。在寒真人的韩王庙,王熙还知道了张仲景能给人开方治病的方药,皆源于一本药书《神农本草经》。这又使小王熙开了大眼界,治病救人,不光要读懂《难经》《黄帝内经》,还要精通《神农本草经》,岐黄之道真是一条曲折之道、深奥之道。

一寸光阴一寸金,寸金难买寸光阴。

时间过得真快,转眼间,王熙在长平观住了三年。三年间,王熙嗣父王斌先后来过四五次,那都是到泫氏县做贸迁生意,顺道来看儿子。元宵节刚过,王斌风风火火专程赶到长平观,见了吴凡子道长,找来王熙,说是王熙的嗣母毛氏卧床半月有余,十分想念儿子。王熙是个孝顺的孩子,听说嗣母病重,马上急了，眼巴巴地看着师父。吴凡子连连点头，要王熙随嗣父王斌即刻回上党。

临行前，吴凡子拿出几样东西交给王熙，一件是几年前吴阳子留下的祖传金针，并特别嘱咐阳子师父临终前交代，在王熙尚没有通透岐黄之术，也就是还不谙针道之前，是不可擅自用针的。一件是王熙从香炉里抢出来的《难经》残简。还有一件精制的小铜匣，全部用蜡汁封得严严实实。吴凡子说："这个蜡封小铜匣怕火，匣中是何物，谁人所赠，开匣就知，但王熙不过二十岁，万不可开匣看此物，切记，切记！"

王熙捧着师父的赠物，眼泪汪汪地说："师父，这些东西俺不用带走，回上党看看娘亲，待她病好了，俺不就回来了。"

吴凡子摇手说道："师父早已算定，咱师徒缘分已尽。今后，你还会遇上高师名贤。要好自为之，不可急性、任性，凡事率性而为，弊大于利。聃公曰：'天下之至柔，驰骋天下之至坚。无有人无间。吾是以知无为之有益。不言之教，无为之益，天下希及之。'这几年，你甚有大悟之性。为师预测你一生利禄不缺，有侍君伴帝之运，只因率性，仍终老田园，是为善终也。"

上车了，王熙又跳下车，磕了一气响头，抹着眼泪，仍扑向了吴凡子的怀里。吴凡子是好说歹说才将王熙送上车。车夫的鞭子响过后，王熙仍伸出头来连声喊叫："师父！师父！师父！"直喊得吴凡子也老泪纵横。

第九章

卫汎拜师　巧遇张仲景
王熙施药　遂成小明星

王熙回到了阔别三年多的上党城。病中的嗣母毛氏见了儿子，病好了一半。第二天，多年不见的表哥卫汎也不期而至，王斌一家真是喜出望外。

卫汎给毛夫人一捺脉象，当即断明，毛夫人患的是人见人怕的伤寒症。很快方子开出来了，卫汎说这是神医张仲景治伤寒的秘方，治伤寒很见效的。

王熙一听张仲景的名字，就兴奋异常，忙问表哥怎么会有张仲景治伤寒的秘方，卫汎故作姿态，说是不可奉告地逗王熙。王熙急了，拿出顽童们惯用的撒手锏，双手伸进表哥的脖子里，直挠得卫汎叫饶不迭，待王熙停下手来才一字一句地说道："我——已——是——张——神——医——的——关门——弟——子。都——三——年——多——了！"

"什么，表哥，你是张神医的弟子啦？骗人的，骗人的。"

"俺干吗要骗你？"卫汎说完从包袱里拿出一个精致的小竹片，上面刻着一行字：张机弟子河东卫汎。这块竹片，类似现代人的名片。相传是神医华佗发明的。华佗给他的弟子，每人做了一块，随身而带，给人瞧病，先亮竹片以示区别。此后，大凡有声名的医家，也都效仿华佗，给自己的弟子每人刻上竹片，并称之为医名而广泛流传开来。接着，卫汎给王熙讲起了张仲景为啥收他为弟子的经过来：

三年前，卫汎的父亲卫生过世了。卫家的医术是祖传的，以儿科、妇科为主。卫汎想，光单科治病行医于世不行，还应该多拜几个师父，多学点医技才能有所作为。于是，卫汎决定要拜张仲景为师。处理完家中的琐事后，卫汎就上路往南阳而行。一路上卫汎是边走边打听张仲景的事。走到涉城，也就是今天的河北涉县，老天下起了大暴雨，三天三夜大雨不止，洪水泛滥，卫汎被困在涉城的一家叫老字号的客栈里。

老字号客栈是涉城的一家大店，一般有身份、有钱的人住店都选择老字号。无巧不成书，张仲景那天正好也住在老字号。天下着大雨，街上到处是积水，住店的客人当然无法出门，先是各自待在自己的房子里，待长了就都聚在大厅里拉闲话侃天说地无所不谈。客人中有个洪洞的相面先生，想趁机会卖弄一下自己，便天南地北地讲《易》术，谈相学，一下子把满厅的目光都吸引过去了。那洪洞术士正海阔天空地耍着嘴皮子，门外进来一位哭哭啼啼的老婆子。老字号掌柜赶紧引荐给那术相士，说老婆子是隔壁邻居，独生儿子外出做生意三年多没回家，杳无音信。老婆子日思夜想，两眼望穿了也不见儿子回。今早发生了一件事，令她心惊胆战。啥事呢？早上，老婆子她刚开门返回屋内时，走到院子中的梨树前，树上突然掉下一个梨子，落在她的脚前，梨子落地一声脆响，摔成了两半。老婆子平时就迷信，一见破成两半的梨子，就大哭不止。求术士给她算一算，是凶是吉。

洪洞术士闭着眼，嘴里嘟嘟囔囔不知说些啥地摆弄了老半天后，眼睛一睁问了一声："是想听真话，还是想听假话？"

老婆子连连点头："真话，真话！"

"讲了真话，你也得银子照拿。"

"先拿，先拿。"老婆子说完就从怀里摸出一串钱交给了洪洞术士。

"大家听好了！"洪洞术士故作姿态地干咳了几声，说道，"梨，即离也。梨破两半，意为二分也。此兆乃大凶之兆。你与你儿子中，当有一个要离开、离世。"

老婆子大惊失色："求大师再算一卦，我与儿子谁要离世？这离世是不是说要死了？"

"既然你已自己讲破了，那我直言不讳了。照兆相而言，你儿子当近日之内必死无疑。"

术士说完，只顾数老婆子给的铜钱。

老婆子大放悲声，哭晕倒地，众人纷纷上前，倒水的倒水，相劝的相劝。卫汎是个性情之人，当即上前搀起老婆子，说："老人家，你不要信那术士之言。古人云：事与兆相反。你儿子死不了。"

这下可好，那洪洞术士一把扭住卫汎："方家走南闯北，见过多少神奇，算过多少怪异，百算百灵，从未失算，你居然当着众多客家离间方家的妙算。你唆她不要听方家之言，那该听你的？你给她算算？！"

卫汎一把推开洪洞术士，义正辞严地说："你算得再真再验，也不该真言而真讲，老人家那大年龄，倘若有个三长两短，你该如何是好！江湖之人当行江湖之道，尚仁心善举，先生走南闯北，难道婉言二字也不知晓？也不会说话？！"

卫汎的一通话把洪洞术士说得满脸通红，看着满厅人的责怪目光，术士不由低下了头，但鸭子死了嘴巴仍硬："你适才放狂言，事与兆相违，他儿子死不了，你算给方家听听，有何说教？"

卫汎说："这有何难！'梨'，通'离'不假，'离'的反兆就是合。合，就是相拥相抱。这是其一。其二，梨开两半，露出的是啥？露出的是籽，籽，即子也。这兆象为这位大娘，不出三天，她外出三年的儿子会回来见娘的。"

卫汎说完，弯腰将老婆子扶起。满厅堂之人一齐给卫汎喝彩。正在人们议论纷纷之时，老婆子的老伴进门就喊："老婆子，你还待在这儿算什么卦呀，儿子回来了，还带回了儿媳和孙子呀！"老字号的人瞬间欢呼雀跃，将卫汎抬起来抛向空中。

此时此刻，张仲景就坐在这人群当中，卫汎与洪洞术士的唇枪舌剑，他听得真真切切，也看得切切真真，心里对这个小伙子很有好感。午间，老婆子在老字号摆酒庆贺儿子回来，一厅的客人皆成了她的座上宾。席间，张仲景就有意与卫汎坐在了一席。边吃边聊之中，张仲景问起了卫汎的行程。卫汎快人快语，将他此行到南阳拜张仲景为师的事和盘托出。

张仲景听后微微一笑："俺家就在南阳，张仲景的那些事俺可没听说，真应了那句老话，远是香，近是臭。小伙子，你可别让那些没影的事牵住了鼻子，张仲景不会是你想象中的那样神奇。"

卫汎说："大伯，恕在下不敬，打断你老人家的话。那不叫远是香，近是臭，那叫饱汉不知饿汉饥。你老人家是身在福中不知福。且不说张仲景的'尝尿治母消渴症''五谷笑丸治沉疴''羊肉饺子治冻耳'的故事是真是假，就他一个堂堂的长沙郡守，公堂之上为百姓治病，辞官回乡开药堂的事儿，也令人钦佩不已。他不愁吃不愁喝，干啥还要费心血殚精竭虑，钻方究古，穷经皓首地为天下苍生除疾治患。那是因为他张仲景仁心宽厚。俺也听说，张仲景一般不轻易收弟子，俺也不知此行能否见到张仲景，哪怕是到他家里走一走，转一转，喝几捧白河水，闻一闻他药堂的气味，看一看他摸脉的身形姿势，俺也心满意足了。"

张仲景听了卫汎的话，若有所思地频频点头，但没有自报家门说自己就是张仲景。到了第三天，涉城的洪水才刚刚退去，却流行起一种烂眼病来。这烂眼病类似于今天的角膜炎，也叫烂眼眶。

这烂眼病首先在谁的眼睛上发现的呢？说起来挺有趣，洪洞的术士眼睛上最先得了此病。又是谁最先发现洪洞术士眼睛上的烂眼病的哩？还是卫汎。

这天早晨，卫汎起床急急忙忙地往楼下跑，要干啥，上溷厕。溷厕就是今天的茅厕。溷厕里已经有了一个人。谁呀？洪洞术士先生。术士先生在溷厕里哼哼哈哈地一阵忙乎后，提起裤子上楼了。卫汎刚蹲下去，术士先生又折回来了，嘴里龇着牙，肚子里叽里咕噜，弓着腰给卫汎说好话。卫汎没办法，没拉完也只好让着他。就这样，术士先生是三回五转地折腾了一早上。吃饭时，卫汛与术士先生一打照面，马上大吃一惊。惊啥呀？卫汛发现术士先生的双眼像熟透了的桃子，赤红赤红的。

卫汛是郎中，而且这烂眼病他卫家有单传神方，他一看就知道了。于是卫汛拦住术士先生，告诉他，他得了烂眼病，不可到处走，以免过给他人。这烂眼病传染是很快的，到了下午，住店的客人中就有五六个人患上了。这下把老字号的掌柜急得跳。这五六个被感染的客人中，其中就有张仲景。张仲景是神医，他当然知道怎么治。可治病要药呀。张仲景正在思忖着怎么弄药，卫汛站在店内大厅的高处喊："各位住店客人，店里正有一种烂眼病流行。这烂眼病十分过人（传染），请各位回到自己房中，不要相互串门。小可是郎中，有祖传秘方治这种烂眼病。请诸位莫慌，俺马上到山上去采一种草药。"卫汛说完，让店小二带路到涉城东的龙虎山上去采药。

卫汛采来的药叫半夜亮，可能就是今天的草药千里光。这半夜亮喜欢长在山阴处，还有一个特点，蛇类喜欢在半夜亮的枝叶上栖身。卫汛与店小二采药时，天下着大雨，动身时，已是酉时，二人忙至半夜时分才到店里，浑身湿透，差不多像个泥猴。采药时，卫汛还真的遇上了几窝蛇，幸亏他早有防备，才安全脱险。半夜亮草药采来后，卫汛让客栈老板连夜煎好，给店里的所有人外洗内服，已感染的几位客人，特别是那位术士先生，则用鲜草绞汁涂抹于患处和单饮鲜药汁。一场烂眼病的流行，就在卫汛的辛劳中消除了。卫汛还预测，眼下阴雨连绵，洪涝待退，涉城极有可能有烂眼病大流行。于是他毛遂自荐找到涉州官衙，自报家门，送上所采的半夜亮草药和如何施治的方子，并告诉官府，倘若鲜药不够，可上城东龙虎山自采。

卫汛的所作所为当然使张仲景感动不已。就在卫汛准备出发到南阳时，张仲景让店小二给他送来了一块竹片。卫汛一看，竹片上四个大字：涅阳张机。卫汛高兴得跳了起来，立马随店小二赶到张仲景的房内，包袱一扔，连连磕头："师父在上，弟子河东卫汛给你磕头！"张仲景扶起卫汛，一番勉励。

老字号老板闻听南阳张神医就住在店内，那种高兴呀，难以言表，当即吩咐摆席上香，亲自为卫汛主持了拜师仪程。自那天起卫汛就跟着张仲景，成了他的关门弟子。

三年来，卫汛天天帮着师父记医事、写医案，张仲景在忙着想把各种流传的医籍汇聚成书，卫汛回河东老家是将老家留存的一些残章断简的医籍收聚起来交给师父。

听了表哥的讲述，王熙快活得又拍又跳，死磨硬缠要卫汛带他去见张仲景。卫汛说："熙弟你现年龄尚小，还没到学医的时候。眼下最要紧的是好好读书，没读书是绝对学不好医的。表哥答应你，在适当的时候，一定带你去见张神医。如何？"

两天后，卫汛离开了上党，到涉城与张仲景相会。王熙被嗣父重新送到真阳观学堂。

前文说过，真阳观学堂收学生甚严，那"五不收"的考试不知道使多少学童望而却步。那是吴阳子当道长时定的规矩。吴阳子道长在泫氏长平观羽化升天后，这真阳观就换了新的道长。新道长自然有他的那一套，学堂里收学童再也没有什么门槛及考试，只要有钱，你孩子不傻不呆，一律照收不误。这样一来，真阳观学堂的学童就多达几十个了。这些学童中，多是上党城的富绅巨贾子弟，不乏求知学文之人，但大多数是来混光阴的，贪玩嗜痞的也大有人在。

王熙对学习向来认真不怠。进了真阳观学堂仿佛就成了另类，他一不贪玩，二不随那些调皮蛋起哄，三不哄瞒老师，四不巴结老师塞钱送物。这在那些纨绔子弟中是不常见的。久而久之，老师也习以为常，对那些不巴结的弟子，反而有点不甚满意。王熙在学习上，样样是第一，一些纨绔子弟也开始找他亲热。其目的是想王熙帮他舞弊，糊弄老师交作业过关。王熙当然不干，学习之余，他就开始默诵《难经》。前不久，嗣父从督亢带回两袋上等蔡侯纸以后，王熙高兴得两晚上睡不着觉。

啥叫蔡侯纸？蔡侯纸就是东汉末年蔡伦发明，用废旧渔网、旧絮、烂布等物造出的纸。汉安帝刘祜于公元114年，加封蔡伦为龙亭侯。此后，人们称蔡伦发明的纸为蔡侯纸。蔡侯纸问世后，十分走俏，一些不屑之徒偷偷仿效冒充。官府虽然进行过打击假仿，但防不胜防。于是就专门指定了在督亢，即今天的河北省涿县生产蔡侯纸。督亢蔡侯纸闻名天下，为官家专用纸，一般不面向市场，十分难弄。

王斌花了高价买回蔡侯纸后，王熙就萌生了用蔡侯纸将师父吴凡子的《难经》竹简抄写出来的想法。他想如果将竹简带到学堂去，万一弄丢了怎么办？于是，王熙决定凭记忆，自己默写出来。这一默写就有了麻烦。啥麻烦呢？

因《难经》是王熙凭记忆、兴趣抢背出来的，没有经过师父的讲解，其中的许多字，王熙只会背，却写不出来。在抄写中写不出来的字，王熙只好去请教老师。王熙虽然在学习上冒尖，但性格脾气与其他弟子格格不入，老师当然有些不满意，指责王熙不务正业。那些纨绔子弟也乘机起哄，嬉笑王熙发神经，不正常。

老师的指责和同学的嬉笑，很快就烟消云散。为啥烟消云散？那是有原因的。

那天，学堂塾师肚疼腹泻起不了床，一群学童如脱缰野马纷纷跑到真阳观后山摘桑葚。其中一名学童被毒蛇咬了，哭叫不止，其他学童见了一哄而散，都跑回了学堂，将被蛇咬伤的学童一个人留在后山。正在抄写《难经》的王熙听了学童的议论，二话没说，冲出学堂，一口气跑上山，找到了已昏迷的同学。在金壶岭，王熙跟着牛先生采过治蛇咬伤的草药，也学习了治蛇咬伤的急救办法。当即用裤带布条封住同学的几处穴道，然后用嘴吸出伤口上的毒液，再用治蛇伤的半边莲草药嚼烂，敷在同学的伤口上。不一会儿，被蛇咬的学生终于死里逃生，苏醒了。

那天晚上，被蛇咬伤学生的父亲赶到学堂。那是一位在上党郡衙门管军粮马匹的官员，得知儿子被王熙所救，十分豪爽地解下随身佩带的一柄短剑送给王熙。官员说，他的曾祖父是汉桓帝刘志的殿前侍卫，一次外出狩猎，汉桓帝被一只老虎扑倒，他曾祖父拼死而上救下刘志。桓帝赏赐了这柄短剑，传到他手上已有三代。儿子今日遇险没有王熙必死无疑，当以重报答谢。

小王熙何等能干，当即以"皇上御赐之物，他人不可私藏"婉拒了官员酬谢，这一下子王熙在学堂中是声望鹊起。同学们再也没有人取笑王熙了。

塾师对王熙也刮目相看，除了那天救治毒蛇咬伤的学生外，他的腹泻肚痛病也是王熙扯草药治好的。

王熙见塾师腹泻肚痛时好时坏，就记起师父吴凡子给泫氏县令治腹泻时，上山扯了一把叫白头翁的草药，三次使县令痊愈。吴凡子称此腹泻症为暑热脾湿而起。于是他主动找到塾师，要替他扯草药一试。塾师先生是病急乱投医，抱着试一试的心态服下了王熙扯的草药汤。没想到喝了三次，腹泻就再也没有发生。小王熙的形象在他心目中一跃百丈。王熙抄《难经》不会写的字，他硬是手把手地教，且讲得通彻透底，明明白白。

这期间还有一件事情令真阳观塾师对王熙称奇叫绝。什么事对王熙有如此之重大影响？

是崔瑗的《座右铭》。

崔瑗，字子玉，东汉末年涿郡安平，即今天的河北省安平县人，是一位颇负盛名的书法家、文学家。他的《草书势》对中国草书的起源和认知的事历史上有着详尽记载，被后世人认定为中国草书书法的理论瑰宝。崔瑗的文学贡献当属他的《座右铭》。

如果要论谁是中国座右铭发明第一人，这项专利证书当颁发给春秋五霸之一的齐桓公。稍有别论的是齐桓公发明的座右铭，刚开始并不是置之于座右的铭文，而是一种称"欹器"的酒具。欹器的制作十分特别，空着的时候就往一边倾斜，等到装了大半的时候，就会稳稳当当地直立起来，而装满了，则一个跟头翻过去，将酒泼洒得干干净净。这种欹器给人以不能自满、自满就要栽跟头的启示。五霸霸主之一的齐桓公发明了这种欹器后，置之于自己座位的右边，形影不离。欹器里总是装到直立平稳后就不再装酒。齐桓公以此时时告诫自己：不要骄傲，不可扬扬得意。齐桓公临终前，用手示意将欹器作为他的祭物。齐桓公死后，其后人按其嘱咐，在为他造庙堂时，祭祀用的器皿就是一对欹器。

有一次，孔子率弟子朝拜齐桓公庙堂，见到这种器皿不知为何物，便向看管香火的官员打听，方知此物叫欹器。孔子对齐桓公这种自警、自省的做法很赏识，便给弟子讲述当年齐桓公发明欹器于座右告诫自己不可自满的故事。并借机教育弟子，读书学习与治国平天下一样，骄傲自满必定会招来损失。孔子回家后，也请匠人做了一个放置座位右边。到了汉代，大儒董仲舒也置欹器于座右。王莽篡位前，也常置欹器于身边。

也许是王莽的声名太臭，他用过的东西人们就不喜欢承用。也许是欹器太古怪，弄不好酒酒泼于座位上，甚是麻烦，就不再用欹器置之于座右警示自己了，改用其他方法或用石刻名言警句警戒自己。最早用条幅款式做警示的是汉高祖刘邦之孙淮南王刘安。当人们仍用欹器警示自己的时候，刘安就用绢帛写下一段话置于他的书房：

天下有至贵，而非势位也；有至富，而非金玉也；有至寿，而非千岁也。愿恕反性，则贵矣；适情知足，则富矣；明生死之分，则寿矣。

到了东汉初年，光武帝刘秀一坐上龙椅后，就令人用铜铸成书卷之形，刻上老子的一段话作为警示自己的隽永之警句：

知人者智，自知者明。胜人者有力，自胜者强。知足者富，强行者有志。不失其所者久，死而不亡者寿。

上述所言，皆有座右铭之说，但冠不上铭。真正冠以"座右铭"的发明人是崔瑗。

崔瑗时任济北相，政绩卓然，声名俱盛，但时乖运背，仕途坎坷。尽管怏怏不得志，仍恪诚恪守，守职尽责，从不懈怠。一日痛饮之后，他写下了一篇精短之文，用木刻成扇形状置之于座右，并取名《座右铭》。《座右铭》整整一百字，后世亦称《百字铭》，堪称字字珠玑，句句铿锵。全文录之于下：

无道人之短，无说己之长。施人慎勿念，受施慎勿忘。
世誉不足慕，唯仁为纪纲。隐身而后动，谤议庸何伤？
无使名过实，守愚圣所臧。在涅贵不淄，暧暧内含光。
柔弱生之徒，老氏诫刚强。硁硁鄙夫介，悠悠故难量。
慎言节欲食，知足胜不祥。行之苟有恒，久久自芬芳。

崔瑗的《座右铭》道尽了立身、为人、处世的人生要诀。他警示，也是在激励自己，只要身体力行，持之有恒，虽然身处逆境，也一定会像花木一样散发着芬芳。

发现崔瑗《座右铭》的相传是曹植。曹植将崔瑗的《座右铭》先是在朝中文人士子中传诵，很快民间学者也广为传诵，并以能读会背《座右铭》为荣耀。上党真阳观最先传诵《座右铭》的是王熙。那一天晚上，王熙回家，听到隔壁的几名士子在一起背诵《座右铭》，马上来了兴趣，跟在一旁不到片刻就全部背了下来。

第二天，到真阳观学堂，就开始教同学们。自从王熙给被蛇咬伤的学童治伤后，学堂里的娃娃们都将他视为神童。他怎么说，他们就怎么做，这《座右铭》一背诵，真的把塾师都给震惊了。因为，当时《座右铭》的影响太大了，学人士子以背诵不了《座右铭》为耻。真阳观学堂的先生前一段闹腹泻下不了山，这《座右铭》的消息就迟了半拍。他原本想借个空隙下山找朋友传抄过来教给学生，没有想到王熙倒成了他的先生，将《座右铭》传播得如此之快，心里对王熙真是有一百个感激和感动。

世界上什么力量最伟大？文化的力量最伟大。崔瑗作的《座右铭》，这种文化载体经过一千八百多年的传承洗礼，至今仍然为我们自警、自勉、自励的手段。可见《座右铭》的影响力在当时，势不可挡，形成了一种人人仿效的文化现象。曹操、刘备、孙权、诸葛亮、司马懿等当时的枭雄俊杰都用座右铭自警。如：曹操的"老骥伏枥，志在千里。烈士暮年，壮心不已"、诸葛亮的"淡泊以明志，宁静以致远"、司马懿的"慎独，制怒"等。《史记》《汉书》《三国志》等二十五史及《资治通鉴》中收录的《座右铭》多达一百九十余篇，皆是箴言警语之作。如三国曹魏时期，诗人卞兰的座右铭在当时流传甚广，先后被三十余种典籍收录，特辑如下：

重阶连栋，必浊汝真。金宝满室，将乱汝神。厚味来殃，艳色危身。求高反坠，务厚更贫。闲情塞欲，老氏所珍。周庙之铭，仲尼是遵。审慎汝口，戒无失人。从容顺时，和光同尘。无谓冥漠，人不汝闻。无谓幽窈，处独若群。不为福先，不与祸邻。守玄执素，无乱大伦。常若临深，终始为纯。

第十章

王熙遇险　蒲陂津乘筏
桑葚救人　凤栖驿观花

　　公元 211 年五月，王熙终于得到了表哥的同意，随同他到涉城去拜会张仲景。卫汎带王熙去拜会张仲景，有一个会令师父张仲景十分高兴的由头。啥由头？王熙给师父送《汤液经法》。这《汤液经法》在当时是一部甚为权威的医籍，原名叫《汤液经》。公元 50 年前后，刘秀令太医院方士在三十二卷《汤液经》的基础上，补充三百九十余条，并细分出《本草经》《胎胪药录》《平脉辨证》等四种医籍，取名《汤液经法》。《汤液经法》算是一部官修的医典，那时候印刷术尚未发明，《汤液经法》基本上是简刻，流传于世的少得可怜。连张仲景也只听说过有这部医籍，但没有见过。

　　王熙的《汤液经法》是哪里来的？王斌花高价买回的。王斌这个生意人是很细心的，他原本想王熙接他的贸迁生意，自打昌邑、金壶岭几件事后，就完全打消了念头，认为王熙的志向在岐黄。于是外出留意，凡与儿子王熙兴趣有关的东西，不管花多少钱都买。譬如，高价买回蔡侯纸。这部《汤液经法》是他在安平国一个贸迁朋友家里发现的。安平国的所在地在今天河北冀州市的冀州镇，那里是个侯国的都城，有《汤液经法》就不足为奇。《汤液经法》买回后，王熙多少是看不懂，卫汎一看，喜得不得了。师父张仲景正准备写一部《广汤液经》，苦于没见过《汤液经》而发愁。王斌买回的《汤液经法》虽是残简，但总算是原典。卫汎便告诉王熙要想去拜见张仲景，就要带上这部《汤液经法》。王熙当然同意。于是卫汎、王熙带着《汤液经法》离开了上党，到河东老家与师弟郗胜相会。走到半途中的左邑，即今天的山西闻喜县桐城镇，与师弟郗胜不期而遇。郗胜告诉卫汎，河东郡的皮氏县（今山西河津市）、河北县（今山西芮城县）、猗氏县（今山西临猗县）及卫汎的老家安邑正流行天行病。天行病就是由伤寒引起的瘟性疾病，传播甚烈。

　　卫汎当机立断，将王熙拜托给郗胜，将其带到郗胜的老家潼关躲避疫情，他自己要赶回安邑老家施药救民。

　　到潼关必须经过蒲陂津渡黄河。

这蒲陂津是当时黄河上四大著名的渡口之一，因位于蒲陂县而得名。汉代的蒲陂县属司隶州的河东郡。古渡口在县之西北，是陕西、山西之间黄河上的重要渡口，也是一处十分险要的军事要塞。故址在今天的山西永济县西蒲州。

位于山西永济县西蒲州的蒲陂津古渡口为何险要？险要到什么程度？三言两语还真是说不清道不明的。今天的永济县蒲州渡口上的一副长联倒是把蒲陂津的历史、方位、险要阐述得淋漓尽致。当然，汉代还没有对联这种文化体裁，这是一副现代楹联大家的杰作，从中可以看出蒲陂津渡口当年的大气磅礴之势和今天的辉煌壮观之景。全联如下：

挟上古长风，破蛮荒以启先河。万里奔腾励志，宏开境界：衔赤日书怀，越瀚漠淘沙，走金城蓄势，抵中流立柱。摇篮内父性激昂，母性缠绵，拓光辉足迹，传承鼎鼐，蓝田奠定根基，丁村哺育灵魂，丝路飘扬旗帜，任国脉生生不息；看戏水雎鸠，溅起清波，登楼鹳雀，放飞梦想，拉纤船夫，融入夕烟，更兼壶口惊涛拍岸，永济铁牛列阵，龙门锦鲤化仙，百般浪漫卷狂澜。浩浩矣、汤汤矣，过峡纳川，喷雪蔚霞，奏铿锵韵律，猛击洪钟朝海去；

籍雄州竹简，留坦荡而垂史册。千秋砥砺铺宣，力振家邦：钦伏羲画卦，敬女娲抟土，欣李聃说经，悦神马献图，巨著间鸿篇典雅，短篇洗练，敞广博胸扉，俯仰乾坤，尧祖推崇禅让，舜帝谋求稼穑，禹王治理江山，铸丰碑默默无言；引忧民子美，携来椽笔，出塞季凌，谱就华章，举樽太白，吟成绝唱，尚有高桥傲骨临空，大坝英姿锁雾，电站奇葩夺目，九曲和谐撑伟业。洋洋兮、洒洒兮，超凡脱俗，拿云撷石，毓厚重人文，频增胜概对天歌。

这副长达三百三十个字的长联，对蒲陂津渡口雄奇险要的刻画入木三分。

自古有"黄河之水天上来，黄河之险水中生"的说法。一千八百年前的蒲陂津渡口，没有今天的汽渡、轮船、快艇之类的交通工具，甚至大型木船也很少，最常见的是大排、竹筏、羊皮筏。在浊浪滚滚的黄河中，过渡的危险可想而知。文献记载，蒲陂津渡口，历史上差不多十天半月就会发生一次翻船事故。王熙的嗣父王斌就曾在蒲陂津死里逃生过三次，卫汛在蒲陂津遇险的记载就有五六次，他的著述手稿《小儿颅囟方》《妇人胎藏方》等都是在蒲陂津翻船中丢失的。公元230年，卫汛过蒲陂津渡口时遇上龙卷风皮筏翻沉，他溺水而亡，这些都是后话。眼下在蒲陂津过渡的是卫汛的师弟郗胜带着王熙。

王熙是第一次坐羊皮筏，也是第一次过黄河，虽说他年龄不大，见识不少，可过黄河的经历让他终生难忘。那天一上羊皮筏，离开岸边不到片刻，羊皮筏就开始颠簸，行驶到河中心，一阵浊浪横空而起，把王熙吓得是三魂掉了二魂，惊恐中他忘记了啼哭，也啼哭不出来，口中吐得一塌糊涂。眼看皮筏就要靠岸了，没有想到，一阵旋风呼啸着将皮筏卷入了河心，再一阵呼啸，羊皮筏转了几圈，口朝下，底朝天，王熙就人事不知了。

卫汛知道郗胜、王熙在蒲陂津翻沉遇险是半个月以后的事。当他和王熙嗣父王斌赶到蒲陂津时，师弟郗胜的遗体已被家人领回了潼关。可王熙呢，生不见人，死未见尸。卫汛与王斌沿着黄河下游边寻找边打听，终于在离蒲陂津四十余里处的一个漩涡滩涂发现一堆衣服，与王熙生前的穿着十分相像。此时离王熙溺水已经过了两个多月，只有衣物，不见任何尸骨，不用说，尸骨不是被野狗兽类吃了，就是被浪卷走了。二人含悲忍痛，在发现衣服滩涂的山坡上挖了一个坑，将那堆王熙的衣物埋了，立了块石头，请匠人刻上"高平王熙衣冠冢"七个字，就返回了上党。

王熙真的淹死了吗？没有死。真的死了，那张仲景的《伤寒杂病论》谁来整理？还有《脉经》谁来完成？那王熙到哪里去了呢？他被人救起了，救到桑棺寨去了。

桑棺寨，位于黄河西岸的陕西境内，属终南山余脉，离蒲陂津渡口仅三十余里。

桑棺寨以盛产桑树而得名。所谓棺，就是做棺木的棺。古代人的欣赏水平及嗜好与今人不同，今人喜欢的木头是什么红木、株木、梨花木、黄杨木，古人喜欢的第一木为桑木，民间有一桑二槐三檀四柳五株六枣七松八柏九桂十枫之说，讲的是桑树做木材名列第一。以桑木做的棺材为上上之材，实实难得。桑棺寨，桑棺寨，桑棺寨的棺材最难买。

将王熙救上桑棺寨的人，正好也姓桑，名翁。这就叫无巧不成书，无酒不成席。桑翁的祖上乃西汉时期赫赫有名的御史大夫桑弘羊。桑弘羊是汉武帝刘彻最宠信的大臣之一，他出身商人世家，洛阳人氏，公元前119年，任大司农丞计吏，后任大司农中丞、治粟都尉令、大农令等职。这些今天读起来有些拗口的官职名，在当时那可是了不得的职位。汉武帝登基不到十年，就令桑弘羊参与制定推行盐、铁、酒专卖政策。此后桑弘羊又建议并起草了设均输、平准官，抑平物价等一系列经济政策，改革了多年未解决的商人谋取巨利之弊端，使西汉政府的财政收入源源不断，滚滚而来，为汉武帝后期巡狩赏赐等无度挥霍提供了财源保证，深得汉武帝赏识。

桑弘羊的经济改革皇帝是喜欢，可老百姓受不了。为啥呢？因为官价盐为独家经营，霸市而卖，价格昂贵、质量低劣，盐的苦味都没有去掉。以铁犁为主的农具更是质地粗劣，既不实用又不得不用，老百姓就开始躲避生产，使不少田地荒芜，严重制约了农业生产的发展。地方官员把这些账呀都算在了桑弘羊的头上，民谣骂俚语咒，矛头都指向桑弘羊。汉武帝刘彻很精明老到，病危临终前，将桑弘羊改任为御史大夫，并嘱其与霍光、金日磾共同为新皇帝汉昭帝辅政大臣。汉昭帝刘弗陵也很有手腕，一坐上皇帝位，就平息天下百姓之怨，将汉武帝的经济政策全部翻了个儿。可桑弘羊不同意怎么办？汉昭帝就借用桑弘羊的对手霍光之手，以争权乱政之罪名将桑弘羊杀掉。尽管当时汉昭帝没有诛杀桑弘羊的三族，但霍光借题发挥，假诏而为，将桑家的直系差不多都斩草除根。

　　这桑棺寨的桑翁乃当年桑弘羊与一名漏网小妾遗腹子的后代，也是桑弘羊唯一的嫡传子孙，论辈排序为桑弘羊的第十二世孙。桑弘羊的悲剧使桑家的后代再也不愿入朝做官侍奉君王，桑家人大半都返归祖业重入商界，到了桑翁祖父这一代开始，改行钻研岐黄之术。桑翁的父亲桑菘医术高超，在东汉末年的医林人物中，与华佗的老师治化道长齐名。司马懿的曾祖父司马量时任豫章（今江西南昌市）太守，与桑菘十分友好，有一年司马量患重病派人将桑菘接至豫章治病。病愈后，司马量未经桑菘许允，向朝廷举荐了桑菘。桑菘知道后甚为恼火，为了不破祖制，桑菘偷偷离开了豫章，先是到赣南龙虎山隐居，后返回庐山与董奉为友。最后死于庐山，至今庐山灶君崖上桑菘墓迹犹存。

　　桑菘进豫章城时，儿子桑翁就留在了庐山。父亲去世后，桑翁就拜董奉为师，在庐山种药栽杏，施术济民，甚是惬意。

　　司马量举荐了桑菘，朝廷很快下旨，要桑菘入太医院。桑菘不辞而别，弄得司马量十分尴尬。皇上诏书一到，司马量交不了差险些背了个"欺君罔上"的重罪，幸亏朝中至交甚广，替他在皇上面前说情，才背了个降职另用的处分。司马量实际上也知道桑菘就隐居在庐山，但先错在自己，又念及朋友情分，没有向朝廷告发桑菘的隐居地。桑翁长大后，担心朝廷追究其父的罪责找到庐山，连累师父及师弟，遂离开了庐山，肆意而行，寻师访道，与张仲景等医林人物私交甚好。后改名换姓在北海相杜密处做了几年的医官。公元169年，北海相杜密因"党锢之祸"自杀后，桑翁就隐居桑棺寨五十余年，年近百岁，童颜黑发，爬山过岭不逊青年。

　　也是王熙的福大命大造化大，遇上了桑翁，换了别人，别说一条小命，十条命都没救。以桑翁的话说，他与王熙前世有情，今世有缘，后世有愿。凭啥这样说？说出来你不信不行。桑翁上桑棺寨五十余年，仅下过两次山。一次是十年前，河西之地流行天行病，那惨状令铁石心肠人也会流泪。桑翁自制了一批药物，亲自下山施治，使不少人死里逃生。王熙遇险的这一天清晨，桑翁忽发奇想，要下山到凤栖驿去看桂花。凤栖驿为河东、河西两郡之间的一处古驿站。驿站里有一株相传千年的古桂花树，桂花盛开之时，满树繁花飘香十余里，方圆几十里的民众每到花开时都会携老扶幼去观赏。桑翁要到凤栖驿去看桂花，那倒真是件稀奇事，他上山几十年，从不喜好赶场看热闹。再说，桑棺寨里上百年的桂花树也有好几棵，眼下正是桂花盛开之季，桑翁的住处栖翁居天天都闻到桂花香。

临下山时，桑翁嘱咐随行人多带些草药下山。几十年来，桑翁坚持不懈地施药济民。他将采集的草药制好后，一两个月就派人送到山下的里保家，公开发给当地民众。里保是汉代地方基层的管理机构，相当于今天的村委会、居委会。每逢季节转换桑翁就要派弟子到里保巡诊问疾，桑棺寨山下的百姓倒是有福之人，沾了桑翁不少光，方圆几十里老老少少不知道桑翁大师的人没有几个。桑翁下山了，这个消息一传开，人们奔走相告，三五成群地等候着，给桑翁送吃送喝、送鸡送蛋的络绎不绝，把两个随行挑药的脚力累得不行。看看离凤栖驿不到几里路，已经闻到了凤栖驿站桂花的花香味了，桑翁突然要抬他的椅脚停下来。什么是椅脚？椅脚与车夫、轿夫差不多，古代"夫"是一种官职，你一个抬轿抬椅子的敢称夫吗？车夫、轿夫基本是宋代以后的事。宋代之前都称"脚"或者"力"，车脚、车力、轿脚、轿力。桑翁坐的是大椅子，故而称椅脚。

下了坐椅，桑翁手抚白髯，深深地嗅了嗅远处的桂花香味后，把手一挥："凤栖驿的桂花香已经闻到了，回转，回转吧！"就这样，桑老爷子半途而返。回到黄河边，已快日落西山了，这才发现已经在黄河里泡了一天一夜的王熙。如果桑翁直奔凤栖驿，王熙必死无疑。经过桑翁的紧急抢救，已昏迷多时的王熙终于有了生命迹象。上了桑棺寨，调养了十余天，王熙又活蹦乱跳，恢复了原有的伶俐。桑翁与王熙一交谈，就喜欢上了王熙。有一天，王熙无意中发现桑翁的栖翁居，居然有一套他十分想看却从未见到的《神农本草经》，高兴得又蹦又跳，缠着桑翁讲《神农本草经》。

桑翁见王熙的岐黄天赋如此深厚，心里萌生了要将平生所学都传给这孩子的念头。这天晚上，桑翁打开他的密室，搬出几个大箱子，木箱一打开，王熙惊呆了。箱里装的什么？全是医籍。有《桐君采药录》《灵枢》《中藏经》《难经》《汤液经》《金匮真言论》等。这些医籍有一多半王熙都没有听说过，小家伙看着这，摸着那，眼睛瞪得比酒盅还大。饱经沧桑的桑翁从王熙看医籍的刹那间，就知道了自己的选择百分之百没有错，从此以后，天天给王熙讲医籍、谈医理、论医道。如饥似渴的王熙学习十分刻苦，每天手不释简，不懂就向桑翁请教。这一晃就是大半年时光了，到了盛夏之季，桑翁有意让王熙领略大自然的风光与神奇。一天，桑翁将王熙带到一片桑林中，问王熙知道不知道桑树的作用。王熙回答桑叶可以养蚕，蚕结茧，茧织上等丝绸，桑葚十分好吃，桑叶可以煎水洗澡发汗。他小时候母亲曾用桑叶煎水给他洗澡发过汗。

桑翁微微点头赞赏地说道："王熙，你知道的还真不少。"

74

王熙连连摇头："俺知道的太少了。师父,你在这桑棺寨几十年了,你又姓桑,这桑的知识,谁都没有你知道的多。你教教俺吧,让俺也长长见识。"

"好!"桑翁摘下一片鲜嫩的桑叶塞进嘴里,有滋有味地嚼起来,将桑的神奇、桑的神秘一股脑儿倒给王熙。

《典术》记载,桑是箕星的精华。何为箕星?箕星就是形状像簸箕的星座。也就是说,桑是天上的星座之物。虽不是什么神木,但绝对不是一般的树木。桑树的功效最为神奇,对人的功用特别大。桑有女桑、梗桑、檿桑、山桑之别。桑有葚者称为椹。桑叶小而枝条长的叫女桑。山桑与桑树相似,其木材适合做弓弩。檿桑则适合制作乐器。

桑树的药用价值也是其他树木难以相比的。桑根的皮,皮中白汁,桑果、桑枝、桑柴灰都是药,能治很多病,包括奇杂之症。以桑皮为例,桑的皮,其味甘辛,可升可降,是阳中之阴药;其味甘,可固守气虚的元气,而补虚;其味辛,可泻有余的肺气而止咳嗽。桑白皮还可降气活血,通利大肠,治消渴尿多。桑白皮外用,捣泥外敷可治蛇、蜈蚣、蜘蛛咬伤。用桑白皮抽丝,做成细线可用于缝合外伤,再涂上热鸡血可生肌复原。神医华佗用以缝合外伤的神秘之线就是用桑白皮制成的。桑白皮煮水洗头,可使白头复黑,桑白皮中的黏液可使脱眉重生。桑叶、桑枝、桑柴灰皆是治百病之药,可治消渴、生乌发、解蛊毒、疗风疮、明眼目、润肺气、生津液、祛寒痹、除内热、降肺火、灭顽疮、解腹胀。

桑之神奇,神在要掌握要领,否则神药也是毒药。如露出土面的桑根名称马领,是为毒根,杀人无诊。从树旁穿行出土的名曰伏蛇,也有大毒,但可治心痛之症。若用伏蛇治心痛病,须用十年以上桑树之根……

桑翁一口气讲出桑树不是神木胜似神木的故事,王熙听傻了,听迷了,老半天不吭声也不喘气。

桑翁说:"怎么啦,不想听了?"

王熙说:"不是,不是,师父,俺是被你讲的震住了。这桑怎么这么神奇呀?"

桑翁莞尔一笑:"还远不止这些呢。你听着,桑的最精华部分在桑葚。桑葚也叫葚、乌椹、桑果、文武实。单味桑葚可治消渴病,师弟张机当年用单味桑葚治好了他母亲的消渴病。桑葚用罐坛装好封上黄泥,待化作黑泥可使白发复黑。桑葚绞汁,可使秃顶落眉快生。桑葚可酿酒,又可解酒。但请记住,桑葚再精华,小孩子不宜多食。这桑林中常有斑鸠鸟类死亡,就是因为贪吃熟透了的桑葚而丧命。小孩亦如此也。"

过了几天,桑翁又将王熙带到山上,从一蓬带香气的草中扯出一株,告诉王熙,这叫艾草,与桑一样十分神奇,亦称草中之桑。桑翁问王熙:"你读过《诗》吧?《诗》中就有艾草的记载。"

王熙点了点头,思忖了一会儿,脱口而出:"《王风·采葛》中有'彼采艾兮,一日不见,如三岁兮',不知是不是这艾?"

"正是此艾。"

"师父,那这艾草之名,是不是孔子所取呀?"

"非也。"桑翁侃侃而谈,将艾草的起源与功用讲得十分透彻。

艾草,在汉代以前的一千多年前,还是无名之草。殷商末年,武王姬昌率大军伐纣时,随身有一医工姓萧名艾,字艾蒿。艾蒿精勤医事,无意中发现军士们用来熏蚊子的无名之野草,燃烧后的烟火及热灰有治泻止痛、祛疾除瘴的功效,遂以此法治好了全营将士流行的痢疾。武王赏罚分明,当即以萧艾的名字给无名野草起名为"艾",以昭念萧艾的功绩,自此,始有"艾"之名。

《灵枢》中多处有艾之记载,如"其治以针艾,调其经气""可使行针艾,理气血而调诸逆顺""以火泻之者,艾名冰台,于水中取火,发阴脏之气,疾吹其火,即传其艾,以导其外出也"。艾最神奇之功在灸,故而《灵枢》中灸的记载多达上百处。

百草之药,以鲜为甚,独艾以陈为最。故而孟子云:犹七年之病,求三年之艾。庄子也曰:越人之,熏之以艾。神医华佗《中藏经》乃其弟子所纂,仅收有艾叶药方一首。张机的"胶艾汤""柏叶汤"皆有艾为要药之说。这些皆只是皮毛而已。单艾一草,皆可独成一体,以"艾经"而记方能言其效,表其功,馨其用。

桑翁滔滔不绝地说着,王熙凝神静气地听着。听着听着,小家伙似乎听出来了点什么,弯腰扯了一根艾草,举到桑翁面前:"师父,你讲艾有如此神奇,那记药草的《神农本草经》中怎么没有记载呀?"

"谁说没记?记了不少嘞!"

"那弟子读过你的《神农本草经》,咋无半点印象?"桑翁说:"艾草之名多着呢。无(艾)名之前,称刍草、黄草、蒿草。有艾之名,又以灸为胜,故有灸草、灸蒿之说,神农记蒿不记艾。蒿即艾,艾即蒿也。"

说到这里,桑翁又意味深长地开导王熙:"世间万物,无一成不变之理,故而先贤创《易经》之说。《易》言天地变化之大规理,《难经》阐人之身心变化之大规理。医具《易》之理,《易》得医之用,岐黄之人,得明《易》,明《易》知变。易者,变也,变化无穷,岂可抱残守缺,当遵古不泥古,崇师不崇邪说、死说、不变之说。天地有四季之换,万物有地域之分,就拿你手中的艾为例。艾分北艾、山艾、海艾,同一种草,形态、生长、性味、功效大不相同。北方这艾,受天气少雨影响,无南艾水分充足,香气浓弥;海艾又比山艾多一份潮腥。为师在庐山时听人说江北蕲地的艾称蕲艾,蕲艾乃艾中上上之草,七叶对生，叶片宽厚，芳香浓郁，这就是地域之别。为师也只是听说，未曾见过蕲艾，倘若你有机会，可到蕲地采蕲艾以辨分晓。"

就这样，每隔三五天，桑翁就带着王熙上山指草说药，谈医论疾。什么文王一支笔、江边一碗水、头顶一颗珠、七叶一枝花，还有无叶草、韩信草、越王草、马牙草、周公草、妲妃草、昭君草、聇公芽等草药，从形态到功效都讲了个透。如果说在真阳观王熙学的是仁道，在长平观学的是医道、医理，那么在桑棺寨学的就是岐黄之术中最为关键的东西：易与药，也可以说，在桑棺寨的四年中，是王熙进入岐黄界由量变到质变的飞跃期、成熟期。

四年一晃而过。四年中，王熙嗣父王斌和表兄卫汛接到桑翁信后都曾两次上桑棺寨接王熙回家，可王熙说什么也不离开桑棺寨。在这四年中，王熙也曾遇到一险，差点丢了性命。

那天，王熙正带着《神农本草经》在山上的林中与生长的草药比对。也许是翻看《神农本草经》的简声太响重，引来了一只狗。那狗闻声而至，悄无声息地来到王熙身后。王熙正全神贯注地看着书，比着草，那狗一口咬在王熙的手上，顿时鲜血流了一地，等王熙回到栖翁居时，才知道那条狗也跑到栖翁居里追着人咬，后被樵翁、厨子们用棍子打死了。

小小的伤口对王熙而言，算不了什么，扯了些草药嚼一嚼敷上伤处，止住了血就算完事。没想到几天过后的清晨，正在捧读医简的王熙突然浑身的不自在，似痒非痒，似痛非痛。公鸡的一声啼叫，他马上也跟着跳了起来。紧接着，浑身哆嗦，四肢发冷般抱着两臂，越箍越紧。最恐怖的是看到出山的太阳，先是双手蒙住双眼，随后死死地抠住眼眶，使劲地往外抠，抠得血糊满面。

桑翁让几个人按住王熙，一搭他的颈脉，就大惊失色。走南闯北的桑翁知道，王熙是被癫狗所咬引起的癫狂症。所谓癫狗，就是今天的疯狗。癫狂症就是今天的狂犬病。

扎针、艾灸、药敷、内服，该想的法子桑翁都想了，王熙不但不见好转，反而愈来愈重。时好时发，先是半天，一两个时辰发一次，到了后来，刚刚还是正常人，转眼间就双眼血红，张牙舞爪，刚刚还是在聚精会神地看着书，突然间，将一卷一卷的书简撕扯成碎片，扯不断的东西，就用嘴咬，咬不断的东西就搬起石头砸，有时候正在吃饭，吃着吃着，钵咬破了，嚼着碎片往下咽，那血水那泪水弄得浑身都是，惨不忍睹。十几天后，王熙被狂魔折磨得骨瘦如柴，奄奄一息。桑翁也因着急眼眶凹下去，虽然没有流泪，可心里天天在滴血，多好的弟子呀，难道俺桑翁的一腔热情，真正就要化为乌有了吗？难道这孩子真的是无福无缘之人？

这天晚上，万般无奈的桑翁服侍王熙睡着后，无精打采地捡起被王熙撕断的一片竹简,那是《桐君采药录》中的一片残简,当他随手扔向案几的一瞬间,猛然被上面的一行字吸引住了。"癞畜伤人,其人亦癞,百药失用,唯癞畜脑、牙、毛发、髓精可复癞也。"

这句话是啥意思,是说疯狗、疯猫等畜咬人以后,被咬之人也会发狂,什么药皆没有用,用疯狗等咬过人的疯畜脑髓、骨髓、牙齿、毛发,可治癞疯症。

真是天无绝人之路。桑翁连夜带人举灯笼火把,将已埋入地下的那条疯狗挖出来,剖开头颅,取出脑髓,敲下牙齿,剪下毛发,捣破骨髓。用桑柴火将癞犬牙齿烧成炭灰,水冲内服,用癞犬脑髓骨髓熬成膏,先将狗咬伤之处用刀划开让其流血,再拌犬毛烧灰敷伤口。经过十多天的调理,奇迹发生了,王熙居然渐渐平息下来,一切疯症癞狂消失。再经过十几天的药剂与生活调养,一个月后,基本恢复了正常。这是一场智慧、毅力、意志同邪癞疯狂病魔的较量,没有桑翁的智慧和医术,王熙必死无疑,且死得十分之惨。

桑棺寨的四年中,还有一件事使王熙刻骨铭心,没齿难忘。那一年的冬天,河东、河西二郡暴雪罕见。桑棺寨等高寒之地寒冰厚达半尺,寨中人每天烧柴取暖日夜不熄,晚上不慎引发火灾,北风呼啸,火借风势,桑翁的栖翁居和王熙的卧室等被大火吞灭,烧成一片火海,《难经》《桐君采药录》《神农本草经》《汤液经》等医籍简书全部毁灭。王熙因医籍被烧,急火攻心,又大病了一场。

王熙的身体尚未康复,桑翁日夜守在其身旁。有一天,王熙服药过后,稍有好转,一看到师父就忍不住流泪。桑翁正色道:"王熙,天灾人祸,乃人生不可避免的,如同空气、阳光是少不了的,不要计较什么医籍、简书,有人在就是最大的财富。你今后的生活中还会遇到意想不到的灾难,没有过不去的坎,得失,得失,有得必有失,倘若再悲悲戚戚,哭哭啼啼,只会灾后加灾,雪上加霜。八尺男儿,当有男儿之威武雄壮。来,挺直腰杆子,走下榻炕,面对新的一天,再创栖翁新居,如何?"

病恹恹、软乎乎的王熙被师父的一番话说到了经络上,如同虚脱之人喝了一碗参汤,阳气刹那间上涨,第二天就主动向桑翁请缨重建被烧焚的房屋。也真是应了桑翁的那句话:舍得,舍得,有舍必有得,王熙在清理被烧毁废墟地基时,无意挖出了一块沉甸甸形似狗头的铁砣砣。桑翁一看,连呼:"无价之宝,狗头金也!"

狗头金是啥玩意儿?狗头金就是形似狗头的纯金块。

《古金丛谈》《金钱闲章》《金银杌话》《中国野史》上都有狗头金的记载,以及有关狗头金的逸事、逸闻。

狗头金是被洪水、地震、泥石流等地壳运动时,从金矿中分离出来的金块,一般质地比金矿中的纯金子纯度高出十几倍甚至几百倍以上,即无须提炼的高纯度之金，类似今天玉矿中的籽玉。狗头金的出现十分罕见，一般多在有金矿的地方才有，没有任何金矿的地方也出现过狗头金。狗头金有大有小，大的几十斤，小的有一两斤。相传光武帝刘秀在南阳起兵时，曾在南阳的白河发现了一块重几十斤的狗头金，使他起兵反王莽的经费有了保障。据说东北大军阀张作霖在夹沟淘金时，淘到了一块重八斤的狗头金，他能成为军阀，在东北呼风唤雨，与那块狗头金甚有关联。

王熙挖出的狗头金，也在十余斤左右。嗣父王斌第一次来桑棺寨看他时，桑翁曾将狗头金交王斌带至上党郡兑换白银十万两。王斌第二次来桑棺寨将这十万两银瓢交给了桑翁，桑翁巧妙地将银瓢缝在了王斌的钱褡子夹层之中，这十万两银瓢为王熙以后进襄阳开医寓（馆），搜集整理《伤寒杂病论》提供了资金保障。任何时候，有志气有理想还得有金钱做保障，古今同理，概莫能外。

栖翁居及桑棺寨的房屋重新修筑后，王熙向师父提议，他要凭记忆将已被烧毁的医籍简书重新抄出来。桑翁当然高兴，派人下山购买蔡侯纸。

这一年的九月，卫汛陪师父张仲景自涉城回河东郡的河北县（今山西芮城县西），专程绕道桑棺寨看望师长桑翁。

这是一次意想不到的见面。张仲景与桑翁二位杏林大腕三十八年未见面，那种高兴，那种激动，无法言表。三十余年来，在张仲景的潜意识中，桑翁也许早就不在人世间。而桑翁虽然知道张仲景声名鹊起，在为岐黄之术恪尽职守，可他从不愿下山，不想给师弟，确切点说应该是弟子添任何麻烦和不便。

二位杏林大腕相见，最高兴的人还有王熙。见到仰慕已久的神医张仲景，想好了有一肚子话要说的王熙反而脸红得像个小姑娘，手足无措，不知道说什么好。还是桑翁替王熙解围："仲景呀，这高平的王熙，对你仰慕得五体投地。此娃可教也。在老朽这里住了四年了，俺肚子里的东西差不多都掏给他了。今后你对他可不要保守啰，岐黄之术的传承光大非此娃莫属哟！"

张仲景当然从卫汛的嘴里对王熙有所了解，免不了一番鼓励。后在桑棺寨的几天中，张仲景与桑翁一道，一个就医之道、医之仁、医之术、医之奥、医之窍、医之变以及医源于巫、别于巫、胜于巫的从医之道，一个就药之道、药之理、药之奥、药之窍、药之妙、药之情的五性对王熙进行了系统的施教。这也是王熙研习岐黄之术以来，第一次受到如此高规格的、正儿八经的医与药的理论指导。

张仲景、卫汛下山的十个月后，桑翁无疾而终，享年百余岁。临终的半个月前，桑翁将桑葚的熬膏之法教给了王熙，又将珍藏于石窟中的陈年桑膏交给王熙收藏。依照师父的临终嘱托，王熙将桑翁的遗体用堆积如山的桑枝、桑干、桑叶焚烧，烧过的骨灰炭再用于植桑。

师父桑翁走了，化作了桑灰炭又重新进入桑木中，永远留在了桑棺寨。王熙也想留在桑棺寨陪伴师父一段时间，可是他留不下了。为什么留不下了呢？他的生父在高平病危。王熙嗣父赶到桑棺寨，父子二人急急忙忙日夜兼程往高平老家赶。赶到老家时，与望眼欲穿的父亲见了一面。第二天，生父王赈笑赴九泉，享年四十九岁。王熙离开高平时，还是个乳臭未干的小娃娃，十二年了，已经长成了一个标准的帅哥。按照当时的丧葬礼制，已经嗣出的王熙只须服三个月的孝期就可以脱下孝服，与常人无异。此时，高平城异常的热闹。为什么？东汉末的大才子、名冠天下的高平人杰王粲回家探亲。王粲与王熙一样，也是十二年没有回家，这一回来，高平人奔走相告，都要拥到王粲家见上一面。崇尚名人的风采风尚，古代与现代一样，连续十余天，王粲家里是人进人出，热闹非凡，赶来拥抱的、问候的、拜见的、签名的，络绎不绝，也把王粲忙得头昏脑涨，不亦乐乎。只有王熙守在家里干瞪眼，因为孝期未满、未脱孝服的人，是不可以进别人家的。怎么办？对王熙而言，族叔王粲的大名那也是如雷贯耳。这王粲回家，是个千载难逢的好机会，以后有没有机会，谁也说不清的。王熙看到王粲家熙熙攘攘的人流，如同热锅上的蚂蚁，思虑再三，用带回的蔡侯纸给王粲写了一封信：

粲叔：

惠鉴福至，族侄熙拜上金安！

叔贤族望高远，声名远播，八斗高才，天下驰名。熙侄闻声议论，喜泣如怡，甚欣甚耀。

叔此行荣归，乡邑生辉。侄当面拜求赐。殊希未料，杖期在身，咫尺似海。虽伉得伉失，然诚恐诚惶，乞叔恕侄不敬之过也。

叔贤，不出于户，以知天下，不窥于牖，以知天道。侄熙稚幼无名，闭目塞听。乞贤叔筹运汲引，不吝赐教，为熙深求交结，知其雄，守其雌，拨雾指迷。熙当奋袂执锐，不以绝圣弃智，不以绝学无忧，且啮臂盟，不喂嗟来食！

小侄熙　锤杖再拜

王熙这一招很高明。王粲每天迎来送往那么多人，都是应付式的，他能记住几个人？王熙的信就成了另类，他非记住不可。

况且，王熙的信写得不算短，也很有水平。信的开头是几句客套话，给王粲抬庄捧场的。大意是说，族叔的声名那么大，做侄儿的感到十分荣耀，每当听到别人议论叔叔的时候，心里就像吃糖喝蜜一样甜。叔叔这次荣归故里，做晚辈的天经地义要登门拜见当面求教于叔，没想到父孝在身，虽同在一个庄子，就像隔着大海一样不能登门拜访。虽说这样偶然巧合，有不可抗拒的原因，但做晚辈的仍然是觉得有愧于长辈，请叔原谅侄儿的不敬。

有人说王熙信中只字没有提父亲的事。这杖期就是孝。汉代丧葬礼制规定，父母去世，儿子服孝一年。所谓杖，就是戴孝时拿的棒，也叫哭丧棒，与今天的孝子拿的孝棍是一回事。期，为一年之丧，期服用杖的就叫杖期。王熙信的最后一段是表明他自己年幼无知，世事不懂，今后有许多求叔帮忙的，有合适的机会引荐引荐小侄。但请叔叔放心，侄儿不是个不学无术之徒，会奋发努力的。啮臂盟，是一个典故，语出《史记·孙子吴起列传》。说是吴起出门求职时将自己的两臂咬破，蘸血向母亲诀别：儿子不当卿相，誓不回家。王熙用此典故就是意志坚决地向王粲发誓，任何时候，你的侄儿不会给你丢脸的。

王粲读了王熙的信，就牢牢记住了王熙的名字，他之所以后来引荐王熙进襄阳，这封信就是桥梁。

第十一章

王熙三年　几番着孝服
仲宣五月　襄城荐族侄

　　王熙三个月的孝期未满，嗣父王斌等不住了，因生意上的原因，王斌独自一人返回上党。高平术士十二年前的预言应验了。王斌的福星是王熙，离开了王熙，他凶多吉少。王斌一个人返回上党途中，病倒在去兖州路上的樊县客栈里。王熙生父的三个月孝期刚刚服满，就接到嗣父病逝于樊县客栈的噩耗。这也是王熙三年中的第三次着孝服，第一次是桑蓊，第二次是生父王赈。于是王熙同兄长王烝二人赶往樊县处理嗣父后事。

　　住客栈的客人病死在客栈，在古代是件很麻烦的事。客人的家人来处理后事，第一件事要巫师为客栈驱邪赶鬼。王熙坚决不信巫，便与客栈老板商量好，请道观的道士为客栈做道场解厄。这下可闯了大祸。樊县的巫师恼火了，这高平的小子敢太岁头上动土，坏俺樊县的巫规。巫师们一合计，马上找来樊县的游皮头儿。游皮是啥东西？游皮不是东西！是一群人，类似今天的流氓地痞、黑社会！

　　这天，王熙请来的道长道士正在客栈作解，几十名游皮蜂拥而入，挥刀的，使棍的，舞棒的，见人就砍，见东西就砸，值钱的就往怀里塞。客栈老板的胳膊被砍断了，作解的道长被砍掉了一只手。王熙与兄长王烝到棺材铺看棺材去了，才幸免一难。

　　王熙兄弟二人赶到樊县大堂击鼓喊冤。县令大人升堂问案，一听说是游皮闹事，加上首告者是外地来处理亲人后事的，就哼哼哈哈地打马虎眼，今日拖明日，明日拖后天地往前糊弄。如此县令也真是太可恶了。你也别怪县令可恶，这黑社会的人打砸抢，你找谁去理论？理论了又能怎样？有几个当官的敢得罪游皮？这样一拖，首告受不了，拖不起，干脆给客栈赔钱，然后扶棺滚蛋。

　　王熙兄长王烝也正是这样想的，他见连跪了几天，什么效果都没有，就与弟弟商量，给客栈老板多赔点钱，早点回家。王熙不同意，他知道这打砸抢的真正后台是樊县的巫师，他坚决不放过巫师，非要出这口恶气，给客栈老板讨个公道。王熙知道再到县大堂也告不出个任何名堂，于是他绞尽脑汁地思考着，想要到兖州去试一试。

这人一思考问题，就什么也顾不上，走在大街上，王熙都当成了是自己的卧房，全神贯注地颦着眉头，目中无人地晃晃。一群疾驰而过的马队被王熙挡住了，马上的军官挥起鞭子，将王熙抽得跳了起来。王熙扭住那军官的马缰与其争辩论起理来。马队一停，大街就堵了。马队中的一名武将手擎齐眉铜棍驰马上前喝问何事。王熙也不畏惧，简明扼要地将无故被军官抽鞭子的事说了一遍。就在王熙说话的当口，马队中一辆车轿上的人听着听着就掀开了轿帘下来了，冲着王熙喊了一声："王熙，小师弟。"

这是一位十分端庄、眉目俊秀的冷美人。她是谁，怎么认识王熙呢？

这又叫无巧不成书。冷美人就是那年王熙在上党郡真阳观入学，过考试"五关"时最后出场的"考官"再生道姑。这一晃就是九年，当时的王熙还是个地地道道的小娃娃，如今已长成了凛凛男子汉，但胚子模样还在那里。再生道姑一听王熙说话就觉得十分耳熟。王熙见了再生道姑，马上也认出来了。对再生道姑的印象太深刻了，当时他是将她当作母亲一样依偎在她的怀里抽泣。再生道姑的经历与母亲的经历如出一辙，都是从死人堆里爬出来的。这次见了再生道姑，王熙仍然把她当作自己的亲人，一下子扑进了再生道姑的怀抱："再生道姑，真的是你呀！"

一阵寒暄过后，再生道姑就问王熙："师弟，怎么会在这樊县大街上发呆呢？"

王熙就把嗣父病亡客栈的前因后果说了一遍。

再生道姑也把这几年的经历告诉了王熙。当年，吴阳子道长离开真阳观时，就告诉再生，他此去泫氏长平观可能有去无回，要她如果遇上了称心的男人，可以与其成亲，使后半生有个依靠。一年后，再生道姑偶遇上进观问道的后军校尉再生冉将军。这一个姓冉，叫再生，一个名再生，"冉"比"再"少一横，也真是天赐缘分，二人就结为夫妻。冉将军后因军功晋升为司金中郎将。司金中郎将军阶四品，俸秩二千石。最好的事就是不用上战场打仗，专门负责开矿冶金，制作兵器、农具。两个月前从上党调来樊县，掌管兖州辖下的樊县的铜铁司衙。那位手擎齐眉铜棍的将军就是再生道姑的夫君冉将军。

冉生冉将军闻听夫人小师弟的遭遇，当即带着王熙浩浩荡荡直奔樊县县衙。县令有三个脑袋也不敢糊弄比他高三个品级的冉将军。很快，在王熙的点拨下，樊县县令将县中的巫师头目抓进了大牢，不出三天，到客栈打砸抢的游皮要犯全部到案，案件了结。客栈老板虽少了一只胳膊，却收获了一大笔赔偿，也算了却了王熙的一大心愿。

处理完客栈的事，王熙与兄长王宓向再生道姑夫妇辞行，扶嗣父的棺椁回高平。一路上多亏了冉将军的名牒，过关住店无不顺畅。这天傍晚，兄弟俩将车马开进了鱼台县最豪华、高档的高升车马店。这鱼台同归高平管辖，离王熙的家只有一天的路程。

这一到高升车马店，店老板高升忙得气喘喘、汗凄凄，见王熙兄弟拖着棺枢说什么也不让车马进店。店小二偷偷地将王熙拉在旁边说悄悄话，说是今晚店里要住一位大名鼎鼎的大人物，这棺材停在院内，大煞风景，趁早离开为好。王熙想，我从兖州到济州一路上还从未遇上个不让住店的，再大的人物又咋样？反正身上还有一张护身符——冉将军的名牒，于是坚持要住店。一行人正在拉扯中，只见鱼台的县太爷，还有鱼台的绅士名流簇拥着一个人向高升店走来。王熙扭头一看，喜出望外，原来那大名鼎鼎的人物不是别人，正是高平的大才子王粲。

王粲不认识王熙，可王熙认识王粲呀。王粲回家的那段时间，王熙杖服不能进王粲家，可王粲送客出来，王熙在外边是看得清楚明白的。王熙做梦都没想到会在这儿遇上仰慕已久的族叔，当即瞅住机会，往王粲面前一跪："粲叔在上，族侄王熙祝贤叔万福金安！"

王粲一愣：王熙？族侄？这名字好熟悉。啊，他马上记起来了王熙给他写的那封信。有这回事，看来这王熙还真的不一般。当即弯腰将王熙扶起来："贤侄，无须多礼，来，一同进屋叙话。"

高升老板一看，人家是王粲王大名人的侄儿，都是一家人了，还有什么阻拦的。遂一挥手，王淼领棺枢车驶进了大院。

这王粲怎么来到鱼台县？他也是从兖州回高平，沿途十八家接待逢迎。这天晚上，王粲就与王熙聊了大半夜。那还真是不聊不知道，聊了吓一跳，王粲居然还有一个阅历如此丰富、见识如此丰盈的族侄，当即就问王熙愿不愿意随他到襄阳。王熙那可是蟹子上桅杆——爬（巴）不得的事，立马满口应承，要跟随王粲外出闯荡。正好，南阳与襄阳相隔不远，到张仲景那里也十分方便。

第二天，王粲辞去了鱼台文人雅士们的车马，跟随王熙兄弟车马一同回到了高平郭里老家。

王熙将嗣父安葬后，因他有热孝在身。什么叫热孝？就是指王熙的父亲去世还不到一年就又穿孝服。热孝的第二轮孝服只需穿上三十天就可脱孝。

这王粲也还真的喜欢上了王熙，就在家里等王熙三十天，反正也没在家里闲着，天天都被高平的士子们请去吟诗作赋。

公元 215 年四月，十五岁的王熙辞别母亲及兄长，跟随族叔王粲踏上了到荆州首府襄阳的征程。与名重天下的王大才子一道，一路上阅不尽的风光，使王熙大开眼界。

五月五日，王粲叔侄抵达南阳郡堵阳城，即今天的河南省方城县。王粲先是不愿意惊动地方，就悄悄地住进了堵阳的君悦客栈。没想到住下不到三个时辰，堵阳的文人士子、县令县丞纷纷赶到君悦客栈，把一个地方不是很大的客栈拥得水泄不通。当地的士绅巨头马上拍板，将王粲王大才子搬到堵阳城最豪华的西京客栈去住。一行人熙熙攘攘，轰轰烈烈，将王粲请进了西京客栈。

　　这王粲叔侄也没有张扬，堵阳城怎么那么快就知道了他们来堵阳城了呢？这就是油嘴的功劳。啥叫油嘴？油嘴也叫滑嘴、哗嘴，与游皮一样，都是东汉时期三流九教中的一种称谓。油嘴类似于今天传播小道消息的，也有今天媒婆的身份，且是专职专业的行当。一句话，油嘴消息灵通，全知百晓，能说会道。东汉末期，社会崇尚名人比今天的追星族有过之而无不及。王粲住进君悦客栈，老板一听他叔侄二人的交谈，就马上认准了来人是声名赫赫的王粲王大才子。马上召来油嘴，四处送信送消息：王粲大才子住在了君悦客栈啦！这消息传播得越快越好，这家客栈也就声名大振。当年没有照相机、手机之类的现代工具，要想在社会上拥有名气，留点什么，就靠油嘴的传播了。

　　住进西京客栈，堵阳的名士们是轮流做东，每天都围着一群人，加上气候炎热，王粲病了。这下可急坏了堵阳的文人士子，请巫师的请医的都有，还有的自告奋勇，要派快马高车去请涅阳穰东的张仲景张神医，都被王粲谢绝了。王粲患的不是什么大病重病，也就是暑热所致，身边的王熙侄子正好喜究岐黄之术，借机可以试试他医技。王熙当然没有让族叔失望，几个单方就将王粲调理得元气大增。这下堵阳的士子们高兴了，都夸小郎中王熙技胜张机。王粲身体恢复了，文人士子们就活跃了，求诗的，讨赋的，络绎不绝。王粲也不推拒，来者皆满足。这在堵阳期间，王粲写下了《赠文叔良》《赠士孙文始》《为潘文则作思亲诗》。其中的《为潘文则作思亲诗》是一首悼念长诗，写得文采飞扬。这些获得王粲赐诗赐文的人一拿诗文，就令油嘴到处传诵，以抬高自己的身价地位。那情景就像我们今天请了某某名家作序、题词、题写书名一样，不显摆显摆，那请名人作序题诗干什么。当然，这些求诗、求赋的都不是白求，润笔之资甚是丰厚。

　　相传，《为潘文则作思亲诗》，王粲刚起了"穆穆显妣，德音徽止。思齐先姑，志侔姜姒。躬此劳瘁，鞠予小子"的头，就搁下笔上茅厕去了，有人就给潘文出点子，是不是王大才子觉得这思亲的文章难写些，你赶快先把润笔之资奉上吧。潘文则真的立马掏出一包银子。写到"小子之生，遭世罔宁。烈考勤时，从之于征。奋遗不造，殷忧是婴。咨于靡及，退守祧祊，五服荒离，四国分争"时，王粲口渴了停下笔喝了口水，于是又有人给潘文则出主意，王大才子一定嫌你的润笔资薄了，快添吧，小子！潘文则只好又掏了一包银子。王粲没法，他本没有丝毫的铜臭味，在这种场合里，你解释也没有用，且愈说愈黑。只好摇头苦笑，提笔挥就一气，写下了三十四句。诗文的结尾有四句话一语双关：思茗流波，情似坻颓。诗之作矣，情以告哀。

这首诗一搁笔，马上就有油嘴按照潘文则的吩咐迅速抄写，到堵阳的公共场地诵读。也还真得感谢当时的油嘴，没有他们的及时传播，东汉末年的许多文人士子的文章是难以传承到今天的。典籍中有许多的诗文皆无作者，但不乏佳作，这种作品皆是由当时的油嘴广泛传播的，而作者名气一般，后世人在整理辑录时，不得不录，也不知作者是谁。

请名人写诗、写赋，有钱的用钱，没有钱的也有没有钱的办法，用背诵名人的诗文而做求文求诗的敲门砖，这在东汉三国时期也是一种心照不宣的做法。这天下午，王粲打发一拨人走了以后，略有点空闲。一名油嘴走了上前，自报家门，说他是油嘴，他最喜欢王大才子的诗文。

王粲笑着说："你喜欢我的诗，你喜欢哪一首？"

油嘴说："我最喜欢你的《边城》《荆蛮》。"

王粲怔住了，心里说，我没有写过什么《边城》和《荆蛮》诗呀！他刚准备询问是不是弄错了，那油嘴却亮开嗓子背诵了起来。

边城

边城使心悲，昔吾亲更之。冰城截肌肤，风飘无止期。
百里不见人，草木谁当迟。登城望亭燧，翩翩飞戍旗。
行者不顾反，出门与家辞。子弟多俘虏，哭泣无已时。
天下尽乐土，何为久留兹。蓼虫不知辛，去来勿与谘。

荆蛮

荆蛮非我乡，何为久滞淫。方舟泝大江，日暮愁我心。
山冈有余映，岩阿增重阴。狐狸驰赴穴，飞鸟翔故林。
流波激清响，猴猿临岸吟。迅风拂裳袂，白露沾衣襟。
独夜不能寐，摄衣起抚琴。丝桐感人情，为我发悲音。
羁旅无终极，忧思壮难任。

"王大才子，小可不知背掉背错了没有，请大人指教。"油嘴一口气背完后，毕恭毕敬地说道。

王粲这才恍然大悟，油嘴所背的是他早年所写的《七哀诗》中的两首。马上哈哈大笑，连声夸赞油嘴："不错，不错，背得如此娴熟。不过，俺告诉你，你刚才所背诵的是俺早年的《七哀诗》中的两首。俺写诗不好单独命题。你刚才的《边城》《荆蛮》皆是诗中的首句，是不是？"

油嘴连声说："是，是。"

"那好，俺也向你学，将《七哀诗》的第一首也以首句起名《西京乱无象》教给你如何？"

油嘴拍手叫好。王粲挥毫一气呵成。

西京乱无象

西京乱无象，豺虎方遘患。复弃中国去，委身适荆蛮。

亲戚对我悲，朋友相追攀。出门无所见，白骨蔽平原。

路有饥妇人，抱子弃草间。顾闻号泣声，挥涕独不返。

未知身死处，何能两相完？驱马弃之去，不忍听此言。

南登霸陵岸，回首望长安。悟彼下泉人，喟然伤心肝。

王粲写毕，交给油嘴，那油嘴高兴得大嘴张着，连蹦带跳地下楼四处宣讲了。其他油嘴也一齐上前讨诗。王粲想了想，就将《七哀诗》的另几首也一并写出来，分发给油嘴。王粲最为满意的诗作《七哀诗》，当在堵阳流传于世的。西京客栈的老板也趁此机会找王粲求诗，而且点名要《西京乱无象》。文人还是文人，王粲不仅满足了西京老板的要求，而且在书写之时，将诗名少写了三个字，名为《西京》。以至今天，王粲诗文的版本中，《七哀诗》的第一首有以"西京乱无象"为题的，也有以"西京"为题的。

在堵阳城，王粲叔侄差不多住了一二十天，六月初，叔侄二人才到达襄阳城。王粲离开襄阳城有六七年时间了，六七年未见，荆州已故州牧刘表之子刘琮，当晚在景升园摆盛宴邀名流作陪，给王粲接风洗尘。席间，刘琮神态极不自然，一副无可奈何、心不在焉的样子，王粲心里甚是不悦，当场酒樽一举问刘琮："粲离荆襄有几年，纵然是人走茶凉，刘主公，也没必要耗费银钱，弄这排场，是为何故？"

刘琮丈二金刚摸不着头脑，手足无措般地挠着后背说："丞相掾何出此言？刘琮真心诚意地给丞相掾接风洗尘，高兴都无法言表，焉有人走茶凉说项！"

"那，刘主公为何如坐针毡，手不举箸，心若游龙，神不守舍，魂绕园外，好不难受的样子？"

"哎哟，丞相掾，你瞧瞧，琮这等模样，该有多难受呀！"刘琮说完，哭丧着脸，脱下衣衫，露出后背腰胯。

只见刘琮浑身疱疔冷红，破处渗黄结痂，还有痒处露肉发瘆。

"相掾，你有所不知，这半个月来，俺刘琮是生不如死呀！府中的医工都是饭桶草包，吃的药用缸装，搽的抹的敷的都用过，啥神方、单方、奇方也试过，无用，无用，统统的无用。"

刘琮说完，穿上衣衫，刚刚入座又跳了起来，双手隔着衣衫又挠又抓，嘴里牙骨咬着："痒杀俺也，痒杀俺也。"

原来是这样。王粲舒了一口气，抬头看了看邻桌上的王熙。王熙也正瞧着王粲。刚才刘琮露出瘙痒之处，他就瞧出了头绪，心里多少有些底。王粲看着他，那眼神是在问：咋样呀，俺的侄儿，你要有把握，俺就借机推出你，让襄阳城的人瞧瞧，俺高平的人，皆是高手。

王粲见王熙一副坚定无疑的神态，那是无声的语言：放心吧族叔，这小病，俺能拿下。旋即下席，对刘琮连连拱手："对不起，对不起，主公，仲宣给主公赔礼了。不过主公，仲宣这次回老家高平，带来了俺的族侄王熙。他人不算大，岐黄倒略有所知，你这奇痒之症，他兴许有些小术一试。来来，"王粲手一招，"王熙贤侄，给主公瞧瞧，看看你的术技可否有效。"

王熙冰雪聪明，他知道王粲叔是在借此机会推出自己亮个相，并不是要他当众给刘琮瞧病。何况又正在席间，刘琮的病况多少有些瘆人。王熙当即离席，来到刘琮面前行大礼："州牧大人在上，山阳高平王熙拜见大人。"行完了刘琮的礼，王熙又拱手抱拳冲着合厅的襄阳名流贵胄说："诸位大人名贤高朋在上，王熙乃相掾之侄，这次随粲叔来襄阳求学习岐，日后，还有望诸位抬举。州牧大人之疾，小可也从未见过，但从医之人见疾不理，失德失信也，倘若能解州牧大人之苦痛，望诸公替小可美言。倘若解不了其苦痛，望诸公海涵。"说完，王熙深鞠一躬，又返席而坐。

王熙这番话是快刀切豆腐两面光，既自我做了介绍，又给自己留了下台的台阶。王粲是微微点头，心里说，俺王粲识人还是有几把刷子。看来这王熙能弄些响动，也不枉王粲之侄的名号。

当晚，宴席散场，王粲、王熙叔侄就留在了州牧府。王熙全神贯注摸了刘琮的脉，验了刘琮身上的痒痕疡迹，看了众医工的医方药剂，心里马上有了底。这刘琮患的是湿疹。症在皮，根在心。以今天的说法，就是脾多湿热，肝火旺燥引发的实证。止痒之根在先除疹热，泻肝火。而医工用的多是补虚之药，虽然外涂用的是祛火除毒之药，当然无用。王熙深知这次他出手如同上擂台，稍有不慎，襄阳就不是他的居住之地。这刘琮又不是一般的患者，身子奇痒，先解决的是眼前的止痒。王熙就记起了长平观吴凡子师父曾用蜂蜜拌蛇床子草药，捣汁，治好了泫氏县令夫人的瘙痒症。这方子还真不赖，刘琮一涂上这"蜂蛇膏"就连叫舒服。内服，王熙选用了清败毒、祛湿热、平肝火的半夏、沙棘、仙人掌、柴胡、仙鹤草等制成丸，取名半仙丸，伴生梨汁吞服。不出十日，刘琮完全康复。又过了半月，刘琮仍在景升园宴请襄阳士子名流，当众退衣脱衫，历数王熙的神方奇药之功。王熙一举成名，襄阳城的上流社会谁都知道，大才子丞相掾王粲的族侄王熙有妙手回春之岐黄术。这下可热闹了，王熙、王粲所住的樊城馆驿，车水马龙，襄阳城名流士子的夫人、内人都来找王熙瞧病。这妇、内之症，王熙还是真的少见，于是他想到了表哥卫汛，那卫家祖传的是治内妇之术。倘若将卫汛表兄邀请来，那可以取长补短，相得益彰，可卫汛表兄现在哪里？王熙想，很有可能在南阳师父张仲景家里。

第十二章

求贤若渴　曹操三颁令
携才南新　孟德巧训军

这天，王熙思考着要到南阳去找卫汛，正准备去告诉王粲，不想族叔王粲身子一躬进了门。王粲说，魏公曹操先自汉中屯兵三十万，几日后要到南新操练新兵，现已飞鸽传书至襄阳，要王粲、陈琳等襄阳的名流速速赶往南新，给新收编的二十万新兵操练鼓士气，添斗志。王粲来征询王熙要不要随他同去南新。王熙当然答应。

这南新离襄阳城不远，即今天的湖北京山县。曹操与王粲等人操练兵马的校场遗址位于今京山县东北的曹公山，亦名魏公山。王粲、陈琳带着王熙赶到南新等了三五天，曹操的车马队才到达南新。

见了王粲、陈琳，曹操十二分的高兴，挽手置于身旁左右而坐。说起曹操的爱才，那可也算得上是前无古人，后无来者。他执掌汉献帝的军政大权后，先后三次诏告天下，举贤才，荐英杰，史称三颁求贤令。第一次为建安十五年，曰《唯才是举令》。第二次于建安十九年，曰《敕有司取士毋废偏短令》。三年后，再颁"求贤令"，名曰《举贤勿拘品行令》。这三篇"求贤令"篇幅不长，全文以辑，以启后世。

唯才是举令

自古受命及中兴之君，曷尝不得贤人君子与之共治天下者乎！及其得贤也，曾不出同巷，岂幸相遇哉？上之人求取之耳。今天下尚未定，此特求贤之急时也。"孟公绰为赵、魏老则优，不可以为滕、薛大夫。"若必廉士而后可用，则齐桓其何以霸世！今天下得无有被褐怀玉而钓于渭滨者乎？又得无盗嫂受金而未遇无知者乎？二三子其佐我明扬仄陋。唯才是举，吾得而用之。

敕有司取士毋废偏短令

夫有行之士，未必能进取，进取之士，未必能有行也。陈平岂笃行，苏秦岂守信邪？而陈平定汉业，苏秦济弱燕，由此言之，士有偏短，庸可废乎？有司明思此理义，则士无遗滞，官无废业矣。

举贤勿拘品行令

昔伊挚、傅说出于贱人，管仲、桓公，贼也，皆用之以兴。萧何、曹参，县吏也，韩信、陈平负污辱之名，有见笑之耻，卒能成就王业，声著千载。吴起贪将，杀妻自信，散金求官，母死不归，然在魏，秦人不敢东向，在楚则三晋不敢南谋。今天下得无有至德之人放在民间，及果勇不顾，临敌力战；若文俗之吏，高才异质，或堪为将守；负污辱之名，见笑之行，或不仁不孝而有治国用兵之术，其各举所知，勿有所遗。

这三章出自一千八百年的"求贤令"，今天读来仍倍感亲切。古往今来，人才无疑是最宝贵的财富。在当时尚没有科举考试，仅靠"举孝廉"而录用才干的东汉，人才之匮乏可想而知。曹操在第一道令中，明确提出了"唯才是举"的口号，不仅是为了改变东汉后期选举人才制度的弊病，而且是为矫正自己政权中前一阶段在选拔官员上的偏差。曹操在执掌朝政大权后，委任崔琰、毛玠主持官吏的选拔与任用。崔琰、毛玠以清廉正直著称，"其所举用，皆清廉之士，虽于当时有盛名而行不由本者，终莫行进。务以俭率人，由是天下之人莫以廉节自励"。朝廷之中，廉俭之风大行，贪秽浮华之人都被贬退。但他们过于看重廉节俭朴，从而使许多官吏矫情作假，假意旧衣破车，以求升迁。同时用廉俭单一的标准来进行人才选拔，就会将有才干的人排除在外。为此，当有人向曹操提出这些问题后，曹操就下了这道命令，特别指出"今天下尚未定，特此求贤之急时也"，并以齐桓公任用管仲而成为春秋时期五霸之首的事例，说明选拔官吏的首要条件是才干。只要确有才干，无论他是地位低下还是有某一方面的缺陷，都要推荐上来，而且不要埋没那些有缺陷的贤才。在第三道令中，曹操列举了无论是伊挚、傅说那样出身贫贱之人，管仲那样的旧敌，萧何、曹参那样的小吏，韩信、陈平那样身遭污辱并受人耻笑的人，甚至像吴起那样不仁不孝的人，只要有治国的才干，就要加以任用。充分表现出他的大度、不拘一格的用人方略。

曹操与王粲、陈琳一番客套过后，就直奔这次南新训练的主题。这次南新新兵营有军士二十余万人，全是新兵，且清一色的南方人，而且大部分是荆楚人。曹操善于用兵其中重要的一条就是善于总结教训。八年前的赤壁大战的惨败，说是周瑜、孔明火烧赤壁，致曹军几十万人死伤大半。实则是军士皆北方人，水土不服，未经上阵就病亡半数以上。前几年兵伐荆州，刘琮经王粲、和洽、陈琳的劝说，不战而降，但北方来的兵士也病亡了不少。此次，曹操要与刘备、孙权决战于荆襄，就改换方略，重新招募南方兵士，不让北方兵士参与南方之战。这新兵得训练。怎么训？他想到了王粲、陈琳，想听一听这些文人雅士的建议。

作为一代军事家，曹操用兵的思维独特，对战争的思考也甚为独异。他认为所谓战争没有什么正义、非正义之分，只有胜与败之分。只要是战争都是劳民伤财的、耗费人的鲜血和生命的，何来正义？战争的目的都是以战争统帅的欲望而决定的。成者为王，败者为寇。怎么胜？曹操认定，战争的胜负取决于统帅指挥者，而统帅指挥者又取决于执行者，也就是将军。兵熊熊一个，将熊熊一窝，攻城略地也好，排兵布阵也好，关键在将，不在兵。打仗中，士兵的多与少只是一种气势而已。训练士兵，首先要训练将军，训练带兵的头目。曹操讲完此次南新训练的目的后，语重心长地说道："仲宣、孔璋呀，你们的声名如雷贯耳，你们的文章胜过这刀枪剑戟。当年仲宣的《伐景升与袁绍书》，孔璋的《为袁绍檄豫州文》那可是令人血脉偾张的精神食粮呀！此次，劳二位大驾光临南新，就是让你们的声名、名望、名文成为老夫训兵训将的王牌。来来，你们各抒己见，这将怎么选，兵怎么训？"说到这里，曹操看到王粲身边的王熙，"仲宣呀，这位新面孔是哪位高才，给老夫介绍介绍。"

王粲忙将王熙领至帐前："魏公，此乃族侄王熙，喜岐黄之道。虽年稚却阅历甚丰。"接着王粲就将王熙挂牌借人参救嗣父、金壶岭匪窝计免赎金、真阳观拜师过五关喝"三苦汤"、长平观堆雪人取名、蒲陂津过黄河死里逃生、桑棺寨拜名师学技的经过简要地讲述了一遍。曹操边听边点头，若有所思地问王熙："王熙，这三苦汤是哪三苦？让三五百人每人喝上一碗，难不难？"

"回魏公，三苦乃黄连、黄芩、黄柏三味草药，但凡医工、药工皆知。其实'三苦'只需一味也行，南新药店，应有存货可买。如无，小可明日上山采药。"（此方后来演化为黄连解毒汤）

"来呀，令医工速告，有无三苦之药。"曹操吩咐完，就转眼问陈琳，"陈祭酒对训兵有何高见？"

陈琳，字孔璋，今江苏宝应，时称广陵射阳人氏。在建安七子中，年龄较长，约与孔融相当。曾任过大将军何进的主簿，甚有才干。何进为诛宦官而诏四方边将入京城洛阳，陈琳曾极力劝阻，可何进不纳其谏，结果事败被杀。董卓进京追杀于他，陈琳避难至冀州入袁绍府，成为袁绍的秘书郎。袁绍军中的文书、典章皆出自陈琳之手，最著名的是《为袁绍檄豫州文》，文中历数曹操的十恶罪状，诋斥曹操的祖父、父亲。其言辞激奋，用典精灿，极富煽动性，在当时的袁绍军中，广为流传。官渡之战，袁绍以失败告终，陈琳被曹操俘获。曹操不仅没有追究陈琳的骂父辱祖之罪，反而任他为司空军师祭酒之职，与建安七子中的另一大才子阮瑀，同掌军中公文记事，视为知己而重用。

陈琳说："魏公的安排甚为周全，无有补弥。公唤仲宣及陈琳至此，依我愚见，当写诗、檄以鼓士气为要。"

曹操说:"老夫甚有此意,不过,倒勿费神劳心去写新诗、新檄。二位声名甚响,播流甚广的诗文必是佳作,应景急救之章未必有其影响之大。像你陈孔璋的《饮马长城窟》,假借秦皇筑长城、劳苦役的故事,揭露时政徭役繁重,给黎庶带来的苦难,影响非同一般。仲宣的《从军诗》也甚得军士颂赞。二位声名,这些军士恐怕不知晓的不多,但未必见过二位的尊容。届时,你们亮相入场,当场诵己名作,一定会呼声振振,士气扬扬。"

"魏公,二十万之众,粲与孔璋当众诵诗,可否有效?还有二十万人集会,这南新也未必有此旷野之地。"

"那依仲宣之见,当如何?"

王粲说:"可从二十万之众中选出五百至八百人,集中训听。魏公适才高见,此次重在选将。这选将先选训听之人,让训听者,再去训听头目,头目再去训听士兵,凡有将才者,当在这训听者之中也。"

曹操对王粲竖起了拇指:"仲宣,不愧高才,这五百至八百人如何挑选?"

"当从以下八项中选出,打过仗、受过伤的,自愿参军的,祖辈三代以上有习武参战的,父辈以上有一技之长的,念过书的,已成家立业的,父母双亡的,犯过事、坐过牢的。"

"好!中军何在?"曹操一声令下,"速速按王相掾的八项标准挑选造册,五天之内复令听参。"

曹操环视四座,看到王熙后十分高兴地问道:"王熙,你也为老夫的军训献上一言,如何?"

王熙说:"魏公,二十万余众,一旦发生暑热、疾痢,军中医工有限,若从待选之将佐头目中选出若干人熟悉治暑热、疾痢、伤风、咳嗽之药草。这草药大自然遍地皆有,他们自可扯草药自治自救,其效可否一试。"

曹操说:"言之有理。王熙你可愿与医工届时承负此举?"

"小可定当效命。"

几天后,南新新军营按照王粲的八项标准,选出了一千余人。曹操令将这一千余军士单独编队吃住,观察了五天后,决定集中训听动员这一千余兵士。

动员训听大会由曹操亲自主持。

动员训听大会第一项由军营医官和王熙给每人发一碗"三苦汤"当众喝下,凡有喝不下的,喝了后很快吐出来的,还有不愿意开口喝的士兵,皆一一挑出单独列队。

曹操的训听讲话和手段也别具一格。

"诸位士兵兄弟,老夫曹操告诫尔等,人生可以怕死贪生,但不可以怕吃苦吃亏。人之生命是由父母赐予,人活着就是对父母的最大孝敬。生命都没有了，何谈孝敬？当兵要打仗的，打仗是要死人的，但，战场上的生死是可以选择的。如何选择？这就靠尔等平时的训练刻苦，平时怕吃苦怕吃亏的，战时就极有可能与死与亏如影相随的。适才诸位的一碗苦汤，都不敢喝，都喝不下去，人生中的苦难比这苦汤不知要苦多少倍！尔等谨记，珍惜生命勿错，怕吃苦吃亏大错特错。战场上如何珍惜生命？不要做无畏的牺牲。当你的主帅、将军放弃抵抗，或选择投降，尔等勿可倒行逆施，辄做垂死挣扎，丧丢性命。当然，诸位中必有未来的主帅、将军。"

讲到这里，曹操停住了，眼睛瞪着台下的军士，片刻无语，猛然间一声大喝："凡打过仗、受过伤、流过血、投过降的，请出列！坐过监、犯过法，包括杀过人、放过火、当过匪的，请出列！有一技之长、不怕吃苦吃亏的，请出列！"

这三大队列一形成，占了整个队伍的五分之四。曹操哈哈大笑，用鞭子指着三大队列说："尔等记住，未来的主帅、将军将在你们中产生！老夫唯才是举，令出有三，凡有干才者，无论地位低下，缺陷亦有者，不拘一格。你是将才、庸才，老夫知人善察，难眩以伪，拔于禁、乐进于行阵之间，取张辽、徐晃于亡虏之内，俱佐命立功，列为名将；细微不计，任以牧守者，不计胜数。凡骂老夫、咒老夫、图谋杀老夫的，只要你有才，愿效命于老夫的，老夫仍重用不究。"

说到此，曹操扭头看了看台上的王粲、陈琳后昂首高喝："知道天下大才子王粲、陈琳的请举手！"

台下队伍齐刷刷都举起手来。曹操俯视良久，令众人放下后又高喝一声："见过王粲、陈琳的举起手来！"队伍中立马静了下来，只有三个人举手。曹操让人记下举手者之名，又高声喝道："尔等想不想见王粲、陈琳二位大才子？"

台下队伍异口同声："想见！想见！想见！"

就这样，曹操顺理成章将二位才子推上了前台。

第一个登台亮相的是陈琳，按曹操的吩咐，陈琳几天前就将他的《饮马长城窟》用蔡侯纸抄好了，向台下士兵鞠了一躬，陈琳就用悲怆之声朗诵起来。

饮马长城窟

饮马长城窟，水寒伤马骨。往谓长城吏，慎莫稽留太原卒。
官作自有程，举筑谐汝声！男儿斗格死，何能怫郁筑长城！
长城何连连，连连三千里。边城多健少，内舍多寡妇。
作书与内舍，便嫁莫留住。善待新姑嫜，时时念我故夫子！
报书往边地，君今出语一何鄙？身在祸难中，何为稽留他家子？
生男慎莫举，生女哺用脯。君独不见长城下，死人骸骨相撑拄。

结发行事君，慊慊心意关。明知边地苦，贱妾何能久自全？

陈琳久居书记之室，以写奏章、典章见长。写典章、奏章必先自诵几遍，诵章的功底深厚，这首诗又是他最为得意之作，这一诵读，情感并发，读得热泪盈眶，把台下人读痴了，听迷了，他的声音停息了老一阵子，台下的人才回过神来。那时候，不像现在流行鼓掌，而是颂声，即今天的叫好声，台下的"啊啊啊"声经久不息。

接下来是王粲登台亮相。王粲在外跑的时间很多，大场面、大阵势历练过不少，他亮相时不鞠躬，而是吹呼哨。啥叫呼哨，类似今天的口哨。王粲吹口哨之技算得上是行家。他一声长哨出唇，有振聋发聩、石破天惊之震撼。口哨声结束，诗歌一句未诵赢得了雷鸣般的喝彩声："好！好！好！"

王粲朗诵的是分五首《从军诗》中的第一首，写于曹操征伐北乌桓时。

从军诗（之一）

从军有苦乐，但问所从谁。所从神且武，焉得久劳师。
相公征关右，赫怒震天威。一举灭獯虏，再举服羌夷。
西收边地贼，忽若俯拾遗。陈赏越丘山，酒肉逾川坻。
军中多饶饶，人马皆溢肥。徒行兼乘还，空出有余资。
拓地三千里，往返速若飞。歌舞入邺城，所愿获无违。
昼日处大朝，日暮薄言归。外参时明政，内不废家私。
禽兽惮为牺，良苗食已挥。窃慕负鼎翁，愿厉朽钝姿。
不能效沮溺，相随把锄犁。熟览夫子诗，信知所言非。

王粲的《从军诗》中，曹操最为欣赏的是这第一首，当时军中广为传诵，所以王粲选择了这首。此外，王粲很善于揣读曹操的内心世界，曹公在这南新训练新兵，得有一篇叫得响的、传得开的文赋为好。于是写了一阕《南新兵训歌》，后世人传作《行辞新福歌》。写此歌之前，王粲没有告诉曹操，要的是给他一个惊喜。《从军诗》诵完后，他不等下面的"啊啊啊"声响起，就马上宣读《南新兵训歌》，且用韵声唱诵：

神武用师士素厉，仁恩广覆，猛节横逝。自古立功，莫我弘大。桓桓征四国，爰及海裔。汉国保长庆，垂祚延万世。

曹操一听，立马站起来喝彩，他一喝彩，台下队伍是欢声雷动。尔后，曹操与王粲拥抱久久，又博得了军士们的再次欢呼。

可以说，曹操策划的南新兵训是非常成功的。这一千余挑选的军士中，此后有五百人被选为了大小头目，带兵训演操练。这些头目中又有百余人以后当上了将军。其中的徐质、魏平成为大将军，在曹魏时期与诸葛亮在五丈原的拉锯式争斗中屡建战功；常雕为南郡守将曹仁的得力大将；师纂、花永为曹洪、曹爽麾下的先锋官。还有田章、田续兄弟，王真、王实兄弟都成为曹魏年间军队中的栋梁之材，《三国志》皆有多处记载。整个二十余万人的队伍也训出了高素质，尔后随曹仁、曹洪、庞德守荆襄，固南郡。除了关羽在襄阳水淹七军时，淹死了三万余人外，其余的均在曹魏营中冲锋陷阵，成为攻无不克的主力军。

王熙在南新的军训中，也算出尽了风头，军营的医工、药工，还有三百余小头目，由他带领着上山辨认算盘子、蛇床子、韩信草、越王草（即鱼鲤草），还有艾草、败酱草、马齿苋、马鞭草、车前草等清热清火、解毒解暑、止泻止痛的药草。

第十三章

涅阳穰东　王熙拜仲景
襄城医馆　叔和试庸医

　　曹操在南新住了五十余天，待大军训练进入正轨后，返还汉中。王粲、陈琳应宛县好友关内侯傅巽的邀请，带着王熙赶赴宛县，也就是今天的南阳市宛城区。一到宛城，刚下车轿，王熙就从列队欢迎二大才子的人流中发现了表哥卫汛。

　　真是想瞌睡遇上了热枕头，王熙好不高兴。卫汛讲，他也是刚从河东郡过来的，要到师父张仲景家去。听说王粲、陈琳大才子已到宛城，就上前凑热闹，没想到居然兄弟相会。王熙当即向王粲、陈琳告别，与卫汛赶往涅阳穰东张仲景家。

　　在张仲景家，王熙一住就是几十天，这几十天里，张仲景正着手编纂《伤寒杂病论》，到处是手稿、医方、医籍残简。王熙是大开眼界，如饥似渴地充实自己。张仲景对王熙的刻苦钻劲深为赞赏，也就毫不保留自己的医秘医方，王熙是问什么，他答什么，要什么，他给什么。

　　这一年年底，陈琳应好友应场的邀约，要到汝南顿县，即今天的河南项城顿县去拜会。这应场也是东汉建安七子之一，擅长作赋，与时任五官中郎将、后来的魏国创始者魏文帝曹丕十分交好，代表作有《侍五官中郎将建章台集诗》传世。王粲因刘琮单独为他叔侄建馆，要急着赶回襄阳商定馆舍事宜，遂到穰东张仲景家接王熙。

　　张仲景于十多年前在修武县令家里见过王粲，并给王粲号过脉，看过相，王粲有暗疾匿身，当服用五石散可解，否则，四十岁左右会危及生命。王粲当时年轻气盛，血气方刚，有些不以为然。但出于对张仲景太守的尊敬，他拿了张仲景的方子，带回了五石散药，也准备服用。回到驿站，遇上一位对张仲景十分不满的文友，那文友也粗通医理药石，对《易》也有一知半解，就给王粲泼凉水："仲宣老弟，张机之言，危言耸听。这五石散非纯药石也。愚兄以河图推算，老弟的庚岁生辰五行排三，列为木水之命。五土克六水，故用五石散。再算老弟四十一岁交运的五行为年岁六水，月庚六水，日环一水，时逢一水，天纲地常均为二火，唯土可克之。这岂是岐黄之术，乃术士之言也。再说五石散服下能管二十年？荒唐，荒唐也！"年轻的王粲最不喜欢术士的那一套，觉得文友言之有理，遂将五石散弃之未用。如今十几年了，还尚未感到自己有什么不良的感觉，正好王熙在张仲景家，莫若以邀王熙侄子回襄阳为由，顺便请张仲景再给自己瞧上一瞧，看看张神医有什么新说项。

到了涅阳张仲景家里，二人一番寒暄客套过后，王粲深施一礼说道："张公久违了，当年若未服长沙药石，仲宣当不知是何模样。请张公再与仲宣一观。"

张仲景也不推辞，给王粲号了脉，看了舌苔、指甲后，说道："仲宣才子也不必给老朽打诳语，当年的药石你定未服下，否则，你也不至于今天皮肤粗糙，唇厚舌胖，声音嘶哑，指甲脆厚，身躯发胖。"

王粲一惊："那乞长沙再赐神汤，如何？"

张仲景摇摇头："讳疾忌医，晚也晚也，世间恐无神汤可治仲宣之疾。年余上下，王大才子会眉落发枯，心音低微，声嘶言倦，在幻觉昏睡中而亡。"

王粲怏怏不语，带着几丝惆怅与王熙离开了涅阳城赴襄阳。一踏上征程，王粲就将张仲景的话抛到九霄云外。死生有命，富贵由天，他王粲管不了那么多，该吃吃，该喝喝，过一天自由一天，快活一天，潇洒一天，这就是文人才子王粲的天赋性格。

王粲、王熙回到襄阳城，太守刘琮就带着二位去看新修的住处。那可是个好地方，背靠岘山凤栖岭，怀抱汉水龙腾汊。院内一槐一柳，两棵古树当在百余年以上。这处宅子原是襄阳侯手下一虞侯的私宅，后来那虞侯犯事，宅子就充公，荒废多年。王粲、王熙叔侄来后，刘琮见二位住在樊城馆驿，多有不便，便令人重新修复如新。王粲看了当即拊掌叫好，转了一圈，就取名槐柳斋。刘琮说，斋太小，还是叫槐柳馆好。槐柳馆就槐柳馆，反正王粲很随便。搬家的那天，刘琮请了襄阳的名流士子前来热闹一番，席间，邯郸淳、繁钦、蔡睦、司马芝等文友一齐鼓赞王粲要写首诗赋留作纪念。王粲拗不过诸位的盛情，思忖了一会儿，铺笺磨墨，挥笔写了起来。写完后，王粲说："诸公，见笑，这是急就章，仲宣也考考诸位，给俺的小玩意儿取个啥名贴切。"

众人一看，是赋体，便纷纷诵了起来：

惟襄城之奇树，禀自然之天姿。超畴亩而登殖，作阶庭之华晖。

形襜襜以畅条，色采采而鲜明。丰茂叶之幽蔼，履中夏而敷荣。

既立本于殿省，植根柢其弘深。鸟愿栖而投翼，人望庇而披襟。

诵完后，众人一齐在笑，笑完了又笑。

王粲说："诸公，别光笑了，俺这玩意儿叫啥，还没说呢！"

"赋也，赋也！"众人异口同声。

"是啥赋哩？'仲宣赋'行不？"

有的说，槐柳馆就叫"槐柳赋"。有的说，这百年柳树很罕见，应该叫"柳赋"。那槐呢？再写一篇《槐赋》？一伙人边争边看着王粲。王粲也不理睬，自顾吹起了口哨。

襄阳才子蔡睦说："我知道仲宣的心思，以上大家取的名，他都不满意。依睦愚见，这槐柳馆是刘主公为仲宣修筑的，槐柳馆之名，也是刘主公取的。那这篇赋名由刘主公取天经地义，诸位说是不是？"

众人一齐喝彩后，目光唰唰地投向了刘琮。

胖乎乎的刘琮见士子们高兴，也不推辞，说道："槐柳馆里写《槐柳赋》，仲宣是不是觉得有俗气之嫌？叫《柳赋》吧，俺记得九岁的时候，家父就拿回王相掾的《柳赋》让俺背。如此说来，那只有《槐赋》适合，就叫《槐赋》如何？"

"承蒙刘主公指教，那就叫《槐赋》。"王粲双手抱拳，向刘琮深施一礼。众士子欢呼再起，复诵《槐赋》：惟襄城之奇树，禀自然之天姿……

才搬进了槐柳馆新居，按说王熙应该高兴才是。可王熙一点儿也高兴不起来。为啥不高兴，是这槐柳馆偏，不热闹？还是他不想与王粲住在一起？都不是。是他接二连三遇到了莫名其妙上门扯皮的事。搬进槐柳馆的第三天，有人抬着一位包着头巾的妇女找上门来，跟随的一位老人哭哭啼啼。王熙忙问老人是怎么回事，老人边抹眼泪边问："这里有山阳高平的王熙吗？"

王熙说："老人家，我就是山阳高平的王熙。"

王熙刚说完，那老人就战战兢兢地伸出干柴棒般的手，一把扭住王熙的衣袖，口里连连哭嚷："你还我孙子，你还我孙子！你这千刀剐的庸郎中呀！"

在王熙的反复解释和围观人的劝说下，老人才停止了啼哭，道出了她找王熙的根由。老人早年守寡，只有一个儿子，成亲五年了，儿媳才怀上孩子，快三个月了。半月前儿媳觉得有些不舒服，小腹有微微疼痛之感，就被人抬到王熙医馆看郎中，医馆郎中问过病情开了三帖药，服完两帖，儿媳下身就露红，腹痛如针扎，半夜里就胎流胚泻了。因失血太多，儿媳已奄奄一息。老人的侄子们抬着儿媳找到王熙医馆，医馆的郎中不认账。最后被老人缠不过，就说给她儿媳瞧病开方的人是山阳高平的王熙，已出门十几天了，等回来找那王熙算账。老人隔几天跑到王熙医馆问，医馆里总说王熙还没回。昨天一问，医馆的人说，王熙已回了，已搬到襄阳城槐柳馆去了，故而才找到这里。

王熙听老人说完是肺气炸了，肚皮气痛了。可气归气，救人要紧。给老人儿媳号了下脉以后，王熙开了方子，派人亲自把药点好，又买了些羊肉等滋补品，外加一些碎银，将那老人打发走。

上午的气还没消尽，下午又来了一拨人，抱着一个已经死去的孩子问上门来。说是小孩子十几天前找到王熙医馆，按郎中开的方子吃药后，不仅止不了泻，反而愈拉愈狠，拉到半夜一命呜呼了。同样到医馆扯皮，医馆同样说那是山阳高平王熙治的，要扯皮等王熙回来再扯。这孩子的家长太老实巴交了，诉说完经过后，不仅没半句责怪的话，反而还跪下给王熙叩头："王神医，我知道你是刘牧守的亲戚，你医术也高超，牧守大人如此难治的病你都治好了。我这儿子是命尽了，是你不小心失手，我也不怪你，只求你给二两银子，我给儿子买口小棺板吧！"

王熙到这种时候，真是哭笑不得，跳进黄河也洗不清，拿了两锭银子，那一家人谢天谢地走了。

这王熙医馆在哪里？王熙又是什么人呢？经过打听，终于弄清楚了。王熙是襄阳城的一个土郎中，祖上原是巫医出身。到了他父辈，巫医不吃香了，就改行做郎中，说是郎中，那手艺实际上还是跟巫医那一套差不多，给人瞧病开方皆是蒙着糊弄，也有的是瞎眼猫碰上了死老鼠，治好了一些。那时候，襄阳的巫医盛行，王熙怕巫医骂他家祖宗，也就没有挂招牌，公开行医。自王熙那次给刘琮治好了瘙痒奇症后，襄阳城传开了山阳高平的王熙如何神奇。那王熙一寻思，这可是个好机会，他与王熙字同名同，于是就公开挂出了"王熙医馆"的牌子，治好了病，算他的，治不好的，治出问题的都往山阳高平王熙身上推。反正山阳高平王熙还有一个大挡箭牌——牧守刘琮的亲戚，谅也没有多少人敢出风头找真王熙扯皮，有敢扯皮的，真王熙也不会怕的。反正不管咋样，他襄阳王熙都可以黄鹤楼上看翻船的。

王粲听说了此事，当即要去找刘琮派人将那王熙抓起来。王熙不同意，他认为现在去抓那王熙，没道理，拿不出证据呗，人家死活不认账，不见面，你刘琮刘牧守也没辙。这王熙不抓，将来肯定还有不少百姓受害的。王熙思来思去，最后决定他要亲自上门去会一会那王熙，也好验证那几位受害者所言是真还是假，也看一看与他同姓同名的家伙到底有几把刷子。

第二天上午，王熙稍加打扮，就成了一位姣容俊俏的村姑。临出门时，又往裤子里塞了条旧衣巾。

那王熙医馆早打听好了，在樊城襄河后一处较偏僻，名叫"羊杂碎"的小巷里。一进王熙医馆，王熙就故弄姿态，忸忸怩怩地问道："敢问先生，哪位是王熙王神医？"

柜里的伙计瞪着王熙问："王熙？王神医？"

"是呀，山阳高平的王熙神医嘛。"

"你找他作甚？"

"哎哟，到王神医这里来，还能干什么，请他瞧病呗！这满襄阳城的人可把他吹神了。王神医在不在？不在，我就走了？"

伙计正准备站起身来，里屋一位枣皮脸汉子一掀门帘走了出来："哪位找我王熙？"

"哟，你就是王熙王神医？"王熙故作亲昵地打量着那汉子。

"神医不敢，王熙是也。"那枣皮脸汉子不露声色，说话声调很低。

"我要找的是山阳高平的王熙王神医，你不是。"王熙说完就往外走。

"姐姐何出此言？在下正是山阳高平王熙。"

王熙摇了摇头："你不是！我可是慕名而来的。"

"如此说来，姐姐是见过山阳高平的王熙？"

王熙连连摆手。

"既未见，姐姐岂敢说在下就不是那王熙，难道还有两个王熙不成？"

"山阳高平王熙是北方大汉，那齐鲁之声别有一番男人味，你说的咋是道地的荆襄语音！"

"啊？原来如此。"那枣皮脸汉子似乎松了一口气，如释重负地告诉王熙，"俺到襄阳已有十几年了，口音与襄阳人同化了。"

王熙说："原来是这样。那就请王神医给妹子瞧瞧咱肚子里怀的是男还是女。"见那枣皮脸汉子稍怔了怔，王熙马上追问一句，"莫非王神医也无此神技？"

枣皮脸汉子似笑非笑地掩饰道："此乃雕虫小技，只是，这诊断之资不菲。"

"多少诊断费呀？"

枣皮脸汉子伸出两个指头晃了晃："纹银二十两。"

王熙从怀里摸出个小褡包，掏出两个十两银锭放在柜上，边解开衣领子，露出人迎之位，冲着那枣皮脸汉子一扭身子："来呀，咱判诊之资也付了，给咱号脉吧。"

枣皮脸汉子装模作样地手搭在王熙的颈脖上，嘴里讨好地问："姐姐一定是喜欢男孩儿的。"

王熙摇手说："咱家相公想女孩都想疯了，嫁夫随夫嘛，咱当然与相公一样，盼生个女孩的。不过，相公的爹娘喜欢的还是孙子。你说这该咋办好，一肚子怎么的也怀不上两个吧？"

"姐姐，不是王熙恭维你，从脉象上看，你怀的还真是两个呀！"

王熙说："没这么巧吧？王神医，咱这腕子上的脉你还没号嘛，就说咱怀上两个了？要真怀的是两个了，你的诊金费咱再加十两银子。"

枣皮脸汉子把胸脯一拍："这点本事没有，还算什么神医，放心吧，不用号你的腕脉，咱打包票，二胎无疑。"

"那，你给咱开点保胎药吧，咱回家也好找相公还有他爹娘显摆显摆。"那枣皮脸汉子很快将方子开妥了。王熙拿方子一看，上写有八味药：人参、当归、驴胶、地黄、枸杞、蘸薯、莲子、甘草。

王熙看了方子，说："王神医，咱娘说，鹿茸、麝香、红花，还有半夏、生姜对怀胎好，你也给开上吧！"

"好，好，只要姐姐要的，王熙都给你开上。"

等枣皮脸汉子在方子上补上鹿茸、麝香、红花、半夏、生姜五味药，准备交给柜上时，王熙把脸一沉："王神医，你还真是神医了？这麝香、红花、半夏、生姜都是妇人孕女禁忌之药，你咋说开就给开了？"

"姐姐，这些不都是你自己要我开的吗？咋的还怪起我了呢？"

"你说，咱怀的真的是两个还是一个？"

"这也要看姐姐的造化，两个没有，一个那是板上钉钉的。要不，王熙给你再号号腕脉？"

这可把王熙气得七窍出火，五孔冒烟，猛地一下，扯掉了头上花头巾，又脚快手快脱掉一身的女装，露出男儿之躯，一声怒喝："王熙，你睁开眼睛看一看，俺能怀上几个！"

那枣皮脸汉子，不，应该是襄阳王熙立马软了刺："你，你，你咋的是男的？"

王熙说："对，俺不仅是男的，俺还就是那堂堂正正的齐鲁汉子，山阳高平的王——熙！"

襄阳王熙哭丧着脸，头磕得似鸡啄米，承认了那天的孕妇和小孩都是他误诊的，也和盘托出他借王熙之名糊弄人的真正目的。说完连连求饶，只要王熙不将他送官，愿意加倍赔偿王熙的损失。

王熙长叹一声，说："王熙呀王熙，俺俩同名又同字，你这种手艺咋能挂牌行医呢？俺拉你的手给俺号人迎脉时，有意将你的手碰上俺的喉结，只要你稍有医技，也绝对知道女子是没有喉结的，有喉结的也绝对不是女人，不是女人也绝对怀不上孩子的，可你一无所知。还有，哪有做郎中的听了病人要开什么药，就开什么药呢，假如是个真怀孕的，这补上的几味药，不叫她肚子里的胎儿都流产了吗？"

襄阳王熙无言以对，只有一个劲地求饶、磕头。

王熙想，冤家宜解不宜结，要想在襄阳长期立足，不能一到襄阳就得罪人。报了官，这王熙最多也就是坐几年牢，出来了就结上了仇。做人得以和为贵，医者不仅要医病，更要医人。于是王熙提出只要襄阳王熙答应四件事，他保证一不报官，二不追究。哪四件事？

其一，将"王熙医馆"的牌子当众砸掉。其二，不再开医馆从事坑人骗钱之事。其三，将收取被骗病人的钱财一一退还。其四，同王熙一道上被误诊的孕妇和已经死亡的小孩家里去道歉，澄清事实，替山阳高平王熙洗清冤责。

襄阳王熙哪有不同意之理，当即就将"王熙医馆"的牌子砸了个稀烂，又马上辞掉了雇请的伙计和其他人等。第二天，带上银钱与王熙一道找到被误诊的孕妇家，跪地谢罪。第三天，又给误诊孩子的家里送去赔偿，磕头赔罪。这样一来，王熙的事在襄阳差不多是家喻户晓，而山阳高平王熙的声名就更加大了。

处理完与襄阳王熙的那堆破事，王熙晚上仍然睡不好，半夜起来找族叔王粲给他换名字。王粲想了想说："改名，没必要，要不给你取个表字吧。按老规矩，人到弱冠方起字，你就破例，提前起了，今后以字行世，如何？"

王熙说："一切都听粲叔的，给俺取个字吧，大才子取的字，焉有不出名的。"

王粲低头思忖了一会儿，说："熙侄在家排行老三，按兄弟顺尊的伯、仲、叔、季为序，你表字就叫叔和。叔，乃你的排序号；这'和'，以和为贵，你这次处理襄阳王熙的事，遵循的乃是和，叔和，叔和，此字不错。"

给王熙取了叔和字的第二天，王粲正好收到好友刘桢托人捎来徐干的新作《中论》以及徐干自己的和作《赠徐干》。晚上，王粲借这两件事，在槐柳馆搞了一次文友大聚会。会上王粲宣布了族侄王熙从此以字"叔和"行世，要襄阳的文人士子在各种场合多多传扬。再就是将徐干、刘桢的新作当场吟诵。

徐干、刘桢都是建安七子之一。徐干（171—217）字伟长，今山东潍坊市，时称北海人氏。曹操、曹丕父子对徐干深为赏识，曹操封其五官将文学之职，曹丕称其新作《中论》"成一家之言，辞义典雅，足传于后"。刘桢（？—217）字公干，今山东东平人，以文学见贵，其诗言简意明，平易通俗，又最擅长比喻、比兴之句，曹操也授其为丞相掾属之职。

第十四章

曹植奉命　写诔悼王粲
楼升顽皮　习医陈皮斋

　　这次槐柳馆的襄阳名流士子大聚会，也是王粲在襄阳城最后一次露面。这一年的七月，曹操飞鸽传书，要王粲速速赶往邺城。到了邺城，曹操加封王粲为关内侯。在建安七子中被封侯的，仅王粲一人。王粲封侯以后，曹操令其随他前往居巢犒军。

　　居巢在今天的安徽省合肥市居巢区，是当年曹操抗拒东吴孙权的重要军事基地。在军事设置上，曹操有自己独特的构思。这设在居巢的军事据点叫逍遥津教弩台，故址在今安徽合肥市逍遥津公园内，史称逍遥教弩台。占地约三千七百平方米，高约一丈八尺，东距津水三丈，北上津口三十丈，西距原合肥县城一千两百丈，即四公里距离。每天台上安排有五百名强弩手操练，秋冬春夏四季不断，这种操练既可以鼓气长势，又可以瞭望对江孙权的一举一动。这些强弩手很辛苦，曹操就给他们以精神鼓舞，轮番带着建安七子等名流到教弩台吟诗作赋，深受弩手的欢喜。陈琳、应场、徐干等才子们，都曾随曹操上过教弩台与强弩手联欢过。

　　这次居巢之行，曹操决定带上王粲为逍遥津的教弩台的强弩手们鼓劲。可惜，曹操的愿望没有实现，王粲随曹操一行走到曹操的老家谯郡（今安徽亳州市）就病倒了，而这病症与张仲景那天预测的一模一样，头发枯槁，眉毛掉光了。随行太医的方子用尽了，一点儿不见效。曹操要送王粲回邺城，王粲不同意，硬是撑着，撑到了居巢。到了居巢，一个月的光景，王粲已是"眼光凝滞，性情冷淡，寡语少言，行动失常"。曹操这下慌了，急遣雍州刺史、征西将军陈泰，谋兵杜袭护送王粲自淮水返回邺城。回到邺城不到一个月，即建安二十二年农历正月二十四，一代才子王粲撒手西归，与世长眠。

　　王粲病亡邺城的噩耗传到居巢，曹操悲伤得"三日无语，诸事不处"，飞鸽传书给儿子曹植写文以悼祭。

　　曹植接父命，后为王粲写了《王仲宣诔》。

　　啥叫"诔"？诔是古代用以表彰死者功德并致以哀悼的文辞。《礼记·曾子问》:"贱不诔贵,幼不诔长,礼也。"这话是说,凡"诔"仅用于上对下的哀悼,一般人是不够用"诔"志哀的。

曹植与王粲素来交好,也深深钦佩王粲的才干,他的《王仲宣诔》是用真情实感写出来的,今日读起来仍使人泪下潜然。全文一百七十八句,加标点八百余字,这在古代的祭文中是够长的,足以见曹植的文采和对王粲哀悼的深切。篇幅所限,将《王仲宣诔》的精华部分辑出:

吾与夫子,义贯丹青,好和琴瑟,分过友生。

庶几遐年,携手同征,如何奄忽,弃我夙零。

……

延首叹息,雨泣交颈,嗟乎夫子,永安幽冥。

人谁不没,达士徇名,生荣死哀,亦孔之荣。

呜呼哀哉!

有关王粲的死亡,《后汉书》《资治通鉴》《晋汉春秋》等文献都有记载。而记载死因,即张仲景预测王粲死亡的文献最早见之于皇甫谧的《甲乙经·序》,后世文献所辑皆出于此。王粲到底得的啥病?五石散是否对王粲的病有作用?千余年来只能是谜。皇甫谧在《甲乙经·序》中写道:仲景见侍中王仲宣,时年二十余,谓曰:"君有病,四十当眉落;眉落半年而死。"令服五石散可免。仲宣嫌其言忤,受散勿服。居三日,见仲宣,谓曰:"服散否?"曰:"已服。"仲景曰:"色候固非服汤之诊。君何轻命也!"仲宣犹不言。后二十年,果眉落,后一百八十七日而死,终如其言。

皇甫谧也是中华医学史上的功勋人物,他的《甲乙经》整理总结了晋汉以前的针灸治疗经验,是我国也是世界上现存最早的针灸学专著。皇甫谧在《甲乙经·序》中还首次披露了张仲景《伤寒杂病论》和编纂、整理者是太医令王叔和,"没有王叔和,就没有《伤寒杂病论》"的论断亦出自《甲乙经》。今天我们不可以怀疑皇甫谧就张仲景对王粲"眉落而死"预测记载之真实性,可我们有必要对王粲"落眉而死"的病因进行科学推敲,他到底死于什么病?

现代医学表明,导致眉毛脱落并致死亡的疾病有四种。其一,二期梅毒;其二,麻风病;其三,西蒙氏病;其四,甲减病。梅毒、麻风病那是众所周知的两种传染性极强的病,况且它的病症潜伏期也没有如此之长。王粲死于梅毒、麻风病的可能性几乎是零。

西蒙氏病,是一种由脑垂体前叶功能减退而引发的落眉病,晚期或致眉毛脱落,头发、腋毛及全身汗毛变稀或全部脱掉,全身消瘦,精神萎靡、困倦、嗜睡,遇受寒、感染、低血糖可导致死亡。王粲死于西蒙氏病的可能性也微乎其微。因西蒙氏病几乎没有潜伏期,短期即可致人死亡,再就是西蒙氏病的症状导致患者全身迅速消瘦，而王粲三十岁以后就开始发胖。"仲宣富态，日臻至显，不像伟长，病快似棒柴。"这是王粲好友徐干写给刘桢信中的原话。伟长是徐干的字。

王粲死于甲减病的可能性最大。啥叫甲减病？甲减的全称叫甲状腺功能减退症。病因是由于甲状腺激素缺乏，机体代谢活动下降所引起的临床综合征。中医称甲减为"虚劳""阳虚""水肿"等。此症的根源在于肾阳虚衰不能温煦脾土，则脾阳也衰，肌肉失去濡养，引发肾精衰竭而死亡。张仲景从王粲的"真阳虚微，形寒神疲，命门火衰，心阳虚衰，运化失常"窥视出王粲"二十年必眉落而亡"的判断，就不足为奇了。至于王粲服了"五石散"能不能转危为安，化险为夷，张仲景的《金匮要略》有详尽记载，读者可以去寻根觅源，一睹为快。

好，放下王粲王大才子死亡的题外话，回到襄阳城的槐柳馆。

王粲尚未离开襄阳时，王叔和的表哥卫汎也来到了襄阳城。在卫汎、王粲等人的鼓励下，王叔和在槐柳馆挂出了"叔和医寓"的牌子，正式坐堂候诊。叔和医寓开张那天，卫汎还特地从襄阳岘山紫云谷碧霞观请来师父张仲景的师兄楼公给叔和捧场。

这楼公是谁，居然还是张仲景的师兄，这襄阳还真是藏龙卧虎之地。一点儿不假，楼公的故事你听完了，就会知道这个老爷子不是等闲之辈。他出山，王叔和是如虎添翼。

说楼公，得先从楼公的祖上说起，楼公的先祖楼护在汉代那可是赫赫有名的人物。何为赫赫有名？就是《汉书》里有楼护的传略，这是其一。其二，楼护是上正史的名医之一，他是古代医生中官做得最大的一位，可称从医者封侯第一人，位列九卿。楼护虽上了《汉书》正史，只是班固没有将其列入方技（艺匠名流）之列，而是将他列入游侠类。

《汉书·游侠传》第六十二卷载：

楼护，字君卿，齐人（原山东台县治今山东济南市东北）。父世医也。护少随父为医长安，出入贵戚家。护诵医经、本草、方术数十万言，长者咸受重用。共谓曰："以君卿之材，何不宦学乎？"繇是辞其父，学经传，为京兆吏数年，甚得名誉。

是时王氏（指王莽）方盛，宾客满门，五侯兄弟争名，其客各有所厚，不得左右，唯护尽其门，咸得其欢心。结士大夫，无所不倾，其交长者，尤见亲而敬，众以是服。为人短小精辩，论议常依名节，听之者常竦。与谷永俱为五侯上客，长安号曰："谷子云笔札，楼君卿唇舌。"言见其信用者也。母死，送葬者致车二三千两（辆），同里歌之曰："五侯治丧楼君卿。"

护先任谏议大夫,后擢天水太守、广汉太守。元始初,莽为安汉公,封护息乡侯,列九卿。护卒,子嗣其爵。

以上是《汉书》中对楼护的记载,从中我们可以获取这样的信息,楼护出生名医世家,他从小随父亲在长安城高官显宦之家行医。楼护精通医经、本草、方术;读了数十万字的书。汉代的几十万字的书那可不得了,不难看出楼护在医药方面的造诣。楼护还尤为擅长社交,王莽五个封侯的儿子各人都有门道,相互皆不往来,只有楼护与五个侯爷个个都相好。楼护的能言善辩在当时与大名士扬雄的笔杆子一样齐名。楼护的母亲去世,王莽的五个儿子共同为其母办丧事,送葬的人光车马就多达两三千辆。楼护归后被封为息乡侯,死后,其子孙承袭他的爵位。

如此说来,史学家班固未将楼护列入"方技传"也是有道理的,因他后来没有从事岐黄之术,而是做官去了。楼家做到第四代,就不行了,光武帝刘秀一坐上龙椅,楼家的爵位就完蛋了,到了楼护的祖父,又重操旧业。

楼公名升,字卢芘,属羊的,生于公元131年,是楼护的第六世嫡孙。父亲楼冉,在当时医名甚佳,手下弟子五六个。可是儿子楼升是个小怪种,一点都不服老子管。楼冉要他往东,他偏要往西,要他赶狗,他偏要赶鸡。别人为了学楼冉的医术,削尖了脑袋往楼家钻,可楼升对父亲的医术不屑一顾。他对楼冉说要我接你的班,学岐黄之术可以,我要出外拜师,你的医术我不会学的。楼冉拿他没办法,只好将楼升送到了当时在齐鲁很有名气的陈皮斋处。陈皮斋以治伤寒、瘟疟而扬名。陈皮斋的祖上传下了一种神奇药草无叶草,就是治伤寒的要药。陈皮斋拗不过楼冉的苦求,只好收下了楼升。楼升人是格外的聪明,悟性也非常高,的确是个学医的料。可就是贪玩、任性、心不在焉。师父一讲头,他似乎马上就知道尾,就不专心听了,只顾玩他的,想他的。为这事,师父曾两次将楼升送回楼杏塘。楼升偏偏脾气有些倔,你送他回去,他就回去?偏不,非回陈皮斋不可。陈皮斋也拿他没法,只好听任其便。在陈皮斋学了四年多,楼升认为翅膀硬了,他要独立门户,不回老家,在师父陈皮斋的另一条街自开药斋。楼冉劝他要开店回老家开去,楼升头摇得比风车还快:不行。坚决在师父这里开。

陈皮斋见楼升如此倔,也无所谓,便将开药店要注意如何如何地交代了一番。最后陈皮斋郑重其事地说:"楼升呀,你独自开店,有味药,师父我非得叮嘱你不可。"

"啥药,你说吧,师父,我听着。"楼升满不在乎地说道。

"就是那治瘟疟的无叶草。"

"啊,俺知道,治瘟疟的要药无叶草,记住了。"

陈皮斋说："光记住这不行的，关键是无叶草的特性，根与茎用处截然相反，用错了那可是要出人命的！"

"啊，有这么严重？那你说吧，师父，我记，我记。"陈皮斋一字一板地说："无叶草发汗用茎，止汗用根，用错死人！"楼升把脑壳一拍："师父放心，我记住了。"

"那你给师父重复一下，看记牢没有。"楼升立马而答："无叶草发汗用根，止汗用茎，用错死人。"

陈皮斋连连跺脚："错啦，错啦！发汗用茎，止汗用根。切记！切记！"楼升脸一红，连连点头："这次我一定记住了。"

药店开张后的第一天，来了一位老头子，自诉浑身发酸，虚汗淋漓。楼升开了方子交伙计点药，药点好以后，楼升就从自己房间屉子里抓了一把无叶草茎放入药中。他干吗要将无叶草单独存放在自己房间里呢？楼升记住了师父的叮嘱，无叶草弄不好会死人的，所以他就自己来管，不让别人插手。只是他管小不管大，管忘记了无叶草发汗用茎、止汗用根的要诀，又粗心大意抓药时不细看。

那老头子原本就浑身虚汗不止，再加上楼升的一把发汗用的无叶茎，当天夜里虚汗再发，导致虚脱而亡。老汉家人将楼升告上衙门。楼升大喊冤枉，说他一切按照师父所教，死了人怎么要他坐牢？县老爷就将楼升的师父陈皮斋带上大堂，惊堂木一拍："庸医害命，该当何罪！"

陈皮斋说："老汉冤枉呀，小民何曾害命？"

县老爷一声"带楼升！"楼升上了堂，见了师父就说："师父，俺按你说的，无叶草用错了会死人的就单独自管，以防出错。那老儿诉虚汗不止，俺是完全按师父你教的要诀：发汗用茎，止汗用根。怎么那老儿回家死了，还要俺坐牢哩？"

"那老汉自诉虚汗，你用的是什么？"

"当然是止汗用根呀！"

于是，陈皮斋请求县老爷派人速到老汉家取来那天的药渣，还有两剂尚未开封的药包，摊开一看，一把无叶草茎赫然在目。

真相大白，县太爷当即宣判：陈皮斋无罪释放，楼升获刑三年，其药店折价官卖，所卖银两作价为老汉家的赔偿。

学了四年医术，开了两天药铺，坐了三年牢狱，五千两的纹银打了水漂。楼升在监牢里是好不自悔。此时此刻，他才知道父亲说过的、师父讲的那才是真正的金玉良言。浪子回头金不换。在牢里，楼升决心出狱后，他要向师父认错，向父亲乞罪，求得他们的原谅，好好地在岐黄之术上下苦功，得真传，以赎其罪。

人有决心就有信心,在牢中,楼升一点都没空,托人从家里捎来《神农本草经》,如饥似渴地学习不止。

三年牢狱一满,回到老家楼杏塘,父亲已于两个月前去世。赶到陈皮斋,师父三天前溺水而亡。楼升将师父陈皮斋送上山后,想留在那里再当徒弟,可陈皮斋家人说上天讲下地任凭楼升磕破头也不留他。楼升回到楼杏塘,他是独子,原本可以接下父亲的家业药店的,可他认为自己医技太差了,上不了台面,不学个三年五载是不能开店的,于是他四处拜师求学。因他的名气太臭,没有任何医堂药店肯收留他。亲友劝他算了,没有必要一条道走到黑。这年头卖药行医的也不是什么好职业,换个行当说不定天地更宽些。楼升倔了,在哪里跌倒就一定要在哪里爬起来。齐鲁大地的杏林人不收他,他就远走高飞。听说南阳的张伯祖声名远播,于是他将老家的药店作价处理,背个包袱下南阳了。

到了宛城找到张伯祖的回生堂,楼升多了个心眼,就以其字卢芄为名,从齐鲁而来拜师学岐。张伯祖是收下了楼升,但他有个规矩,凡初学者必须当三年药工,辨药、采药、炮药、切药、煎药,认识百种药方可教其医道。楼升就以初学者身份在张伯祖家做了三年的药工,天天与药打交道。切药他切过手;挖药他被毒蛇咬过,险些丢了性命;尝药他中过毒,几次死里逃生;煎药药罐子突然爆炸,沸开的药汤将他的双脚烫脱了几层皮。这些楼升都挺过来了,也学到许多的知识,深得张伯祖的喜欢,三年后,正式授他医道。有一天,张伯祖给南阳太守刘宽的夫人号脉后,开了剂以桂枝为君药解表发汗汤。太守夫人连吃三剂效果不佳,汗总是出不透。张伯祖为此事良思苦忖。

楼升看在眼里,便说道:"师父,这方子里可否再加一味药?"

张伯祖说:"啥药?"

"麻烦草。"

啥叫麻烦草呢?麻烦草,就是无叶草。楼升因无叶草使他药死了人,又使他坐过牢,还给师父带来不少麻烦,就给它取名麻烦草,以警示自己。

"何来此草?老夫从未听过,焉敢擅用?"

"此草原名无叶草,是俺齐鲁名医陈皮斋祖传之草,以一草二用,发汗用茎,止汗用根,其效神奇。"

接着楼升也不隐瞒自己的丑事,将自己的身世及从医经历向张伯祖竹筒倒豆子般一股脑儿倒了出来。

张伯祖是一位善于拓新又十分严谨的太医,思虑片刻问道:"齐鲁之草,中原焉有乎?"

"多得很,师父。弟子在采药时采了不少,也分开制作了,只是此草太惹麻烦了,不敢擅用。"

"速用其茎煎汤，待老夫亲试。"

试过了发汗，又试过了其根止汗，效果甚佳。

张伯祖才在刘太守的夫人的汤剂里用上了麻烦草。刘夫人服药后果然汗出疾消。从此，张伯祖在他的"桂枝汤"里正式用上了麻烦草。

楼升在张伯祖的回生堂里学了十年，尽得其真传。十年以后，张仲景才拜张伯祖为师。楼升是他的大师兄。因麻烦草味苦、性温，主治中风、伤寒引发的头痛、头热，且能除瘟疟，具有解表发汗、祛除邪气、止咳消喘之效，是逐除恶寒发热，消除体内邪瘀及郁结聚积的要药。张仲景对楼升的麻烦草甚为青睐。有一天，张仲景正用麻烦草煎汤时，楼升走了过来，二人聊起了麻烦草的功用。张仲景说："楼师兄，你这麻烦草清热解表、发汗止汗的功效甚佳，只是开在方剂上总有病者爱唠叨。麻烦草这名字嘛，也真的有些不讨人喜欢，是不是给它换个鲜亮的名字呀？"

楼升说："好是好，可俺取不了啥鲜亮的名字，师弟你灵巧，看能给它取个啥名。"

张仲景想了想说："你看，这麻烦草，茎是黄的，根是黄的，汤也是黄的。就叫它麻黄草咋样？"

"麻黄草？麻黄草！好，就叫麻黄草！"

二人去找张伯祖，说了给麻烦草改名的事。张伯祖说："草药，草药，名简为要，就叫麻黄吧。"

从此以后，麻烦草就正式以"麻黄"之名出现在汤剂上。

楼升在张伯祖的回生堂一待就是十五年。张伯祖去世后，他才离开南阳，开始游历大川，访名师学绝技，后在衡山开医堂十余年。襄阳侯习郁征五溪蛮被溪蛮的毒箭所伤，楼升以秘方朱砂红粉膏使习郁死里逃生。习郁返襄阳时邀楼升同往，楼升也早想到襄阳一游，遂随习郁来到襄阳。在侯府住了半年多，楼升住腻了，习郁便在岘山选址给他修建了碧霞观。从此，楼升就住在了岘山紫云谷，如闲云野鹤般自由自在，不时施药济民，不时与襄阳的名流隐士对弈，遇上可心对意之处，住上十天半月也行，反正一个地地道道的自由之身，虽年逾八旬，仍无苍颜倦态。

卫汛给王叔和讲完了楼升的故事，王叔和倒头便拜："大师在上，弟子叔和给你磕头，请收下小徒，俺绝不辱师门。"

楼升也从卫汛那里了解到王叔和的传奇经历，加之这些时襄阳城有关叔和的传闻如雷贯耳，否则他是不会轻易上门给一无名小辈捧场的。当即将叔和扶起，在其肩上拍了三下，微微点了点头，算是默许王叔和可以弟子相称。

叔和医寓开张的第二天，第一位求医者自报家门，姓丁，是襄阳府主簿，要楼升道长给他把脉。楼升肯定认得这丁主簿，便笑着向他介绍王叔和："此乃医寓掌门王叔和是也，王掌门自当给丁大人亲自把脉。"王叔和知道这是楼升道长在试他的火色，遂也不推辞，给丁主簿把脉后说道："丁主簿的脉轻取见浮，重取显弱，脉浮的自有发热，脉弱的是因汗出，发热时似羽毛抚身，并伴有鼻息鸣响和干呕之状。不知病因可否言中？"

丁主簿说："王掌门所言极是，每每发热后，总是汗溢满身，咳嗽不停。"

王叔和说："大人之症，名曰太阳症，夜间重，白天轻，乃营卫不调所致，疾愈当在十一二天左右。小可给你开上一方，服之三剂，应该会好转的。"说完，王叔和提笔开完方子，双手递给楼升过目，然后又转向丁主簿道，"丁大人请记住，方中五味药，入煎时，前三味药要用布包先捣碎，再放入两钵凉水中，以小火煎至可取汁三大半钵，方可去掉药渣趁温热一口气服下，稍停片刻，再大口大口喝上半钵热米汤，以助药力快发挥之用。此嘱切记勿忘勿失。服完三剂，自当解疾无恙。"

楼升看那方子上的"去皮桂枝、炙甘草、大枣、芍药、生姜切片"五味药后，连连点头，特别是王叔和对主簿的那番叮嘱，尤为佩服。晚间闲暇时，楼升无不赞赏地对王叔和说："叔和，你早间之方和叮嘱，乃吾师弟张机治太阳病之异招也。看来，你还尽得张机之真传。"

王叔和连连摇手："师父在上，岂敢班门弄斧，张师父之技之方，仅学皮毛而已。你老乃张师父大师兄也，尔后弟子自当精勤求教师父的真传，努力做一个解民疾、除民患、造民福的合格郎中。"

自此，楼升就住在了叔和医馆，天天与王叔和及卫汛论医说药，甚是快活。卫汛也应表弟的要求，将祖传的"小儿惊风方"（全蝎、蚕、雄黄、朱砂、甘草）"小儿溲数遗尿方""小儿蛤蟆瘟方"即桑螵蛸、煅牡蛎、当归、智仁、熟地（亦称疟腮）等方、药悉数给了王叔和。

这天，王叔和正在医馆与楼公谈论岷山的特色药草时，襄阳府上刘琮令人速传王叔和进府，说是刘琮刘大人的湿痒之症又复发了。

第十五章

襄阳城内　叔和开医寓
碧霞观中　道长论艾蒿

王叔和赶到刘府，只见刘琮浑身上下又如同一年前那样，抓挠得血痕道道。王叔和赶紧用原来的蛇床子捣汁拌蜜抹涂患处，用原内服方照方煎药内服。痒是止住了，但此次根子难除，瘙痒破皮出血结痂处，几天仍不能收水，晚上一遇热又痒，一痒又抓，一抓又破皮，反反复复不见好转。经细细询问，刘琮贪吃了刚出土的竹笋而引发旧疾。竹笋乃大发之物，难怪旧疾复发且不能痊愈。王叔和据此在原服的方子上调换了几味药，刘琮的痒是止住了，可患处仍难复原。回到寓馆，王叔和把刘琮的病情讲了，仍百思不得其解，一夜未眠。

第二天，卫汎随王叔和来到刘府，看了刘琮的症状，摸了脉象，当即判断，刘琮此次复发的痒症并非脾湿内热所致的湿毒之症，而已转为浸淫之疮。此疮比湿毒之症厉害多了，弄不好，邪淫毒气入心肺是要死人的。

楼升闻知刘琮得了浸淫之疮，不以为意地说道："浸淫之疮，疮中之王。刘公素来嘴馋，肥头大耳，只顾享尽口福，岂管营卫过当。春笋发物，如火中加油，此疾祸在嘴也。叔和的方剂有营调之用，不能除根，但二位放心，也死不了人，先让这贪吃的刘琮耗上几天也无妨。"

王叔和说："师父如此有把握，莫非有神方在手？"

楼升说："卫河东（指卫汎）当知你师父张机有治浸淫疮之法，此方乃俺师父伯祖所传，俺知晓，他不知晓？"

楼升如此一说，卫汎想了良久，猛然一拍大腿："真是，真是健忘也。师父是有治浸淫疮神方，但从未用过。此方乃用鸡冠血单味涂之患处，内服单味干姜汤即可。"

楼升点了点头，说道："两日后，叔和可用此方一用，让刘琮这小子给你山阳高平王熙，不，应该是山阳高平王叔和，再记上一功。"

按照楼升的安排，两天后，王叔和带着鸡冠血和干姜汤，给刘琮外涂内服，真的是药到病除，把刘琮乐得是大喜若狂，连连摆宴，遍请襄阳名流，给王叔和扬名摆功。这下子，王叔和在襄阳城的上流士人中，被传为了神医。

这声名一大，叔和医寓是门庭若市，每天上门求诊的是排队等候。这天傍晚，王叔和正准备关门掌灯，只见一队快马疾驰而来，马队来到医寓前停住了了，马上跳下一位虎背熊腰、威风凛凛的大将军，此人乃曹操麾下镇守襄阳城的前敌先锋、人称猛悍大将军的庞德。

庞德来找王叔和干什么？瞧病呗！前几天庞德晚上好好的，次日清晨早起，发现一床的头发，再摸头上，根发无有。庞德急招随营医工问询，医工们哪见过这阵势，是一问三不知，别谈治疗之方了。庞德火了，连斩二人，怒不可遏。随营军师和洽向庞德举荐山阳王叔和来军营诊治。庞德在南新兵训时，见过王叔和，不过当时不叫王叔和，叫王熙。这王熙、王叔和是不是一个人，此人是不是有众人所传的那样有如此神奇之技？习武之人有习武之人的思维。庞德思忖，他这头发掉了，也没有什么大碍，倘若弄个民医进军营，闹得沸沸扬扬，有损自己的声名和军威，不如亲自去见一见这位王叔和，看这被传得神乎其神的家伙是真神还是假神。

一进医寓之门，庞德也不客套，头上包巾一扯，露出滚瓜溜圆的大秃头，问道："王神医，可知本将军此头为何疾乎？"

王叔和说："将军此疾乃斑秃也，俗称油风，亦称鬼剃头。乃肾气虚弱、邪风入侵所致。"

"可有复生之法，啥时生新？"

"先以杜仲、桑叶浸泡酒中七天余，内服外涂十余日，再以桑葚熬膏敷之，当四十余天可见新发。"

"倘若无效，以尔之头割下以换如何？"

"如果将军要见速效，先师曾传秘制桑葚膏与俺，称有奇效之功，但叔和未曾试过，不知将军愿否一试？"

"但试无妨，倘若有效，老夫重重有赏。"

庞德与王叔和的一番对话，言简意赅，明快异常。当晚王叔和将杜仲、桑叶酒泡好，又取出珍藏多年的桑翁秘制的桑葚膏，写好使用之法，交给庞德。庞德也不多言，回营依方而行。不出二十天，新发遍生，喜得庞大将军天天像个小孩子一样乐不可支，派和洽给王叔和送来一镒黄金，蜀锦、杭绢各一匹。这一下，王叔和的神医之名在军营里也传开了。

人怕出名，猪怕壮。声名大，有好处，也有坏处，用今天的辩证法讲，是利弊各半。

三月初的一天，王叔和打开医寓之门，忽听一声婴儿的啼哭声。循声而觅，只见医馆的台阶下有一个包袱，解开一看，是一个初生婴儿，身上写有一块生辰八字的布条，显然是被人有意送来的弃婴。婴儿长得还很壮实，又是个男婴，怎么会被父母丢弃呢？王叔和抱进医寓，解开一看，才看出名堂。原来此婴儿双目不能睁开，乃一天生残疾也。卫汛一看，连呼不是，卫汛家祖传幼科、妇人科，当然识得此婴儿不是先天残疾，乃婴儿初生目闭之症也。小儿初生目闭是为何症，可有治愈之法？卫汛一番解释，令王叔和连声称奇也。

卫汛讲，他卫家祖传秘籍上记载，小儿初生，目闭不开，多系胎有伏热，热蒸于脾所致。华佗《真藏经》亦有"小儿初生闭目，此胎热也"之记载。眼胞属脾，脾之脉络为热所雍，故眼胞赤肿，不能睁开，热重者，并有面红唇燥。治法当宜清热泻脾有"生地黄汤"，汤用生地黄、赤芍药、川芎、当归、天花粉、甘草，煎之喂服，热重者可加用鲜石斛、白芍，煎汤喂服，外用熊胆少许，蒸水洗之，一日八九次不得可少。

王叔和说："表哥，你有治其之方，快快用药，救此婴儿呀！"

卫汛说："用汤药不难，即开即喂，只是这熊胆一时半会儿到哪里去弄，若三天之内不用此熊胆蒸水外用，此儿恐真的要残疾了。"

楼升说："老朽碧霞观藏有熊胆一枚，俺去取来吧。"

经过了卫汛三天的喂药，涂点熊胆汁，小儿双眼真的睁开了。双目一睁，小家伙的黑眼珠还不时睃着这光亮的世界，好新鲜啊！紧接着一声啼哭，脚手乱颤，把一屋的人都逗乐得手舞足蹈。乐归乐，乐过几天，几位男子汉干瞪眼，你看着我，我看着他半天说不出话来。咋回事？这出世才几天的小孩，怎么喂？用啥喂？岂不又成了大麻烦。楼升想了想说："襄阳侯府上的大厨成亲四五年未曾生育，老夫曾替他夫妻把过脉，他妻子是不能生育的，曾想抱养，不知抱也未抱。"一屋子人正商量着，来候诊的人听说卫汛治好了一个双目初生即睁不开眼的婴儿，都纷纷围上来观看。得知他们为婴儿喂养之事发愁时，一位妇人自告奋勇说襄阳侯府有人悬赏抱养婴儿，她可以去侯府送信。当天下午，侯府大厨夫妇欢天喜地将婴儿抱走了，并给卫汛留下了几锭喜银。从此，叔和医寓有一位河东来的善治幼科、妇人科的卫汛神医的消息也不胫而走。

阳春三月，草长莺飞，百花齐放，群山含翠。楼升邀王叔和到他的碧霞观看看岘山之春景。叔和医寓的坐诊就交给了表哥卫汛。

随身的用物有脚力挑着，楼升、王叔和一老一少顺着山道自由自在地边赏景，边扯话。楼升虽八十四岁，仍快活得似小孩，嘴里哼起了襄阳小调《春游》：

> 春去春来万物稠，百花妍媚正春游。
>
> 松针嫩放枝头绽，翠鸟啼空唤清幽。
>
> 爬山越岭身轻燕，韭芽胡葱满山揪。
>
> 掬溪水，煮瓦瓯，山肴野味胜珍馐。

王叔和笑着说："师父，您真是越活越年轻，襄阳的山水将您滋润成了仙风道骨,这小调唱出来就是个地道的襄阳人了。"

楼升笑着直点头,说:"难怪道家崇尚大自然。你看这岘山,流水之声可以养耳,青禾绿草可以养目,观书觅趣可以养心,逍遥杖履可以养足,静坐调息可以养骸,放声敞喉可以养肺,闭目禅修可以养神。不是神仙,胜似仙啰。多亏了襄阳侯,给老夫筑了碧霞观。不瞒你说,那刘琮拿襄阳城换俺的碧霞观,俺都不得换的。"

师徒二人边走边聊,突然,王叔和被眼前的一片禾草吸引住了,他上前奋力扯了几根,伸出鼻子边嗅边说:"真香,真香,这就是艾草吧!难怪桑翁师父说南艾胜过北艾,真的是叶片宽厚,枝干挺拔,香味浓郁多了。"

楼升说:"叔和,你对艾草也有深究?"

王叔和说:"略知一二。在桑棺寨,桑翁师父专门给俺讲过艾草的功用区别。他说南方的艾比北方的艾强多了,特别是有一种称蕲艾的艾草又胜过所有的艾草。师父,你见过蕲艾吗?"

楼升说:"俺也听人说过蕲艾,称'蕲艾'为'奇艾',说蕲艾之香有穿墙透壁之功,只是尚未见过。蕲地离此处约千里之遥,在吴头楚尾之处。"

"师父,这里艾草怎么这么多呀,漫山遍野都是。"

"太多太多了,当地人都以此做柴火、烧田肥用。"

说到这里,楼升拉住王叔和:"来,叔和,休息片刻,老夫与你说件事。"

"啥事,师父?"王叔和席地而坐,鼻子里仍在嗅着手中的艾草。

"就是你手中艾草之事。老夫对这艾草琢磨了几十年,认为其中大有玄奥,艾草之功当是神草也。当然,老夫绝不是信口雌黄,那皆是有依据的。"

接着,楼升讲起了这些年他对艾草的特别发现。

楼升走南闯北,遇事好刨根问底。二十年前,南阳地区发生瘟疫。瘟疫过后,楼升到疫区巡诊发现了一个秘密。一个村庄,一条街道尸横遍野、阖家绝户的多得不得了。可总有一至两户人家阖家皆是平安的,一个人都没死。楼升进行了寻访,这些阖家平安户一律是火工之家。什么叫火工?火工就是专门卖火种的生意人。一千几百年前,火柴、火机还远未发明,火石、火镰是奢侈品,一般人家用不起,于是就产生了一种独特的生意人——专门卖火种的商户,称火工。火工家一年四季不断火,烧干柴?煤炭?不是!那成本昂贵。烧的是山草芭茅之类的廉价之物。所谓卖火种,卖的不是熊熊燃烧之火,而是火灰,买家拿回去,引燃即可。这些火工家里都有堆积如山的山草,其中最多的是艾草,就是艾蒿。楼升说,艾蒿里有一种艾绒,既易燃又耐燃。此外艾蒿燃烧时挥发的味道清香宜人,比其他蒿草味道好多了。为此,火工家一年四季烧的都是艾蒿。楼升发现这个秘密后,回到家里他也试着割艾蒿燃烧,其味香浓,还能驱

115

蚊灭蝇。特别是春天潮气甚嚣之季，燃烧艾蒿还能滤瘴除霉。至于艾蒿的其他药用，《本草纲目》之类的药典都有记载，于是楼升就有意采撷艾蒿留用。五年前，荆襄几郡因地震死人引发的瘟瘴发生前，楼升在襄城的山都等地送艾蒿教民众燃烧来熏衣熏室，经艾蒿煎水饮用，居然甚为有效，几乎无人死亡。

"叔和呀，依老夫十几年所试，这艾蒿有防疫除瘟之效，甚为不假。只是兹事体大，老夫也不敢对外声张，怕引发官方深究，为此，甚为矛盾。你说，如何是好？"

王叔和说："师父，行医之人，不在乎啥声名，此物只要能防疫除瘟，俺就大用之。多灾多患，疫瘴不断，俺们是要多多思考，这防比治更为重要。艾草的药用，医家都知道，如：调经气，利阴气，调气血，避风寒，逐冷邪之气，活血化气，暖宫止血，效果屡见不鲜。只是艾草熏烟，可禳毒气、避邪疫、阻瘟散之用，师父既有多年的试效，当广为推之，让寻常百姓知道此事最好。"楼升凝思良久，说道："叔和此言在理。走，到俺的碧霞观，好好琢磨琢磨去。"

一行人来到碧霞观已是傍晚时分，只见落日余晖映在红墙碧瓦上，将清幽之观点染得幽深中不乏亮澄。

时逢望日，一轮皓月悬于天际，银光满地，春虫唧唧。王叔和激情难抑，信口吟了一首《岘山闲咏》：

> 步月赏清景，听涛眠绿荫。
>
> 稚年思神农，今宵情亦深。
>
> 夜来月催静，影动兴渐吟。
>
> 悠然艾蒿外，无处更留心。

楼升说道："叔和呀，你无相国之才，却有忧民之心。岐黄幸甚，万民幸甚。今宵你就好好睡一宿，明日让你开开眼界，看看啥叫岘山的艾草。"

第二天，楼升带着王叔和来到碧霞观大殿后半山的一处院子里，只见大堆小垛的，都是干艾蒿。

"这是三年之艾，这是四年之艾，这是五年之艾。"楼升指着堆垛，一一告诉王叔和，每年采割的艾蒿都晒干堆好，且相隔之间都有间距，以防火灾。

王叔和越看眉头越紧："师父，你积攒这么多的艾蒿，得花多少工夫呀？"

"抢割时节，得百余人割上三五天才行。"

"那要是让全岘山的人、全襄阳城的人都采积艾蒿，岂不是更好？"

"百姓们只以艾蒿做柴烧饭，烧灰当肥，积留它会被人耻笑的。"

"师父，那是俺们做郎中的没有把积攒艾蒿的用处告诉百姓知晓，倘若他们知道大瘟大疾中烧艾蒿的火工因烧艾蒿而全家平安，艾蒿有禳毒气、避邪疫、驱瘟菌的作用，定会家家采集的。"王叔和愈说愈兴奋，"师父，采艾蒿什么时候最好？"

楼升告诉王叔和，五月采艾蒿最佳。古人称五月为恶月，即深恶痛绝之意。史上的瘟疫大多数在五月滋生。就连这一天（五月五）出生的孩子都认为是不吉利，不堪教育的五日（亦称儿）子而不敢抚养。古代齐国相国孟尝君，五月五日出生，史载，孟尝君五月五日出生后，他的父亲马上叫人将他丢掉，其母不忍心，令侍女将儿子偷偷送给别人哺养成人的。

"再过几天，就是采集艾蒿的五月，可谁愿采？谁信俺们说的呢？"

"俺们速回襄阳城，发动全城的百姓，抢住这采艾的最好季节。俺始信，只要功夫深，百姓没有不信之理。"

回到叔和医寓，王叔和汲取堵阳城油嘴炒作族叔王粲《七哀诗》的做法，用高薪找来襄阳城的油嘴，将"岘山艾蒿，禳毒气，化浊邪，避瘟疫，驱瘴菌，祛疾疬""五月五悬艾草，家家平安神来保"贴告四处散发。又在叔和医寓贴出，高价收购五月五日的岘山艾草。

这下子，襄阳城的人们都知道槐柳馆叔和医寓收购岘山艾蒿，五月五门上插艾蒿可以避邪祛瘟。这告贴，换上别的医馆有无效果不好说，可告贴的创导者是山阳高平的神医王叔和，还有河东的神医卫汛，不信不行。好家伙，整个襄阳城都轰动了。一人行动十人看，十人行动百人干，百人行动千人唤，给叔和医寓送艾草的成群结队，家家割回的艾草，大堆小码。五月五日这天，先是一两家门插上艾草，一到晌午，家家都插，有一家没插，似乎做了见不得人的事，再忙也得补上。

有备无患，此言不虚。王叔和要襄阳人五月五日采艾草，只是想把楼升多年对艾草功效的发现，由一个人的单相思，变成众人预防疾病的行动。他也绝对没有那种未卜先知的本领，但也绝对为襄阳人，不，应该是天下人，做了一件功德无量的仁心善举。

第十六章

丁酉大疫　叔和巧用艾
岐蔓山庄　仲景纂伤寒

公元 217 年的六七八月间，中华大地瘟疫大流行，冀州、豫州、并州、雍州等地尸横遍野，万户萧疏，十室九空。荆襄九郡也不例外。唯有襄城、樊城，当疫气刚刚发生时，楼升、卫汎、王叔和将碧霞观楼升积攒的陈艾蒿分发给千家万户，烧烟煎汤，熏室洗身，并配有菖蒲、紫苏、紫丁香、茴香等芳香之物饮用，限控外地入城者，必以艾草烟熏过，煮煎药水饮用后方可。使襄阳城民众感染者甚少，死者更是微乎其微。

王叔和倡议，千家万户五月五插艾草也逐渐成了襄阳人的一大习俗，传承千年而不朽。《年节趣话》一书在中华习俗第五章《端午》中明确记载：荆楚五月五日端午日有插艾、沐艾、熏艾的习俗，其取源于魏晋时期。"史载魏晋太医令、山西高平人王叔和居襄阳时，以五月五艾蒿味辣、芳香化浊、杀菌能力最强、除疫灭功效最好，而倡导五月五悬艾于门窗。后世人亦将艾蒿扎成人形、虎形，将草药菖蒲扎成剑形悬于门上，借以镇压魔邪。遂成'五月五，万户千门悬艾虎。端午节，菖蒲作剑斩妖邪'，为端午佳节一大景观而历久弥新。"《吴楚风俗志》载："荆楚人，五月五日好插艾，以辟邪瘴，乃魏晋荆州人王熙所创。"襄阳侯习郁裔孙习凿齿的《襄阳耆旧》，约成书于公元 370 年前后，对襄阳人五月五插艾的习俗亦有记载："五月五襄阳人门牖插艾，以辟疫避瘴，传乃王仲宣所嗜。"

习凿齿将襄阳人"五月五，插艾辟疫"的习俗记在了王粲的名下，是因为王粲的声名太大太大。就在建安丁酉年瘟疫大流行、王叔和倡导襄阳人五月五插艾的半年前，王粲早在邺城魂归天国了。

丁酉大疫中，建安七大才子中的陈琳、刘桢、应场，皆染瘟疫病死于邺城。东吴的著名将领、大才子的鲁肃鲁子敬，也死于这场瘟疫。那场瘟疫的悲惨之状以及大疫带来的灾难，我们无法复原也难以想象。但《说疫气》却将这场灾难铭刻于史册之上。

《说疫气》是东汉建安七子之一的曹植的遗作，全文仅一百零五个字，后世亦称《疫气说百字箴》：

建安二十二年，疠气流行，家家有僵尸之痛，室室有号泣之哀。或阖门而殪，或覆族而丧。或以为：疫者，鬼神所作。夫罹此者，悉被褐茹藿之子，荆室蓬户之人耳！若夫殿处鼎食之家，重貂累蓐之门，若是者鲜焉。此乃阴阳失位，寒暑错时，是故生疫。而愚民悬符厌之。亦可笑也。

曹大才子的《说疫气》之所以能流芳百世，千古不朽，其一是真实地记载了瘟疫给当时的社会带来的悲惨之绝：家家户户都有死人，有的全家死光了，甚至全家族皆灭亡了。其二，真实地抨击了统治者的愚民之说：将因战乱造成的饥荒，繁劳重役导致人的身体阴阳失调、比例失调引发的人为灾难说成是鬼神的报复，用那种门上悬符挂咒驱鬼神的愚昧做法自欺欺人，令人可笑。

假如皆像襄阳人那样"千门万户悬菖艾，出城十里闻药香"，瘟疫会不会肆无忌惮，如此猖獗？曹植没说，也不敢说。

丁酉中原瘟疫的大蔓延，也使张仲景急了。他派人给襄阳的弟子卫汛送去急信，要速赶回南阳，说是有要事相托。

接到师父的信，卫汛坐不住了，即刻就要启程，王叔和也坚决要与表哥同到南阳。二人走了，叔和医寓怎么办？关门大吉？王叔和与卫汛想到一块儿了，请楼升道长坐镇医寓。楼道长千推万辞，推不掉，便提了一个条件：不以楼升之名，以卢公出现，侍诊不出诊，明确示人。王叔和欣然答应。遂挂出卢公坐诊的牌子和不出诊的贴告。一切安排妥当后，兄弟俩叫上车马日夜兼程往南阳赶，不出十天，就到了张仲景家。

张仲景家到底在哪里？一些书上一说南阳，一说涅阳，莫衷一是。张仲景的家确切地说在今天河南南阳市邓州（市）穰东镇张家寨，与镇平县毗邻接壤。时称南阳郡涅县杏穰岐蔓庄。

见卫汛、王叔和二人都来了，张仲景好不高兴，他对王叔和说："襄阳人千门万户插艾挂菖辟疠避瘴的事，涅阳人也听说了，可就是推不开。孩子呀，你做得不错，行医者，防重于治是正途之举，当广而推之。今大疫虽止，难免不卷土重来，这次老夫急着召你们前来，是想了却一大心愿，把这些医方医籍早点弄出来，给世间方家医者有个交代。如何纂之？老夫原本想在《汤液经》的基础上纂成《汤液经法》或《汤液集注》。这丁酉大疫的发生，老夫又有了新的考虑，不知妥否？"

卫汛说："师父所虑，皆有深思玄理，是不随便的，师父你说吧，弟子洗耳恭听。"

张仲景摆了摆手："不是洗耳恭听，是替师父把关守脉的。先秦以来，先贤所著的典籍不谓不多，《易经》《连山》《归藏》《左传》《尚书》《礼记》

《春秋》《诗经》《论语》《九歌》《太平经》《淮南子》《吕氏春秋》《韩非子》《孟子》《山海经》等比比皆是。岐黄之籍就更不用提了，不著名，无纂修，大多托远古大贤大德者之名。如《灵枢》《素问》托黄帝名，《本草纲目》托名神农，《难经》托名扁鹊，《针经》《灸经》托名岐伯。华元化佚传的《青囊经》，还有早期的《辨伤寒》也皆无名。卢陵董奉所撰药录岐黄界人尽皆知，但仍以上古桐君托名，曰《桐君采药录》。尔等可知其中之奥？"

卫汎、杜度、张灿、张邯、王叔和等皆摇头不语。

"其一，怕有沽名之嫌；其二，怕获连坐之罪。著医典、药籍者，除二怕之外，还怕无人信服而弃用。尤以巫医馋嘴百辩，蛊言惑众，故著者不得不托上古贤德大名而传世。医著者不著名的还有一怕，怕担责也。"

张仲景说到这里，拿起了案子上一卷《人体明堂经穴图》，继续说道："人之躯体皆有脏腑，然因人而异，大小不一，先天之弱，后天之强，后天之弱，先天之强，岂尽一样？医中之症，虚实寒热，变幻无常。药中四气五味，虽功效相同，然地异之差，水土之变，因人因地不易者，不令其有。这些，著书医家皆无法预料，更难尽周全。还有后世传抄中错讹难免。后世医家依典据籍而用，若有不测之故，对簿公堂，则会推责于典著之人的，谁敢保证没有？故而岐黄之籍撰辑者怕千古之骂名，不得不三思而后行。老夫亦有四怕之同感。"

见表哥卫汎和他的师弟杜度、张灿、张邯等皆低着头，默默不语，王叔和说："师父，岐黄先贤中，不是还有仓公淳于意不惧四怕，将自己的二十五诊病簿记以《仓公诊籍》传之于后世吗？"

"叔和说得好！"张仲景将手中的《人体明堂经穴图》重重一甩，斩钉截铁地说，"老夫要以仓公为楷模，将瘟疫之首恶，伤寒疾病的病源、病因及治诊之方汇辑成书，署上老夫之名，推之于世，以承其责。此籍拟名《伤寒卒病论》，将点注的《素问》《九卷》《八十一难》《阴阳大论》《胎胪药录》等也一并收入。卫汎、杜度、二张，可有高见？"

卫汎说："师父对伤寒究其多年，独有创见，以伤寒之名压卷，弟子认为甚是妥帖。"

杜度说："建安以来，大凡疠气流行，伤寒为害十之六七，以伤寒作名甚好。只是这名中之'卒'，不知何意？"

"师父，先别解释。"王叔和手一举，说道，"让弟子先猜一猜，可否？"

张仲景笑着说："叔和若猜中，自当有赏。"

王叔和说："师父用之卒，有两种含义。其一，是告诉世人此书以伤寒为主。卒，为西周军队二十五人之中的指挥者。《逸周书·武训》曰：'卒必力……卒不力，无以承训。'其二，是渲染伤寒之疾的危害甚烈。'卒'之为死。《礼记·曲礼》：'天子死曰崩，诸侯曰薨，大夫曰卒。'师父不知弟子答对了一半没有？"

"叔和所答与老夫所思完全一致。"

一旁的杜度接过张仲景的话茬儿："那师父又该给叔和讲三个汤剂奖赏了。"

张仲景说："岂止三个汤剂？这次的奖赏太多了，老夫要将所有的汤剂交给叔和整理。"

接着张仲景将《伤寒卒病论》书稿的整理辑纂做了分工：卫汛负责《素问》《九卷》《难经》《汤液经》等先贤古籍的清校注解。杜度负责医籍、医案的汇总分类。王叔和负责所有医方的辑录。张灿、张邯负责一应诊事及内勤要事。

收录张仲景自己整理出的汤剂，王叔和喜出望外。原在张家是想到了什么汤或者听到了什么方，就去找张仲景询问。这下可好了，师父将所有的汤剂都交给他辑录汇编，也就是说，师父的所有汤剂都毫无保留地交给了他。在逐一整理时，王叔和也发现了一些问题。啥问题？就是一些流传甚广的汤剂，如三根汤、越婢汤等在师父交给他的汤剂里都没有了。这是咋回事？王叔和百思不得其解。

何为三根汤？芦苇根、茅草根、蒲公英根。"三根汤"的故事，王叔和在泫氏县韩王山韩王庙就听寒阳真人讲过。

故事是这样传的：早年宛城有个刘员外，十分吝啬又苛刻，待人刻薄，经常炫富得罪乡邻，声名很臭。有一年，宛城小儿麻疹流行，刘员外的独生儿子感染了。麻疹怕风，得请郎中上门，刘员外跑了好多家都被郎中们以种种借口推辞了。没办法，刘员外只好找到当时尚无甚名气的张仲景。张仲景上门时，刘公子已是气息奄奄，快不行了。刘员外这才慌了神，跪在张仲景面前磕头，说只要张仲景治好了儿子，要多少钱给多少钱，说完还当场取出一百两银子。张仲景没有收下银子，而是开了方子后，亲自煎药，喂药。待刘公子吃了药又守在床前，看着出疹，先后几次改汤剂，终于将刘公子救活了。刘员外深受感动，拿出三个一百两白银谢张仲景。张仲景分文未收，只要刘员外答应一件事，在春陵药摊为贫穷小儿施药。刘员外当然爽快答应，由张仲景开出汤方三根汤，由他购买黑糖作引，在大街上垒灶烧汤分发给穷人家的孩子，后来又改免费分发给路人预防热喘之症。从此以后，乡邻们也改变对刘员外的看法而和睦相处。刘员外就给此汤取名：仲景汤。

王叔和把心中的疑惑给师父说了，张仲景笑着说："俺给刘公子治疹，让刘员外大街上施药为穷人家孩子防流疹、治热喘，那都是真的。这苇根、茅根、蒲公英根，加黑糖也有预防流疹的功效。但那不是俺的方子，是人们的附会。

为此呀，在俺的汤方里不能收入。传说只能算传说，别人就是别人的，俺可不敢贪别人之功。再说，这三根汤也只是预防之用，乃大众之汤，切记！切记！"

"师父，这三根汤不上，你说是大众之方防疫之用，不算汤剂，说得在理。可这越婢汤由麻黄、石膏、生姜、甘草、大枣五味药组成，具发汗利水之功，主治风热恶风、全身浮肿、脉浮不歇、续自汗出、无大热之症甚为有效。师父也屡用屡胜，也为何不收入汤剂。况且那春秋时，还尚无麻黄，这是你给调补的，为啥弃之？"

"那是越王勾践婢女的功劳。倘若越王不用此汤，当绝无此汤传世。传说，只是人们心里的一种寄托和安慰，老夫用此汤也是在试，虽屡试有效，但毕竟不是俺首创，这《伤寒卒病论》是要署张仲景之名的，若不署名，此方自当该上。"

从这两则不上汤剂的小事中，王叔和完全弄懂了张仲景医风严谨，德心高尚，处事谨慎的品行。在辑录师父的方剂时，处处一丝不苟，不敢有半点疏漏。

这天傍晚，王叔和在院外转了几圈，对一天的辑录进行了回忆，猛然记起有两个字可能有误。王叔和立马回室内翻检方汤时，门外人声嘈杂，张郢的嗓门特别大，连吼带叫："干啥，干啥子？俺已讲过，师父劳累一天了，已经歇下，你们咋还要强行闯入？"

王叔和一听外面出了事，赶忙收拾好方汤跑出了门。只见一群人抬着担床，前呼后拥地闯进了厅堂。张仲景闻声也披衣而起，来到厅堂一看，地下担床上一位白须飘飘的老者，肚子隆隆鼓起，气若游丝。可知老者是谁，是宛城赫赫有名的宛城公何高。汉代的爵位为公、侯、伯、子、男。在宛城封侯的有十七八位，封公的仅何高一人，难怪他的手下敢夜闯张仲景的医堂。

何高的管家将宛城公的病况向张仲景做了说明。入秋前宛城公犯疾时热时凉，府中医工用药治理已经基本好了，前些天，何公的曾孙自淮源带回一箱上等柿子，宛城公贪嘴一气吃了好几个后，一觉醒来，腹胀胸闷，上气喘急，二便不出。府医赶忙施药以泻为要。谁知口服下大黄汤仍不见效，水米不入，二便不出，腹痛如刀绞，难坐难卧。府医认定柿乃凉物，何公吃柿前已患伤寒，断定伤寒肠结，下部不断，唯用大下之法，一次让何公服下二两大黄。这大黄入口不到片刻，何公就浑身哆嗦，声哑无语，只能用手指着下腹，痛苦万状，老泪横流。这说也说不出，动也动不得，府医及家人慌作一团，最后决定送至张仲景医馆求治。

张仲景给何公摸了脉，抚了抚胀如鼓皮般的肚皮，也不由皱起了眉头，对何公管家说道："不瞒大人，何公之症，老夫也实在为难。因何公患的是太阴腹胀之症，腹中之气，滞留不去，水津随气四溢而作胀，全属太阴脾气不能统摄所致。府医误以是伤寒发热，津液干枯导致的肠胃干结，故用大剂量大黄猛攻。这大散之症，气本已散漫难收，加上大黄攻泻，已将病人腹中的大便推动，将大肠撑紧，连尿脬也撑胀撑膨大，任凭你如何使劲，这二便也无法排出。眼下亦不能动，动则破肠人亡，大便久不排除，人也会胀死，俺真的束手无策了。"

宛城公管家双手连连作揖，随行的府医当即跌倒，放声大哭："张公，您施妙术救回何公，就是救下俺全家呀！倘若您也无力回天，小医一家二十余口必死无疑。俺求您快施仁术之技，救救俺全家吧！"

府医的哭诉倒千真万确，救一人，等于救了几十人，张仲景双手倒剪于后，要一干人等不可高声，令卫汛从井中汲出凉水，用毛巾蘸凉水贴在何公肚皮上，毛巾干了，即再用凉水浸换之。他走进内屋，陷入沉思中。女佣送上一盏盅，说是老夫人提醒要张仲景别忘了服下蜂蜜水。一听女佣说蜂蜜，张仲景眼中一亮，连呼："有了，有了！"

张仲景让张邯取出一盅上等蜂蜜，放入一只铜碗，用炭火将蜂蜜熬成黏稠的团块，再将铜碗放入井水之中，冷却后将蜂蜜块捏成了一头稍尖的细细条状，然后让王叔和扶住何公褪去裤衣，将蜜棍尖头缓缓插进其肛门。不过片刻，何公发声叫嚷："要、要……要拉了。"一会儿何公肛门洞开，哗啦啦泻出半桶臭腥异常的硬便，接着小便也倾泻而出。热邪二粪排出，肚皮瘪了，何公开始叫肚子饿了……

宛城公完全康复后，当面问张仲景要什么赏赐，是要钱还是要地。张仲景伸出一个手指头说："何公，张机只要一项赏物，不要追究府医误诊之责。"

有张机讨情，何公只得免了府医之罪责。

就宛城公府医误诊至危之事，张仲景专门将卫汛、杜度、张灿、王叔和等一干弟子召至案前，因势利导地说："《素问·阴阳应象大论》曰：'治病必求于本。'何为本？本，治病之源也。人之疾病，或在表，或在里，或为寒，或为热，或感于五运六气，或伤于脏腑经络，皆不外阴阳二气，必有所本。治病求本，乃判断疾病的阴阳逆从。何公之疾，乃疾中之变也。府医死守陈章，以其伤寒在前，当以伤寒治之。世间焉有不发热的伤寒？府医欲求其本，也不至于舍本抱末。可鉴，可鉴，尔等当自省之。"

事后，王叔和征询师父那晚的"蜜栓导便法"可不可以入《伤寒卒病论》汤剂之中，张仲景当即允许，取名"蜜煎导方"，并在其方下加注"用以治伤寒及诸病所至津液亏耗过甚，大便硬结，人体极虚，二气耗尽者宜"的说明。

后世医家考证显示，张仲景为救何公发明的炼蜜制栓，是世界上最早的药物灌肠法，也是世界上最早的直肠栓剂。

冬天来了，一场大雪铺天盖地，宛城十余天不开冻。张仲景见弟子们连续辛苦，加上天寒地冻，便要卫汛他们放下手中书稿，一块儿围炉取暖以解疲乏。大家围着暖炉，东扯西拉好不快活，聊着聊着，又聊到书稿的整理上。卫汜说："师父，俺的古籍整理得八九不离十了，尚有点缺憾，得以后想法补上。"

张仲景问："啥子缺憾，说来听听。"

"师父所收的《难经》虽有几种版本，但皆是残简，弟子专门花一个月时间，对几种《难经》版本比对校注，可是仍有五难缺失，无法圆满。"

张仲景说："这倒真有些遗憾，不过也只能暂且放下，待以后再作弥补。"

一旁的杜度与王叔和正在争夺火炉里烤的一块薯蓣（山药）。杜度力大，将烤薯蓣抢到了手，王叔和顽皮地伸手讨乞。杜度说："这烤薯蓣给你吃可以，但你得完成一宗事。"

"啥事？请师兄示下，保证完成。"

张邯嗓门特大，补了一句："叔和师弟如能完成卫汜师兄的那宗事，俺明日上大街挑一担烤薯蓣送你，让你吃腻，如何？"

适才卫汜与师父的谈话，王叔和只顾与杜度嬉闹，一句也没听进去，便求饶般对张仲景说："师父，师兄们欺俺个子小、力气小，说话不算数，啥子事瞒着俺呀？"

张仲景打着圆场说："杜度，这烤薯蓣就让给叔和吧，别再逗他了。"

张灿插话说："叔和师弟，不要杜师兄的，那才一块，得张邯的一担烤薯蓣多划算。"

王叔和脚一跺："好，张灿师兄言之有理，得张邯师兄的一担。表哥，你快说，你有啥子遗憾？"

卫汜说："算了吧，叔和，你还是把杜师弟的那块薯蓣拿到手，得现实的吧。师兄的缺憾说了你也是干瞪眼。《难经》中有三十六难、四十三难、四十四难、四十七难、五十九难缺失，你能补上吗？"

王叔和怔了怔，胸口一拍："师父在上，请给弟子做证，明早将五难交出，张邯师兄的一担烤薯蓣一定得兑现。"

众人都以为王叔和是说说大话，开开玩笑，乐呵乐呵，可他们不知道王叔和才几岁就将《难经》背熟了。在桑棺寨又重温习补，还写过几遍。第二天一大早，王叔和就将写好的《难经》"五难"送到师兄张邯的床头。

第三十六难

三十六难曰：脏各有一耳，肾独有两者，何也？

然：肾两者，非皆肾也。其左者为肾，右者为命门。命门者，诸神精之所舍，原气之所系也，男子以藏精，女子以系胞，故之肾有一也。

第四十三难

四十三难曰：人不食饮，七日而死亡，何也？

124

然：人胃中常留有谷二斗，水一斗五升。故平人一日再至圊，一行二升半，一日中五升，七日五七三斗五升，而水谷尽矣。故平人不食饮七日而死者，水谷津液俱尽，则死矣。

第四十四难

第四十四难：七冲门何在？

然：唇为飞门，齿为户门，会厌为吸门，胃为贲门，太仓下口为幽门，大肠小肠会为阑门，下极为魄门，故为七冲之门。

第四十七难

四十七难曰：人面独能耐寒者，何也？

然：人头者，诸阳之会也。诸阴脉皆至颈、胸中而还，独诸阳脉上至头耳，故令面耐寒也。

第五十九难

第五十九难：狂癫之病，何以别之？

然：狂癫之始发，少卧而不饥，自高贤也，自辨智也，自贵倨也，妄笑，好歌乐，妄行不休是也。癫疾始发，意不乐，僵仆直视，其脉三部阴阳俱盛是也。

张邯拿着"五难"，傻了眼。北方汉子豪爽，挑起筐立马到宛城烤摊上担回了一担烤薯蓣，乐得仲景医堂的老老少少把烤薯蓣吃了个饱，对王叔和也钦佩得不得了。

第十七章

卫汛叔和　辑助伤寒书
侯音卫开　屡反南宛城

　　王叔和在涅阳穰东仲景医堂一住就是十个月，十个月中，襄阳、邺城皆发生了几件大事。

　　襄阳的大事就发生在王叔和的医寓里。约在王叔和去南阳的三个月后，那天早晨，叔和医寓的伙计打开医寓大门，只见台阶下躺着一具硬邦邦的死尸。伙计们正在惊愕之中，斜刺里跳出十几个游皮，一把扭住医寓的伙计，说是叔和医寓里打死人了，要到襄阳县衙去告官。这死人到底是咋回事？真是楼道长医死的吗？楼升此时此刻不在叔和医寓。如果他在医寓里，这种事也就不会发生了。三天前，楼升因碧霞观送信，他赶回紫云谷处理急事去了，将医寓的坐诊交给了他的一位弟子。这事让襄阳城的几个巫医知道了，决定借此机会到叔和医寓闹事，出口恶气。自从叔和医寓开业后，对贫民老百姓点药实行照本收费，一文钱不赚，加上楼升的医术高明，原本生意兴隆的几个巫医馆，门可罗雀。他们一合计，花钱请了一些游皮，不知在哪里弄了一具死尸，丢在叔和医寓的门前，又让几个游皮以死者亲属的身份到县衙里去击鼓鸣冤。巫医们的意图很明显，告不倒医寓的人坐牢，也会把叔和医寓的声名搞臭。

　　按属地管辖，叔和医寓在襄城辖区。襄城县衙，堂鼓一击，县令黄大人立马升堂。原告游皮以死者兄长的身份状告叔和医寓伙计打死了他的弟弟。要是一位明智勤政的县令一审一看就会真相大白，可这位黄大人是个糊涂蛋，又是一个喜欢钱的主儿。巫医早设计好了，升堂前就塞了一包银子。黄大人惊堂木一拍，要医寓伙计招供。伙计哪里见过这阵势，堂威一喝，吓得屁滚尿流，县令问什么就答什么。

　　"胆大狂徒，为何青天白日，打死路人？"

　　伙计说："大人，冤枉呀，小人没有打死人……"

　　黄县令说："有人状告你打死人，你就打死了人，快说，怎么打死的？说了不要紧，要你叔和医寓出钱，也不关你的事。"

　　"真的老爷？那我按大人说的招了，不要我出钱偿命？"伙计抹着眼泪，抬起头来，望着案子后的黄县令问道。

"是的，是的。只要你听话，按本老爷教你的说，保你平安无事。"

伙计就按老爷怎么说，他就怎么说，说完了就在状纸上签字画押。

就在伙计画押的当口，巫医头儿对着黄县令耳语说："老爷，你要问他凶器在哪里，借机到医寓去搜上一搜，那里的宝贝可多着哩。"

黄县令马上把惊堂木一拍："你打死人，是何凶器，现藏匿何处？"

伙计发愣了，嘴里哼哼地答不上来。黄县令说："你真笨呀，就说是一根棍子，现藏在医寓的柴房，不就完事了吗！"

伙计就依老爷的话再重复了一遍。

有人会说，这襄城县令的胆也忒大了吧？这槐柳馆是荆郡太守刘琮给王叔和建的，他也敢动这心思搜查槐柳馆，趁机捞点什么？要说这黄大人糊涂，在这点上，是一点儿也不糊涂。就在十天前，荆州郡守刘琮被曹操一纸调令，调到青州当郡守。刘琮带着母亲离开襄阳城已经有三天了。

就在黄县令发签点衙役要亲自到槐柳馆搜查"凶器"的当口，卢公赶到了县衙大堂。卢公是何等人，过的桥比黄县令走的路还多，卢公往大堂一站，威风凛凛，气宇巍然，几句话就将黄县令问得哑口无言："请问大人，你说叔和医寓伙计打死路人，何人所见，以何为证？"黄县令回道："这些人做证，还不够吗？"

卢公说："这槐柳馆，地处幽娴之区，一不是要道，二不是闹市，这些人跑到一个静幽之所去干什么？还有，天寒地冻，天刚发亮，他们就候在那里，难道不是有意而为，事先谋划好的吗？还有，医寓伙计失手打死人，是早晨打死的，还是前日打死的？若是早晨开门打死的，那这尸体怎么会是硬邦邦的，如同僵尸多日？若是日前打死的，那他为何不悄悄掩埋或抛尸于他处，岂能留在门前台阶上等这些人告发呢？黄老爷，你身为一县之令、朝廷命官，岂能脑袋如此简率，真不知你这县令之印是如何得来的？"

黄县令知道，卢公老爷子非比寻常，与襄阳侯有深交。卢公的口气，换上别人，他早就跳起来了。黄县令理屈词穷之际，仍然想出了一句话："身为民之父母，有人状告杀人之案，击鼓鸣冤，本县难道升堂问案也有错不成？！"

"何人击鼓，谁是原告，原告是死者何人，黄老爷，你给俺一一道来？"

"他是原告，是死者的哥哥。"黄县令用手指了指跪在地下的游皮不无得意地说。

卢公哈哈大笑，指着那游皮说道："你是死者的兄长！请问，你弟弟叫什么名字？今年多大年纪，做何生计？有无家室？"

那游皮先是支支吾吾，后来干脆低头不语了。

"黄大人，难怪背后有人呼你糊涂蛋，真是名不虚传呀！哪有审案不问姓氏名谁的，何方人氏的。这原告是谁？你黄大人不会不清楚吧？若真的不清楚，也懒得检验，就让堂外的父老乡亲告诉你，如何？"卢公说到这里，向堂外举手作揖后，说道，"襄阳城的父老乡亲，你们告诉黄老爷，这原告是谁，好不好？"

堂外围观的民众，异口同声高喊："襄城的游皮——三麻子！是巫医黄江、刘同花钱请来的！"

"黄县令，这原告三麻子，是襄城有名的游皮，上你的大堂没有百次，也有九十回了吧。怎么样，赶快将王叔和医寓的伙计放了，免得你下不了台的。"

黄县令嘴巴张着，眼珠子憋得通红。一旁的巫医头子急了，这人一放，他的钱白花了，岂不成了鸡飞蛋打。眼珠子一转，塞了一锭银子给师爷，师爷马上写了一张条子递上了案台。黄县令似抓了一根救命稻草，惊堂木一拍："卢公之言甚为有理，但这伙计暂不能放。"

"那是为何？"

"正如卢公刚才所言，这死者是谁，家住哪里，姓氏名谁，为何躺在你叔和医寓的台阶之上，你医寓伙计是目击人，与本案甚有联系。倘若本县不弄清白就放掉人证，上司岂不要追究本县失察之罪？来呀，将医寓伙计收监，退堂。"

黄县令退堂的"堂"字还未喊出口，堂外的大鼓"咚咚咚"地再次响了起来。

衙役将击鼓之人带上堂来。击鼓人不等县令问话，就开口说道："大人在上，小民王熙，乃城内羊碎巷人。这堂上的尸体，疑是小民的亲弟弟，三年前就精神失常，四处癫狂，扰侵乡邻，小民用木棍痛打于他，将他撵出家门，三个月不知去向。适才有邻居告知小人，说叔和医寓阶前死的人穿着与疯弟极为相像，故而击鼓前来一认。疯弟的沟股处有紫色胎记，上有白毛多根，大人可让仵作当面辨看，若是其弟，自当收尸以葬，是为正理。"

这击鼓王熙正是被王叔和宽宥过的庸医王熙。那次事件以后，他真的被王叔和的大度胸怀所感动，开了间小药铺，再也不做坑人勾当了。这次巫医谋划给叔和医寓寻衅滋事，曾有人找过他，被他拒绝了。游皮找来的尸体他开始也不知晓，后听邻居讲，与其弟相像，就赶过来辨看。原打算退堂后再去辨尸，现听黄老爷以此为由扣下医寓伙计入监，遂毅然击鼓。

经仵作验看，尸体与王熙所说一致。黄县令再也找不出借口，只得将王叔和医寓的伙计当场释放，襄城的巫医谋划的寻衅事端不仅没有使叔和医寓的名誉扫地，反而更加扩大了医寓的影响。叔和医寓的牌子，在襄阳城是响响当当的硬。

襄阳城发生的大事与王叔和有关，郢城发生的大事与王叔和无其他关系，但与医有关。事件的关键人物为父子三人。为首的叫吉平，乃汉献帝刘协的太医令。吉平，本名太，字称平，但人皆呼为吉平，《三国志》称吉本，河南洛阳人。吉平应该是个医术不错的人，汉灵帝熹平初年，公元172年入太医院任太医，公元193年任太医令。吉平的两个儿子皆承父业，长子吉邈、次子吉穆都是太医院的太医，父子三人出入皇宫后苑，与后戚显贵自然十分亲密。

汉灵帝母亲董太后有个侄儿叫董承，兴平二年护送献帝自长安返洛阳有功，被任命为车骑将军，尔后，又被封为列侯。建安四年，汉献帝不满曹操的胁迫，将密信写在了衣服的带子上，想交给董承，要其诛杀曹操，史称"衣带诏"。可惜的是这衣带诏还未送出去，就被曹操发现了，没收了。曹操也算宽宏大量，也没讲这件事，装作不知，也未追究董承的罪。可董承受不了，天天如坐针毡不自在，私下里用重金贿赂了一批人，伺机诛杀曹操。这批人中就有吉平吉太医令。

有一天董承召集吉平等一干人，商讨如何诛杀曹操时，吉平自告奋勇，说曹操的头痛病久治不愈，华佗死了后，他反复研究，已经研究出了一个好方法，可以去除曹操的头疾风，而且曹操也知道他吉平在研究此方，甚为高兴，还鼓励过他早日见效施治，如今就借此机会谎称头风的秘方已好。大家都认为此计最好，于是决定某日某时约曹操治病下毒。董承等人一番密谋，没想到隔墙有耳，被人偷听后要密告给曹操。谁要密告？董承的小老婆云英。这云英比董承小了三十多岁，正是青春欲望如狼似虎的年岁，遂与董承家奴庆童私通，被董承发现。因云英大概是长得太风骚撩人了，董承舍不得杀，且按云英的求饶，也没有杀掉家奴庆童，只是将他禁囚起来了。

云英偷听到董承的密谋后，告诉了庆童，并将庆童偷放出府，到曹操府首告董承。《三国演义》上讲，吉平在董承府砍掉手指以盟誓：不杀曹操誓不回还。曹操接到庆童的密报，假意要吉平过府治头风。待吉平下药时，将其拿下，严刑拷打，吉平宁死不屈，最后嚼舌而死。那是罗贯中依据《三国志》的记载而虚构的情节。真实的史料记载是这样的：

庆童逃出董府，赶往魏王府报信时，曹操已于几天前亲率大军到宛城讨伐宛城叛将侯音去了。庆童知道这事太大了，不见真佛不上香，待曹操回后亲自面见，于是他就躲了起来。

董承发现庆童逃跑了，云英也做好了离开的准备，就严刑拷打，云英只好从实说了实情。此时的董承如热锅上的蚂蚁，向吉平及少府耿纪、司直韦晃等人诉说了庆童逃跑之事，密划之事已经泄密，曹操一回邺城，就有灭门大祸。几个人当机立断，一不做，二不休，连夜发动叛乱，攻打魏王府。于是，在建安二十三年甲子日这一天，也就是农历的正月在邺城发动叛乱。

吉平父子与韦晃等人率叛军杀到魏王府，被王府守将王必以及颍川典农中郎将严匡等人挡住。韦晃与吉平父子分工,吉平父子负责点火焚烧府门,韦晃自称是神箭养由基再世,用箭将丞相府长史王必射伤。最后,叛军还是被剿灭,吉平父子及韦晃、耿纪等人被生擒斩首。董承闻讯,放火烧掉董府后自杀而亡。

半个月后,曹操平定了宛城的叛乱,回到邺城,叛乱早已平息。参与反叛的人早被格杀勿论,要夷灭三族的皆在追捕之中。这场叛乱被杀掉的人有三千多,加上被诛灭三族的,合起来不在万人之下。闻之有两个人被杀,曹操是连连跺脚,大呼:"吾要在,绝不让其绝后矣!"

这两个人是谁,使堂堂的魏王如此后悔?他是王粲王仲宣的两个儿子。王粲的两个儿子叫什么,有多大年纪,史籍未载,尚不知名,但参加了吉平的叛乱是千真万确的。曹操的后悔在《资治通鉴》的原话是:吾要在,绝不让粲绝后!由此推断,建安七大才子之一的王粲生有两个儿子,但无孙子而绝后。

按照当时的律法,凡参与叛乱的人,皆诛三族。王粲的夫人蔡桂花当时在襄阳槐柳馆。儿子被杀死后,蔡桂花也属被诛杀之列。当官兵将蔡桂花押至邺城时,曹操将其赦免,并妥善安顿了蔡桂花。相传曹操死后,蔡桂花遁迹空门了却余生,寿元九十高龄。

说了邺城的大事,再说南阳宛城的大事。这宛城大事还真的不说不行。为什么?它与《伤寒杂病论》关联甚紧。

宛城的事前文实际上已经提过,就是宛城守将侯音的叛乱。

侯音,河东郡,今山西夏县西北人。其父侯选,是韩遂手下的大将,被曹操封为列侯。列侯是什么侯?是侯爵中等级最高的侯。东汉将侯位的等级由秦汉的"公、侯、伯、子、男"五等二十级改为二等四级,即公与侯。四级为:王子侯、功臣侯、外戚恩泽侯、宦官侯。功臣侯又有二级:关内侯、列侯。关内侯为伯爵中的低级侯,只有爵,不世袭,王粲、傅巽等一些文士封的都是关内侯。列侯可以世袭,比关内侯爵位要高多了。这侯音本应承袭父亲侯选的爵位,因杀人犯罪,被削去了侯爵位,但曹操见他武艺高强,将他贬至南阳宛城为守将。

与侯音一同发起叛乱的还有一个副将,叫卫开。这卫开也不是一般的将领,背景说出来那是吓倒一些人的。

卫开,今河南开封东南时称陈留人,卫开的祖父卫弘、东汉末的孝廉,其家资巨富,与当时的南阳襄邑(今河南睢县)人、东汉散骑常侍何颙最欣赏曹操的才干。何颙在董卓乱政时对百官说:"汉室将亡,安天下者,必曹也。"卫弘则将自己的家财全部资助给曹操起兵,曹操感激不尽。执掌大权后,曹操要给卫弘高官,卫弘婉拒,遂任其孙卫开为富顺将军。卫开也是个驼子打筋斗——两头不落实的人，为争一个妓女，连杀八人。曹操网开一面，先免其死罪，后又将他安排在宛城做了副将。这侯音、卫开两个人是臭肉同了味，粘到一起当然做不出什么好事。尽管曹操免除了他们的死罪，那人情是半点也不记得，让他们守在宛城做个六品的将军，那可是大大地屈才，受了天大的窝囊。两个人天天饮酒作乐，一有空就聚在一起发牢骚。公元218年九月，侯音、卫开借南阳太守没有及时补给粮草为由，杀死南阳太守东里衮，举旗反叛。曹操正好自南郡到襄阳，亲率大军征伐宛城。侯音、卫开的麾下自是不堪一击，二人举旗缴械，成了曹操的俘虏。

曹操念其祖上的功绩，对二人训斥了一番后，官复原职，继续担任宛城守将，并一次补足了宛城的军粮给养。按说这二人应该痛定思痛，不说对曹操感恩戴德，也应该恪尽职守好好做人。这也正应了中国的那句俗语，狗改不了吃屎性。三个月后的公元219年正月，侯音、卫开于宛城再举反旗，杀光南阳太守府的大小官员，将南阳城洗劫一空。这下曹操火了，二次亲征，用三倍的兵力将宛城一气攻下。侯音、卫开还想演上次的戏，再向曹操投降。曹操不干了，将二人斩首示众。侯音、卫开的一些狗肉兄弟，便借故作乱，在宛城烧杀抢夺。曹操下令，大开杀戒，将侯音、卫开的死党残余诛杀不赦。这就是《三国演义》中所说的曹操杀侯、卫，屠宛城。好些没有被曹操杀死的叛军残余，有的逃出宛城占据南阳附近地区的饿龙岗、桐寨山、歪桑岭为匪，祸害百姓。张仲景的《伤寒杂病论》书稿写成后，临终前，交给卫汛，遇上侯、卫叛匪将书稿抢走，才衍生了后来的王叔和悬赏收集《伤寒杂病论》残稿的故事。

故事叙述到这里，又要返回至襄阳城，说说王叔和回襄阳的事。

第十八章

曹仁军营　和洽荐叔和
伤寒成书　仲景托卫汜

　　王叔和在张仲景家住了十个月，回到襄阳时，前文所叙的事皆已说完，无须重复。槐柳馆里的生意兴隆，前来求诊问药的天天挤满了。王叔和一到家，看到了医寓的阵势。听了卢公关于巫医滋事、伙计吃官司、王熙县衙认尸解围的事后，遂与卢公商量，聘请王熙到医寓药柜帮忙，薪金自然要比王熙自己开药店的收入翻上几番再转个弯。卢公抚须叫好。王熙当然乐意，第二天就带着自己药店的存货到叔和医寓报到。除了负责药柜外，王叔和还给王熙安排了个特殊活，每到五月负责张罗艾叶的收集和隔年陈艾的制作保留，叮嘱王熙要在艾叶的研究上多下些功夫。

　　回到槐柳馆的第三天，王叔和亲自坐诊，以让卢公休息休息。刚看过一位病人，只见族叔王粲生前好友荆襄名士傅巽的夫人与家人抱着儿子傅杰来到医寓，傅夫人说，爱子傅杰高烧三日不退，州牧府医官用了诸多退烧方法都无效，现今傅杰已经烧得不省人事，大小便都自控不住。王叔和一摸身子，热烫炙手。摸了脉，微弱几乎无搏，这可将他也难住了。解热退烧是第一位的。怎么解？服药无效，用针灸，这孩子太小，王叔和担心无把握反而惹出其他麻烦。眼下又正是暑热之天，不在短期内退烧解热，将会有生命危险。

　　王叔和正在犯难之际，卢公把白髯一捋，吩咐伙计弄几盆黄土，又命厨师取出上等高盐加水和黄土拌成稀泥，将小儿抬至院中阴凉处，脱掉衣服，将盐水黄泥一层一层地糊满全身。泥糊干了，卢公袖子一挽又亲自抹泥，干了就往上糊，涂了一层又一层，最后成了个泥人，厚厚的盐水泥浆将傅杰紧紧地包裹着。半个时辰一过，小家伙叹了口气，拉了一泡长长的黄尿，卢公又叫在其心窝处、头顶的百会处再糊泥浆。一个时辰过了，傅杰身上的泥巴烤干发裂，浑身像是一副金色的铠甲，脱掉泥甲，小家伙高热已退。在艾叶、柴苏、鱼腥草煎熟的温水里，洗上两遍后，卢公给他喂上人参、麦冬、甘草三味汤，小家伙下午就下地活蹦乱跳了。

　　王叔和以手加额对卢公说："师父，真是神来之法。这次若不是师父，弟子恐怕要丢丑关门了。"

卢公摆着羽扇说："老夫也是摸着石头过河的，此娃高热三日不退，火旺至极，极至必衰。水当克火，可此时用水必当不妥。那么克火还可用土，这就想到了黄土。黄土是土中之王，上上之物。高热必耗津气，盐亦生津补气。这水与土两物克火，无有不克之理。巧合，巧合也。"

师徒二人正说着话，只见族叔王粲生前的另一个好友和洽急匆匆而来。此时已是日落黄昏了，王叔和知道和洽已被曹操调至车骑将军曹仁府上任军师辅佐曹仁。日落而至此，必有要事，遂也不客套，直言拜上："和军师急急找叔和，莫非又有急症之差了？"

和洽说："知我者，叔和也。此事甚为为难，本不想让你蹚这趟浑水，可万般无奈，也确实再想不到更好的法子。估计贤弟也够呛的，若有难处，早早言之，和洽再想法子替你圆场。"

和洽何方神圣，与王叔和有如此之谊？

和洽，字阳士，三国时汝南西平，即今河南省舞阳东南人。早年客居荆州，受刘表厚遇。曹操伐荆州，和洽与王粲共同劝说刘琮降曹，使荆襄兵不血刃。归顺曹操后，与王粲深得曹操厚待，同授丞相掾属之职。曹操颁《求贤令》，地方举荐人才只重俭节，忽略其他。和洽认为，此举容易使伪巧之行滋生，因而谏言纠正，为曹操所重视，任他为军师。不久前曹操调曹仁镇守襄阳，又以和洽为曹仁的军师。和洽与王粲甚为交好，对王叔和也极为欣赏。三年前，庞德脱发，是他极力劝说庞将军找王叔和医治，此后又几次向朝廷举荐王叔和。魏文帝主政，和洽官至太常，封安亭侯之爵。和洽为官清贫，简约，甚至卖祖田住宅以维持生计，深得魏文帝的倚重，死后谥"简侯"。王叔和后来能进太医院，和洽是极力举荐之人。

和洽当即告诉王叔和，曹仁，曹操的堂弟，这人豪爽侠义。曹操在陈留起兵时，他领军前往相助，后随曹操东征西讨，身经百战，勇猛异常，屡建战功，为曹操信任依赖的将领。刘备派关羽守荆州，曹操急调整部署选派曹仁为车骑将军，都统荆襄，镇守襄阳与关羽相抗衡。魏文帝时，任曹仁为大将军，后晋升为大司马之职。曹仁到襄阳赴任可以说是极不顺利的，随曹操检阅军营时，马失前蹄摔断了左臂。摔伤尚未痊愈，大约与吃跌打损伤之药有关，便秘，五天不通便，腹硬如铁，疼痛难忍，日呼夜叫，整座军营是人人自危，个个心惊胆战，特别是随军的医工们气都不敢出。作为军师，和洽当然着急，听说王叔和回了襄阳，便借故前来告知曹仁病情，如果王叔和有把握，就带王叔和进军营，如果王叔和也没有把握，他就不让王叔和进军营，再想其他办法。

王叔和听了和洽的介绍，心里基本上有谱，但未见真颜，他也绝不会拍胸脯做保证，二话不说带好了一应用物，随和洽返回军营。

进了曹仁中军大帐，只见曹仁赤身裸体半躺半卧地靠在便桶上，眉头堆起了一大堆疙瘩，肚皮鼓突突的，青筋暴现。几名医工正用大扇子在给他使劲儿地扇着风，案子上的汤药大盅小钵地冒着热气。一名医工端起药钵舀了一匙吹了几下，正准备往他嘴里喂，曹仁胳膊一抬，将半钵汤打落于地，有气无力地说："还喂，喂你个球，老子肚子胀破了，半口也吞不下，你们都是废物！谁能使老夫拉出来，俺这将军的位子让给谁！"

和洽上前，指着王叔和，低声在曹仁耳边说了几句。曹仁眼睛闭着，嘴里重复着那句原话："谁让俺拉出来，俺这将军的位子让给他！"

王叔和从案子上的钵里的气味闻出是大黄之味，心里有把握了。曹仁与宛城公的情况不相上下，大黄泻力已将大便推至肛门，撑住了肠壁，怎么使劲也是枉然。于是他也不问医工，也不摸脉，直接拿出蜂蜜、铜碗，令人生上炭火，轻车熟路，很快将蜜剑制好，让人扶住曹仁两臂，手持蜜剑，缓缓插入曹仁的肛门。不消片刻，曹仁一声大叫，屁股下响声不断，拉出半桶硬秽之物。

习武之人，一身豪爽侠气，肚子拉完了，曹仁一个鲤鱼打挺似的站了起来，穿好衣裤，令人捧出将军大印，双手举着，声如洪钟："来，来，老夫说话，掷地有声，这将军之位让给先生，大印在此，请先生接印。"

王叔和吓了一跳，赶紧跪下，嘴里说："将军是朝中栋梁柱石，小民乃一介草医，手无缚鸡之力，岂敢儿戏军中，请将军收回大印，小民死也不敢造次。"

和洽在一旁也劝说不止，营帐内的中军、虞侯、偏将、医工等一齐劝说曹仁。曹仁说："适才老夫所言，绝非儿戏，五天受尽煎熬，生不如死，命都快没有了，要将军何用。先生神手，绝妙至极，让老夫疾苦片刻而消，岂有失言之理。若不交印，惭愧也。"

王叔和说："小医给将军解除疾苦，如同将军驰骋疆场，攻城夺地一样，皆是本分之职。倘若将军强行让小民去斩将杀敌，而将军要去医疾疗病，这样一来，岂不是本末倒置，乃大材小用，而小民要去小材大用，天下人该笑破肚皮。"

王叔和的一番话，说动了曹仁。曹仁令人将大印收好后，又一声大喝："来呀，给先生取黄金一镒、白银千两。"

王叔和本想不收，和洽劝说，若这金银不收，曹仁下不了台，反倒弄巧成拙。王叔和遂收下了黄金、白银，从此后，曹仁对王叔和是百般信赖，大病小病都找他，且屡屡向朝廷举荐王叔和入京城太医院。

从曹仁军营回到槐柳斋，王叔和半宿难眠。目前的两件事对他触动太大，假如没有卢公的黄泥法，傅公子的高热怎退？假如没有参与宛城公的蜜炼栓，曹仁将军的难，他怎么解？由此可见，岐黄之道实实遥远，岐黄之术太奥太玄，岐黄之变瞬息万千。叔和呀，你离一个合格称职的郎中，还相差甚远。盛名之下，不可不学，不可自满，不可以一当十；当以百当一，才能对得起岐黄传人这几个字，才能对得起卢公、仲景、桑翁、阳子、凡子等导师们的呷呷之传、殷殷之盼，才能免遭疼痛呻呼者的咄咄之叹、咦咦之怨。

回襄阳的几个月里，王叔和除了坐诊，就是与卢公深论细究傅公子的高热症和曹仁的肠结症的病因、病理。卢公对王叔和打破砂锅纹（问）到底，不清不楚不罢休的钻劲很赏识。卢公告诉王叔和，郎中治病，切忌被病人的表症所左右。表症固然重要，但辨证施治才是关键，要学会掌握"同病异治"和"异病同治"之法。比如说，病人发热，有阴虚之证，有阳虚之证，有实证之热，有邪证之热。大道至简，先贤们早就有了言简意赅的总结："用脏气法时"，还有"旦慧，昼安，夕加，夜甚"等等区别。因人而异，因地而异，因时而异，皆为要理。何为因时而异？卢公说："就是要看气候季节而分，比如退除傅公子的高热，如果是冬季、春季、秋季，皆不可用黄泥敷身也。同样是泻燥通便，亦要因人因时，因证而用，施治之本，当须阴阳调和是也。"

卢公讲到这里，指了指医寓门外问道："叔和，你看看这医寓外有何变化？"

王叔和看了看，说："师父，多了两块牌牌。"

"可知这叫何物？"

"曾听桑师父讲过，此乃阴阳鱼。"

"对，阴阳鱼乃岐黄店堂的徽标之记，可知这阴阳鱼为何要做医者徽记的含义所在？"

王叔和说："略知一二，桑师父讲时，叔和似懂非懂，今日请师父给弟子讲透阐明。"

"阴阳鱼，亦称太极八卦图。何分阴阳？左侧为白鱼，头向上代表阳，右侧这黑鱼，头向下，代表阴；亦指白天黑夜之分。阴阳合一，表示彼此依赖，相互和谐而又相互制约，阴消阳长、阳降阴升之变互为渗透，不可逆转。《素问》云：阴阳者，天地之道也，万物之纲纪。你再看，叔和，这阴阳之鱼的鱼眼又是什么？"

"师父，还是一个太极图呀！"

"对，那这鱼眼中的太极图又代表了什么呢？它在强调阴中有阳，阳中有阴，阴阳之中可再分阴阳也。其意乃阴阳之分万万千千，无穷无尽。岐黄人以阴阳鱼为记，乃告诫弟子，人之躯体大同小异，五运六气变化无穷。从医者，万不可循古不变，守恒冥固。寻疾问诊，施治化裁，以阴阳变异而决断。凡身康体泰者，必阴阳和调；疾痛呻呼者，必阴阳失调；死亡绝世者，必阴阳离决。

叔和呀，你当然知道，阴阳鱼取之于《易》。不知你对《易》可有深入研究？"

王叔和摇头说道："弟子仅听师父言，岐黄起源于《易》，但从未多思，何谈深究。"

卢公说："《易》曰：一阴一阳之谓道。《易》乃'人更三圣，世历三古'之结晶，何为易？易者，变也。《易》乃岐黄之渊薮。实则告诉我们：诊疾施治，当思变也。"

"易也，变也。诊疾施治，当思变也。"卢公的一席话，在王叔和的心扉上牢牢地刻上了印记。

再过半月，就要立春了。王叔和与卢公商量，在槐柳馆中的空闲之地撒上些紫苏、芸香之类的药籽，以方便求医者顺取之宜。卢公琢磨着要进一趟山里，取一些碧云观弟子们积的草药。就在卢公准备着第二天启程之时，和洽军师骑着快马风风火火地来找王叔和，送上表哥卫汎的一封书信。自从与曹仁将军结识后，王叔和与卫汎的书信皆由曹仁军营里的快马传递，卫汎在信中说，师父张仲景病倒了床，要叔和速速赶往涅阳，相商师父的大事。

卢公很识趣地取消了进山的行程，要叔和不要牵挂医寓的事，放心到涅阳处理张仲景的大事。王叔和临行前，卢公托他给张仲景带上一封信。卢公说："师弟仲景年轻时，就有化源不足、脾胃虚弱之证。师父专门给他制了一方名曰小建中汤。此次有恙，莫非痼疾复发。倘若是，信中之方乃老夫在原师父的方子上稍有调剂，可供一试。师弟精勤伤寒之证，敢撰纂医籍，老夫望尘莫及，叔和，你代表老夫捎好顺贺也。"

王叔和赶到涅阳仲景堂，张仲景真的躺在床上，身子羸弱不堪。见了叔和欲起来，又不得不躺下。

王叔和递上卢公的信，张仲景看了后，倦容舒展，说道："卢师兄这么多年还记得俺的旧疾，真的难为他了。这小建中汤，真的是当年伯祖师父为俺精心调制的。这次俺也收进了方剂之中。师兄信中说，他对此汤进行了微调，且经过无数次的试用，比原方效果更佳，可一剂胜三剂也。叔和，你去按师兄所说配药，老夫要亲自一试。"

这小建中汤由桂枝、芍药、炙甘草、大枣、生姜五味组成，治疗中焦虚寒、肝脾不和之证。张仲景年轻时，发生腹中拘急，疼痛，四肢酸楚，手足烦热，咽干口燥。师父张伯祖给他调制了上述方子，服用即效。此后，张仲景也以此方治疗补虚缓急之症，屡屡见效。卢公在信中将此方加了一味饴糖为主药。什么叫饴糖？饴糖就是用谷芽加大麦芽熬制的软糖。也许有人会说，你别瞎胡编，一千几百年前有饴糖？两千几百年前就有饴糖，而且还上街卖。《诗·周颂·有瞽》："箫管齐举，喤喤厥声。"这是说，卖饴糖的人上街时还吹着小管箫，哼着曲儿叫卖。

卢公信中说，他在衡阳山给一富户开用"小建中汤"，也给一糕饼铺老板的女儿开了同一方子。富户用了七剂方见效，饼店老板女儿服了两剂就痊愈。经打听，原来饼店老板女儿服药怕苦味，就在熬药时，偷偷加了一块自制的饴糖，进而药效大增。此后，卢公又用加饴糖的方子试过多次，效果果然不一样。依此得出结论，饴糖有甘温润补之用，可温补中焦，缓急止痛。辛温之桂枝，可温阳祛寒邪，白芍酸甘养营阴，缓肝急，止腹痛，佐以温胃散寒之生姜、补脾益气之大枣和调和诸药、益气和中的炙甘草，是一剂温中补虚、柔肝理脾、益阴和阳的有效之方。

张仲景服了加饴糖的"小建中汤"后，效果果然不一样，遂十分高兴，让王叔和取来方剂之页，找出"小建中汤"，将饴糖作为此方第一味药，并加注：饴糖配桂枝，辛甘化阳，温中焦，而补脾虚；芍药配甘草，酸甘化阴，缓肝急而止腹痛；六药合用，可使肝脾和顺，中气强健，阴阳气血生化有源，故以"建中"名之。"小"乃吾幼时所用，故名之。

人逢喜事精神爽。服了两剂加饴糖的"小建中汤"，张仲景恢复了精气元神，这次生病张仲景也隐隐有知，自己剩下的时间不多了，将《伤寒卒病论》抢在有生之年刻出来乃头等大事。身子骨一硬朗，张仲景对所有文稿进行了一番字斟句酌的审读。读完之后，他对论述伤寒病源、病理、病因之说还不满意。遂将卫汛、杜度、叔和等人招至一起说："老夫以'伤寒卒病论'之名著书，但总觉得论及伤寒的部分尚有遗憾，尔等可集思广益，给老夫指点迷津，锦上添花，如何？"

弟子们见老师如此谦恭，遂也无拘无束，你一言，我一语地说开了。有的说，论及伤寒的章节太薄弱了，应该再充实内容。有的说，伤寒之证的阐述太简便了，应细化论述。有的则说伤寒的归纳是否过狭，能否扩大范围？王叔和一直没吭声，师兄们都说完了，场子冷了半天，他仍陷于沉思之中。

张仲景说："叔和呀，你今天咋的了，一言不发，是心不在焉，还是有惊人之见？"

王叔和抓着头皮，一副憨态："弟子愚钝，所思所想与众师兄甚有差距，说出来怕师父与师兄们笑话。"

"此乃师徒交心之谈，有啥笑话？"张仲景拍着叔和的臂膀，说道，"老夫已嘱厨子烤了一笤薯蓣，等你说完了，一起吃烤薯蓣，好不好？"

师兄们欢呼雀跃，一齐催叔和快点说。

王叔和说："师父，俺的想法与师兄们相逆。弟子认为，师父对伤寒的论述已经够多够细了，而且繁而有杂，细而重复。《难经》五十八难对伤寒的概述简而精要：'伤寒有五，有中风，有伤寒，有湿温，有热病，有瘟病。'弟子认为，师父的论伤寒要把重中之重放在对伤寒的治疗上。将伤寒的病变部位、寒热趋向、邪正盛衰的演变过程和治疗的本原归纳出几条证候规律和治疗原则，让医者一看就明白，一看就能对症下药。"

"叔和呀，你的话掷地有声，令老夫茅塞顿开。找出治疗伤寒的根本所在，以简概全，形成自己的伤寒治法方略。走，俺们吃烤薯蓣去。"

自那天以后，张仲景将有关伤寒的论述重新进行了调整，删繁就简，归纳出了一套独特的医治规律：六经辨证。

六经辨证是伤寒中的精髓，经过千余年的实践仍成为今天中医学说中的经典之论。何谓六经？六经就是张仲景将所有的外感疾病区分为太阳病、阳明病、少阳病、太阴病、厥阴病、少阴病六大病证的辨证纲领。

六经辨证论述了脏腑、经络、气血的生理和病理变化，以此变化来辨别病变部位性质以及正邪交争的过程与结果，病势走向及转化传递过程。区分出太阳病在表，阳明病在里，少阳病在半表半里之间，而三阴病都在里。三阳病多热证，三阴病多寒证，三阳病多实证，三阴病多虚证。

张仲景《伤寒杂病论》的"六经辨证"对六经病症的治疗原则归纳得十分明晰：三阳病重在祛邪；三阴病重在扶正。

世界上任何伟大的发明创举，都是发明者经过千辛万苦、千锤百炼的磨砺，凝聚着发明创造者博学好思、博取众长、精勤不倦的心血汗水。

张仲景的《伤寒卒病论》亦不例外。

公元219年，中华医学史上第一部集医学理论与治疗方法于一体的医学经典《伤寒卒病论》完成了编纂。令人扼腕的是，中华医学方书之祖、伟大医圣张仲景没有看到他的《伤寒卒病论》的刻印刊行，就与世长辞了。

这一年的冬天（约农历十一月）中原南阳、宛城、涅阳穰县（今河南南阳市新野县）下起了百年罕见的大雪。六十九岁的张仲景躺在病床上对已经编纂成书的《伤寒卒病论》书稿再次进行了审看。合卷之际，张仲景将卫汛、杜度、张郴、张灿、叔和等弟子召至床前，示意弟子们将《伤寒卒病论》中的"卒"字改为"杂"字。他用微弱嘶哑的声音解释说："'卒'有死之意，人有忌讳；其二，书中不仅有伤寒，亦有其他杂病之论，当以'杂'为妥。"

是日傍晚，已停雪三天的中原大地，又北风怒吼，鹅毛般的大雪，纷纷扬扬。张仲景将高约盈尺的《伤寒杂病论》手稿，吃力地放在大弟子卫汛的怀里，带着满足亦不乏遗憾的笑容走向天国。

第十九章

魏王曹操　临终书二令
叛军匪徒　夜半抢伤寒

　　自张仲景去世的那天傍晚,宛城、涅城的大雪下了半月有余,积雪盈数尺,大地冰冻,硬之如铁,直到次年三月大地开冻后,弟子们方将张仲景下葬。其墓地位于今天的河南省南阳市城东温凉河畔之南侧,即今南阳市医圣祠是也。卫汛、杜度、张灿、张邯、王叔和等弟子在张家搭灵棚扶柩守灵守了三个月。有人说,天降大雪冰封大地不开冻,那是苍天怜世人为吊唁张仲景而下的。三个月来,从四面八方赶来给张仲景吊唁祭拜的人,每天都没间断过。在三个月的守灵队伍中,还有一位垂垂老者,他就是当年宛城何公府的总医官。老人身着孝袍,见人就说,那年不是张神医炼蜜剂治好了宛城公的便梗阻,他早就不在人世间了。

　　在张仲景逝世的一个月后,从汉中返回洛阳的魏王曹操头痛病复发。躺在魏王宫里的曹操也许有先知先觉的预兆,赶写两道令。一道是《忧抚令》,一道是《遗令》。

　　《忧抚令》曰:

　　女年七十以上,无夫子,幼年十二以上,无父母兄弟,及目无所见,手不能作,足不能行,而无妻子父兄产业者,廪食终身。幼者至十二岁止,贫穷不能自赡者,随口给贷。老耄须侍养者,年九十以上复不事,家一人。

　　《遗令》是曹操写给他儿子及亲属的,也就是今天的遗嘱。

　　《遗令》曰:

　　吾夜半觉(醒来,笔者注,下同)小不佳,至明日,饮了粥汗出,服当归汤。吾在军中,持法是也。至于小忿怒,大过失,不当效也。

　　天下尚未安定,未得遵古也。吾有头病,自先著帻(头巾)。吾死之后,持大服存时,勿遗。百官当临殿中者,十五举音(以礼哭丧)。葬毕,便除服。其将兵屯戍者,皆不得离屯部。有司各率乃职。殓以时服,葬于邺之西冈上,与西门豹祠相近,无藏金玉之宝。

　　吾婢妾与伎人皆勤苦,使著铜雀台,善待之。于台堂上,安八尺床,下施幰帐焊脯之属。月旦、十五日，自朝至午，辄向帐中作伎乐。

汝等时时登铜雀台，望吾西陵墓田。

余香可分与诸夫人，不命祭。诸舍中无所为，可学作履组卖（做鞋卖钱）也。吾历官所得绶，皆著藏中。吾馀衣裘，可别为一藏。不能者，兄弟可共分之。

曹操的《遗令》是六十七年后，由时任著作郎陆机在皇宫内的秘阁中无意发现的。现代历史学家认为，曹操的《遗令》是真实可信的。

公元220年正月甲午日（十七），曹操"头风大发，痛呼，元化（华佗）可在？我命休也！"庚子（二十三）日，辛丑时卒于洛阳魏王宫。史载，曹操临终痛苦万状，剧痛发作时"撕锦帐，咬杯盏"。

曹操的死，对当时的乱世整治应该是一大损失。对卫汛、王叔和等张仲景的弟子而言，是一项巨大的损失。

为什么要这样说呢？

前文曾提到过，宛城守将侯音、卫开两次率部反叛，被曹操斩首以后，手下的叛军残余逃出宛城占山为匪，扰乱一方，祸害百姓。曹操严令地方征剿，使匪徒很长一段时间销声匿迹，藏于深山绝谷中不敢妄动。曹操一死，等于阎王放了假，地方官放松了对匪徒的征剿防范。特别是曹操三月下葬那段时间，地方上基本取消了防匪的军兵，无人管事。蛰伏于深山的匪徒乘虚而入，分头出没，下山打家劫舍，杀人放火，无恶不作。岐蔓庄的仲景堂是匪徒们要抢劫的重点目标。张仲景的灵柩未出殡之前，匪徒就盯上了他家，也许是出于棺材还在家，去抢劫有晦气，就一直没动。张仲景的灵柩是三月底下葬的，与曹操的下葬时间前后差不多。师父的灵柩入土了，守了四五个月灵柩的弟子差不多都精疲力竭。灵柩送上山的第二天深夜，王叔和等一干人放下了包袱，呼呼大睡。突然，熟睡中的王叔和被子被人掀掉了，睁眼一看，火把熊熊，吼声如雷，刀锋晃荡，满屋都是山匪。将一干人逼到大院后，匪徒们开始了翻箱倒柜，见值钱的东西就用被单围布包起来往外送，马上接应的人就往山里送。这些匪徒被官兵征剿长了，也总结了经验，抢一点东西就收藏起来，以防官兵围捕时弄个两手空空。

卫汛刚开始还在睡梦中，没有完全醒过来，被堵在院子里，看到匪徒们大包小包地往外递东西，猛地想起师父的《伤寒杂病论》书稿，那可是师父亲手交到他怀里的宝贝，此时此刻，比什么都珍贵。师父灵柩下葬的那几天，卫汛将书稿藏到了师父卧室的夹墙里，见匪徒们四处乱翻乱扔，卫汛担心匪徒们找到夹壁胡乱一气将书稿弄坏了，就不顾一切地挣脱看管的匪徒之手，猛地冲进室内，打开夹壁扯出书稿。卫汛的本意是想告诉匪徒，其他值钱的东西你们拿去算了，这包袱里是书稿，你们拿去没用，千万不要弄坏了。

这皆是文人的书生之气，以君子之心，度小人之腹。匪徒能听他的吗？会这么想吗？看到卫汛手里的包袱，马上红了眼，几个匪徒一起上，大刀"呼哧"一下架在卫汛的脖子上，另外的匪徒一把抢下包袱后，用最快的速度递给了专门负责转移物资的人。眨眼间，花了张仲景几十年心血和弟子们无数汗水的《伤寒杂病论》书稿无影无踪。

这伙匪徒有百余人，他们事前也有所了解，医寓里都是张神医的弟子，是给人救死扶伤的，只抢财物不伤人，更不杀人。否则，卫汛的反抗之举放在其他地方，脑袋早就被匪徒砍掉当球踢了。医堂所有值钱的东西，包括养的鸡、鸭、兔子都一无所剩。药材虽没有被抢走，但翻搅得乱七八糟，混淆杂乱不能再用，不幸中的万幸，医堂里老老少少有惊无伤。

《伤寒杂病论》书稿被抢走了，卫汛号啕大哭中，不时将头往炕上撞。杜度、张灿、张邯、王叔和等人好说好劝才使他静了下来，天亮报官后，王叔和与几位师兄合计，让杜度、张邯先在医馆恢复开业，卫汛、张灿、王叔和及其他几位伙计分头行动，四处打听匪徒的踪迹，寻找师父的书稿。

经过十几天的打听，基本上弄清楚了，那天晚上抢劫仲景堂的匪徒都是原在歪桑岭的，被官兵屡次征剿后，逃往与穰县毗邻的镇平县通天山。通天山离涅阳几十里，不说上通天山，进通天山也得一两天。好心人告诉王叔和他们，如今匪徒抢劫的东西不一定一次性运往老巢，都会沿途见机藏匿，要想找到那包匪徒无用的东西，只有沿途去找，有可能匪徒见无用，会沿途丢弃的。

此时的卫汛，因那天晚上受打击太大，再加上连续几天的奔波，已经累病了。进通天山寻找是要吃大苦的。王叔和就决定，卫汛、杜度、张邯几个人留在医堂，自己与张灿带上几个伙计进通天山寻找。进了通天山的山道，是两条路，王叔和遂与张灿一人带一个伙计分开行动。进山的三天后遇上暴雨，山洪突发，张灿与伙计被山洪卷进峡谷，张灿不幸遇难，伙计死里逃生。

王叔和与伙计遇上大暴雨躲进了一处崖石的山洞里。暴雨下了一天一夜，滚滚山洪咆哮泛滥，冲桥撞坝，毁路崩崖。半夜里王叔和避雨山洞顶部崩下一块泥石，塌方将洞口边留下了一些缝隙，否则二人当晚就憋死在洞里。没有憋死，也会饿死呀！洞口堵了，出不去。喊破喉咙没人应。王叔和与伙计商量，再不能喊了，先留下点精气神养命，再等待时机。可这一等呀，就是九天九夜。二人带的干粮，紧细地吃也只吃上四天，第五天，啥都没有，只能捧几口从塌方里渗进的水喝。到了第六天，人饿得就受不了。怎么办？王叔和就试探着从垮塌洞口的草中掏东西。掏呀掏，还真的掏出了些根茎，从根茎上残留的枝杈上分辨像是茯苓。二人喜出望外，掏了处水凼，洗掉泥土，就试着吃了起来。尽管生茯苓不好吃，可肚子太饿了，二人还是吃得津津有味。

这茯苓是中华药草中的补养之药。《神农本草经》将其列为上品。茯苓具有安魂养神、延年益寿的功效，张道陵等道教祖师对茯苓延年益寿进行过试用，认为茯苓"千年以上者，变化为兔，或化为鸟，服之轻身，成就仙道"。吃茯苓能不能成仙，王叔和不知道，可能止饿倒是真的。就这样，王叔和与伙计在洞里吃了四天的茯苓，渴了喝几口渗泉水。到了第八天，王叔和想，长期这样也不行呀，得想办法出去。怎么出去呢？洞口外的塌方像是一座山压着，正洞口一块巨石卡着，石头又大而且悬空，该能扯下掏空的泥土，在掏吃东西的时候都掏下来了，土不够，人上不去，要想出洞口没有外面的帮助，是绝对出不去的。可外面的人怎么知道这洞里会有人呢？

王叔和想了好久，终于想了个办法，从身上的包袱里掏出一件最高档的蜀锦长褙袍，绑在一根粗树枝上，让伙计站在他的肩膀上缓缓地从被树干撑住的缝隙处伸出洞外。过路的人看到衣服不会不看的。这个办法还真的见效了。第九天的晌午，一个人的身影正在上面晃动，真的有人来了……

救王叔和二人出洞的是一位小伙子，姓辛。山里人十分厚道热情，小辛将王叔和带回了自己的家。

小伙子的家就在山洞的后背。那是一处两峰相拥下的一方平地，十几户人家，点缀在峰峦叠嶂的褶折里。小伙子告诉王叔和，他们庄是通天山方圆近百里最大的一个庄，叫辛家岭，也叫杏花岭、鹰歇岭。叫杏花岭，是因庄里的山前岭后皆是杏树，春天满山遍岭的杏花飘香而得名。叫鹰歇岭是进通天山的路，至此为止，前方皆是悬崖绝壁，老鹰飞到这里也要歇一歇才能飞上山。小伙子到山洞顶上是去采茯苓。小伙子说那里的茯苓特别多，一遇上大暴雨发泥石流后，他就要到那里去找被山洪泥石流冲刷出的老茯苓。有一次，他和爷爷就在那个山洞的半山腰找到一个被山洪冲刷出来的茯苓，像个大石块，重达一百多斤，卖出了十几两银子。小伙子很健谈，他还告诉王叔和，他爷爷最喜欢吃用茯苓做的糕，今年九十多岁，爬山越岭，爷爷比他走得还快。爷爷早年在东夷做过生意，会治跌打断骨，通天山方圆几百里的人都知道鹰歇岭有个辛接骨，眼下被常山寨的人接去治伤，不在家。

在小伙子家吃了饭，洗了澡，稳稳地睡了一觉后，王叔和身子基本恢复了。看着晚霞余晖渐渐隐去，王叔和与小伙子聊了起来。

王叔和说："小辛兄弟，你叫什么名字？"

小伙子有些不好意思地抓了抓头皮说："我叫辛花。"

一旁的仲景堂伙计"扑哧"地笑了："咋的？你一个大男人，干啥取了个女人的名字。"

小伙子脸红了红，说："俺还有个名字叫臭鼻子。小时候，鼻子老流脓，那脓又腥又臭，俺走到哪里，哪里的人都捂住鼻子。俺娘就教俺出门手里拿一枝花，捂在鼻子上，可以除臭气。时间一长，外面的人都喊俺臭鼻子，家里人都喊俺叫辛花。"

王叔和点了点头："辛花，这名字好，有意义。"说到这里，王叔和拉住小伙子的手，眼睛直往他鼻子上瞅，鼻子还带劲地嗅了嗅，说，"辛兄弟，你现在没有拿花呀，咋的一点儿臭味都没有。"

小伙子高兴地把手一拍："还臭，那可真丢死人了，早好了呗！已经好几年了。"

"那怎么好的，你爷爷治的？"

小伙子说："他才没这本事，是他东夷的一个朋友。"

辛花边捋着王叔和伸出山洞口的那件蜀锦褂，将他臭鼻子如何治好的经过告诉了王叔和。

几年前，辛花已快长成大人了，可鼻子流脓发臭的毛病怎么也治不好，一家人都替他发愁。有一次爷爷东夷的一个朋友进山收茯苓，见爷爷愁眉不展，就打听啥事。爷爷把辛花的鼻子流脓的事说了。那朋友把胸脯一拍，说"回东夷给你带一种药包治包好"。第二年春天，东夷的朋友真的带来了一包花蕾，吩咐用这花蕾煮鸡蛋吃，吃蛋喝汤，汤中的花蕾残片贴在鼻子上，干了即换。连吃七次，辛花的鼻子开始不流脓了。又吃了七次，痊愈了。东夷的朋友临走时，又将一包种子交给了辛花的爷爷，叮嘱冬天种上，春天开花时待花蕾长出时摘下花蕾备用，可治头痛鼻塞。

"你看，俺这院子里种的就是这种花。"辛花将王叔和引到院子的一丛花木前，说，"后来俺爷爷就用这花蕾治好了好多的臭鼻子，还有鼻子堵塞、香臭不分的毛病也能治好。那东夷的朋友也没告诉这花叫啥名字，爷爷就叫它'去臭花'。"

二人正说着话，辛花的爷爷风尘仆仆地进了屋。听了辛花的介绍后，老人家连连拊掌作揖："张神医的大名，早就听说过，今日神医的弟子光临崖上山居，蓬门荜户似蓬壶迎仙，幸甚，幸甚也！"

王叔和连连回礼："老人家，叔和惭愧，惭愧也。今日不是辛花舍命相救，俺们二人岂能平安坐在这里。这救命之恩暂无所报，请老人家受俺一拜。"说完，王叔和就要下跪，被辛爷爷一把拉住："万万不可，折杀老朽也！"

晚饭过后，辛花爷爷问起了王叔和二人的遇险经过后，告诉叔和，那天的大暴雨乃通天山百年未遇之雨，常山、蛮山一带房屋垮塌无数，死伤于山洪中的人有几十个，只有辛家岭相安无事。得知王叔和是为了寻找师父张仲景的《伤寒杂病论》书稿而进山时，深为钦佩。老人家分析，土匪对钱财衣物等急需物

143

品之外的物品一般不会带进山寨的，除非他们中有人识得此书稿乃无价之宝，便会藏匿，否则，皆会作为无用之物，沿途抛弃。此次暴雨山洪说不定有山匪抛弃的话，可能有迹痕所显。只是进通天山的路，此处已断途，进山之路在山那边的常山寨方向。就在辛花爷爷与王叔和商量着如何到常山寨寻书稿的最佳路径时，辛花大呼小叫地进来气喘吁吁地说道："爷爷，爷爷，你快看呀，他发病了，他发病了！"

怎么回事？一行人随辛花赶到他的房间，只见王叔和的随行伙计躺在床上，身上盖着两床被子，还浑身颤抖地直喊："冷死了，冷死了。"

王叔和立马判断出，这是疟疾之症。大概是受山洞阴湿之气的催生，伙计的旧疾复发了。原在仲景医堂时王叔和就见过伙计发过几次。这疟疾之症说病是大病，说不是病也不是病，几乎过了一段时间也会自己好的。每次发病时，师父也只开一帖生姜甘草汤，就好了。辛花家有生姜，可没有甘草咋办。辛花爷爷说，可以用九叶香草代。什么叫九叶香草？就是大蒜。

伙计服了生姜、大蒜睡了一觉，好了。可到了半夜，又原病复发，直叫冷，盖上几床被子，仍不停地哆嗦。再服生姜、大蒜汤，好了半会儿，又成了外甥打灯笼，照舅（旧）喊冷。反反复复，拖了三天。王叔和一看这不是个事情，任何病三天不转弯，必有大祸患。

辛花爷爷也着急起来，在这深山荒岭之处，家里躺着一个张神医的弟子都治不了的病人，咋办？辛花的参见父亲皱着眉头，就说："爹爹，叫辛花到常山观找那独眼道长讨些热身草来试试看？"

辛花爷爷大腿一拍："是呀，咋没想到用热身草呢？"老人家就给王叔和讲起了热身草的事。

离辛家岭二十余里有处常山观。有一年观里的道长犯病了，忽冷忽热，时好时发，人瘦得像皮包骨头。当时战乱不止，民不聊生，道观里十分冷清萧条，经常吃了上顿缺下顿。只好由道观里道徒轮番着上山挖野菜充饥。这天轮到上山三个月的小道徒挖野草。他只有一只眼睛，观里人喊他独眼虫。

独眼道徒挖回的野草煮的菜粥都没人吃，为啥？又苦，又涩。吃进嘴里咽不下，咽下了也有的吐出来了。可道长吃了且吃了很多。因他肚子太饿了，几天都没有沾粮食。这一吃，还吃出奇迹。原来，他的病已基本形成了规律：他不能吃饱，吃饱了就犯病。可这次吃饱了三天没有犯病。过了三天，是别的道徒挖的野菜，一吃又犯病。三天过后又是独眼道徒挖的野菜，吃下了又没犯病。再试了几次灵得很。道长就悟出了是独眼道徒挖的野菜治好了他的病，于是就让独眼道徒带着他去看是什么野菜有如此神奇。一看才恍然大悟。常山观后山的野菜都挖光了，只有一块叶子呈椭圆形、边上有锯齿样开蓝花的野草，其他道徒早知道那种野草牛都不吃，一概不采，而独眼道徒不知道，照采不误。这样一来，常山观道长久治不愈的疟疾被这无名的野菜给治好了，时间一长，许多人犯疟疾就上常山观讨草一治就好。几年前，老道长死了，独眼道徒就当上道长，给这无名野草起名"热身草"。其他人则称独眼草、独眼花。

王叔和听了辛花爷爷的故事，当即与辛花赶到常山观采回了热身草，洗净煎汤让伙计服用了。还真的灵验，连吃了几次，伙计的疟疾也没有复发。王叔和让辛花将没有用完的热身草晒干留用。

伙计的身子恢复了，王叔和就按照辛花爷爷的主意，到常山、蛮山通往通天山沿途的路亭、凉岗大树上张贴寻找张仲景《伤寒杂病论》书稿的告贴。又与辛花和伙计到山道附近的农户家询问、打听。这办法还真有收获。

第二十章

叔和茅坑　偶觅伤寒序
卢公遗帛　阴宅有空青

这天傍晚，一位樵夫问到辛花的家里，送来半张纸。王叔和接过一看，心就"咚咚咚"地要跳出来。天啦！那正是他要找的师父的书稿。那是半张残缺不全的蔡侯纸，上面写的是方剂，是他王叔和亲自写的笔迹：黄连汤、瓜蒂散、小建中汤。

樵夫告诉王叔和，那半张纸是他那天到沟涧洗手时，在水中发现的。那时候，蔡侯纸虽已上市，但像张仲景所用的上等纸还是很少见，加之上面又写满了字，他就随手捞起来，带回了家。樵夫他家邻居二呆子捞回了好几张，这次来时，他去找过二呆子，可二呆子不在家，就一个人送来了。

王叔和拿着那他亲笔所写的半张纸，高兴得泪水汪汪，当即给了樵夫钱，又与樵夫连夜赶到二呆子家里。第二天晌午，二呆子才哼哼唧唧地回来了。二呆子是一个单身汉，人称哈拉子，以今天的话说，就是弱智。二呆子听樵夫说，让他拿出那天他从山涧里捞回的纸可以卖钱时，气得边跺脚，边拍腿地后悔不已。樵夫费了老半天的劲，才从二呆子嘴里得知，他将捡回的纸擦了屁股，丢进了圊坑里。二呆子嚷嚷地说，那东西揩屁股比棍子不知要舒服多少倍。

王叔和等人费尽了周折，才从圊坑里捞出纸片，其中有七八张完全看不清了，无法辨认，有三张基本上可以认出字迹来。那是师父写的《伤寒杂病论》自序。

怎么办，这臭熏熏又湿漉漉的纸是不能再动了，一动就无法辨认。

王叔和眉头皱了皱，将外套一脱露出自己的白内裤，樵夫家没有笔墨，回辛家岭去取又来不及。王叔和就让樵夫找来一堆木炭，让伙计穿上自己的白内裤，他用木炭在白衣裤上将"伤寒杂病论自序"一字一句地写在伙计的后背上。

《伤寒杂病论》自序

余每览越人入虢之诊，望齐侯之色，未尝不慨然叹其才秀也！怪当今居世之士，曾不留神医药，精究方术，上以疗君亲之疾，下以救贫贱之厄，中以保身长全，以养其身。但竞逐荣势，企踵权豪，孜孜汲汲，唯名利是务，崇饰其末，忽弃其本，华其外而悴其内。皮之不存，毛将安附焉？

辛然遭邪风之气，婴非常之疾，患及祸至，而方震栗。降志屈节，钦望巫祝，告穷归天，束手受败。赍百年之寿命，持至贵之重器，委付凡医，恣其所措。咄嗟呜呼！厥身已毙，神明消灭，变为异物，幽潜重泉，徒为啼泣。痛夫！举世昏迷，莫能觉悟，不惜其命，若是轻生，彼何荣势之云哉？而进不能爱人知人，退不能爱身知己，遇灾值祸，身居厄地，蒙蒙昧昧，蠢若游魂。哀乎！趋世之士，驰竞浮华，不固根本，忘躯徇物，危若冰谷，至于是也！

余宗族素多，向余二百。建安纪年以来，犹未十稔，其死亡者，三分有二，伤寒十居其七。感往昔之沦丧，伤横夭之莫救，乃勤求古训，博采众方，撰用《素问》《九卷》《八十一难》《阴阳大论》《胎胪药录》，并平脉辨证，为《伤寒杂病论》合十六卷。虽未能尽愈诸病，庶可以见病知源。若能寻余所集，思过半矣。

夫天布五行，以运万类；人禀五常，以有五藏。经络府俞，阴阳会通；玄冥幽微，变化难极。自非才高识妙，岂能探其理致哉？上古有神农、黄帝、岐伯、伯高、雷公、少俞、少师、仲文，中世有长桑、扁鹊，汉有公乘阳庆及仓公。下此以往，未之闻也。观今之医，不念思求经旨，以演其所知，各承家技，终始顺旧。省疾问病，务在口给；相对斯须，便处汤药。按寸不及尺，握手不及足；人迎趺阳，三部不参；动数发息，不满五十。短期未知决诊，九候曾无仿佛；明堂阙庭，尽不见察。所谓窥管而已。夫欲视死别生，实为难矣！

孔子云：生而知之者上，学则亚之。多闻博识，知之次也。余宿尚方术，请事斯语。

辛花爷爷见王叔和对师父的书稿如此虔诚器重，十分感动，当晚就安排人下山用高价买回蔡侯纸和笔墨。王叔和将用炭书写在白内褛上的《伤寒杂病论》自序和几个方剂重新抄写在纸上。

师父书稿的发现，也给了王叔和启示，匪徒没有将书稿带上山寨而是半途丢弃了，残余的书稿一定在常山、蛮山以下的地方丢失的。寻找的办法就是四处张悬告贴悬赏收集。

一晃在辛家岭住了二十多天，看看所有该办的事已经办得差不多了。王叔和准备离开辛家岭下山。临行前，王叔和将那天的蜀锦大褛和写有木炭字迹的白内褛都留给了辛花。辛花高兴得又蹦又跳。那时候，这蜀锦绢可是宝贝，五品的府官都见得少。王叔和的蜀锦是大将军庞德送给他的，平时很少穿，那次山匪抢劫的前两天被张灿的哥哥借去了，才没有被山匪抢走。在辛家岭，没有辛花，他活不了，没有辛花一家，师父的书稿也不会发现的，送给辛花实在太值了。

147

给老人家留点什么呢？王叔和将师父的炙甘草汤、黄连汤、瓜蒂散等几个简便有效的方剂和卢公的几个秘方写了出来。辛花爷爷也将自己的接骨散告诉了王叔和，还把治臭花、热身草让他带了一些。

"老人家，叔和还有一事相托。"临出门时王叔和想起了一件事，说道，"来自东夷的去臭花，有辛香温散、开郁通窍之奇效。治疟疾的热身草，对恶寒发热之疟有神功，只是这种奇药的名字不堪雅致，小可这些天思考良久，给两味药取了个名字，不知可否。"

"张神医的弟子，又遍识药草，给药取名当之无愧。快快说吧，让老朽也长长见识。"

"这'去臭花'，来自东夷，又是专门为辛花治疗而进山的，小可将这两层意思合在一起，取名'辛夷花'。那治疟疾之草出自常山，又长于常山观的后山，双常合一，将'热身草'取名'常山草'。如若中意，小可在今后的方剂上用此名行世，不知老人家有何高见？"

"辛夷花？常山草？真是太有纪念意义了。好，好，老朽从此也以这雅名告知山里的用药者，让他们记住，这是当年张神医的弟子给取的名字，有药到病除之神效也！"

辛花一家送了一程又一程，最后，在王叔和的再三恳求下，方依依不舍地返回辛家岭。

一个月后，王叔和与伙计回到了涅阳仲景堂，获知师兄张灿不幸遇难，难过得一宿没合眼。自己能平安归来，真是老天的垂怜，师父在九泉之下的保佑。心里也在暗暗地祈祷：师父，你放心吧，弟子一定不放弃书稿的寻找，也一定要让您的遗著传承于世，造福于人。

深秋的杏襄歧蔓庄，远山泛金，红叶飘逸，层林尽染。晨风中，王叔和在医馆大院里踏着跬步，一队大雁在头顶嗥鸣而过。凝望着远去的雁群，王叔和不由悸动起来，离开襄阳已经一年多了，要不要抽空回襄阳一趟？正思忖着，一阵马蹄声由远而近，马上跳下来的是军营的快马递。

"哪位是王叔和王老爷？"

"在下便是。"

快马递从囊挂里抽出一个信札，双手呈上："有襄阳大营曹大将军急书一封。"

礼送军营快递走后，王叔和拆开信札，是曹仁将军转来的卢公的信：

"叔和台见：离襄多日，甚念。老夫近日心悸屡俱，恐大限将至，接书速归。"

既是卢公的急书，王叔和马上做好了启程的准备。见表哥卫汛萎靡不振、无精打采的样子，王叔和临时决定邀卫汛同返襄阳。二人马不停蹄赶到穰县（今河南新野县），住进了一家荣归客栈。刚进驻房间，来了两位客人住在二人的隔壁。那两位客人的谈话给萎靡的卫汛似打了一支兴奋剂。

那客人谈的什么呢？对他有如此吸引力。

"老哥，你的信息准不准呀？如是戏言，俺俩这一路的盘费也够呛的。"

"贤弟，真是杞人忧天。老哥的那位哥们儿手眼通天，从未对哥打过诳语。他们有张神医的书稿，绝对是可以打包票的。"

"那这书稿到手，俺哥们儿就等着数银子吧。"二人说完，一阵笑声，笑得楼板似有震动。

隔壁二人的谈话，声音很大，卫汛、王叔和听得清清楚楚。

王叔和心头也瞬间涌出一阵喜悦，看来从通天山回程时，沿途所张贴悬赏收集《伤寒杂病论》书稿的告贴，真的起到了作用。喜惊掠过，王叔和心头马上又打了一串问号：不对呀，依据那天辛家岭老爷子的分析，师父的书稿在通天山的常山、蛮山以下附近被匪徒丢弃的可能性最大。事实上，他王叔和已经在常山一带收到了一些残稿。如果二人说的是真的，那怎么不到歧蔓庄医堂去报告领赏，反倒多跑一二百里呢？按二人所讲，书稿在穰县发现，那岂不是咄咄怪事，难道师父书稿在刚被抢走时就被匪徒一分为二了？否则，就是铜铃打鼓——另有音（因）了。莫非这二人事先知道他与卫汛的行踪，故意跟踪而来，有意说给他们听的？

王叔和把心中的疑虑讲给卫汛听了，卫汛头摆得似风车。坚信二人所说是真的，当场就要到隔壁找二人打听原因。也难怪卫汛如此兴奋，书稿的丢失，卫汛的压力是最大的，师父临终前将书稿亲手放在他手中，被匪徒抢走的。几个月来，卫汛心中沉重的自责、悔恨已经使他的精神陷于崩溃，人明显消瘦了十几斤，身子骨几乎到了虚弱的程度。听了二人的议论，你说他该不该高兴？

王叔和见表哥已经迷心入窍，再劝也没有用。再说，告贴上所说，是见到了书稿才会给钱的，表哥身上的钱不多，纵然是骗子也不要紧。他要急着赶回襄阳，第二天一早，王叔和叮嘱了表哥几句，给了一些盘缠给卫汛后，就只身往襄阳赶。

王叔和赶回襄阳城，卢公已经两天没坐诊，躺在床上。见了王叔和，卢公老泪纵横。卢公说，他的泪水不是悲泪，而是喜泣。对大限将至，他毫无惧色，认为那是人生的最高止境，也是最高境界。他最担心牵挂的是怕他走的时候，王叔和赶不回来，叔和回了，他心中的石块落下了，喜泣而垂泪。问了师弟仲景的事，他也为《伤寒杂病论》书稿的丢失而惋惜。得知叔和进山寻书稿屡屡化险为夷，找到了《伤寒杂病论》的自序时，卢公一把抓住叔和的手，说道："师弟泉下有知，当可含笑也。叔和呀，老夫相信你，一定不会让师弟他失望的。

有朝一日,《伤寒杂病论》大著问世,别忘了也给老夫献上一份,让老夫在泉下也高兴高兴。好吧,师弟的事说完了,下面该是老夫的事了。"卢公说到这里,从枕头下掏出一卷纸说,"叔和,这是老楼家祖传的朱砂红粉膏和凤凰衣秘技。朱砂红粉膏是治疗刀伤箭矢的特效药,时下军营极为有用,交给你,老夫放心也。其二,老夫羽化,烦叔和将其残渣送往紫云谷碧霞观左侧山峦上的羊肚脐上,老夫生肖属羊,哪里来哪里去。俺早与观里的徒儿打了招呼,你去他们必引你前往。"

王叔和说:"师父,你别说这些,俺明日就送你回碧霞观,你在那里升天才是最好。来呀……"王叔和刚要喊人安排明日之事,卢公打断了王叔和的话。

卢公说:"老夫自算,昨日辰时就是大限之至,叔和你没回来,老夫这才在人世间多过了两天。俺回不了碧霞观,今宵子时必将去也。"

王叔和嘴里答应了卢公所言,下去后仍然安排好了明日送卢公回碧霞观之事。看看忙到丑时,卢公身旁伺候的伙计来找王叔和,说是卢公叫他。王叔和直至卢公床前,卢公说:"与汝相识相交,此生足矣,叔和保重,老夫去也。"说完安详而走,时年八十九岁。

七天后,王叔和捧着卢公的骨灰,前往岘山紫云谷碧霞观。观里的道众早就得知今日卢公回家,一个个青衣素面,整洁如新地先将骨灰请进了素心堂。

卢公所选择的墓地羊肚脐,位于碧霞观正门左边的山峦上,东望鹿门山,瀑布如练,南瞰漳河泻入汉江。羊肚脐的右边是紫云谷的谷峰口,山深景幽,层峦叠嶂。左边有一汪泉眼,泉水咕咕如串串珍珠。站在碧霞观的门前远视,那就是一只侧身而卧的老羊,羊头、羊角、羊尾、羊脚,栩栩如生。

碧霞观的道长是建观时的道徒,捧出一个陶罐,告诉王叔和:二十年前,襄阳侯在此为卢公建观,卢公是阴阳二宅一起选择的。当年卢公看了这处阴宅后,晚间将这陶罐交给俺,叮嘱勿视,待有朝一日开羊肚脐之前方可拆看,今日开宅,当先看此物,方可动土。

王叔和去蜡揭开陶罐口,用手一摸,掏出一块锦帛,上写有几行字:"天地氤氲,万物化醇。肚脐凝乳,必有空青。通利九窍,青盲明皓。孝君萱堂,百岁复阳。执厥阴入,冒进逆亡。"

这十句话是啥意思?一行人一头雾水。王叔和反复看了几遍,看出了名堂。这名堂是从"空青"和"青盲"这四个字上解开的。

空青,是味中药,亦叫杨梅石,呈青色,产于峪矿之中。有关空青的来历,王叔和在桑棺寨听桑耋说过,那故事挺神奇的。

传说远古的圣君舜,出生在冀州一个很贫穷的家庭。母亲在舜很小的时候就去世了,父亲叫瞽叟,是个瞎眼老头,糊涂透顶,而且脾气坏得不得了。

瞽叟讨了个漂亮的后老婆，不久生了个儿子叫象。后母和弟弟象经常无故地虐待舜。舜是个德行操守都十分高尚的一个人，对后母的刁难、弟弟的诽谤一概不计较。父亲瞽叟听了续妻和小儿子象的告状后，经常打舜。舜认为是父亲的眼睛看不见，心情郁闷所致，决定要去寻找药草把父亲的眼睛治好。好心的郎中告诉舜，他父亲得的眼病叫青盲，世上只有一种叫空青的药草可以治。于是舜便四处寻找空青，一心要把父亲治好。

有一天，舜来到了淮河南岸，看到一段绵延不断的山脉，便在这里暂居了下来。舜看到这里的民众十分艰苦，便决定先留下来教这里的人耕地、种粮、挖井、制陶、捕鱼、狩猎，改善了当地民众的生活，人们都十分喜欢他，不要舜走，要舜当他们的头领。舜说，他要去寻找空青给父亲治眼睛。有位长者就告诉舜，空青不是草药，而是长在石头里面，也叫石乳，当地有处五层山的地方，石头里经常可以看到石乳。于是就带着舜到五层山采到了空青，治好了父亲的眼睛。瞽叟眼睛复明后，再也没有惩罚舜，一家人从此和和睦睦。舜的声名越来越大，尧就决定把帝位传给舜。舜教民耕地的那座山，被取名舜山，取空青的那座石山，人们称之为孝子山。桑翁当时把空青说得十分神奇，称它是孝子乳，不讲孝道的人是采不到空青的。

卢公的"孝君萱堂，百岁复阳"的事，王叔和也记起来了。那是刚进槐柳堂时，有一天晚上，卢公与他在月光下乘凉，卢公讲故事，说刚到襄阳时，他被襄阳名士黄承彦接到家里给他年迈的母亲看眼睛。黄承彦说母亲已满七十九岁，身体一贯很好，可前几日，突然眼睛失明，看不到东西。卢公摸了脉后，断言，此症名曰青盲。黄承彦问卢公，用什么药物可治。卢公回答：空青可治。黄承彦就急着要卢公给他母亲治眼病。卢公说，令堂之疾当在百岁可复明也。黄承彦以为卢公治不了，开开玩笑而已。

王叔和讲完这两件事，遂对卢公的十句话，进行了逐句分析。王叔和说："'天地氤氲，万物化醇'是《易·系辞》上的原话，其意思是说，天地万物是由阴阳相互作用而变化生长，自然规律不可抗拒，任何事物皆有定数。'肚脐凝乳，必有空青'二句是说，羊肚脐这个地方有空青之药。'通利九窍，青盲明皓。孝君萱堂，百岁复阳'是讲空青的治疾之功，可以用它去将大孝子黄承彦的母亲的眼睛治好。'执厥阴入，冒进逆亡'是说，开挖下锄要从左边开始，如果乱挖，会将空青毁坏的。"

说到这里，王叔和说："但不知黄承彦黄大名士的母亲今年是不是一百岁了，还健不健在？"派人到黄承彦家里去打听一事安排妥当后，王叔和亲自执锄，按卢公的指引，顺次挖了下去。真是神奇得不得了。挖到三尺左右，就露出一块大白色云英石，顺着豁口撬开一看，大块石中，一汪青色的乳汁，在山风的吹拂下晃晃悠悠。王叔和赶紧令人找来陶罐，盛入密封。

卢公的骨灰下葬后，王叔和又带着装有空青的陶罐赶往黄承彦家里，只见黄府上下张灯结彩，一片欢腾喜悦之景象。

这黄承彦何许人也？先不说他是谁，说说他的女婿，皆自然晓得。诸葛亮，黄承彦的女婿是也。黄承彦是襄阳四大隐士之一，三次辞官隐于鹿门山，又是东汉末年的大孝子。黄家张灯结彩并不是迎接王叔和一行的，而是两日后，即母亲百岁大寿。接到王叔和派人送来的信，黄承彦还似恍似惚，似有似无。如今，王叔和已捧着空青的陶罐站在他的面前，黄承彦的那种喜呀，难以言表。

按照桑翁师父所教，王叔和先用空青蘸着给黄老太婆的盲眼上点了一些，然后又用蜂蜜冲兑空青之液让百岁寿星服下。连服五日，瞎了二十一年的黄老太婆双眼渐渐重开，看到冉冉升起的太阳，老人家"扑通"跪地，连连磕头。

神奇！神奇！黄承彦回忆当年的一幕，感叹不已："当年楼公说，老母百岁复明，我真的是丝毫不信，权作他一句戏言。没想到这老爷子如此未卜先知，真神人也。"

自打母亲百岁寿诞那天起，黄承彦在其列祖列宗的神龛上，给卢公立了一个牌位，朔、望必祭。

黄承彦百岁母亲瞎了二十一年的盲眼复明，虽是卢公二十年前的预测，空青神药也是他预先有知的。但黄老太婆是在王叔和的治疗下复明的，那几天给黄老太婆治眼的事，许多名流名士是当场目睹的。王叔和的神医之术，在襄阳城是越传越神。

忙完了卢公的事，又在黄承彦府忙乎了几天，王叔和好不容易空闲下来。他思忖着要将这一段所发生的事好好地总结总结。一系列事情的发生，对王叔和而言，似乎完全是一场梦。楼公的仙逝羽化，那可是天大的损失。这叔和医寓怎么开？由谁坐诊？王叔和想到了表哥卫汎。表哥的年纪也不算小了，特别是师父的书稿丢失后，身体每况愈下，他也应该静下来，守在医寓坐诊把脉，有空余，按仲景师父所讲，把卫家的幼科、女科的宝贵东西记下来，给世人留点有价值的东西。想到表哥，他马上心里一紧，这些时杳无音信，但愿那天穰县荣归客栈的巧遇能使表哥如愿以偿。王叔和正在卧室里想着表哥的事，王熙拿着一封书信急匆匆地进屋。王叔和拆信一看，眉毛蹙了起来。来信正是表哥卫汎写的：

叔和吾弟，见字如面。速备现银万两，赎余兄也。余言不便，待吾面，自尽悔。如拖时日，兄小命休矣！

卫汎于穰未知之处

这信是表哥的亲笔，信中告诉王叔和，他已经被人绑了票，要一万两赎银，人在穰县，但具体什么位置，卫汛自己也不知道。

王叔和当即追问王熙，送信人在哪里？王熙说是一大早在医寓的药柜上发现的，早不见送信者人影。王叔和当即分析，送信人找到襄阳叔和医寓，说明这是一伙狂徒，胆子不为不大，到襄阳的人不会少于三至四人，在穰县看守卫汛的不会少于三五人，是一伙有预谋有心计，且十分熟悉他和表哥的团伙，但绝不是侯音、卫开的残匪余部。既然信中未署在哪里见面、交赎金，表明匪徒还会再来联系的。王叔和正在吩咐王熙注意观察进出医寓之人，伙计送来了一张纸条，上面仅十个字：子时梅轩面吾，过期不候。

王熙及伙计都一致要去报官。王叔和不同意。他认为，卫汛在穰县生死不明，报官仅能抓住见面之人，躲在暗处的匪徒会立即赶往穰县，必毁票无疑。与匪徒见面后，或从中试探了解绑匪到底是什么人；其二，也可以了解卫汛是扣在穰县还是在襄阳。

第二十一章

急寻书稿　卫汎遭绑票
军马驮银　叔和救表兄

　　梅轩，亦梅亭，就在槐柳馆背后的半山亭上。晚上王叔和与绑匪见了面，但对方蒙着头巾黑纱，看不清面目，王叔和说了句："巫，祝也。汝能事无形，以舞降神者也。"

　　蒙面人一怔，遂答曰："既知巫祝，当兑现承诺，兄弟团圆，从此井水不犯河水。"

　　对方的回答，王叔和明白了，绑匪是巫医，应该是南阳或涅阳的。襄阳人到目前为止，尚还不知悬赏寻找《伤寒杂病论》书稿的事。既然是巫医，他们的真正目的还真的是为了钱，毁票的可能性就小多了。像看病一样，找到了病根，王叔和的底气就足多了，他当场表示，只要保证卫汎的人身安全，赎金绝不少一分文。对方也表示，只要王叔和信守承诺，卫汎的生命绝对保证安全。双方约定十日后，在穰县荣归客栈见面。

　　回到叔和医寓，王叔和连夜给和洽等写了信，请求曹仁将军帮助救人。和洽第二天亲自赶往穰县，部署军营的营救。王叔和不找官府找军营的方略是绝对正确的。因为当时有许多地方官都很信巫医，特别是官府内衙的女眷对巫医宠信得不得了，如找官府，必会泄密。再就是巫医们对军营毫无戒心。

　　在穰县荣归客栈，王叔和同绑匪交涉：见到卫汎本人，听到卫汎说话付银五千两，卫汎安全回到身边，余银照付。交银赎人的地点，在穰县白河的天子桥上。这伙绑匪算计得也很绝妙。这交银赎人的地方，乃一河面宽阔处，一有埋伏就会看得清清楚楚。绑匪先是要将卫汎放在船上。叔和说那不行，他表哥属兔的，最见不得水。叔和最后主动提出将卫汎绑在一匹马上，这马由叔和事先提供给绑匪，那一半赎银，叔和说也绑在一匹马上，这样双方的人都可以不见面。只要听到卫汎的喊叫声，叔和就将驮银子的马匹放过来，见到银子后，绑匪将绑卫汎的马匹抽一鞭子，放过来，王叔和再用另一匹马把剩下的一半银子放过去。绑匪对王叔和提出的方案进行了反复的细究后，认为无懈可击，况且还可以赚两匹马，就同意了王叔和的方案。

那是一个晴空皓月的夜晚，在当年汉光武帝刘秀起兵盟誓的穰县天子桥上，演出了一幕王叔和与巫医斗智斗勇的话剧。

半夜时分，一匹马驮着卫汎站在天子桥东。马背上的卫汎声音嘶哑、有气无力地喊道："叔和，俺是你哥卫汎，你把银子让马送过来吧！"

河西的王叔和立刻将一匹驮有银筐的马抽了一鞭，那马一阵铃响，奔向桥东。绑匪一验看，是银子，于是喊了声："你先将那匹驮银子的马放过来。"王叔和将另一匹马抽了一鞭子。听到铃声由远而近，绑匪才将绑卫汎的马抽了一鞭子。等到牵上了卫汎的马，王叔和对着河东吹了声口哨。河东丛林里立即冲出一群牵着马的人，那是军营的马夫。他们对着一群母马的发情处一阵乱搔，被搔的母马立刻伸长脖子，嘶鸣不止。两匹驮银子的公马被绑匪牵着正在暗处，听到母马的叫声，即刻像疯了一样，挣脱缰绳向母马冲去。看着到手的银子又飞了，绑匪气红了眼，还没回过气来，一队军营的骑兵将他们围得水泄不通，五名绑匪只好束手就擒。

这就是王叔和与和洽设计的用军马救卫汎之计。

此时的卫汎已是骨瘦如柴，心力交瘁，谈到那天的被骗真是懊悔不已，泣不成声。

那天荣归客栈的两个人，与王叔和分析的半点不差，全是跟踪而来。等卫汎找到他们后，二人立即带卫汎到穰县的半山亭山寨，拿出一大包蔡侯纸，抖着给卫汎说，这就是他们花高价从山匪手里买下的张仲景书稿《伤寒杂病论》。只要卫汎付二万两现银，就可以将书稿拿走。卫汎想找师父的书稿，也差不多快想疯了。可他人是十分清醒的，他一眼从那些人拿出的纸张就得出结论此事有诈。为啥这么肯定？因为这些拿出的纸也称蔡侯纸可太粗糙不堪了。师父用的纸都是朝廷的达官大员送的，那可全是清一色的上等纸。卫汎就对那伙人说，光这样看，俺信不过，俺要看笔迹、内容。那些人要他先交五百两银子。卫汎将身上所有的银两都摸了出来，也才不到百两。那些人就将书稿给了五分之二。卫汎一看，就笑了起来："你们都是骗子，拿这些假货糊弄我。如果书稿是真的，别说二万两银子，三万四万俺都要买的。"

卫汎当即就指出，这些书稿，浅看都是师父的笔迹，不用说，是他们请人模仿张仲景的手迹。那时，张仲景的方剂市上到处都有，模仿太容易了，可他们万万没有想到，《伤寒杂病论》先是张仲景自己一张一方写出来后，屡屡修改，改完后由弟子们分工誊正。也就是说此书的手稿没有张仲景一个字的笔迹，因那时他已经病重卧床了。还有《伤寒杂病论》是张仲景论述外感热性病伤寒的专著，书中提出了望色、闻声、问症、切脉等四种方法来分析病人所患的疾病。以阴、阳、表、里、寒、热、虚、实八种方法来判断病症的性质和发生原因及治疗方剂等一整套系统性的著作。而那伙人拿出的皆是张仲景曾用过的方剂，而那些方剂有很多是书中没有收入的，多是一些讹传之方流传之方。

卫汎把《伤寒杂病论》手稿前因后果一说出来，那伙人眼睛直了，鼻子横了，一个个垂头丧气，相互间埋怨不已。要知道这一包假东西，从纸到字那是花了不少钱的，还有他们从镇平县尾随赶到穰县再到襄阳，那都是要花大把大把银子的。可现在对方已辨出真伪，死活不要，这些花了不少银子的纸就只能成擦屁股的东西了。这就是名副其实的鸡飞蛋打。怎么办？难道就真的亏了不成？那一伙人一合计，干脆一不做，二不休，将卫汎扣下来，让王叔和拿钱来赎人。王叔和不会见死不救的。王叔和如果报官，他们就到穰县的大堂上打点一番。没想到王叔和不报官，这就使他们意想不到，还认为这次是十二分的有把握能拿到一万两银子。

第二天夜里，南阳、涅阳军营接到曹仁将军的密信，发兵包围了两地巫医的家，将一干伪造假书稿的罪证全都拿到手。王叔和拿到他们的罪证后，准备将他们移送官府依律查办。

这天夜里，王叔和到和洽那里听到一个消息后，立马改变了主意，决定对这伙被扣押在军营的巫医释放。释放前，王叔和对这伙巫医从医道到人道、仁道，苦口婆心地进行了一番劝导，要他们选个正当职业谋生，不要再去坑害欺骗病人。最后宣布，他王叔和不仅不将他们交官府严惩，而且每人发了五两银子，当场释放。

王叔和也太宽宏大量了吧？巫医们如此恶劣的行径，岂能一放了之。这就是王叔和，除了他有一颗博善大爱之心外，还有一个重大的历史背景，也使他非这样做不可。

那到底是什么事让王叔和临时改变主意呢？

因为要改朝换代了。历史上凡改朝换代时，新皇帝都要大赦天下。这伙巫医虽犯有罪，但讹诈、骗取包括绑票都算未遂，交官追究也就一年半载的处罚，赦令一下，他们必当释放。他王叔和这样一放，倒做了个顺水人情。

这就是古话说的，得饶人处且饶人。饶人不是痴汉，痴汉不会饶人。王叔和的先见之明，可略见一斑。

公元220年，十月乙卯日，东汉最后一位皇帝，史称汉献帝的刘协，告祠高庙之后，派御史大夫张音持节符、玉玺、诏册等送给了魏王曹丕。诏书上仅七个字：禅让帝位于魏王。

自更始帝刘玄公元23年登基算起，历经十四帝、历时一百九十七年的东汉王朝画上了句号。亦算是一个惊叹号。

十六天后的辛未日，三十三岁的曹丕于邺都正式升坛，接受汉献帝的皇帝大印，登皇帝位，称魏文帝，改年号为黄初，大赦天下。受禅台遗址仍存，位于今河南临颍县城西繁城镇。

王叔和宽恕巫医，放他们归家，比魏文帝曹丕的大赦令，仅早十天。

卫汛获救后，在槐柳馆叔和医寓经过一段时间的调理，已基本恢复了正常。坐诊之余，依叔和的建议着手撰写《小儿颅囟方》《妇人胎藏经》。王叔和则先是忙着在襄阳中卢南城，今天的襄阳区张湾镇开办了杏林药庄，交给王熙打理。后又将叔和医寓迁至山都县杏林原，故址在今襄阳区西北，取名杏林堂。这两处新堂店开业，襄阳的名流隐士黄承彦、庞德公，还有襄阳侯习昭等都前来祝贺。黄承彦送的金匾名曰：回春堂。庞德公送的匾额曰：杏林春晖。

王叔和为啥要将叔和医寓从槐柳堂迁至山都呢？其一，声名大了，医寓也该称堂了。重要的是其二，新皇上魏文帝曹丕将荆州的治所从襄阳迁到了新野，治所的故址在今天的河南省新野县汉城街道之南。荆州的刺史也改由平陵乡侯、征南将军夏侯尚兼任。这夏侯尚是随曹操陈留起兵的十员猛将之一夏侯淳的儿子，与魏文帝曹丕曾是铁哥们儿。将荆州治所由襄阳迁至新野就是夏侯尚的一句话。事实上，这个迁址的主意多少有点馊。三年后，夏侯尚一离开新野到定军山，荆州的治所又从新野重新迁回襄阳。这就是民谣所说的：长官意志一句话，是对是错手一划。错了名曰交学费，百姓血汗算个啥！

在杏林堂开业庆典的宴席上，襄阳隐士庞德公一反以往豪侠之气，郁郁不语，闷闷不乐。黄承彦觉得不对劲，遂与王叔和找庞德公拉话。庞德公虽年逾八十，仍声若洪钟："老夫近日甚为忧烦，此次乃叔和医堂开业，换上别人，金车彩轿抬我，都没法来。"

在王叔和、黄承彦等人的开导下，庞德公才讲出了为啥忧烦的原委来。

原来这段时间，庞德公家里被孙女儿搅得是一塌糊涂。庞德公的孙女儿庞姝，今年芳龄二十。这在一千几百年前，对女子而言，那可是有些恐怖的年龄。为了选婆家的事，庞姝是任性自由，谁的都不听，且口口声声不嫁人，要做个老闺女，在庞家老死终身。庞姝自小受宠惯了，特别是深得庞公之宠。当然庞公宠孙女，也不是瞎宠乱宠，是因为这个孙女太优秀了，经史论策，无所不学，琴棋书画，无所不精。五岁那年的正月十五元宵节，襄阳城开放夜禁，举办灯会和灯谜竞猜，小家伙连猜十谜，无一有错，荆州牧刘表当场为庞姝颁奖，那有珍珠镶嵌的宫灯奖品，至今还悬挂在庞府的书堂上，那是他庞公的骄傲。

三个月前，魏兴郡侯托上庸（今湖北竹山县）太守带儿子前来提亲。庞姝与那魏兴郡侯公子见了一面，说了几句话，就躲进楼阁，死也不开门。那侯爷公子见了庞姝一面，魂都没了，厚脸馋皮，三番五次往阁楼上跑，敲门踢板，说了许多无油无盐、酸不溜叽的废话。庞家老管家上去相劝，那公子反而病人恶似郎中,将庞家老管家扇了一大耳光。庞姝在房内忍无可忍,端出一盆半温半烫的水,泼在了那馋脸侯爷公子的头上,将那家伙烫成了没皮的猴脸。为此事,那魏兴郡侯恼羞成怒,扬言要与庞家势不两立,决不罢休。幸而有襄阳侯、江夏侯、京兆侯三大侯爷出面调和,才使魏兴郡侯放弃了与庞家的斗狠放刁。

为这事,老庞家阖府上下,是人人不安,个个受累。庞姝的父亲为这事闹病了,庞公也是有口难言,有理难辩。与魏兴郡侯的事刚消停不久,庞家大院又风云再起,阖府上下再次陷入了无法安宁的状态。当然这次的不安宁,不是庞大小姐相亲不顺的事,而是庞姝得了一种病,不让郎中瞧,就连父母也不能见,不能问,最后干脆将自己锁在楼阁,不吃也不喝,哭哭啼啼,不休不止。

庞公叹了口气,说道:"这闺女,真是拿她没法。害病就害病,害病让郎中瞧一瞧,不就得了吗?不让别人瞧,也不让我瞧,寒热表里,老夫还是略知一二的。往日,我的话,妮子还是听的。这次,也没辙。门拍破了,嗓子喊哑了,她就是不开门,你看这事烦不烦。"

黄承彦说:"庞公勿烦。若是婚姻之事,老夫就爱莫能助了。这害病之事,那倒有些空隙了。你看,叔和神医在你面前,你还烦它作甚?"

庞公说:"老夫何尝不知叔和医技。只是这妮子她不开门,啥都不见,这就难死人了。"

"该急的,庞公你就急。至于令孙爱不开门,不见医,千个郎中千个法,老夫相信叔和有办法的。叔和,你说哩?"黄承彦说完,看着叔和直撇嘴。那意思是要王叔和答应下来。

王叔和略略思忖了一会儿,说道:"庞公勿忧,黄公说得在理,千医千法。依叔和浅见,令孙爱不让看医,不与人言,当有难言之隐的疾患。大姑娘,小媳妇,一般患了隐疾,是害羞怕出丑而不愿见人。给她医治,得先弄清其病,再对症下药。"

"你看,你看,庞公,如何?独忧之忧,烦在心头。忧之托出,众可解忧。叔和一语中的。令孙爱之病无忧也。至于她开不开门,见不见医,相信叔和已胸有成竹了。"

王叔和略显腼腆,说:"黄公过奖了。能否让庞公令孙爱开门见医,叔和愿去试一试。若无效,亦请庞公勿怪。"

庞公说:"叔和呀,你医堂刚刚开业,事务繁忙,老夫实不愿添烦至忧。若劳烦神医大驾,到竹篱寒舍一走,等几日再去如何?否则,老夫于心不忍也。"

"治病如救火,焉有等待之理。庞公,叔和即刻动身,与你同往鹿门山。"王叔和将医堂之事向表哥卫汛做了一番交代,当即收拾好医囊,拉上庞公就出发了。

第二十二章

庞姝患疾　鹿门山拒医
叔和隐语　庞家塝解悬

通往鹿门山的路虽然崎岖迤逦，通车走马却不甚狭窄。特别是两边山色，不忍细看。为何不能看？看了你就迈不动腿，不想走呗！

极目远眺，崇山矗矗，岊岭岌岌，危崖昂首，峤峰峥嵘。嶙峋峭壁之下，峡谷轰鸣；雨濯云烘之处，嵩岚奋起。俯首脚下，飞瀑入潭，潭边有溪，溪流潺潺。怪松之下，蹊径之上，几名蹑峤担篓采药者，正觅势而行。

鹿门山的树，声名远播。杼兰椵桂，杞木櫩桐，楝椴檍檺，株柞杝枫，应有尽有，槮樾浓荫之下，探头探脑的是樟木，无忧无虑的是枳椇。山中的槲木，颇有些趾高气扬之势。与雄奇伟岸的槲树相比，松树则显得有些小家碧玉，蹑手蹑足了。

鹿门山最豪放不羁、称王称霸的是竹子，丛竹、水竹、苦竹、甜竹、椴竹、楠竹见缝就钻，无孔不入。特别是楠竹，不待春风而挺翠，无须沃土而参天。居山霸岭，自成王国，独领风骚。庞德公的庞家塝，那是竹山竹海中的一处雅聚之居。绵延三五里的院墙，全是清一色的竹篱笆，院子里的凳子、桌子、架子，全是竹子做成的，室内的床、柜、橱、椅、碗、箸、匙、勺清一色也是竹子。庞姝小姐的竹阁楼前是一丛细密如豪猪毛发、色似象牙箸般粗细的甜竹圃，楼后是一片身挺怀虚、枝繁叶茂的楠竹园。

从庞姝父母那里获悉，庞小姐将自己锁在楼阁已经是第六天了。每天的饭食茶水，侍女虽从楼阁的牖门里送进去，但是否吃了，喝了，一概不知。庞公忍不住又上楼叩门唤叫了大半天，只听到孙女的抽泣声，不见回音，急得老人家摇手顿足，老泪沾襟。

庞公上楼时，王叔和叮嘱他不可言及请了郎中。从侍女、厨娘及庞姝父母那里，王叔和打听到庞姝的生活嗜忌及起病前后的生理变故情况，遂与庞公一家人商议，第一步，要了解庞姝在屋内现在的身体状况如何。怎么了解呢？破门而入？绝不可取。王叔和思考了一会儿，提笔在一张蔡侯纸上写了一灯谜。庞姝四五岁时就善射谜，在未生病之前，闲暇之余，常与侍女们猜隐语。侍女将王叔和所写的灯谜从牖口递进去后，不一会儿，庞姝就将一张纸从屋内丢了出来，只见王叔和的谜面后写出了谜底。

王叔和的谜面是这样写的：

> 虽年少有恒无畏，几节柔鞭能破土；
> 纵心空宁折不弯，一根直骨敢冲天。

——射一物

庞姝的谜底没有直接回答是什么物，而是用一谜面作答。这称为以谜射谜。庞姝的谜面是：

有生但挺虚心节；纵死犹开异代花。

从庞姝的字迹和她射谜的速度中，王叔和不难看出庞姝的身体状况没有什么大碍，而且神志清醒健康。于是王叔和趁热打铁，又写了一个谜面：

疾风知劲节，高士仰虚怀。

庞姝小姐也很快回复了谜底，仍然是以谜射谜：

持劲节，不欲大红大紫，经冬历夏尤坚此志；抱虚心，但求无息无声，得势凌云不负初衷。

看到庞姝第二次递出的谜面，王叔和当即在庞姝的谜面下画了一株高耸的楠竹，算是回答庞小姐的以谜射谜的谜底。

庞姝也很快在王叔和的谜底下写了一句：

与君同乐。

这三次以谜代问的结果，令王叔和有些兴奋，他告诉庞公一家人，可以不用担心了，庞姝的精神状况甚好，没有什么生命之忧了。现在要弄清楚的是庞姝到底得的是什么病。直言拜上问她得了什么病，恐怕不行。王叔和想了一会儿，还是以射谜的形式与庞姝交流。

王叔和在一张蔡侯纸上写了一个硕大的"脉"字，在"脉"字旁边画一张嘴，让侍女递了进去。

不一会儿，庞小姐从窗口递出一张纸，王叔和摊开看，是他递进去的那张纸，只不过庞姝在王叔和画的那张嘴巴下，写了一行娟秀小字：自大一点。

王叔和看了后，高兴起来，连呼庞公，说："庞小姐将病情告诉我了。"

庞公接过那张纸看了一遍，不由微微点头，心里对王叔和竖起了大拇指：这小伙子，不仅医技了得，才智也真的了不得。

庞姝的父母看了看那张纸，仍如坠云雾之中，忙问王叔和："王神医，也不见你问姝儿什么病，咋得知她得了啥子病呢？"

庞德公说："这叫卤水点豆腐，一物降一物。叔和所写的一个大大的'脉'字，又画了一张大嘴巴，其'脉'字代表郎中把脉，嘴巴代表问之意。即郎中

160

在问,你得了什么病？姝儿妮子的回答也十分简洁,乃灯谜之语。这'自大一点',谜底为臭字。字在嘴巴之下,谓之'口臭'。孙女得的是口臭之疾。"

"庞德公所言极是,庞小姐得的正是难言之疾口臭也。难怪她自闭不肯见人,一个姑娘之家,患有口臭,人前说话,臭气即出,当然丢脸现丑。现在好了,依疾而治,不出三天,自当出阁下楼。"王叔和说完,当即到附近山崖之上采回一把青藤,此藤名曰绞尔藤,可除口疾之臭。将青藤洗净,王叔和写了张纸条:此物可除"自大一点"。连藤带纸条又从窗口递了进去。

得知孙女患口臭不愿见人,庞德公的烦忧一扫而光,当即摆上盛宴感谢王叔和。席间,庞德公询问王叔和,孙女口疾是偶尔所患还是有其他隐疾所致。王叔和分析,庞姝口臭应该有其他原因所致。一般口臭由胃肠虚火所引发。而女性口臭另有一个重要因素,即月事期间,也极容易影响牙周组织的正常代谢,使嘴里的正常功能低下,致臭之素会乘虚而入。如果加上心情烦躁,急火攻心,又没有休息好,睡眠失调,发生口臭的可能性十之八九。王叔和说:"庞姝小姐曾因太守带郡侯之子相亲之事烦扰心头,积郁而至引发的口臭,不难根治,只要心情舒展,一两天当可痊愈。"王叔和正与庞德公说着话,侍女一溜烟地跑了进来,边笑边喊:"王神医,小姐已将楼门打开了,要你去给她诊脉呢!"

王叔和与庞德公会心一笑后,与侍女进了庞姝的竹楼房内。只见庞姝嘴里含着青藤,正襟坐于房中。见了王叔和,庞姝站起身来,深施一礼,含羞一笑。王叔和没有给庞姝把脉,而是用手指在水里蘸了一下,在桌子上写了一行字:月事可否在身？

庞姝脸上红云微泛,也伸手蘸水写了一行字:已近十日,明朝当净。

王叔和微微点头,说道:"庞小姐勿忧,此疾已除。今后,凡月事期间,心情舒畅为第一之要。小可再给你开上三帖汤剂,服之无恙。此外,这青藤乃洁齿固牙之物,早晚可用之含嚼,有百益而无一害。"庞姝感激不尽地点头,深情地看着王叔和开完汤剂。王叔和开好方剂刚一抬头,与庞姝小姐的目光不期而遇,四目相对,双方都像触电般,火花四溅,庞姝小姐的印象就牢牢地嵌入王叔和的脑海,王叔和的言行举止也情不自禁地镌入庞姝的心扉。

在庞德公的庞家塬住了三天,待庞姝的白花蛇舌草及败酱草汤三帖药服完,完全恢复了青春的靓丽与活泼,王叔和才依依不舍地告别了庞公一家,回到山都杏林堂。

这段时间,卫汛已完全恢复如前,在杏林堂坐诊之余,撰写《小儿颅囟方》《妇人胎藏经》,进展也很顺利。王叔和待琐事已毕,杏林堂、杏林药店进入正常运营后,又将寻觅《伤寒杂病论》书稿之事提上议事日程。经再三斟酌,决定将悬赏寻觅《伤寒杂病论》书稿扩大至寻觅前人医籍,将悬赏范围也由原在南阳之地延伸至襄阳。

这悬赏告贴公示不久就立竿见影。有人到中卢杏林药庄报告,南阳宛城发现张仲景早年药方竹简。王叔和赶到宛城子母山,见到了张仲景的早年方剂竹简,名曰《金匮神方》。王叔和十分高兴。为啥高兴?张仲景的《伤寒杂病论》中,有不少方剂就取之于《金匮神方》。何谓《金匮神方》?金匮同石室皆为皇家藏书之处。《史记》作者司马迁在《太史公自序》中明确写道:"迁为太史令,绁史记石室金匮之书。"张仲景的《金匮神方》是他早年从师父张伯祖传承的前朝宫廷中的方剂编撰而成的。虽这次发现的是残简,但足以表明师父张仲景,包括师父的师父张伯祖传承的方剂民间还有留存。收藏《金匮神方》的是一青年猎户,名叫田畴。田畴父亲是当地一名药农兼草医,除了收藏有《金匮神方》残简外,还有《华佗神方》《神农神方》等残简。

王叔和掏出银锭五十,作为田畴的酬金。谁知道田畴连连摇头。王叔和也毫不含糊,再补上五两,不想田畴还是摆头。王叔和说:"小兄弟,这次出门仓促,银钱带的不足,你说,你要多少?俺给你打个欠据,下次给你送过来,绝不食言。"

田畴说:"这些医籍之简,先父曾有言遗我,千金万银皆不可卖,只要有善识此简之人,必为大医也,当可奉上,分文不取。不过,弟子有一要求,不知可否答应?"

王叔和说:"只要俺能办到的,但说无妨。"

田畴说:"俺当猎户,十岁上山,现如今已有七八年了。做猎户伤畜害命,甚为损德。俺想拜神医为师,治病救人,以弥前行罪售,不知可否?"

王叔和喜不自禁,连声说:"好,好,好!只要小兄弟不嫌弃,俺愿与你同甘共苦,共襄岐黄。"

"不,不是兄弟之情,而是师父与弟子之谊。师父在上,徒儿给你磕头了。"

王叔和见田畴如此虔诚,推辞不掉,只好以师受礼。这是王叔和收的第一个弟子。田畴父母早亡,一人吃饱,全家不饿。第二天一早,师徒俩收拾好所有的医籍残简,离开了子母山返回襄阳。

这天,师徒二人来到了新野,只见大街之上披红挂彩,还有人担水净街。路人告知王叔和,新任荆州太守曹真大将军今日到任,随曹大将军赴任的还有太常令和洽。王叔和听说和洽又来新野了,决定在此等候。午时刚到,一队军骑威风凛凛而来,紧接着,一簇人旌旄高擎,铁钺齐举,鞭鼓开道,曹真铜盔铁甲,手握开山巨斧,端坐于高头大马之上,好不威风。王叔和在人群中看到了和洽,喊声"阳士兄安好"。和洽听到喊声,定神细看,见是王叔和,当即下马相见,好不亲热。

和洽告诉王叔和，原荆州刺史夏侯尚已调往定军山。文帝任曹真为中军大将军，镇守荆州之治，令他佐曹真守新野。一行人谈笑间进了曹真的大将军府，和洽向曹真介绍了王叔和。曹真十分豪爽，说："早闻王神医大名，只是无缘相见，今日见面，幸甚，幸甚！"

这曹真，字子丹，曹操的族子，其麾下十大勇将之一。魏文帝称帝后，任中军大将军，领荆州太守。曹真太守与王叔和表哥卫汛交谊深厚。自新野与王叔和见面印象深刻，多次举荐王叔和、卫汛入京师。几年后，在病危中，向魏明帝曹叡举荐王叔和为太医令。

在曹真大将军府，王叔和住了十余天，与和洽无话不谈，给曹真把脉开方，又将卢公传给他的朱砂红粉膏的制作教给了曹真军营的随营医工。曹真曹大将军当然高兴，用快马骁骑将王叔和师徒送回襄阳。

回到山都杏林堂，王叔和将由田畴所献的《金匮神方》及其他竹简医籍交给了卫汛，卫汛高兴得一晚上没有睡觉，将竹简中的方剂抄录于蔡侯纸上。

这天，王叔和与卫汛正在研探《金匮神方》中抄录下来的方剂，南城杏林药庄的王熙派人送信，告之他研制的艾蒿取绒法已经成功了。王叔和当即赶到南城药庄。王熙拿出一包从艾蒿中取出的艾绒兴高采烈地试灸了一番，那效果与原来的艾蒿相比，强似十倍以上，且携带方便，又极为好保存收藏。王叔和对王熙赞赏有加，又交代王熙研制香药外用之法。二人谈论得正高兴，伙计送来一个锦封，说是刚才有人送过来的，要亲手交与他。

王叔和拆开一看，是西汉才女卓文君的一首诗：《望江亭》。

当垆卓女艳如花，不记琴心未有涯。

负却今宵花底约，卿须怜我尚无家。

从娟秀的笔迹中，王叔和知道这是庞姝所写。庞姝特别喜欢卓文君的诗，卓文君的那首《白头吟》庞姝可以倒背如流，在庞家塬给庞姝治病时，王叔和从侍女、厨娘那里了解到这些。可当着王熙及众伙计的面，王叔和装马虎，称他从不写诗，更不懂诗，肯定是送锦封之人弄错了。王熙看了那诗，脸上立马露出诧异之色，连声说："叔和呀，恭喜你啰，这是一位女子向你表白她爱你的诗呀。她一定是位才女，对卓文君的诗尚有研究，借诗表白自己是当下才女的热门之嗜。快说，这才女是谁？家住哪里？"

王叔和正色道："王熙老兄，可不要乱说，被别人听见了难为情的。俺乃一介草医，哪会有才女向俺示爱，自作多情，令人笑破肚皮，笑掉大牙的。"王叔和说完匆匆告别王熙，返回山都杏林堂。

王叔和何尝不知道这是庞姝向他表白她爱他。可王叔和心里有自知之明，与庞姝门不当，户不对，万不可有非分之想。汉末的男女婚配，门当户对之风甚为流行，如有越门趋户之配，是要遭人耻笑的。庞家乃襄阳名流之家，在襄阳的上流社会圈子里，无人不知，无人不晓。王叔和虽说在医技上甚有声望，可论家庭背景、出身，与庞家相比，如同一个在天上，一个在地下。王叔和若要去攀这门亲，一定会有饶舌之人，会说王叔和趋炎附势攀高枝。再说，仅庞姝一个人的冲动，庞姝父母，包括庞德公，定然不会同意这门亲事。王叔和一路上虽说心里这么想的，可庞姝的印象，他王叔和断然是忘不了的。虽只有几天的接触，庞姝的才智聪慧，仍历历在目。那灿艳如花的举止，含情脉脉的目光，那饱含幽默的顽皮，不失诙谐的挑剔，还有那高隆的鼻梁、深圆的笑靥、稍扬的下巴、微熠的美人痣，王叔和皆刻骨铭心。

来而不往非礼也。

要不要给庞姝回信？回信怎么回？王叔和的思绪还没有理顺，表哥卫汛一路小跑地送来和洽的加急信函。启封细看，是和洽要叔和、卫汛速速赶赴京都洛阳除瘟疫。

信中说，京都洛阳又有疫疾流行。魏文帝曹丕除了允谏官所奏，在京都洛阳西魇山，亦名谷口山，新建伏羲、神农、黄帝、扁鹊、伊尹等宫殿，塑神像，率文武百官祭岐黄始祖，斩瘟神除疫魔外，又诏告各州、府、郡、县，荐良医国手到京都除瘟降疫以救万民。曹真、和洽联名举荐了卫汛、王叔和。

皇命不可违，救疫如救火。王叔和、卫汛将药店、药堂安置好后，从王熙那里携带了一大批艾蒿灸绒星夜启程，赶往新野军营。曹真也连夜派监军快马护送二人前往洛阳。

第二十三章

葱管导尿　伙夫营救危
高手除疫　西虓山论策

有道是人算不如天算，水灾亦是天灾。这一年为公元 223 年，中原大地祸不单行，当京都洛阳的疫疾还甚嚣尘上之时，洛阳、邺邑、许昌、陈留、宛城、新野等地暴雨倾盆，十余天不息，伊水（今汉水）、淯水、洛水泛滥，淹死百姓，冲毁房屋不计其数。京师洛阳平地三尺水。魏文帝曹丕亲临洛水巡视，令人凿扩伊阙以泻洛、淯洪水。

这伊阙故址在今天河南洛阳市的龙门石窟内。这场洪水对洛阳人而言，是史无前例的。为铭记这场灾难与魏文帝凿扩伊阙泄洪的举措，七十年后的西晋元康五年（295 年）洛阳太守韩福臻在伊阙故址上，蠡碑刻铭："黄初癸卯六月二十四，发大水，伊阙水高四丈五尺。"经过一千七百二十年的风雨剥蚀，这二十个字的铭文至今尚存，它是中原大地这场旷日持久大洪水的见证，也是古代洛阳人民对天灾、人祸肆虐的无声控诉。

因洪水冲毁了道路，加之河又无桥，王叔和、卫汛等一行被困在至洛阳京师途中的新城县，即今天的河南伊川县军营。也许是苍天不负有心人，在新城县军营给将士治病的王叔和，无意中发现了三年前被山匪抢走的《伤寒杂病论》书稿中的部分残稿。收藏《伤寒杂病论》残稿的军士叫张苗。

张苗，祖籍南阳宛城，十三岁时随父到新城行医而定居新城。其父是新城的铃医郎中，后死于公元 217 年的瘟疫之中。张苗自小耳濡目染祖父、父亲两代的施诊辨药，对岐黄之术兴趣很高。可新城的巫医十分霸道，视草医、铃医为眼中钉，肉中刺，经常唆使游皮砸草医的店摊，偷铃医的药，甚至经常弄些死孩子和剥了皮的死猫、死狗的尸体讹诈行医者。在新城行医有人说比登天还难。张苗的父亲去世后，他毫无办法子承父业。张苗的姐夫是新城军营的伙头军，见小舅子生计无靠，就托上司给张苗弄了个名额。张苗进了军营，说是当兵，实际上是在伙夫营里打杂。打杂虽说地位卑微，可不上阵杀敌，空闲时间也充裕。张苗是个有志向的年轻人，忙里偷闲将父亲遗留下来的方汤、药草之类的书简不时研读。伙夫营里的人有个咳嗽、拉肚子之类的小病、小疾，他会扯些个药草治一治。一来二去的，军营的人都知道伙夫营有个土郎中。

有一天中午，张苗正在伙夫营里洗菜，屯需营粮科官的护卫风急火燎地来找张苗，说是粮科官快被尿憋死了，要张苗去给粮科官救命。张苗说，他坚决不去，去了也白搭，拉不出屎尿的事不是小事，他治不了。张苗的坚持是有道理的，这屯需营的粮科官大小是个领导，相当于今天的科局级干部。况且这管军粮吃喝的事是个肥缺，拍马屁的人多得很，他张苗去了治不了还得弄个难堪，弄不好还可能丢了小命。这粮科官护兵见张苗死活不挪脚，急得大哭不止，还边哭边跪下给张苗磕头："张苗哥，你就去看看吧。军营的医工去了七八个，都摇头摆手说治不了。粮科官的脸都憋成紫青色，连喊都没法喊叫了。你去看一下，就算治不了，也没关系的，尽个心吧！"

张苗是个挺仗义的小伙子，他见粮科官的护卫这么一说，放下围裙随护卫来到粮科官的帐内，看到粮科官的模样，张苗的心里也"怦怦怦"地乱跳不止。只见粮科官双腿大叉着，双手扒在一根横栗木上，下腹胀鼓鼓的，脸像泼了青菜汁一样青得放亮，两个眼珠子憋得快要蹦出眼眶子，嘴巴大张而不收，像拼命地吸气，又似在歇斯呼叫。

张苗曾随父亲出诊时见过这种疾患者。此症乃病人因寒凉引发的热息疬气所迫，导致尿泡，即现代术语膀胱无力收缩而失去扩张之功，使尿液进不了膀胱。《史记·扁鹊仓公列传》称此疾为"风瘅客脬，难于小溲"。瘅，热气盛行称瘅，因暑湿所积，后世中医称之为"脬转"。乃津液匮乏，脬泡疲沓，不得小便。张苗虽见过"脬转"，可没见过父亲治过"脬转"，当时，那位患"脬转"的病人，就是在张苗父子眼睁睁的情况下，被尿憋死了。

怎么办？大活人真的要让尿给憋死！张苗脑子里在飞速旋转，猛地记起了前几天军营里杀猪屠夫用葱管吹猪脬的那一幕。既然猪脬可以用葱管吹，那人的尿脬可不可以用葱管吹？只要气进尿脬，扩张胀大，尿液不就顺其自然而排出？张苗把他的想法告诉了粮科官的护兵及在场的医工，并反复阐明只是一试，而且要粮科官尽力配合他的操作。粮科官似乎听清了张苗的话，"吭吭吭"地直点头。

张苗急速返回伙夫营拿出一把洁净的葱管，将葱管尖头掐掉，缓缓插入粮科官阴茎的尿道口，慢慢地吹气。吹着，吹着，粮科官"哼哼哼"地叫了起来，张苗立马抽出葱管。只见一股热尿射出几尺远。一泡尿拉完，粮科官畅快淋漓地吼叫了几声，一把将张苗抱起来又亲又啃地不放手。

从此以后，这粮科官与张苗以兄弟相称，将张苗当救命恩人看待，遇上什么好事都不离张苗。那天粮科里的一名军士给粮科官送来一包写满字的纸，说是他的一位好朋友从山溪涧里捞出来的，用此纸擦屁股十二分的舒服。粮科官也忘不了张苗，给张苗送了一半。那时节，人们擦屁股用的皆是竹木棍条，用纸擦屁股比今天的人开宝马、住别墅还要奢侈十倍以上，张苗一看那包纸，眼睛立马亮了起来。他家几代人行医，当然知道张仲景张神医的大名。这不是张仲景张神医的医著手稿吗？张苗把这纸上的内容告诉了粮科官。张苗说："哥呀，这纸可不能擦屁股呀，这是救命的医书、药方，是张神医耗费几十年心血所撰写成的宝贝。几年前，曾听说被山匪抢走而不知所终，你快把你留的都给俺保留起来，要多少钱俺都给。"

命都是张苗救的，粮科官二话没说，将他留下的那一半都交给张苗。张苗收藏的书稿，正是《伤寒杂病论》中论述伤寒"四诊""六辨""八纲"等最关键的部分。

张苗向王叔和、卫汛讲述了他收存《伤寒杂病论》书稿的前后经过后，郑重其事地将那包手稿递给了王叔和，说道："张苗今生有缘，能结识二位大医，俺别无他求，只求二位收留张苗做弟子，这张神医先辈的手稿权作俺的拜师礼如何？"说完，张苗不待王叔和、卫汛答应，跪地而拜。这一拜，王叔和、卫汛再也推辞不了，当即收张苗为徒。

卫汛对张苗说："叔和表弟是你的师父。俺也是依附于他的。俺现在最紧迫的是将你收存的《伤寒杂病论》手稿尽快重新辑录。此次奉皇上诏令进洛阳除疫，《伤寒杂病论》手稿仍当存放在你这里，待俺与你师父返回襄阳时再取书稿。张苗哇，你可要小心为上，方可万无一失。"

张苗连连点头，当即将书稿包好藏匿起来。

应该说，洛河水对中原人而言是灾是祸，对王叔和而言，是福是喜。福无双至今日至。找到了师父《伤寒杂病论》的重要部分手稿，又收了张苗这位得意弟子。张苗后随王叔和进太医院，也是传承岐黄之道的国医高手。史载，张苗乃西晋著名医家。陶弘景称张苗为晋以来一代良医。唐代医家王焘在其医著《外台秘要》卷一、卷十九、卷二十七对张苗的桃叶汤熏身法治疗伤寒死症及连发汗汗不出医案，用独活汤治中风医案以及用葱管吹气法做导尿术医案有过详尽记载。唐代药王孙思邈在《备急千金要方》卷二十七也记载了葱管导尿术，但没有载述此术取之于《古今录验》张苗的论述。故而长期以来，不少医家在著述中论及孙思邈是中国古代导尿术发明人。实际上张苗才是古代导尿术的第一人，也就是说，世界上，人工导尿术的历史早在一千七百多年前的三国时代就有医案记载，比今人认定的唐代孙思邈发明的导尿术要早四百多年。

在新城军营躲避洪水半个月后，王叔和、卫汛等才辞别了张苗赶赴洛阳。此时的洛阳城是万户萧疏，人们谈疫色变。当时的瘟疫已波及皇宫内苑，任城王曹彰、太尉贾诩皆死于瘟疫，皇宫里皇帝不敢上朝，大臣不敢聚集一堂议论政事，后宫更是风声鹤唳，草木皆瘟。因曹彰、贾诩二人的疫疾将人们的胆都吓破了。这曹、贾二人何许人也，有如此影响？

曹彰，是曹操的儿子，魏文帝曹丕的同胞弟弟。曹彰小时候就非常喜欢射箭，且箭术十分了得，黄豆粘在随风摇摆的枫树叶上，他百步之外一箭将黄豆射得粉碎，而枫叶无损。曹彰的膂力也有惊人的神奇。十岁时，单臂将一头牛犊托起摔于岩下，曹操十分喜欢曹彰，称之为黄须儿。十几岁时曹彰就跟随曹操，奋勇杀敌，屡建勋功，曹操封其为鄢陵侯。曹丕称帝后，封曹彰为任城王。

贾诩，今甘肃武威，时称武威姑臧人，曹操的重要谋士之一。曾用离间计使潼关的马超、韩遂相互残杀。曹操在曹丕、曹植为争夺世子犹豫不决时，其用巧言使曹操弃曹植立曹丕。曹丕称帝后，封贾诩为太尉。

一个是皇帝的亲弟弟任城王，一个是皇帝宠信之大臣，官居一人之下、万人之上的太尉，二位如此重量级的人物，皆死于瘟疫之中，你说洛阳城的人哪个不是谈疫色变？

王叔和、卫汛持和洽、曹真的荐举信赶到太医院报到，全国各地的所谓名医高手也纷纷持着各式各样的举荐信赶赴太医院。此时的京城皇宫已经全面封禁，外人不得进出。各地赶来除疫降瘟的人皆是住在京都大内驿馆，后因人多住不下，不得不迁往洛阳城外。

当时的太医院太医令乃习脂。

习脂与曹操是同乡，又沾亲带故。其父习膏是曹操父亲曹嵩的小妾之父。习脂早年与华佗同入谯郡（今安徽亳州）西山琼林观，拜治化道长为师，研习岐黄之术，与华佗是师兄弟的关系。后跟随曹操军中做军医士，擅长刀箭外伤的治疗。华佗给曹操治头风病，就是习脂举荐的。曹操封魏王，任习脂为魏王府太医丞。曹丕称帝第二年，升任习脂为太医院太医令。

须说明的是习脂与孔融的好友，官至中散大夫脂习的名姓两个字相同，只不过颠倒了而已。加上脂习曾在孔融被曹操诛灭三族无人收尸时赶赴刑场伏尸而哭。曹操先是动怒，后被脂习仗义感动，不仅免其死罪，而且令他给孔融余族收尸入殓，并赐谷百斛以奖励。这段历史太出名了，后世人在《三国演义》虚构的影响下，给脂习冠上了"魏中散大夫、中平中仕郡公府辟，举启第，除太医令"的头衔。太医令是太医院的行政长官，又必须是治病除疾的高手。皇帝、皇后、皇子、嫔妃的病，绝大部分都是太医令把脉、问诊、开方。而脂习毫无岐黄之术，岂能当太医令呢？时任太医院太医令的习脂已年近八旬，这在人均寿命不过四十的汉末、三国时期，当属奇迹了。习脂作为太医令，年事已高，曹丕就将太医院的一摊子事全权委托给尚书令司马孚主管。司马孚是司马懿的亲弟弟，也甚有才干，向全国各地举荐良医国手进京都除疫降瘟的主意就是他出的。于是，司马孚就给魏文帝上了一道奏章，建议对各地来的国医高手先进行一次摸底，你到底是真高手还是水货，这一试便知。怎么试呢？每人发一张纸，记住只有一张纸。除了当时的纸很精贵以外，主要是控制你写的内容。此方法名曰：除疫策。

司马孚尚书令的这一招是很灵验的。一夜间就收到了各地举荐的国医高手一百六十多人的"除疫策"。经过一天一夜的遴选，就一次性淘汰了一百四十人。王叔和、卫汛的"除疫策"是共同署名，仅两个字：预防。其策简而有力，当然被作为二十一篇入选之策。

司马孚奏章的第二步，是将这二十一篇入选之策的人集中起来，进行论辩。让献策者当众讲出他的"除疫策"的具体实施方案、办法，再进行比较，确定后，予以施行。

这论辩"除疫策"的地方在哪里呢？司马孚想来想去，最后选定了西魇山五圣宫。其位于洛阳市西，今名谷口山。五圣宫是魏文帝下旨刚修建竣工不久的五位上古岐黄圣君——伏羲、神农、黄帝、扁鹊、伊尹的宫殿。在这里举行"除疫策"论辩，无疑是太合适不过了。太医们既可以瞻仰岐黄圣君，又可以让上古圣君的神灵保佑这次京都除疫的成功。再就是这五圣宫一切皆是新的，离京城繁华热闹之区较远，可以保证这批太医们的生命安全。否则，前来除疫的太医没有除掉瘟疫，反被瘟疫夺去了性命，那就是老鼠咬了馨——好说不好听。

魏文帝对这次的"除疫策"论辩十分重视，除了司马孚尚书令全权负责外，另又派了随驾尚书蒋济、尚书陈群、侍中辛毗等三位大臣亲临五圣宫听取大医们的"除疫策"论辩。这蒋济、陈群、辛毗皆是曹操时的谋臣，是曹丕的股肱之臣，说话有举足轻重的分量，在后来的曹叡、曹芳时代，他们三人都位居太尉、司徒、卫尉等要职。

这场"西魇山除疫论策"类似于今天的博士生毕业论文的答辩。论策发言采取的顺序是策论的字数最少及策论人的名字多少而定。论策中，有两位大医，仅一个字，"防"和"堵"。"预防"的论策，包括王叔和、卫汛共有八人。王叔和、卫汛属共同署名，加上王叔和是三个字之名，排在论策顺序中的第十一位，因在他二人的前面还有三个字的论策"预与防"。

"除疫策"论辩十分隆重，正式论辩前，大医们参拜祭祀了五位圣君，每一位论辩前还得简单介绍自己的从医经过，类似于今天的个人简历。前十位的发言，皆对"预"与"防"做了阐述，其方略、步骤多数还是可行可取的，但具体的"预防"措施含糊，皆是讲大道理的多一些。有三位大医的"预"与"防"及"堵"策基本上是馊主意，确切地讲是臭主意。他们的防、堵之策叫砒霜治牛虱，牛死虱死，一齐死。即：将已经感染瘟疫的这些人以火焚之而绝后患。这与前朝一些地方官府采取焚宅坑埋的办法没有两样，是一种惨无人道、灭绝人性的手段。

轮到王叔和论辩了。事先他与卫汎表哥有明确的分工，他上台论辩，到了一定的时候，卫汎再用实物配合。

王叔和上台，先是简明扼要地阐述了"预防"的理念依据。王叔和说"预防"这个词汇最早出现在"人更三圣，世历三古"的《周易》中："君子以思患而豫（预）防之。"这表明，远在春秋时期，先贤们就已经形成了防患于未然的思想。如《管子》曰："惟有道者，能避患于未形，故祸不萌。"先贤们避祸防患的观念影响到岐黄界，并被引申、发展成为预防疾病的理论，可以在黄帝《素问》中的"四气调神大论"中得到体现。《素问》此论曰："是故圣人，不治已病治未病，不治已乱治未乱，此之谓也。夫病已成而后药之，乱已成而后治之，譬犹渴而穿井，斗而铸锥，不亦晚乎？"王叔和还列举了早期巫医行"大傩"于腊月驱逐疫鬼疠气活动中的四种防疫之法、八种防蛊之法和二十多种预防疾疫的药物大有可取之处。

在论述京都洛阳时下以防疠之气的预防、堵漏、治本时，王叔和侃侃而谈："俺与卫汎献上十句话、二十个字之策，即'管井、管厕、限水、限食、堵出、堵入、驱蚊、驱蝇、熏室、熏身'。这十项举措，简言之，就是对京都所有水井皆先清洗、清淤一次，再用艾草、辣蓼、木香浸泡后由军士管理分发给民众方可饮用。京城的所有沟栅、茅坑一律皆用生石灰杀毒后方可使用。凡进入京城者一律用艾草烧烟熏身后方可入城。对京城所有的居民住宅进行一次清理，凡生病卧床者一律集中诊治，严禁外人包括亲属接触。发现的民畜尸体一律挖坑先行焚烧，再用石灰深埋。凡参与清理、救治、处理及守关把卡者，勿论军士还是官员、医工、民众一律先行用药熏身洗漱，事后也必须熏洗服药，参与的一应人员集中吃住，疫气未退之前，一概不得擅自归家。"

当王叔和讲到用艾草烧烟熏身的办法时，卫汎在下面点上了他们自襄阳带来由王熙制作的艾绒。刹那间，五圣宫内外艾香飘逸，满屋人一个个皆用鼻子使劲地嗅闻起来。王叔和论辩完毕后，卫汎经司马孚许可，上台讲起了用艾草防疫的故事。他从楼升用二十余年时间，历十余次疫疾发生后，疫区内专用艾蒿作火种的火工之家安然无恙讲起，讲到建安二十二年天下大疫流行，襄阳用艾蒿水泼井，用艾蒿烟熏身、熏物预防疫疾流行的效果时，全场响起了热烈的喝彩声。

此后的十位论辩者的发言皆十分精短，有几位听了王叔和的论辩干脆弃权不辩了。经司马孚、蒋济、陈群、辛毗几位大臣的评议，王叔和、卫汎的十项治疫之法被圈定为京都洛阳除瘟降疫之胜策。

魏文帝见司马孚的奏章后当即准奏，按王叔和、卫汎十项除疫法进行，并诏王叔和、卫汎入宫用艾绒熏皇宫内苑。为保证京都除疫的需要，王叔和禀告司马孚，速派七百里加急到襄阳杏林药店调取艾绒以补京都除疫之用。

通过半个月的"十法"推行，京都疫病逐降，死亡渐止。到了八月，天气转凉，疠气瘟热急降，洛阳的瘟疫之灾已完全平息。王叔和、卫汎向尚书令司马孚告辞后，离开洛阳，日夜兼程地返回山都。途中到新城军营会同张苗，带上《伤寒杂病论》残稿回到了山都杏林堂。

王叔和到家的第二天，襄阳名士黄承彦就来杏林堂，一番客套过后，直言拜上："叔和呀，老夫这次来一是恭贺京都除疫凯旋，二来是受庞德公之托前来作伐，讨杯喜酒喝呢。"

王叔和一听是庞德公委托黄公前来提亲，这说明庞家父母这一关已经过了。他本想答应下来，可一想到庞姝的音容笑靥，心里暗暗有了主意。庞小姐率性而为，人又花容月貌，聪慧过人，加上年龄偏大，屡次相亲皆不遂愿。他王叔和治愈了她的难言之疾，女孩子家有知恩图报的心态。倘若是图报恩而愿意嫁给他，那只能是一时之热，时间一长热恋渐退，若遇上不测之变，自悲怨叹，甚至移情别恋的事在所难免。他现在还不能答应这门亲事，他要给庞小姐一些时间，让她知恩图报的热情冷却冷却。以现代人的观念，叫考验考验。古人云：一天穿上的鞋，必是草鞋；三天穿上去的鞋，才叫好鞋。王叔和之所以要这样做，既是替庞姝小姐着想，也有给自己今后生活的幸福与否之考虑。

怎么让庞小姐热恋之情冷却冷却？直言拜上，当然不行。庞姝喜欢猜隐语，王叔和决定还是用灯谜的方式。

王叔和在一张蔡侯纸上画了两扇对开的门，一扇门内写了四句话：

小来斜眼大，大来满山坡。能过千山岭，不能过小河。

在另一扇门内，王叔和也写了四句话：

尧舜传它太凶猛，聃公言它上善柔。

君说它是生之本，吾道它是命之源。

这前面四句话是一个谜面，谜底是一个"火"字。

这后面四句话也是一个谜面，谜底是一个"水"字。

这两扇门内的水与火，相对又构成了一个谜底，此法在灯谜行当中叫谜中谜。王叔和的谜中谜十分直露：门不当，户不对。

到洛阳京师除疫之前，庞姝送来了一首西汉才女卓文君的《望江亭》，因去京师除疫走得太急，王叔和想回信，来不及回，此次一并补上。

庞姝小姐：安好！

卓文君烧炉沽酒，望江亭相如归家。叔和岂能与司马公子同日而语，故难有凤求凰馈回。

叔和乃一介草医，仅以新配香药之方附上，权当小姐赠诗礼回。此香外用颇佳，不可内服，乃香佩法、香冠法、香枕法、香兜法、香熏法、香浴法、香熨法、香搐鼻法。

是日，皇命在即，去京师匆匆，迟复，诚乞宽恕。

王叔和将谜面和信装入锦封，连同备好的香药囊一并交给黄承彦转交庞姝。对庞家的提亲及他要让庞姝小姐再三思考的想法，王叔和毫不隐瞒，一股脑儿地诉于黄老，并再三拜谢黄承彦的作伐之劳。王叔和说："黄老伯作伐之恩，晚生没齿难忘。烦老伯再给庞德公美言，庞府不弃叔和寒门之户，求之不得，唯恐庞小姐逞一时冲动而萌生爱意，先冷对宽限时日，待小姐芳心固牢，一定行纳采、纳吉、纳征之六礼。"

黄承彦对王叔和的沉稳、细心、远见深为佩服，当即满口答应，这个大媒他做定了，这庞、王两家的喜酒他喝定了。

王叔和送走黄承彦，遂与表哥卫汛商议，让张苗整理师父的《伤寒杂病论》残稿，田畴同他以搜寻《伤寒杂病论》残稿和其他医籍为主。卫汛则坐诊、授徒，撰写《小儿颅囟方》《妇人胎藏经》为主。

这天清晨，王叔和与弟子田畴整理好行囊准备出趟远门，到外地寻找《伤寒杂病论》稿及其他医籍，刚迈出杏林堂，只见一位身背包袱的小伙子牵着一位老妪，向路人打听王熙。路人说，找王熙要到中卢南城的杏林药庄。那小伙子说他前天就到了中卢南城，那个王熙不是他要找的王熙，要找的是山阳高平的王熙。

王叔和一怔：此人是谁？怎知俺的名姓？再定睛细看那老妪，王叔和将身上的包袱一下甩了几丈远，天啦！那是他王叔和的老娘呀！

"娘，娘，怎么会是你呢？你怎么来了？"王叔和一把扶住老妪，连声叫唤起来。

老人先是细看，接着双手伸向王叔和的面颊，从前摸到后，摸到王叔和左耳后的一块胎痣后，一把抱住王叔和，颤声说道："是熙儿，是熙儿！照儿，照儿，他是你亲哥，是亲哥呀！"

小伙子包袱一扔，咧嘴叫了声："三哥，三哥，俺是王照。俺与娘自高平一路找来，走了三个多月。光在这襄阳地就转了四五天，询问山阳高平的王熙，他们都不知道，只说山阳高平有个神医叫王叔和的。有个好心老人告知俺，中卢南城有个王熙，俺和娘前天赶过去一看，那王熙根本就不是俺亲哥。你也真是的哥，改名了，也不吱一声，让俺们瞎走冤枉路。"王照是个直肠子，一番话把王叔和及卫汛等人说得哈哈大笑。

王叔和离开山阳已经整整十年了。十年的光景，母亲苍老多了，但身子骨还挺硬朗。弟弟王照成了个大小伙子，如果不询问，兄弟俩在路上相遇是绝对认不出来的。一家人团聚，说不尽的离别想念，道不尽的牵挂问候。连续十余天，王叔和陪着娘亲形影不离，看药庄、逛医堂、游襄阳、走街市、尝特产，把母亲和弟弟陪伴得快活中不失惶恐。

王照说："哥，你陪俺娘陪了十几天了，还是忙你的事去吧。老娘有弟弟在她身边，不会让她有闪失的。"母亲也说："熙儿，这十年未见面的工夫，这十几天皆还足了。儿的事多，你别再成天陪着俺，省得襄阳人说高平的老婆子不通情理了，去吧，去吧。打明日起，俺与你弟弟一块过，你该到哪里就到哪里，不可再陪俺瞎浪费光阴。"

王叔和见母亲与弟弟异口同声不要他陪，心里也十分感激。将母亲、弟弟安顿好，他与田畴决定继续外出寻找《伤寒杂病论》书稿。出发的准备都做好了，一封快书又将王叔和留在了杏林堂。

这是谁的快书呢？是和洽让快马送来的，说是明日他陪同曹真大将军到襄阳犒军，而且和洽还告诉他，魏文帝曹丕已经批准了将荆州的州治由新野再迁至襄阳。

173

第二十四章

才女情真　怨郎诗求爱
医痴意惬　凤求凰合璧

曹大将军在襄阳一住就是两个月。这两个月,王叔和差不多也都待在军营里。他给曹真、和洽每人配置一个香囊,送了一些王熙制作的艾绒。趁着曹真高兴,王叔和将师父张仲景撰写的《伤寒杂病论》一书,被侯音、卫开叛军残余抢走,现已找到部分残稿,他想重新纂辑《伤寒杂病论》的心愿讲了出来。曹真、和洽建议他进太医院,方有编纂刊刻的机会。和洽说:"搜寻残稿,靠个人之功难以为继,只有进了太医院,可受皇命运作,可翻阅匮室医籍,可动用全国之力,可得朝廷支持。大将军在此,只要有皇上的圣意,俺们竭力举荐。"在此期间,曹真、和洽还到杏林堂看望了老朋友卫汛。得知卫汛《小儿颅囟方》《妇人胎藏经》书稿即将撰成,曹真大将军赏金一镒以助卫汛刊刻之用。

曹真离开襄阳,王叔和回到山都杏林堂,只见案桌上有一锦封,打开一看,是庞姝写来的。

庞姝的来信,照葫芦画瓢,完全按照王叔和的方式,也画了两幅图,皆是谜中谜。

一幅图,为一浅口之升(一种量米的器具)上压着一块巨大的石块。谜底:猜一典。

一幅图,画的是木桥之下的一石柱,柱上抱着一个人,谜底:猜一典。谜中谜底:自悟。

王叔和一看两幅图,脸上不由泛起喜悦之容,打心底佩服庞姝的知识渊博,也为她的灵气才气而激动。庞姝画的到底是什么? 王叔和当然清楚。

庞姝的第一幅画,是淮南王刘安的一句话: 以升量石。原话是这样说的:"使尧度舜则可,使桀度尧,是犹以升量石也。" 其意是说,不要以小的器具去量大的器具。

庞姝的第二幅画,是先贤庄子在《盗跖》中记载的一个故事。故事讲,春秋时期,一位名叫尾生的青年,与他心爱的女子相约于桥下。女方因故没有赴约。天降大雨,河中涨起了洪水,而尾生仍恪守信约,抱着桥中石柱,直至溺死。

大水退后，女子匆匆赶来，见此情景，悲痛不已，也在桥下殉情而死。《盗跖》的记载，仅二十二个字："尾生与女子期于梁下，女子不来，水至不去，抱梁柱而死。"后人以"尾生抱柱"比喻守信约至死不渝的坚贞。

庞姝的"以升量石"是针对王叔和的"门不当，户不对"，是典型的守旧，是以浅陋揣度高深。

庞姝的"尾生抱柱"谜底是明明白白地告诉王叔和，为了得到王叔和的爱，她庞姝可以用"死"来信守诺言。

庞姝的第二封信也是依照王叔和的办法进行，不过在口气上庞姝似乎没有王叔和委婉，而是有些咄咄逼人的气势。

王神医：

姝虽是女流，绝无"苍蝇附骥尾而致千里"之念。姝幼读卓才女文君之诗，尚不知司马相如有凤求凰之馈回。乞望神医将《凤求凰》原文至姝，以一睹为快。

多谢神医赐香料香法。无物以回，姝将随身多年一佩囊随赠。乞笑纳。

姝于虚心阁

庞姝真不愧有才女之称。她的回信有理有据有节，尽管有咄咄逼人之口气，可个中的才情蕴含无不跃然纸上。"苍蝇附骥尾而致千里"，语出先哲伯夷之列传："伯夷、叔齐虽贤，得夫子而名益彰；颜渊虽笃学，附骥尾而行益显。"其意思是说，凡人因附于贤者而得名。譬如颜回因孔子而名扬天下。骥：千里马。附骥尾，趴在千里马的尾巴上而出了名。庞姝用此语表明，她要嫁给王叔和，并不是图他的神医之大名，而是因为爱他才做出这样的决定。令王叔和意想不到的是庞姝居然抓住他的那句"故难有凤求凰馈回"，而要他将司马相如的《凤求凰》全文抄写与她。这真是个一箭双雕的办法。她庞姝既熟读文君的诗，司马相如的《凤求凰》如此有名，岂有不知之理？显然是有意索要，只要你王叔和答应她寄去《凤求凰》，那就是你王叔和向她求爱的凭据。如果不抄写不寄给她，就说明你王叔和心里真的没有她。

读完了这两封信，王叔和对庞姝的一往情深，是一目了然。《凤求凰》抄不抄写呢？当然要抄写啦。幸亏王叔和在昌邑的时候就听堂师吟诵过，否则，这次还真的会出笑话。晚上，王叔和铺一方锦绢，挥毫写就《凤求凰》：

<blockquote>
凤兮凤兮归故乡，遨游四海求其凰。

时未遇兮无所将，何悟今兮升斯堂！

有艳淑女在闺房，室迩人遐毒我肠。

何缘交颈为鸳鸯，胡颉颃兮共翱翔。

皇兮皇兮从我栖，得托孳尾永为妃。

交情通意心和谐，中夜相从知者谁？
</blockquote>

双翼俱起翻高飞，无感我思使余悲。

山阳叔和袭司马相如而求凰。若有曲误，勿怨郎。

王叔和留在《凤求凰》后的两句结尾，也是费了番心思的。其一，王叔和仿效庞姝不用姓只用名。其二，公开向庞姝小姐求爱：俺仿效当年的司马相如向你表达爱慕之情。其三，王叔和又给自己的求爱留下伏笔，也是给庞姝的爱敲了声警钟。而且"怨郎"又一语双关，那是卓文君写给司马相如的《怨郎诗》。

第二天清晨，王叔和正与伙计谈论着他的案头上的锦封是谁送来的，门外进来一位风尘仆仆的小伙子，说他自鹿鸣山而来，奉黄老先生之命前来取信函。王叔和好不高兴，当即取出锦封交给了小伙子，并奉上十两银子做脚资。黄承彦对王叔和婚事的煞费苦心，略见一斑。

转眼又到了腊月，一年一度的"大傩"击鼓驱逐疫鬼疠气的巫医活动将要开始。在此期间，是襄阳巫医借此"大傩"装神弄鬼、愚弄百姓最猖獗的时候。往年的腊月一到，襄阳的巫医们就会四处活动，对城内从医者的药店、医堂予以捣乱、破坏。王叔和有与军营将军的密切往来，有与襄阳侯习昭，与黄承彦、庞德公等名士、名流交情深厚这几重关系，仍然也有巫医们上门捣乱，可见其他医堂、药店的艰难。王叔和吩咐医堂伙计和药店的王熙等，严密关注街头巫医的动向，严加防范，将损失降至最低限度。可连续守候了几天几夜，也不见巫医们的行动。这是咋回事？王叔和、卫汎等皆在纳闷之时，襄阳府的衙役们打马跨街，鸣锣示告：大皇帝诏告天下，严惩巫吏乱祭，巫医乱治，凡有信奉鬼神、不依经典记载祭祀者，皆以信奉旁门左道论处，一律严惩不贷！黄初甲辰腊月天子颁诏。

啊！原来是魏文帝曹丕颁诏令，严禁巫医的迷信乱民，蛊惑人心。这对于行医者而言，无疑是一件天大的喜事。当天夜里，卢南城的杏林药庄、山都的杏林医堂张灯结彩，摆酒庆贺，曾饱受巫医蹂躏之苦的卫汎激动得热泪盈眶，端起一大钵酒，一饮而尽。很少喝酒的王叔和也破例喝得酩酊大醉。

作为皇帝，曹丕的这一举措无疑是一项伟大的创举。中华医学起源于巫，有别于巫，也受害于巫。千余年来，巫的影响无处不在，当科学尚不发达的时代，巫之迷信的泛起，给天下苍生造成的苦痛甚至死亡，无法言表。曹丕敢于对信奉鬼神、迷信、巫邪予以严惩，这在一千七百余年前无疑是一项奇迹。

曹丕的"甲辰惩巫令"敲响了巫的丧钟，也宣告着中华医学史即将进入崭新的发展阶段，对王叔和编纂《伤寒杂病论》具有划时代的推动作用。

甲辰腊月里，杏林医堂还有一件喜事值得庆贺：卫汎的《小儿颅囟方》《妇人胎藏经》两部书稿撰写完成。卫汎是位情感丰富的郎中，捧着书稿，他再次流下了滚烫的泪水。在这两部书稿里，凝聚着卫家几代人的心血汗水，作为儿科、妇科世家，卫汛的功劳无疑是最大的。王叔和翻阅了表哥的书稿后，当即表示他要亲自誊抄一份，以作备用。假如王叔和的承诺实现了，中华医学史上，最早的儿科专著、妇科专著者非卫汛莫属。可惜的是，第二天，王叔和就急匆匆赶往新野军营。

信是和洽令快马送来的。和洽在信中说，中军将军曹真这些天一直在掉头发，而且快掉光了。王叔和二话没说，带上弟子张苗就往新野方向赶。

到了新野军营，王叔和看了曹真的脱发，号了脉，当即诊断乃邪风燥火所致，外敷内服施药过后，王叔和说："此方只能止脱发，除燥火，若待脱发重生，得回襄阳熬制桑翁师祖传的桑白皮膏，半年左右可复生，但将军的鼻子可能有酒糟之症。"

曹真说："敢问叔和，何为酒糟之症？"

"即鼻子泛红，类似酒糟熏过。不过，请大将军放心，酒糟之症皆有一个过程，与脱发之药有关，造成关联并症，叔和届时自有医法。"

二人正说着话，和洽军师的侍从匆匆报名进帐，说和洽军师自早晨至今在帐中昏睡不醒，军营医工刚来诊视，说军师似醉酒又非醉酒，用了醒酒之物，仍无效果，特来报告。

曹真、王叔和急急赶到和洽帐中，只见和洽躺在床上，甚无声息，榻下有呕吐之物。叔和摸了脉，脉象微滑而时脱，再看眼睑、嘴唇，皆有乌紫色。王叔和当即断定，和洽乃中毒之症。一听军师中毒，曹真等一屋子人都紧张起来。中毒？中了什么毒呢？王叔和仔细询问起，和洽在这之前吃了什么。侍从说，和军师连续两餐吃的是腌制的山鸡。这些腌山鸡是几个月前，新野衙门的一位好友从大街上猎户那里买来的，清一色山鸡仔。和洽没吃完的，就令大厨帮其腌制，后来忙里忙外忘记了。两日前，和洽偶尔翻出，喜不自禁，令人蒸熟了，连吃了两顿。

王叔和听了，频频点头，当即让张苗到伙夫营取生姜两斤煮水三升。待姜水冷却，给和洽围上餐巾，灌姜汁一升。一个时辰过后，又灌下半升。子时刚过，和洽叹了一口气，接着肚子叽叽喳喳咕咕响个不停。叔和令侍从扶起和洽，坐于桶中，拉了半桶秽物后，和洽嚷着口渴。王叔和让张苗又倒了半碗姜汁，让和洽一口气喝下。睡了一觉，第二天早起，王叔和又让张苗用姜汁熬半碗粥，和洽吃了两碗粥，元气复生，基本恢复如常。听了曹真的叙说，和洽连连施礼，说："叔和再造之恩，和洽谨记。但不知和洽为啥子中毒，难道这腌制的山鸡仔有毒不成？请叔和贤弟明示也。"

王叔和笑着说："说是山鸡仔有毒也行，说是山鸡仔无毒也成。山鸡仔最喜欢吃的有一种食物有毒。此物即生半夏的籽。老山鸡吃下半夏籽，消毒功能全可以自行将半夏籽之毒化解。而山鸡仔稚嫩，化毒功能尚差，吃进去的半夏毒皆在肉身之上。加上腌制久矣，毒上加毒，阳士兄又连吃两顿，不中毒岂不怪哉！甚幸发现得早，若过了一宿，神农、黄帝再世，阳士兄恐怕也难以复生了。"

"哎呀，难怪圣人说，百病自嘴生，俺这贪吃之嘴，险些送了小命。看来，以后山鸡吃不得了，吃不得了！"

"那也未必，阳士兄，山鸡美味尚可吃也，叔和也喜欢食之。食即食，适可而止，不可贪味多吃。此外，吃山鸡，请记住多放些生姜，当可制半夏之毒。"

王叔和说："半夏味辛，性温，有毒，入脾、胃、肺经，有燥湿化痰、降逆止呕之功，适用于痰涎壅盛、咳嗽气喘、胃气上逆、恶心呕吐之症。为燥脾湿、化痰饮之要药。用半夏之前，当以生姜炮制以解其毒，不可妄用。昨晚，倘若军中伙夫营无生姜，阳士兄险也。"

在新野军营住了半月，待曹真脱发已止，王叔和告别曹真、和洽，带着张苗重返宛城镇平，走村串户，寻访《伤寒杂病论》书稿。前后忙乎了两月余，虽未见到书稿，却也在一些山里居家的涵坑边搜集到了一些古医籍残简，如《八十一难经》《胎胪药录》《辨伤寒》等。

回到襄阳山都杏林堂，已是阳春三月百花盛开之季。王叔和思忖着，自己差不多有一年没有坐堂问诊了，打算正儿八经坐上十天半月堂诊，给襄阳平民百姓一个说法，他王叔和不是个净攀高枝的主。见到了一年多没见面的王神医坐诊，襄阳的大耳朵百姓是奔走相告、扶老携幼地前来求诊，每天从早到晚，连续坐诊了七天，求诊者才渐渐稀少。这天中午，王叔和刚看完几位老人的脉，侍诊处是空的，他赶紧上了一趟涵坑回来。侍诊处坐着一位神秘的求诊者。咋叫神秘的求诊者呢？就是用罩蒙上脸，不让你看清人。蒙罩求医者也不说话，见了王叔和，用手蘸水，在桌子上写一行字：看我还能活多久？

王叔和一怔，从写字的字迹上看，他就知道神秘人是谁了。到底是谁？是庞妹庞大小姐呗！

王叔和略略思忖，也装马虎，蘸水在桌上写了一行字：俺是郎中不是神，请先生露出真容，一看便知。

庞妹从怀里摸出一个锦封，刚伸给王叔和又马上收了回去，仍然用水写字：枉为神医，坏！

王叔和迅疾写上：莫不是又自大一点！

庞妹扑哧一笑，赶紧揭开面罩，露出脸来，立马又绷着脸，说："王神医看吧，看我还能活多久？"

王叔和开心一笑："妹子放心，天长地久！"

看看求诊的人多了起来，王叔和低声对庞姝说道："妹妹先进内室，待俺诊完几位，任凭妹子千刀万剐，如何？"

杏林堂打烊了，王叔和回到后堂，引庞姝与母亲和表哥卫汎一一见面。在二人的世界里，王叔和说："妹妹亲自下山，必有大事，是爷爷庞公，还是令尊令堂找俺有事，可有锦封示下？"

庞姝说："他们都不求你，是我求你王大神医的。"王叔和笑了，说："妹妹之事，何敢谈求，捎个信定当赴汤蹈火，在所不辞。"

"你呀，是说的比唱的好听，姝之苦，百口莫辩。"庞姝说完，从怀里扯出锦封一把摔给王叔和。

王叔和启封一看，是西汉才女卓文君的《怨郎诗》全文，锦绢之上，多有几处斑点，王叔和细看是泪痕。也就是说庞姝在抄这《怨郎诗》时，是含着泪水写的。也难怪庞姝含泪，《怨郎诗》写得是真正催人泪下，谁若不信，一读便知。

怨郎诗

一别之后，两地相思，虽说是三四月，谁又知五六年，七弦琴无心弹，八行书无可传，九连环从中折断，十里长亭望眼欲穿。百相思，千绪念，万般无奈把郎怨。

万语千言道不完，百无聊赖十凭栏。重九登高看孤雁，八月中秋月圆人不圆。七月半，秉烛烧香问苍天。六月伏天，人人摇扇我心寒。五月石榴似火，偏遇阵阵冷雨浇花端。四月枇杷未黄，我欲对镜心意乱。忽匆匆，三月桃花随水转。飘零零，二月风筝线儿断。

噫，郎呀郎，巴不得，下一世，你为女来我为男。

王叔和一口气读完《怨郎诗》，心有些沉重。再看庞姝，正在一边擦泪。王叔和说："妹妹，俺叔和可从不敢与司马公子相提并论。当年的司马相如离卓文君进京师五六年音讯全无，且有抛弃卓才女之念，是这首《怨郎诗》才将司马公子的野心拴住的。俺俩，你看，叔和舌拙才疏，承蒙妹妹不嫌，现今咱俩正处一室，妹子岂能与卓文君相比呢？"

庞姝杏眼挂泪，说道："我庞姝比卓文君苦十分也。卓文君父母嫌弃司马公子门不当，户不对。可我庞姝本姑娘说了算，有人反对也不会当面阻拦。黄老伯上门作伐，你也曾表示求之不得，要施以六礼进庞门。你也曾仿效司马公子给我抄辑过《凤求凰》，表白你是爱本姑娘，而且是真心诚意的。我高兴，庞家上下都高兴。可我们盼呀，望呀，也不见你王叔和王神医上门。你说，我是不是比卓文君命苦十分？卓文君抗父命，追求爱，成了千古佳话。可我庞姝算什么？成了无人理、嫁不出去、遭人弃的癞蛤蟆。尚且还殃及我的父母、爷爷，令庞门受辱受气。叔和，你说呀，我不怨郎，我怨谁呀？！"

庞姑娘的一席话,倒真似雷霆将王叔和震清醒了。是呀,黄承彦老伯上门作伐已有一年多了,王叔和只顾四处奔波寻找《伤寒杂病论》书稿,真的将这儿女情长之事忘到脑门后背。千不该,万不该,是他王叔和不应该。想到这些,王叔和内疚徒生,有些怵头怵脑地对庞妹说:"妹妹,是,是,是,俺叔和对不住你,明日俺去请黄老伯商定六礼之宜。"

"六礼!啥子六礼呀?庞妹可一点也不知道有什么六礼的。"庞妹擦干泪水故作惊奇地问道。

王叔和一本正经地说:"婚嫁六礼,天经地义,纳采、问名、纳吉、纳征、请期、亲迎之礼,妹妹你熟读经史,当应知晓的。"

庞妹嫣然一笑,用手指亲昵地点了点王叔和的胸脯,说道:"你既知六礼,何不早行,若无《怨郎诗》,本姑娘真不知还要等到何时。"

王叔和这才恍然大悟,庞姑娘是在有意戏谑于他。看着庞妹转怒为喜,王叔和开心地笑了。

公元 226 年的正月十五,二十六岁的王叔和与才女庞妹终于珠联璧合,喜结良缘。一个是名熠襄阳城的神医,一个是才貌双全的庞府千金,那场婚礼自然是轰轰烈烈、热热闹闹,襄阳城的名流士子、贤达俊彦皆登门庆贺。襄阳侯习昭亲自证婚。新野中军大将军曹真派军师和洽带来黄金、玉雕做贺礼。婚后的庞妹除了更俊俏就是贤惠,她毛遂自荐与弟子张苗共同承担整理各种零散杂乱的医籍残简,为编纂《伤寒杂病论》做前期工作。

第二十五章

政由己出　魏明帝继位
叔和进京　司马懿举荐

这一年，王叔和的表哥卫汛接到河东老家辗转而来的家书后，带着已经编纂成功的《小儿颅囟方》《妇人胎藏经》书稿回老家去探亲。卫汛临行前，将卫家祖传的无价散，亦称四牙散（人牙、猪牙、猫牙、狗犬牙）治疗小儿风热喘咳脾风神方，还有小儿惊风方、小儿溲数遗尿方、小儿蛤蟆瘟方留给了王叔和。卫汛的此次告别，与王叔和乃是永诀。先是回河东过蒲陂津渡时皮筏翻沉，人虽无恙，却将《小儿颅囟方》《妇人胎藏经》书稿遗失。四年后的正月，卫汛接到王叔和之信到京城太医院任职，再过蒲陂津渡口时，又遇龙卷风吹翻羊皮筏溺水而亡。一代名医带着遗憾，带着哀怨，带着一身济人之术，潜然而去。

这一年，王叔和结识了时任抚军大将军的司马懿，为司马懿的历节，亦称风湿痹症，开出了用樱桃干制成的历节止痛之方。

这一年，王叔和的母亲含笑辞世，长眠于襄阳岘山。

这一年的五月，中原大地暴雨连天，京师洛阳渍水三尺。代汉称魏的贤明天子魏文帝曹丕在暴雨渍城中结束了七年的皇帝之职，带着未了遗憾病逝于洛阳嘉福殿，时年三十九岁。

三天后的五月辛酉日，二十二岁的太子曹叡正式登基继位，成为魏国的第二位帝王，史称魏明帝。

魏明帝出生于公元205年，名叡，字元仲，曹丕的长子，生母甄洛甄夫人。自小，曹叡就深得祖父曹操的喜爱，公元220年就被封为武德侯，次年晋位齐公，一年后封平原王。虽是长子，因生母甄夫人得罪了父亲曹丕，一直没有被立为太子。其间，父亲曹丕几次动念欲立另外的儿子为太子。直到病危时，曹丕才将曹叡立为太子。史称曹叡自幼口吃少言，封王后不交朝臣，不问政事，唯读书潜思。能赋诗作文，最擅长作乐府诗，与曹操、曹丕并称为曹魏"三祖"。他的《燕歌行》《堂上行》《苦寒行》《猛虎行》《豫章行》《善哉行》《棹歌行》《步出夏门行》《月重轮行》等系列诗歌在当时流传甚广。清代，有文人将其传世的两卷散文及十余首乐府诗编辑成册而传世。

曹叡执政后，深谙帝王的驾驭之术，虽有中军大将军曹真、东征大将军曹休、镇军大将军陈平、抚军大将军司马懿等辅政，仍然亲理朝政，实权在手，政由己出。他伏礼大臣，奖惩有度，在对蜀、吴采取有效防御后，又着手治理内政。有感于汉代律令繁杂，下诏改定刑制，作新律十八篇，后人称之为《魏律》《曹魏律》，首次将"八议"制度正式列入法典，进一步调整了法律的结构与内容，施行《魏律》十八篇以治百姓，州郡令四十五篇以治地方官，尚书官令以治朝官，军中令以治军，使中国封建法典在系统和科学上前进了一大步。

曹叡十分重视文士，首创京师崇文馆，鼓励文人学子入馆从事学术研究。他十分注重崇医尚药，不信巫而惩巫。诏告天下搜集散佚民间的医籍简方，积极支持王叔和为首的太医院编纂刊刻张仲景的《伤寒杂病论》。可以说，没有曹叡的大力支持，《伤寒杂病论》编纂刊行肯定会遇到更多的困难和阻力。

曹叡在位期间的最大败笔，是大兴土木，留意玩饰，大修洛阳宫室，搬迁长安铜人，耗费惊人，宫中人员众多，出行讲究排场，使国力下降。正如圣哲所言：金无足赤，人无完人。曹叡虽是帝王，但毕竟是人。

曹叡在位十三年，公元239年正月丁亥日病逝于洛阳嘉福殿，时年三十五岁，比其父还小四岁，无疑是个短命的皇帝。当然，人的一生，不在乎寿长寿短，在乎其对社会、对人类的贡献。正如曹叡自己在《月重轮行》一诗中写道：

　　天地无穷，人命有终。

　　立功扬名，行之在躬。

　　圣贤度量，得为道中。

费如此之多笔墨写曹叡，还是为了主人公王叔和，曹叡的登基主政，改变了王叔和的命运。

曹叡继位的第二年，改年号太和，诏令"凡公卿及侍从以上官员，每人举荐良将或良医一人"。曹真、司马懿双双举荐王叔和为良医，进太医院。太和二年四月丁酉日，魏明帝曹叡签署诏令，命王叔和等二十六名民间良医进太医院授职。

同年八月，魏明帝遣调抚军大将军司马懿自荆州调集大军赶赴江陵（今湖北荆州市），建威将军贾逵赴扬州，与扬州曹休大军形成攻吴的三箭齐发之势。司马懿在去江陵途中派快马给准备启程的王叔和送来了举荐书及给弟弟尚书令司马孚的家书，为王叔和的进京铺平了一条坦荡之途。

在襄阳城过了八月十五中秋望节，王叔和告别了居住十三个春秋的襄阳府，在庞德公、黄承彦、襄阳侯习昭等襄阳名流的目送下带着夫人庞姝、弟子张苗，踏上了到京师太医院赴任的征程。新的生活向王叔和张开了宽敞的胸怀，中华岐黄史的续编之页，正虚席以待王叔和去添光增彩。

按照皇上的诏书，王叔和抵达京师后的第一站是持举荐书及诏令到太医院方丞部报到。报到后的住所安排妥当了，王叔和持司马懿的书信到尚书令司马孚府上拜访。这尚书令司马孚曾在五年前采纳过王叔和的"除疫策"，对王叔和十分欣赏，现又有哥哥的书信托举，不用说是十二分的热情。况且太医院的太医令习脂已于两年前去世，仍由司马孚兼管着太医院。当即将王叔和安排至太医院方丞部任医工，负责古医籍的搜集整理。这项工作是完全按照王叔和的意愿所安排的。

在进京的途中，王叔和在雉县（今河南南召县东南）驿馆认识了由和洽举荐的雉县名医樊阳。樊阳是张仲景的崇拜者，以今天的话说就是张仲景的粉丝。他搜集了民间流传的张机（仲景名机）散方、验方十余则。王叔和与樊阳是相见恨晚，二人兴趣相投。王叔和要重新纂辑《伤寒杂病论》，樊阳是举双手赞成，当即将收藏的张机散方交给了王叔和。王叔和有些惋惜的是樊阳没有分到方丞部，分到了药工部任药工，负责药材、药剂的炮炙制作。

在方丞部上班的第一天，王叔和是大开眼界，令他激动不已。为啥激动呢？王叔和发现了方丞部里收藏的《广汤液经》残简与自己搜集的《广汤液经》残简大不相同。十分兴奋的王叔和每天废寝忘食地抄写辨认。

进太医院的第十天，王叔和就接到一个十分棘手的差事。啥差事如此棘手？进内宫给皇子治吐泻。

皇子曹穆，年方四岁，是魏明帝曹叡的心尖肉。两年前，曹叡就封其为繁阳王。繁阳在哪里？繁阳在今河南临颍西，是当年魏文帝接受汉献帝刘协禅位的所在地，原名繁城。曹丕登上皇帝的宝座后，改繁城为繁昌，以昭示曹魏家皇业、魏国天下繁荣昌盛。并在繁昌建受禅台，由司空王朗撰文，尚书梁鹄书丹，侍中钟繇刻石，将《受禅表》《公卿将军上尊号奏》勒石矗碑于繁昌的受禅台前，并专门设置禅护监之职，守护受禅台及碑刻。因这碑上的文、书、刻在当时皆是独一无二的，史称此碑为"三绝"碑。曹叡继位改繁昌为繁阳，并将两岁的儿子曹穆封为繁阳王。足以可见，曹穆皇子在曹叡心中的分量。

几天前，魏明帝的心尖肉繁阳王曹穆吐泻不止，太医院的太医都赶至繁阳府给曹穆会诊，经过再三比较，由太医院负责内宫的院丞拍板批准，用化食消积方给曹穆施药。可是此方用了三帖，繁阳王不仅不见好转，反而吐泻加剧。太医们束手无策，一个个垂头丧气，不言不语。危急中，尚书令司马孚想到了王叔和，急令太医院丞给王叔和颁发进宫的金鹊牌入宫。啥叫金鹊牌呢？这金鹊牌是太医院太医们最高规格的身份象征。金鹊牌也称扁鹊腰牌，即用金（实则为铜）铸成的扁鹊形牌子。持有金鹊牌的太医可以进入内宫后苑。此外，太医院还有两种身份腰牌。一种为虎牌，持虎牌之太医可以进入皇帝的大殿、书房及各大枢密府衙；还有一种鱼牌，就是阴阳鱼（太极图案）的腰牌，这是所有太医工作人员的身份证明。

尚书令司马孚给王叔和颁授金鹊牌有两种考虑，其一，哥哥司马懿在信中托他要给王叔和编纂《伤寒杂病论》创造机会。要创造机会，首先得让皇帝信任、重视才行；其二，也是检验王叔和是真金白银还是枉有虚名。一般授颁金鹊牌的太医不在太医院磨上十几年以上，是绝对拿不到这个牌子的。王叔和进太医院才十几天，就享受如此殊荣，这在曹魏时代没有先例，在两汉的四百年间，也恐怕无先例。当然啰，机遇中多有危险，危险中不乏机遇。不入虎穴，焉得虎子？

得到太医丞亲自送来的金鹊腰牌，王叔和没有半点犹豫，跟着太医丞就进了繁阳王府。

看到曹穆皇子的模样，王叔和不由倒吸了口冷气，此时皇子已经气息奄奄，尽管吐了许多，可肚子仍然膨胀，敲起来像鼓响一般。王叔和看了太医所用的方剂，乃是以山楂为君首的化食消积方。经询问曹穆病前状况，小家伙平时就厌食，不喜饮水，且长期肠鸣腹泻，咳喘不减，精神萎靡。王叔和脑子里快速旋转起来，曹皇子脾肾阳虚，不能运化所至，宜用师父仲景的"理中汤"（干姜、人参、茯苓、白术、甘草）。王叔和将自己的诊断向太医丞做了汇报。太医丞不敢擅作主张，向尚书令司马孚做汇报。因为王叔和所做出的判断与众多太医的诊断完全相反，太医们用的是泻方，王叔和用的是补剂，一补一泻，天壤之别。司马孚接到太医丞的报告不敢马虎，连夜赶到繁阳王府，似审犯人一般对王叔和所开出的"参苓白术补脾益肺方"反复揣度。

王叔和见一干人如此犹豫不决，也许是初生牛犊不畏虎，也许是他王叔和技高一筹，忍不住说道："尚书令大人，各位医丞大人，皇子如今病危，治病当以时为贵。叔和认定皇子只宜补不宜泻。脾虚食后即作泻，再泻就难以回天了。"

司马孚见王叔和如此底气十足，咬了咬牙，一锤定音："依王叔和医工参苓白术补脾益肺方施药。"

这一夜，司马孚也没有离开繁阳府，皆守在曹穆皇子的床前。一帖药喂下去，大半个时辰过后，曹穆肚子开始瘪了，吐泻止住了。脉象回升，脸色有了红润。两帖药服后，小家伙开始叫肚子饿。王叔和吩咐用山药加薏仁粉熬成稠粥，让曹穆吃一半饱之后即停。几天后，小家伙开始下床，蹦蹦跳跳，恢复了活泼可爱。

王叔和一炮走红，皇帝后宫纷纷相传襄阳来的良医王叔和断疾如神。魏明帝曹叡听了司马孚的简奏后，令皇后给王叔和送去了一匹蜀锦以示褒奖。

这可不得了，入太医院才十几天，就被授颁金鹊牌，得皇后蜀锦，王叔和

184

不仅令太医院新来的其他二十五位医工们羡慕不已，也使太医院的老医工们刮目相看。尚书令司马孚也打心眼里佩服王叔和是个有真才实货的郎中。一天，专程将王叔和请到府诉说自己的怪症，久治不愈。什么怪病呢？

司马孚说，他每逢三四月间，胸部就会发生阵阵突发性的疼痛，似蚁啃，又似针扎，每次发生很有规律，如吃春笋、雄鸡、鲤鱼之类的食物，就会发生。但过了春季，此疾又很少发生，一般发作当在睡觉之后、起床之前。内服外敷的方子用了不少，就是不管用。因此疾不常发，每年只发一至两次，故平时司马孚也没有当回事。看着又快到了发病的季节，司马孚想到了王叔和，问可有神方一治。

王叔和摸了脉，看了舌，按了胸，说："司马大人之疾，师父张仲景曾有过论述，此为热夹杂湿证，皆为年轻时暑身热汗时喜用冷巾敷之所至，系风、湿合参，久而久之即成风湿胸痹也。大人多在三四月间发病，是因三四月阳气复生，湿风逐起，若遇发物热身即发，痛时似有血外蹦的感觉。"

司马孚说："王医工论疾一点不差。年轻时最忌暑汗，爱用凉巾搭背贴胸，晚休时也喜湿凉之巾敷上以阻汗流。张机神医可曾留有治此疾之神方？"

王叔和说："师父有'麻黄杏仁薏苡仁汤'专治此疾之论，但效果不是很好。叔和以为在服此汤同时可用艾灸灸之以助。当然，此乃俺的浅愚之见，师父未曾论述，叔和也未曾试过。若司马大人愿当一试，叔和回署去取艾灸教大人一试。"

王叔和给司马孚开了五帖"麻黄杏仁薏苡仁汤"，又送来一包自襄阳带来的艾绒，给其灸试一番。并叮嘱，艾灸即日可用，汤药未发症时不可服用。第二天凌晨，司马孚的拘挛即行发作，因有艾灸灸之，加上连服王叔和开的汤剂，仅痛了一天，司马孚就再无疼痛之苦。王叔和又过府给司马孚大人施以针灸、艾灸并举。自此以后，再未发过。司马孚对王叔和的医技更是胸有成竹了。

端午节到了。自魏明帝开始，凡立春（相当于春节）、上元、端午、立秋、重九之日，朝廷官员一律放假三日。王叔和在京城且是以官员的身份放休，那种高兴前所未有。放休干什么呢？王叔和有的是事干。两天前他在太医院方丞部翻检医籍时，发现了半捆已经发霉发黑的《扁鹊诊脉察声篇》竹简，这可是宝贝，王叔和高兴得一宿未眠。趁着端午放休，王叔和获医丞批准，将此简带回家与庞姝细细辨认，并抄之于蔡侯纸上。王叔和抄得高兴，哼起了在襄阳时楼升教的襄阳小曲《读书乐》：

新竹压檐桑四围，小斋幽敞明朱曦。

昼长吟罢蝉鸣树，夜深烬落萤入帏。

北窗高卧羲皇侣，只因素稔读书趣。

读书之乐乐无穷，瑶琴一曲来熏风。

正唱得高兴时，张苗慌慌张张地跑进来说是外面来了一乘大官车。王叔和夫妇急忙迎出门外，只见是太皇太后下老太君福寿宫的车马。福寿宫太监传太皇太后懿旨，令王叔和速速进宫为繁阳王瞧病。

咋的，繁阳王又病了？王叔和随车驾赶到繁阳王府，只见小家伙抱着肚子龇牙咧嘴、摇头晃脑地直叫唤。

王叔和按了按曹穆的肚子，肚子硬得像块铁板。经询问，小家伙自打服了王叔和的五帖补脾肺汤后，胃口大开，比以前喜欢吃东西多了。昨日端午，吃了不少粽子，晚上又吃了些粽子、鸡蛋、斑鸠肉、驴肉之类的肉食。半夜开始喊口渴，不停地喝水，喝成了现今的模样。只要手一触及肚皮，他就会叫爷叫娘地喊叫不止。

王叔和当即告诉太皇太后，繁阳王乃吃多了粽子等不消化之物，加上水的膨胀，积食难消，疾谓宿食。要治此疾，首要的是要排出腹中的宿食之物。如何排消呢？王叔和想起了在泫氏长平观时，吴凡子师父曾给泫氏县虞侯用催吐法，治好了虞侯的宿食。不过那虞侯是四十多岁的人，这繁阳王才四岁，成人与幼童能用同法医治吗？王叔和将心中想法告之太皇太后。

太皇太后说："治疾凭医所定，该用啥方用啥方，救命要紧，不必拘泥宫中用方审定之规定。本宫现在此坐镇，你就开方施治吧！"

有了太皇太后的这番话，王叔和胆气就足了。他先从繁阳王头上剪下一撮头发，烧成灰，用开水冲汤，待冷却后让他一口气喝下。小家伙喝了血余炭灰不一会儿就开始呕吐，吐出的皆是水化之物，肚子也略有收减，但轻按之仍然硬。一个时辰后，繁阳王再次呕吐，吐出略有粽子、肉食。王叔和请太皇太后取出些耳垢，用开水冲溶化解让皇子喝下。此汤一落肚，繁阳王立马张嘴大口大口地吐出了未消化的宿食。稍停片刻，王叔和又让皇子带温再喝几口，先后反复喝了三四次，皇子也吐了三四次，最后肚子空瘪瘪了方止。肚子宿物除掉了。王叔和又告之太皇太后，皇子的脾虚肺滞之疾乃顽疾，仍需服用补脾益肺汤加减半月以上方可痊愈。太皇太后亲眼所见王叔和轻而易举地除去了曾孙的宿食，当然相信他了，连连点头，令王叔和开方施药，不用太医丞审验。

连服了王叔和的几帖补脾汤，繁阳王症状全消，精神特好，活泼有加，天天逗得太皇太后开怀大笑。太皇太后当即传懿旨，赏给王叔和玉如意一件。

消息传出，太医院立马像一锅烧沸的开水，沸腾起来。这还了得，入太医院不到一年，两次入后宫给皇子治病，两次得到皇后、太皇太后的赏赐。特别是太皇太后的赏赐玉如意，那可是件罕见珍贵的宝贝。有人在太医院工作了几十年、几代人，都未得到过如此高规格的赏赐，他王叔和真是祖坟发裂，青烟直冒。太医院的人看到王叔和，先是眼睛眯着看，等王叔和走过去了，就踮起脚尖看，那眼神似乎不是看人，而是在看怪物，看外星人似的。也难怪人们惊奇，不可理喻，王叔和入太医院的连锁发迹，也太让人眼红了。三国之魏的太医院，人员编制有二百九十三人，分接骨、针灸、按摩、气功、大小方脉和祝由科共十三科，下设药丞、方丞、方术部。获得太医资格，持虎腰牌以上的才五十六人，而能进后宫内苑，给皇帝、皇后、嫔妃、皇子瞧病的三十人不到。可以这样说，太医院里工作的太医（第七品）百分之九十以上都未进入过后宫，给皇帝、皇后、嫔妃、皇子看诊的仅几位医丞和太医令而已。而王叔和简直手眼通天，人们不用另眼看他那也是件挺不正常的事。眼红就眼红呗，没办法，人家用生铁补锅，凭本事进宫，谁叫你没本事呢？

公元229年六月，魏明帝曹叡颁诏，再改九品中正制选举才干办法，加增"选才考课法"。可以说，这是中国封建社会人才选拔的划时代进步。也可以这样说，曹叡的"选才考课法"是我国科举考试最早的立法规章。"选才考课法"怎么考？考什么？考三坟五典、五经呗！

怎么考？由朝廷太学的春秋谷毂博士按三坟五典、四书五经中的内容为课题，对被选人才进行考辨，并留案宗存入档库。

这"五经选才考课法"的诏令一颁布，就在全国上下掀起了一个读书热。在这之前一般人是很少读书的。说白了，也没有书读，也读不起书。能读书的只有皇家的及书香世家的人。

第二十六章

初试身手　王叔和进宫
妙劝太医　大将军论衡

老曹家素有读书的传统。曹操执政后，就家族人员而言，规定两岁启蒙，三岁必须入学。四岁就要考核。曹丕称帝后，对皇家子弟的读书更加严格，凡皇子三岁就要考课。曹叡延续了老爸的做法，凡皇子两岁启蒙，三岁考课。而皇子繁阳王曹穆因身体一直羸弱多病，对他读书的要求自然要宽柔一些。服了王叔和的补脾益肺汤后，曹穆就大不一样。再后来，王叔和又应太皇太后的要求，给曹穆补服了几帖汤药，把曹穆调治得红光满面，精力充沛，原一听说上学就号哭不止，而今炎炎暑热之日居然主动找到太皇太后要上学念书，把一个卞老太君高兴得合不拢嘴。老太君一高兴，就想到了王叔和医工的功劳。正好手头有吃不完的莲子羹，急忙一招手，令太监将御膳莲子羹送至太医院方丞部给王叔和。

这一下，又使太医院的人眼睛瞪得溜圆。王叔和也是受宠若惊，他真的没想到太皇太后会如此器重于他。王叔和没想到的事太多了。

就在太皇太后给王叔和送御膳莲子羹的五天后，一个消息似晴天霹雳在皇宫内外传开了，繁阳王曹穆于癸卯日酉时死于洛阳宫天牡苑。一个活泼可爱、有说有笑的皇子，为啥突然死去呢？各种传闻都有。有的说，曹穆死于绞肠痧。有的说曹穆死于暴食症。还有的说，曹穆死于七窍流血。有的说得更邪乎，曹皇子是王叔和补养汤剂中的禁用之物毒死的。太医院里除了经常进宫的几位太医、医丞之外，皆有诧异之色，诧异中不乏窃喜。

王叔和得知此消息，回家后与夫人及弟子张苗谈及此事，一家人皆一夜未眠，不知此祸是否牵扯到自己。

是福跑不了，是祸躲不脱。第二天王叔和到太医院上班，照样辑检他的医籍。庞姝与张苗继续在家抄整各种医籍残简。算是平平淡淡地度过了二十天。

二十天里，王叔和收到荆州治上快马送来抚军大将军司马懿的一封信。司马懿在信中先是询问"红粉化腐生肌膏"，尔后叮嘱王叔和"人微言轻，只做不说，多做少说，若有上上之言，可通过吾弟向皇上转呈"。"红粉化腐生肌膏"是襄阳楼升的祖传秘方，用朱砂红粉研磨成粉而成，有化腐生肌特效，治刀箭砍伤之要药，军中不可缺。王叔和曾在曹仁、曹真军中制过此膏。见司马懿询问，很快就制了一些交司马孚用快马送给司马懿。

中元节这天，天气格外的炎热，进太医院方丞部籍库房辑查医简的王叔和热得透不出气来，刚出门透透气，魏明帝传旨，令王叔和速到乾阳殿见驾。这是王叔和首次面见曹叡，是福是祸？心里"咚咚咚"地跳个不停，一身热汗湿透衣衫。跪拜后，魏明帝让太监搬了一把椅子，盛了碗冰镇莲子羹。王叔和再跪谢恩，端起碗刚吃了一口，只听魏明帝说："王爱卿妙手，穆儿被爱卿调服得身心康泰。只是他福浅命薄，居然被毒蛇咬死。"说到这里，曹叡不禁眼泪流了出来。王叔和这才明白，繁阳王的死因是被毒蛇所咬。他本想宽慰皇上几句，可此时此刻，他居然不知说啥为好。只好扑通跪在地下，只顾磕头，嘴里说："罪臣该死，罪臣该死！"

魏明帝擦了擦眼泪，挥手让王叔和站起，说道："爱卿何罪之有？乃朕之功臣也。朕晋升你为太医院太医之职，望爱卿多为大魏万民之康献计出策。待尔后有功，朕再有赏赐。"

被皇帝单独召见，在君王主宰的封建时代，就是一种很高的荣耀。史官当在皇帝的起居里写上一笔，管官的吏部也当在官员的档案籍里加注说明。王叔和既是单独被召见，而且是独召加封，那就更不得了。王叔和晋升太医的诏书下到太医院，主持太医院工作的太医给事中召集太医院全体人员予以宣告祝贺。汉魏时期的太医院，等级森严，设太医令一人，太医给事中一人，太医丞二十余人，太医三十四人。其余均为医工、药工、典工。太医院的医工们见了王叔和皆得行礼问安，这就与从前大不一样了。

王叔和回到家里，夫人庞姝、弟子张苗皆欢喜一堂。王叔和有自知之明，深感自己肩头的分量沉甸甸的。皇上"多为大魏万民之康献计出策"的嘱托，有如钟鼓之音，在耳边回荡。在家里，他叮嘱夫人及张苗，要将各地医籍残简，分门别类予以辑录。在太医院，他写了一份《祛疾疫防范为先》的奏疏，交给了尚书司马孚，以尚书令的身份呈交给皇上。

司马孚何等聪明，他明白王叔和的心思，也看到了兄长司马懿对王叔和的信，编纂《伤寒杂病论》是王叔和梦寐以求的大愿，要帮助王叔和完成此愿，必须取得魏明帝的支持。眼下，明帝上任不久，创业兴国之志甚炽，搜罗人才之求尤为激烈。可明帝又不是一般的皇帝，他朝纲独揽，简言之，就是不放权，又不喜欢阿谀奉承、巧言令色之徒，如果一味地进言王叔和如何如何，反而会引起明帝的猜忌甚至反感，只有见机行事，将其兴致一步一步地引上重视之途，方是长远之策。说到这里，顺便将司马孚做一个较为细致的交代。

司马孚，表字叔达，是第四代司马氏中的老幺，上有两个兄长，长兄司马朗，二兄长司马懿。他办事素以沉稳心细见长。史书称其"恩谋缜度，细心如发，高识远度，拨毫厘以见卓远，怜悯之念，无不裕充"。建安时，任中庶子。建安二十五年，曹操病亡，群臣聚哭于金殿之上时，司马孚急速上书五个字：节哀，速嗣位。曹丕继位将司马孚升任为尚书。曹丕做了皇帝，将他再晋升为尚书令。魏正始十年，司马孚助其兄长司马懿诛灭曹爽时，是他以缜密之心揣度出曹爽会在三日之内离开都城洛阳去祭祖，实为做剿灭司马氏之高端策划。说白了，是他司马孚预测出曹爽有灭司马氏的企图，而让其兄司马懿借力打力反而将曹爽诛灭的。可见他"心细如发，拨毫厘以见卓远"名不虚传。此后，司马孚升司空，进位太傅。魏甘露五年，魏新帝曹髦被杀，他深感愧疚，抱住曹髦的尸体痛哭不止，这也许就是史书上所说的"怜悯之念，无不裕充"。司马孚的侄孙司马炎代魏称帝后，封他为安平王，享寿九十二岁。这在魏晋两朝的士大夫中，司马孚是最高寿者。这也说明司马孚的脾气性格、心态甚为宽容、豁达。

说了如此之多，回到王叔和的话题上来。遇上了司马孚这样的上司，是他王叔和三世修来的福分，假如王叔和遇上的是别人，那他的仕途极有可能不会一帆风顺的。仕途不一帆风顺，《伤寒杂病论》的重修刊刻当另有别论了。

这一年的八月三十日，司马孚将王叔和以他的名义所写的《祛疾疫防范为先》向魏明帝做了奏报。曹叡当即准奏，着司马孚督办"祛疾疫防范为先"一应事宜。这就好办了，手头有皇上的诏喻，司马孚就跳过了管王叔和的医丞、太医给事中等上级，直接安排王叔和统领负责"祛疾疫防范为先"的一应事务。

怎样做到"祛疾疫防范为先"呢？王叔和做了这样几件事。其一，率太医院相关人众于洛阳城中宣讲《祛疾疫防范为先》的有关细则。其二，组织人员对洛阳城内的水井、涵河、沟渠及居民用水进行了全面调查。其三，令太医院向全国各地调集艾蒿进京都以备防疫瘴之用。其四，令太医院药丞部药工樊阳遴选杀毒防疫除瘴药材以督各地备筹。樊阳很快就选出了艾蒿、姜蒜、酢浆草、败酱草、白花蛇舌草、野菊、马鞭草、鱼腥草、紫花地丁、算盘子、菖蒲、瓦伟、黄花母（今名千里光）等二十二种草药为《祛疾疫防范为先》的常备之药。其五，限大小官员皆佩香囊以避瘴防疫。其六，逢五月、九月，太医院医工、药工、太医等皆到洛阳东西山采野艾蒿、野菊蒿既做备用，又为洛阳百姓做出表率。

王叔和将"大小官员皆佩香囊""二十二种祛疾疫常备之药""太医院官员五月、九月皆上山采艾蒿、菊蒿"的办法，又以司马孚的名义写成奏章，交给司马孚呈给明帝。魏明帝看了当即准奏，并令诏告天下。诏令特别强调了各地备积二十二种除疾防疫之药时，用上了"广布天下，积采备用，以防疾疫不期而至，若有怠懈，定惩不饶"。在官员佩带香囊之事时，诏令告诫官员"凡入朝时未带香囊者罚俸三个月"。此事务曹叡又令尚书令司马孚督办察报。司马孚接到诏令，又理所当然地交给了王叔和统负其责。

就这样，王叔和在太医院，不仅仅是太医院，而是整个洛阳城，包括大魏朝的九卿六部中，皆声名远播了。这既是司马孚的推举之力，也是魏明帝明察秋毫，不喜浮华、不务虚名之士的结果。因在这之前，曹叡颁布了《选才量才诏》。诏曰："世之质文，随教而变。兵乱以来，经学废绝，后生进取，不由典谟，岂训导未洽，将进用者，不以德显乎！其郎吏学通一经，才任牧民，博士课试，擢其高第者，亟用；其浮华不务道本者，罢退之！"诏令再次重申朝廷要量才录用，用人必须选高才，对浮华不实者，虚有其名者，要坚决罢免。

魏明帝曹叡是位勤政之君，他最不喜欢的是虚声造势之举。他的《选才量才诏》颁布后，是言出法随。

行司徒事董昭在皇上的诏令颁布后的第三天，就在上朝时举章弹劾时任尚书诸葛诞、中书邓飏等父子结党友，称"四聪""八达"；中书监刘放之子刘熙、中书令孙资之子孙密、吏部尚书卫臻之子卫烈等以其父之势位，号称"三豫"而耀世欺名，天下尽闻其声之事，当以警之，不可听之任之。

曹叡毫不含糊，当满殿群臣之名，准董昭之奏，督训诸葛诞、邓飏、刘放、孙资等人当教其子，以学问为本，孝悌清修为首，不可再以交游为业，合党连群，欺世盗名。

十天后，曹叡又下诏将尚书诸葛诞、中书郎邓飏免去其职。不久，又将桓范、何晏、毕轨、孙密、夏侯玄、李胜、丁谧、刘熙、曹训、曹彦、王业、卫烈等十五名官员实行贬谪使用。其中有五人被降级，七人到地方任职，三人闲置不用。这一举措，在大魏朝引起震撼，不务实尚空谈者黯然失色，不得不夹紧尾巴，这也给能干事干实事的王叔和创造了施展才干的环境和舞台。

五月端午即将来临，连日来，王叔和为筹备太医院百余医工首次到洛阳东西山采撷艾蒿的准备忙得不可开交。白天劳累奔波，晚上倒头便睡，头一沾枕头就打起呼噜。夫人庞姝看着疲惫不堪的丈夫甚是心疼，摇起竹扇给王叔和扇着风。就在此时，门外灯笼明晃，车马嘶鸣，庞姝一看是皇上嘉福殿的灯笼、车马，不敢懈怠，立马将丈夫摇醒。王叔和睁开眼，二话没说，跳上马就进宫去了。

这皇上半夜来车马接王叔和有什么事呢？当然是给皇上看病的差事了。这些天，气温渐渐升高，曹叡忙于洛阳平望观改名听讼观，以利新刑法的布施之事，几乎隔三岔五要到听讼观着便服旁听审案时百姓的反映，忙里忙外，晚上睡觉时，发现鼻子流血。经太医处置后止住了，也没当回事，第二天照常上听讼观，旁听审案。可到晚上，鼻子又开始流血，太医处置后，不仅未止，反而加大出血量。这下慌了神，太医来了一群，当日殿值官又正好是司马孚，马上建议召太医王叔和进宫。

王叔和虽然两次入宫瞧过病，可那只是个几岁的小皇子。这次可非同一般，是一言九鼎的皇帝，说他心里不紧张，那是大谎话。见到了皇上，听说了证候，他心里渐渐平静下来。曹叡患的是风热鼻衄。

鼻衄证的致病原因很多，治法也各异，要因证而治。王叔和知道，这是给天下第一人的皇帝治病，不可看了病就开方，得讲出个子丑寅卯，病因、病理、方则、服忌都要说得头头是道，还要太医给事中、太医丞点头才行。

王叔和说："皇上勿忧，此疾乃小患也，为风热鼻衄。何为风热鼻衄？时下正春季，春季多风，风热之邪侵袭肺经，损伤阳络，使血溢于络外，则为衄血。《素问·金匮真言论》云：'故春善溃鼻衄，阳络伤则血衄。'"

曹叡听后频频点头。太医给事中看皇上点了头，也就不与论辩病因，就催着王叔和施治。

王叔和说："风热血衄宜活瘀凉血、清热止血为要，臣用'三黄泻心汤'，方用黄连、黄芩、大黄活血化瘀，平阳敛阴，清热而散风邪，不知方帖妥否，请给事中刘大人定夺。"

这太医院给事中刘腾，乃大将军曹真的妻侄，在太医院供职十余年，祖上也是世医。反复看了王叔和的方帖后，刘腾仍犹豫不决，递给身旁的尚书令司马孚："司马大人，你看如何？"

魏明帝曹叡有些不耐烦，说："司马大人乃司值殿之职，不是太医，焉能审出啥名堂？快以王太医之方给朕服药吧。"

曹叡这番话的含义十分明显，王叔和开出的方子，你还有什么审头？你刘腾能审王叔和的方子，为啥不给朕开方呢？

在嘉福殿当值待了三天，王叔和看着魏明帝服药后，一帖止血，二帖轻身，三帖如常，心里的一块石头总算落了地。回到太医院，王叔和向院丞告了两天假，回家是倒头便睡，睡了一天一夜方才解困。

这一年的六月戊子日，太皇太后老太君大限已尽，时年七十岁。老太君乃山东琅邪开阳人，与诸葛亮同乡，原为曹操之妾，后因丁夫人被废，即被立为正室，生曹丕、曹彰、曹植、曹熊四个儿子。建安二十年，曹操被封为魏王，拜她为皇后。曹丕代汉称帝后，尊其为皇太后。魏明帝为其嫡孙，幼时深得老太君的疼爱，当父皇曹丕久不立他为太子时，老太君数次与曹丕上课：立长之制，未可废也。曹叡能承继大统，应该说老太君功不可没。史称卞太后保护了两个人，一个是保护了曹植没有被曹丕杀死，二是保护了曹叡当上了皇帝。

曹叡是个知恩图报之人，对老太君的后事他当然想弄得轰轰烈烈，风风光光。可先皇有遗令，丧事一律从简，且率先垂范，随葬不用金、银、铜、铁、珠宝、玉器之物，连山丘都不许堆。人死了，随葬之物不用这些，那还算什么风光呢？祖母一去世，曹叡就很纠结，怎么样让老人家既风光，又不违先帝遗令。丧葬之礼由少府所管，正由尚书令司马孚所负责。于是曹叡紧急召见司马孚，说出了心中所想，要司马孚出主意。司马孚如此精明之人，当然听明白了皇帝的意思。可这个主意不好出呀，丧葬之礼除了陪葬之丰、陵寝之阔外，再没有什么可风光的了。这两项皆属于违禁之列的。司马孚还真的有些棘手，他也十分清楚，不棘手的事，皇帝不会找他的。执政几年来，皇帝大小事皆由自己说了算。唯这皇太后死后的风光事要他出主意，岂不是明摆着要弄一番新创举，让世人称赞他的孝心。给死人风光，说白了是做给活人看的。既要摆阔，又要创新。司马孚瞬间想起以王叔和推广的官员佩香囊防疾沥瘴法，那可是一种既有排场体面，又尚节俭创新的办法。

司马孚把主意一说，曹叡当即呼妙。于是一道诏令下到太医院："着太医王叔和速入福寿宫，给太皇太后配制陪寝香囊。"

王叔和带着樊阳进了福寿宫，司马孚将皇上的意图和自己的想法简明扼要地做了一番交代。王叔和心有灵犀一点通，旋即拿出了一套方案：用陈年艾蒿煎汤给老太君沐身。用丁香、麝香、黄香给老太君制冠，用青木香、香樟子粉、松子粉、芸香粉、檀香木、香茴花，加麝香制成香囊衣袍，亦称寿氅。用桂花、菊花、丁香、芸香、茴香制成幡佩。啥为幡佩？是古代旗的一种，上画龙蛇，乃死人出葬时为棺柩引路时用的旗，俗称魂幡，以黑布做成。古代幡旗有严格的规定。《周礼·春官·司常》："龟蛇为旐，以黑布为之。天子广三尺三寸，长九尺；诸侯广二尺二寸，长八尺；士宦一尺一寸，长七尺。"在旗幡上加挂香佩，这可是一个创举。此外，太皇太后的梓宫用芸香、紫木檀、广木香、青木香铺底，入殓时，老太君的嘴里、手里、怀里皆放入檀香、麝香、芸香制成的香圆。梓宫上路，令人抬上八个大香炉，炉内燃引用陈年艾蒿制成的艾绒加檀香末。老太君出殡，可谓是"香飘十里，三日有余"。

王叔和为老太君所用的香佩之法，不仅令魏明帝十分满意，史称"帝大悦，常悟之"。也使一些做法演变成丧葬习俗，流传至今。譬如，用艾水给亡人沐浴，亡人入棺时用鸡蛋滚手，包括给亡人燃香等皆源起于卞老太君的丧葬。这在《中国民俗大全》中的《丧葬之俗》中皆有记载。

王叔和红了、火了，特别是太皇太后的丧葬事宜中，他成了治丧执事，在众目睽睽之下，畅行于福寿宫内外，为百官所瞩目眼馋。

给太皇太后奔丧，抚军大将军司马懿回到了洛阳。大丧礼毕之后，王叔和到司马府拜访谢恩。司马懿先是对王叔和的风痹止痛方和朱砂红粉膏的神奇赞赏有加，随后谈起这次太皇太后丧礼的创举运筹，皇上甚为满意，勉励王叔和当精勤不辍，再接再厉。

王叔和心里始终惦记着师父的《伤寒杂病论》编纂，提出要以太医院残简残卷中的医籍重新整理刊刻为由，纂修《伤寒杂病论》。

司马懿连连摇头："叔和呀，不可，不可，万万不可！"王叔和一怔，说："皇上对岐黄之道甚有垂重之意。此时不提，岂不可惜，请大人明示。"

"叔和，你只知其一，不知其二也。"司马懿边说边示意王叔和坐下，"莫以为皇上对《祛疾疫防范为先》的重视，就揣测对岐黄之道已垂重？你是知道这《祛疾疫防范为先》是以谁的名义上疏的。倘若以你之名，皇上会如此重视吗？此君非彼君。他事无巨细，皆政由己出，除了在军策上，他尚且不熟，当以垂询老夫及陈群等人，就连大司马曹真的伐蜀之策亦当疑止。你一介太医，在太医院，尚有几十个太医丞在你之上，还有太医给事中刘腾乃曹真内亲，你上书重辑古籍，他若高兴批了，也还有太医院的其他医众，你最多也只能算一个参与者，毫无制掣之权，岂能实现《伤寒杂病论》的重纂？倘若再由叔达弟代你进言，必当引起皇上的猜忌，会将此事弄成夹生饭也。叔和，老夫明确告之于你，你不坐上太医令之位，万不可轻言此事，切记！切记矣！"

王叔和一听，要坐上太医令之位，吓了一跳，忙站了起来，连声说道："大将军，叔和绝无此野心，日月可鉴也！"

司马懿起身将王叔和按于坐椅之上，微微笑道："此乃老夫家里，无外人，切勿惧忧。老夫拙算，只要你不操之过急而踏实办事，办清勤稳妥之事，且只做不言，不虚不浮，不出三年，太医令水到渠成，非你王叔和莫属也。当然，这也要看你王叔和的运气如何。天意、君意、人意，缺一不可。"

司马懿乃人中之精，素有眼观六路、耳听八方的"狼顾"之才。他的分析可谓高屋建瓴，有旋乾转坤之胜算。这也是王叔和三世修来的福分，没有曹氏、司马氏，王叔和辑纂《伤寒论》的梦想，始终只能是梦想。

第二十七章

曹叡东巡　论绵羊猛虎
叔和伴驾　救军士妇人

古人云：听君一席话，胜读十年书。王叔和重新调整了思路，家里由夫人庞姝、弟子张苗整理辑录《伤寒杂病论》残稿，他在太医院恪尽职守，将自己的分内工作——古医籍残简清理得有条不紊，并全部做了芸香除蛀防霉的处理，也忙里偷闲到药丞部与樊阳探讨药中之妙，药中之奥。

八月十五之八月望日的放休一过，太监到太医院传诏，令王叔和进宫为皇上做备诊。啥叫备诊？备诊就是今天的体检。备诊不能是一人，王叔和带上骨、针、摩、祝等科的一应太医给曹叡从头到脚、从里到外进行了检查，曹叡身体如常。临出宫时，执事太监悄悄将王叔和叫到一边，传曹叡口谕，不日将启程东巡，要王叔和挑选两名太医院的其他太医随驾东巡。

这就是曹叡，一个独立特行、极富个性的皇帝。他不喜欢繁文缛节，循规蹈矩。按正常程序，给他备检的诏书也只能下到太医院，由太医给事中或者太医院丞指派谁去，可曹叡将诏书直接下给了王叔和。这随驾东巡，当是大事，随驾的太医，曹叡可以钦定王叔和，但其他的太医理应由太医丞、太医给事中指派，岂能让只有太医身份的王叔和选定呢？

好在王叔和有架梯子撑着，他只好去找尚书令司马孚，将皇上要御驾东巡，要他随驾，且挑选两名太医随行的事诉之于司马孚大人。那挑选谁去呢？司马孚知王叔和心里有数，只是在太医院，他不能指手画脚，而来求助于他的。

王叔和说："药丞部药工樊阳，深谙医理、药理，当随行伴驾为佳，只是樊阳乃一介药工，按规矩是不够格的。另一名太医可由大人定夺如何？"

司马孚笑着说："你叔和所想，老夫早有所料，此举也只有老夫去找刘腾给事中商定了。"

司马孚去找刘腾，当然是理直气壮，他以曹叡口谕，着太医王叔和、游仁、药工樊阳伴驾东巡。司马孚比刘腾官高二阶，又直接分管太医院，刘给事中焉有不从之理，也不会怀疑到那是王叔和的主意。司马孚圈定的太医游仁，是太医院一名老太医，医技当在众太医之中应该属拔尖的，且与他有点关系。

万事俱备，只欠东风。公元 230 年八月辛巳日，曹叡首次东巡，离开洛阳。东巡，巡什么呢？曹叡要巡视的第一站是五都之一的许昌城。五都之说是魏文帝曹丕所定。黄初二年，即魏文帝曹丕代汉称帝的第二年，以"魏因汉祚，复都洛阳"，将洛阳定为京都；以长安乃"西京遗迹"，称遗都；以"谯为先人本国"称今天的安徽亳州市为皇都；许昌为"汉亡于许，魏基昌于许"称昌都；邺城为"王业之本基"为帝都。父皇既定五都，儿子就要承继大统，建设好这五大都。曹叡继位后，就对洛阳、许昌、邺城、谯国四大都城进行了大兴土木规划。到许昌就是为了看许昌都城的建设情况。

前文已说过，曹叡最大的败笔就是出巡比较讲排场和大兴土木，不恤民力。曹叡皇驾一上路，那是浩浩荡荡，前呼后拥。史称"銮驾旋轸，骧骃并参。凤辇并缨，骊之前，骢之后，骍居中，帜艳猎猎，寒锋熠熠，八里威风"。

史官的记载，虽只有三十三个字，却将曹叡出巡的声势、阵容、讲究，一个词：奢侈，刻画得淋漓尽致。銮驾，指的是皇帝坐的车；旋轸，指十分高大宽敞。特别是驾车的马，讲究得令人叹为观止。"骧骃并参"中的骧，为右后足白色的马，骃，为左后足白色的马。何为参？乃前两匹并排而行的马，其意思是说，皇帝车驾上前两匹并持的马，一只左脚为白色，一只右脚为白色。皇后坐的车称凤辇。这拉凤辇的马，也够帅气得罕见。何以见得？纯黑色的马称"骊"，青白色的马称"骢"，纯赤色的马称"骍"。黑马走前，白马殿后，红马居中，如此讲究，岂不令人汗颜。再加上旌旗路幡、刀枪剑戟排成的队列，长达几里路。你说威风不威风！

坐在宽敞舒适的马车上，曹叡干什么呢？是睡觉，还是打盹儿？都不是。他在考王叔和的灵气。他让王叔和、游仁还有樊阳三人坐在他的车上。游仁，作为老太医，曹叡是见过的，也就懒得问。可樊阳是个新面孔，他就问王叔和："王爱卿，这樊太医医术可比你是高还是低？"

王叔和一听，眼睛眨巴眨巴起来，他当然不敢胡诌，当即跪倒，说："启禀陛下，樊阳现尚不是太医，是药丞部的药工。"

"药工？"曹叡眉头不由皱了起来，那意思十分清楚，你王叔和胆子也够大的，让你选太医，你咋选一个小小的药工随驾。

王叔和说："回陛下，樊阳是药工，深谙药道，此次随驾东巡，就带来了一种新药，陛下正好途中可用。此物能润泽喉咙，增益声气，清洁齿垢，解热生津。"说完，王叔和自医囊中拿出了一股带有清香味的枝条呈上。

曹叡听说有如此之药，即刻来了兴趣，接过枝条，闻了闻，甚为清爽溢香。

"此药名曰葛藤，别名鸡齐、鹿藿、黄斤。其味甘、辛、平，无毒生津。《神农本草经》谓其气平味甘，升阳也。樊阳经多年研试，发现此物乃消宿食、除痰疾、解热毒、去齿垢、抑口臭、发口香、祛唇裂之要药。以用于跋涉之途，嚼之生香，除乏解疲。陛下可放心嚼之摩牙，十分简便。"王叔和边说边拿出一枝嚼起来。

曹叡仿效王叔和也缓缓嚼磨起来，一股清香溢出，口中津液横生。魏明帝愈嚼愈笑颜满面，连声呼妙。对樊阳之事再也没有深究。

古人云：凡事预则立，不预则废。王叔和精明，就精明在他的心细和思考缜密。那天，司马孚将太医游仁和樊阳定下来以后，他就与夫人商量，为东巡途中可能发生的事进行梳理。庞姝不愧为大家闺秀，她认为皇上巡游，途中疲乏，如果有一种药物能给他解乏祛疲当然最好。用什么药物呢？庞姝突然想起，那年丈夫用嚼葛藤之法，清除了她的口臭。打那天起，她就将嚼葛藤枝条作为她每天洁齿除垢的必备之物。其实，这嚼葛藤除齿垢，是王叔和在桑棺寨时桑翁的发明。古时候，没有牙刷、牙膏，更没有口香糖。人们洁牙、清洁口腔用的是杨树枝条，将枝条一头先是靠嘴巴咬软，蘸上乳香、没药之类的粉末洁牙。桑棺寨因没有杨树枝，改用槐树枝条。槐树枝涩味过重，有些呛口。偶尔中桑翁发现葛藤枝比其他树枝都好些，遂用葛藤枝洁口。王叔和也改用葛藤。

那天在庞家塬，王叔和得知庞姝口臭之时，忽发奇想，让庞姝咀嚼葛藤除臭，居然葛藤成了姻缘之线，将庞大美女牵进了自己的怀里。夫人庞姝的提醒又使王叔和受到启发，当即备办了不少葛藤，带在身边。没想到今天歪打正着，葛藤又化解了皇上对他王叔和擅点樊阳随驾的不满，这小小的葛藤倒成了王叔和的福星、救星。真的是运去金成铁，时来铁似金。

帝王出巡，地动山摇。所过府县大小官员，皆出城接驾。当然也不是所有的府县皇帝都会停歇，到哪里停哪里住，一概凭皇上的兴趣。銮驾行进途中一百里地，就有探马报地名。

这天銮驾行驶到离许昌还有一百里的地方，探马飞报："报，猛虎到！"什么，猛虎到？一行人一听，个个瞪着眼睛，不知所从。探马知道众人曲解了，赶紧解释，猛虎乃一地名，距许昌刚好一百里。大家绷紧的心弦才松了下来。曹叡一听，居然还有叫猛虎的地方，怪哉。当即传令，銮驾停行，他要下车，看看这名叫猛虎的地方有啥名堂。

銮驾临时停歇，皇帝还下车巡视，地方官是受宠若惊，赶紧上前跪地接驾。曹叡啥都不问，只问这里为何叫猛虎。

地方官算是个勤政有学问的人，当即将这里的地理沿革做了一番介绍：此地属许地，古属郑国，后被楚国所并。秦置颍川，汉归焉陵，今属颍郡焉陵县。

曹叡点了点头："你讲了许多，很好，说明你熟悉辖地，了解史源，只是你仍未回答朕之所问，此地为何称猛虎？"

"陛下,称猛虎当有原因,三五句话难以言清,故臣不敢饶舌。"

地方官这么一说,曹叡的兴趣就更高了,手一挥,示意地方官站起来说话。

曹叡说:"卿但讲无妨,若有典出更好。"

地方官见皇上兴致高,也就放开了胆子,顺手指了指远处的一座山说:"陛下请看,此山形似一只温顺可爱的绵羊。春秋之时,此地名曰绵羊,属郑国所辖。此处官吏深为善政,薄其税敛,田畴无处不丰,百姓无家不富,人仁世平,道不拾遗,夜不闭户。后被楚国吞并。楚国来的属官与原之郑吏有天壤之隔,横征暴敛,刮地取皮,榨山取水,百姓苦不堪言,有能者迁徙他乡,无能者在此地非盗即抢。过经此地的客商行人,轻则丢财,重则丧命。方圆百里人众闻绵羊丧胆,去京都,宁愿绕道百里也不敢在此经过。遂有人将'绵羊山'之名改为'猛虎'。自此,数百年来,'猛虎'的名称再也无人改过。"

曹叡听到这里,频频点头,若有所思:"绵羊改猛虎,改得好。这改名之人,当非一般人也。此名之改当有其典所指。"

地方官即地一跪,说:"小臣愚钝,尚不知出于何典,请皇上恕臣无知之罪。"

曹叡让地方官站起来,扭头扫了扫随行的文武官员,说:"夫子过泰山之时事,当有人知否?"

文臣之列的卫尉董昭上前答道:"臣略知一二。《礼记·檀弓下》记载,孔子过泰山时,见一妇人在墓前痛哭不已,让子路上前询问原因。那妇人回答,公公不久前死于虎口,丈夫也被老虎吃了,前几天,儿子也被老虎吃了,这里的老虎太凶了。孔夫子问妇人,那你怎么不搬家呢?妇人曰:无苛政。孔夫子深有感触地说:苛政猛于虎也。"

曹叡说:"董爱卿,果然博览群书,熟谙经史。"

董昭说:"陛下过奖。此地由绵羊改为猛虎,非百姓不良善,乃官吏的苛政所迫。时下乃大魏太和之年,陛下善政,百姓减负。今日圣君亲临于此,当为此'猛虎'更名也。"

随行的文武臣僚皆齐声附和:"请陛下为'猛虎'改名。"

曹叡摇了摇手:"众爱卿此言差也。'猛虎'之名万不可改,让天下臣工及寡人铭刻于心:苛政猛于虎也。再者,尚不知今日'猛虎'赋税几何,百姓可安,社会可治?"地方官很会说话,当即报告说:"陛下,大魏国以来,这里的百姓安居乐业,恢复了郑国时期仁和兴盛。更为出奇的是此处三里之远的虎套集有一枯井,自太祖武皇帝迁都许昌后,井中长出两株梧桐,现今梧桐有三十余年,华盖茂盛,双鸟比栖,乃成此地一景。"

曹叡听说有如此奇观,当然兴致勃勃,一行人打道虎套集。果然那枯井中的两株梧桐甚为壮观。曹叡围着井栅转了两圈,不免诗意大发,一首《猛虎行》

脱口而出。

猛虎行

双桐生空井，枝叶自相加。通泉浸其根，玄雨润其柯。绿叶何蓊蓊，青条视曲阿。上有双栖鸟，交颈鸣相和。何意行路者，秉丸弹是窠。

这就是魏明帝曹叡的性格。他喜欢排场，但不喜欢浮华。有人会说，排场就是浮华，浮华就是排场。愚以为，排场与浮华有质的区别，就像了解与理解一样。曹叡讲排场，那都是实实在在的，如他坐车马的颜色皆有严格区别，这叫浮华吗？还有这"猛虎"之地名，换上别的皇帝，十有八九要改换，可他却认为，完全没有必要，一个地名叫了几百年，改之作甚。再说这样的地名还可以作为执政官吏的警示之说。有人说，你曹叡讲排场，兴土木，不是苛政吗？这又是两码事。曹叡在位十三年，大兴土木，搬铜人，建龙凤宫，耗费大量财力。可他执政期间，真的没有加重百姓的负担，而且两次颁诏减赋税，恤孤寡。曹叡耗费的是老曹、老老曹给他积攒的老本。史载，曹操执政期间，"惩豪强，均赋税，垦荒畴，扩土地，合郡连州，增关津之税，改人丁纳缴，按田畴收税"，国库快速充盈，到他去世之时，汉末的国库税银是十年前的二百六十倍。曹丕代汉称帝也积极推行父亲的做法，积攒了大批库银。到曹叡执政时，小曹的荷包是很鼓的。可惜被他的大兴土木用了个精光。可在百姓的税赋上，是只减未增。否则，他曹叡也不会自己挑几百年前孔老夫子的"苛政猛于虎"的典故而炫耀。

到达许都城是两日之后。曹叡看的第一站是许昌扩建的东门工地。皇帝要来巡视，官员们在几天前就安排好了，而且督了又督，检了又检，生怕出事。有道是你越怕事，越有事。那天上午，天气燥干，工地上的人，口渴难耐。一名筑城的士兵实在忍不住饥渴，就偷偷地瞒着督修，抱起一钵壶梓油（桐油）一口气喝了个饱。他哪里知道这生桐油是有毒的。太阳一炙烤，那军士轰然倒地，人事不省。就在此时，探马来报，皇上的銮驾到了，一行人不知所措，慌乱中将已经昏死的军士塞进了城门洞下，上面盖上一些苇席以遮丑。

曹叡下了銮驾，对正在扩建的城墙、广场逐一地看了一遍，然后听取负责的督修官员做讲解。曹叡所站的地方，正好是放"尸体"的那一方。也许是偷喝梓油的军士在湿地下解了热气，加上身上苇席的遮盖减了暑气，也压得他透不过气，遂渐翻了个身子。这一翻身，身上苇席就"哗啦哗啦"地往下掉，把站在前面的魏明帝吓了一跳。督修官见"死人"露了馅，也不敢隐瞒，把军士偷喝梓油被醉死的事做了交代。

曹叡看了那军士还有余喘之气，就对随行的太医游仁说："游爱卿，你是太医，看看此人尚可救否？"

游仁上前,给那军士摸了脉,看了眼睑,撬开嘴,察了舌象,然后说:"启禀陛下,此人乃中梓油之毒,脉象虚飘,舌苔已在转黑,若能在即刻让其服下解毒丸丹,尚且有救。可眼下,到哪里去弄解梓毒之丹丸,费时一久,纵有丹丸解毒,也是枉然。"

王叔和疾步上前也看了一看,说:"回禀陛下,游大人所说属实,倘若再稍迟片刻,此人便无法回生。但臣有一土方,可就地取材,不需解毒丹丸,不知效否,微臣实无把握。"

"救人要紧,爱卿但试无妨。"

皇上开口了,王叔和马上令人弄来一桶井水,撬开军士的嘴,往下灌水,水灌下去,那军士的肚子迅速鼓了起来。王叔和不管这些,令人继续往下灌水。这一灌就将那军士肚子里的梓油皆逼吐出来了。等吐了一阵子,王叔和又令人再灌水,水满了,那军士又吐。反反复复灌了吐,吐了灌,直至吐出的是水而没有油,方才停止。吐出了所喝的梓油,那军士昏睡了一下,徒然翻身坐起,全场顷刻欢呼雀跃。

曹叡也高兴得鼓起掌来。

在许昌城第五天里,王叔和随皇驾与百官到许昌城外金银滩农庄巡农耕,访民事。曹叡很特别,大凡地方官引他去看的地方,他甚是随便,偏好自己找地方看。到了一处农庄前,只听农舍里有哭声传出,他直顾走了过去,这一去又坏了。一少妇直挺挺地躺在炕上,一老婆子哭得死去活来。围观的乡邻纷纷诉说,婆媳适才因小事争吵了一番,媳妇趁婆婆离开片刻,抱起一罐卤水一饮而尽。曹叡让王叔和去看看。

王叔和诊其脉,观其眼,说:"回皇上,若有生姜一斤以上,此妇可救也。"

那婆婆连声答应:有生姜,有生姜。一群乡邻也纷纷从自己家拿出生姜。按王叔和的吩咐先擂出姜汁灌下,再熬煎姜汤续喂,半个时辰后,那少妇吐出苦卤,死而复活。

曹叡目睹了全过程,对家家都有生姜之事甚为惊奇,遂问道:"尔等家家储姜,乃风俗也?"

百姓当然不知道眼前的人就是皇上,于是异口同声都说:"是皇上下的诏令,让家家积药防疫疾才有的。"

曹叡听了满意地点了点头。

几天后,豫州、并州、荆州、雍州快马飞驰许昌,各地暴雨成灾,伊水、渭水泛滥,灾民流离失所。曹叡在许昌荣昌殿召集百官议救灾之事。王叔和与游仁联名献策,灾后中防疫万不可轻视,并附上灾后防疫的具体实施方案。曹叡下诏,七百里加急发往各地。经曹叡批准,王叔和与游仁、樊阳等下到离许都较近的颍阴、鄢陵、长社等地指导救灾中的防疫。

　　离开京都四个多月后，曹叡一行回到洛阳。一回洛阳，曹叡下诏，晋卫尉董昭为司徒，太医王叔和为太医丞。董昭的晋升与他谏曹真大司马急于伐蜀和弹劾刘熙、孙密、卫烈等之徒合党连群的事有关。王叔和的晋升，与京城留守左仆射徐宣的奏呈有关。徐宣的奏呈曰：各地呈报，今年大灾，无大疫，功在太医院备药积方之策。几天后，魏明帝又下诏，太医院十三科二百九十三人，每人加俸薪一级。

第二十八章

曹大司马　遗荐太医令
叔和医丞　艾蒿灸催生

　　这一年的立春之节，大司马曹真自称在襄阳摔断的旧腿伤复发，自陈仓返回京都洛阳养病。魏明帝待曹真回府后亲自上门探视，并诏令太医院骨科太医上门医治。曹真说："多谢陛下垂照，让太医丞王叔和上门即可。"

　　曹真为何不让太医院骨科太医诊治，而独点王叔和呢？因为曹真害的是假病，并非真的旧伤复发，而是多少有些思想病。堂堂大司马，除了皇上就是他官最大，还有啥思想病。官大有官大的难处，官小有官小的好处。曹真由中军大将军晋升为大司马之后，想干一番轰轰烈烈的大事，他奉命驻守陈仓，统领三十万大军，就想与诸葛亮决一雌雄。于是给曹叡上疏："汉人数入寇，请由斜谷伐之，诸将数道并进，可在大克。"曹叡接疏后，召集文武大臣，将曹真的上疏拿出来讨论，众臣一致反对。曹真不甘心，第二次又上疏，改由子午谷进攻蜀汉。照样又被曹叡驳回。第三次上疏后，曹真就准备先行一步，疏、战同步。曹叡急派太常卿韩暨持符节黄钺赶至陈仓宣诏：只可严阵以待，不许擅自用兵，违者不赦。

　　什么叫持符节黄钺呢？持符节，亦称假节钺。这是古代的一种权力的象征。皇帝在特殊情况下，授予符节和黄钺作为加重将帅权力的标志，即授予该将领或元帅总统诸军的大权。所谓假，本意为借，假节者，有对违抗命令者先斩后奏之权；假钺，指临时总统内外军事大权。说明了，韩暨持符节黄钺到陈仓，虽只是一个太常卿，比你曹真官阶小三品级，但只要你曹真不按诏书上"只可严阵以待，不许擅自用兵"而擅自行事，韩暨就有权先割下曹大司马的头，三十万大军由韩暨接管。曹真这才知道他的这位堂侄皇帝非常人所比，故而假托旧伤复发而撂挑子，回京都憋气。这也是魏明帝为什么要亲赴曹真府上，亲诏骨科太医伺诊的原因之一。

　　王叔和奉诏进了大司马府，曹真对王叔和也不隐瞒，将真情一吐为快。可王叔和看了曹真的伤口，又摸了曹真的脉象说："曹大人，你别以为你是在装病，你还真有大病在身，不出三五日必当发疾，待叔和给你早点施治为好。"

曹真哈哈大笑："叔和呀，多谢你的神药，你看，老夫的头发比原来茂密多了。自从用上你的香囊，你的擦牙洁口青藤，老夫吃啥啥香，睡觉一夜到天亮。你不用替俺掩盖，俺真的啥病都没有，多谢，多谢了！"

王叔和见曹真听不进他的话，多说也无用，遂告知曹真家人，大司马一有什么不测，即刻给他送信。

果不其然，三天过后，曹真府大管家半夜来找王叔和，说大司马突发急疾，口舌伸出而不复原，疼痛难忍。王叔和连夜过府，用针灸使曹真的口舌复位，又用针灸减止他的疼痛。开了十帖汤剂，使曹真才恢复健康。康复后，曹真还真的不好意思，说："叔和，老夫惭愧。若听君言，没有这难受之堪了。"

王叔和笑着说："若听叔和之言，可免这几针之苦也。大人所患之疾，名曰风涎（即今日的风证挟湿）水肿引发的痹症，口舌不复位乃涎风至痹急所致。叔和用的是'郁李仁汤'（郁李仁、桑白皮、泽漆、葶苈子、杏仁、赤茯苓）。为保不复发，须再服三帖。还有一件尚为重要之事，大人不可小视，此疾一定要宽心虚怀，不可多惹烦忧之事。倘若延至心衰竭力，就麻烦了。"

王叔和对曹真的预言叮嘱，是有依据的。曹真所患之疾，以今天的话讲，属脑血管疾病。如果加上他的暴躁脾气和嗜酒熬夜，会引起心力衰竭。事实上，两个月后，曹真病重倒床。魏明帝诏王叔和与太医院冯、黄、牛、邓四位太医共同会诊。王叔和诊断曹真时日不多。

公元231年三月初八，大司马曹真病逝。曹真病中给儿子写了张纸条，令面交曹叡。曹叡过府吊丧时接过纸条，展开一看，上有十一个字：臣遗言，太医令，王叔和可堪。

什么叫慧眼识才俊？什么叫辨才无私心？曹真当之无愧。他的妻侄刘腾任太医院副职快十年了，曹真没有举荐，而是举荐王叔和。可见王叔和善缘之广，也足以佐证圣人孟子所曰"天时不如地利，地利不如人和"的辩证之箴。

自太和四年十月至太和五年六月，京都洛阳连续七个月没有下雨，洛河差不多干枯断裂，居民用水困难。六月癸子日，魏明帝率文武百官到洛阳东山天坛祭天祈雨。王叔和随驾至天坛祈雨。返回洛阳宫时，一车夫因避躲皇驾往路边快跑，突然倒毙路边沟底，人事不省。

曹叡刚刚祈雨时，祷告上苍：要广施仁政，爱民如子。现见一老者倒毙路边，当然不能袖手旁观，弃之不理，急令随行太医们诊视。两位太医为了在皇上面前好好表现，抢着上前，抬起老人置于阴凉之处，搭脉望舌后，一位说："启禀陛下，此叟乃大气下陷之症，非人参汤不可治。"

另一位太医诊断后说："大气下陷不假，单味人参唯恐不足，宜加灵芝、紫河车、黄芪为妙。"

这两位太医所说的几味药，只有皇宫里才有，曹叡急令快马到太医院速取药来。

此时的王叔和站在人群中不动，因已有二位太医把诊，他当然不便上前。

曹叡在人群中扫了一眼，见王叔和低头未动，当即宣口谕："太医丞王叔和听诏，朕令你给老叟复诊。"

皇上开了金口，王叔和不敢不听，疾步上前，搭脉后，对曹叡回话："禀陛下，二位太医诊断皆正确，此叟左脉弦而坚，右脉闭而沉迟，眼球下陷，虽有气虚之象，实为痰热蒙窍所致，乃胸中大气下陷。胸中大气，原为后天宗气，能代先天元气主持全身。至于二位太医所言以人参、灵芝升气，臣斗胆认为老翁服下人参汤，可有性命之忧。"

王叔和话声刚落，那位首先说用人参汤的太医急了，忙分辩说："人参乃补气之圣物，大气下陷，用人参汤补之，焉有性命之忧。王医丞莫不是因人参金贵而节省，才有此说？"

"人参补气，此话不假。可太医忽略了，此翁除了大气下陷外，肝胆还蕴有郁热挟痰，蒙蔽清窍才是其致昏迷之要。倘若人参汤服下，气是升起来了，可痰热骤升，邪火逼心，气神俱灭，性命岂能保也。"

"那依王爱卿该服什么药？"一旁的曹叡忍不住插断了二人的争辩。

"可速将老翁送往农舍，讨一碗粥食或米汤，先行补充水谷之气，他腹中已空，恐有一至二餐未进食。尔后，臣再开小陷胸汤加开窍之品即可。"

曹叡问道："王爱卿的小陷胸汤可用人参否？"

王叔和回道："不用人参，乃黄连、半夏、瓜蒌加胆南星、陈皮、茯苓、菖蒲服三帖，当无大碍。启禀陛下，老翁尚不需人参、灵芝。微臣揣测，他家最缺的当是粮食也。"

依王叔和所言，这车夫喂下一碗凉粥后，睁开双眼，服下三帖小陷胸汤，遂逐渐恢复了元气，重新拉起了小拖车。

老汉姓孙，乃洛阳郊外孙王庄人，人皆呼他老孙头。老孙头老伴瘫痪在床，儿子双目失明，仅靠他拖车换粮。前些时，家中断炊，他借了粮强撑了几天，眼下又得断炊，不免心中着急，两餐未食仍外出寻觅生计。刚揽上一件小活计，又遇上皇帝祈雨返宫，被护路军士呵斥，他忍住饥渴拖着小车奔跑着让路，才昏迷于路旁水沟下。也是他否极泰来，遇上了刚祈祷许愿的亲民皇帝和技高一筹的王叔和，不仅保住了老命，皇帝曹叡又将人参换成十担米，并嘱咐地方官将其列为恤补之户予以月补。

晚上回到家里，王叔和与夫人庞姝和弟子张苗谈及此事，甚为孙老汉的因祸得福而高兴。庞姝也为丈夫接二连三地化险为夷赞叹不已。这就是抚军大将军司马懿预测所言，运气不佳，到手的鲤鱼变成虾；运气充盈，半夜坠井遇贵人。王叔和也正是碰到"半夜坠井遇贵人"的好运充盈之时。

几天后，王叔和刚进太医院，樊阳兴高采烈地来报到，说是昨天主管药丞部的太医丞要他今日到方丞部报到。王叔和心里明镜般清楚，那是尚书令司马孚大人的奏疏起了作用。樊阳一到方丞部，王叔和是如虎添翼，他当即将整理辑纂《伤寒杂病论》的细微之事全交给了樊阳。二人正谈得高兴，那天祈雨返宫途中，给孙老头子诊脉的两位太医来找王叔和请罪，特别是那位与王叔和争辩过的罗太医，一进门就给王叔和跪下了，且连连磕头，嘴里直呼：请王医丞宽宥，请王医丞宽宥。王叔和赶忙将二人扶起，让樊阳给二人上水。二人坐下后，王叔和十分和蔼地说道："二位太医那天的判诊正确无误，只是在施治之方，稍有偏差。这是医之辨中的人之辨也。倘若那天的患者是位锦衣玉食者，用人参补气，断然无错。二位忽略了他是一位饥不果腹的贫苦百姓，呼吸气短，肚中如似一张瘪壳的老羊皮，最缺的自然是水谷之气了。补充谷食当在首位。叔和也是在摸索中得出的这些微妙区别，也是瞎眼猫碰到了死耗子，巧遇之偶也。二位倘若不弃，今后当多多商榷互勉，取长补短，共同进步，如何？"

论官阶，王叔和是太医丞，比他们高一阶，论医术，不用说，那是相形见绌，有山水之别。可王叔和如此谦卑和气，令二位太医没有想到，他们原以为王医丞会对他们一番呵斥和教训。如此一来，王叔和的形象立马在二位心中高大起来。此后，二位经常来请教，无话不谈，与王叔和成了莫逆之交，成为王叔和编纂《伤寒杂病论》的得力助手。

这天傍晚，王叔和下值正准备回家，司马孚大人过来传皇上口谕，要他即刻赶往坤宁宫。路上，司马孚告诉王叔和，皇上的爱妃胡氏产难已有一个多时辰了。何为产难？就是今天的孕妇难产。古人倒着说罢了。王叔和心里不免有些紧张，他实话实说，从医这么多年，还从未涉及产难之类的施治，况且这是皇帝的爱妃呀，有劲你也使不上的，怎么办？冷静过后，王叔和想起了表哥生前曾与他谈过，妇人临盆有产难，最有效的施救就是扎针灸，并教了他几处施治的针穴之位：合谷、三阴交、支沟、太冲，尤以合谷穴为最重。王叔和也在《灵枢·本输》中看到过合谷的记载，乃手阳明经原穴，又名虎口。可他王叔和从未试诊呀！这金针扎下去，弄不好，一针双命，又是皇帝的女人，若有半点闪失，那可不是闹着玩的，丢官是小事，命悬一线才是真正的大事。这就叫：伴君如伴虎，官高祸也高。

古代无论民间还是皇宫内苑，女性生产，皆有专职的接生婆——稳婆。稳婆接生先必烧香敬神，以香灰洗手，再丢祷签。什么叫祷签？祷签就是竹子做成的一块画有神符的竹板，实际上是一种迷信手段。如果翻出的祷签是吉，那就表明此次生产顺利，若祷签显示凶，就表明生产不顺。事实上，稳婆们为了减轻自己的过失，多在祷签时弄手脚，十有八九皆是凶字。这样，出了事与她们无关，那是神的事，老天爷的事了。没出事，那是她稳婆的本事，主人得双倍给谢酬的。皇帝的老婆嫔妃生孩子也是一样，稳婆必先行上述一套。只不过能进皇宫做稳婆的人，是经过上百次优中选优，选出的优秀者，技术无疑要比民间强上十筹几十筹了。

给曹叡爱妃胡氏接生的稳婆，四十上下，显然也是位稳婆中的高手了。她见了太医王叔和，把胡氏产难的症状及产难的症结在哪里都一五一十地说了个清楚明白。稳婆说，胡氏素来气血虚弱，身子骨羸瘦。生产时腹压乏力，岂止是乏力，是有气无力，胎儿几次要出宫，只要稍加用力，片刻就能平安而产。现已拖了半个多时辰，产程延长，气血更虚，胡氏几乎陷于绝望之中。现只能靠太医施治了。

王叔和听了稳婆的介绍，心里逐渐有了些底气。在选用针灸之时，王叔和大胆地冒出一个念头，用艾蒿灸加上微量的辣蓼蒿粉点燃可以驱瘴又可以有醒脑清神的作用。安排好艾蒿辣蓼粉的同时，王叔和取出当年真阳观道长吴阳子师父临终前所赠的祖传金针，在胡氏的双手合谷之处同时扎下金针。帷帐内的稳婆迅疾在胡氏的四周同时点燃艾蒿粉绒。金针一扭动，牵动了产妇的子宫经络，宫缩显然提高，那艾绒之中加了辣蓼蒿粉，香气中伴有一股辣气迅速进入了产妇的鼻子，胡妃立刻鼻子发痒，一个嚏喷猛然而响，胡氏身子不由自主地往上一挺，一声婴儿啼哭悄然响起。

"生了，生了，胡美人生产了，还是位皇子呀！"帷帐里稳婆连声叫唤，帐帷外的王叔和急忙取下金针。此时此刻，他浑身上下如同从水中捞出来一般，湿淋淋的全是汗。

被王叔和用金针和艾灸催出生的皇子，是曹叡的第三个儿子，取名曹殷。

新皇子出生，天下大赦。这次的大赦不同，加上祈雨之祷，曹叡在大赦令中特加注了一条：除犯有十恶不赦被判处死刑的重大罪犯外，犯其他罪行者，有地方作保，可以缴纳不等数量的财物，一概可赎罪获释。

丁巳日，七个月未下雨的洛阳城，降雨一天一夜，阖城百姓在雨中欢呼雀跃："喜泣相拥，久久不散。"似乎老天降下的不是雨，而是黄金白银。

高温暑热，突遇清水降温，防疫万不可轻心。王叔和于当天夜里起草了一份奏疏，仍由尚书令司马孚递给了皇上。曹叡又添皇子，又下喜雨，即刻准奏，着尚书令统筹太医院施行防疫之方。司马孚当然将此事交给王叔和。

第二十九章

辛大才女　暗恋王叔和
太医夫人　助力辛宛英

　　王叔和的预测一点儿不错，大雨降下的几天后病人接二连三，城内的百姓管不了，单皇宫内苑、九卿六宫就有许多。王叔和及太医院那些名气大的太医们忙得是脚板似乎沾不了地，这家看完了，那家在外候着。这天，王叔和从皇宫里给皇上的爱女，时年八岁的曹淑公主看完病后，就马不停蹄地赶往卫尉府为卫尉辛毗诊脉。

　　辛毗对王叔和而言，并不陌生。魏文帝时期，辛毗任侍中。王叔和与卫汛到京城做"除疫策"论辩时，辛毗是参与听辩的四位大臣之一。明帝继位，辛毗升任卫尉。而他这个卫尉又不等同于一般的卫尉，他属于曹叡的股肱之臣。司马懿在渭水河与诸葛亮对峙时，以逸待劳，坚守营垒不出战，耗费诸葛亮的粮草。诸葛亮令人给司马懿大营送去女人衣帽、鞋物、首饰，侮辱司马懿与小脚女人无异，无胆无识，怯懦如同妇人，有辱大魏形象。魏营军中诸将不服，怒火中烧，一致请战不止，最后有的甚至绝食而请战，司马懿快马报至洛阳，密告坚守乃上上之策，请诏速制军中请战。曹叡选派的全权特使就是辛毗卫尉。辛毗持符节火速赶往渭水大营，禁止魏将请战，有两名将军义愤填膺，愤然无令出战，辛毗当即将其斩首，将头颅悬营三天，以警诸军。曹叡对辛毗的决断甚为赞赏。对皇上十分器重的臣僚，王叔和断然必亲自诊视。而实际上，辛毗这次所患的只是耳鸣之类的小疾，要王叔和进府诊视，是辛毗的女儿辛宛英出的主意。

　　辛毗有一个儿子、两个女儿，长女辛宪英乃西晋名将羊祜的婶母。小女儿辛宛英是位才女，也是一位奇女。才女之说好理解，那奇女奇在哪里呢？奇在她三十好几仍不出阁。那个年代二十岁以上的女子没有出嫁的，就是奇闻，三十余岁尚待闺中，那就是奇邪之闻了。辛宛英与王叔和同岁，皆是属小龙的。她小时候熟读诗书，有过目不忘的本事，因她的饱学之才，心气甚高，一般士子，她根本不屑一顾。父亲辛毗与叔叔辛厂都是袁绍手下的谋士，袁绍被灭，归顺曹操。在曹氏天下，辛宛英的名气最响亮，曹操曾一度想将辛宛英说给他的爱

207

子黄须儿曹彰做媳妇，可辛宛英坚决不同意。为啥呢？不是曹彰长得丑，也不是曹彰没有曹丕、曹植有文才。纵然是曹丕、曹植相中了她，她也不会嫁到曹家。因辛宛英幼读经史，在她辛宛英的潜意识里，帝王之家的女人是万万做不得的。这就不对了，曹操在世时，尚没有称帝之举呀！这就是辛宛英的才气了，她有对时事、政局明察秋毫的本事。在她的洞察中，曹家早晚必取代汉室，成为九五之尊的。不仅是对曹家的预测，对司马氏的预测，她辛宛英也棋高一筹。魏正始十年，司马懿趁大司马曹爽随魏主曹芳祭扫魏明帝的墓高平陵之机，发动政变，关闭洛阳城。父亲辛毗闻讯坐卧不安，如同热锅上的蚂蚁一般，不知如何是好。辛宛英分析，司马懿此举并非谋逆皇帝，而是杀曹爽，她劝父亲万不可轻举妄动。辛宛英哥哥辛敞时任洛阳守备军中的参军，也手足无措，不知何为。辛宛英分析说，作为曹爽大司马帐下之将，应该忠于职守，冲出洛阳城给曹爽报信。曹爽被诛杀三族，太尉蒋济准备将辛敞连坐杀之。司马懿认为，辛敞是在"各为其主，乃义人也"，而给辛敞官复原职，仍做洛阳守将。这不难看出，辛宛英的政治嗅觉、敏锐性非比常人。

辛宛英为啥要出主意让王叔和进府给父亲诊病呢？简言之，这位美女相中了王叔和，对王叔和进京才几年光景一连串的传奇之事深为所动。王叔和有夫人庞姝的事，难道辛宛英不知道？当然知道。知道了又算什么呢？前文说过，汉代、三国时期，女人嫁几次人那是一种骄傲。男人讨三四个老婆，那叫本事。儿子、侄儿可以将离过婚的小妈、婶娘娶过来做大、小老婆，法律是允许的。当官的、封侯的可以承袭爵位，继承大统。他王叔和还只有庞姝一个老婆，再娶两三个也属很正常的了。再说，王叔和与庞姝成亲六七年了，至今未生一男半女，这就是再娶她辛宛英最好的理由了。

行文至此，还真得对庞姝为啥没有生育做一番交代不可。王叔和结婚三个月后，庞姝就怀孕了，后因吃了田畴从岵山猎户带回的腌鹿肉而流产，此后庞姝又再次怀孕，因旧疾复发而堕胎。再后来，王叔和就诊断庞姝不能再怀孕了，否则有生命危险。王叔和曾给表哥卫汎去信，将庞姝的孕前孕后情况做了说明，要卫汎给予施治。卫汎明确告之，庞姝体质及女性特点不可以再怀孕。进京都第二年，庞姝就要王叔和再娶，为王家生下个一男半女，皆被王叔和严词拒绝。这些内情辛宛英当然半点不知。她以为凭她的才貌，一定会打动王叔和，殊不知是竹篮打水一场空。

王叔和进了辛府，给辛毗诊视之后，认为辛卫尉大人的耳鸣只是近日天气变化引起的季候性原因，休息好，少一些房事即可。他将诊断的结果告诉了辛毗，辛卫尉甚是感激。今日之王叔和，不是十年前的王叔和了，乃太医院医丞，论官阶也只比他辛毗小两阶，居然亲自过府诊视，多少有些受宠若惊了。女儿弄的名堂，他当然是一无所知。王叔和交代已毕，正要背起医囊告辞，辛宛英的侍女急忙撞了进来，说是小姐嘴里昨夜突然起了一个硬疖，烦请王太医丞给小姐诊视诊视。

辛毗听说宝贝女儿病了，当然有些着急。王叔和想既然已在辛府，何必不给辛大人做个人情，给他女儿看一看，便跟着侍女来到了辛宛英的闺榻之房。辛宛英正坐在案前，双手正托着两腮，见了王叔和便起身行礼，那双眼睛与王叔和一碰面，心里就按不住地跳跃。不用说，王叔和的相貌也使辛宛英十二分的满意了。

王叔和看了辛宛英的第一眼，也吃了一惊：辛大人居然还有如此美貌的女儿待字闺中。孟子云："食色，性也。仁，内也，非外也；义，外也，非内有。"老夫子所言，食欲和性欲，都是天性。没有什么大惊小怪的。男人见了漂亮女人，多看两眼，有些吃惊甚至想法，只要不是非分之想，皆是正常中的正常了。

王叔和说："辛小姐贵体有恙，可让叔和诊视？"

辛宛英微笑着点了点头："任凭太医拭脉。"说完，就将脖子伸向了王叔和。

有人说，这不对呀，男女有别，授受不亲。大家闺秀怎么一点儿不讲规矩。在汉末、魏晋乃至隋唐，男女之间是没有什么禁锢讲究的，很随便、很自由。建安七子之一的刘桢，喜欢美女，听说曹丕的老婆甄洛十分漂亮，他到曹丕家喝酒，席间对甄氏"执腮而视"，就是板着脸对着眼睛看。后来小人告知曹操，曹操为了爱面子，以"不敬罪"给刘桢弄了个服劳役，后又将刘桢降级使用而已。这就说明，在那个时代，没有"男女授受不亲"的规束。"男女授受不亲"是宋代朱熹推崇理学，将女人看得紧了起来，才有了后来的许多臭规矩。

王叔和给辛宛英摸了三关脉象，没有摸出什么疾患之症。实际上，辛宛英也真的没有什么病，她是为了与王叔和见面，故意将一枚枣子核含在腮帮子里。等王叔和摸完了脉，她将手指在脸腮外稍凸起的地方让王叔和用手审按。

王叔和是什么人，这用手一掂就掂出了辛宛英腮内的东西不是什么疾患，便说："辛小姐的慧心少见，用果核洁健齿，值得叔和一学。"

辛宛英见王叔和戳穿了她在装病，且很有涵养，说得十分圆润，心里比吃了蜜还甜。当即施礼，说道："宛英久闻王太医丞医技神奇，甚为稀见，多有仰慕之意。今日父亲患疾，太医丞亲临寒舍诊视。宛英借机嬉戏，望太医丞恕宛英不敬之罪。"说完，辛宛英躬身给王叔和施了一礼。

王叔和立马回礼，说："辛小姐谬赞也。王叔和除疾祛顽皆本分之职责。传闻之言皆有夸大之词，不足信也。今日能得到辛小姐的验试，叔和三生有幸，不到之处，请辛才女不吝赐教。京城疾患甚多，叔和不敢在此久留，请辛小姐见谅。"王叔和说完收拾医囊便要出门。

辛宛英装作歉意给王叔和收拾行囊时，趁其不注意，将一锦帛塞进了叔和的医囊。又将王叔和送出府外，才依依不舍地转身回到闺房，做起了单相思的美梦来。

王叔和忙完东家忙西家，一天下来是甚为疲惫，回到家里将医囊一放，就又七仰八地往椅子上一靠，闭目养起神来。

这些年来形成了一个不是规矩的规矩，每天回到家里，庞姝就要将丈夫的医囊收拾一遍，拾捡得让他用起来顺心顺手。今日打开医囊，一块锦帛装于囊底，庞姝取出一看，上面写着几行娟秀字体：与执与死，子子子生。偕之成契，老手说阔。

几行字的边款是：叔和笑解，宛英拜上。

庞姝一看边款不带姓，她是才女，当然清楚这叫情款。啥叫情款呢？就是情人之间写书一般不带姓的。可是这上面几句话，倒把大才女庞姝难住了。说是求爱诗吧，写得似乎有些语无伦次，东扯西拉。说明这名叫宛英的女子水平也太一般了。这种求爱诗丈夫王叔和是断然看不上眼的。庞姝看到这里，心里不由升起了一股鄙视之感。可看着看着，庞姝不由看出些道道来。古人的行文是竖着从右往左看，那几行字的句子是有些颠三倒四，无甚妙句。可横着从右往左边一看，这四句话就变成了：与子偕老，执子之手，与子成说，死生契阔。

庞姝一读这几句话，马上就觉得此诗好生熟悉。再按此颠倒横读，那就成了：死生契阔，与子成说。执子之手，与子偕老。

哎呀，这样一读，庞姝恍然大悟，这是《诗·邶风·击鼓》中的原话。那可是一首脍炙人口的求爱佳作的。天啦！这叫宛英的女子真太有才，求爱信写得如此高超，她庞姝真的要甘拜下风了。从压于医囊之底和丈夫将医囊随手一甩的习惯看，丈夫对医囊中的诗帛可能毫不知情，倘若知情和有意为之，是不会如此随便的。庞姝很贤惠开明又大度，进京后几次就劝王叔和再纳一房夫人，而且对象都物色好了，丈夫皆置之不理，甚至嗤之以鼻。不知丈夫是真心不愿意找，还是丈夫对她所物色的对象不上心，那么这叫宛英的女子，从这匠心独运的求爱方式上看，无疑是一大才女也，只是容貌不知如何。如果丈夫能看上，那可了却了她一大心愿。想到这儿，庞姝把丈夫叫醒，将那块锦帛塞在他手上。

王叔和睁眼一看那边款，吓了一跳，忙问夫人："这锦帛从何而来？！"

庞姝故作不满地说道："在医囊里装着，你还问我，我也不是夫君肚子里的蛔虫，岂能知道你的艳遇？"

"这，这，这辛小姐玩笑也真的开得太大了。"王叔和脸憋得有些发红，说起话来，有些结巴，"夫人，夫、夫、夫、人，叔和真真真的不知道辛小姐会放这锦帛的。"接着，王叔和把上午到辛府给卫尉辛毗瞧病，卫尉尚未出阁之

210

女辛宛英如何装病，让他揭穿之事给庞姝说了个痛快。王叔和说这些话，是出于本意，他没有任何私心杂念、非分之想，向夫人做表白。

庞姝可不是这么想的。她想到的是这下可好了，辛宛英父亲乃卫尉之职，门当户对。宛英又尚未出阁，加上又有如此之才，丈夫应该满意的。只是容貌丈夫不知能否上心。于是庞姝问道："辛宛英形象与我相比，如何？"

王叔和是个实心人，抓着头皮说道："与夫人相比，有过之无不及。"

庞姝一听，高兴得双手摇摇："那太好了，那太好了！"

王叔和鼓着眼珠子问道："夫人何出此言？"

庞姝说："我给你相了几个，你都不上心。现如今好了，辛宛英小姐，容貌胜过于我，才学绝对比我高。况且她又钟情于夫君。夫君这回总该心满意足了吧！"

王叔和连连辩解，说："夫人，夫人，俺叔和不是那个意思。俺多次与你说过，叔和只娶你庞姝一个，其他不娶！"

庞姝说："不是你娶，是庞姝我要给夫君娶。天下男子有几个不是三房四房的。只有你王呆子，不生个一男半女，你想给王家断后，是吧？我庞姝可不敢。"王叔和说："夫人放心，俺还在为夫人想法子，讨方子也，保你给王家续香火的。"

庞姝见丈夫仍钻于死胡同，心里早就打好了算盘，到时候她会亲自到辛府找辛小姐。眼下是要让丈夫慢慢接受辛姑娘。庞姝把锦帛交给丈夫，说道："你看，你看，辛姑娘的才华，庞姝是自愧不如的。"

王叔和这才拿起锦帛看了起来，看了半天，将锦帛一甩："这是什么才？扯三拉四的诗，这让俺解读，俺可读不下去。夫人，不是叔和说你，你也太自谦了吧。当年你与俺，那隐语，那画中谜才真是一流的才女之作。"王叔和双眼闭着，有些摇头晃脑了。

庞姝说："你呀，夫君，是走马观花，心浮气躁，看不出名堂。我问你《诗》之《邶风》中的《击鼓》篇，你可记得？"

王叔和哼哼地笑了起来，说："夫人，那可是阐情表爱的名篇佳作呀，叔和当然记得，我背给你听吧夫人：死生契阔，与子成说；执子之手，与子偕老。"庞姝一笑："夫君，你把眼睛再睁大一些，再看看辛姑娘是怎么用《击鼓》篇向你示爱的。"王叔和这才拿起锦帛细看起来。这人心一静，自然是水到渠成。王叔和不由得对辛宛英的良苦用心钦佩起来："难怪太医院平时有人议论辛卫尉家的二女儿才气绝伦。夫人你有眼光，她才气也不在你之下。"

"才貌皆胜过我庞姝,你还有什么挑剔的? 夫君,我让人上辛府作伐如何?"

王叔和连连摇手:"夫人那可是两码事。万不可胡来!"

这一夜,王叔和夫妻的恩爱甜蜜,胜过了新婚之夜。王叔和对夫人的贤慈慧善刻骨铭心,庞姝对丈夫的忠贞不贰涕零如雨。

第三十章

二巡东境　明帝哭子女
皇宫面君　叔和述真情

公元 232 年三月癸酉日，皇帝曹叡第二次东巡启程。这次东巡，曹叡以复访之法，也没有上次东巡的那种排场，皇后、嫔妃一概不带，文武臣僚仅十余人，车驾轻装简从，王叔和与游仁、樊阳等三人仍然随驾。曹叡这次的东巡之简，说起来是有原委的。

那天在洛阳白马寺，曹叡率百官还祈雨所遂之愿时，与白马寺释僧探讨起这次祈雨的成功和今后的灾害预测时，释僧以喉痛失声为由，给皇帝写了两方锦帛。曹叡一看，是亚圣孟子的两段话。一段出自孟子的《尽心章句上》。孟子曰："易其田畴，薄其税敛，民可使富也。食之以时，用之以礼，财不可胜用也。民非水火不生活，昏暮叩人之门上户以求水火，无弗与者，至足也。圣人治天下，使有菽粟如水火，而民焉有不仁者乎？"

另一段话是"民为贵，社稷次之，君为轻。是故得乎丘民而为天子，得乎天子为诸侯，得乎诸侯为大夫。诸侯危社稷，则变置，牺牲既成，粢盛既洁，祭祀以时，然而旱干水溢，则变置社稷"。

作为皇子，曹叡对孟子的这两段话，过去是再熟悉不过的。可再熟悉，那也只能是一篇文章而已。因为他只是一个不谙世事的皇亲贵胄。现在不同了，是主宰天下的一朝帝王。要想做一个仁圣之君，孟子的这两段话那还真是一针见血，毫无虚言。白马寺的释僧也许早就预料到皇帝会到寺还愿，提前写好了这份献给很有一番作为的曹叡天子做礼物。

回到洛阳嘉福殿，曹叡重新温习了这两段经章，又令司徒董昭当众臣之面，诵讲了一番。董昭乃经学大儒，他的讲解通俗易懂，掷地有声。董昭说："孟子告诫说，耕种田地，减少税赋，就可以使百姓富裕。按时饮食，按礼节花费，财富就用不完的。当百姓没有水和火，就不能生活，晚上去敲别人的门去借水与火，没有人不给的。这是因为他们相当的富余充足。圣人治理天下，就应该让豆米、粮食像水与火一样充足富余，到处粮食像水与火一样充裕，百姓哪有不仁的呢？孟子说的'民为贵'，是讲百姓最重要，土地神和谷神其次，国君为最轻。因此，能得民众欢心的，就能做天子；能得天子欢心的，就能做诸侯；能得到诸侯欢心的就能做大夫。诸侯危害了国家，就当改立别人。祭祀用的牲畜已长得肥壮，祭祀用的谷物已经处理洁净，那就表明要改立社稷的神祇了。这是一条颠扑不破的规律，谁人都不可能改变的。"

董昭司徒诵完上述两段后，又引用了孟子关于君王之道的一番话，孟子云："乐民之乐者，民亦乐其乐，忧民之忧者，民亦忧其忧也。"

董昭讲完这些，跪之于地，高声说道："陛下，您是圣仁之君，了解民意，宽恤民心，解民倒悬，你一定会比任何君王都做得好。那天祈雨归途的恤民之举，是万民称颂的。天下还有万万千千的贫寒车夫在等着陛下去发现，去抚恤，去与民共乐乎。"

这董司徒无愧于饱学之士，又很会说话，一番话把皇帝的激情调动起来了，于是就有了这次轻装简从的二次东巡。

史称曹叡的第二次东巡为"恤民巡"。沿途慰问老者、鳏夫、寡妇、孤儿及老年无子者，每到一处，赐给粮食、丝绸，并嘱其地方官——作记，"年年予粮钱"。王叔和等太医每到一处，曹叡叮嘱其给孤寡老者瞧病送药。临行前，王叔和按司马孚大人的吩咐，专门配备了一辆车，装了满满的一车药，沿途施药施治，曹叡甚感满意。

这天车驾自鹿邑（今河南鹿邑县）启程时，遇上一老者拦驾。车驾停下，老者说他就是这路边庄里的人，说庄里有一孤儿，父母双亡，现已倒毙在家。王叔和带着樊阳直奔孤儿家里，诊其乃饥饿所至昏厥，短期内难以恢复，建议带至车上随诊。曹叡准允。王叔和与樊阳将病危之儿抬上车驾施治。

因沿途曹叡访贫问苦，车驾到达许昌时，已是五月端午日，曹叡在许昌德庆宫设宴与京师随行官员和许昌官员共度端午。这一路走来，曹叡恤慰的寿者、鳏夫、寡妇、孤儿等有三百余人，心里不免有些高兴，举杯畅饮时，想起了王叔和带在车上的孤儿，遂酒樽一放，问道："王爱卿，鹿邑途中孤儿可救否？"

王叔和说："回陛下，此儿托圣上洪福，已无大碍，调养几日，当可下地了。"

曹叡频频点头："此事甚好，王爱卿积善德也。"

王叔和说："全是陛下的洪恩浩荡，臣仅尽责而已。臣还有一事，当禀陛下恩准。"

"甚事？但讲无妨。"

"此儿乃先天失声，现不能言语。臣以为，可用针灸术慢慢调治，没个三五载难以奏效。故臣恳请陛下恩准，臣将其做义子收养，以便随治。"

曹叡高兴起来："此乃恤民善举，朕准你所奏。"

王叔和说："此儿乃陛下恤民途中皇恩所遇才以得救，陛下可赐名，以天下人所效做，让此儿所铭恩。"

曹叡想了想，说道："此儿乃朕到昌都途中所遇，就叫昌途如何？"

"此名甚好，臣替昌途给陛下谢恩。"

端午日晚上，王叔和与樊阳等正为孤儿收为义子，皇上又赐名之事高兴得有些颠晕。许昌殿值官急急宣诏，王叔和等三人及许昌宫凡太医以上者，速速到昭阳殿见驾。进殿途中，殿值官悄悄告诉王叔和等，新皇子曹殷病亡，皇上刚收到七百里加急报来的噩耗，正在悲痛之中。

到了昭阳宫，曹叡正在擦眼泪，见了王叔和等立刻气呼呼地诘问道："尔等皆是太医院的太医、医丞，食君俸禄，为何不给朕的皇族子女施良方，用妙术？朕之皇族子女，为何一个个早夭短命？说，尔等一个个都说，不许遗漏，说！"

许昌宫太医给事中首先跪倒，头磕得似鸡啄米："臣该死！臣该死！臣有罪！臣有罪！"

紧接着所有的太医包括游仁，一个个都跪倒在地，重复着太医给事中的那两句："臣该死！臣有罪！"其他的一概不言。

唯王叔和没有下跪，一向谨慎的王太医，居然一语而出，如石破天惊："回陛下，臣等已尽责了，再神奇的良术妙方也难救新皇子和平原懿公主的命……"

这平原懿公主，名叫曹淑，曹叡视若掌上明珠。大半年前病亡，时年八岁多，曹叡放声大哭，两日没有进食。女儿死后，曹叡追谥为平原懿公主，葬于南陵，立庙于洛阳。

"那是如何？讲！"曹叡被王叔和镇住了，他本想吼斥王叔和，可想到是自己让太医们讲出皇族子女早夭短命的原因的，口气遂软了许多，插断王叔和的话。

王叔和说："曹淑公主病危时，俺去施过诊。曹殷皇子是臣施用针灸催生，满月是应诏进宫施过药，当时就断定，皇子难过三岁这关。只是不好言之。曹淑公主六岁时，臣也细细查验过，心里也断言，她过不了十岁。"

曹叡一听，震惊了。震惊过后是平静，便心平气和地对王叔和说道："王爱卿，敢讲真言，朕恕你无罪，只是要说出朕的女儿早夭短命的症结所在。"

"谢陛下宽恕。臣以为，圣上已故公主、皇子皆患有遗传恶疾，非太医良术所能治，神农、黄帝圣贤仁君也恐无回天之力。"

"何以见得有遗传恶疾？"曹叡挥了挥手，示意王叔和往下讲。

王叔和侃侃而谈："公主、皇子的先天恶疾从他的神阙穴（肚脐）上皆有显露。上古医籍中，先哲多有此论，神阙乃人之寿态归原之处。常者，神阙呈圆形居中，皮润肉盈，此乃男子上上之阙。女子神阙，当呈满月之形。而已故公主、皇子神阙浅陋，且延伸向下偏左而生，表明其肝、肾、肠皆有异变之隐。殷皇子的神阙极其浅小，几乎无甚凹处，脐尖歪伸，也偏左而长，皆喻示其本固缺根，体内素源先天缺断，虚极无助也。臣诊其脉象，亦想扭转，当心有余而力不足，只好放弃，故断其早夭注定，无力回春也。”

王叔和讲到这里，大殿鸦雀无声，一根针掉之于地也闻其声响。

曹叡低头默默不语，片刻，抬起头来，凝视着王叔和一字一句地问道：“王爱卿，可有防朕子女不患先天恶疾之方？”

这一问倒真的把王叔和难住了。他低头沉吟半晌，扬头而答：“回陛下，臣有一方，乃上古先哲所传，明日呈上。”

王叔和这叫急中生智，给自己找个台阶，也给曹叡皇上找个台阶。回到驿馆，王叔和是一宿未眠，翻来覆去地思考着，该怎样给曹叡回答生子女免患恶疾之法。此事真的难以全原回答，弄不好会搬起石头砸自己的脚。可不回答，也不行，当着一殿的太医及大臣之面，明日献方，你一介儒医，能控制得了？皇帝的私生活是导致生育子女是否健康的关键。当然，如果以现代科技而言，还能找到基因本源。总之一句话，人的先天隐疾与父母的饮食、生活、嗜好、房事等有千丝万缕的关联。作为一朝皇帝，如果你直言拜上什么你要节制房事，不能纵欲无度，你不能近亲婚配呀，你喝酒之后不能与爱妃同房呀，等等，那可是件头毛吊石磙，危险得很的事。

思考了整整一夜，王叔和临天亮时提笔写下一方：饮食有节，嗜好有度，精气有余，心神有畅，养营有别，宠幸有当。

此乃上古神方，守之可防也。

第二天一大早，王叔和就赶到后宫，将此方呈上。曹叡看了也不言语，此后再也没有提及此事。王叔和这才长长地松了口气。

也许与曹殷皇子病逝有关，曹叡看了新殿的建设，将方丞给事中马钧留在许昌，督修景福殿、承光殿，就急匆匆返还洛阳。

第三十一章

曹叡破例　擢升王叔和
庞姝劝夫　早纳辛才女

回到洛阳的第三天,早朝时,黄门侍郎王肃当殿上书,谈及太医院太医令缺位五年,太医给事中刘腾代位多年,当擢太医令,以利太医院之全。

这王肃,字子雍,今浙江嵊县,时称东海郑人,是大司徒王朗之子,司马昭的岳父,司马懿的儿女亲家。王朗原以为刘腾是曹真的妻侄,曹叡定会准奏的,当刘腾上门求他出面时,欣然答应。哪知道曹叡对他的上书看都不看一眼,只顾问及其他之事。八月十五,即八月望日,放休后的甲辰日,尚书令司马孚到太医院召集一干医工、太医、医丞宣诏:着令太医院医丞王叔和晋太医令,俸一千五百石,舆屏左右皆朱,舆盖用皂。主太医院之全,不得有误。此诏。

曹叡的诏令一出,满朝皆惊。惊什么?惊奇皇上对王叔和的特殊待遇呗!什么特殊呢?这用车的特殊。古代官员的用车,等同于今天当官用的小车,皆有严格规定。不同的官员按等级配备车的数量,马的颜色有区分外,就连马车车厢两旁遮蔽尘土的屏障、车顶上方覆盖的布都有严格区别。官俸六百石至千石的车厢两旁的屏布右边为蓝色,左边为红色。二千石以上官俸的车厢两侧方可均为红色,顶盖方可用皂缯之色。王叔和官俸一千五百石,所用的车屏全部用红色,车顶用皂色,这可是前所未有的。当然要引起官员们的热议。

曹叡皇帝的心思,大臣们难以琢磨,可他并不是不考虑刘腾的想法。几天后的晚上,曹叡将王叔和与刘腾召进后宫,坦言一晚上不能入睡,且咳喘不止,脸上有浮肿,要二人同时开方。刘腾给曹叡号了脉后,当以安神方呈献。王叔和思虑再三,认为皇上乃胃肺有热挟湿,不能补,只能缓泻。遂用桑翁所传的海上神方"蚌粉胡麻汤"。最后,曹叡选了王叔和的方剂。并赏给王叔和玉璧一方,嘱后宫黄门官,王叔和入宫,夜昼当宣。

刘腾临出宫时,曹叡将两年前刘腾姑父曹真弥留之际的遗嘱交给了刘腾。刘腾一看,脸红不语,悄然出宫。这就是曹叡的过人之处,他也不批评刘腾,无声地告诉你,没有擢你当太医令,不是我一个人的主意,你自己的姑父两年前就有定论,你怪谁,怪你自己没能耐,不服王叔和不行!打那以后,刘腾再也没有用嫉妒之心对待王叔和，服服帖帖地听从王叔和的遣调。最起码他没有以自己的老资格同王叔和搓反索，也说明他刘腾有自知之明。

当上了太医院的太医令，王叔和仍谨小慎微，夹着尾巴做人，不敢有丝毫懈怠。将太医院整理编纂散传医籍医简以成医史正书刊行一事的奏折，仍不用其名，而交司马孚呈上。曹叡看了司马孚的上疏，在朝堂之上，当着文武百官的面质问司马孚道："司马爱卿，朕托你代束太医院，那是因为太医院太医令缺职，现已有太医令，为何还越俎代庖，屡屡伸手太医院事？"

司马孚不敢隐瞒，将王叔和相托一事和盘托出真相。

曹叡当即诏告文武百官：太医院事，今后唯太医令王叔和所奏可准。

不久，王叔和上疏，请求扩充太医院太医队伍，加强太医院及军营医工、太医的告训（培训）。组建专班对太医院古医籍、医简进行系统分类整理。曹叡准王叔和所奏。

几个月后，王叔和又奏皇上将太医院太医樊阳擢升太医丞，全面责理太医院古籍、医简的清整事务。举荐弟子张苗入太医院任医工，协助樊阳整理医籍。

曹叡一一就允，着王叔和期时回奏，不得有误。

如此一来，王叔和在太医院可放手而行。樊阳、张苗废寝忘食地进行全面辑整汇编。曹叡还于暑热之夏亲自到太医院巡视，听了樊阳的汇报，辑整全面完成，计有上古医简残卷八千九百零六片、医籍残卷一千六百六十五卷和没有完整的医籍呈报后，对樊阳予以嘉奖，赐太医院所有医工以上者绿豆羹解暑。

别看那只是小小一碗绿豆汤，可对太医院的人而言，那可比琼浆玉液还珍稀。在古代封建帝王的眼里，军事为第一位之要务。所谓军国大事，军皆为第一，其他各个部门，除了管钱粮的工部、管官员的吏部外，极少关注，更不用说上门巡视。太医院尤为渺小。东汉自更始皇帝刘玄更始年（23年）开始，到汉献帝延康元年（220年）的一百九十七年中，皇帝到太医院的记载，仅为一次，那是汉明帝刘庄于永平元年（58年）为追查爱妃邢美人身亡而到太医院兴师问罪，一次性诛杀太医六人。那么，到太医院巡视慰问，赐赏物的，两百多年尚无先例。这王太医令上任不到一年，皇上居然到太医院巡视，还给全院人赐赏物，真是八辈的荣耀，大家对王叔和的钦佩与日俱增。

太医院的医简、医籍的整理辑录已全部就绪，下一步该是编纂刊行师父张仲景的《伤寒杂病论》了。怎么向皇上上疏呢？王叔和连续几天思考着此事。门客启报：抚军大将军府上来人请太医令过府给将军夫人诊疾。

王叔和当即带上医囊赶往司马懿府上。司马懿夫人名叫张春华，今陕西高陵县，时称冯翊高陵人。其父张既，字德容，曹操手下的京兆尹。与夏侯渊同守长安多年，后任雍州刺史。曹丕代汉称帝迁凉州刺史，封西乡侯。张夫人甚为贤惠，见了王叔和笑着拿出一个包袱，说是夫君一年前回府时留在家中，叮嘱她若王叔和擢太医令半年以上，方可将此物交给他。

王叔和解开包袱一看，即刻喜得手足无措。包袱里装的啥宝贝哩？是失佚的《伤寒杂病论》手稿残卷。司马懿包袱里还有一封信，信中称此残稿乃军中军士所藏，他搜集而成的。信中叮嘱王叔和做太医令后，当勿言代庖之事，多为医籍刊刻尽心、纂辑《伤寒杂病论》书之事务必抓紧。在谈到如何向皇上进言修纂之事时，司马懿在信中的结尾写有四句话：擢令半年后，放胆纂其经。上疏宜早备，君乐可上呈。

司马懿真人精也。他曾预测王叔和必当太医令，现又留下可将纂修《伤寒杂病论》的上疏提早写好，等到皇上高兴之时递呈，必可成功的叮嘱，真是太难得了。

王叔和对司马懿夫妇当然是千恩万谢都难以表达其心。遂问起张夫人所患之疾，张春华笑着告诉王叔和无甚大疾，仅偶尔喉咙失声，时好时发而已。王叔和诊其脉后，断之为"音喑"之症，乃肺肾阴虚所至，便用金针给夫人扎了少商两侧穴道，说是几日后再来复诊，就兴高采烈地回太医院。

晚上回家，王叔和将司马懿搜集师父的《伤寒杂病论》残卷交给了夫人庞姝整理，又将大将军教他如何向皇上呈修纂奏疏的办法说了一遍。庞姝说："夫君哪，你得说干就干，将奏疏写好，说不定明早皇上高兴了，你当呈上不就大功告成了。"

庞姝庞夫人的话还倒真的成了谶。晚上王叔和将奏疏写好，看了几遍甚觉满意，遂收了，准备上床睡觉，在太医院当值的张苗匆匆来报，皇上有恙，传太医令进宫。

王叔和快速赶到乾元殿，司徒董昭等和几位太医早候在帝榻之边。太医游仁报告，皇上昏沉迷睡，时想呕吐又吐不出，可刚服下汤药又吐了。王叔和诊其脉，断为中暑。中暑？围着的人都面面相觑。怎么可能，皇上两天未出宫，连太阳都未见，还能中暑？王叔和说，中暑岂止只在烈日之下？宫廷内室同样中暑。说完，王叔和取出金针，奏明当用金针最快。在旁的司徒董昭拉住叔和，不准施针。昏睡的曹叡微微睁开一只眼，举手示意董昭，可让王叔和施针。

王叔和给皇帝在十宣穴连扎三针，并稍放了些血。曹叡睁眼坐起，稍等片刻，曹叡神清气爽地下了床。

第二天早朝，王叔和将那晚的奏疏呈上，阐明太医院的医籍、医简残缺不全，难以成书。建议用张仲景遗存的部分书稿与太医院的残简、残籍合并，取长补短，取其精华，用张仲景原著《伤寒杂病论》之名刊刻行世。

曹叡当殿准奏，并着令工、户、内等有关部门全力协助太医院完成纂修大事。

多年的愿望终于付之实施，王叔和好不兴奋，毫无睡意。夫人庞姝见丈夫如此高兴，也为他凑兴，说是她也有两件事要与夫君共同分享。王叔和高兴呀，一骨碌坐起，要庞姝快讲。庞姝说，收养的义子昌途，经过她按叔和教给的针灸施术，已有发声的迹象了。王叔和一听，就要下床，去看昌途。庞姝说："夫君，你看漏壶，现在已快转辰时了，人家孩子早睡熟了，要看也要待明日不是？"

王叔和点头憨笑，忙追问，还有一件是啥喜事。

庞姝搂着丈夫的脖子，半开玩笑半撒娇地说："夫君先得赞赏我做得太棒了，我方告诉你。"

王叔和笑着说："俺尚不知夫人做了甚事，焉能赞乎？"

庞姝说："夫君不赞赏我做得好，那我不说了，快睡吧，睡觉。"

"好，好，夫人此事做得太好了、太棒了，俺赏你，赏你五个唇亲，如何？"说完，王叔和捧住庞姝的脸蛋，连亲了五下，且边亲边数："一个，二个，三个，四个，五个。"

"多谢夫君赏赐，我也还你五个，行吧。"庞姝说完也捧起丈夫的脸连亲了五下。

"一下，二下，三下，四下，五下。"

亲完了，二人搂着"哈哈哈"地笑得前仰后合。

笑够了，王叔和扳住庞姝的脸问："夫人，好事现在得给俺说了吧？"

"好，再不告诉你，夫君准得又要亲我，你等着，我给你看一样东西。"庞姝拿出一个精制的包有绫绢的小匣子，伸向丈夫又缩回来，说，"想不想看？"

"想，太想了。"王叔和头直点。

"那说明我的夫君，很喜欢这里面的东西？"

"喜欢，喜欢，再不喜欢，就把俺撩得透不过气来了。"王叔和一把抢过那小匣子，急不可耐地打开一看，立马像被蛇咬了一口，手一缩，匣子掉在了地下。

庞姝庞夫人这匣子里到底装的是啥东西，令王叔和如此惊恐呢？装的是辛宛英的生辰八字。这绢匣也就是古礼提到的婚姻六礼之一的第三礼：问名之匣。即男方按礼节到女方家询问女方的生辰八字。如果女方不同意，这匣子里就是空的。若是女方满意，遂将女方的生辰八字写好放入其中。这辛宛英的生辰八字匣怎么会在庞姝庞夫人的手里呢？这话得从头说起。

那天晚上，庞夫人劝丈夫纳辛宛英为妾，不是庞姝假心假意，而是打心底的愿望。王叔和坚决不同意娶庞姝以外的女人，也不是为了讨好夫人的欢心而假意推辞。说白了，这夫妻俩真正是恩爱的典范。庞夫人深知丈夫的个性，是不会轻易改变立场的。要想完成丈夫纳妾这件大事，她得施些手腕才行。

王叔和随皇帝东巡期间，庞姝就亲自到辛宛英家，自报家门，且开门见山地问辛宛英，愿不愿意给丈夫做妻子。辛宛英当然求之不得，可当着王叔和夫人的面，她不免有些腼腆，也不知庞姝葫芦里装的是啥药，遂抿嘴不言。

庞夫人是个心直口快的人。女人嘛，当然知道女人的心思。便一本正经地将自己不能生育，十分期盼着给丈夫觅一位才貌双全的妻子为王家续香火之事告知。她看了辛小姐的才华，十分满意，丈夫对辛小姐的才貌也赞赏有加，只是他特别地忠贞不贰，不愿意再娶其他女人。对辛小姐只是钦佩，毫无爱慕。为此，她特意地上门请教辛小姐，如果真的喜欢她的丈夫，她庞姝愿意二人联手，促成她的心愿，也助辛小姐实现她的梦想。说到最后，庞姝说："庞姝素来好恶有别，不喜欢忸忸怩怩，辛小姐若有真心，你我可结为姊妹，同侍一夫。真的，辛姑娘，你能与我丈夫共结鸳俦，那真是你的福分。你想想看，一个宁愿守着不能延续血脉香火的妻子而忠贞不贰、不言再娶的男人，不值得你去爱吗？"

庞姝把话撂到这个份上，辛宛英还有什么顾虑。她也深为王叔和入太医院一系列妙手回春的传奇之举所动，暗恋王叔和也有四五年。那次是他以父亲病重为由，将王叔和请进家门，与他正面相对，更觉得他就是她辛宛英心目中梦寐以求的夫君，故而用隐语予以试探。她原以为庞夫人为此会醋意大发，真的令她十分感动的是庞夫人的胸襟会如此的高阔。有这样的贤惠佳人做伴终身，也难怪王叔和忠贞不贰。假如她辛宛英是个男人，遇上了庞夫人这样的妻子，也会恒心如磐，不娶新欢的。说到这里，辛宛英取出自己的生辰八字，说道："夫人，论年龄俺痴长几岁，与叔和同庚同月，论知识、胸怀，你是宛英的老师，论俗规、份尊、婚徵，你是俺的姐姐。宛英有福有缘，能与夫人同侍夫君，夫人称俺为姐姐，宛英亦称夫人为姐姐，如何？"

庞姝想了想，辛小姐言之有理，对外都说得过去，于是点头同意。就这样，二位巾帼心身同喜，相拥而泣，结为金兰之好。

为了早日实现同伺夫君的大愿，二位佳人促膝而论，进行了一番深谋远虑的运筹。庞姝与丈夫一起生活多年，熟知丈夫的心性。她告诉辛宛英，此事不可操之过急，太急了，会令丈夫反感加剧，只能是冷水泡茶，慢慢浓。二人商定，庞姝先将辛宛英的生辰八字之匣带回家，择机抛出，给丈夫一个木将成舟的胁迫，再用甜言蜜语去感化他。辛宛英可以用文才风采伺机给叔和牵情引兴。庞姝还将丈夫善制谜、喜欢猜谜的兴致及其他爱好告诉了辛宛英。两个女人为同侍夫君，扭转男人不贰之心而绞尽脑汁，古今罕见。

这正是：花容才女爱俊彦，无尘郎君太痴心。

庞姝讲完她已与辛宛英结为姊妹，要共同侍夫君的前后经过，摇着丈夫的肩膀说："夫君，我与辛姐姐已经商定好了，我助夫君纂修《伤寒杂病论》还有夫君自己的医著，她给你生儿育女教子成才，承接你的岐黄之道，弘扬你的济民之术，岂不妙哉，乐哉！"

王叔和扭着脖子说道："夫人，俺不是已经收养了义子昌途吗？还娶什么二夫人生子呀？"

庞姝用纤纤之指点了点丈夫的胸口："养子亲子有天壤之别，水火之隔。好啦，好啦，我知道你与辛小姐还是一张白纸。先也不难为你，情感得慢慢滋养。要知道姐姐的才貌皆在我之上，你一定会上心的。"

王叔和嘴张了张，还想分辩，夫人庞姝一口吹灭了烛光，将丈夫搂于怀中，热辣辣的嘴唇无声无息地堵住了他的嘴。

公元234年，曹叡二次颁布"举荐诏"，改原凡公卿以上官员举荐贤孝之才、文武之才为：凡四品以上官员举荐贤名贤声者，"勿论门第，无论医匠、工匠、艺匠、商贾，皆可举之"。

王叔和举荐襄阳弟子田畴入太医院。给弟弟王照写信，要他们夫妇带儿子共同到洛阳。一个月后田畴来到京城，入太医院方丞部协助樊阳、张苗编纂《伤寒杂病论》。弟弟王照托田畴带信说他喜欢襄阳的田园生活，不到京城就职。

第三十二章

明帝卓见　专资纂医著
才女慧嬉　隐语诠芳心

　　这一年,太医院的游仁,还有方太医、罗太医、孙太医皆晋升为太医丞。这在太医院里原又无先例。曹叡还一次性给太医院拨库银万两,为编纂《伤寒杂病论》的专资费用。到青龙二年的七月,《伤寒杂病论》的第一稿已宣告完成。王叔和对已经合卷成书的《伤寒杂病论》整整看了十天,足不出户,心里那份喜悦难以表述。正在自得其乐之际,卫尉辛毗辛大人拜访,王叔和放下书稿遂与辛毗见面,一番客套后,辛毗说:"老夫有一事相求,不知王大人可否赏脸。"

　　王叔和说:"辛大人不必客气,但讲无妨。"

　　辛毗呷了口水,道:"小女宛英已病数日,看了多名医工,无甚大效,老夫欲请太医令过府诊视,见大人沉浸于经书的审校之中,几次来也不敢打扰,今日见大人已经脱稿,方来打扰。"

　　"辛大人见外了,诊疾治病,乃叔和本分,走,现在就到府上给辛小姐瞧病去。"王叔和边说边抄上医囊就走。

　　到了辛府,早有人通报与辛小姐,辛宛英赶紧上床蒙巾被而卧。

　　辛宛英真的有病? 没有,这也是庞姝与辛小姐定的计谋。自一年前到辛府与辛宛英见面后,王叔和忙于事务,还真的没有再见过辛宛英。庞姝又给辛姐姐出主意,让其父出面,丈夫不会不上辛府的。辛毗大人对这位才女加美女的二姑娘,也甚是无奈。女儿将自己的心事和庞夫人的心事都讲给了辛毗听。辛毗爱女心切,加上王叔和能娶上自己的高龄剩女,那也是放下了他心中的石块,当然是全力配合。

　　王叔和给辛宛英把了脉象,说:"辛小姐脉象正常,只是稍有微征,心事所致。"

　　辛宛英掀去巾被,躬身而起,笑了笑说:"妹夫神医也。姐姐正在为三个隐语而烦忧。"

　　"辛小姐乃京都才女,能有灯谜难得住小姐?"

　　"妹夫记住,俺是姐姐,想必妹妹已告知妹夫了。不要再说小姐小姐的。"

辛宛英先发制人给王叔和提了个醒。

王叔和有些脸红，低着头不想直视辛宛英。

辛宛英看出了叔和的心思，抿嘴一笑："妹夫，圣贤孟子云：'君子目不视恶色，耳不听恶声。'妹夫不正眼瞧姐姐，莫非姐姐色太丑，颜太拙，声太殇，音太惨？"

王叔和一听，脸更红了些，大声辩道："不是这样的！"

"不是这样的，那你就正眼看着姐姐，如何？"

看到王叔和的一副窘态，辛宛英不由"扑哧"一笑，真的是眉若朗月，脸如蕊绽。

王叔和看得不免心跳加快，赞语情不自禁地脱口而出："姐姐笑靥，当为古人所云：秀色可餐也。叔和幸甚。"

辛宛英第一次亲耳听到心宜之人对她的称赞，脸蛋愈发灿烂，含情脉脉地说道："叔和真不愧有神医之术，姐姐的心病去了一半也。"

王叔和乘机说道："既然心病已去，正好俺也甚忙，那叔和去也。"

辛宛英说："姐姐的三个灯谜之烦忧还未去除，妹夫岂可忍心离去。"

"有何难巧灯谜能令才女拙止，那叔和岂不更是生畏。怕是说也白说了，叔和甘拜下风。"说完，王叔和稍怔了怔，"哎，俺夫人，你的妹子可是解谜高手，不妨让她一试，如何？"

辛宛英说："妹夫此法甚好，姐姐说出谜面，妹夫能射则射，射不了的带回去让妹妹射射，当然更好。"

"好，那叔和洗耳恭听了。"

"一人称霸，二人破天，三人同行肩并肩。三句话，射三个字也。此乃姐姐闺密前日所制，难杀我也。"

王叔和听了，心里说，这样的谜面有何难射，她才女之名是否有些流誉之言。可他将谜底逐一排出，马上明白了辛宛英的用心良苦。

那这三个字到底是啥字呢？

"一人称霸"乃为"大"字。"二人破天"乃"夫"字。"三人同行肩并肩"乃"伕"字。"大""夫""伕"这三个字一齐写出来，辛宛英的制谜之意，跃然纸上：她要做他王叔和的第二夫人。平心而论，王叔和对辛宛英没有好感，那是违心之论。哪个男人不喜欢美女？可喜欢、倾心和相爱是截然不同的两大概念。怎么办？王叔和脑子里也快速运转起来。你辛宛英不是以谜射意吗？俺王叔和也制两个谜告知你，你的美意俺难以成全。王叔和假意装作这三个谜底他再带回去交给夫人猜射，遂说道："姐姐的谜面甚有新意，叔和带回去了。叔和也有两个谜面，久射不中，俺请姐姐帮俺思考一番如何？"

辛宛英笑容可掬，连声叫好："行，行，让姐姐也见识妹夫的制谜之才了。"

王叔和取出纸笔，挥洒而就。

其一：跋山涉河脚未动，吃肉喝酒腹乃空。

　　　　大雨淋头衣未湿，吟诗作赋无音声。

其二：忽忽悠悠似驾云，出门千里没动身。

　　　　看了美景未睁眼，吃了美味没启唇。

"此谜皆射一事。姐姐若射中了谜底，叔和当有小奖，届时可找俺夫人领奖。太医院公务繁杂，恕叔和失陪了。"王叔和说完，提起医囊作揖而去。

辛宛英满腹经纶，王叔和的两个谜面她眉头未皱就已猜出，二谜同一事：做梦。看着这个谜底，辛宛英心里似六月天喝冰水，从头凉到了脚。难怪庞姝说，像王叔和这样的忠贞不贰的男人天下少有。愈是这样，愈有嚼头了。辛宛英收拾好内外，欣然去找庞姝。

公元234年八月十五过后，王叔和应诏到太和殿听取曹叡关于御驾亲征，到东南合肥督战伐吴国之役的旨意。这是曹叡即位十年来的第一次御驾亲征，王叔和要随舟驾同行。

《伤寒杂病论》书稿已完成了三次辑审。王叔和在离开太医院之前，将樊阳、张苗、田畴等召集一起，就书稿的繁、杂、零、散进行了逐条论述。王叔和说："医著药籍，乃活人之要，万不可丝毫懈怠，更不能有讹传错漏。辑审、辑审，一字千金。"

王叔和说："皇上花巨资让我们编纂《伤寒杂病论》，虽然没有像吕不韦那样用一字千金的巨额悬赏来请世人挑刺。但作为医籍，作为大魏朝第一本自行纂修的岐黄大传，一定要让太医院的所有人挑刺、揭短。为此，叔和拜托诸位谨之又谨、细之又细、慎之又慎地对书稿逐章、逐句、逐字地进行一番重新审辑，待皇上亲征凯旋，再请其定夺刊行于世。"

自打那天，辛宛英送王叔和的灯谜给庞姝起，庞姝就让辛宛英留在了太医令府里，二人以姐妹相称，除了睡觉之外，辛宛英皆以王叔和第二夫人之身份出现在大庭广众之上。二位才女，情趣相投，目标一致，给王叔和制作了不少谜面，供王叔和劳累一天回府后解乏祛累。王叔和呢，也乐而为之。反正有美女陪伴也不是坏事，只要守住底线，皆无大碍。有人会问，辛宛英的老爸辛毗是堂堂的二品大员，岂能让女儿如此不明不白地住在王叔和家呢？这叫儿大爷难做。更何况他的女儿是闻名京都的才女呢。也许才女都有怪嗜，不然，焉能三十五六还待字闺中。

青龙三年八月壬寅日，魏明帝乘舟东征启程，百官齐聚于洛水栈桥为曹叡送行。何为栈桥？就是今天的码头。庞姝与宛英也到洛水洲畔给王叔和告别。

卫尉辛毗也是随驾之臣，辛宛英到码头送行，叫骑马捉虱，顺其两便。她给老爸送了一铜壶酒，给王叔和送了一面特制的医幡。

何为医幡？医幡乃皇帝御驾亲征时，所率医工营的标志性旗帜，与其他旌旗一样，可高悬于阵列之中。常规的医幡上绣有一阴阳鱼眼。

辛宛英所做的医幡，乃才女的精心设计，除了阴阳鱼眼外，辛宛英加刺了一条飞舞的青龙，喻意为皇帝的年号：青龙。龙又喻作帝君之化身。曹叡改"太和"年号为"青龙"，是因陕县境内（今河南陕县东南）的古老湖泊——摩陂内有青龙出现而改。此外，辛宛英又刺上了两行字：一帆风顺，东征凯旋。

辛宛英的刺工针黹声名在京都排名第二。那第一是文帝曹丕宫中的美人，名叫薛夜来。薛夜来原本是一名宫内的缝纫匠人，手艺特别的棒。《拾遗记》载："夜来妙于针工，虽处于深帷重幄之内，不用灯火之光，裁制立成……宫中号曰针神。"当时的京城洛阳流传着一句民谣：艺乃针神貌洛神。曹丕闻针神之名，亲自召见，结果一看到针神，眼睛定格了，居然还是一位绝色美人，当晚即宠幸于她。

辛宛英针黹的手艺，《拾遗记》载："辛氏针黹，京都无二，鱼可游，燕可飞……"足以可见，她的手艺非同一般。在这方面，庞姝又逊色于辛宛英。

辛宛英的医幡在洛河码头一亮出，将所有的目光都吸引住了，曹叡看了也连声喝彩。这幡上的青龙，幡上的两行字，令皇上心旷神怡。辛宛英与她的医幡，也给王叔和长了脸。当他从辛宛英那里接过医幡时，"好，好，好"之声震天动地。就连老辛，辛毗卫尉脸上也光辉灿烂起来。

第三十三章

曹叡东征　郸城恤臣工
伤寒书成　叔和改书名

此次御驾东征,也正好应了才女辛宛英刺在叔和医幡上的那两句话:一帆风顺,东征凯旋。当孙吴大帝孙权亲率十万大军猛攻合肥新城之时,离新城尚有三百余里的曹叡,依从随驾谋臣和洽之计,派出快马于陆地驰骋,摇旗呐喊:"皇帝亲征大军已到!皇帝亲征大军已到!"

合肥魏军主帅常威将军张颖闻报,盔甲一甩,赤膊屹立于城头,挥刀一声怒吼:大皇帝御驾亲征大军已到,新城如磐也!

东吴大帝孙权不得不撤军,灰溜溜而去。

曹叡的龙舟到了合肥,犒劳三军将士,擢升张颖为胜威将军。此后,又到寿春举行声势浩大的阅兵仪式,犒赏寿春诸将士。曹叡的这次东征之巡,使东吴三年没有侵袭魏地。

曹叡东征大获全胜的消息传至魏、蜀拉锯大战的渭水之滨,原指望孙权大军伐魏可牵制其主力的蜀军主帅诸葛亮,于八月癸巳日猝死于今陕西岐县城南二十公里处的五丈原,一代俊才含恨而去,时年五十三岁。

太医令王叔和这次随驾东征也大有收获。先是在今安徽寿县,时称寿春的平阳里长山峪邓家堡,拜访了神医华佗的亲外甥邓处中。邓处中早闻王叔和大名,将其仅存的两卷华佗《论治伤寒》竹简送给了王叔和。王叔和也将他在太医院发现的华佗医案誊抄件回赠给了邓处中。

九月重阳,王叔和随皇帝曹叡龙舟逆淮水而上,进入郸城(今河南郸城市)。郸城郡、县大小官员皆到郸城栈桥迎接。郸城太守郸通刚说完恭迎皇上皇驾之类的恭维话,准备站起来时,突然倒地不省人事。众人将他抬至郡衙时,发现郸大人大便失禁,秽物浊水拉了一裤子。随行的郡侯赶忙向皇上禀告,说:"启禀陛下,郡守腹泻已有五天了,吃了诸多治泻药皆不见效。闻陛下亲至郸城,带病在这栈桥之上守了整整一天,两餐未沾水米,拉了七八次之多,极有可能是泻虚脱所致昏迷,乞皇上恕他不敬之罪。"

曹叡一听,郸郡守带病守在栈桥迎接他的圣驾而突然昏倒,是大大的良臣勤臣勤吏，岂能加罪于他，当奖赏才对。当即点了太医令王叔和的大名，要他快去给郸郡守瞧病。

王叔和奉诏赶到郡守府，当地的几位名医正在忙着给郡守开方。王叔和观其方上皆是止泻要药。王叔和给郡守诊了寸、关、尺脉象，按了按病人的腹中似觉有硬块之状后，遂提笔写了一方，上有三味药：大黄、厚朴、枳实。其中的大黄分量比厚朴、枳实多了双倍。

那位开方的郎中叫了起来："郡守泻了几天，已经虚脱，哪有用大黄双倍的治泻法？天下奇闻也。"

郡守的夫人听说了，赶紧将王叔和开的方剂一把撕了，哭哭啼啼地要用当地郎中的方子给丈夫施药。王叔和不免有些尴尬，正要解释，此时，外面呼叫："陛下驾到！"

一屋人赶紧迎驾。皇帝亲临郡守府，视察臣下之病，该是三生有幸了。郡守夫人立马跪倒说："陛下圣驾亲临，妾代夫君给陛下磕头。"说到这里，郡守夫人瞥了王叔和一眼，说，"这位郎中适才给夫君开汤，用大黄双倍止泻，岂不令夫君雪上加霜？乞陛下为下臣做主。"

曹叡来是为体恤臣工，因郡守是为了迎接他而病倒的。没想到一进门遇上告御状的，且告的是魏国太医院的第一把手，不免有些丈二金刚摸不着头脑，于是正色说道："王爱卿，真的用双倍大黄给郡守治泻？可有说辞？"

王叔和说："回陛下，《灵枢》曰：'通因通用，塞因塞用。名曰反治之法也。'臣给郡守把脉，乃沉而实，按其腹有肿胀之痛。这表明郡守腹中有结粪。郡守之腹泻乃饮食不节、暴饮暴食所致。进府之前，臣打听过，在七八天前，郡守吃过大量淮蟹，此物甚难化消，故而才引发已泻下五天之久。郡守腹中结粪不排，还泻十天也无大用，故而臣用反治之法，先用大黄、厚朴、枳实三味汤，消导其积，泻下腹内积滞，再行益气升止即可止泻也。"

曹叡听了，指着王叔和对郡守夫人说道："此乃朕太医院太医令王叔和是也。朕的疾顽也皆由他施治，夫人可放心任其施药吧。"

郡守夫人听了大惊失色，很快依王叔和所开之方给郡守服下，连续泻了三次，泻即自止。王叔和又开了一方，让郡守再服，一天后恢复如常，当即到龙舟给曹叡谢恩，向王叔和谢罪。郸城百姓闻听皇上的太医令医术如此神奇，纷纷拥来求治，曹叡当即准王叔和率太医在郸城恤民施治三日。

听说是当今皇帝派出的太医院太医施治看病，郸城人扶老携幼，将施治处围得水泄不通。王叔和给人诊脉时，发现百分之八十以上的人皆有腹胀腹泻、喘哮之症。到了第二天，郸城的药店中，几乎几种常用的治腹胀腹泻的药皆用空了，郸城郡守不得不紧急从外处调集。王叔和觉得郸城人的病共性太大，似乎是种流行的疫疾，便苦苦思索着这件事。

这天下午，王叔和被一群求治的百姓围得有些透不过气来，正好借机出去小溲，只听外面喊叫不断："快，快，各位行行好，让王太医瞧瞧俺的孩子！"

来人满头大汗，手中的女孩，四五岁上下，眼睛紧闭，牙齿错得"咯咯"响，手脚一会儿抽搐痉挛，一会儿张牙舞爪。患儿父母说，三天前，女儿被自家养的狗咬破了屁股，流了不少血。王叔和诊了脉象又看了眼睑，当即判断，此儿是被癫犬所咬，而致癫狂之症。十几岁时，王叔和被癫犬咬了，险些丧命，幸亏桑翁师父将自己埋在地下一个多月的死狗挖出，用死狗牙烧灰，把死狗头骨脑髓捣碎，将被咬伤的伤口重新割开，再流血施治，他才死里逃生。

王叔和询问咬人的狗可在？主人说狗不知去向，而且这狗在咬伤他女儿之前，还咬伤了好几个孩子，因咬得不狠，流的血不多，也就无事一样，没有发病。

必须迅速找到这只咬人的癫犬，以其牙骨、脑髓治伤。否则，此儿无救！王叔和当即将患儿的危险和癫犬仍在外，有继续伤人的危险性向曹叡做了汇报。魏明帝令郡守紧急调动数百军士及衙役们，携棍拖棒，大街小巷寻找咬人的疯狗。人多力量大。在郊外一处旷地里，那癫犬正在追咬一群孩童。军士们一拥而上，将那癫犬打死。

王叔和按照当年师父桑翁诊治他的办法，将死狗的血、骨、脑髓、牙齿毛发均予以利用。先将毛发烧成灰，骨头、牙齿捣成粉末，加胡麻油调制成膏，先将患儿的伤口弄出血来，再敷上制膏，又在涌泉、百会、神阙等处施以针灸，患儿渐渐地平静。经过几天的调治，终于无甚大碍。

在郸城县衙的配合下，王叔和又找到了被癫犬曾咬伤过的另外五名小儿，一同进行了施治。这一场杀癫犬、救少儿的惊险之举，经郸城人的口耳相传，把王叔和又传成了未卜先知、能掐会算、指物成药的活神仙。以患儿父母为首的郸城百姓捉鸡提蛋，拎着郸城的土特产到郸城县大堂向皇上感恩，向王叔和致谢的人络绎不绝。

魏明帝天天笑容可掬，乐不可支。这郸城百姓太热情了。皇上一高兴，决定在郸城多住些时日，遂带着王叔和等臣僚到民间访贫问苦，给孤寡老人、孤儿送衣、送钱、送药，忙得不亦乐乎。

这天，曹叡一行来到郸城钟鸣山。钟鸣山道观道长将曹叡一行迎进观内，献上香茶鲜果后，道长郸化又摆出两样东西：萝卜、生姜。曹叡有些莫名其妙，遂问道："郸道长的萝卜、生姜，是让朕等食之吗？"

郸道长说："陛下，正是。只不过，当用水煎之服汤，此汤名曰萝卜生姜汤，是贫道上三代师尊传下的解疾毒神方也。"

王叔和一听，马上一激灵，插嘴问道："敢问道长，所言疾毒，是否乃郸城民众的腹胀腹泻又喘咳不止之疾？"

郸道长点了点头说："王太医真无愧民间所传能掐会算也。此疾乃秋后燥气所致，加之当地饮水中有一种水浮物，秋后极为繁活，至霜降遂自然灭亡，故而郸城人每逢深秋前后有腹胀腹泻之疾。人称此疾为'郸秋泻'。先尊们潜心研探，得出用萝卜、生姜煮水服之有特效之功。每年此季当在山下设摊卖生姜萝卜汤，赚些银钱以资观所用。"

王叔和说："卖汤？道长为何不告知民众，这生姜、萝卜家家皆有，用此物煎汤该多方便。"

"江湖一张纸，戳穿当不灵。百姓人人可治，那贫道用何赚钱赡养观中众生，故而只卖汤，不言萝卜、生姜也。"

魏明帝曹叡此时听出一些名堂，指着桌上的萝卜、生姜说道："道长今将这二物交给朕，朕当诏告郸城百姓用此二物煎汤可医此疾。那你钟鸣观自此不就失去了赚钱的门路？"

"唉，贫道愧杀也！"郸道长说到这里，连连揖首，"陛下心系万民，来郸城解苦救难，深深感动了贫道也。还有王太医神术绝算，用超常之法治癫犬之顽。否则，贫道曾孙侄女及众多的少儿皆陷于灭顶之灾。贫道这雕虫小技再不献出，枉为人也。原本打算今日料理完观中琐事，明日下山给民众阐明生姜、萝卜熬汤可治'郸秋泻'，不想蓬荜生辉，今日御驾光临钟鸣观，故将秘传四代之方献给皇上，以利陛下造福天下万民吧！"

钟鸣观道长献神方，还有郸城百姓扶老携幼提物带礼来磕谢于他，使曹叡真正体味出孟老夫子"乐民之乐者，民亦乐其乐；忧民之忧者，民亦忧其忧"的真正含义。也使曹叡感到他近乎越祖制而重用王叔和是有先见之明，对王叔和器重的天平又加了砝码。

曹叡的龙舟顺淮水经析平（即今日河南西陕县、宛城等地）到达桐柏山淮源时，已是隆冬之季了。这天晚上，王叔和被曹叡召至淮源龙泉山温泉，同居一室。君臣就治国、治病、养生、养性、善行、善举，进行了彻底交流。曹叡告诉王叔和，那次他在许昌昭阳殿报献的"饮食有节，嗜好有度，精气有余，心神有畅，养营有别，宠幸有当"的上古神方，他已悬于几处寝宫了。依此神方是当有理。

王叔和谈什么呢？他记起了司马懿信中的那句话"勿言代庖之事"。意思是说，不是你的分内事不言、不问、不管。便顺着曹叡的话题谈起了连日来皇上的善行、善举，谈起了《素问》中的"恬淡虚无，真气从之，精神内守，病安从来"的真谛是要慎独、慎戒，远离"贪、嗔、痴、慢、疑"五毒之祸。

230

谈着谈着，王叔和就谈到了《伤寒杂病论》的修纂、《伤寒杂病论》的来之不易、《伤寒杂病论》的功德无量、《伤寒杂病论》将造福于天下的历史贡献，乃是眼下的最大的善行、善举。曹叡的心底也就牢牢地烙下了《伤寒杂病论》的印记。

回想起这次御驾东征几个月来的前前后后，联想到刚与王叔和论及的善行、善举，曹叡夜不能寐，乘兴挥毫写下了《善哉行》。

> 我徂我征，伐彼蛮虏。练师简卒，爰正其旅。
>
> 轻舟竞川，初鸿依浦。桓桓猛毅，如黑如虎。
>
> 发炮如雷，吐气成雨。旌旄指麾，进退应矩。
>
> 百马齐辔，御由造父。休休六军，咸同斯武。
>
> 兼涂星迈，亮兹行阻。行行日远，西背京许。
>
> 游弗淹旬，遂届扬土。奔寇震惧，莫敢当御。
>
> 虎臣列将，怫郁充怒。淮泗肃清，奋扬微所。
>
> 远德耀威，唯镇唯抚。反旆言归，旆入皇祖。

曹叡回到京都洛阳，所做的第一件事，就是将抚军大将军司马懿擢升为太尉。因司马懿在渭水之滨，以逸待劳，坚守不出，拖耗尽了蜀汉的粮草，拖死了蜀汉的丞相诸葛亮。魏国三军未动，节约了粮草，减少了死伤，皆是最大的善举善行。

长期以来，世人皆受文化大传《三国演义》的影响，认为司马懿虽老奸巨猾，但最惧怕神算高师诸葛亮。其实这是罗贯中的文学塑造虚构而已。正史载，司马懿根本没有将诸葛亮放在心里，他最怕的一个人是蜀国的魏延。魏延曾先后五次给军师诸葛亮献计，包括诸葛亮用马谡之计，他都反对，且有预测。如果诸葛亮对魏延不带观点、不轻视，而听其计谋，三国的历史一定得重新改写。远的不说，单就诸葛亮最后一次较量，也就是六出祁山时，要将大军屯于渭水之南（今陕西眉县），魏延极力反对，断言蜀军必败。司马懿的探马报知蜀军的扎营之况后，司马懿摆酒设宴以庆贺"若亮出武功，依山而来，则魏忧也。若亮不依延计，西上五丈原，魏无虑也"。最后魏延的断言，司马懿的预测皆以蜀军大败而告终。诸葛亮死前，设计让杨仪逼反魏延以防魏延向蜀后主刘禅诉之实情。魏延在逃往成都途中又被马岱所杀，杨仪又被蒋琬依孔明之计激怒遭刘禅重责而自杀。这一系列的诛杀后患之计，皆是诸葛亮为了掩盖自己的决策失误而设下的阴谋。事实上，后主刘禅对诸葛亮的偏断、固执造成的军国失误，早有耳闻，以至诸葛亮死后，蜀汉百姓纷纷要求给诸葛亮修筑庙宇，一概不理，直拖至大半年后，才允许在沔阳定军山（今陕西勉县南五公里处）为诸葛亮建小庙一座，但严禁百姓私人祭祀。乱祀者，"杖八十，或服役半年"。

如今，魏延也死了，至于那诸葛亮悉心培养的爱将、接班人姜维，司马懿丝毫没把他放在心上，遂向曹叡提出，西南蜀军战事皆可暂且放心，眼下应该重点解决的是辽东的公孙渊。曹叡对司马懿当然是言听计从。

放下了执政重头戏军事战争，曹叡将自己的重点转移到了洛阳都城大殿的改建重建上去了。借洛阳崇华殿被火烧重修，曹叡集中全国的能工巧匠，重修昭阳殿、太极殿，扩建洛阳宫，将被火烧的崇华殿改名为九龙殿。司空陈群、廷尉高柔、散骑常侍蒋济等大臣先后上书，劝谏曹叡停建殿宇，多惜民力，曹叡一概不予理睬。

曹叡东征回洛阳，要做的第二件事，就是念念不忘太医院的《伤寒杂病论》的修纂进度。令监司库又一次性拨库银万两，令司秘坊由王叔和亲自挑选了缮写官员二十名，又两次给太医院送去绿豆羹、莲子羹予以慰问医工、医丞。这些都说明，王叔和在淮源温泉对《伤寒杂病论》的论述，曹叡牢牢记在心里。

经过半年多的艰苦努力，《伤寒杂病论》书稿已进行了第五次辑纂。王叔和将东征途中收获的华佗《论治伤寒》等内容也进行了扩充。书稿正式结集后，王叔和召集太医院全体医工、医丞、药工、太医丞等进行评审，并延请了尚书令司马孚、卫尉辛毗、散骑常侍蒋济、秘书监王肃等相关大臣参与指导。讨论中，半数以上太医、医丞不同意以张仲景之名刊行此著，要以皇帝名义刊行或者以太医令王叔和名义刊行。太医丞朱港则建议用皇帝之名当用《魏青龙明方》为好。其意：青龙，为魏之年号；明，语含皇上明帝之方。王叔和综合了众太医、太医丞审议时的意见，将书名改为《青龙岐黄方》奏请曹叡定夺。

曹叡认真看了书稿后，甚是褒赞了一番，且当着满殿文武大臣，不同意以《青龙岐黄方》之名刊行，赞成以王叔和之名或以张仲景之名刊行。最后，曹叡将书名的审定权交给了王叔和："王爱卿对此著十余年辑集不辍，没有他，难有此书也。用何名为最，当以王爱卿的审定为准。"

皇帝的一锤定音，给了王叔和最大的鼓舞，在书稿进入刻刊坊予以刊刻时，王叔和挥笔写下了书名：伤寒杂病论。

公元237年八月，散佚十八年的张仲景《伤寒杂病论》正式由京都太学御制承刻坊予以刊刻。

师父的书稿已在刊刻之中，大愿毕竟，王叔和心中的石头放下了。他沉浸在无比喜悦和激动中。喜悦过后，平静的心里萌生了要重重感谢几个人，如曹真、曹仁、和洽、司马孚。曹真、曹仁已作古，和洽远在荆州，司马懿远在长安军中，只有司马孚在京都。王叔和准备着要到尚书令司马孚家中去拜望，司马懿的夫人却托司马孚给他送来了喜帛帖，请叔和夫妇到府喝喜酒。啥子喜酒？司马昭的长子、司马懿的长孙司马炎的满月酒。王叔和当然是喜上眉梢，带着夫人庞姝到太尉府祝贺。一到司马懿的家里，马上被作为上上宾，请上了主席之座。弄得王叔和有些莫名其妙，不管怎么推辞也推辞不掉。这还不算，酒过三巡，菜过五味，司马懿夫人张春华抱着孙子给众宾客见面时，专门给王叔和行了规规矩矩的谢恩大礼。这又是咋回事？张春华一番介绍，算是又给王叔和做了个大大的广告。

原来，司马懿的长子司马师只生了个女儿，尚无儿子。次子司马昭婚后五年，夫人王元姬一直未孕。这可急坏了婆婆张春华，几次请王叔和给儿媳元姬诊治。王叔和当然是倾其所长，给王元姬又是配药又是针灸、艾灸，才使王元姬的月事病愈且顺利生子。这第一胎生下的是司马懿的长孙，你说张春华高兴不高兴。

第三十四章

变法铺张　明帝迁铜狄
心无旁骛　叔和苦寻妻

这满月之娃司马炎，就是后来的晋朝开国皇帝晋武帝。二十九年后的公元265年，司马炎代魏称晋。从某种意义上讲，没有王叔和的妙手回春，极有可能没有司马炎的出生。那么魏晋的历史也许就不是我们今天所看到的一切。正如哲人所言，世上不存在真正的偶然，偶然背后必有必然。从这件事看，世界上不单单是叱咤风云的帝王将相能改变历史，除病祛疫的岐黄贤达王叔和也能改变历史。

公元226年五月至公元237年，魏明帝曹叡从老爸曹丕手里接过魏国传国玉玺的十二年中，在改革秦汉旧律、恤民解压减负、以逸待劳备战、沉毅好断崇文、广纳民间人才、支持编纂《伤寒杂病论》、鼓励学术研究、平定辽东叛乱等方面的殚精竭虑是有据可查的。可到了后几年，曹叡把大兴土木、变法铺张、肆意浪费作为了执政热望。幸亏他"独断不专行，逆行不忤行，简政不放政，有约不违约，重亲不唯亲"，否则的话，不知有多少良臣贤士会死于非命。比如，当时仅在洛阳修建宫殿的役工达四万余人，散骑常侍领秘书监王肃给曹叡上书，劝谏他将其四万役工选其健康年轻者一万，其余三万放其归乡，对非急用之劳役暂缓施行，且降低标准，不要太奢华浪费，珍惜民力。可曹叡充耳不闻，置之不理，而且令监造工程的博士给事中马钧对所有宫殿再行最佳设计。皇命难违，马钧作为当时的著名发明家，没有办法，只好将发明的指南车、水转百戏、翻车渴马、发石车、改良绫机全部用之于九龙殿的建造之中。竣工后的九龙殿"陵霄阙始构，有鹊巢其上……九龙殿立引戬水入用，司南车、水转百戏车，玉井绮栏，蟾蜍含受，神龙吐出，百鸟鸣喧……"

曹叡一边听从王叔和的所奏，向天下颁诏，重赏民间搜集医方、医籍、医简至太医院，一边又将寿春（今安徽寿县，时为扬州地）白荒一名自称是天神指派来魏国王室驱邪纳福的农妇召进皇宫，赐封登女，并为其建立馆舍以备随时召见。王叔和几次上书，劝谏曹叡不要听信农妇之言，应速速将农妇逐出宫去，以免巫谗之言惑众乱心。曹叡对王叔和的劝谏置若罔闻，但宽大为怀，没有责罚王叔和。

曹叡变法铺张、肆意挥霍、无端浪费的一件最荒唐的事，就是命令古代发明家，时任博士给事中马钧将长安的铜人、承露盘徙迁到洛阳的九龙殿，美其名曰，锦上添花。曹叡的这一决定，马上受到文武百官的反对。时任散骑常侍高堂隆当即上切谏疏。什么叫切谏疏？切谏疏指上疏者直言切敝，以求皇帝赐上疏者死，而不宜不听的劝谏忠言。高堂隆的《切谏疏》曰：

"凡帝王徙都立邑，皆先定天地、社稷之位，敬恭以奉之。将营宫室则宗庙为先，厩库次之，居室为后。今圜丘、方泽、南北郊、明堂、社稷神位未定，宗庙之制又未如礼，而崇饰居室，士民失业，外人咸云'宫人之用与军国之费略齐'，民不堪命，皆有怨怒。《书》曰：'天聪明自我民聪明，天明畏自我民明威。'今又徙铜人，迢迢数百里，山阻水隔，何以为要？劳民伤财也。言天之赏罚，随民言，顺民心也……不宜有忽，以重天怒！"

高堂隆，何许人也？敢有如此大不敬之举。高堂隆是魏明帝曹叡亲自圈定的近臣。他字升平，今山东新泰，时称泰山平阳人。三国时期的著名工匠，类似于今天的高级工程师，也是著名的天文学家、政治家。曹叡继位时，高堂隆仅是泰山县的一名考核官员、管制地方奸猾豪强兼管狱讼捕亡的督邮。曹叡将他连擢三级，任散骑常侍，官佚三品，执掌朝廷的奏章表文、诏书等务。天子出入时随伴左右，作侍从之务。

曹叡对高堂隆如此不识抬举，居然直言切谏，十分恼怒，甚至怒不可遏，可他怒在心里，也不斥责，更不加罪于高堂隆。采取的就是不理不睬，不闻不问，一副死猪不怕开水泡的样子，我行我素，继续命令马钧迁铜人，析承露盘。这铜人、承露盘是咋回事呢？

铜人，又名铜狄，亦称金人。有关铜人的记载，最早源于《汉书·五行志上》："秦始皇帝二十六年（公元前221年），有大人长五丈，足履六尺，皆夷狄服，凡十二人，见于临洮（今甘肃岷县）。天戒若曰：'勿大为夷狄之行，将受其祸。'是岁始皇初并六国，反喜以为瑞，销天下兵器，作金人十二以象之。"其意思是说，秦始皇统一天下后，将天下的兵器，收缴于咸阳，铸成铜人十二，立于咸阳宫中。到了西汉时，汉武帝将这十二铜人移到了长安的长乐宫门前。东汉末年，陇西临洮人、中郎将董卓挟汉献帝西迁长安，将其中十个铜人销毁，铸成了铜钱，剩下的两个铜人迁到长安的清门里。

曹叡令大发明家马钧要迁徙的铜人，就是长安清门里的两个铜人。这两个铜人太重太重，难以移动，移徙工匠累死致残无数。负责督迁的马钧只好驰报魏明帝曹叡，曹叡不得不同意放弃，这两个铜人于是只好弃之于长安的霸城（即今天的西安灞桥）东北。此后，人们就将这里称为铜人原。

承露盘，是当年汉武帝向往神仙，以铜铸成一百个巨大的盘子，来承接上天的露珠，以服食其露水可以延年。《汉书·郊祀志上》："其后作柏梁、铜柱、承露、仙人掌之属矣。"颜师古注引《三辅故事》："建章宫承露盘，高二十丈，大七围，以铜为上，上有仙人掌承露，和玉屑饮之。"古代的一围为七尺，七围，七七四十九尺，折算为今天的十六米多宽、六十六米多高的一个巨大铜盘，在拆析时，盘声的音响响彻云霄，震耳欲聋，声音几十里路都能听到。拆析的工匠受不了声震，只好放弃。纵然不放弃，拆下来也运不了。那么怎么办呢？总不能空手而归吧。马钧没办法，最后将悬挂长安钟（亦称景阳钟）的一个铜架子，古称之为"鐻"的玩意儿运到洛阳。长安鐻也有五六千斤之重。到了洛阳，曹叡令人将鐻熔化后铸成两个铜人，立于洛阳宫的九龙殿门外。这两尊铜人，曹叡亲自设计，按照秦代阮翁仲的身高神态而铸成。阮翁仲，相传是秦始皇时期的一大奇异之人，身长一丈三尺，力大无穷。秦始皇令他征服匈奴。死后，秦始皇将其像铸成石像（亦称铜像）立于咸阳司马门外。曹叡设计的洛阳铜人高二丈，阔七尺，重达三千余斤。东晋十六国时期，后赵的石季龙将这两个铜人运到邺城，即三国时期的魏国五都之一的今河北临漳县西南的邺镇。到前秦的苻坚统一北方后，又将两个铜人从邺城迁徙至长安而销毁。至此，吞噬了无数个鲜活生命，浸染了成千上万人血汗，历经数百年坷坷坎坎的铜人皆化为乌有。

曹叡为了展示自己赏玩眼光的与众不同和帝王旋乾转坤的隅目高眄，除了将长安钟鐻熔铸成铜人外，又在洛阳司马门外广场上，用铜铸成了黄龙一条、凤凰一只。其中，黄龙高达四丈，金凤凰高达三丈。构成了黄龙、铜人（翁仲）、凤凰交相辉映；昭阳殿、太极殿、九龙殿、金镛城、凌云台、凌霄阁、芳林园、大观园珠联璧合别具一格的洛阳帝都宫苑奇观。

几多欢笑几多愁，几多奢华血汗揉。

几多丰功成笑柄，几多宫阙朽骨涂。

这首《几多谣》是后世文人对曹叡大兴土木、竞相奢侈的入木三分之刻画。

如果说，王叔和前半生的辉煌——由一介草民郎中，成为一国之太医令的人生改变，得益于曹叡慧眼素心。那么，王叔和后半生的转换——由声名显赫的太医令，蜕变为寓居深山僻壤的乡医贤达，应该同样"功归"于曹叡曹大皇帝。不过，那不再是曹叡的慧眼素心，而是其醉眼伀心也。何以见得？因为导火线还是源自曹叡的铜人之祸。

这一年的四月，修武县（今河南获嘉县）令吴全报告，境内的竹塘山发现张仲景的医籍竹简。这可是个振奋人心的消息。当年张仲景曾在修武坐堂行医好几年。相传给王粲开"五石汤"，预测其落眉死亡的地方就是修武县。曹叡当即批准了王叔和赴修武县亲自勘验的奏疏。于是，王叔和带着太医们赶赴修武。经勘验审定，竹塘口发现的医籍残简与王叔和原收集的张仲景《金匮神方》残简无异。既然是张仲景遗留的残简，毫无疑问要一查到底。发现残简的地方是一处面积相当大的堰塘。围堰除水所花费的时间耗费了一两个月，结果仅搜寻出的竹简才三根。修武的事刚有了结果，与修武毗邻的大名郡莘县官府报告，莘县也发现张仲景的医籍。王叔和旋即又赶赴莘县勘验。

这一年的九月，冀州、兖州、豫州、徐州发生大洪水，灾民四处逃生。曹叡急调御史到灾区赈灾，又命令王叔和到就近灾区给灾民除疾祛疫。

这一年的十月望日，洛阳宫司马门外的黄龙、金凤、翁仲正式矗立揭光。那两尊铜人是用钟镠熔成的，其声特别清脆（声闻数十里，久鸣不息）。霎时，京都震撼，洛阳城万人空巷，无论贤达贵胄，还是平民百姓皆争相拥入，一睹为快。王叔和的夫人庞姝最喜欢看热闹，邀辛宛英前往司马门外看铜人。辛宛英当时身体不舒服，走到半路而返，庞姝就一个人直奔司马门外。谁知，她这一去就无影无踪，生死未卜，再也没有归家。这是怎么回事？二十九年后的公元266年，庞姝的失踪才有结果。

王叔和是接到曹叡派出的快马送信，方知夫人失踪的，等他赶回洛阳时，庞姝已经走失了四个多月。弟子张苗、田畴以及辛宛英还有义子昌途告知庞姝走失前后及寻找情况。王叔和痛苦不堪，几天水米不进。张苗、田畴告假陪着王叔和在洛阳城里城外大凡庞姝可能会去的地方也找了十余天，仍然是泥牛入海，无影无声。那么庞姝会到哪里去呢？王叔和冷静地与辛宛英等进行了分析，一些蛛丝马迹显示，庞姝有可能去了长安。庞姝去长安干什么？王叔和太熟悉自己的妻子了。庞姝平日里喜欢赶场子，看新鲜，哪里热闹，去哪里；哪里好玩，看哪里，且遇事最爱刨根问底，婚后十几年没有生育，自称是一个长不大的女娃娃。马钧将长安的两个铜人遗弃在霸城的消息不胫而走，这承露盘和长安铜人原本是宫中之物，常人百姓是难以一见的。现遗弃于途中的消息一传开，喜欢看稀奇，赶热闹的人都纷纷转向到霸城去看原始铜人。王叔和完全相信，外界传言妻子到长安的可能，到长安找庞姝。这个问题决定后，王叔和要告假，于是连夜给魏明帝曹叡写了《寻妻疏》：

臣妻庞姝，与臣合二为一，风雨十三秋。因拜谒翁仲，无端走失。信音杳无，五月有余。礼曰辞云：骊驹在门，仆夫具存，骊驹在路，仆夫整驾。兰膏红豆凝似血，绿窗红泪冷涓涓。劳燕分飞，和光同尘；唾壶承泪，竦而望归。纵然，相去万余里，各在一天涯，亦寻觅不辍。臣，宵衣旰食，心无旁骛，言不妄发，当以夫之天职，水陆俱下，海角天涯，邂其踪，逅其迹。尾生抱柱，季札挂剑而践约，振古绝色，俯首绝望而不弃。承蒙陛下箕风毕雨，育岭生峨之恩德。

恳乞准臣寻妻，破镜重圆，生寄死归也。

王叔和的《寻妻疏》，用今天的话解释，就是请假条。王叔和这个"请假条"是饱含泪水，用真情实感写出来的。尽管文至短，言至简，仍用了些典故。王叔和借用的大意是说：妻子走失，一定是有原因的，绝不会是故意不辞而别的。正因为她连一声告别也没有给我留下，她的心里无时无刻不在滴血，而我也天天期盼奇迹发生。然而，光期盼没有用，一定要付之于行动。即便妻子相去有万里之遥，甚至她到了天涯的另一角，我也要去找寻。这些天来，我吃不下，睡不着，心里只有一个信念，走遍天涯海角，也要将妻子找到。假如找不到的话，我也要像春秋时期的尾生和季札二位君子一样，坚守信约，不见不散。困难再大，艰险再大，希望再渺小，我也绝不放弃寻找。皇帝一贯体恤下情，广行德政，对我有再生之恩、如山之德，请求批准我去寻妻，与妻子团圆。我的生是为妻子而生，我的死是为妻子而死。也许有人会问"破镜重圆"这个典故出自于南北朝的陈国驸马徐德言和乐昌公主恩爱重逢的故事。三国年间何来"破镜重圆"之说？其实"破镜重圆"之说早见之于黄帝年代。《汉书·郊祀志上》："古天子常以春解祠，祠黄帝，用一枭，破镜。"

总之，王叔和"请假条"中对妻子庞姝的一往情深，打动了曹叡。不仅当即批准了王叔和的假，曹叡还传诏长安、并州、兖州、豫州的州府郡县，对王叔和的寻妻提供一切便利。曹叡对王叔和寻妻如此大开方便之门，除了王叔和对妻子庞姝情感的冰魂雪魄之纯真之外，还有一个重要原因，他对错杀皇后毛氏而衍生的愧疚。

曹叡因徙迁长安铜人及承露盘，劳民伤财的事引得朝中正直大臣接二连三的反对。曹叡顽固虽顽固，他心里多少也有些明白，大臣们的犯颜极谏，是有利于社稷民生的。可生米已经下锅煮成了熟饭，半途而废岂不遭非议。连日来，曹叡心里总有些不痛快。女人心细，宠妃郭夫人看出了曹叡心中的垒块，便邀其游北园泄心垒。郭妃的那种风骚玉韵，那种窥人肺腑的细腻和关切惜悯的情愫，使曹叡近日的烦忧一扫而光。当曹叡游得开心十分之时，郭妃提出要邀皇后毛氏同游。曹叡当即拒绝。这又是女人的心计所铸。第二天，郭妃故意又让宫娥给毛氏皇后透信，说皇上与郭妃游北园何等快乐畅惬。毛皇后心机没有郭妃多，肚子里对郭妃的火，硬是煮的烂生牛头。当曹叡晚上与毛皇后见面后，毛皇后劈头劈脑地冒了一句："昨日与狐狸精同游宴北园，乐乎？惬乎？"

曹叡一听，火冒三丈，堂堂九五之尊与小老婆游一次公园的消息居然如此之快就传到了大老婆的耳朵里了。这还了得！老子身边的人敢给老子泄密。怒不可遏的曹叡手一招，将身边跟随的十余太监卫士全部杀死。毛皇后一看，自己气没出完，就搭下了十余条性命，心里的内疚就瞬间转化成怨气，暴风骤雨般向皇上发泄。曹叡可不比一般的皇帝，岂能容得下女人的指手画脚，想也没想，当场令人将毛皇后赐死。人死如风吹灯，瞪眼之间，阴阳有隔，待你明白了，也就是干鱼铺里买胆——迟了。毛皇后一死，曹叡心里逐渐明晰，这一切皆是宫廷女人玩的争宠游戏，可人死不能复生呀！懊悔之余，曹叡将无辜被杀的毛皇后的弟弟毛曾由议郎升为散骑常侍，葬毛皇后于愍陵。

我们常说，拒绝忠言劝谏，如同拒绝良药入口。换言之，如果忠告不能使你警醒，痛苦一定使你后悔不已。曹叡就是在万分后悔不该错杀毛皇后的痛苦中，看到了王叔和的《寻妻疏》，毫不犹豫地给王叔和开了绿灯。也真的感谢曹叡的绿灯，也就是曹叡的绿灯引路，王叔和的后半生虽寓居于深山乡野，仍然拿着朝廷的俸禄，直至他寿终正寝。

拿着曹叡的诏令，王叔和将义子昌途及京城的家托付给辛宛英照看，将《伤寒杂病论》的刊刻等一应事务交给弟子张苗、田畴负责，正式踏上了到长安寻找夫人庞姝的征途。

王叔和寻妻的第一站是长安霸城。霸城的从事中郎田章早已接到朝廷的快报，热情接待了私事公办的太医令王叔和，几乎找遍了霸城的旮旮旯旯，没有庞姝的丝毫之息。带着希望，带着惆怅，王叔和在田章的周致安排之下，赶到了长安。

长安太守名叫张缉，曾担任过大将军曹真手下的中郎将，对王叔和十分熟悉。十年后，张缉的女儿张琼被魏少帝曹芳立为皇后，他顺理成章地成了皇帝的老丈人。张缉闻知太医令王叔和到了长安，赶到十里之外的御东亭迎接。张缉的盛情除了皇上有诏外，还有一层意思，那就是六岁的女儿、未来的皇后张琼高烧不退，医工药石无效。

王叔和到了太守府，一搭脉问症，判定张缉女儿乃误食半夏中毒引发的辣口舌麻。一碗生姜汁就使未来的皇后恢复了童稚天真。在长安，王叔和先后住了两月有余。长安的大街小巷都张悬有长安府关于寻找太医令夫人的告贴。长安府的衙役们将长安城内外像篦头发一样篦了几遍，没有找到庞姝的丁点儿信息。长安临近的咸阳永寿县令差人送来消息，说是有人在永寿发现太医令夫人的踪迹。王叔和马不停蹄赶到永寿，仍然是老鼠跳进糠箩里——一场欢喜一场空。在永寿没有找到夫人，王叔和倒把自己找病了。疲劳、忧患相加，王叔和在永寿县一病就是一月余，人差不多瘦成了骨头要出来皮不允的模样。永寿县令慌了神，皇上宠信的太医令，若在他永寿有个三长两短，那可是黄泥糊裤裆——不是屎也是屎。永寿县令除了千方百计、百计千方地伺候着王叔和，心里打起了小九九，想办法将王叔和这尊神送走。王叔和的病，说白了，是心病，只要听到哪里有夫人庞姝的消息，病立马好了一大半。当王叔和的身子骨有所

239

恢复,永寿县令用极其神秘的口气向太医令报告了他千方百计地打探到的消息,并州、兖州一带发现了庞夫人的踪迹。这叫送神送上西天,朝远的地方送。毫无疑问,王叔和义无反顾地赶往上党。

经历年余的寻访,王叔和的足迹遍及兴平、壶关、高都、永济等上党辖区,没有见到夫人的影子。公元 239 年三月,带着满腔思念,带着无限惆怅,带着一身疲惫,王叔和回到了京都洛阳。此时的洛阳城,刚刚经历了一番悲伤的洗礼。魏国的第二任皇帝,在位十三年年仅三十五岁的魏明帝曹叡,走完了他的人生之旅,带着几分哀怨找老爸曹丕、老祖曹操汇报去了。

第三十五章

曹叡临终　托孤司马懿
叔和恋姝　血染绝情书

　　曹叡起病于景初二年的十二月初九,半个月后立郭夫人为皇后。五天后就病逝于嘉福殿。从这里也不难看出他对错杀毛皇后的哀怨、愤恨,对郭夫人的不满却无可奈何。否则,毛皇后死后快两年了,他都不立郭夫人为皇后。

　　曹叡临终还做了一件颇有微词的大事——托孤。对托孤一事,人们普遍颂扬蜀汉刘备白帝城永安宫对诸葛亮的托孤,而对曹叡托孤给司马懿的做法甚有指责。其实,这种偏指,还是受《三国演义》文化的影响。而真正的事实是,三国时代,史学界将曹叡的托孤与刘备的托孤相提并论,没有截然的非议之争。东吴大鸿胪、著名文学家张俨作《默记》称:"诸葛、司马二相,遭值际会,托身明主,或收功于蜀汉,或册名于伊、洛。丕、备既没,后嗣继统,各受保阿之任,辅翼幼主,不负然诺之诚,亦一国之宗臣、霸王之贤佐也。"

　　张俨是东吴之相,他的评说应该讲没有任何偏袒和观点。

　　我们不能因为后来的司马氏代魏兴晋,就把司马懿看作篡汉谋位的大奸臣。只有认真了解曹叡当时托孤的实际情况,才能客观看待司马懿。

　　首先,当时的司马懿还不是支配左右魏国的权臣。《三国志·辛毗传》记载:"时中书监刘放、中书令孙资见信于主,制断时政,大臣莫不交好,而毗不与往来。"这种情况发生在太和年间,辛毗因遭到权臣刘放、孙资的谗言,没有当上尚书仆射。青龙二年,曹叡又听信刘、孙的小报告,将辛毗赶出京都,下到司马懿军中,辛毗自此与司马懿建立了友好关系。当时,能够决定朝廷"三公"之权的是刘放和孙资。时直臣明贤高堂隆给曹叡上书:"今陛下所与共坐廊庙治天下者,非三司九列,则台阁近臣,皆腹心造膝,宜在无讳。"高堂隆是曹叡最信任的近臣之一,他十分反对曹叡任人唯亲,重用刘放、孙资。史称:"书奏,帝览焉,谓中书监、令(刘放、孙资)曰:观隆此奏,使朕惧哉!"再后来,高堂隆上书,警醒曹叡要防备"鹰扬之臣",用隐喻的口气说:"异类之鸟,育长燕巢,口爪胸赤,此魏室之大异也。"刘放是燕人,身尚赤。高堂隆是告诫曹叡要防范刘放。曹叡在临终托孤的时候,显然有防备,一开始就没有让刘放、孙资辅政，这使刘、孙二人无不惶恐。曹叡开始是任命燕王曹宇等人辅政，但是四天后，燕王曹宇突然辞让辅政之职。这是因为燕王嗅到了郭皇后等政治势力的反对，实则是刘、孙的反对。经刘、孙的推荐，曹爽、司马懿这才进入了曹叡的辅臣之列。刘、孙二人举荐司马懿，是因为朝中对他二人的反对呼声甚高，而司马懿久驻边关，不在朝中，亦有拉拢司马懿的意图。

在玩政治手腕上，曹叡也不愧是个高手，他的第一道诏书将刘放、孙资列入辅政的五人阵列，可第二道诏书却将刘、孙除名。司马懿接到前后矛盾的诏书，还以为京城发生了政变。可是他仍然没有犹豫，一夜间，单人快马自河内木城，即今天河南武陟县木城镇，疾行四百里赶回洛阳。这也充分表明司马懿的忠心耿耿和孤身赴险、无私无畏的超常气概，非他人所能为。

司马懿赶到洛阳的时间是公元 239 年的正月初一凌晨。此时的曹叡已是气息奄奄，双目望穿，看到一身风尘、气喘不息的司马懿立于榻前，曹叡天子是双目放采，一把拉住司马懿倾诉思念之苦和托孤大事。

《三国志·本纪三》对曹叡托孤司马懿有这样一段话："帝执其手谓曰：'吾疾甚，以后事属君，君其与爽辅少子。吾得见君，无所恨！'宣王（指司马懿）顿首流涕。指齐王谓宣王曰：'此是也，君视之，勿误也！'又叫齐王令前抱宣王颈。王九岁，在于御侧。帝执宣王手，目太子曰：'死乃复可忍，朕忍死待君，君其与爽辅此。'宣王曰：'陛下不见先帝属臣以陛下乎？'"曹叡又把接受诏命的刘、孙二人辅政改为仅仅任命了曹爽和司马懿辅政。这表明曹叡对司马懿数十年来忠心不贰的褒赞与肯定。在这之前，曹叡十分担心幼子被权臣操纵。因为他活着的时候，都不能如愿以偿让他信任的燕王曹宇辅政。刚册立为皇后的郭氏及刘放、孙资的咄咄逼人，使曹叡"忍死不目瞑"，直到司马懿的出现，才托孤于司马懿。曹叡对司马懿的信任可见一斑。

曹叡于己未年正月初一病逝。刚册立为皇太子的齐王曹芳继位，时年九岁，改年号景初为正始，尊曹叡皇后郭氏为皇太后。这郭皇后玩弄权术之手腕在前文与毛皇后的戏斗中已有交代。她的权欲甚是强烈，在曹芳、曹髦、曹奂三位少主时，处处以皇太后的身份干预朝政。就连聚慧睿于一身的司马懿发动政变，诛灭曹爽，以及后来的司马师、司马昭废立国君，皆借郭太后的名义施行，方获成功。郭太后的驭权之术不比后来的武则天、慈禧逊色。

王叔和回到洛阳，大魏朝堂已经物是人非了。好在幼主皇上曹芳，自出生起就是王叔和给他把脉问诊。二位辅主之臣，司马懿不用说，是他王叔和的举荐大恩人，没有司马懿，就没有王叔和的今天；另一辅政大人曹爽，是王叔和太医令的举荐大恩人曹真的儿子。曹爽的酒糟鼻子，还有腹泻、牙痛、失眠皆是王叔和的妙手回春。也就是说，尽管皇帝换了，权臣换了，对王叔和的前程丝毫没有影响，甚至比曹叡执政时的环境更为优越。

王叔和回到太医院，《伤寒杂病论》的刊刻本已经刊行。王叔和用了整整一个月的时间，对刊刻之本进行了认真的细读后，认为《伤寒杂病论》与师父张仲景的原著有区别。其一，书稿不是原著的全部，特别是在"杂病"上遗漏较多。其二，新发现的张仲景《金匮神方》，又是原著上许多没有的。经过再三考虑和征求太医院太医、医丞的意见，王叔和决定对《伤寒杂病论》初刻本进行重新汇纂，改一书为二书。将书中的伤寒论部分单独辑出定名《伤寒论》，将原刻本中的杂病部分及后发现的《金匮神方》残简、残籍汇成《金匮初略》刊行。

《伤寒论》《金匮初略》二书刊行的奏疏很快得到了少帝曹芳的批准，当然这主要得益于太尉司马懿的支持，沉寂了一些时日的太医院又热闹起来。王叔和坐镇于太医院，对初刻本的《伤寒杂病论》分门别类，逐一归宗，并删去了初刻本中的"王叔和集纂"改为"卫汛集纂"，后觉仍不妥，也将"卫汛集纂"四字删除。又反复斟酌，依据弟子田畴的建议，将《金匮初略》改为《金匮玉涵要略方》。其中的"金匮"二字取之于《金匮神方》。《史记·太史公自序》："迁为太史令，史记石室金匮之书。"司马贞索隐："案石室、金匮，皆国家藏书之处。"最早的"金匮"源于《尚书·金滕》，其大意差不多，用金属装束的匣子，装上周公姬旦向上苍祷告自己愿替武王姬发害病的祷词，由史官记载装于金匣，藏于金匮石室之中。

在司马懿的授意下，魏少帝曹芳很快批准了《伤寒论》《金匮玉涵要略方》二书的刊刻。王叔和令弟子张苗驻之于匠作坊监督二书的刊刻印行，自己也隔三岔五地到匠作坊巡督勘检。

行文至此，中华医学方书之祖张仲景的皇皇之著《伤寒论》《金匮要略》正式刊行流播于天下。《伤寒论》《金匮要略》的传世流芳，王叔和倾注了前半生的心血，也凝聚着曹叡、曹芳两代帝王和曹真、曹爽父子，司马懿、司马孚兄弟的支持与呵护，还有卫汛、杜度、张苗、田畴、樊阳等一串不应该忘却的名字。

王叔和寻妻回洛阳后，要做的另一件事，就是以快刀斩乱麻的手段斩断辛宛英对他的情丝。

前文已叙，王叔和到长安寻找夫人庞姝，京城之家全交给了辛宛英照看，养子昌途也以辛宛英为母。无论是人品、才气，还是女人所具备的修养、内涵，甚至女性难以承负的勇敢、坚强，辛宛英皆具备。确切地说，辛宛英是女人中的骐骥、男人最最喜欢的凰娘。可王叔和对辛宛英总是敬而远之，男人所拥有的所有激情、激素全部倾注在庞姝身上。庞姝也的确很优秀，也是女性中的骐骥、美女中的姣娘。单从她的名字"姝"中就可以领略她的风姿、风采,"姝"在《说文》中的三种解释全是美:美好、美女、美貌。

庞姝的美,还体现在她的心灵境界上。作为美女、才女,她能容得下比她还美还有才气的辛宛英,这还真是个另类。也许有人说,她庞姝有女人中的大忌——不能生育。古往今来,自己生不了也容不得别的女人生的女人,比比皆是,这也许就是王叔和对庞姝念念不忘、毫无二心的重要缘由。辛宛英对庞姝的走失也深表悲伤,也在日夜思念着她的早日归来。也许有人说,这是假的,装的。庞姝的走失对辛宛英而言,应该是心花怒放。甚至有人认为庞姝的走失极有可能是辛宛英的阴谋所致。你可以这样想,但,绝没有这个必要。辛宛英为什么要这样做呢?她早已住进了王叔和的家,成了王叔和家庭里的一分子,除了未同床睡觉,她就是王叔和的二夫人。在外界,人们都以为辛宛英早已是王叔和的真正夫人。那些贪美好色,见了美女迈不动腿的男人,背后不知道对王叔和的艳福有多嫉妒。

王叔和有昔日柳下惠坐怀不乱的节操品行。话又往回说,那你辛宛英是干什么的,是吃素的?你辛宛英的生辰八字已交给了庞姝,等同于庞姝已经明明确确地与辛宛英有约在先,二人共同伺候王叔和。如今,庞姝走失了,快两年未归家。你辛宛英应该义不容辞地顶上去爱,去尽一个女人的职责,不,应该是尽妻子的职责。矛盾就在这里。辛宛英何尝不想这样。可甘蔗没有两头甜的,男女不能一头热。辛宛英对王叔和似一盆火,王叔和对辛宛英仍然是一块冰,一块从未开冻的冰。刚开始,辛宛英对庞姝的寻找,也充满了希望。当王叔和奔赴长安寻妻时,辛宛英将王叔和送至洛阳西城的十里亭,一路上也是叮咛不断,期待满腔,临别时,手挥目送,热泪盈眶。王叔和在外寻找了一年多,也尽到了一个丈夫、男人应尽的义务。失踪后的庞姝会怎么想,我们当然难以知晓。辛宛英的想法是,她心目中的偶像,不是丈夫的丈夫王叔和对她应该开始解冻。作为女人,辛宛英对王叔和的爱,不再是涟漪,而是汹涌的波涛。住在王叔和的家里,从事着王叔和夫人所承负的事务,辛宛英毕竟是才女、淑女、名门闺秀,毫无裒狎之容,更不像现代人会赤裸裸地上前表白:我爱你,我们今晚住到一起吧!辛宛英知道如果赤裸裸地上前表白,无异于井中求火。才女的示爱表白当用才情文采去打动、温暖她所爱的人。

这天晚上,王叔和完成了心中的夙愿,《伤寒论》《金匮玉涵要略方》已正式付之刊刻,心中多少有些惬意。回到家里,辛宛英端上水盆,待王叔和洗漱完毕,又捧出茶盏。吃完了晚膳,辛宛英拿出两张香笺,双手捧上,含情脉脉地说道:"妹夫,姐姐闲着抄了些屈大夫的遗作,不知有否遗漏。妹夫要给姐姐字斟酌句地审读审读,如何?"

王叔和接过香笺一看，是战国屈原的《九章》中的《抽思》。屈老夫子的《抽思》，相传是屈原初次被流放汉北时所写的一篇忧愤之作。所谓抽，乃抽绎分析，理清头绪；思，思绪也。《抽思》缕述纷繁的思绪，抒写内心的悲伤怨忧。

抽思

心郁郁之忧思兮，独永叹乎增伤。思蹇产之不释兮，曼遭夜之方长。

悲秋风之动容兮，何回极之浮浮。数惟荪之多怒兮，伤余心之忧忧。

愿摇起而横奔兮，览民尤以自镇。结微情以陈词兮，矫以遗夫美人。

昔君与我诚言兮，曰黄昏以为期。羌中道而回畔兮，反既有此他志。

憍吾以其美好兮，览余以其修姱。与余言而不信兮，盖为余而造怒。

愿承闲而自察兮，心震悼而不敢。悲夷犹而冀进兮，心怛伤之憺憺。

兹历情以陈词兮，荪详聋而不闻。固切人之不媚兮，众果以我为患。

初吾所陈之耿著兮，岂至今其庸亡？何独乐斯之謇謇兮？愿荪美之可完。

望三王以为像兮，指彭咸以为仪。夫何极而不至兮，故远闻而难亏。

善不由外来兮，名不可以虚作。孰无施而有报兮，孰不实而有获？

少歌曰：与美人抽思兮，并日夜而无正。憍吾以其美好兮，敖朕辞而不听。

倡曰：有鸟自南兮，来集汉北。好姱佳丽兮，牉独处此异域。

既惸独而不群兮，又无良媒在其侧。道卓远而日忘兮，原自申而不得。

望北山而流涕兮，临流水而太息。望孟夏之短夜兮，何晦明之若岁？

惟郢路之辽远兮，魂一夕而九逝。曾不知路之曲直兮，南指月与列星。

愿径逝而不得兮，魂识路之营营。何灵魂之信直兮，人之心不与吾心同！

理弱而媒不通兮，尚不知余之从容。

乱曰

长濑湍流，溯江潭兮。狂顾南行，聊以娱心兮。

轸石崴嵬，蹇吾愿兮。超回志度，行隐进兮。

低徊夷犹，宿北姑兮。烦冤瞀容，实沛徂兮。

愁叹苦神，灵遥思兮。路远处幽，又无行媒兮。

道思作颂，聊以自救兮。忧心不遂，斯言谁告兮。

王叔和一口气读完了，这是辛宛英借屈原忧国忧民之忧怨，诉说自己对他王叔和的深爱之情，得不到他的理解而忧叹和呼唤。解铃还需系铃人，辛宛英在借屈原的口，质问王叔和：我历述衷情向你陈词，你为何总是装聋作哑，充耳不闻？我与姝妹当初已铺陈得明明白白，难道你到现在全部忘记得干干净净？美食不会无故得到，声名不靠虚假做作，谁双脚不施予就有回报？谁能不播种就有收获？我心忧郁，终难顺畅，我这苦情可对谁讲？

王叔和不是二百五，当然知道辛宛英的苦衷。他也知道自己心里只有庞姝，辛宛英形象，他王叔和也曾多次试图要装进去，可总是装不下。是庞姝的形象矗屹太久，太高大？还是辛宛英的形象太完美，太高大？王叔和自己也真的理不出头绪，说不出子丑寅卯。

这天夜里，王叔和的寝卧一宿通明。王叔和在试图给辛宛英建筑一个最佳的回复。较为珍贵的蔡侯纸写了一张又一张，揉成了一团又一团，与此同时，在大院里的另一间寝卧里，两盏红烛也通宵未灭，辛宛英辛大才女似乎在度夜如年地猜想着王叔和的答复，甚至在憧憬着心爱的人匍匐案前挥毫回复的英容举止。

第二天清晨，一脸倦态的王叔和临上车前递给辛宛英一张蔡侯纸。啊，这是回复，是心上人的回复。辛宛英的心"怦！怦！怦！"地要跳出胸膛。展开一看，怦跳之心似乎突然凝固住了，王叔和的答复十分简单：

何灵魂之信直兮，人之心不与吾同？

理弱而媒不通兮，尚不知吾之从容。

这两句话同样是屈原《抽思》中的句子。原句的意思十分直露：人的灵魂应该诚实正直，别人的心为何与我大不相同？任何人无法为我引荐疏通，更少有人知道我的磊落心胸。

王叔和引用这两句诗，是在告诉辛宛英，我不说假话，我的心里真的无法将你装下，不要说别人可以劝说我，连我自己都不能说服自己，你叫我有什么办法？这就是王叔和折腾了一夜，最终还是实话实说。

辛宛英捧着王叔和的那张纸，心里在煎熬，在滴血。可她没有气馁，好事多磨。心上人还尚不知她对他的冰洁之心。一串表白自己对爱之人不渝之志的句子打心底涌出：

深固难徙，更壹志兮。

愿岁并谢，与长友兮。

淑离不淫，梗其有理兮。

秉德无私，参天地兮。

这四句话是屈原《九章》中《橘颂》的句子。辛宛英借用之是在诉告王叔和：我对你的爱已经根深蒂固，你的拒绝，你对庞姝妹妹的忠心不贰，更加坚定了我对你的爱，至死不渝。我坚信，我爱你没有错。我对你的深情厚谊，生死相交。天地日月可以做证。

王叔和看了辛宛英的这四句话，没有丝毫犹豫，很快用屈原《九章》中的《思美人》的句子做了回复：

思美人兮，揽涕而伫眙。

知前辙之不遂兮，未改此度。

车既覆而马颠兮，蹇独怀此异路。

广遂前画兮，未改此度也。

王叔和选用屈原的《思美人》是有他的一种善意提醒，也可以说是一种蓄意打击。你算了吧，放弃你对我的爱。我心中容不下你，我思想的是我的发妻美人。你在我心中，就是没有她那样美。所引用的话，是说，尽管我寻妻千万里，仍没有找到她，可我不会改变初衷，寻妻的前途结果再艰险渺茫，我偏要独自前行，不会放弃，不会放弃！你要好自为之，好自为之！

王叔和见辛宛英对自己的爱已经深入骨髓，不采取一种快刀斩乱麻的手段，真的难以让她放弃。要斩断辛宛英的情丝，严格地说是情根深种，是要让辛宛英毫无退路，自行离开王府。王叔和经过反复思考，做出了这样的尝试，他咬破中指，在一方锦帛上写下两行血书：

夫人不归，誓不言娶！不回辛府，永不归家！

王叔和将血书放在最显眼的书案上，就去了太医院。按照常规，辛宛英每天都要对王叔和的书房进行一次清扫，因连续几天，王叔和忙着《伤寒论》的刊校，每天很晚才回府，几乎没有去过书房，辛宛英感到有些不对头，遂到太医院去打听，王叔和是否有公干外出。太医院的人告诉她，王太医令天天都在太医院，没有外出。这就奇怪了！辛宛英想与王叔和见一面问一声今晚回不回府。王叔和以有事不能相见，并托医工转给辛宛英一句话：一切交代，皆在府中书案之上，一看便知。

辛宛英赶回王府，一进书房，书案上的两行血书赫然入目。泪雨滂沱的辛宛英心里在滴血，脑子里一片空白。一腔厚爱成齑粉，一片痴情化烟云。人是热血动物，是有自尊心的。她辛宛英再不离开王叔和的家，就成了王叔和的千古罪人。伴着带有心上人血腥味的绝情书，辛宛英在王府度过了最后一个夜晚。第二天清晨，带着满腔哀怨与不解，辛宛英一步三回头地离开了王叔和的家，回辛府而去。

辛宛英的悲剧不是个案。几多红颜皆薄命，自古才女总痴情。卓文君、蔡文姬、甄洛就是例证。

第三十六章

叔和寻妻　力辞太医令
太尉承情　眷顾留俸薪

王叔和也知道他这一招是撒手锏，对辛宛英而言太过分了。可他也毫无办法，不这样做，他难以摆脱辛宛英的一腔深情。因为他已做出了一项重大决定，辞去太医令之职，继续寻找夫人庞姝。

按说，新皇帝曹芳的遗尿症，是他王叔和用偏方治好的。太尉司马懿的面部红肿、牙床疼肿、贼风历节等疑难顽疾皆是经他王叔和妙手回春的。尤为重要的是，经他王叔和一手调治，司马懿才有了长孙。大将军曹爽的不寐症、牙痛、久泄皆是王叔和用心解除的。于公于私，这大魏朝的三大擎柱都不会让王叔和辞职的。王叔和也完全没有必要去辞职，寻妻就寻妻，太医令之职也丝毫不碍你寻妻，而且是有百益而无一害的。

可是王叔和不这样想，他也不是那种贪权恋位的人。他深知，太医院的太医令的责任太重大了。不能在太医院主持工作，服务皇帝及后宫嫔妃和文武百官，挂一空名，有百害而无一益。再者，无官一身轻，辞了太医令，可以放心放胆放手放脚地寻找妻子。

连续三次，王叔和的辞呈皆被退了回来，这些皆在王叔和的意料之中，他知道辞呈被退的根源在司马懿太尉大人那里。怎样让司马大人批准他的辞呈呢？王叔和正在绞尽脑汁地思考着。太医院医丞来报告，说太尉司马大人请太医令过府复诊。二十几天前司马懿面肿复发，王叔和给他用了"三黄泻心汤"，已大有起色，连续复诊了两次没有了症状，怎么又要复诊呢？王叔和想，如果司马大人又病了，他的辞职就更悬了。

进了太尉府，正襟而坐的司马懿见了王叔和，起身而迎，王叔和一把按住司马懿，说："太尉大人之疾尚未痊愈，万不可多礼。"

司马懿说："太医神方也，连吃三帖，面痛已好，牙肿已消，耳鸣也止。只是下肛处，甚有不适，不知何故？"

王叔和给司马懿号了脉，看了私处触及不适处似有肿块后，又给司马懿开了三帖药，司马懿一看，仍然是大黄、黄连、黄芩加枇杷叶。

"此方如前，只是多了味枇杷叶。王太医，此汤中有说法？"司马懿抖着

248

汤帖，笑着问道。

"回大人，此汤名曰'泻心汤'，亦称'三黄泻心汤'。此方乃上古汤剂之祖伊尹所创。师父张仲景收入《金匮神方》。所谓泻心即泻胃也。胃中有热者当气阻滞，气阻滞令食物不往下行，故而此证者，胸堵难受，还可见烧心、涌酸、燎面、牙床肿胀，更有甚者脱发、耳鸣、衄血。三黄泻胃热，清旺火。大人的胃热已清除，但滞余热于肠肛。适才，叔和诊视，下肛处乃热积而阻。故而仍需服用泻心汤。只是加喷水枇杷叶，制大黄药效作用缓行，而不是下沉太快也。"

司马懿点了点头，继续说道："如此神方，当有收载传之于世，造福万民为要也。"

"叔和已将此方收入师父的《金匮玉涵要略方》。此外《伤寒论》还收有'半夏泻心汤'，此汤君药乃半夏。常医者，只要得其方，断其证，皆可药到病除也。"

司马懿对王叔和的回答似乎很满意，亲自端起桌上的茶壶给王叔和满满斟上后，又聊起了正在刊刻的张仲景医著之事。司马懿说："叔和担纲太医院，殚精竭虑，纂辑仲景医著，搜罗集粹，几经反复，辑成《伤寒论》《金匮要略》，造福生民，乃大功也。殊不知这二著与《素问》和《神农本草经》有何区别？"

王叔和说："回大人，《灵枢》《素问》述疾论证，《神农本草经》叙药。《伤寒论》《金匮要略》集前三者之大成外，刊方载法，分论四诊、五行、六经、七情、八纲、九候，堪称古今首创，为理、法、方、药俱全之始，尤以方剂为最。二著共载方剂三百四十七首，其中《伤寒论》收方剂一百一十二首，以治伤寒为要。《金匮要略》收方剂二百六十二首，含先师治杂病之方。二著中有一百零五首方剂同载之，为交叉之用。"

"如此说来，叔和你屡屡所用的神方，皆入卷中，老夫的脚疾之贼风也有方剂入卷乎？"

"大人之脚疾论证最早见于《灵枢·贼风篇》，乃湿气藏于血脉之中，分肉之间，久留积滞而不去，师父《金匮要略》对贼风之证又有新论，论述了历节、痹症，且以饮食不节为致病之源。叔和给大人用的樱桃干浆治历节之方，乃桑翁大师所传，故而未收入其方。大人且放宽心，你的历节只要忌口，复发性微之又微也。"

说到这里，王叔和听出了司马懿问话的含意。司马懿是担心，王叔和一旦离开京都，他所患之疾皆如何诊治。莫非太尉大人有所心动？王叔和心里正揣测着该如何开口提出辞职之事时，四岁的司马炎一阵风般从内室跑了出来，身后紧跟着司马懿的夫人张春华："炎儿，炎儿，别跑，别跑呀！"

司马懿一把抱住长孙，司马炎小手一甩，说道："爷爷，爷爷，俺要看王太医令。奶奶总在说，王太医令是俺的福星。福星来了，俺要福星抱我一抱。"

司马懿给王叔和招手说："叔和，你看，你看，炎儿只要你这福星，不要老夫爷爷了。"

王叔和从司马懿手里接过司马炎，逗着他红红的脸蛋，说："将门出虎子，小炎子，你一定像爷爷一样，是未来的太尉。"

司马炎小嘴一噘："太尉已经叫爷爷当去了，俺才不当哩！"

王叔和笑着问道："那小炎子要当啥子官呀？"

"俺要当就当管太尉的官。等俺当了管太尉的大官，就给你福星王太医令好多好多好吃的。"

司马炎的天真稚气，逗得满屋人开怀大笑，等张春华从王叔和怀里接过司马炎进入后堂，王叔和嘴巴一张，正要说话，司马懿手一伸，示意王叔和不要说话，瞬间从袖袍里掏出一张纸片递给王叔和。

王叔和展开一看，上写四句话：安心寻妻，自当保重。后顾无忧，受职留俸。

两行热泪顷刻间夺眶而出。王叔和当即跪地，要给司马懿磕头。

司马懿一把将王叔和扶起，叹了声气，说道："叔和，你三番五次辞职，老夫还有陛下及其他大臣都不让。可老夫猜想，你的一生，除了爱妻子，就是要纂辑仲景的《伤寒杂病论》。如今，《伤寒杂病论》刊行之愿已了，唯爱妻失散。辛卫尉之女等你十年，你仍冰心洁志，对其敬而远之。前几日，辛毗托老夫劝你收纳其女。老夫思忖，辛大才女十年之恋亦都难以动你叔和之寸心，老夫的几句寡言又有何用乎！由此及彼，再强留于你也是枉然。寸阴若岁，余桃啖君，还是放你寻妻吧。受职留俸，皆在老夫权职之内，给你留条后路，除去你后患之忧，也不枉老夫与你结识二十年之谊。明日早朝，你再递辞呈，自当有定，多多保重……"

按照司马懿的叮嘱，第二天早朝，王叔和再次呈上"辞呈疏"。小皇帝曹芳看了看左右两边的曹爽、司马懿二位辅政。司马懿将早拟好的诏书递了上去。值殿太监当即宣诏：着王叔和辞去太医令，受职留俸。

什么叫"受职留俸"呢？"受"字在《辞海》中有八种含义。其第五种含义为"收回"。《周礼·春官·司干》：舞者既陈，则授舞器，既舞则受之。高秀注："受，收回也。"《汉书·刑法》中有多处"受职留俸"的记载。如："元帝初立，原狱刑所以蕃若此者，礼教不立，刑法不明，民多贫穷，豪杰务私，奸不辄得，勋戚触行，多受职留俸。"这段话的大意是说，汉元帝刚即位时，朝中的刑法赏罚都没有严厉的条例，奸佞之徒，肆意妄为，一些曾有过勋功的外戚犯法，大多数人只是职务被收回了，但继续领取薪水。

以今天的话解释"受职留俸"，就是把职务退出来，但保留职级，可以不上班,继续领一份与原职务相等的工资。王叔和能享受如此特殊待遇,真是多亏了司马懿的苦心眷顾。有了"受职留俸"的待遇,王叔和的后顾之忧,不用说就少了许多。而且这种优遇一直由魏国延续到晋朝,直到他的去世。

公元241年的三月间,王叔和离开居住了十五年的京都洛阳,开始了第二次寻妻的长途跋涉。这次寻妻,王叔和选择了南方区域。为什么呢?前一次主要是北方地区。爱妻庞姝是襄阳人。襄阳在以魏国首府洛阳为主体和长江为界的方位中,当属南方之域。

路漫漫其修远兮,爱切切其缘沉兮。三月,是百花齐放、万木峥嵘的季节,王叔和顺着陈留、睢阳、思善、山桑、宋县逶迤而行。这些地方以今天的地名概括就是:河南的淮阳县、开封市、商丘市,安徽的亳州市、蒙城县、太和县等地区域。沿途春色,四野春光,王叔和皆无暇欣赏,每天晓行夜宿,寻茶楼酒肆,进饭庄客栈,找官衙驿站,心里只有一个信念,不见妻子不罢休。

一朝天子一重天,官民之分太相悬。

王叔和上次寻妻,是以太医令的身份出现,又有皇帝曹叡的诏书开道,各州郡府县是长亭接送,专人伺奉,差不多是饭来张口,衣来伸手。寻妻的告贴自有人抢着贴,他人走到哪里,哪里就有人陪。这次可大不一样了,与上次相比,一个是天上人间,一个是地下阎殿。到郡县府衙咨询,那是三分热气问,九分冷气回呀,软钉子遍地是,硬钉子处处有,事没办成,肚子里的气装饱了。地方上的游皮顽劣,伸手敲诈、威胁、恐吓不断,把王叔和弄得是焦头烂额,惫疲不堪,使他真的体会到了"由民转官,一路辛酸;由官转民,痛苦不堪"的滋味。

自宋县转至弋阳,就进入了大别山南麓的五水蛮夷之地。按照王叔和的一路打听,过了弋阳郡西阳地,就是长江的吴国之都武昌(今湖北鄂州市),溯江而上进入汉水,就是襄阳。这条路线对王叔和而言,既陌生又新鲜。

公元241年的六月末,王叔和带着一肚子怨气、一腔焦虑进入了弋阳郡西阳地的深山之中。

三国时期的弋阳郡,郡治设在今天的河南省潢川县。辖区包括今天的河南省潢川县、光山县、新县和商城县,安徽的金寨县,湖北的麻城市、红安县、罗田县部分地区,以及武汉市的新洲区的部分地区。弋阳郡的西阳,即今天的麻城市。两汉时期的麻城,隶属江夏郡。三国时期,麻城先属魏国的弋阳郡,魏元帝景元初年,归属吴国的蕲春郡。西阳,这个名称,说大就是国,说小就是今天的乡镇。公元306年因恢复西阳王爵位,晋怀帝司马炽将弋阳郡的西陵、邾城及蕲春郡等地划归给治所设在今天河南光山县的西阳国管辖,西阳就是郡国之所了。

第三十七章

酷暑炎炎　王叔和中暑
马嘶声声　毛隐士现身

一千七百七十多年前的麻城，还是一片荒蛮之地。长江水经举水连接，泛至龟峰脚下，当时的麻城除了山就是水，素称疠瘴之地。时值农历六月末，正是西阳的高温酷暑之季。民谚曰：三月阳春四月夏，五月端阳六月哑，七月太阳晒破瓦（鄂东方言，厉害之意。喻六月的太阳十分厉害）。骑着一骑快马，心烦气盛的王叔和因暑热瘴气，晕倒于西阳的沙河狮子峰。这狮子峰在什么地方？在今天的安徽省金寨县的沙河乡。金寨县是中华人民共和国成立初新建的一个县，其辖地有湖北的麻城，河南的新县、光山县和安徽的六安等处。王叔和进入西阳时，这沙河狮子峰毫无疑问归属麻城之地了。这一千七百七十多年前的事你咋知道王叔和是从这里进入，又晕倒在狮子峰的呢？有民间传说为证。

与今天麻城三河口毗邻接壤的安徽金寨县沙河乡，有四个古地名特别有名，当地原七八十岁以上的老人，一谈起这四处地名，皆眉飞色舞，津津乐道。这四处古地皆相隔不远，分别是药王松、马嘶岭、毛玠石、卧马丘。当地人口耳相传，当年的药王王叔和骑着一匹白色的高头大马，自河南来到狮子峰采药。因为正是炎天暑热的中午，王叔和在马上中了暑，晕了过去，一头从马背上栽了下来，躺在了一人多高的茅草丛里，人事不省。药王骑的马是宝马，很有灵性，它见主人倒在地下，无人来救必死无疑，便放开四蹄冲到一处高坡上，拼命地嘶叫起来，嘶叫声一声比一声高，几里路外都能听得到。马嘶叫了一阵后，又用嘴衔住药王的裤腰将他拖到不远处的一棵松树下，要不然，药王在茅草丛中不被闷死也会被毒辣辣的日头晒死。马嘶声将对面山坳里的一个人唤来了。这个人就是三国的名将毛玠。毛玠当时厌倦了血腥的疆场生活，隐居于狮子峰的山洞里，每天中午都要在山洞处的一块大石头上睡午觉。毛玠顺着马声找到了药王王叔和，将其救回山洞。那匹白马因为高声嘶叫，喉咙嘶哑了，就跑到一处涧潭里猛喝了一气水，谁知水喝得太足太猛，一转身跳涧时，栽进了涧里，当时气绝身亡。毛玠将药王救活后，将那匹白马埋在一处洼地里。后人就将白马嘶叫寻人的地方叫马嘶岭，将被白马衔至高冈下给药王遮阴的那棵松树叫药王松,毛玠睡午觉的那块巨石叫毛玠石,毛玠葬白马的地方叫卧马丘。

有关药王王叔和为啥到大别山狮子峰来,传说有几种。一种说,皇帝娘娘得了病,药王王叔和被通灵性的白马驮到狮子峰来寻找灵芝草。一种说法王叔和进山采药,被山寨王捉上了山寨。山寨王的妹妹与药王一见钟情,趁哥哥喝醉了酒,山寨王的妹妹偷偷将药王放了,二人从后山偷跑出来,结为夫妻隐居于深山中,生儿育女,过着田园生活。还有一种说法,药王不慎将皇帝爱妃脸治成了麻子,皇帝要杀药王,许多人替药王求情,皇帝就想了个折磨药王的办法,大六月伏天,将王叔和绑在一匹白马上,然后猛抽了几鞭子,白马就开始狂颠起来,加上马蝇吸血时有一股钻心的痛,马是不会停止的,就一定拼命地跑,王叔和在马上不被颠死,也会热死渴死。这白马于是就驮着王叔和跑进了大别山的蛮荒之地。

传说不是历史,但有时传说比历史更使人难忘。沙河的药王松,据老人回忆比大晒腔(鄂东方言,用竹篾编成晒东西的工具)还大,七八个人还抱不拢。1958年大炼钢铁时被砍掉锯成板子做风箱。毛玠石,20世纪90年代以后才被搞石材开发的人锯成了石料卖掉,整整拖了几十大卡车。马嘶岭、卧马丘及药王松、毛玠石这些地名至今还在沿用。

从以上民间传说中,我们可以获知这几种信息。其一,药王王叔和是骑着马进入大别山的。其二,药王进入大别山的时间是酷暑盛夏。其三,药王最后隐居在大别山狮子峰一带。其四,药王是被一位姓毛的隐士所救。至于药王王叔和是不是被三国大将毛玠所救,就另当别论了。

有关毛玠之事,《三国志·魏书·毛玠传》中皆有记载。依据史籍,毛玠于公元216年十一月已经病故。王叔和于公元241年六月进入大别山麻城,此时的毛玠已经去世二十五年了,岂能会在巨石上睡午觉,闻马嘶声而救药王王叔和呢?显然这个传说中的人物与毛玠对不上号。有人说,王叔和会不会在毛玠死之前进入麻城呢?不可否认。可那时间上,王叔和才十余岁,十余岁的王叔和进麻城干什么?再说,毛玠官居三品之职,又是曹操手下很被信赖的大臣,怎么会跑至荒蛮之地的大别山腹地麻城深山隐居呢?还有,今麻城花桥河边的毛玠墓地,也绝不是毛玠之墓。试想,毛玠死于许昌的毛玠府,怎么会送到当时可以说是不毛之地的麻城来安葬呢?许昌市离今麻城一千余里,在交通十分不方便的年代,有必要将一个已经平反昭雪的毛大人的尸体送到花桥河吗?那,不是毛玠,又会是谁呢?

毛瑁也! 毛瑁是谁? 毛玠与毛瑁又是什么关系呢?

毛瑁与毛玠是亲兄弟关系。

史籍记载,三国毛玠共有兄弟四人:毛玠、毛琬、毛琰、毛瑁,其中毛琬、毛琰乃孪生兄弟。毛氏兄弟出身于儒学之家,从毛氏兄弟四人的名字中,就知道他们的家世非贫民贱商之家。玠、琬、琰、瑄,四个字都有"王"字旁,这是一个以"玉"寄寓受名者有发达珍贵之意。《尔雅·释器》载:"玠,大圭。一种玉器,长尺二寸,谓之玠。""琬,上端浑圆而无棱角者曰琬。琬圭九寸,王使之瑞节也。琬之用,乃诸侯有德,王命赐之,使者执琬圭以致命焉。""琰,美玉也。琰圭九寸,封之上端成尖锐开绪,为璲饰。诸侯有为不义,使者征之,执琰以为瑞节也。""瑄,古代祭天所用大璧曰瑄。有司奉瑄,璧大六寸谓之瑄。"

综上所述,古人取名十分讲究。毛玠老大,故取名长一尺二寸之"玠",老二为双胞胎,故而取名各长九寸之琬、琰。老幺毛瑄,又比九寸之圭小三寸。毛玠十六岁担任县吏。毛琬、毛琰均入内史,可是双方同时死于董卓之乱中,老幺毛瑄时任治书侍御史,长兄毛玠被冤入狱时,毛瑄正在弋阳出公干。兄长被冤下狱,担心株连自己,遂在好朋友的帮助下,遁入大别山南麓的西阳深山当隐士。兄长毛玠出狱平反一个多月后郁忧而亡,原本想重返许昌的毛瑄遂彻底放弃了再入朝当官的念头,寓居于西阳与世无争。王叔和入狮子峰,闻马嘶声来救人的正是毛瑄毛大隐士也。后葬于今麻城花桥河路旁的也是他。

西阳隐士毛瑄于炎炎酷暑的深山中将中暑倒地、四门天黑的王叔和救回他的住所白杲宫,他自己也是大汗淋漓,浑身湿透。此时的王叔和已是深度昏迷,毫无知觉,除了心脉还在跳动以外,如同死人一般。好在毛瑄在此深山隐居了二十五年,深知中暑急救的一些办法。首先将王叔和放入宫中走廊的风口处,然后给他掐穴、针灸,喂解暑药汤。经过一系列的急救之术,毛瑄认为王叔和没有生命危险后,才松了一口气。

王叔和一昏迷,整整昏睡了五天五夜,毛瑄也在他的身旁守了五天五夜。这天清晨,在一阵叽叽喳喳的鸟鸣声中,王叔和睁开了双眼,啊,好幽深清凉的地方,这是什么地方呢?王叔和想翻身坐起,可挣扎了几把,浑身的骨头如同散了架,硬是坐不起来。守在一旁的毛瑄忙将他轻轻按住,说道:"先生不可强起,你太虚弱了,昏睡了五天五宿,真是洪福齐天的人也,老夫还真的担心你醒不过来。现在好啦,你也算得再世之人,好好休息吧,老夫去唤童儿给你喂些水谷之物。"

毛瑄去后不一会儿,来了一个云鬟高绾的童子,捧着一鬶热气腾腾的米粥而来。王叔和还是想翻身坐起,可任凭挣扎还是坐不起来。那童儿赶紧放下手中之鬶,将王叔和扶起用宽大的竹枕垫在王叔和的后背。童儿舀了一勺粥喂进王叔和的嘴里。那粥真香,香味嗅得王叔和直缩鼻子。喂了五口,童儿就不喂了,将装粥的鬶盖上。王叔和饥肠辘辘,五天没沾米食,真想几口将一碗粥吃光。童儿告诉王叔和,他先生有交代,王叔和是虚脱重症之病人,五天没进食,一次只能喂五口，再看着院子里的日影子，每进半尺再喂五口，粥凉了，用这三足的鬶在火上热一热，按日影子的移进将这粥喂完即可。王叔和是太医出身，当然知道久未进食之人，不可以饱食。他心里对毛瑄不由竖起了大拇指，这是位高人，深谙岐黄之道。王叔和想打听救他的恩人是谁。那童儿连连摇手，说是先生千叮万嘱地要他不可与病人多说话，先生说你当静养三日以上方可恢复元气真身。先生还说，你连续几天没进食，大小溲不会很多，有小溲也不能下床，他会伺候你方便的。先生还有特别交代，盖在病人脚板、肚脐、头顶门上的布万万不可掉下，先生说，这三处地方是吹不得山风的。王叔和听了，心里对救命恩人的神秘感愈发加深了，对救命恩人的了解更加迫切了。可迫切也没有办法呀。他还尚不能翻身，那童儿喂完粥，就到院子里看日影（亦称日晷，古人按太阳影子移动来计算时间）不睃眼，算得上一个恪尽职守的好员工。

就这样，连续三天，王叔和躺在床上睡，睡在床上吃。天天吃的皆是一鬶稀粥。而且王叔和发现每天的稀粥里的配食都不一样。这是他从粥中的香味里分辨出来的。第一天的粥里由茯苓、斑鸠等药物熬制而成。第二天的粥里有红枣、山鸡、百合。第三天的稀粥里有一股鱼腥味，还有生姜、芸香之类的作料。王叔和从用鬶煲粥，用不同药食熬粥的做法上猜出，此人不但懂岐黄之道，更懂养气养性养生之术。

说到这里，插一句嘴，什么是鬶？鬶是古人用来装食物的一种器具，用陶烧制而成，圆口，嘴巴像鸟的嘴，用于煲东西，散发热气，两边有两只耳柄，底有三个空心的足，使用极为方便，相当于今天的高压锅之类的高档炊具，也可以盛装食物。在这三天中，毛瑄每天也隔三岔五地来看王叔和几次，每次来总是悄无声息地来，蹑手蹑足地去，其意十分明显，怕影响王叔和的恢复。

三天过后，王叔和终于可以起床下地了。尽管浑身乏力，腿依旧酸软，但毕竟能在院子里走动了。王叔和发现恩人的住宅是一处很特别的建筑，首先在地势地理上的选择匠心独运，别出心裁。房屋的左右两侧一处是浅溪小河，一处是积水深堰，流水潺潺，碧波粼粼。背靠的是笔架峰峦，峭而不高，嶂而不险，松竹叠翠，岚气蔽天。正室比恢宏的道观小不了多少，比玲珑的庙宇却大了许多。东西有厢房厩室，南北有道径曲述。院子很大很宽，种满了桃梨杏枣、石榴柚柑，菊兰成厢，芍药连片，四季赏花，四季尝果。透过院墙，是一方平畴坦荡的洼地，大约在二畹（古代一畹为三十亩）以上，洼地之外，群山怀抱，瀑流泱泱。说此宅是庙宇，里里外外找不到香案，说此宅不是观，不是庙，正反门额上"白杲宫"三个大字又熠熠闪闪。

白杲之"杲"，王叔和熟悉，乃光明之亮。《诗·卫风·伯兮》上有"其雨其雨，杲杲出日"之句。作为白杲宫的主人，王叔和想，他的恩人一定非同一般，不是高士，必为大贤。

这天中午，王叔和刚自己吃完午饭，思忖着要去找恩人问个究竟，毛瑄却不期而至。二人一番客套过后，王叔和说："恩人在上，在下王叔和，承蒙恩人出援手，用神方，从魔头手里将俺扯了回来，请受王叔和一拜。"说完，王叔和双膝着地，虔虔诚诚地磕了三个头。毛瑄看着王叔和磕头，也没有阻拦，等叔和磕完了，方去挽扶。不料，王叔和跪在地上似乎生了根，毛瑄连挽了几把，才将王叔和挽起。事后，毛瑄谈起此事，王叔和的虚脱仍未恢复，他如果阻止他磕头的话，王叔和必然要坚持，且激动，反而会引起再昏厥的可能。救命之恩，连头也不让人磕，从人伦常情、传统道义上皆说不过去。这就是毛瑄能洞察秋毫的过人之处。

扶王叔和坐下后，毛瑄怕他还有激动之举，便反客为主，主动地同王叔和聊起来，含笑问道："老夫毛瑄，论日月经纶，想比先生要痴长几岁。敢问贤弟打哪里来，要到哪里去，怎么陷于这蛮荒之地？"

王叔和说："贤兄在上，愚弟王叔和，原籍山阳高平，十五年前，述职于太医院，现受职留俸。因贤妻走失，顺陈留而至，要南进襄阳而入贵地……"王叔和将自己的身份及寻妻前后，一股脑儿讲了出来，讲到激动之处，连声咳嗽不已，晕眩不断。

毛瑄一听，呀，此人乃大名鼎鼎的太医令，幸亏自己粗通岐黄，略识小术，也有他的默契配合，换了别人，还真的难以使其回天。于是，毛瑄也竹筒倒黄豆，将自己的身世及隐居前后，说了个痛快。

"王太医对《伤寒杂病论》呕心沥血，辑耕不辍，老夫虽蛰伏于这蛮荒之地，倒也有耳闻，今三生有幸，五世积缘，能与大人结识，知足矣。"毛瑄说完，站起来给王叔和连揖三首。

原来如此。王叔和听了毛瑄的自述，心里的问号终于变成了惊叹号。难怪他才异于人，术胜专工，原来是名震平丘的毛家俊彦。俺幸亏遇上他，换了别人，敢莫三条命也未必有救。

"毛兄，叔和在此已搅扰数日，甚愧疚。贤妻未寻，于心不安，待二三日一过，愚当启程往南继续寻妻，只是这深山陌路，烦请恩兄给叔和指条捷径便道，如何？"

毛瑄心里一颤，可脸上表情坦然，笑着说道："那是当然，请叔和贤弟且放宽心，届时老夫一定择一捷径送弟下山。只是，只是眼下暑气咄咄逼人，酷热罩顶，瘴疠丛生，加之贤弟心力交瘁，元气耗尽，精竭神疲，没有个一年半载是难以走出这蛮荒疠瘴之地也。"

"什么，一年半载也走不出这里？"王叔和一听，"蹭"一下站了起来。

不想他这一站，气血逼至绝顶，当即又倒地不省人事，且这一昏晕就是几天几夜不醒，三个月下不了床。

　　一个中暑之证，真的有这么厉害，三个月下不了床，也太夸张了不是？一点也不夸张。王叔和这次晕倒真的三个月下不了床，仅中暑之证，当然没有这么厉害，而王叔和这次晕倒是忧思过度、心力交瘁所引起的神伤精怵，阴竭阳衰也。《黄帝内经·灵枢·本神》第八曰："心，怵惕思虑则伤神，神伤则恐惧自失。破囷脱肉，毛悴色夭，死于冬。"《黄帝内经》这段话的大意是说，七情伤五脏之神志，如果长期悲忧思虑，必然伤其心神，心神伤亡，则不能主持脾脏。脾主土而立肌肉，肺主气而立皮毛。脾肺伤败就会肉羸血亏，必将导致脾、肺等器官功能的衰竭。而脾肺衰竭，人就会少血少肉，难以活过冬天。

　　王叔和因过于思念夫人庞姝，又连续几年奔波于各地，心力已十二分交瘁。这次受职留俸后，沿途所遇上的遭遇，同那年到长安寻妻相比，是冰雪炭火两重天，在心力交瘁的基础上等同于又泼了一瓢油，砸了一斧头，加上酷暑难当，初入大别山南方疬瘴之地，水土碍隔，这一倒地，如果换上别人，恐怕是无力回天。幸好是他王叔和刚过四十，时值壮年，还有些体质基础做本钱，再加上毛瑄通晓岐黄之道，又深谙"调"与"养"的要旨，无论是药还是食上皆苦下功夫，精心料理。否则，王叔和是难逃此劫的。

第三十八章

睿智毛瑄　谎言输白杲
信义叔和　真诚记脉循

　　在毛瑄的药、食双至的调养下，昏晕了几天几夜未睁眼的王叔和终于又睁开了双眼。这是他的第二次晕倒，而且是在气温适宜的白杲宫内晕倒的，那可不是闹着玩的，毛瑄那么有定力的人也时时将心提到嗓子眼上。除了童儿按"日照晷"给王叔和喂食外，毛瑄也不敢离开王叔和半步，守在他的身边。守在身边干什么？毛瑄要转移王叔和的注意力。如果王叔和醒了，没有人与他分散注意力，王叔和断然又要想他寻妻的事和其他不开心、烦心、揪心的事。那倒还不如让他昏睡不醒。人一醒，就要陷于思。

　　而眼下，"思"对于王叔和而言，是最大的致病之祸。还有"忧"，这两大祸患是极有可能使王叔和置于死地的祸水。思则气结，思虑过度，伤神损脾，可至气机郁结。古人认为，思发之于脾，而成于心。故思虑过度，不断耗伤心神，也会影响脾气，暗耗阴血。心神失养则心悸、健忘、失眠、多梦，气机郁结阻滞，导致脾运化无力，胃肠受纳化腐熟之功失职，必引纳呆、腹胀、腹满，食欲锐减。而忧悲，则气馁气乱，神无所归，意志消沉，虑无所定，心无所倚，似大厦将倾，舟船下沉，无可救药也。

　　说了这么多，那么怎样才能不让王叔和去"思"去"忧"呢？毛瑄想了许多办法都一一被否了。最后想到了一招：讲故事。讲什么样的故事才有磁力使王叔和爱听，听得进去呢？要知道，王叔和可不是一般的人，是大名远播的太医令！毛瑄为这事很动辄了一番心思。

　　王叔和醒后的第二天中午，毛瑄轻声地告诉王叔和："贤弟呀，你现在命悬一线，十分衰脱虚弱，不潜心静养，胡思乱想的话，可能随时有生命危险。怎么办呢？老兄给你约法三章，第一，你千万不能说话。其二，为兄与你说话，你只许用点头和摇头的办法，行不行？"

　　王叔和感激地点了点头，表示完全同意。

　　毛瑄于是问："贤弟最想念的是不是早日出山，到襄阳寻夫人？"

　　王叔和点了点头。

毛瑄又问："上古蛮荒与夷蛮的起源，还有中原与夷蛮的分界岭在哪里，知不知道？"

王叔和摇了摇头。

"那贤弟想不想知道蛮夷的起源及分界岭？"

王叔和很快点了点头，且一种渴望之情溢于言表。

于是毛瑄讲起了蛮夷的起源故事。他的故事一开篇就牢牢地把王叔和拴住了。毛瑄说，蛮夷的由来很简单，是上古黄帝的曾孙的女儿嫁给了一条狗。

黄帝的曾孙叫帝喾。因为帝喾在当时的高辛领有封地，所以帝喾也被称之为高辛氏。三十岁那年，帝喾顺利地接了他老爸颛顼的班，成为部落的最高统帅。与曾祖父黄帝一样，帝喾有好多老婆。大老婆叫姜嫄，二老婆叫简狄，三老婆名庆都，四老婆叫常仪，五老婆邹屠氏。这些都不是胡编乱造的，太史公的《史记》之《周本纪》《殷本纪》《帝王世纪》和《后汉书》中皆有详尽的记载。

帝喾执政时期，除了中原大地之外，四周都是些少数民族。其中，中原西部的犬戎部落经常神出鬼没，东侵西扰。帝喾几次率大军征伐，总是吃了败仗，狼狈而回。万般无奈之下，帝喾只好诏告天下，招募天下勇士，郑重承诺，不论是谁，只要拿下犬戎首领吴大将军的项上人头，就奖励他黄金千镒，封邑万户，还搭一个漂亮的老婆。

奖励诏告张悬了几十天，没有人理睬，帝喾于是闷闷不乐。他养的一只狗很神奇，浑身五彩皮毛，还有一个响亮的名字叫盘瓠，盘瓠不仅通人意，而且还懂人语。听到帝喾叹息如此重赏还无人领受后，就立马奔出大帐，冲向犬戎阵营，留在了吴大将军身边，当起了卧底。等吴大将军放松了警惕之后，盘瓠向吴大将军猛扑，一口将其头咬下，冲回帝喾大营，衔着吴大将军的人头，要帝喾兑现承诺。帝喾身边的大臣、将军，哪里见过如此神奇之事，可一看那人头还真的是吴大将军。第二天，犬戎大营因吴大将军被杀，军心涣散，皆举旗投降了。这下子可热闹了，帝喾六头无主，如果按照悬赏诏告所说，黄金、封邑都好说，可世上哪个姑娘愿意嫁给一条狗呢？

盘瓠神犬见主人反悔，不践诺，就毛了，猛地发出人的声音："你将我放进一口金钟里。过七天七夜，我即可变成人！"帝喾按照神犬所说，将它放入一口金钟里。帝喾有一个女儿特别好奇，认为狗怎么会说话，且会变成人呢？于是便偷偷跑过去看稀奇。看护金钟的卫士不让揭，帝喾的女儿不信邪，偏要揭。这金钟一揭开，没有到七天的神犬已经变成了人形，但头还没有变人样，依然是狗的样子。公主自讨苦吃，坏了大事，帝喾就令女儿嫁给盘瓠。民谚俚语：嫁鸡随鸡，嫁狗随狗的话就是这样流传的。

人身狗面的盘瓠得到公主后，背着她逃到中原以南的崇山峻岭中。这对奇妙夫妻活动之地都是些没有人迹的地方，住的是山洞，最后衣服都没有必要穿。公主的生育能力特别强。《后汉书》上说："经三年，生子一十二人，六男六女。"

帝喾十分想念女儿，曾经多次派人去大山里找，但只要一出动人搜山，不是风雨大作，就是地动山摇，根本进不了山。盘瓠死后，他的后代生活的地方还是没有外人，所以这六男六女的兄妹只好"自相夫妻"，一代又一代都是这样。

几年后，帝喾的女儿历尽万苦回到了中原，把自己的一番苦历对父王说了，只说得帝喾老泪纵横，当即派出大军将那些披兽皮、穿树衣的外孙们及后代都接到中原。可是那些后代都野惯了，自由惯了的外孙及儿女们过不了一马平川的生活，喜欢翻山爬岭，甚至交流的语言都不一样。帝喾只好尊重他们的生活习惯和自由随便。于是，将中原之南的大别山、大西南外的大巴山等一大片一大片山水湖泽都划分给女儿的后代做封地。

由于女儿的后代文化比较落后，甚至没有文化，语言不一样，人又蛮霸，不通礼仪，帝喾就给他们定了可便于后世史官记载的族氏之名，以女儿外孙的长孙蛮，以女儿外孙女的长孙夷为名，取名"蛮夷"，亦称"夷蛮"，以示区别。大巴山整个山麓皆交给了蛮夷，而大别山山北地区仍然有中原人氏，遂以大别山南麓为蛮夷之域。故而，今天的鄂东地区称"蛮夷之地"。鄂东地区举水、倒水、巴水、浠水、蕲水皆有一种奇异的自然现象：水向西流。所以又称为"五水蛮夷"。《山海经》记载，华夏大地百分之九十九点九的水流皆向东流、东南流，仅八大水系向西流，大别山南麓的鄂东居然占了六大西流水系（包括滠水），你说奇不奇，怪不怪？

史书上的记载虽然荒诞，其目的很明显，是在对中国南方的民族，特别是南方的少数民族做说明。千万不要忘记你们的祖先是谁！是黄帝玄孙女儿的后代。至今，南方的瑶族、畲族等少数民族还保留着《祖图》《狗皇歌》，这可是千真万确的。

毛瑄的故事倒还真的像磁铁，把王叔和的注意力吸住了。因为，在他懂事到现在还真的没有听说过这么离奇的事。况且，这黄帝又是他王叔和十分景仰的祖师爷，有意思。毛瑄从王叔和的惊愕中看出了他的思维已经开始转移到了蛮夷、夷蛮的故事可信与不可信的思考上了。这表明，讲故事有效，于是，毛瑄就天天给王叔和讲故事。也还真的亏了毛瑄毛大隐士，有学富五车之才，否则，一连三个月，哪来这么多离奇的故事呢。毛瑄有，他从远古讲到汉朝，从汉朝讲到当朝，从荒诞不经，讲到可信，从人的疫疾病患，讲到养生、养性、养心，反正一步一步地往王叔和的身上引。随着毛瑄故事的波澜迭起，引人入胜,王叔和对毛瑄的敬崇之心愈来愈浓,若有半个时辰毛瑄不在身旁,心里还真的想得慌,想听毛瑄说话,想听毛瑄讲故事。这天,毛瑄讲了一个《孟夫子劝万章》的故事。

万章,是孟子的得意门生。孟子周游列国回到家乡邹国,开始撰《孟子》。万章帮助老师听记抄传,誊改归卷,耗费的心血无法言表,孟子对万章的青睐不用说,也是日益加深。人一旦关注谁,谁的强弱对错就会刻在脑子里,孟子发现,万章的身子骨一天比一天消瘦,精神头也没有原来的旺,这是怎么回事?孟子一观察,根源找到了。万章求知若渴,没日没夜地抄书寻典,根本不把自己的身子骨当回事,说白了,是要书不要身,好学不要命。孟子看在眼里,急在心里,他在思考着,用什么样的方法帮助万章扭转只重知识、不重身体的缺弊。

有一天清晨,孟子的弟子聚在一起晨读。孟子教学生不死板,方法活泛,晨读不是在那里死记硬背,而是让学生改头换面自由发挥,想到一个什么话题,大家可参与讨论,不感兴趣的,你也可以不参与,探讨自己有兴趣的事。有一个弟子出题目,建议今晨讨论老师的"养浩然之气"的话题。孟子刚好从那里经过,一听此题,心想,好,机会来了,于是他凑上前,借题讲起了"养浩然之气"的"养"字来。

孟子讲,"养"字上含一个王字,王者为贵,当是人中豪杰。既然是王,就要懂阴阳关系,知左右平衡,遵五行相生相克,不偏不倚,既要顾此,又不失彼。这样就进入了大境界、大循环,就会成为头上长角的大王了,人就有出息了,就能做贡献了。头上长角的王意味着什么?意味着他是一个老王,有资历、有资格、有经验、有贡献的王。

孟子"养"字之解的话音刚落,万章和其他的师兄弟们连连点头,唱起喏来。孟子又趁机讲起了"生"字的本义来。孟子说,"生"字含一个"主"字,同时,还包含着一个"牛"字。这是啥意思呢,造字的先贤在告诫尔等人一旦为主,须得一生躬耕,信念不败,不可半途而废。假如,一个人你再有学问,再有本事,可你半途而废,早夭早亡,又有什么意义呢?!

孟子讲到这里,看着万章不眨眼。万章何等聪明,马上豁然开朗:啊,老师是针对我说的此番话。便站起来向孟子深深鞠了一躬,说:"谢谢恩师教诲,学生一定听你的话,不半途而废,重养生,强筋骨,健身子,像老师一样为万民苍生躬耕一生。"

孟子满意地点了点头,又意犹未尽,语重心长地对万章说:"躬耕一生,不半途而废,当须养生也!而养生当以不伤为本,世间有八伤不可不察。其一,才所不逮而困思之,伤也。其二,力所不胜而强举之,伤也。其三,挽弓引弩不当,伤也。其四，沉醉呕吐，伤也。其五，饱食即卧，伤也。其六，跳走喘乏，伤也。其七，欢呼哭泣，伤也。其八，思忧不化，伤也。八伤皆失度则早亡，早亡非道也。"万章及弟子们听到孟子的这番话，受到极大的震撼，从此把养生列入了人生的课业。特别是万章，终身牢记孟子的教诲，养生、养心、养性、养身不辍，处处以"养"促学，以学促养。学养，学养，这个词汇，就是由孟子的学生万章而创。万章最后活到八十六岁，比老师孟子八十三岁还长寿几岁。

毛瑄的故事很有针对性，藏而不露锋芒，引而不彰蓄意，王叔和是大受裨益。就这样，王叔和在床上躺了几个月，毛瑄的故事就讲了几个月。眼下冬天已过，春天来了。王叔和已可下床行走了，身体也逐渐地恢复了。可身体稍有好转，王叔和就在白呆宫里待不住了，他还是要出去找夫人。

毛瑄就劝告王叔和说："贤弟，你身体刚见好转，还尚未完全康复，又陷于思忧困苦之中，且下山寻夫人，居无定所，风餐露宿地四处奔波，不是愚兄在说不吉利之话，估计你走不出这蛮夷之山，就会再次倒毙荒野，成鹰隼野兽之美食。"王叔和一番深思过后，说："恩兄，我是郎中，何尝不知道，叔和现在离开这里，肯定是凶多吉少。你讲的那么多故事愚弟何尝听不出来，你是在劝我放弃寻找。可是，俺真的抑制不了自己对夫人的思念，只要一想到夫人，愚弟就如坐针毡，仿佛夫人就站在对面的山岩上挥手喊俺骂俺。俺真的忘不了。"王叔和讲到这里，眼睛又湿润起来，双手微颤地拉住毛瑄的手，说，"恩兄，我求你，给俺想想办法，让俺的思绪中抹去夫人的影子，俺也就不会离开这里，去做无畏的徒劳。"

毛瑄点了点头，陷于深深地沉思，王叔和的话是肺腑之言，他不是不知道，夫人存在人世间的希望是零，可是他的思绪忘不了，用什么方法让他忘却夫人倒是眼下最重要的一着棋。毛瑄思考了大半宿，还是进入了梦乡。

第二天，王叔和又在准备行装，打算出门。毛瑄说："贤弟，你要老兄想办法让你不去思念夫人，老兄思考了一夜，还真的是脑壳想破了也想不出来。你是堂堂的太医令，都束手无策没办法，我更办不到。我也不打算阻拦你下山寻找，只是眼下有一件棘手之事，让老兄也是食不甘味，思来想去，这件事，别人还真的做不了，只有贤弟能帮俺的忙，但不知你愿不愿意帮？"

王叔和一听，眼睛瞪圆了，说："恩兄，俺的小命，你三番五次救了几回，别说一个忙，只要叔和能做到的，十件二十件都行。你说吧，帮你什么忙？"

毛瑄捂住嘴，咳了一声后，讲出了他打赌的故事。毛瑄说："老兄有一朋友，人十分的不错，与俺也十分要好。那老兄什么都好，就是有一个毛病，喜欢抬杠顶牛，猜拳赌酒。有一天，几个朋友在一起东扯葫芦西扯瓢地聊到前人的医书上。那朋友说，他也看过一些医书，有的说得对，有的纯属扯淡。《难

262

经》第一难上说：一个人一天一夜要呼吸一万三千五百次，脉中血液循环于人身五十个周次，前行八百一十丈，你看这不是信口雌黄吗？人的呼吸次数，可以记可以数，可人的血液在皮肉之下，看不见，摸不着，你说，你说，这古人是怎么知道一天一夜人的血液前行八百一十丈呢？肯定是瞎估乱编糊弄人。朋友说，打死他也不会相信。"

毛瑄笑了笑，继续说："俺其实也是个犟东西，听不得人说歪理，遂与朋友据理力争，说古代先贤讲道德，守诚信，重道义，没有根据是不会乱讲乱记。可俺那朋友毛了，强词夺理，指着俺说，你毛大郎中（毛瑄早年做过魏文帝曹丕的中书郎）除非亲自掌记，拿出真凭实据，他才信服。"毛瑄说他也是一时喝高了些，冲动难抑，当即在众多好友面前，与那朋友击掌打赌，声称一年之后，当以真凭实证奉上，否则以白杲宫作赌。

说到这里，毛瑄有些无可奈何地摊了摊手，说道："这过了一两个月，就遇上老弟落难，也就没有时间过问此事。而实际上，叔和老弟，不瞒你，俺真的是没有这个本事去做这件事。俺有什么办法拿出血液在人体中走上丈的实据呢？本打算服赌认输了，将这白杲宫归朋友所有。昨天夜里，愚兄突然想到了老弟可以帮这个忙。如果贤弟不急着找夫人的话，这件事非你莫属了。"

王叔和一听，是这回事，当即就给毛瑄表态，没问题。王叔和说，《难经》第一难是记载了这段话。而这段话的源头取之于《灵枢》中，乃任谷庵答黄帝问："盖肺主皮至人呼，则气出八万四千，毛窍皆合；人一吸则气入，而四万八千毛窍皆开，此应呼吸而司开阖者也……"

一谈到自己的专攻，王叔和就兴奋起来，说："恩兄，愚弟是郎中，《灵枢》《难经》所讲，乃经脉运行的切脉至数。俺平时虽有所悟，但悟之不深，领之不透，也没有时间去琢磨得那么细，那么准，仅以此作为给疾疫之人切脉的参数而已。现今正好有机会，一举两得吧，既可以为恩兄赢赌，又可以使俺加深切脉运行的内涵参悟。请恩兄且放宽心，叔和自信能给你那朋友一个满意的实证，让他输得口服心服。"

王叔和是那种遇事较真儿，行事风行之人，说干就干。自打那天开始，就按师父张仲景《伤寒论》中的"头部诊人迎，手部诊寸口，足部诊跌阳"的脉诊三法给自己把脉，且边把脉边记录，晚上又将白天的记录予以整理，又根据一些微妙的变化进行系统归纳，比如："切脉指法之难易，把脉感受之深浅，脉象判断之表里……"皆一一记录在案。

人是动物中最富多情又最具忘情的楷模。一旦情愫盈怀，就会刻骨铭心，不顾一切。一旦情怀转向，新情萌生，又会不顾一切地倾注于新情，将旧情抛却于脑后。王叔和几岁就与岐黄打交道，岐黄之道是他的命根子，且又轻车熟路，无须从头再来，加上这件事是给恩人帮忙，赢回白呆宫，他当然是不顾一切，抛却所有的杂念，全身心地投入了切脉与脉象、脉循、脉证、脉论的探索与发现中，寻找夫人的事也自然而然地抛到了九霄云外。

连续几个月，王叔和差不多是足不出户、心坚如磐地进入了切脉循源叙数的论证中，通过对自己的脉动循数，对人的呼吸与脉动的关联进行了十分细致的描述。

天有三百六十五日，人有三百六十五节，昼夜漏下水百刻，一备之气，脉行丈二尺。一日一夜，行于十二辰，气行尽，则周遍于身，与天道结合，故曰平。平者无病也，一阴一阳是也。脉再动为一至，再至而紧，即夺气。一刻百三十五息，十刻千三百五十息，百刻万三千五百息，二刻为一度，一度气行一周身，昼夜五十度。脉三至者离经。一呼脉三动，气行四寸半，人一息脉七动，气行九寸。十息脉七十动，气行九尺。一备之气，脉百四十动，气行一丈八尺。一周于身，气过百八十度，故曰离经。离经者，病，一阴二阳是也。

王叔和的这番总结，后载其《脉经》第四卷《诊损脉第五》。这段话的大意是告诉我们，切脉可以诊出心脏的情形和人体之血流过血管的微妙变化。也足以证明，古人所说的一天一夜的呼吸一万三千五百次，一呼一息，脉中血液前进六寸，一天一夜血液前进丈，是脉循环的规律所形成的，是一种规律性的统计，没有什么值得怀疑的。以上的记载是依据人自己数百计的测试而形成的记载，用今天人的观念说，这种记载是有据可查的，具有科学的合理性和无法改变的真实性。

西医验证人体器官病变病因病理用动物，如老鼠、白兔，甚至人之尸体解析做说明。而中医所阐述的医理、药理、病理，皆是从自己身上找答案。远古的神农尝百草，黄帝试砭石（针灸），上古的伊尹试汤剂，扁鹊探五脏，华佗试麻醉，张仲景记方剂，王叔和写脉论，皇甫谧辨针灸等无一不是用自己的嘴、自己的身体去尝试，去总结而推行。

由于对脉动循合的精益求精，一丝不苟，王叔和发现了张仲景的脉诊三法（头人迎、手寸口、足趺阳），虽然比《灵枢》的取脉法大有进步，但仍然不很方便，以脉断病仍然很麻烦。而《难经》所倡导的独取寸口虽胜过《灵枢》及张仲景"三法"，可在许多脉切的归纳上又自相矛盾，复杂繁陈，致使切脉者"在心易了，指下难明"，能不能在《难经》切脉"独取寸口"法上锦上添花，更上一层楼呢？

此时的王叔和，对脉象的探索已经超越了给毛瑺报恩赢回白呆宫的理念，脉学的深邃及玄奥已经使王叔和如痴如醉，进入了寻踪探秘、不达目的不罢休的境地。一门心思究脉循，使他的身体完全恢复了。在毛瑺循循善引之下，王

264

叔和决定,定居西阳,撰写脉学之大成的不朽之作《脉经》。

王叔和要定居西阳的事,是他自己找毛瑄坦承所定。毛瑄此时是长长地舒了一口气。其实,毛瑄所谈与朋友打赌输白杲宫之事,纯属子虚乌有。之所以要编出一个美丽的谎言,就是为了留住大病初愈的王叔和,避免他再次陷入"忧思过度,心力衰竭,耗精伤神"之覆辙。说直白了,没有毛瑄的那番打赌谎言,就难有王叔和的养生护命。命都没有了,何来的《脉经》传世?《脉经》能成为中华医学经典,千载不朽,万古流芳,三国隐士毛瑄首功一件也!

王叔和定居麻城撰写《脉经》的决心,已开始用行动在证明,他每天分早、中、晚及昼与夜的区分来精确对比,每一脉象,皆用十天以上的对比之据而确定。毛瑄看在眼里,喜在心里,他努力地为王叔和创造条件。第一,到弋阳郡采购回了一大批纸张、笔墨及王叔和的生活用品。第二,他在处处留心给王叔和物色佳人。毛瑄十分清楚,要想留住王叔和,选一位意中人,为他成一个家,尤为重要。

时值五月下旬,西阳已开始步入炎夏之季了。

这天下午,王叔和将中午的脉象对比记录下来,一阵热浪袭来,他放下笔,缓步走出白杲宫,想到溪边放松放松。刚一到后山溪口,只见地下躺着一个人,已昏迷不醒。王叔和一看,那人是被毒蛇咬伤,伤口又在那人的背部,且开始呈乌青之色。喊来童儿及家佣,王叔和将那人抬至溪流的一块石头上,用刀划开伤口,开始大口大口地吸出毒液,用溪流漱口,漱了吸,吸了漱,反反复复,再用流水冲洗那人的身子及创口后,迅速地扯了半边莲等几味治蛇伤的草药绞汁内服外敷,忙乎了一下午,那人才睁眼长长地喊了声"哎哟"!

晚上,外出办事的毛瑄回来了。一看那人,连声喊道:"韩寨主,你真是福大命大造化大也! 遇上了王太医。"

第三十九章

俚俗山珍　康王寨迎客
奇招妙手　王叔和回春

　　毛瑄给王叔和介绍，被他所救之人，乃康王寨寨主韩天，是与他交谊深厚的好朋友。

　　读者不要误会，你毛瑄毛大隐士咋与山大王寨主是好朋友呢？这寨王寨主不是土匪、山贼，而是拿朝廷俸禄的官员。不过这种官，只拿工资，无级无品，不属军队，不归吏部，专司地方治安，配合衙门参与剿贼缉盗，类似于今天的合同制民警和治安联防大队的头目。这种体制名曰"以民治地"。是曹操迁都许昌时所创立临时性的为稳定地方治安，减少军队压力的策略。即：将一些偏远地区的山寨、营垒原为匪盗的头目，收编归并予以所用，发给资费、酬俸等朝廷正式官员应有的一应财物，既不归军队所属，也不由地方所制，而是以当地的社会秩序"治安"现状，百姓评述为标准，治安有序，百姓反响好的每年给予重奖重赏，细算起来，这种寨主式的"土官"待遇有的比朝廷正式官员要高多了。这也是曹操三颁求贤令，让人尽其才，物尽其用的一种体现。推行这种办法后，各地的地方治安，特别是偏远之地、蛮荒之地、与异国异族交界毗邻之地的治安状况大为改善。曹丕称帝后，这种"以民治地"的政策仍然坚持了下来。韩天的父亲原是康王寨的寨主，收归朝廷后，担负起了西阳的治安管理，因治地有功，父亲去世后，韩天接了父亲的班，当了寨主。十几年前，毛瑄被西阳的痞流欺诈，韩天赶来处置，遂与毛瑄成了莫逆之交。韩天这次来白杲宫是接到了毛瑄的飞鸽传书而来的。他长得膀阔四围，虎背熊腰，牛高马大。这一路疾驰而来，弄一身的臭汗，到了白杲宫后的山溪口，韩天让马洗了个澡，自己也痛痛快快地洗了一番后，赤着膊，露着脊背，倚靠在一棵松树上舒坦一会儿，不想被树上的一条鸡冠蛇所袭。

　　这鸡冠蛇是大别山麓的特产，蛇头上有一坨皱形似鸡的冠子，蛇的叫声（求偶之声）像鸡一样叫，故名鸡冠蛇。鸡冠蛇喜欢藏在树上对人畜发动攻击，有剧毒。韩天如果不是被王叔和及时发现，且又懂得蛇咬急救之法，那是凶多吉少了。

毛瑄是王叔和的救命恩人，王叔和又成了韩天的救命恩人，真是恩缘人人有，奇遇处处生。晚上，毛瑄在白呆宫将王叔和要寓居西阳，撰写脉学大著的事告诉了韩天，韩天当即表示，要倾力倾资，并盛情邀约王叔和、毛瑄到康王寨小住避暑。毛瑄当即替王叔和答应了下来，十天半月左右一定到康王寨住些日子。毛瑄为啥在大包大揽，替王叔和答应到康王寨呢？这里面是有名堂的。

韩天还有一个妹妹，叫韩娣。韩娣虽说没有读过书，可长得也是花容月貌，聪敏贤惠。母亲去世时，她才五岁，自小是跟着父亲、哥哥长大的。属于那种苦出身的女孩子，除了不识字，其他如针黹女红、缝补浆洗、耕织厨艺、持家理财皆是一把好手。如今年方二十五了，还尚未婚配，原因是，韩天兄妹久居康王寨，寨上的小伙子，她一个也看不上，这山下民间的也没有人能入韩娣的法眼。作为兄长的韩天不免焦急，便委托毛瑄，若有能入毛隐士法眼的人，且也不嫌弃妹妹不识字的人，给韩娣牵线搭桥，了却他心中之愿。

王叔和已答应寓居西阳，以著脉学之著为生，帮他选一位贤惠且能持家把业的女性尤为重要。于是毛瑄想到了韩娣。便飞鸽传书，让韩天下来与王叔和见上一面，没想到缘中生巧，巧中匿缘，韩天被王叔和所救，这可以说增加了王叔和上康王寨的一个砝码。王叔和如果能上康王寨与韩娣相识相投，无疑也是一次变相的相亲。从韩娣的容颜相貌，到身手厨艺，也是一次检验。

连日来，王叔和对脉循脉象的深究似乎进入了高潮期，每天对把脉的比对完成后，都会高兴地走出白呆宫，对着笔架峰峦大喊上几句。峰峦的回声又使他惬意频发，兴奋不已。毛瑄高兴之余，想试探试探王叔和对脉象把握的精准度如何。他写了张纸，让童儿送给在几里外的内侄儿家里，让已怀孕四个月的侄儿媳女扮男装来测试王叔和。

毛瑄的内侄儿媳妇人长得五大三粗，个子高大，皮肤甚黑，怎么看也看不出是个女性，侄儿媳娘家是骗户出身，她幼小时就帮家里骗马当下手，两手的老茧像鱼鳞斑，性格豪爽大气，说话声高音亢，让她演男人，根本不用化装。

内侄儿媳来了后，先去见了毛瑄。毛瑄将他的用意和盘托出，要侄儿媳换上男装，假称脖子伸不直，只能低头，不能后仰，既作病征，又可以掩盖抬头露出脖子没有喉结的破绽。待侄儿媳装扮停当，毛瑄带至王叔和的书房，向他介绍了是自己的内侄，突然脖子不能伸直，不知是啥原因，要王叔和快给他把把脉，断断症。

王叔和迅疾放下手头的一切，让"侄儿"坐着伸出手来。毛瑄的"侄儿"很会做戏，一坐下后，就故意身子往前倾，脖子贴着胸前，这样又掩盖了身孕，又遮住了没有喉结。

王叔和先是给"侄儿"搭手上寸口，他正好也要检验自己不用人迎、趺阳，独取寸口的效果。把着把着，王叔和的眉头堆成了一团，心里的问号立马高悬。这是咋回事？按照男女之别，男阳脉为左，阴脉在右，女性左为阴，右为阳。这个牛高马大的小伙子有些不对头。阴脉在左，阳脉在右，再细细一按，王叔和不由眉毛扭成了个八字，嘴巴也张得看得见咽头，伸得进手。毛瑄的"侄儿"还真的奇了怪了，怎么他的脉与常人区别太大了。一个大男人，怎么脉有如此之滑，且动如滚珠，就像是女人怀孕的脉象。《黄帝内经》云：阴搏阳别，谓之有子。此乃血气和调，阳施阴化之脉。不对，一介七尺男儿，怎能有妊娠之脉，说出来，岂不要笑掉大牙吗？王叔和想到这里，对毛瑄"侄儿"的脉位，换成了脖子上的人迎处。他不正是脖子伸不直吗？可一按人迎，王叔和又纳闷起来，此人脖子僵犟得如此硬倔，却脉象上没有丝毫异常之象，浮、沉、牢、结、迟、疾、滑、涩全无。浮在皮肤，沉细在里的象数都没有。按他的现有的实证之状，应该是上部之候，牢结沉滑，有积气在膀胱。而此脉，状如琴弦，有无回转，倒像女子经月不利，孔窍生疮之状。王叔和理不出头绪，又将脉位换到了寸口上，按了半天，仍摇头不解。仰头望了半天的屋上桷橼，王叔和用手在案桌上反复弹了几弹，忽发奇想地猛吸了一口气，将手仍然搭在了"侄儿"的寸口之上，这次他搭的次位按照左为阴，右为阳的女性脉症来按的。这一按，王叔和额头上的"川"字纹一下子舒展了许多。心里说，不对，此人不是男性，是女性。按脉象之数，左右三部脉沉浮正，按之无绝者，妊娠也。依据脉重手按之不散，但疾不滑者，此人妊娠当在五个月以下，四月以上。按左右二脉，尺脉左偏大为男，右偏大为女，此人当怀的是双胞胎之孕。再看那人脸部，一脸的寸子纹（俗称妊娠斑）。"眼角挂霜，妊娠正当。"王叔和心里有了数，底气十足，略一沉思，对毛瑄"侄儿"说道："好了，俺已断出你脖子僵硬的症疾所在。你去之一旁，俺给你开个方子，你照方施用便是。"

王叔和说完，提笔就写，写完递给了一旁的毛瑄。毛瑄一看大吃一惊，王叔和的纸上哪里有什么方子，只写了两句话：喝姜汤，闻麝香，挑石磨，跳木桩。

毛瑄赶忙让"侄儿"脱去男装，露出真容。连连向王叔和揖首，说道："贤弟呀，你这脉摸得真准，可这方子是万万用不得的。老丈人盼孙子，脖子伸着等了两三年了。请恕愚兄不敬之罪，愚兄是有意让内侄媳检验你的脉断精准的。叔和弟，手一伸便知阴阳，佩服，佩服！"

王叔和也哈哈大笑："妙哉，妙哉！恩兄的内侄，怀了双胞胎。天下奇闻，一鸣惊人也！"王叔和笑够了，一本正经地对毛瑄说道："兄长，真的要感谢你这测试，对俺的脉象循断真的就好比是试金石。适才依据脉象的诊断说明精确之准，不是虚言。"

当天晚上，王叔和将给毛瑄侄儿媳的孕脉之象逐一记了下来：

脉平而虚者，乳子法也。《黄帝内经》云：阴搏阳别，谓之有子。此是血气和调，阳施阴化也。

诊其手少阴脉动甚者，妊子也。少阴，心脉也，心主血脉。

又肾名胞门，子户，尺中肾脉也，尺中脉按之不绝也，法妊娠也。

左右三部脉沉浮正等，按之无绝者，妊娠也。

妊娠初时，寸微小，呼吸五至，三月而尺数也。脉滑疾，重以手按之散者，胎已三月也。脉重手按之不散，但疾不滑者，五月也。

……

这些有关妊娠的脉象记载，王叔和后收入了《脉经》第九卷，取章目为《平妊娠分别男女将产脉证》。

西阳炎暑之天，说到就到。韩天践诺亲自下山来接王叔和、毛瑄到康王寨避暑，还带来了两袋野味山珍，以谢王叔和的救命之恩。

毛瑄雷厉风行，第二天拂晓一行人就离开白杲宫，向康王寨进发。

骑马攀山，是马辛苦，人惬意。王叔和进入西阳，中暑获救后，除了白杲宫以外，还没有与西阳的山川有过亲密接触。第一次呼吸到白杲宫外的山风岚气，王叔和心旷神怡。登高远望，西流水呼呼浩浩，北来峰屹屹岌岌。峦坳分明，绝崖如壁，俯耳涛声近，举头岚气豪。触景生情，王叔和大声兴奋地与毛瑄、韩天谈论起他对眼前山的印象。在王叔和的眼里，家乡齐鲁的山雄浑壮丽，客居的上党之山，嶂峭多屺。何为多屺呢？山不长草谓之屺。襄阳之山，纤秀妩媚，而眼下的大别山，粗犷亘奇。啥叫亘奇？古人曰，小山高于大山谓之山亘也。小山高于大山，正是大别山的一大奇异之貌。

一口气翻越了三重岭，再过一道梁，就进入了康王寨的主峰地。韩天招呼着一行人下马稍事休息。站在一处"巨峨百丈起，崭萷绝崖立"的巨石之上，东道主韩天向王叔和、毛瑄说起了康王寨的昨天与今天。

康王寨，乃西阳最高峰。史书载："康王寨，黄国地。韩凭后人杀淫君宋康王处。"韩凭是谁？韩凭是战国时宋国康王手下的一名小吏。宋康王乃史上十大淫君之一。他后宫佳丽万余，可是听说哪里有美人，非弄到手不可。《越绝书》《搜神记》记载，宋康王舍人韩凭续娶的妻子贺氏姿容绝美。宋康王要韩凭将妻子献给他。韩凭宁死不从。康王先囚后杀韩凭，将贺氏强掠进宫，欲与贺寻欢。贺氏说，大王要想与我合卺须答应奴家两件事。其一，厚葬奴夫立大冢。其二，在奴家丈夫大冢之前搭高台，待奴祭拜夫毕当与大王寻欢作乐。康王应允。高台搭起来，贺氏祭拜完毕，乘人不备跳下高台身亡。康王大怒，令人将韩凭墓掘开，尸骨抛于沟壑。当地人偷偷将韩凭尸骨拾捡埋于与贺氏墓仅一洼之隔的沟边。不久，两墓之旁各长出一株树，日长夜壮，几年后两树隔

269

洼居然根交于下，枝错于上，其叶互蔽。不久，有雌雄二鸟飞栖于上，晨夕不去，交颈悲鸣，撼天动地。宋国人甚为惊奇感动，遂给二树取名相思树，树上之鸟取名相思鸟，亦称鸳鸯鸟、恩爱鸟。"相思"之名自此流传。宋国人认为，相思树、相思鸟皆韩凭、贺氏精魂所衍生。至今睢阳（今河南商丘市）的韩凭城仍存，韩凭故事口耳相传历久不衰。

后不久，宋康王南巡途中，被叛军截杀，都城睢阳被叛军所占。宋康王侥幸脱逃，脱王服换破衣，流落于黄国民间。当年躲避至黄国一山寨的韩凭后人，将宋康王绑至山寨，问清身份后，韩凭后人用乱石将宋康王砸成肉酱，为先人报仇雪恨。为让其子孙铭记康王的杀祖之恨，韩凭后人将山寨取名康王寨。

风云变幻，沧海桑田。几百年来，康王寨，建了毁，毁了建，历尽坎坷，饱经风霜，寨主易人无数，但韩氏人仍占主流。韩天祖上三代都是康王寨的主人，现今韩天主宰的康王寨下设二十六个丘（相当于乡）、三十三个亩（相当于村），有寨丁四千余人，全部用的是朝廷俸禄，担负着西阳的社会治安维护。康王寨主寨现有六十余寨丁，其余寨丁皆在各丘、亩执勤、守岗。

夕阳西下，余霞满天之时，韩天、毛瑄、王叔和等一行顺利地进入了康王寨，六十余康王寨的寨丁加上亲属、家佣共一百余人早有准备，夹山道而迎，锣鼓声欢呼声，地动山摇，久久不息。

王叔和做梦都不会想到，一处小小的山寨居然给他留下了如此的印象，有三件事使他大饱口福，大饱眼福，大饱耳福，令他激动、心动不已。

第一件事，是当天晚上的欢迎宴。王叔和几十年来也算是大开眼界之人，上党、襄阳、南阳、洛阳、许昌、长安、并州、兖州等地来来往往，民间、乡绅、官方、军营、皇家的饭也吃了无数，还曾跟随魏明帝曹叡两次东巡，一次东征，所见所闻、所尝所品是奢侈之至，无食不有。可与康王寨的晚宴相比，太小儿科了。康王寨的山野之味，生态之味，纯情之味，令王叔和瞪圆了眼睛。只见那长约两丈、宽至九尺的天然石桌上，整整齐齐、挤挤满满地摆着三十六道菜。野味有：兔尾烩菱角、熊掌闷芡实、清炖野猪脚、野鸡翅膀炒三香（大茴小茴芸香）。肉类有：薪芹炒熏肉、姜丝蒸脯肉、尖葵小炒肉、胡蒜水煮肉、芋芳粉蒸肉。鱼类有：清蒸鲈鱼、水煮财鱼、酸菜黄鱼、红枣豆浆炖鲫鱼。野菜有：清炒芹菜、水焯黄花菜、凉拌刺藕头、油淋满地芽、干蒸马齿汗（鄂东方言，即马齿苋）。山菜有：蔓青蒸鸭蛋、香椿炒鸡蛋、山蚕（山菜名）水煮野鸡蛋、地菜菇炒斑鸠蛋。山笋菜有：肥肉炖干笋、里脊炒鲜笋、肉皮煮抽笋、三汤（鸡、肉、鱼汤）煨缸盘笋、肥肠包烧剥皮笋。汤类有：菌汤、辛汤、甜汤、地鸡汤、山鸡汤。小味碟有：米羹、麦羹、豆酱羹、鱼籽羹、虾羹。主食有：石锤面、大麦面、黑米粥、细米圆、盖耳粑、蟹子粑。

这八大类，三十六道菜，可谓是脯（腊）味、鲜味、河味、山味，味味可口；荤菜、素菜、凉菜、羹（酱）菜，菜菜生香。每道菜，只须吃上一口，足够你口腹盈香，余味悠长也。

令王叔和心动的第二件事，是寨主韩天组织的康王寨爔煜宾兴。啥子叫爔煜宾兴？用现代话讲，类似于今天的篝火晚会、欢迎晚会。"爔"，形容光明耀目的火；"煜"，十分明亮的光。"宾兴"最早见于《周礼·地官·司徒》："以乡三物教万民而宾兴之。"后指以酒宴或歌舞表演形式迎接天子、诸侯及名贤俊达的到来。王叔和随曹叡东巡时，受到过地方的几次宾兴迎接。可他怎么也没有想到蛮荒之地的西阳，赳赳莽撞的乡汉农夫，竟然循章守序地展示了西阳人的粗犷、豪爽、果敢、刚毅。直白地说，康王寨的寨丁给王叔和、毛瑄等人表演了一场自编的迎宾节目。这些节目既有几十人的整体武术展示，又有个人的才艺表演，有武术节目，又有杂技性节目。如：钻火圈、滚火板、跳火绳、撑杆跳障、爬竹上树的比赛。最引人入胜的是他们的十八般兵器展示表演。哪十八般兵器？一字鎏金镗，两把宣花斧，三尖两刃刀，四方镔铁锏，五股托天叉，六轮点钢枪，七星莲蓬抓，八角紫金锤，九环大砍刀，十环方天戟，十一齐眉棍，十二狼牙棒，十三金顶枣阳槊，十四双钩戟，十五月牙叉，十六鱼鳞锐，十七开山斧，十八节钢鞭。这十八般兵器的表演，那真是步步惊心，招招动魄。王叔和长这么大还是第一次所见，只看得眼花缭乱，喝彩不断。

爔煜宾兴的尾声节目是喊歌、对歌，特别是最后的"呀嗬腔"，高亢雄浑，韵律铿锵。"呀嗬腔"是鄂东的文化特产，说是唱，实际上是吼，由一人领唱，众人附和，其声动地，甚为壮观。

以民治地，卧嗬卧嗬！卧嗬哟哟！

太祖创举，卧嗬卧嗬！卧嗬哟哟！

缉贼捕盗，卧嗬卧嗬！卧嗬哟哟！

民安民晓，卧嗬卧嗬！卧嗬哟哟……

王叔和心动的第三件事，是莽莽苍苍的康王寨上，居然还有一位国色天香、心灵手巧的美貌姑娘，在山上一住就是二十五年。那姑娘就是韩天的妹妹韩娣。对韩娣的相貌，王叔和尚不甚惊奇，说白了，他王叔和见过的美女是多不胜数。对韩娣的惊叹是她的心灵手巧，那天晚上的八大类三十六道菜全部出自韩娣之手。王叔和听说后，说什么也不相信，直到毛瑄将韩娣喊出来让她给王叔和讲出每道菜用什么料，下什么油，切什么形，烧什么火的经过，王叔和才竖起了大拇指。毛瑄还告诉王叔和，康王寨上除了有家属的寨丁外，其余单身寨丁的缝补浆洗，全是韩娣包揽。除此之外，她还要做饭、喂猪、养鸡、种菜，每天忙得团团转，可再苦再累总是笑口常开，人无怨言。不用说，韩娣的印象烙在了王叔和的脑子里。

在康王寨，王叔和、毛瑄一住就是十几天，每天吃着韩娣做的可口饭菜，穿着韩娣洗浆的衣服，住着韩娣清扫的房间，看着韩娣姑娘忙忙碌碌的身影，王叔和心里还真的有些过意不去，心里还总在惦记着该用什么来感谢韩娣姑娘。

鄂东有句俚语，有缘有福不用忙，无缘无福忙也别忙。王叔和要感谢韩娣姑娘的机会还真的来了。

这天清晨，王叔和与毛瑄到每天必去的鹿跳石数嵩岚、听松涛、观日出，等太阳照到鹿跳石上的那棵巨大的吊松上，就返回山寨过早（鄂东方言，吃早餐饭）。可这天早上一回来过早，还没有做好，寨里人神态举止皆不一样，特别是寨主韩天慌里慌张，一副心不在焉的样子。毛瑄将韩天叫到一旁问是怎么回事。韩天见瞒不住，就告诉毛瑄说妹妹出了事。韩天引毛瑄、王叔和到韩娣房中，只见韩娣姑娘人站到一盆水（山里人作镜梳妆）前，右手拿着骨数（类似于今天的梳子）举在头上，左手僵着，脸上焦急不安，左右脚轮换着往地上跺。韩天一副哭态说："二位兄长，你看，这是啥子事。我妹子说，她早上进来刚想举骨数梳头去做饭过早，可手一举，下不来了。她喊我，我给她按了、揉了、推了都无效，现在更拐了（方言，更坏了），她身子上连摸也不让你摸。哎哟，真的急死人了！"

毛瑄说："韩寨主，先不要急，急也没用。你叔和贤兄是太医，他兴许有办法的。"说完，毛瑄将王叔和扯出门外，问道："贤弟，韩娣姑娘这是咋的，你见过这样的症疾没有？"

王叔和说："前些年从宫内的夹柜底找到几十块医籍简，是华佗的《中藏经》残简。上面记载了汉桓帝刘志宠姬郜氏的医事（案）中有类似韩娣姑娘之疾。不过郜氏不是自己梳头而是举掸打她的宠猫，手高举放不下。元化的记载说，此病系经络扭转，气血偶然停滞所致，叔和据其所言进一步推断，大凡人挥手举动过快，经络运行的气机恰好至此，遭突然举动，必引阻滞，方形此疾。"

"那就好，那就好，贤弟已知其源，熟知其症，定有神方可治。"毛瑄说完，向韩天努了努嘴，意思是让其不要着急。

"可惜，华元化的医事上只叙其病，诊法没有，大概是遗失了。"

"哎哟，老兄，说了大半天，还是没办法，那该怎么办呢！"韩天急性子，边说边拍手地转起圈子来。

王叔和说："韩寨主也不必如此之急呀。此病最好的治疗当用针灸。这次上山出门急了些，金针未带。只好烦寨主令人下山去取。不过，叔和想用一个办法试试，以免韩姑娘长时间痛苦。若不效，那只有去取金针了。"

毛瑄、韩天不约而同地点了点头，催王叔和快点去给韩娣试治。

"叔和此法有些唐突，只怕韩姑娘不同意。"

韩天急了："不会，不会的，我去给妹妹说。"

王叔和招了招手让韩天过来，将寨里年长些的寨丁女眷找两个来，王叔和与两位家眷一番耳语。

两位女眷从韩娣房中出来，告诉王叔和已经按照他所说给韩娣姑娘办好了。

王叔和让韩天喊来寨丁围在韩娣门外，他进房内对韩娣大声说道："韩娣姑娘，你也看到了，寨中的兄弟都在外面等着俺给你治病。外面的兄弟都听着，等会儿可以进来。"王叔和嘴里说着，手猛地往韩娣下身围着的衣服上一扯，韩娣"啊"的一声叫，双手抱住下身，脸上红云满面。

这是咋回事？就这么几句话，王叔和就把韩娣的僵举之病给治好了。这就是刚才王叔和让女眷进来的奥秘所在。二位寨丁女眷进来后，按照王叔和的吩咐，将韩娣姑娘的裤子内裤全部脱掉，外面只用一件上衣围着。王叔和进门时故意高声大嚷，给韩娣造成了紧张，当他的手伸向韩娣的下身时，韩娣本能反应不能让王叔和扯下身之衣，因为她的下身没有任何内衣，这叫出其不意心理治疗。韩娣高举的手自然就放下。

待韩娣穿好衣服，梳妆完毕，王叔和上前揖了一揖说道："韩姑娘，适才叔和是万不得已而行莽举，不敬之处，请姑娘海涵。"

韩娣赶忙还礼，无不羞涩地说："太医给我治病，怎么成了不敬呢。是我应该感谢你的救命大恩的。真对不起，都怪我，到现在你们的早都还没过，我，我去给你们做过早的了。"韩娣说完，一阵风似的跑进了灶房。

如果说，毛瑄用美丽谎言使王叔和为报恩帮其赎回被输的白呆宫，到王叔和循脉数象，醉心脉学而忘却寻妻，是王叔和寓居麻城的"基"。那么，这次康王寨之行，就是王叔和寓居麻城的"础"了。

基础，基础，先基后础，有基无础，仍为空有。其意是说，光有基，没有础，一切皆是空洞的。在《说文解字》中，"础"为柱字底下的石墩。没有石墩，空有其基，大厦必倾。转弯抹角说了这么多，其意很清楚，康王寨之行对王叔和寓居麻城太重要太重要了。从康王寨的三件事中，王叔和彻底改变了对"西阳蛮荒之地的人缺少礼乐、教化而粗野蛮横"的印象。尽管王叔和不是出身于儒学世家，可他自小博学，见多识广，加之长期居住于襄阳、洛阳等文化之乡，帝都之城，长期又与王粲、卫汎、和洽、庞公、黄承彦等名士名流打交道，心中的文化积淀、士人情怀还是根深蒂固的。康王寨之行，是对王叔和一次灵魂深处的大砥砺。这一切都是毛瑄毛大隐士的精心策划。

毛瑄知道，王叔和要定居西阳写脉学专著，专门住在白杲宫里闭门造车是万万写不出来的，就算写出来了，也只会是浅显的、价值不大的应付之作。要写脉学专论，必须与西阳的人打交道，必须与西阳社会相融合。可他担心三品高官的王叔和能扎根于西阳民间吗？从吃到住，从医到行，从学到问，一切的一切，西阳的条件怎么能与洛阳、襄阳都城相比呢。他毛瑄当年隐居西阳，是怕受兄之牵连而丢掉性命才心无旁骛而扎根西阳的。可王叔和大不一样，他是为了寻找爱妻，无论他的妻子找到找不到，他返回都城照样当他的太医，享他的清福了。于是毛瑄和韩天合计着为王叔和准备了一份丰厚的地方大餐，让王叔和了解西阳的人文地理，了解西阳人的粗犷、豪放、盛情、诚信。他们的心血没有白费，三十六道菜肴，富有浓厚西阳特色的"爋煜宾兴"以及韩娣的勤劳美丽、心灵手巧，像磁石一般牢牢地拴住了王叔和。从康王寨回到白杲宫，王叔和就做出决定，要定居西阳。要做的第一件事就是要自力更生建一处自己的住处，不能老是住在恩人的白杲宫里。这天晚上，王叔和找到毛瑄，将心中所想和盘托出。毛瑄当然高兴，这也是他想要王叔和永居西阳的第二步计划。当然，如果王叔和自己不提出，他毛瑄还真的不好意思说出来。如今王叔和主动提出，说明一切发展都在按照他的预料而行。

　　第二天，毛瑄带着王叔和到白杲宫之外的几处地方跑了一趟。毛瑄深知，王叔和的住处不能建在白杲宫这样幽深闭塞之地，他要与社会广泛接触，必须将房基选在交通方便、人口较为密集的地方。好在一千七百多年前选基建房不像今天的建房，手续复杂，管束众多。西阳属较为闭塞之区，土地未开垦的太多太多，建筑材料、树木、竹茅遍地都是，只愁你不用、不建。当天，毛瑄就在叫四望山的地方选好了房基。

　　王叔和将新居地确定后，毛瑄当即通知韩天带寨丁下山给王叔和建新房，毛瑄丈人家也来了不少人参与了修建。十天半月后，王叔和的新居落成。喜迁新居时，韩天特地将妹妹接下来为王叔和帮忙整理屋子。这是韩娣二十五年来第一次走下康王寨，看到平畴沃野，看到新居前那清波奔涌、一望无际的举水河，韩娣高兴得一宿难眠。

　　王叔和搬进了新居，下一步该考虑他的终身大事了。韩娣不用说，哥哥早在王叔和上寨之前就将毛瑄隐士的介绍说了。在康王寨的几十天里，她对王叔和是十分满意的。王叔和不用针不用药治好了她的"僵手"之病，对王叔和的敬重又更上一层楼。光韩娣同意有什么用，那叫火塘烧粑一面热。毛瑄思来想去，仍然不想过早提及婚事，他担心王叔和心里刚将庞姝忘却，如果过早提及可能又使王叔和重燃对庞姝的眷恋之情。毛瑄叮嘱韩天兄妹暂缓言及婚事，但韩娣以给王叔和做饭洗衣的名义留在叔和新居。

第四十章

深山定居　太医究脉学
叔和韩娣　携手结鸾俦

有心栽花花不发，无心插柳柳成荫。

毛瑄、韩天将韩娣留在新居的用意，王叔和何尝不知，也许是缘分，也许是天意，韩娣在王叔和家忙里忙外的身影使他想起了洛阳都城王府中的辛宛英。辛宛英在王府之中也是十分的殷勤，对他王叔和的爱是一往情深，痴醉有加，可不知道是什么缘故，王叔和的心里总是找不到辛宛英的位置。眼下的韩娣没有半句含情带意的献爱之语，整天卷裤挽袖地筑猪圈，整菜地，丢下耙又拿棍，风风火火忙得汗流浃背，王叔和看在眼里，疼在心里，有时真想上前抱住韩娣以表敬意。不，准确地说，是爱意。再不能沉默，再不能回避，再不能让韩娣姑娘重蹈辛宛英辛大才女的覆辙，还是让她早日堂堂正正、高高兴兴地拥入他王叔和的怀抱吧。

那是一个初冬的中午，太阳似乎像一个打摆子的病人，暑日的威风无影无踪。光照软兮兮的，一副力不从心的模样。午时已过，白杲宫院子里的霜露还在耀武扬威地向太阳挑衅。迈着轻盈的碎步，王叔和走进白杲宫。正在院里沐浴着阳光的毛瑄，看到多日不见的王叔和，心里涌出一丝微笑：水到渠成了，韩娣的婚事已八九不离十了。

果然，王叔和向毛瑄一吐为快，他要娶韩娣，让毛瑄向韩娣的兄长韩天提亲。讲了那通话，王叔和如释重负地站了起来，郑重其事地说道："还有一事要拜托兄长，吉日之择也劳烦于你，请选在十一月十五日之后，那天是庞妹的生日。在再婚之前，俺要告诉她一声，让她保佑她的心爱的人下半生平安、幸福。"王叔和边说边掏出一张纸给了毛瑄。毛瑄一看，是《祭妹文》。

祭妹文

魏正始癸亥岁，仲冬子月十五。

呜呼！夫王叔和以薄酒清肴，馨告焚文于弋阳郡西阳举水之四望山前。遥祭吾妻玉貌庞妹。

玉貌庞妹，贯籍襄阳鹿门，徙迁洛阳都城十七载，故作春秋三十八。

嗟乎吾妻，花容丽颜，体贞淑质，温敦厚柔，淑问融显。与吾结发，琴瑟和好，执手契阔，恩爱遐年。携手同征，洛都义贯。忧世持家，殊略经算。翁仲迁徙，祸从天悬。京都走失，数月未还。吾寻关中，告贴长安。鼓鸣兆域，马纵山峦。双雁失偶，悲鸣其间。随风东西，苦若秋蝉。日暮嗟归叹，悲哉殊复善。

悲乎！爱有大而必失，情再续而必缘。夫今再娶，非悖诺不践，乃守吾妻之贯愿。夫今再娶，非爱妻而死亡。《礼》曰：何为死？精神尽也。然，爱妻精神，铭于吾胸，海枯石烂，不灭不减。吾妻清流雅望，海阔之胸，魁奇如山。屡催再娶，凤嘱汗颜：为王门传香，给考妣续火。不为淑贤所耻之。

语浪浪其不止，云浩浩其常浮。寸阴若岁，似水流年。今吾远离京洛喧嚣，寓居西阳，著脉论济世，传香火续弦。望园果之滋荣，仰飞熊之梦圆。

爱妻大德贤淑，高识远度，东南西北张望，春秋冬夏祈言：叔和、韩娣，举案齐眉，燕侣俦鸳，多生虎子，以遂经年之愿，莫负玉貌丹心碧胆！

吾妻之嘱，声闻数里，如晨钟暮鼓在耳。苍灵在上，诸神在沿，叔和岂敢忘绝食言：寒暑易节，春秋更序，岁岁子月十五，必焚文叩告。

呜呼！哀哉！

王叔和、韩娣，癸亥岁子月十五顿首化之

毛瑄一口气读完《祭姝文》，一把抱住王叔和，哽咽说道："贤弟，真君子也，大丈夫哉！弟妹若在泉下，必当纳之、笑之、祷之。一应操办，有老兄担当，你放心当你的新郎官，写你的脉论也。"

在毛瑄的一手操办下，王叔和与韩娣的婚期定于公元244年正月十五，这与王叔和十八年前与庞姝婚期是同一天，此乃无巧不成书也。

合卺前，王叔和将《祭姝文》抄成九份，于冬月十五庞姝生辰日那天，在四望山的荒坡上，摆上丰盛的祭肴之物后，念一张祭文，焚一张，念一张焚一张，其意曰"久焚"。王叔和的《祭姝文》很简单，前文叙述了他与庞姝的恩爱及走失寻找过程和痛苦与怀念。《祭姝文》的重头戏在后头。他告诉庞姝，她庞姝的未竟凤愿即将实现，为王家续香火，传宗功祖德而再娶。《祭姝文》最后向庞姝承诺，年年的冬月十五必焚文告知他王叔和对庞姝的怀念。王叔和也一诺千钧，年年焚文以祭。这事对西阳人而言，还是开天辟地第一次看到如此的虔诚怀念。有身份有声望的人家遂也仿效王叔和烧纸焚文祭怀亲人，到后来渐渐演变成鄂东地区烧纸祭亡人的习俗而传至今天。这就是文化的力量，文明的传承。

新婚过后，王叔和开始恢复他的老本行，给人治病。在毛瑄、韩天的帮助下，于四望山的居所前建了一处施医坐诊的房子，取名姝痊亭。顾名思义，这姝痊亭的"姝"是为纪念先妻庞姝的，这"痊"乃指病愈也。《说文解字》曰："药验者疾易痊。"在姝痊亭的小院子里，王叔和还建了一处日影台。什么叫日影台？日影台也叫日规台、晷规台。日影台由石柱矗立而成，根据太阳光照射在石上的晷影来测定时刻。晷影为黑色之影，亦称"玄"。后世《千字文》中的起首句"天地玄黄"指的就是晷影的变化。在钟表还尚未发明的古代，大凡正规的医堂、药店必建日影台。一般有身份之人瞧病，没有日影台的医堂是不屑一顾的。王叔和这日影台还真的像一份活广告引来了西阳的一位大富豪库盈。

库盈家到底有多富？不知道。只知道库盈拉尿用的两个溲壶全是黄金做的。这黄金做的溲壶摔不破，踢不烂，可倒让库盈得了个站着尿不出，睡下尿自流的难言之病。当然，库盈尿床的毛病还真不是金夜壶的错，全是他嘴巴惹的祸。

头年的暑热天，库盈用高价从东吴都城武昌买回一些胡瓜、甜瓜和葡萄。尤以那葡萄十二分金贵，是张骞出使西域带回试种成功的新玩意儿，极为罕见之物。当时有"半两白银一颗珠（葡萄）"之说。库盈将瓜果用冰镇起来，天一热就吃了个饱。连吃了几天，是嘴巴痛快，下身不痛快。干啥呢？拉大便像拉尿全是水，可小便哩，一点一点地往下滴，把个库盈急得直跳脚。立马请来了一堆名医高士，摸脉问诊忙得邪乎，有的用木通、车前子利尿，有的用赤芍、桂葛止泻。其结果是大便腹泻止住了，又变成了便秘拉不出。小便呢，先是拉个够，后又滴滴出。这药换来换去，汤呀不断地改调，结果呢，是大便通了，小便不出，小便通了，大便又秘结。再换了一批郎中，改了不少方子，最后是大便正常，小便荒唐。荒唐到什么程度呢，站着拉尿，小腹胀满，只拉出来几滴。可身子一躺下，对不起，那就尿液像不断线的屋檐水，毫无控制地自流不止。这下可把库盈折腾得够呛，原来的一身横肉瘦成了一个猴儿，冬天一到，库盈的心里就像刀子在搅。不睡不行，睡下就拉尿，床上的被子湿成一团糟，而且人又睡不着。站着吧，腹胀难忍，那金壶也不知摔了多少次，换上其他的尿壶，一百个也不够摔的。为这事库盈曾对吴国的几位名医许诺，谁治好他的尿床病，百万家财平半分。许诺有什么用，那些名医们先是单个儿研究，然后是抱团探讨，觉得这库大富豪的病太奇怪了，若断为癃症，却又溺立溲闭点滴不出；若断为闭症，却又卧床时涓涓而流。用气虚下陷证施药也没有用，用补中益气、安神定气方也毫不奏效。算了算了，那些名医郎中一个个夹着尾巴，悄无声息地都溜了。到后来，不光是西阳，就是弋阳的郎中一听说库盈大财绅延请，都推三阻四一概不上门。

闻听四望山有个是毛瑄隐士荐引的王叔和，开了姝痊亭诊室，还建有日影台的消息后，库盈有些动心了。他是大富乡绅，乡野村夫之类的郎中他从不涉及。莫非这王叔和还有些特别？于是库盈让家佣用轿椅抬着他来到了姝痊亭。

同王叔和一接触，库盈就有些吃惊，此人非同一般，我得将他请到家里一试。说话间，库盈摸出一块百两银砖，要让王叔和上他库盈府施治。这下可把一旁的韩娣看傻了。这一百两银砖多大的事？他的新居和这姝痊亭加在一起也值不了百两。

王叔和莞尔一笑："库大财翁，王某上门施诊用不了这么多的酬劳。再说尚不知财翁疾患如何，俺能不能治，就收银钱。你权且先收好，俺随你到府上就是了。"王叔和说完，将那百两银砖还给了库盈。这回轮到库盈吃惊了，这么多年来，他与无数个名医郎中打交道，还第一次听到上门施诊郎中不先收诊金的，心里对王叔和的印象陡然矗立高大许多了。

到了库府上，王叔和听了库盈的叙诉，又看了看库盈在吃和已经放弃服用的汤药，心里也暗暗思忖，有些郎中的判诊还是正确的，只是为什么不见效果呢？王叔和开始给库盈按脉。这一按脉，王叔和又更加矛盾了。库盈两寸脉象短弱，关脉又缓大，两尺之象洪大如钟，如此矛盾的脉象还真的少见，再细询问，库盈平时喜欢饮酒，暑热之季尤以冷饮为常。王叔和心里琢磨，莫非库盈余暑未解，滞涩下部，导致湿热下流？可时已至酉时，唯恐脉象不准。王叔和便将心中所虑告诉了库盈。要待明日辰、巳时再把脉一次方可见分晓。

这天晚上，王叔和便住在库府，亲眼所见了库大绅士的难言之疾的现状。半夜时，王叔和用针灸给库盈用了一穴，效果仍不见好。第二天，王叔和再给库盈搭脉，脉象与昨天一样，这就奇怪了。王叔和沉思不语，顺着脉逆思维苦苦寻思其证之源。一番沉思，王叔和记起了《灵枢》中有一句"膀胱者，脬之室也，溺窍不对，滞涩颠倒"，完全对了。库盈之症乃脬中湿热下坠，站立着拉尿，窍不相对，便溺当然无法排出。而人一卧倒，脬即平正不再下坠，尿液便自然流出。至于涓涓细流，乃尿不通达之源也。此证宜补上中焦元阳，兼清理下焦湿热，才能奏效。

王叔和便吩咐库盈，人睡下时，不要刻意防备小便，身下先多备一些高填之物的布袋，任其溺出，减轻思想负担，自然而睡，失眠当自消失。再继续服用补气之药加黄柏、知母。另外每天睡前用针灸、艾灸辅用，三天之后，睡觉尿床当止，十余天后，库盈恢复如常，心神俱畅。

这一下子可不得了。几十名医高士都没有治好库盈的遗尿症，让王叔和轻而易举，不费吹灰之力就给治好了。库盈是豪爽之人，真的要兑现承诺，将家财分给王叔和一半。王叔和哪里敢受，苦苦哀求才算将库盈的财产推掉。库盈对王叔和那是刮目相看，当从毛瑄嘴里获知王叔和是太医院太医令时，更是肃然起敬。从此与王叔和结成莫逆之交，既是王叔和的财源靠山，又是王叔和在西阳地方上的一大保护伞。几天后，库盈敲锣打鼓，披红挂彩给王叔和的姝痊亭送去了一方几人抬的大匾,上书四个镏金大字:仲景再世。库盈得知王叔和妻子韩娣已有身孕,当即从府里挑选了两名男佣、两名女佣到王家伺候韩娣,把韩娣弄了个脸红脖子粗。

韩娣生于康王寨,长于康王寨,落地开始闻山风、听山涛、喝山泉、吃山谷、玩山球、看山花、数山鸡、伴山娃、唱山歌、砍山柴、种山地、挖山菜、做山(寨)饭。自小聪明伶俐,心灵手巧,勤劳纯朴。与王叔和成亲后,她爱王叔和爱得铭心刻骨。她没有文化,说不出山盟海誓般的甜蜜语言,更不会花前月下吟诗赋章地表白。她将一腔挚爱全心全意地用在照料王叔和的生活上,每天变着花样给王叔和做可口的饭菜。王叔和是北方齐鲁大汉,吃不惯西阳的米饭,韩娣就变着法子弄面食。

爱由心灵发出,以行动扩散。夫妻间的爱是互动的双向的往返。如果夫妻间的爱是单一的,无可置疑,经不起时间的检验。

王叔和对妻子韩娣爱的回报,值得回味和借鉴。王叔和知道妻子大字不识,可爱他爱得深沉,爱得无悔无怨。王叔和回报韩娣的做法是,用知识提升韩娣的生活质量,让她的人生多一份乐趣和欢欣。韩娣不识字,可她也很想识字,谁来教她?丈夫王叔和责无旁贷。王叔和如此之忙,怎么教?那时候也没有《百家姓》《千字文》《女儿经》之类的启蒙读物,从《易》《诗》《礼》《书》教起,韩娣很可能难以坚持。那教什么呢?不用急,王叔和是太医出身,自然有办法。他给妻子教授的是让她从浅显的知识里了解人生、了解社会、了解自然。王叔和教给韩娣的第一课是李聃公的几句话:"道生一,一生二,二生三,三生万物,万物负阴而抱阳,冲气以为和。""天大,地大,王亦大。人法地,地法天,天法道,道法自然。"这些句子很容易教,也很容易记,再加上王叔和的详解细释,韩娣很快就理解明白熟记于心了。

王叔和教给妻子的第二课是时令节气的变化、转换方面的知识。如正月建寅、立春雨水。二月建卯,惊蛰春分。三月建辰,清明谷雨。四月建巳,立夏小满。五月建午,芒种夏至。六月建未,小暑大暑。七月建申,立秋处暑。八月建酉,白露秋分。九月建戌,寒露霜降。十月建亥,立冬小雪。十一月建子,大雪冬至。十二月建丑,小寒大寒。这种歌谣式的十二时辰的记载与二十四节气,是一个人对时间、气节、时令的最好诠释。而且这些知识是检验一个人文化素养、人文教化的尺子,在汉代以来尤其重要。十二时辰,《左传》就有记载。二十四节气歌,《淮南子·天文训》有详尽的载述。掌握了这方面的知识,韩娣作为道地的西阳山姑,令许多人刮目相看,这些无疑给韩娣增强了自信和荣耀。

丈夫是郎中,当过朝廷的大官(太医令),这无疑也给韩娣产生了强烈的神秘感，也十分渴望了解丈夫的岐黄之道、岐黄之术。可岐黄之道，三年五载也讲不清楚，道不明白的。王叔和有办法。他将岐黄之道的核心启蒙内容，也是人们最容易听懂，最易接受的"五行相生、相克"的东西传授给了韩娣。

"金生水，水生木，木生火，火生土，土生金；金克木，木克土，土克水，水克火，火克金。""东方甲乙木，南方丙丁火，西方庚辛金，北方壬癸水，居中戊己土"等天干方位以及"肝属木、脾属土、肺属金、心属火、肾属水"的人体五脏与五行的关系，这些岐黄知识加趣味浓厚的医性、医理，令韩娣大开眼界，心神欢畅，对丈夫的钦佩与敬爱与日俱增。到长子结婚了，第三个儿子十岁了，韩娣对丈夫仍然是恩爱如初，相敬如宾。这就是哲人所言：自古爱人须学道，自来明善可诚身。

文献显示，一千七百多年前的大别山山南地区的文人士子及隐士侠客，夫妻之间的称呼为山妻、山夫。而普通百姓夫妻之间的称谓比文人士子有趣多了。一般男称女，皆呼山婆；女称男，皆呼山公。古代的封爵为"公侯将相"，"公"比"夫"大多了，反倒成了大耳朵百姓的专用称谓。王叔和、韩娣两口子自不用山妻、山夫相称，而以民间百姓的"山公、山婆"相称。

有一天，王叔和碰上好几位病人，忙得不可开交，中午饭是韩娣送过来吃的。可她过来两次，午饭还原封不动。晚上回到家里，王叔和担心白天病人的脉象证候忘记了，一头钻进房里记脉象去了。刚记完脉象准备吃晚饭，外面伙计又喊姝痊亭来了急诊，王叔和不得不放下手中的饭钵往外走。韩娣心疼丈夫太忙了，一边给丈夫擦汗，一边爱怜无限地说道："你呀，哪里是我的山公，是大伙的劳公。"王叔和笨笨地一笑："劳公？这名字好，比山公好听多了。"

"真的呀？那我打明日起就喊你劳公哈，这可是你亲口说的。"

王叔和连声答应："可得，可得，俺就叫劳公。那俺也呼你为劳婆，怎么样？对，就叫你劳婆，劳婆比山婆雅气多了。"打那天起，王叔和就呼韩娣"劳婆"。

第四十一章

厍充怪招　姝痊亭拜师
叔和仁心　隆冬夜救贼

　　四望山举水河畔，自从王叔和来这安居落户后，就成了西阳人最打眼的地方。最最热闹的地方是姝痊亭，每天早至五更，晚至熄灯，这里皆有人声人影。王叔和是又要给人看病，又忙着写《脉论》，每天忙得他走路带跑（总有人喊他），吃饭带瞄（总有人在找他）。王叔和想，长此以往，纵有三头六臂，也难有万全，得抓紧收几个有悟性的弟子。姝痊亭开张，毛瑄大哥让手下人给他招了不少小伙子帮忙张罗。通过这半年多的接触留意，这些小伙子个个都不错，朴实勤快，无一例外，但可与他王叔和分挑岐黄担子的人还没有发现。这可不行，得想办法抓紧才是。

　　这天是个阴雨天，下午雨很大，来姝痊亭的人少了许多。不等申时过，就没了人影。王叔和难得有此清闲，闭目养了会儿神，想起了如何选弟子的事。十天前，赤亭好友厍盈拍胸口保证给他物色了一位好弟子。此人是厍盈的亲侄儿叫厍充。

　　厍盈说，厍充打小就有从医的天赋。周岁抓周时，满床的瓜果呀、饼干呀、金呀、银呀、柴呀、花呀啥都有，唯一的书是厍充祖父在外面捡回来的一根孤简。孤简上的汗青与字多被磨掉了，不甚清晰，能辨认出的仅两个字：扁鹊。小厍充一上床啥都不理，一把抓住"扁鹊"孤简不放。五岁启蒙。蒙馆里有一块石像图，是蒙师几年前从河里捞出来的。凡入馆学童，第一次见面，蒙师必指图而问，石像之人是谁。几乎所有的学童都回答是孔圣人，只有厍充回答是神农。蒙师问为啥是神农而不是孔圣人。小厍充说，孔圣人身边是七十二贤，这像图上没有，只有耒耜、菽稻和药草，当然是尝百草的神农帝了。王叔和治好了厍盈的病后，厍充对王叔和充满了敬意，萌生了要拜王叔和为师的念头。厍盈说，等他忙完了手头事，亲自带厍充上门拜师。转眼十天过了，厍盈咋的还没有来呢？

　　王叔和正思忖如何联系厍盈，伙计带来一个人，说是拜师的。哦！叔和精神一振，这不是想瞌睡来了个送枕头的。立马打量来者。那是位十分精干的小伙子，人长得生龙活虎，炯炯有神的双目，透着灵熠，上下嘴唇乳茸黑漆，鬓角处的两条髯丹时隐时现，不用说，要不了多少年，一定又是一位长须葳葳的美髯公。

王叔和看他第一眼就有些喜欢。刚准备问话，小伙子居然麻利地脱掉上衣，露出健硕的肌肤跪地就拜。

"师父在上，请受徒儿拜师大礼。"

这下可把王叔和弄糊涂了。哪儿来的愣头儿青，不知名不知姓，更不知南山北岭何方人就磕头称师。

"小伙子，你……"王叔和说着站了起来准备去扶他。

小伙子头磕得更快了，且边磕头边说："师父，你快别起身，等我三跪九磕的大礼你受完了，再起身来。"

王叔和边笑边又坐下。心里说，你糊涂磕头，俺只能糊涂受了，看你磕完了再说什么。

小伙子三跪九磕完毕，又跪在地下一动不动。

王叔和说："小伙子，头你磕完了，咋还跪着不起来呢？"

小伙子赤条条的身板挺直直的，双手伸向王叔和："师父，我拜了师，你也收下了徒儿，师父得给我收徒礼。这叫拜师不起，等师礼。"

"俺要给你啥子礼？"

"钱。"

王叔和扑哧一笑，记得肘后还有两块帛帛，是准备韩娣生产时留着的，当即掏了出来，起身放入小伙子的手上。

小伙子触电般把双手缩回来："师父，师父，要不了这么多呀，师父给徒儿礼，一文半文都可以。其实，就是讨吉利。'给礼，给礼'，就是'给你，给你'。礼这为钱，意为师父，你会全心全意把岐黄之技都不保留地传给徒儿。'钱'乃'全'之意不是？"

小伙子这么一解释，倒把王叔和心中的问号化为乌有，对他的喜欢又加重了砝码。遂笑着问道："这拜师的礼规皆是你们西阳人的俚俗吧？"

小伙子起身一边穿衣，一边摇头："不是，不是，师父。这都是弟子我冥思所想，随心所为。"

"嗯，是你想的？如此说来，你赤身磕头也是你的杰作？可有说辞？"

"有，有，当然有。那叫弟子拜师，赤心赤意无二异。今后是打是骂，是活是死，全凭师父处置。还有，这黄昏拜师，是我想了好几天的招，才想出来的。假如师父嫌弃弟子笨拙，不收我为徒，我可以悄悄而走，不被人知而不丢丑。"

王叔和笑容可掬地将小伙子还给他的两块帛帛放入了小伙子的怀里，说道："世间万事皆有章礼，适才你拜师的礼章虽说是你新开古涧独创的，倒也有些道理。既然依章依礼，难道你就不企希师父把岐黄之术'钱'传给你？"

小伙子连连击掌，眉飞色舞地说："师父，你真收下我为徒了？"

王叔和反问一句："难道你不愿意？"

"愿意，愿意。当然愿意！"

"既然愿意，我徒也收了，礼也给'钱'了，却尚不知我的徒儿姓张还是姓李，家住何方，如何习岐？"

小伙子连连作揖："对不起，对不起，师父，我姓厍，名充，家住赤亭厍家弄。"

"什么，你就是厍盈的侄儿厍充？"王叔和惊讶地看着厍充，嘴巴张得老大，似乎有些不相信。不过惊愕仅片刻，马上喜形于色："厍充，你是好样的，师父收你做弟子十分满意。适才你进门时，俺还在思忖着要与你叔父联系。因为他答应过俺，要亲自带你来学岐拜师。"

厍充有些腼腆地挠着后髻丹处的初茸，声低语浅地说道："叔父事真多，是给我说了好几次带我来的，皆让我找借口给推脱了。"

"那是干什么？"

"若是叔父带我来，即便师父相不中，也会碍着面子收下我。所以，我要独自闯闯，试试自己有几斤几两。师父，厍充是不是做错了？师父是不是不喜欢徒儿这些做法？"

王叔和一把将厍充揽入怀里："师父喜欢充儿的独具匠心和与众不同。从事岐黄术业者，特别需要灵性与德性。你是师父入西阳以来第一个弟子。故而师父要送你'三要''三不'六句话。从医者，要责任至上，要术以至精，要业以至善，为'三要'。何为'三不'？不可取大利，不可生妄心，不可分贫富。切记！切记！"

厍充又曲身于地，双手齐眉："弟子记住师父的'三要''三不'。今日我厍充以'三保'发愿：习业，保证不半途而废；做人，保证不刁钻耍滑；处世，保证不给师父你丢人现眼。"

王叔和太高兴了，心里说，这孩子太可爱了，灵性、悟性、德性不无上乘。若早日涉猎岐黄，那该多好。想到这，王叔和记起了厍盈曾对他讲过，厍充小时候好像读过医籍，遂扶起厍充问道："厍充，听叔父讲，你小时候读过岐黄之籍？"

厍充说："读过皮毛而已。那是蒙师祖上传下的，残破不全的简书，不知道叫什么书。蒙师从不示他人。他说我有岐黄天赋，只教我一人。"

"那，你还记得不？"

"记得，记得。弟子背给师父听。帝曰：人生有形，不离阴阳，天地合气，别为九野，分为四时。月有大小，日有短长，万物并至，不可胜量，虚实呿吟，敢问其方？岐伯曰：木得金而伐，火得水而灭，土得木而达，水得土而绝，金得火而化，万物尽燃，不可胜竭……"

王叔和点了点头，心花怒放地告诉厍充，他背的是《素问》，那是岐黄经典之一。真是太好了，这样的弟子，是打着灯笼都难找的。想到这，王叔和拉起厍充就走。

"走，让师母给你做好吃的！"

一冬雨，一冬晴，唯有十月初一灵。

魏少帝正始五年（244年）的十月初一，晨起大雨滂沱，下至傍晚，雨中夹雹冰到子时方止。这一年的冬天，西阳天寒地冻，太阳特别羞涩，冰厚尺许，百余日不消。

在这天寒地冻中，王叔和的长子王樱出生了。不惑之年得子，王叔和的喜悦不用说，是前所未有的，每天笑哈哈的不亦乐乎。当然，高兴者，除了叔和夫妇，当数康王寨的寨主、韩娣的兄长韩天。

几个月前，听说妹子有喜，韩天就处心蓄意地为妹子准备坐月子的东西。大山之上，当然只有以山货为主了。韩天储备得最多的当然是山鸡、地鸡和鸡蛋。鸡是活的，可以养，可蛋不一样，时间一长，会变成鸡。于是，韩天令手下人给想办法，要保证鸡蛋不坏、不臭、不出鸡。山寨伙计绞尽脑汁，四方打听，八方访寻，最后有人给出了个主意，采集山中的金樱子、五倍子、枸杞子等药草，用一层鸡蛋一层草覆盖装入藤筐送到山洞里存放。好在天气一天比一天凉爽。当韩娣生产的信送上山时，韩天乐坏了，马上挑选了二十个寨丁，将藏在山洞里的东西送往山下。这些山货物资，除了活鸡、活兔、活獐、活鹿之外，鸡蛋、木耳、山菇等整整有二十筐。

外甥出生的第二天，韩天就指挥人挑着山鸡山货浩浩荡荡地来到四望山举水河畔妹子的家。那阵势山里人从未见过，四乡八里的西阳人纷纷赶来看稀奇。韩天好不得意，令人将藤筐鸡蛋上的盖子全部揭开，掀开上面的药草，立刻有一股酒气一样的味道弥漫。再看鸡蛋，韩天傻了眼，蛋全部变成了红色。就在韩天沮丧不已时，细心的王叔和发现蛋变成红色不是蛋坏了，而是上面的金樱子、五倍子发酵成色所染。再用鼻子细闻，异香扑鼻而来。煮熟剥开，皆是好好的且味道别具一格。

叔和遂与韩娣兄妹商量，这么多的鸡蛋，一时半会儿吃不了更吃不完，虽然时下正值隆冬，鸡蛋不会坏的，但经过五倍子、金樱子发酵的东西一旦揭了盖会不会坏，谁也说不清，莫若全煮熟了，分给四周乡邻，既图欢庆，又结善缘。韩天很大度，反正东西送来了，是留是分皆与他不相干。韩娣更是听丈夫的。就这样王叔和让人将染了色的鸡蛋全部煮熟，来者有份儿，举水河畔两岸的人都闻信而来贺喜赶场。一人传十，十个传百，连续十余天，叔和家里天天人山人海，忙得是团团转。尽管忙，叔和小两口心里似抹了蜜。

　　这天夜里，王叔和在睡梦中被一阵急促的咳嗽声惊醒了。他赶紧披衣下床，一个黑影突然从灶房窜了出来，惊慌失措地跳墙而逃。盗贼落地的一瞬间，一声"哎"叫，像绳子一样牵系着他的心。上床以后，王叔和总觉得有些不对劲，又翻身坐起，要去看看。时下天寒地冻，滴水成冰，北风呼啸，寒气逼人。妻子韩娣说："劳公，外面这么冷，你出去干啥？"王叔和说："俺总觉得那个盗贼好像是犯了病似的。真是这样，这冰天雪地里，岂不会冻成冰坨坨。"韩娣说："冻死了也该死。谁叫他来偷我家的东西！"

　　王叔和不顾韩娣的劝阻，披衣而起举起火把，到墙外一看，那个贼人真的倒在了墙根，已奄奄一息。叫醒家里的用人，王叔和将那贼人抬进屋里，待火旺取暖后，再看那贼，口里唾沫往外冒，浑身颤噤不止，脉搏微弱，时有时止。王叔和判断此贼因惊恐过度而导致暴厥。当即先施针，后用艾灸，再伴以药汤灌喂，忙到天亮，那贼人才长吁了一口气，睁开了双眼。一细问，得知那贼是赤亭附近的人，因家里穷得揭不开锅，头几天，他也来领过红鸡蛋，吃了嘴馋，还梦着再有蛋吃，又听说康王寨寨主还送了不少其他好东西，即起盗心。

　　贼汉连续两餐没有吃，翻墙进屋后，闻到鸡屎味引发鼻腔过敏而又是喷嚏又是咳嗽。王叔和起床后，他惊恐万分，翻墙而跳就昏迷不醒。如果不是王叔和抢救及时，必死无疑。那贼人醒后，悔得无地自容，表示要给王叔和做牛做马来报答救命之恩。到后来，王叔和的三不堂开业后，人手不够，将那盗贼收入堂内当了一名杂工，成为家里的一个得力帮手，那是后话。

　　王叔和后来在给妻子韩娣的教学中，那天借晚上救贼的事，向妻子阐述了从医者当仁心至上。什么是仁？王叔和告诉韩娣，仁是人最基本的道德准则之一。仁者的体现是对人的宽恕，包括偷家里东西的贼人。圣贤孟子说过：仁者如射，不怨胜已，横逆待我，自反而已。而作为郎中，除了"医者仁心"外，还有"医乃仁术"的职业操守在敦促着你。当那贼生命之忧时，他王叔和面对的只是病人，而绝不可以想到他是偷俺家的贼。这就叫"医者仁心，医乃仁术"，这就是医者与常人的区别。韩娣听了丈夫的一席话，花容泛彩，杏眼流波。她真没想到，做人做事，居然还有这么高深的道理。便一把搂住丈夫说："劳公，你真了不起，跟你，我韩娣真是八辈子修来的福气。你对待贼人都像亲人，对我就更不用说了，打今往后，劳婆点点滴滴跟你学。先学什么来着？啊，对了，先学你的仁心美德和善举呗。"

　　这叫什么？这就叫近朱者赤，近墨者黑，跟着好人学好人，跟着燕子学飞行。

第四十二章

三易其稿　叔和撰脉诊
八字成箴　毛瑄劝挚友

　　从刘邦立汉到南北朝最后一位帝王陈后主陈叔宝的祯明三年,中华医学产生了五部给中医夯基固础的皇皇巨著。分别是《黄帝内经》(最早以《素问》《灵枢》传世)、《神农本草经》(最早以《本经》传世)、《伤寒论》(最早为《伤寒杂病论》,后分《金匮要略》《伤寒论》二部)、《脉经》《黄帝三部针灸甲乙经》(简称《甲乙经》)。古往今来,每一部经典的问世,皆不可能一朝一夕,一蹴而成,一挥而就。而是一波三折,字挟风霜,屡经踔砺。王叔和的《脉经》亦是如此。

　　王叔和的《脉经》初始于公元 243 年三月,完成于公元 264 年十月,历时二十年。其中三易其稿,四易其名,中途还因为第二次手稿被洪水冲毁而心灰意冷,准备彻底放弃《脉经》而写《艾经》,这其中的苦甜酸辣,一言难尽。

　　王叔和写《脉经》的动因,前文有过交代,是为报答毛瑄毛大隐士的救命之恩而开始的。当时是一腔激情,写得很快。书名定为《脉论》。而《脉经》之名实际上是毛瑄在王叔和写完后建议他改的。最早为毛瑄赎白杲宫时的开卷,王叔和是以《脉学》为题的,在正式动笔以著作形式出现的书名为《脉要》。

　　《脉要》写了两章后,王叔和写不下去了。为什么? 因为前两年是依据他王叔和自己的脉象指数而形成的,那仅仅是脉搏运行的验证。光靠自己的脉象怎么能写成一部书呢? 它必须以其他人的脉象,尤其是病人病症的脉象来辨证断疾。而这段时间,王叔和的心里还漂浮不定的。当他要为毛瑄赎回白杲宫的热情过去以后,还没打定主意在西阳定居。所以,写了两章就搁浅了。直到从康王寨回来后,决心留在西阳撰写《脉经》。于是,王叔和将原写的两章完全不用,重新起始,一口气写出了三章,送给毛瑄评点。毛瑄给予了大力鼓励,并建议书名改为《脉论》。

　　《脉论》书稿完成了三章后,王叔和又忙于筑新居正式定居于西阳,加上与韩娣成亲、建姝痊亭、生长子王梴等一应琐事,而放缓了《脉论》手稿的写作步伐。在《脉论》写作后的过程中,王叔和又遇到了许多困惑,比如,他手头没有《素问》《灵枢》《八十一难经》，包括他编纂辑要的张仲景医著《伤寒论》《金匮要略》等医籍。他到西阳寻妻时，身上没有带医籍。尽管他王叔和脑子里记得很多《八十一难经》《素问》《灵枢》等医籍，但这与他自己参与写《脉论》还是有很大区别的。这些困惑使他不敢放手放心而论。这种困惑被毛瑄了解到后，毛瑄当即将自己的《八十一难经》等有关医籍交给他。王叔和捧着毛瑄的医籍名典后，喜形于色，心里十分激动，当场给毛瑄拍胸口保证："毛兄，你放心吧，有了你的支持，愚弟保证三五个月交出《脉论》的全稿不是问题。"毛瑄笑笑而不回言，顺手写了张蔡侯纸条夹在医籍中。王叔和回家发现毛兄的纸条上写有八个工整的大字：心急吃不了热豆腐。

看着银钩铁捺般的八个字，王叔和若有所思，愈加激起了他的写作热情。那段时间，王叔和是全身心投入写作，到次年三月，就完成了《脉论》的前五章。五章写完，搁了两天，王叔和就觉得不如意的地方太多了，遂准备边撰边对前五章进行修改。毛瑄似乎有千里眼、耳报神一般，很快给王叔和带来了一张纸条：一气呵成全稿，切勿边撰边改。王叔和一琢磨，此话不无道理，就放弃了修改。这修改的心思一放下，写稿的激情就锐减。

这一年的五月，毛瑄似乎算出了老弟的心思，就有意打岔，带着王叔和到蕲地，即今天的湖北蕲春、浠水、黄梅、武穴以及安徽宿松、太湖等辖地观看龙舟大赛。在蕲地，王叔和见到了心仪已久的蕲地艾蒿——蕲艾。也催生了他对艾蒿研究的浓厚兴趣，要写《艾经》的欲望十分强烈。

从蕲地回到四望山的家里，王叔和与同住一室的毛瑄讲出了令他匪夷所思的决定：暂停《脉论》，抢撰《艾经》。

毛瑄听了王叔和的想法，一言不发。这就是毛瑄的过人之处。毛瑄知道，王叔和此时此刻兴奋奔涌。人处于高度兴奋中，对不同的意见、建议是持十二分排斥的，如果在这个时候劝说王叔和，先不要写《艾经》，等写完了《脉经》再去写，很有可能是适得其反，反而更加激起他不达目的不罢休的后果。那么怎么劝呢？毛瑄想到了一个有趣的法子。

第二天清晨，毛瑄找王叔和要了一张纸和笔墨，说是给侄儿王樬画一张画玩。毛瑄在纸上画了一个人的大嘴，嘴下画了一大碗饭，冒着热气。又画了一个人的一双手，手里抓着一条鱼，另有一条鱼从手里滑落。画好了以后，毛瑄将王樬叫到案子前，说是这次到蕲地回来，忙忘记了，没有给他带礼物，这张画算是礼物。小王樬当然高兴，拿着画反看正看也看不懂，便稚声稚气地问道："毛伯伯，这画画得好，可侄儿愚笨，不知啥意思，你给侄儿讲一讲嘛！"

"好，好，好，伯伯给你讲。"毛瑄指着画上的嘴和饭碗说道，"这叫饭要一口一口地吃，两口一吃，就会噎着，对不对？这个鱼呀，叫双手难抓两条鱼。

你看，这一条鱼是不是掉下来了？"

"是的，毛伯伯，你画得好，讲得更好，你是告诉侄儿，读书、写字，要一篇一篇地读，一个一个地写，不能一篇没有读完，没记住，就去读另一篇；一个字都没写好，就去写另一个字，是不是？"毛瑄连声说道："哎呀，楒儿真聪明，说得棒极了。来，伯伯想考考你的字写得怎么样了。"

王楒拍着小手说："好，好，伯伯你说吧，看我会写什么字。"

"考你什么字呢？"毛瑄用手指点着说，"楒儿的爹爹正在写《脉论》，还准备写《艾经》，伯伯想看看楒儿能不能写这几个字。"

"我会，我会写。"王楒说完，用左手牵住右手的袖口，提起笔一笔一笔在那张画纸上写下了"脉论""艾经"四个字。

毛瑄十分高兴地拿着那张画纸给一旁的王叔和说："贤弟，真是长江后浪推前浪呀！你看看，楒儿的字笔比你小时候是不是要强多了？"

毛瑄与儿子在一旁的对话，王叔和站在一边，听得十分清楚。从毛瑄要儿子写"脉论""艾经"四个字起，王叔和就明白了毛瑄的良苦用心，心里也豁然开朗。他接过毛瑄的画纸，意味深长地说了一句："毛兄放心，俺会一口一口地吃饭的。"毛瑄以旁敲侧击之隐语的方式，将王叔和的一时冲动抑制住了，使他《脉论》的写作仍在有序进行中。

这天是大暑节。与毛瑄兄长好久没联系了。王叔和一早起来似乎有一种冲动，要去白杲宫看毛瑄。正好药堂里的好多草药所剩无几，王叔和便将药堂交给库充打理，自己带着两个伙计往山上赶。沿途采了不少南星、半夏、土茯苓、白头翁，赶到白杲宫时，太阳已挂在了半山腰。

白杲宫不愧为避暑佳地。人一到这里，热辣辣汗淋淋的身子不用片刻，凉爽至怡。进了宫院，幽静出奇，不见人影。"毛瑄兄长，你在哪里？叔和来看你来了。"王叔和好不惬意地尽情而喊。可只有宫前山谷的回音和宫后潺潺水流声。

毛兄到哪里去了呢？王叔和一边思忖着，一边往内室走，一进室内，只见毛瑄趴在地下，浑身抽搐不已。

"毛兄，你这是怎么了，怎么了？"

王叔和边喊边蹲下，一触毛瑄的寸口，脉滑如蚓蠕蹿动。不好，毛兄中毒了。中什么毒呢？此时的毛瑄不能说话，嘴角嚅动了几下，用手艰难地指了指颈项。王叔和一看，人迎处有一乌黑痕印，是中毒的伤处。是蛇还是什么毒物？怎么可以咬到这里呢？王叔和顾不得细想，口一张，含住毛瑄的人迎伤处，使劲地吮吸了一口，一股恶腥粪味直冲七窍。王叔和顾不了这么多，大口大口地吮吸起来，吐掉又再吸。人迎是人的最大动脉处，这用劲一吮吸，人的血液即刻上涌。

看看吸出的是鲜血，王叔和立马吩咐伙计将刚采到的鲜南星、半夏洗净捣烂成泥，敷在毛瑄的伤口处。又亲自用土茯苓磨汁，半枝莲绞汁大半盏，再用姜蒜煎汤合成了解毒液给毛瑄灌下。约半个时辰后，毛瑄才微微睁开眼，但仍无力气说话。这一夜，王叔和守在毛瑄床前，一宿未眠，解毒的药剂换了一茬又一茬，内服外敷加上针灸调理，到第二天午后，毛瑄才完全清醒，小声说出了中毒的经过。

那天上午，毛瑄午觉醒来，正躺在床上想心事，一只老鼠悄悄地往他身上爬，而且大模大样地往颈部而来。这是什么鼠，居然如此胆大？它叫鼠鼹，也叫偷馋鼠，最喜欢舔吃人的唾液。为啥呢？因为此鼠其身有毒，毒发时浑身肿痒难忍，唯人之唾液可解，故而闻到人睡觉时流出的馋液味，必来舔食。毛瑄那天的午觉睡得醋畅，也自然流出了不少馋液，故而引来了灭顶之祸。他是习功之人，馋鼠上身他何尝不知，故意闭眼佯装。待那鬼东西爬到颈项处，猛然出手想抓住一戏。不料，那鼠受此惊吓，拼命反抗，猛地一口咬在毛瑄的人迎处。那鼠来舔食馋液，正是浑身毒发难受之时，这一口咬下去毒液很快进入了毛瑄的血液，瞬间毒液发酵，毛瑄就中毒受制，他想起身，动弹不了。叔和进宫院时的动响，毛瑄都听到了，可开不了口，便使劲从竹榻上往下爬，爬了几步，无能为力，只好倒地。倘若不是王叔和及时进屋又及时排毒解救，毛瑄的生命就画上了句号。

这就叫救人如救己，神灵暗中记。假如当年毛瑄没有救下王叔和，那今日他必死无疑。

毛瑄虽然暂无性命之忧，可王叔和知道鼹鼠之毒早进入了毛瑄的血液，短期内是无法排除干净的，如果不想法祛尽，是有潜在的危险的，必须根治不可。于是，两天后，王叔和对毛瑄说："兄长，愚弟出来几天了，药堂有许多事，我也不能久待白呆。你身子里的鼹鼠毒还尚未排尽，危险随时发生。今日随弟下山，到四望山家里，一来俺可以先给你除尽鼠毒，二来你身子虚弱，也好让弟媳照料你几天。"

毛瑄连连摇头："不行，不行，叔和老弟。你的《脉论》大著急待成书。药堂之事又十分繁忙，如果再加上我这么个累赘岂不给贤弟添许多麻烦，那《脉论》的写作岂不又要推迟。"

"兄长呀，你可不能这么说呀！天大地大，没有贤兄身体的事大。这《脉论》的撰写，兄长岂不早有教诲？"

"俺有教诲于弟？"

"是呀，兄长忘了？心急吃不了热豆腐。你给俺写的八字箴言，俺还留着

289

呢！兄长的先见之明，愚弟可是佩服得五体投地。走吧，老兄，俺早安排好了，让伙计给你找了几个老乡，将你抬下山去。兄长也不想想，离开了兄长，俺的《脉论》怎么写？写了又有什么意义。"

　　王叔和如此一说，毛瓒无言以对，只好任凭叔和安排，被人抬到了四望山住进了王叔和家。

第四十三章

叔和收徒　　出告贴送药
康泰刁顽　　否招谎治懒

　　这告贴是什么？告贴就是今天的告示，说白了就是广告。王叔和贴广告招收弟子与西阳龟神观巫医吴亮不无关系。吴亮是西阳出名的巫医，根深蒂固，甚有后台。王叔和刚刚立户西阳的那阵子，吴亮以巫术诱引病妇并治死了人，引发民愤，致使受害者家人邀约一同刺杀吴亮，反被吴亮手下重伤致咯血不止，来找王叔和救治。当时王叔和正给富绅厍盈治遗尿症，谈及吴亮的巫术害人，使王叔和萌生了要普及岐黄医术、医道，让西阳人远离巫医、巫术的想法。厍盈十分豪爽地答应由他出资发建一座杏邑堂，扩大规模广扬岐术，造福西阳。

　　杏邑堂很快建起来了。可堂是建起来了，人手不够。毛瑄便给王叔和出主意，广收弟子传扬医术。于是王叔和便让人广扬告贴。告贴说，杏邑堂免费收徒，徒儿弟子学成后回各地建医馆、开药店，王叔和送药三年免收一切费用。这消息当然很有磁力。可是学岐黄之术非杂术可比，来拜师的还不少，但真正学成继承王叔和医技术业，也最为叔和倚重的弟子只有四个人：厍充、康泰、万全、庞夫。

　　厍充的拜师前文已叙，这里先浓墨将康泰的故事做一番交代，其后就万全、庞夫的拜师讲几个花絮。

　　康泰是西阳黄柏山人。黄柏山位于今天湖北麻城市与河南商城县的交界处，是当时中原进入南蛮之地的一条重要通道，简言之，是一处交通发达的小集镇，很早康泰就是小集镇上的乞丐王。

　　康泰是怎么当上乞丐王的？凭他的知识与本事呗。

　　那一年，老乞丐王病了，要让位。选谁接班呢？老乞丐王想了个办法，他将大大小小几十个乞丐们召集到一起，拿出两件东西做说明。一是用破瓢装的一坨大便，二是一条比人的胳膊还粗的蟒蛇。老乞丐王说，谁接他的交椅，先将他昨晚半夜拉的一坨屎吃下去，此举表示是对他的忠诚。再就是将这条蟒蛇缠在身上半个时辰，这表示此人的胆量。一屋的大小乞丐听了老乞丐的话，都是张飞穿针——大眼对小眼，没有一个人敢出来接招。康泰因为那天给瞎眼老娘喂饭，来迟了些，等他赶到时，老乞丐已经心灰意冷了，准备撤场子。康泰听了老乞丐的两个条件，眼都不眨一下，抓起那坨屎就大口大口地吃起来，只吃得那些乞丐们龇牙吐舌地呕吐不止。其实，乞丐王弄的那坨玩意儿并不是屎，而是用面粉拌蜜搓成的屎样。吃完了"大便"，康泰抓起那条大蟒蛇往脖子上一缠，优哉乐哉地这里转转，那里碰碰。这玩蛇，对乞丐来说，不算什么大事。人们常说，叫花子玩蛇——拿手好戏。可这条蟒蛇也太大了，乞丐们挺害怕的，既怕大蟒蛇夹住他们的脖子，那可是要死人的，再说这条蛇也太大了，缠在肚子上不憋死也会冰死。实际上这条蟒蛇，乞丐王也做了手脚，用酒浸龙胆草药抹了一身，蛇就糊糊软软的，哪里还能去缠人的脖子。就这样，康泰轻而易举地当上了新的乞丐王。

王叔和在四望山开姝痊亭的消息传开后，康泰就以乞丐王的身份带着大小十几个乞丐来姝痊亭赶场子。古代做生意的人最怕两种人，一是痞子，就是流氓地痞，时称游皮；二是乞丐，你如果不满足他，会三日不了、四日不休地缠死你。王叔和当年在襄阳开医寓、医馆曾多次与乞丐打交道，姝痊亭开张时，王叔和对康泰一帮叫花子还是不错的，吃的喝的都给了。

古人有句话，叫人心难满拍，做了皇帝想外国。实际上也是这样，人身胸脯下的地方，不管你再胖再肥的人，总有一块是凹下去的。其意思是，一般人是难以满足的。乞丐们见王叔和如此大方，就得寸进尺，想捞点什么。有个小乞丐就给康泰出主意，找王叔和给大家一人一件衣服。康泰觉得这小乞丐主意不错，于是过了几天又来了。当然这次来的只有康泰和一个小乞丐主。乞丐有规矩，对大方仗义的主人不能来横的，要来文的。啥叫文的？这是以出题为主，如果主人被难住了，就得按丐帮提出的条件来满足，如果丐帮出的题目，主人答上来了，从此以后就不能再找这家主人的麻烦。

这天傍晚，王叔和送走了最后一位求医者，回到家里，刚坐下，门外就"咣咣"地有人拍门，开门一看，是几日前来过的丐帮头子康泰。康泰一见面就直嚷嚷："王大郎中，小乞丐有病特来求治之。"

王叔和十分和气地问道："有病请伸手让俺先摸摸脉吧。"

康泰手直摆："不按，不用按，那玩意儿太麻烦了，我这病简单简单，就一个字的症：懒，请王大郎中给我治懒。"

王叔和一听，知道这是丐帮在出题考他了。一般的情况下多数老板以出点血了脱。但出血也有个后遗症，丐帮们一遇到天灾人祸之类的不测，仍会找上门来。这种情况，官府衙门都没办法，主人只得火里烧乌龟——忍痛。

王叔和觉得眼前这个乞丐王出的题还真有些水平。你是郎中嘛，郎中就是治病的，这懒，也确实是一种病。马上饶有兴趣地问康泰："看你生得彪彪凛凛，健健硕硕，不应该有懒之症的。"

康泰说："有，有，有。不瞒你说，家中有瞎眼的老娘，还有一跛腿的妹妹，都靠我养。可我哩，实在太懒了，种地我怕扯杂草，砍柴我怕砍手，猎野兽我怕进了虎口。就懒得没法，当上一个叫花子。这当叫花子也烦人，一天到黑要四处走。故而请你给我把懒治好，待以后有个正儿八经的生计，养老娘和妹子。"

"丐主适才所言，这四项生计，你最喜欢哪一项？"

"要论喜欢，还是种地。我爹、我爷、我太公都是种地的。"

王叔和笑了说："祖上几代，种地为主，那你应该还是种地最好。"

康泰说："不行，不行，种地我最怕扯草与割草。"

"那你希望种地该是个啥样子的最好？"

"一不扯草，二不割禾，三不年耕年播。那地里的物件，就像这山上的树一样，不施肥，不扯草，不耕种，年年摘叶子就可以吃，吃不了就卖，那才是最好最好的嘛！"

说到这里，康泰似乎有些得意起来，心里说，王郎中，你绕来绕去，最终还是绕进了我康泰大王的圈子里去了。得了吧，王郎中，快出血吧，出血吧。

王叔和看着眼前乞丐王的得意样，脑子里似安了滚珠般在快速地转起来。想着想着，王叔和眼前一亮，笑着问道："大王，贵姓？"

"免贵，免贵，老爹姓康，老娘姓泰，康泰是也。"

"好，康大王，不，叔和应该称呼你小弟。你真的愿意种那种不扯草、不割禾，像树一样摘叶子可吃、能卖钱的东西？"

"人虽是叫花子，可骨头硬朗得很，一口唾沫一个坑。王大郎中能给我找到这种东西，不光我种，还要让我手下所有的花子都种那玩意儿。倘若食言，我就是那溪里的王八蛋，再也不上王郎中的门！"

"好，康小弟，你等着。"王叔和说完，进里间拿出一包树叶子抓了一撮丢进口里有滋有味地嚼起来，然后塞到康泰手里说道："这种叶子能吃，吃不了可卖钱，你有多少，俺收多少，半个子不欠，全盘兑现。这种树叫茶树，这西阳的大山小岭都有，你可以到山上去采摘，也可以将其挖回来栽在院子里、地里，采其叶。一次栽种，十年、二十年不用耕播，不用扯草，也不用割禾。"说完，王叔和领着康泰指着院子里的几棵茶树说："这些都是俺从白杲宫后山挖来种的，已栽了快两年了，老弟，你看，用不用扯草割禾？"

康泰嘴里嚼着那树叶，开始嚼几口有些苦涩涩的，多嚼了几下，还真的有香甜之感，且令人神清气爽。心里思忖着，没想到这王郎中还有两把刷子，倘若这树叶真能卖钱，那可真的发了。好，我就先回黄柏山找找看，找了送过来，看他收不收。不收也不怕，他钻不了牛屁眼的，这房子这药堂都在。

就这样，康泰灰溜溜地出了王叔和的家，回黄柏山找树叶去了。

王叔和拿出的树叶，就是今天的茶叶。人们还很少知道此树叶可以吃，可以泡水喝。当时都是那些达官显贵及文人士子用茶提神醒脑。史载，曹操、司马懿、诸葛亮、孙权等名流皆喜欢生嚼此茶。

康泰回黄柏山后，带着叫花子上山一找就找到了茶树。当时的茶树不像今天的茶树这么小棵小棵的，那都是大树，一树叶子摘就是几担十几担。送到王叔和家，王叔和全部收下，卖给了库盈、卫丁等西阳的一些名流。这不仅使康泰及他手下的叫花子找到了富路，也带动了西阳的吃茶之风，有声名的人遂用茶叶当礼物，到最后衍生了鄂东地区成为南方最早种茶卖茶的习惯。唐代茶圣陆羽《茶经》里记载的鄂东名茶中，就有蕲茶、麻城龟茶和黄梅（实属蕲地）的小池茶。

康泰靠上山采摘茶叶成了黄柏山数一数二的商贩。乞丐王再好，也顶不上自力更生，自食其力好。富后的康泰饮水思源，不忘王叔和的大恩。加上黄柏山如此一个大集镇里没有医馆药堂，几年后康泰来到杏邑堂，跪在地下一天一夜，要王叔和收他为徒，改学岐黄之术，最后成了王叔和的得意弟子。

王叔和另一个弟子万全的拜师也十分有趣，一进门居然考起了王叔和。

那天，王叔和正在家与库盈、卫丁等商量重建杏邑苑为杏邑堂之事。万全背着个包袱进了屋，二话不说，从包袱里拿出一些残木旧简，上面写的不是医，也不是药，而是既不像诗，也不像词的句子：

胸中荷花，西湖秋英。晴空夜明，初入其境。长生不老，永远康宁。老娘获利，警惕家人。五除三十，假满期临。胸有大略，军师难混。接骨郎中，憨实忠诚，无能缺技，药店关门。

王叔和一看，这是当年魏太祖曹操考华佗的谜面。他不知道这小伙子是干什么的，也不知道他啥意思，但是他当然知道这每一句里有两味中药。便不假思索提笔写出了那十六味药名：穿心莲、杭菊、天南星、生地、万年青、千年健、益母、防己、商陆、当归、远志、苦参、续断、厚朴、白术、没药。万全一见王叔和写出的药名，当即双膝着地边磕边说："师父在上，徒儿给你磕头，请师父恕徒儿不敬之过。"万全磕头后站起来放声大哭，把一屋的人弄了个米汤盆里洗澡——糊里糊涂。

哭够了，万全眼泪一抹，说起自己的身世来。

他万全是西陵人，家里大小也算得上是当地的一个小富绅之户。两年前，母亲生下妹妹失血过多，郎中给开了几服补药，其中有人参等。当时人参、当归之类的补药，十分罕见。万全的父亲就托人花了不少银子从吴的都城武昌买回了人参、当归、黄精。母亲服了药，半夜就一命呜呼，死得硬邦邦的，离奇的是，才十几天的妹妹也死了。后经人检验，父亲托人高价买回的人参、黄精，都是假的。母亲死后，无知的小妹妹吸了娘的奶水也中毒而亡。万全的父亲气成疯癫，好端端的家就给假药贩弄得家破人亡。于是，万全跪在母亲的坟前发誓，要找假药贩子报仇。一个才十几岁的娃娃头，怎么报仇？有人告诉他，你要找假药贩子，就得自己识药、能辨出药的真假。万全就找到了相传是曹操考过华佗的那些药名谜面找那家医馆、药堂拜师。拜师前，万全就用那词文考师父。跪了几个月，进了十几家药堂，没有人说得出上面的药名，只有王叔和写出来且与他的答案一味不差，这才行拜师之礼。

王叔和听了万全的诉说，十分同情，当即收下万全。万全成了徒弟后，公开声明，不学医，只识药。整天在药房里问这问那，他想一口吃个胖子，学会了识药，就去找药贩子，以购药为名，寻访卖给他母亲假药的人。这想法也太幼稚了些。可人家孩子有血仇未报，有些想法也情有可原。王叔和便悉心引导，教给万全从《神农本草经》学起，先让他平静下来再慢慢地给他阐述，单一去辨别假真人参、黄精是难以找出假药贩子的。万全一接触《本经》就被《本经》上的"七情和合"吸引住了：药有七情，有单行者，有相须者，有相使者，有相畏者，有相恶者，有相反者，有相杀者。凡此七情，合而视之，当用相须、相使者良，勿用相恶、相反……"

由"七情和合"引发对药的极大兴趣后，王叔和又教给万全有关药对配伍的知识，万全瞪大双眼，问王叔和："师父，这药对又是干什么的？"

王叔和说："医药配对是针对病疾者以病行药中，使药物阴阳平衡、经平为期、表里兼顾、虚实合参、升降相剩、正反相佐的用药技术。是治病医方中的组方。其组成法则为'一阴一阳''一腑一脏''一气一血''一寒一热''一升一降'。如半夏与夏枯草为对治疗失眠。为啥要用半夏对夏枯草呢？半夏得至阴之气而生，夏枯草得至阳之气而长，二者参合，调和肝胆，平衡阴阳，交融季节，顺应脏腑，此法叫引阳入阴而治失眠。"

万全没想到，郎中提笔所写的，药工随手而抓的简单方子里还蕴含有如此的奥妙，这藤草树皮根叶里也太神奇了，慢慢对药物的兴趣日益浓厚，心中要识药找假药贩子的冲动渐渐淡忘下来，最后留在了王叔和的杏邑堂，专司药物配伍，将《伤寒论》《金匮要略》中的一百四十七对药背得是滚瓜烂熟，成为王叔和的一位重要帮手。熟能生巧，万全练就了识药辨草的火眼金睛。有一次，库充到弋阳郡第一次进药回来，万全就分辨出库充所购药物中，有一半名贵之药都是全假或者掺假。打那以后，王叔和药堂只要进药，都是万全出马。再到后来，康泰、库充等人的药堂购药之事也必请万全了。

收庞夫为弟子，是王叔和到蕲地考察蕲艾时，半路遇险被庞夫所救，后来庞夫成为王叔和的得力助手。当年王叔和在襄阳时，楼公曾告诉他，吴头楚尾的蕲地之艾是所有艾蒿中的上上之品。在襄阳、洛阳，王叔和以艾蒿预防疾疫的重要发现，使他声名俱增。同毛瑄到蕲阳看龙舟时，还采回了不少蕲艾，一细究，王叔和还真的发现了蕲艾的不同之处。蕲艾与其他艾不同之处在于艾蒿的秆子上。仔细看，北艾、山艾、海艾、南阳艾的秆子都是圆的，而产于蕲（指今浠水、罗田、英山、黄梅、武穴以及安徽的宿松、太湖、巢湖、潜山等一带）地之蕲艾的秆子是菱形的。菱形的秆子在吸收阳光、雨水，特别是露水上就有很大的区别，以至蕲艾的香味浓厚，余香时间长，有穿墙透壁之神奇。与毛瑄回西阳后，王叔和就准备写《艾经》，后被毛瑄劝阻，先完成《脉经》再续《艾经》。

那天是五月端阳刚过，王叔和带着康泰到蕲地考察蕲艾。过蕲水河（今浠水河，时称蕲水）时竹筏人太多，一个浪来，王叔和与康泰都掉进了河里。那时的蕲水连着长江，浩浩渺渺，水深处几丈余。王叔和与康泰都是旱鸭子。落水后，康泰先被人救起，可怎么也找不着师父。康泰大哭不止地求着人们救师父。突然水中冒出一串泡泡，一个小伙子一个猛子扎入水中，不一会儿将王叔和救起，此人就是庞夫。

庞夫下水过猛，头撞在河里的石块上，碰得血淋淋的。庞夫将王叔和师徒带到他的家里。原来，庞夫是专门开火铺的（卖火种）火工，祖孙三代皆是。家里囤积的艾蒿大堆小码。这下可将王叔和乐坏了，在庞夫家一住就是十余天，对蕲艾的生长、采集、储存了解很透。王叔和也喜欢上了庞夫。其一，庞夫对蕲艾打交道长，正是他需要的人。其二，庞夫、庞夫，与前妻庞姝姓同名谐音，庞夫，就是庞姝了。可庞夫不想到西阳，那个地方庞夫曾经去过，太闭塞了。

强扭的瓜不甜，人家不愿意也强之不得，王叔和只好放弃。可回到西阳才十余天，庞夫就半夜三更敲开了王叔和的门。这是咋回事呢？原来，蕲水的一个地方恶棍将庞夫的未婚妻子奸污了。第二天，未婚妻又投水身亡。当时官府得了恶棍的好处，将他抓进大牢才几天又放回来了。庞夫便在一个深夜里将其杀死，逃到了西阳躲避官司。当时的蕲地归东吴管辖，庞夫逃到魏国的西阳，就算是安然无事了。王叔和当然是喜之不过，收下了庞夫，让他以艾为主，继续做他的老本行，当火工。从此，庞夫就在杏邑堂收集艾抽艾绒，制艾灸条。每当大旱、大涝发生后，就给各地送艾蒿，讲艾灸的防疫作用，成了王叔和用艾、宣传艾的功勋人物。在几次大疫流行时，庞夫的艾灸、艾汤、艾烟法为西阳人的除病防疾起了重要作用。王叔和此后撰著的《艾经》，庞夫功不可没。

第四十四章

太医携子　书坞拜师长
文楚散金　断指撼盗酋

"三岁启蒙,五岁脱稚",乃《礼记·劝学》中有关儿童教育的规章。不难看出古代儿童的启蒙教育与今天的儿童启蒙教育如出一辙,甚至更超前。脱稚,顾名思义,脱离稚气,懂事明理。

王叔和晚年得子,对儿子王槐的爱,自然是如山似海。儿子牙牙学语时,王叔和就开始教王槐识文断字。小王槐也十分聪颖,一识就会,且求知的欲望在不断攀升,到了六岁时,不仅能背诵许多诗文经章,而且勤思好问。王叔和白天忙于坐诊杏邑苑,晚上又忙于《脉论》的写作,对儿子的教育只能忙里偷闲挤时间。时间一长,王叔和深感这样教不利于儿子的学习,得迅速给儿子物色一位好老师。

请谁给儿子当老师呢?不用说,王叔和眼睛一闭,就想到了毛瑄。无论是学问,还是人格人品和交谊交情,给儿子做老师的非毛瑄莫属了。令王叔和没有想到的是,毛瑄断然拒绝,坚决推辞。其理由有二:其一,白杲宫离王叔和的家相隔太远,让王槐住在白杲宫,对王槐的照顾成长不利。其二,他毛瑄虽然是隐士,可不喜欢坐在宫里数脚丫子,好远游寻趣,经常十天半月不在家,岂能教好王槐。毛瑄在推辞的同时,立马给王叔和举荐了一个人。毛瑄说,此人给王槐当老师,胜过他毛瑄一百倍还不止。

此人是谁?姓童名禅,乃西阳人尽皆知的名士。童禅之所以有名气,是他不恋官苑恋书苑,三年前,辞去郡守幕僚之职,回到大山深处的西阳孝感坊,办了个教书育人的"孝感书坞"。说是书坞,实际上只有两个学生,一个是西阳富绅库盈的儿子,一个是西阳商贾卫丁的儿子。尽管如此,童禅仍然是津津乐道,乐此不疲。

选了个黄道吉日,王叔和带着儿子在毛瑄的引荐下,到孝感书坞拜师。

童禅作为西阳的名士,对王叔和的身世及为人当然不甚陌生。听了毛瑄的介绍,又看到王槐的聪明伶俐,童禅也不推辞,当即收下王槐为弟子。待王槐行了拜师大礼之后,童禅当着王叔和、毛瑄的面就问王槐:"王槐,你可知你叫王楒的'楒'字是为何意？"

小王楒一双眼眨巴眨巴地看了看父亲王叔和一眼，高声答道："回师尊，父亲尚未亲口告知弟子'楒'为何意。可弟子知晓'楒'之含意，'楒'乃树也，名曰相思树。"

"哦，你读过《集韵》？"童禅不无惊讶地问道。

王楒摇了摇头："弟子没有读过《集韵》。"

"那你怎知'楒'是相思树？"

"弟弟满月，父亲给他取名杭。娘亲向父亲打听我与弟弟之名有何妙意。父亲说，楒、杭皆树也。楒为相思树，乃纪念娘亲先祖之意。杭，为高大之树，左思《吴都赋》有'绵、杭、栌，高大、正赤，剥干之，煎沥以藏正果，使不烂败'之记载。听父亲解释，杏林贤哲扁鹊公曾给人疗疾称案杭。给弟弟取名杭，有寄喻他能承继岐黄术业之意。"

童禅十分满意地点了点头，边将王楒拉至身前，边疼爱地抚摸着他的头道："不错，不错，善记可佳。为师还告诉你，'楒'出自《集韵·七之》用木名，相思树也，亦通思。王楒，王楒，你父亲还另有含意，愿你勤思。切记！切记！"

受到老师的鼓赞，王楒小家伙很快腼腆全无，扑闪着双眼问童禅："老师，父亲前日教我读《诗》，其《风》中有'终风且暴，顾我则笑。笑憨笑憨，不厌乎'，可师尊这里的孝感书坞，也读笑（孝）憨（感），怎么字却不一样哪？弟子老是想不明白，又总在想。不知道，这算不算勤思、善思？"

王楒稚声一问，问得童禅、王叔和还有毛瑄是面面相觑。觑愣过后，最高兴的当然是王叔和了。从儿子的答问中，王叔和似乎看到了自己年少时的影子，当即向王楒招了招手："楒儿，为父前天不是给你讲过了吗！《邶风》中的笑，是因喜悦而溢之于颜面的流露。笑憨，是最真诚质朴的喜悦容颜嘛。"

"那，师尊这里的'孝感'是不是没有真诚质朴？"

"不是，不是……"王叔和被儿子的稚问问得结巴起来。

一旁的毛瑄笑得前仰后合，上前抱起王楒，给王叔和解围，说："贤侄，老师这里的孝嘛，是孝悌之孝。《孟子》曰：'申之以孝悌之义。'知道吗？"

王楒先是摇了摇头，马上又点了点头说："瑄伯，父亲没有教我《孟子》，可我想起来了，《诗》之《大雅》里有'孝子不匮，永锡尔类'之句。父亲释曰，善事父母的好孩子，当为大孝子。啊，我明白了，'笑'与'孝'，字声同，义不同。'笑'是脸，而'孝'是儿子。那'感'呢？'感'是不是比儿子还要诚实质朴，瑄伯？"

王楒贴着毛瑄的脸问，毛瑄瞬间也瞪大了眼睛，喉咙里的话打了几个滚，似乎觉得小家伙的提问有些牛头不对马嘴，只好一口咽了下去，快手快脚地将

298

王榿抱至童禅面前,笑道:"孝(笑)感(憨),笑(孝)憨(感),是儿子还是脸,唯师尊回答是瞻。"

童禅眉开眼笑地接过王榿,说:"王榿,这'感'嘛,当然要比儿子好得多。要不然,皇王爷会亲自下诏称孝感?"

小王榿的眼睛瞪得似铃铛:"哎呀,师尊的孝感书坞是京都皇王爷说的?"

"孝感书坞是老师借用之名,那孝感坊才是前朝皇王爷下的诏。"童禅指着书苑门前远处的那块高大石碑,问王榿,"想不想听孝感坊的故事?"

王榿小手拍得连连响:"想听,好想听!"

"好,那老师就给你讲呗。"

童禅所讲的前朝皇王爷,指的是东汉灵帝刘宏。刘宏是汉章帝刘煜的玄孙,于公元168年即位,始称建宁元年,在位二十一年,算起来是汉朝倒数第二个皇帝,继刘宏之位的是东汉最后一位皇帝汉献帝刘协。刘宏虽说生不逢时,无甚作为,在位期间,任宦官把持朝政,公开称张常侍、赵常侍为父母,致使宦官们公开标价卖官,吏治腐败至极,导致黄巾起义,天下大乱,但倒真的给时属江夏郡西陵县的麻城下过"孝感坊"的诏书。今日湖北之麻城市孝感乡的域名即由来于此,国史及地方志书皆有记载。

汉灵帝刘宏为啥要给穷乡僻壤的麻城下诏书呢?源起于"散金劝匪退,断指感盗酋"的故事。

故事中的孝子姓赵名咨,字文楚。赵文楚的祖籍是东郡燕县,辖地相当于今天的河南东北和山东的西北部。公元95年前后,东汉王朝已开始步入宦官专权、将军弄政的畸形急衰之辙,加上地震蝗虫旱涝之灾频发,中原沃野灾民遍地,饿殍成堆。难以生存的灾民汇成了规模浩大的南徙流民潮。赵文楚的祖父赵甲带着妻儿老小离开世居的燕赵之地,随着流民大军翻山越岭来到大别山,流亡于举水河边的西陵境内。

在一个狂风怒吼、暴雨倾盆的夜晚,无处栖身的赵甲一家被一户无儿无女的赵姓老两口收留了。从此,萍水相逢,远隔千山万水的两家人合为一家,赵甲视老两口若父母,带着一家人在举水河畔开荒拉纤,流血流汗地拓业创新不止。赵甲的儿子也就是赵咨的父亲赵畅,勤扒苦做之余,仍不忘读经研史。功夫不负有心人,耕读不辍的赵畅学业有成,经地方官举荐,被皇帝录用为五经博士,诏到京都长安做了京官。有担当有责任的人无论做什么皆有大成,赵畅的勤政谦俭很快得到了同僚及皇帝的一致好评,仅一年多时间就得到晋升加俸。就在赵畅在新的任上大显身手,施展宏图抱负的时候,意外发生了。有一天,身为太常侍从的赵畅到基层调研,因乘坐的马车坠入深谷而身亡。印证了"天有不测风云,人有旦夕祸福"的箴言。

噩耗传来，年仅十三岁的赵咨赵文楚赶赴长安，将父亲的灵柩运回西陵举水河畔安葬。从此，赵文楚稚嫩的肩膀扛起了持家主事、赡养母亲的重担。

也许是患难夫妻的恩爱根深蒂固，赵畅夫人鲍氏女对丈夫的思念与日俱增，每天以泪洗面，年余不止。时间一长，鲍夫人是眼泪哭干了还天天哭，哭到最后，双目无光，成了个瞎子。这不算什么难事，最难的事是鲍夫人的脾气性格超常人的怪异。因为长期的忧愁悲泣，使鲍夫人的精神受到严重影响。以今天的话说，鲍夫人是绝对的抑郁症，甚至是精神有些失常。这无疑给赵文楚的赡养带来了许多艰辛与麻烦。而赵文楚却无悔无怨，不厌不烦，每天以博得母亲的欢心为己任，对母亲的话无论正确与否，必信必听，从不打丝毫折扣。

有一天清晨，一群刚出畴的鸡在院子里叽叽喳喳，好不热闹，公鸡伸着脖子长啼不止，母鸡低头细语哼畅不休。鲍夫人躺在床上十分烦躁不安："文楚，文楚。"

刚给母亲请完安正往茅房走的赵文楚，急忙趔身一溜小跑来到母亲的床前，双手垂立，轻声细问："母亲大人，有何吩咐？"

"这院子里的鸡太吵太吵人了，快赶走，赶走。"

赵文楚二话没说，跑到院子里抄起一竹篙，左一篙右一篙地把一群鸡好不容易全部撵出了院子。

鸡撵走了，院子里很快清静了许多。可床上的鲍夫人又似乎觉得太寂寞，不舒服。恰好这时院子里一公一母两条狗又突然"汪汪汪"地叫个不停，那一呼一应之吠声，彼起此伏甚是欢畅。鲍夫人一听又烦了："文楚，文楚，这狗叫好讨厌，叫你把它赶走，你咋的没赶走？"

"回禀母亲，孩儿刚才是依母亲吩咐，赶走的是鸡。"

"哪个叫你赶鸡的呀，我最喜欢听的是鸡的叫声。快，快去把狗赶走，把鸡赶回来，娘要听鸡叫声，你听到了没有？！"

赵文楚没有半句分辩，跑到院子里又抄起长篙边赶狗，边拦鸡，赶得是鸡飞狗跳，自己弄出一身臭汗，过路的人惊讶不已。刚起床披着衣服来到院子里的鲍夫人嗅到儿子气喘喘、汗淅淅（鄂东方言，不停地流淌）和狗跳鸡飞的声影，情不自禁地笑个不停。看到母亲的笑容，赵文楚的心里似乎打翻了蜜罐，也开心地笑了起来。

还有一次，鲍夫人又哭哭啼啼地思念丈夫，哭着哭着，似乎想起了什么，连声呼唤赵文楚。

等儿子来到身前，鲍夫人没头没脑地冒出一句："快，快，文楚，你把娘亲送树上，娘在树上能看到你爹爹回来。"

赵文楚犹豫了片刻，立马扛起一架梯子，小心翼翼地将母亲好不容易扶上树，坐好系牢靠。坐在树上的鲍夫人又突然问道："文楚，这是院子东边，还是院子西边？"

"回娘亲，这是院子东边。"

鲍夫人立马脸一沉："谁叫你把我送到东边来的。我要到西边树上，到西边树上才能看到你爹的。"

把一个双目失明的人送到树上该多不容易。更何况，赵文楚在搬梯子之始就问过母亲，是上院子东边的树，还是上院子西边的树。鲍夫人回答的是东边的树。赵文楚并没有对母亲反复无常的言行举止做解释，更不会责怪烦怨，硬是费了九牛二虎之力将母亲从院子东边的树送上院子西边的树。将母亲系稳安固后，赵文楚自己也陪着母亲在树上待了整整一天。

光阴荏苒，日月如梭。随着时间的推移，赵文楚很快过了弱冠之年，弱冠一过，到了该成家娶媳妇的年月。赵家虽然是南徙流民，因原举水河畔赵氏两口子的原有积累和赵文楚祖父的拼命创业，加上父亲赵畅因公殉职后，朝廷的褒赏，赵文楚的家庭在西陵举水一带还算是个很富裕的家。闻知赵文楚尚未婚配，上门说媒提亲的络绎不绝。可赵文楚唯母命是从，只要母亲未点头应允的，他一概不予理睬。鲍夫人双眼漆黑，只能听不能看，上门给儿子提亲的，她完完全全凭听觉的好恶和与媒人的对话做评判，媒人来来往往没有一百也有九十九，可没有一个能如她意的。到了二十五岁，赵文楚还是光棍一条。这在一千几百年前，那可是个有些恐怖的苗头。赵文楚呢，丝毫也不着急，着急也没有用呀，母亲不同意，打一辈子单身，他也无怨无悔。

有一天晚上，鲍夫人做了一个梦，梦见自己掉进了粪坑，被一位女哑巴救起来了。鲍夫人问哑巴姓什么叫什么，家住哪里。哑巴当然不会说，用手指在鲍夫人的手掌上写了"秀秀秀"三个字，就含笑而去。

第二天早上，鲍夫人起床，把儿子喊至身边，将梦中之事一口气说完后拉着文楚的手，说道："儿呀，为娘梦中的救命恩人就是你的媳妇，你快找人到东西南北四方找寻姓秀或叫秀秀的女哑巴，或者是带秀秀地名之地方的女哑巴。找不到这样的人，文楚呀，你得打单身不是。"

在今人的潜意识里，梦中之事是无稽之谈，怎么偏要拿起棒槌认起针（真）来了呢？换句话说，就算梦想可成真，你堂堂赵大公子也不该去娶一个哑巴媳妇吧！

赵文楚的亲朋好友、乡邻故旧都劝他，其他事可以任凭母亲所言，可在婚姻大事上，不能一味地听凭母亲所指，该解释的一定要解释。假如出去寻找，找回的女哑巴是一个七老八十的老太婆，你也要娶作媳妇不可？

赵文楚一脸严肃地回答劝他的人，说："母命难违，天经地义。纵然所寻

301

之人七老八十，也非她莫娶，那皆是我文楚的姻情缘分，何须忧矣怨乎！"

也真是无巧不成趣，无字不成书。

赵文楚依据瞎眼母亲的指点，花钱请人四处打听，还真的找到了这样的一位女哑巴。

在三河口上游的猎头寨东麓（位于今天的安徽金寨境内）有个叫三秀山塘的庄子，庄子里有个姓屠的土财主，小女儿就叫屠秀秀，屠秀秀先天失聪，后天失语，年方十八，一年前嫁到了五里远的朱家寨。秀秀丈夫姓朱，也是一个先天哑巴。当地人说，姓屠的女儿嫁到朱家做媳妇，朱（猪）当然要倒霉。半年还不到，屠秀秀的丈夫朱哑巴上山狩猎，被两只老虎打了"牙祭"，屠秀秀自然而然地成了小寡妇。

一个要补锅，一个要锅补。不用说，鲍夫人听到真有叫秀秀的女哑巴，那种高兴是笑歪了嘴。母亲高兴，赵文楚更高兴，加上这个媳妇虽说是哑巴加寡妇，可毕竟才十八岁，比七老八十的老太婆不知要强多少倍。与秀秀合卺的那晚，赵文楚高兴得一夜没合眼。为啥？他听到东厢房里母亲一直有笑声不断。

屠秀秀除了有嘴不能说话，其他的啥都不比别人差。她心灵手巧，能做一手可口的饭菜，针线女红，样样精通，绣出的花朵鲍夫人用手一摸，就赞不绝口，乐不可支。屠秀秀的贤惠，也是哑巴谈恋爱——好得没法说，把鲍夫人照料得冷热有度，帖帖服服。赵文楚自从娶了屠秀秀，身上的担子特别是照料母亲的担子轻松了许多，这才有心思抽空读起书来。

赵文楚继承了父亲赵畅的所有优点，特别是在习经研史上，过目不忘，道悟极高，加上他的孝行孝善，声名远扬，誉满天下。公元158年，四十五岁的赵文楚经大司农陈奇举荐，成为"至孝有道，孝善双全"的典范，被汉桓帝诏至京城，授"五经博士，领五品俸薪"。

有其父必有其子。赵文楚同父亲赵畅一样，做人像人，做官像官，做事像事。面对当时的朝政腐败，官场龌龊，世风肮脏，赵文楚充耳不闻，视而不见。他一心归政，十分负责，百般守恒，千方谐和；不跟红，不让黑，不结帮，不拉派，不议人，不擅事，权不弄，钱不要，赃不贪，法不枉；低调做人，埋头做事；以勤补拙，以柔克刚。满朝文武，无论是忠，是奸，是善，是恶，是京官还是地方官，皆视其为友。仅四年光景，没有任何政治背景，没有倚仗任何权势的赵文楚官职由七品升至五品，俸薪由五品升到三品。这在权势联袂、军宦横行、正气衰败、政见没落的东汉末年，可以说，赵文楚成了官场的一朵奇葩。

公元163年九月晦日，皇帝刘志将赵文楚由太常侍郎升为太常正卿。诏书刚刚宣读完毕，令满朝文武大臣瞠目结舌的事发生了，赵文楚三言两语地谢完皇恩后，立马将辞职疏呈上。

为啥辞职呢？理由很简单，也很重要：母亲病了，他要回家侍奉母亲，以尽孝道。

汉桓帝捧着赵文楚的辞呈，似张飞穿针——大眼瞪小眼。愣乎了一会儿，刘志皇帝摇着头，发了话："准卿所奏，受职留俸。"

这受职留俸，前文已说过，就是官职已除，工资照发。

这一年，赵文楚刚好步入天命之年，整整五十岁。

赵文楚回到西陵举水河畔的家里，已是滴水成冰的隆冬之季。一进家门，赵文楚袍子一甩，尘未洗，水未沾，一脚跨进母亲的房里，跪在榻前，连声呼唤："娘，娘，我是咨儿，我回来了。"

此时的鲍夫人已是气息奄奄。耳听儿子呼唤，深陷的盲眼睁得溜圆，伸出干柴棒似的双手，将儿子从前摸到后，从头摸到脚，只摸得赵文楚是肝肠寸断，泪流满面。

"娘，你得的是啥病，咋瘦成这样？"赵文楚一边抹眼泪，一边贴着娘的耳朵问。

鲍夫人声如蚊嗡："儿呀，我啥病都没有。"

"我不信，我不信！没病不会是这个样子的。"赵文楚捧着母亲的脸又亲又看。看到哑巴妻子一步跨了进来，赵文楚指着母亲问秀秀："娘得的是什么病，她不说，你快说呀！"

屠秀秀嘴巴张着，可再多的话也说不出来。看着丈夫的一脸焦急，只好指指点点，比比画画。赵文楚这才明白过来，妻子是个哑巴，问也白搭。好在闻讯赶来的儿子赵松替娘亲解了围。赵松已有二十岁，长得牛高马大，是一位十分英俊魁梧的帅哥小伙子，双膝跪之于地，对赵文楚说道："爹，奶奶真的没病，我们请的医巫、郎中也都是这样说的。医巫还说，奶奶是在辟谷，可以成仙的。"

气若游丝的鲍夫人立马附和道："孙儿说得对，娘亲没有病，是要成，成，成仙的。"

赵文楚的母亲和儿子说的是大实话，鲍夫人要说病还真的没什么大病，只一条，不吃东西，说专业化的术语，叫没胃口，啥也不想吃，咽不下。郎中的开胃汤、健脾散、益气丸、保和丹吃了不少，吃了也白吃，毫无效果。人不吃东西，三天五天可以撑着，十天半月要死人的。可鲍夫人也算是奇迹，三个多月没吃过半粒米，除了瘦得骨头要出来皮不肯外，居然还能说话，你说稀奇不稀奇。

尽管赵文楚按照儿子的指点，找到那些曾上门给鲍夫人瞧过病的医巫、郎中仔细询问，证实母亲除了无食欲、没胃口之外，真的没有什么器质性病变证候。但他还是请了方圆几十里有名气的医巫给母亲复诊。可诊来诊去，医巫们除了说老人家快成仙之类的话外，啥也说不出来。一筹莫展的赵文楚万般无

303

奈,每天端着饭钵、汤罐给母亲喂。老太太闻到菜汤味,还勉强喝上一两口,可一闻到米味、面味,牙关紧咬,死也不开口。

转瞬开了春,鲍夫人仍然是外甥打灯笼——照舅(旧),见米饭不沾,见面食不闻。这天,赵文楚坐在母亲床前,给老太太喂水,突然鲍夫人鼻子一吸一吸地嗅个不停,一双盲眼四处睃扫,似乎在找什么。

"咨儿,你闻到没有,啥东西咋这么香呀!快去找呀,要是找到了,让娘尝尝。"赵文楚似蜂子蜇了屁股样,立马跳起来就往外跑,嗅着一股粮食烧焦的烟味找到了院子东边原堆禾垛树下的一处火灰堆里。从还冒着烟尘火星的草木灰堆里,赵文楚掏出了几穗被烧裂炸开的稻壳谷,焦煳的香味源于那些被烧成碳状的谷粒。

闻到儿子拿进屋的烧稻谷花的焦香味,鲍夫人似乎像打了支兴奋剂,精神亢奋地昂起了头,干柴棒似的身躯也挺了起来,双手颤抖着上摸下摸:"咨儿,咨儿,是什么东西呀?好香好香呀,娘要吃,娘要吃。"

几穗烧糊了的稻谷花很快吃完了,鲍老太太抹了抹嘴上的煳焦末,意欲未尽地舔着嘴唇说:"嗯,这东西好好吃,咨儿,你记住哈,娘每天就吃这东西。"

这叫什么,这叫世界之大,无奇不有。鲍老太太的嘴巴、舌头也真怪,不沾米,不尝荤腥,唯独对烧焦煳味的稻谷花有味觉。虽说是烧焦了的稻谷,毕竟是粮食嘛。赵文楚回家快三个月了,第一次看到母亲开口吃粮食,而且是主动要吃的,他比叫花子捡到金元宝还兴奋,一边抹着盈眶的喜泪,一边给儿子赵松招手:"松儿,再去找找看,看这烧稻穗花是怎么回事。"

是呀,此时此刻,也不是收割稻谷的季节,哪里来的稻穗呢?要解开这个谜,还得从一千九百多年前的鄂东人的农事耕种习惯说起。那个时代,农耕条件不用说还相对落后,特别是稻种之类的储存保管尤其复杂。为防稻种的虫鼠害及霉变,人们将要做种子的稻禾连穗晒干后堆成垛子,待来年耕种前,再翻出复晒除尽瘪谷稗子后下田。古人水稻也不像今人先下秧苗,再栽插,而是将整穗的稻谷放进田里。《齐民要术》对古人种植水稻的习俗均有如出一辙的记载:"南人种稻,以干穗堆垛留种……春至,翻垛复晒,去瘪稗带穗下田,以利除杂。"

赵文楚从火灰堆里翻出的稻穗,正是家里的佃农翻晒稻种时去除的瘪穗。瘪穗烧出的谷花母亲都喜欢吃,那整穗整穗的好稻种烧出的谷花,母亲岂不更喜欢吃。于是赵文楚让儿子找佃农拿出家里的好稻种,架起柴火给母亲烧谷种当饭。佃农说,春耕即到,烧稻种当饭吃,那用什么种田。赵文楚说,用钱四处购买稻种。种田人都清楚谷下种前买稻种,那可是要伤血本的。赵文楚吩咐家人,不论稻种有多贵,拆房卖田也要保证老夫人在接新谷前所用的当饭稻种。

就这样，赵文楚几乎花光了家里的多年积攒的家底，才保证母亲的烧谷穗当饭的所用。

人靠五谷所养，鲍老夫人自从吃烧稻穗谷种花以来，那身子骨一天比一天硬朗。听说吃了大半年的柴火烧稻穗谷种，花费了儿子大半生的积攒，老太太也心疼得不得了。不吃这烧稻谷花吧，别的东西她咽不下，再照这样吃下去，儿子就要成了穷光蛋。老夫人思来想去，就让儿媳秀秀试着在锅里烧爆谷花。这一试，还试出了名堂。秀秀挺能干，先将铁锅烧红，再将稻谷放下去炒几把，再喷些水盖上锅盖，爆出的谷花也有焦香味，老太太吃起来也津津有味。

带壳的谷爆成焦煳状味，母亲喜欢吃，那用去壳的稻米爆成米花行不行？赵文楚就让媳妇秀秀按爆谷花的办法，将带壳的谷换成去壳的米。鲍老夫人吃着去壳的爆米花也挺合胃口。打那以后，赵文楚夫妇就不断地研究改进母亲的食物。

有一天，秀秀按丈夫的意思，将米捣成粉子，拌上切碎的菜肴做成饼子，在铁锅里烤熟后，端给老夫人尝。鲍夫人吃了两口边皱眉头，边摇头："唉，不好吃，不好吃，没有那个味。"

"没有那个味，什么味呢？"一旁的赵文楚愣了一会儿，马上拿起另一个饼子丢进灶坊的火土膛里，待会儿饼子有股焦煳味后，掏出来送给母亲。鲍夫人咬了一口，额头上的皱纹立马舒坦了，边嚼边嚷："这东西好吃，像那稻穗谷花烧焦的味。哦，还这么大呀！咨儿，这东西叫什么来着？"

看到母亲吃得可口，赵文楚开心一笑："娘，这是秀秀发明的，叫，叫，叫火——烧——粑。"

"火——烧——粑？火烧粑好。咨儿、秀秀你两口子记住哈，娘以后就专门吃火烧粑。"

此后，二十年间，鲍老夫人吃的仍就是赵文楚夫妇专利食品，用米粉做成饼，先在锅里烤，后用炭火烧的火烧粑。

孝行、孝道，是中华民族独有的传统美德。早在三千年前的周朝，朝廷于每年的秋分日，祭寿星（老人星）。西汉自文帝刘桓开始，给年满七十岁的老人赐赠"鸠杖"以褒奖，并制定了有大善孝行者出仕为官，名曰举孝廉。元朝学者郭居敬编纂的《全相二十四孝诗选集》中，汉代的孝子占了十一个。《二十四孝》中许多孝子的故事在今人看来匪夷所思。如西汉山东孝子郭巨为使母亲吃饱饭，将自己三岁的儿子带到山上准备埋掉。南北朝时齐人庾黔娄，为照料生病的父亲，天天尝粪以悉病情。南朝人何炯为照料生病的父亲，自己久劳成疾，浑身浮肿，郎中要他喝猪蹄汤以补养，否则有性命之忧。何炯以母丧期间，吃肉属大不孝，拒绝食荤，最后虚脱而死去。赵文楚"赶狗撵鸡尽孝悌，娘亲

305

上树他搬梯，火烧谷种母当饭，唯母是从娶哑妻"之举，同样令人难以费解。

费解归费解，可人们仍口耳相传，以赵文楚为荣，不胜仰慕钦羡。特别是他"散金劝匪退，断指感盗酋"的故事，千秋不朽，万方皆知。

说的是赵文楚六十岁那年，西陵神龟山新来了一伙盗匪，为首的匪首原是可汗蛮夷的酋长，力大无穷，凶残至极。这一天深夜，蛮酋带着手下百余人高举松柴火把、刀枪剑戟，明目张胆地来到赵文楚居住的村庄抢钱抢粮。村民们惊慌失措，纷纷举家逃窜。赵文楚的母亲鲍老太太已年逾八旬，加上几天前拉肚子，无论怎么样是没办法出屋的。赵文楚让儿子、儿媳带着孙儿、孙女外出躲避，自己与妻子秀秀则守在母亲的床前。强盗们进村子的声响越来越大，看到母亲刚刚睡着，赵文楚便带着西陵郡守白天差人送来的朝廷给他受职留俸的半镒金子和家里的一罐酒，赶到村头的路口等候强盗。

杀气腾腾的蛮首看到赵文楚站在路中央，大吃一惊："你是何人，敢挡蛮爷的道，莫非你的脑袋不是肉长骨头撑的？"

赵文楚双手一拱，说道："好汉爷，我叫赵文楚，世居西陵，只因老母年迈八秩，又染疾尚未痊愈，眼下刚刚入睡。好汉爷们若进屋必有扰吵而惊吓老母，故而将白天郡守大人差人送给我的一年俸薪和自酿的一罐米酒，拿来面呈好汉。"赵文楚说完，将半镒金子和酒罐呈上。

强盗蛮首接过半镒金子，眼睛瞪得圆溜溜，嘴巴张得塞得进拳头。几口涎吞进肚子，蛮首鼻子一揉，问道："你咋知道蛮爷爱钱好酒？"

"古人云，饥寒起盗心，富贵生淫欲。蛮爷好汉若不是缺衣少钱，断不会上山做这等事。文楚只要老母不受惊吓，倾家资毫无吝惜，请好汉爷收金而退，我感恩不尽。"

蛮酋掂了掂手中的金镒，又嗅了嗅罐中的酒香，连甩了几把响指，说："好，看在你如此孝顺，耽护老母，蛮爷就不进村了，兄弟们撤返。"

"蛮爷且慢。"一旁的矮个子盗匪显然是个军师之类的角色，用手举起蛮酋刚递给他的金镒说道，"你赵文楚乃朝廷受职留俸之官，家中定有巨资盈富，居然只拿出半镒之财就想诓骗蛮爷不进屋搜寻。若想咱们不进屋，扰惊你的老母，你快快去把所有金镒都献给蛮爷，否则，我们必进屋搜寻不可！"

赵文楚双手连连揖点："这位好汉，我赵文楚绝无半句谎言戏语。除了这半镒金，家中只有几斛余粮，仅够接新谷而已，若好汉不信，我带好汉一人进屋悄悄搜查如何？只要不惊扰我母亲，余粮也全给你们。"

矮个子强盗鼻子一吭："一人藏得巧，百人千夫也难找。更何况你准备在先，又不许惊扰你的母亲，我们如何能找？"

赵文楚说："文楚指天为誓，若有半句谎言，雷打火烧，狼撕虎咬，我非命而亡，望乞蛮爷好汉，全文楚之孝道，只要不惊吓老母，我来生变牛变马以报好汉之恩。"

"好，你既然赌毒誓，发天地愿以尽孝道，我有一法可试你之孝心。"

"好汉请讲。"

"你将手指砍去一根，方可证明你所言之实和孝心之恒。"矮子强盗阴阴一笑，将手中的刀伸到赵文楚的面前，"真孝，假孝，就看这一刀。"

赵文楚接过刀，声若洪钟："只要不惊扰老母，这有何难。只是有个小请求与好汉打个商量。"

"说吧。"

"砍下一根手指，我恐怕今后照料老母多有不便。故愿砍下自己五根脚趾以换一根手指如何？"

说完，赵文楚将脚上鞋子一甩，伸到路边一块石头上，挥起手中的刀就往脚上砍去。

没想到一旁的矮子强盗一把抓住赵文楚手中的刀。大个子蛮首也飞身将赵文楚一把抱住："老兄，尔真至孝至善也。老蛮也有父母高堂，却在此做大逆不道之举，虽有无奈，但罪不可恕，羞杀人也！"

矮个子强盗将手中的刀一甩，"扑通"跪在赵文楚面前，泪水涟涟："赵大哥，我家贫如洗，高堂老母亦近八十，食不果腹，衣不遮体，我遂与邻友密谋，要与其上山为匪。偶被老母听到，她苦苦哀告，要我不可造次。而我却以给她吃饱饭、穿暖衣为由，充耳不听娘亲之劝，断然上门参与打家劫舍，侵扰贤良，与你薄财轻命，孝母垂善之举相比，猪狗不如，猪狗不如呀！"

那一百多随从，见二位大王幡然悔悟，痛苦流泪，也一齐匍匐在地，忏悔不止，异口同声要二位大王带他们向官府自首，求宽恕好回家做良善之民，孝善父母。

就这样，蛮酋与矮个子强盗当晚领着一百余山匪到西陵县署投案自首。从此，西陵匪盗销声匿迹。汉灵帝刘宏看了西陵县的奏报后，深为赵文楚的至孝感动匪盗而欣喜，当即诏告天下，赐西陵为孝感坊，以广扬孝可治国，孝可化人。

小王棯才六岁，对赵文楚至孝至善的故事，肯定有很多似懂非懂、不知所云之处。但他毕竟三岁就开始接受儒学的启蒙，童禅的故事一讲完，他就自言自语地冒出一句话："高山仰止，景行行止。老师，我要是遇上山匪强盗，也会砍下五个脚趾，让今朝皇王爷给老师的孝感书坞下道诏书。"

童禅为之一怔，马上将王棯抱在怀里，语重心长地说道："王棯，孝行孝感，不砍手指、脚趾才是最好。孝的根本就是仁。何为仁？圣人曰：克己复礼为仁。

何为礼？礼者，做人做学问的道理，非学不可。现在老师收你为弟子，你认真刻苦学习，应该是对父母、老师最大的孝、最好的善，记住了吗？"

王樌瞪大了眼睛，重重地点了点头。

一旁的王叔和也如释重负地点了点头，心里的一块石头落地了。把儿子交给童禅这样的老师，他当然是一百二十个放心。不仅如此，第二年，次子王杬一过四岁，王叔和也将他送到孝感书坞。

第四十五章

厍充赤亭　开馆初试手
疯汉求医　三不堂开业

赤亭，就是今天的湖北麻城市的歧亭镇，是王叔和入西阳所收的第一个弟子厍充的老家。厍充跟着王叔和五年有余，虽谈不上已将师父的医技医术尽揽入怀，可这孩子聪明灵巧，极有个性，又悟性高深，对行医之人必不可缺的精诚之道、精湛之术、精心之要恪于心扉，有独当一面的能力。当厍充提出想回赤亭开医馆，王叔和毫无犹豫地答应了。按照原招收弟子之告贴所言，王叔和当即置办了三担药材做贺礼。厍充赤亭医馆开张的那天，王叔和亲自带人挑着三担药材上门庆贺。徒弟开张，师父送药当贺礼，这可是前所未有的事。人们争相传告，来看热闹的人特别多。就在人们嬉嬉闹闹的时候，人群中一男一女争吵起来，先是小声吵，然后是大声闹，闹到最后，动起手来。男的挥拳就打，边打边吼："老子打死你这个不守妇道的东西！"而女的只顾掩面而哭，任凭男人挥打。

这是西阳第一富绅厍盈亲侄儿的医馆开业大喜之日，居然有人不识体面，在此打闹，管治安的帮办上前劝阻。王叔和也赶来询问。那男的说："我这婆娘说她有病，听说厍公子医馆举业开张，我带她来求诊，她居然又说自己没病，现在要回去。你说该打不该打！"

王叔和说："有病就得瞧，这位娘子，病在你身上，又不瞧，可是你的不对呀！"

那女的先是只顾哭，手也不离开脸，经王叔和一番和声细雨般的劝说，猛地放下双手，冲王叔和鞠躬行礼说："郎中大哥，我这病，我这病，真的说不出口呀！"

"郎中只管瞧病断疾，没有男女之别，再说不出口的病，郎中也得听。"王叔和说到这里，示意那男子将女的带到医馆后堂。一番细问，那女的才红着脸指了指下身说是月事没有来，已经有三个多月了，而丈夫外出打短工半年才归。丈夫以为她在家有不轨之举而怀上了别人的种，女的有口难辩，最令她难以启齿的是最近下身瘙痒难忍，丈夫回家后，她天天缠着丈夫与她行房才稍有缓解。一天两天不行房事，就瘙痒加剧，这样一来，更加引起了丈夫的怀疑。女子说完又"呜呜呜"地哭个不停。

王叔和给那女子按了脉后，又看了她的眼睑和舌苔，心里有数，遂对库充说："徒儿可想给她诊断诊断？"

库充当然知道师父试探他的底细，便伸手给那女子按了寸口、跌阳后，对王叔和说："师父，此人没有阴搏阳别之象，寸关也无滑疾不散之搏，毫无血旺成胎之娠。徒儿断定不是妊娠之候也。"

"那依你之断，乃为何疾？"

库充遂又按了那女子脉寸，看了她的面色舌苔，询问了女子的生活习惯及生理状况之后，十分肯定地说道："师父，库充断其疾在下。按其脉，沉迟涩，病不在五脏六腑，而在下身之内，似有外侵之扰，吸血之物也。"

王叔和满意地点了点头，对库充说："徒儿可将女子带入前堂当大众之面，道出其疾之实，还女子一个清白。"

库充将女子和其丈夫引至医馆前堂，向一堂之众，说明了此女子不是有妊娠，而是有吸血之物隐于其下身。众人无不惊奇，有人喊了声："哪有吸血之物隐于女人的那种地方？库郎中要是真的高明，将她下身之物弄出来，我们就真的服了你，你就是咱赤亭的神医也！"一堂人随声附和："给她弄出来，让我们开开眼界！"

这下可把库充弄了个大红脸，他看着师父，想讨个主意。可王叔和偏偏装着没看到，一声不吭。库充没办法，只好到后堂找刚新婚不久的妻子，求她帮忙。库充妻子姓梅叫梅凤，梅凤将那女子带入后室，让其褪去衣裤，看了那女子的私密之处后对丈夫耳语了一番。

库充一咬牙，思忖了一会儿，有了主意。让妻子找来一碗热米饭，掐成长形，又现宰了一只鸡，将那热饭条浸上鸡血，让妻子塞入那女子的下体。不大一会儿抽出鸡血饭条，天啦，那上面密密麻麻的全是虾丁般大小的水蛭。梅凤反复抽检了几次，直至没有小水蛭方止。当库充端出那活鲜鲜的水蛭满心欢喜准备拿到前堂时，王叔和按住了库充问了声："徒儿，可知这小水蛭从何而来？难道这女子下体先天即长此物？"

库充脸红了一阵子，说道："徒儿鲁莽，必是有大蛭入内所产也。"

王叔和点了点头又问道："那大水蛭又为何不出呢？"

库充想了想，一拍脑瓜子说："我知道了，师父。那大水蛭吸过人血，没有吸过鸡血。而小水蛭一开始吸的就是鸡血，故而闻鸡血而出。要使这大水蛭出来，当以人血诱之。"库充于是重新做了个热饭条，然后刺破自己的中指，热血迅速浸透了饭条，此次一试，不一会儿，一条又黑又壮的大水蛭被扯了出来。一堂之人看了那活呦呦的大水蛭，先是张大嘴巴，瞪大了眼睛，此后是掌声如雷，将库充抬了起来，抛向空中。库充的赤亭医馆不用说是红极一边天。

库充自打开张那件事的启发，遂让妻子梅凤也拜王叔和学医，专理妇人之科。这也恐怕是西阳最早的女性行医者，也可以说是王叔和唯一的一位女弟子。

弟子库充赤亭医馆开业的大顺大吉、人气旺盛，令王叔和高兴不已。眼下他的杏邑堂经过半年多的建造，业已完工，开业在即。想到又有一处施医济术、福祉乡邻的场所，王叔和心里美滋滋的。杏邑堂怎么开才能聚人气？王叔和特此请毛瑄给出主意。毛瑄一番沉思后仰面问道："贤弟，你真的要俺给医堂定盘子？"

王叔和一本正经地说："愚弟几时有过戏言？兄长，你别卖关子了，你的话就是诏书圣言，快说，有啥子主意？"

"改名，不叫杏邑堂如何？"

"不叫杏邑堂，那叫啥子堂。这杏邑堂好像也是兄长的杰作吧。"

"那叫此一时，彼一时。"毛瑄无不得意地甩了个响指说道，"改杏邑堂为三不堂，既张扬了贤弟的医道仁心，又给人一种神奇神秘。三不堂是哪'三不'？初闻者必生奇疑，当刨根问底。这样，老弟的'不可取大利、不可生妄心，不可分贫富'的术业准则就会家晓户喻，人尽皆知。况且，这三不堂的声名一叫响，对今后的弟子分道从业也是一种莫大的警示。"

毛瑄之言令王叔和茅塞顿开，当然是唯命是从。毛瑄又找西阳名流、王楒的恩师童禅讨了"三不堂"字额。

说到这里，当说几句闲话。王叔和给人治病，到底收不收钱？回答是肯定的，当然要收钱，不收钱，他王叔和吃什么。可该收的收，不该收的他坚决不收。"不可取大利，不可生妄心，不可分贫富"是王叔和收弟子的一项准则。不可取大利，是说治病救人时，可以收取利润，但不可贪心，起黑心。用今天的话说，就是不可以漫天要价，一锄头挖个井，收昧心钱。不可生妄心，是指治病救人，你有多大本事，就用多大的力，没有本事，治不了的病，你千万不能抱侥幸的心态去硬拼，或者将病人当试验品而逞一己之能，将病人的小病治成了不治之症，断送了求医者的性命。这一点，王叔和在《脉经》序言里讲得十分清白。不可分贫富，是指从医者眼中，一定要只有病人，不可分贫富贵贱。至今，不少中医堂里都贴有这样一副对联：药有君臣千般窍；医无贫富两样心。这也许就是古代精诚大医者能名垂千古的基本法则。王叔和恪守的就是这种法则。

三不堂开业第二天，来了一位年轻汉子，他上身穿一件絮花花露在外面的破棉袄，上面还勒了两道草绳子，下身穿一条破烂的裤衩，套着烧缺了半只裤腿的大棉裤。这下可像磁石一样将人们的眼光都吸引到他的身上。这是为啥？

时下正是火热之季，人们穿短衫还热汗直冒。王叔和一看，心里咯噔一下。为什么？久经世面的王叔和知道，这一定是一位疑难怪病的患者。果不其然，那汉子说，这两三个月以来，他的鼻子奇痒无比，痒到难受之时，他拿刀子要将鼻子割下来，被妻子拉住才没有割掉鼻子。闻不出香臭，无所谓，最要紧的是人特别怕冷。这不是，大家都看到了，穿了棉衣、棉裤还想烤火。他找了好些郎中，都不理睬他，说他是疯子，三伏盛夏穿棉裤，哪有什么鬼病缠身，一定是神经有毛病。万般无奈之下，他准备一死了之。有人告诉他，京城来的王郎中，医术高明，开了个三不堂，到那里去看看，兴许有救。年轻汉子这才找到三不堂。

王叔和小心翼翼地看了那汉子的鼻子，按了他的寸口脉，又觉得不放心，对他的人迎处也把按了良久，脉象为寸口静，人迎燥，乃伤寒引起的阳属痈疽。此症皆火毒所至，经络阻隔，气血凝滞，外因皆是六淫八风所催，鼻子里一定有东西堵塞。王叔和让那汉子朝外用劲吭气，吭出的气有一股腥臭夹血丝。王叔和思考良久，对那汉子说："你鼻子里长有一颗豆子大小的痈疖，你怕寒怕冷、奇痒难忍的病根都在这个东西上。当年在襄阳，我师父楼公给一位将军治过此症。"

那汉子一听能治，扑通一下跪在地下，头磕得"咚咚咚"响。王叔和将汉子扶起来说道："俺还没有给你治，你不要忙着磕头。治这个东西，有一个条件，你必须忍得住疼痛，且不是一般的苦痛，是特别特别的痛苦，否则就不要去试，而听天由命。"

那汉子问，要痛多久。王叔和告诉他，最少得一天一夜左右。那汉子一跺脚，痛无非是个死，不治更难受。一口答应下来："给我治吧！"

王叔和当即吩咐庞夫赶紧准备一百斤左右上等薪艾。又在三不堂外找了一间放杂物的小房子，在地下挖了个半尺左右的土坑。将小房子四周钻一圈不大不小的孔数十个，然后将那汉子锁进小房子之中，叮嘱他不管怎样难受一定不要用头撞于墙，只能将头钻进土里。小房子四壁，王叔和又每处安排一个人一齐燃烧薪艾。刹那间，房子的四周艾烟一齐通过气孔进入小房子内。两个时辰左右，小房子内皆是艾烟浓罩。那汉子先在里面是大呼小叫，后来是狂喊狂跳了个把时辰后，悄无声息。此时那些薪艾蒿已经烧去了一半以上，王叔和挥手让庞夫继续燃烧薪艾，直到一百斤左右的干艾全烧光了，王叔和又让等了半个时辰，才令人将门锁打开，进屋一看，浓浓艾烟弥漫得看不见人，再看那汉子，周身冒出的汗如水洗一般，身上脱得一丝不挂，头埋在那个小土坑里。王叔和让人将那汉子扶起来，只见那汉子鼻孔被艾烟呛得鲜血淋漓。王叔和亲自在坑里掏了半天，掏出一个黄豆大小的肉瘤，连声叫好。王叔和告诉那汉子，说："你的毒瘤终于全部脱落了，俺用艾烟熏你，主要是祛除你身上的寒邪，以助元阳之气复升。你受不了烟熏必然钻进土坑,嗅土中的土气来缓解艾烟,正好促使毒瘤迅疾脱落。如此疗法,虽然残酷,但非此法不能根治毒瘤也。"

大千世界无奇不有,芸芸众生无病不生。

王叔和的三不堂开业后还真的接待了许多稀奇古怪的病人。其中,有一样的病人特别多,那就是嘴巴被不知名的毒物所伤,肿得鼻孔都被堵住了。而且这类的病人多半是老人、妇女和小孩。有两个小孩被不知名的毒物咬伤后,因没有来得及救治,活生生地痛死了。太医出身的王叔和陷入了沉思。这是种什么样的毒物,为啥总是咬人的嘴巴人还不知道呢?此根源不弄明白,受害者稀里糊涂地受痛,为医莫名其妙地施术,岂不荒唐透顶吗?于是,王叔和叮嘱康泰等弟子今后凡遇到这类病人,一定要打破砂锅问到底,弄个清楚明白。

这天,王叔和刚到三不堂,就来了位病人,大呼小叫。那人嘴巴肿得像馒头,手一碰,撕心裂肺地直叫唤。不用说,这又是一个无知受害者。明明是毒虫所咬引起的中毒,可那个人就是说不出个子丑寅卯,被何物所咬。王叔和纳闷:年长者或年幼者说不出所有原尚情有可原。可眼下的病人是位牛高马大的男子汉,咋也一无所知呢?遂问道:"这位兄弟,你嘴巴肿得这么大,却不知何物所伤,如何对症下药?"

那汉子叹了声气,有气无力地说道:"唉,真是败时败到家了。我只到灶膛口用吹火筒吹了一下火,稍后嘴巴就火辣辣的痛。前几日,眼睛像蒙了布,啥子看不见,真不知是何方怪物咬的啊!"

王叔和这才发现,那汉子双眼医瘴(类似今天的白内障),他因为嘴巴太肿,完全没有注意到眼睛上的变化。

王叔和细问得知,那汉子的家就在河边,离此不甚远。便让其引路来到汉子家里,一进其灶膛口,地下一条大蜈蚣被踩成了扁扁货。不用说,那汉子是被蜈蚣咬后,蜈蚣掉于地下被汉子无意间踩死,只是他眼睛不好,没有发现地下的蜈蚣而已。

蜈蚣怎么咬了人的嘴巴还尚不知情呢?给汉子施药后,王叔和跑到自己的灶门口拿起吹火筒反复琢磨起来。

吹火筒是个啥玩意儿?顾名思义,是农家烧柴火时用来吹火用的。20世纪八九十年代,鄂东农家烧柴火稻草的灶门口,必放有一吹火筒。当灶膛内的柴火堆积没有明火升燃之时,烧火者会用吹火筒吹上几口气,顷刻间会烟消火起,今天的吹火筒是用淡竹(亦称丛竹)做成的。里面的竹节全被捅穿,唯出风口的竹节上钻一小孔,用者稍事用力,即有风气传出。而王叔和当时所看到的吹火筒不是这样的。它是用一根一节稍长的竹子做成的,两端都平口平直,使用时,吹风者是要花费力气的。

王叔和拿起吹火筒上看下看，百思不得其解时，弟子万全来说，又有一个被咬了嘴巴的小孩被父母抱来救治。王叔和从哭哭啼啼的小孩口中，得知他是在灶门口吹火玩时，没想到吹火筒里有一只毒蝎藏在出风口，他刚拿起吹火筒往嘴里送，那只毒蝎就顺着筒子倒在他的嘴巴上，被咬了一口。

　　啊，原来是这样。王叔和再到自己的灶膛口拿起火筒左右细看，再留意灶门口的位置，心里明白了。原来，放吹火筒的位置，一般人都将其平放置于灶门口，竖起时，容易带灰倒进嘴里，而平放时，蜈蚣、毒蝎之类就会钻进出风口，吹火者稍不注意，加之灶门口多是黑暗之地，极容易被毒物所伤。

　　西阳人被毒物所伤的祸根找到了。王叔和不用说是高兴万分。可高兴之余，他又皱起了眉头：除恶必当务尽，怎样根除这个祸根呢？连续几天，王叔和是吹火筒不离身，一有空就揣摸那玩意儿的改进。

　　眼下小满节已过，正是采竹叶、剥竹茹、刮竹青、烧竹炭的最佳时期。弟子万全带着几名伙计砍回了大批淡竹，分门别类地炙制竹类药材。看看制药的淡竹，再看看手中用楠竹稍杆制成的吹火筒，王叔和眼前一亮：用淡竹改做吹火筒岂不比这手中的吹火筒要轻巧灵便安全省力得多！于是王叔和亲自操刀选择一根均匀杆直的淡竹，采用烧穿竹节留小孔吹口留半寸筒的样式筒，一经试用，那轻巧省力的效果令人拍案叫绝。

　　那漫山遍野的淡竹取之不尽。王叔和让万全制成了大堆小码的吹火筒，凡进三不堂者一人送一根，另外给左邻右舍的带两根。不到几个月，西阳人家家户户用上了新玩意儿，蜈蚣、毒蝎咬人嘴巴的事从此绝迹。

　　至今，被收入《中国谚语歇后语集成》里，就有一句加注为"鄂东地区的歇后语：开药铺的送吹火筒———一举二用"。

第四十六章

郡守爱子　习武成兵狂
太医诊脉　奇招治心疯

春天来了，草儿绿了，花儿开了，鸟儿笑了，小溪欢畅了。王叔和屋后的竹林里东一根西一根地冒出了笋尖尖。

妻子韩娣又怀上了，嚷着要吃鲜笋子炒酸菜。竹笋是大发之物，娠妇是不宜多吃的。王叔和知道，已露出尖尖见了阳光的笋子发性最重，只有尚未见阳光的笋子发性小多了，才适宜娠妇吃一点。几天前，王叔和弄了几个破旧陶制大罐子，在后山的一处茂盛的竹林里，挖去浮土，将破旧陶罐罩在地下的笋尖上，再在破旧陶罐上压上石头，让笋子在破旧陶罐里生长。

清晨，王叔和操了个藤筐，要去检验检验破陶罐里的笋子如何。刚放下藤筐，竹林里突然冲出几个人来，一块黑布往王叔和头上一罩，两个身强力壮的汉子扛起王叔和就跑。守候在路边的人马上接应，拉起一匹快马，将王叔和往马背上一放，绳子三下五除二地绑好了，鞭子一扬，快马放开四蹄，一阵风似的冲出竹林，瞬间消失得无影无踪。

不用说，王叔和遇上了山匪强盗。因这西阳大山深处，占山为王的匪徒就像菜园地里的韭菜，割了一茬又一茬，总也除不净。那么，这匪徒绑架王叔和干什么呢？王叔和也不是富绅豪门，更谈不上万贯家财。其实呀，这绑架王叔和的还真不是什么山匪强盗，而是弋阳郡守的手下军士。

声威赫赫、堂堂正正的朝廷军士，怎么干起了山匪强盗的勾当呢？这事说起来令人费解，是弋阳郡守下的令。

弋阳郡守姓邓名厚，先祖是陇西太守邓融。祖父是京兆尹邓兆。父亲邓却担任过曹丕的都督。邓家也算得上陇西的名门望族。邓厚三十岁做淮西郡守，在淮西任上一干就是十五年。五年前，因淮西军粮库被东吴偷袭所烧，官职没丢，仅挪了个位置，调到比淮西偏远的弋阳郡。邓厚官场得意，可是也有一块心病难去。啥心病呢？儿子的病呗。

邓厚郡守的儿子叫邓隘。小伙子长得是高大帅气，一表人才。邓隘曾经是陇西的神童，八岁通兵书战策，十几岁就大言不惭要做当世的孙武、未来的诸葛亮。五年前，淮西军粮库被吴军所烧的前几天，邓隘曾经随父亲邓厚巡视过军粮库。还曾断言，此库固若金汤，万无一失。没想到三天后，五十万担军粮被东吴大军的一把火烧成灰烬。打那天起，邓隘就开始恍恍忽忽，说话颠三倒四。到了弋阳后，邓隘的病时好时坏，发作起来，吼声震天，砸东摔西，怒骂诸葛氏一家不是好东西。吼骂过后就开始痛哭流涕，哭泣一阵后，捧起兵书战策朗声高读，读到口干舌燥、声音嘶哑为止。看到儿子疯疯癫癫，喜怒无常，邓郡守是心如锤捣，身似刀割。遍请名医高手，想尽千方百计，最后似一个饥饿之汉不择手段了，什么乡医、土医、巫医，邪的、歪的、正的都用上了。前些天，其手下找来一位相麻之士。相麻之士看了邓隘的面相和手相之后，给邓厚灌了一阵子迷魂汤，说是公子之疾可救可治。治这病的郎中是位神医，神医姓王，家住山南西阳。说到最后，相麻之士撂下一句令邓郡守瞪眼圆睛的话：此神医可抢不可请。为啥呢？相麻之士又丢下一句"怪病怪法治，抢医去心疯"就扬长而去。也是病急乱投医，邓厚思考再三，不得不选派五名贴心贴肺的手下悄悄进入西阳深山。五名军士在西阳寻访了几天，得知还真有个姓王的郎中，诊断如神。于是暗地里跟着王叔和，伺机下手。叔和到后山看竹笋，正好神不知鬼不觉地被军士绑缚于马上。

快马驮着王叔和一路狂奔，可怜的王叔和浑身的骨头被颠散了架。到了弋阳郡城，军士才将王叔和身上的绳索取掉，头罩布取下，让人扶着坐于马上直奔郡衙。看到"弋阳郡"三个字，王叔和才明白他是被郡守的手下绑了票。堂堂郡守为何要用这下三烂的办法呢？王叔和百思不得其解。既来之，则安之。王叔和伸了伸酸胀不已的身子，被军士带到郡衙中堂，随着军士"王神医到此"的一声高喝，郡守邓厚满脸堆笑，屁颠屁颠地迎了上来："用这种办法请神医，实仍万般无奈，请王神医宽宥本郡唐突之举，其所受磨折，定当以谢酬三倍奉上。"邓厚接着也不拐弯抹角，把儿子几年前失心疯，多方医治无效，经一麻相术士指点，要他到山南西阳抢王神医之经过和盘托出。说完，邓厚点头如同鸡啄米，连连乞求王叔和原谅。

王叔和听了郡守的一番话真有些哭笑不得。可作为良医，治病救人是天职，也就不计较郡守的荒唐之举了，便催着郡守要看病人。郡守的内管说，邓公子天天哭过、骂过、吼过，读完兵书战策后，人就累得似散了架的鸭子，倒床便睡上一觉。一觉醒来，又重复着骂、吼、读加睡觉。眼下，刚刚睡着。王叔和便催着内管带路，来到邓公子的床前，邓公子和衣而卧，一副安详之相，睡得很香，不时有小小的鼾声起伏。

王叔和挥手示意屋里人不可出声，将手搭在邓公子的寸口上，屏住呼吸，诊断良久后，又在邓公子的人迎、跌阳等三部处诊判了老半天。不由皱起了眉头，心里立马打了个大大的问号，邓公子没有疯，是在装疯。从邓公子的卧房里出来，王叔和随声问了几句，原请来的各方名医，给邓公子把脉没有。邓郡守叹了声气，说道："请来的各方医家，都没有给儿子把脉，因儿子不让他们近身呀！王神医今日纯是个例外，这小子睡着了，神医方有近身之机。怎么样，王神医，儿子还有救吗？麻相术士说，只有你可以治儿子的病呀。"

王叔和尽管把脉后，得出邓公子是在装疯。可他为什么要装疯呢？装了一年两年，尚可说得过去，装了五六年之久，这也太有些玄乎了。这些情况不弄清楚，王叔和断然是不会说出真相来，便随口说了一句搪塞的话："邓公子吉人自有天相，待我多观察些时日，方有定论。"

紧接着，王叔和让郡守将他领到邓公子的书房内，只见一屋子堆满了写有兵书战策的竹简、木简和纸书。看来，小伙子研究兵书战策，还真的不是徒有虚名。在杂七杂八的兵书战策中，王叔和发现了一张用蔡侯纸写的字，字迹清秀有力，满满的纸上全都一个字：晦。这"晦"字又代表什么意思呢？"晦"字，代表阴历每个月的最后一天。如此说来，邓公子纠结于这个"晦"字，肯定有原因的。回到郡守客堂，王叔和仍然不动声色，同郡守聊天，东扯西拉地说了一番闲话后，巧妙地转到了正题上："郡守大人，要治公子心疯之病，说难也难，说容易也容易。不过，王某想听听公子得病前的真情实况。公子的病是不是与'晦'字有关？"

王叔和单刀直入一问，邓郡守先是老半天不吭声，低头沉吟了一会儿，头一扬："唉，真是家门不幸，儿子的起病还真的与这个'晦'字有关。既然神医问之，本郡也不隐瞒。"接着，邓郡守似竹筒里倒绿豆，一口气把儿子起病的前因说了个痛快。

那天，邓厚带着儿子到军粮库巡视时，守库的统制官告诉邓厚，这些天来，东吴常有小股探子总在想接近粮库，皆被他们击退。统制官说到最后，请求邓郡守立马增加防守力量，同时给现在守库军士添加棉衣棉裤，因眼下天寒地冻，巡夜军士衣裤单薄，难以抵挡风寒。不等邓厚说话，邓隘立马趾高气扬地训斥统制官："尔等想加拨棉衣棉裤，居然还编造理由糊弄长官。俺父帅你可糊弄，可本公子你可糊弄不了。要知道俺八岁就通晓兵书战策，这排兵布阵，偷营袭帐之事，兵圣贤哲皆有定论。今天是二十七，再过两日，就是晦日。晦日无月光，是圣贤用兵之大忌。兵书云：晦日出兵，不吉，闭营养晦也。这几天，你们可放心大胆地养晦。吴军频频骚扰，那是诸葛恪使用的疲军劳师之计，一笑了之，一笑了之。"郡守的公子发了话，而且又是年少的军事天才。粮库守备统制自然是顺着杆子爬，一番恭维送走了郡守父子后，完全放松了戒备。令邓隘邓军事天才没有想到的是，偏偏在那个月黑风高的晦日，吴军三千人马偷袭了粮库，仅几个时辰，就将邓厚精心积累了两年多的五十万担军粮变成了一堆灰。邓隘闻信，目瞪口呆，一言不发，此后，就发生了失心疯的举止。

王叔和正与郡守在说话，内管一阵风似的跑了进来，说是公子醒了，到书房看到有人翻过他的书，怒火中烧，正在那里大骂不止。

王叔和示意郡守别说话，轻脚快步地来到公子书房。邓公子双手叉腰，横眉怒目地骂道："诸葛亮、诸葛瑾、诸葛恪、诸葛诞，你们这些狗东西，敢翻本公子的兵书战策，真是活得不耐烦了。看本公子用三十六计将你们生擒活捉，剥皮抽筋，方解心中之恨！"

"邓公子可不要冤枉诸葛一家子了，你的书房适才是俺来过的，要骂，你就骂俺吧！"

邓公子一听到生人说话，立马横眼扫了过来，眼神里全是警惕："你是谁，敢与本公子说话？"

王叔和淡淡一笑："俺姓王，是被你父亲抢来的王神医，专门给你诊治失心疯的。"

"什么？你是来给我治病的王神医？你会排兵布阵，会三十六计吗？"

王叔和脸上仍然挂着笑："略知一二。"

"既知三十六计，本公子问你，何为以少胜多，以弱胜强？何为佯败之战？若说不出个子丑寅卯，本公子打折你的狗腿！"

"周与商的牧野之战，三千虎贲军打败十万商纣大军，算不算以少胜多？曹刿论战，齐强鲁弱的长勺之战；孙膑一万胜庞涓十万的马陵之战，围魏救赵的桂陵之战；韩信两万胜二十万的破赵之战；武帝于官渡两万胜袁绍十万的官渡之战；建安十三年，孙、刘联军五万破武帝二十万的赤壁之战，还有吴蜀夷陵之战算不算以少胜多，以弱胜强？"

王叔和不慌不忙，不卑不亢，一口气列举了历史上八大以少胜多的战例，令邓公子眼前一亮，不得不刮目相看了。说话的口气似乎也软乎多了，但仍然保持着警惕，说话故意颠三倒四："王神医还真的名不虚传，用三十六计治病数了这么多的病例，还有远在天边近在眼前的大别山一次以少胜多、以弱胜强的病例怎么倒忘记了呢？"

王叔和一边笑一边摆手："公子所说，是指发生在大别山的举柏之战吧。那不值得一提，不值一提。"

"咋的不值一提？楚国强大，不可一世，吴国刚刚崛起，又远隔数千里，其结果吴国以三万之师打败楚国二十万大军，又以五千前锋，直捣楚国首府郢都，把楚王赶得四处逃窜，惶惶不可终日，是正儿八经的以少胜多、以弱胜强之战例。"

"公子别误会。"王叔和有意地往邓公子身旁靠近了一些,"俺说的不值一提,是指俺与周公谨、鲁子敬、诸葛亮等人亲自指挥了这举柏之战的。"

"什么?是你们指挥了这场大战?"邓公子放开嗓子哈哈大笑,"真是天大的笑话,这举柏之战乃七百多年前的吴王阖闾与兵圣孙武,还有伍子胥指挥的,怎么倒变成了你的功劳?这世界上也还真有这种贪功之人。此外,吴楚之争是曰柏举之战,你怎么开口闭口说举柏之战,说话真是错乱无章,信口开河。"

"是举柏之战呀!举乃举山,柏乃柏河。俺的家就在举山之阳,面朝柏子河呀。不信,公子可随俺去看看如何?"

"荒唐,荒唐也!"邓公子边摇手不已,边笑得前仰后合,"适才以为你是饱学之士,还真有几把刷子。没想到,你是金玉其外,败絮其中,羞没士人也。"

其实,王叔和与邓公子的一番对话是有意装呆卖傻,试探他是真疯还是假疯的。不用说,一试即灵。灵在何处呢?灵在邓公子的敏捷思维及缜密的防范意识。"柏举之战"与"举柏之战"一字之差,他能辨析分清。再就是笑,邓公子的两次发笑皆是发自肺腑之笑。真正失心疯的人的笑,是妄笑,其声令人发怵,起鸡皮疙瘩的。而邓公子的笑与正常的无异,令闻者开怀。

一切胸有成竹,王叔和决定不能再无效地消耗下去,他要揭开邓公子的装疯面纱。怎么揭呢?王叔和深知邓公子深爱面子,要揭也不能当着郡守和手下人揭。于是,王叔和让邓厚郡守及随从先行退下。他随手抓了一方简书,漫不经心地往椅子上一坐,边翻边问道:"邓公子,吴楚柏举大战之前,可知曾有一次以少胜多的奇袭之战?"

邓隘被王叔和转瞬间判若两人的举止弄得有些防不胜防。父亲给他请的郎中名医,没有一百,也有八十,没有哪一个能像今天的王神医全知百晓,而且敢与他当面对话。难道此人真的是神医,知道我是在装疯?不会,不会,绝对不会的。天下哪有什么神医,都是自我标榜,雇人捧声。他连本公子的身都未近,岂知我是真疯还是假疯。不过,此医非他医可比,尚能知晓天下军国大事,也算是知音也,与他聊聊甚有趣。想到此,邓隘宽心惬意地吭了声:"此战乃鸡父奇袭战,亦称佯败奇袭战也。鸡父乃淮上要冲,与柏举之战仅隔山南山西北之分。指挥鸡父之战的是吴国公子光。这公子光是吴王寿梦的长孙、太子诸樊的长子,甚有才智。面对楚国代令尹远,越征调的顿、胡、沈、蔡、陈、许六国军队十二万人之众集结于鸡父,用'去备薄威'之术即以罪人三千先犯胡、沈与陈。罪人组军,势必为乌合之众,接战即散乱溃逃,佯诱得胡、沈、陈三国之军入瓮大败。此乃三万胜十二万之战,也算是以少胜多、以弱胜强的上乘之战,只是与鸡父仅一山之隔的柏举之战声名太威震四方,对鸡父之战的传扬遂而冷落,惜哉,惜哉。"

"那邓公子可否知吴公子光破楚大军所选之日当为何日？"

"周敬王元年（笔者注：公元前519年）七月戊辰日是也。"

"戊辰又是个什么日？"

"这个……这个……"邓公子不由一怔，脸上立马露出震惊之色。

王叔和装作没有看见邓隘的尴尬难堪，信马由缰地继续问道："周敬王十四年十一月甲午日，吴国先锋夫概率精锐前锋攻克楚国都城郢都。这十一月甲午日，请问公子，又是个什么日？"

王叔和这不重不轻绵里藏针地一问，只问得邓隘邓公子瞪大了眼睛，看着王神医眼珠子错不了位。

"倘若公子失记，俺王某略略提示，七月戊辰日乃七月卅也。十一月甲午乃十一月二十九日也，皆为月末同一日，晦——日。"王叔和说到这里放缓了口气，"庄子曰：朝菌不知晦朔。《国语》之《鲁语》云：明而动，晦而休，无日以怠。这楚国两次大战失败于吴国皆是在晦日。由此可见，兵书云：晦，出兵，不吉，闭营养晦也。只是书本之言，未必一成不变。淮西军粮库的教训亦如此矣。邓公子年少气刚，盛名在外，纵有失闪乃人之常情，为何要装疯卖傻，上欺天，中欺父母，下欺其身？五年装疯，公子呀，你难道不是心痛，身痛，血脉皆痛？"

邓公子听到这里，高昂的头无力地往下低垂，最后瘫坐于椅上。

王叔和缓缓放下手中的兵简，语重心长地说道："邓公子，再不要自欺欺人了。你的父亲为了你已是心力交瘁，万愁聚身，长此下去，他真的会疯的。公子，王某给你个台阶，你也给王某一个声名，就说是王神医名不虚传，用奇方将你治好的，如何？"说完这些，王叔和走出书房。

王叔和刚到院子里，邓郡守立马迎了上来："王神医，犬子没为难你吧。适才，你让尔等出来，你一人留下，可让我们担心死了，怕他发疯打你。此前所请名医皆无一人敢独与犬子同室。"

王叔和也不搭话，一把将邓郡守拉至内室，关上门一本正经地告诉邓厚："邓郡守，你儿子根本没有疯，是在装疯。"

"什么，隘儿在装疯？不可能，不可能！"邓厚坐下又站起来，起来又坐下，"那他为啥要装疯？"

"为死读兵书，死爱面子，死守陈规陋习。"王叔和给邓厚注了一盏水，也给自己注上一盏水，呷了一口，娓娓而谈，"《难经》第五十九难曰：狂癫之病，何以别之？然：狂癫之始发，少卧而不饥，自高贤也，自辨智也，自贵倨也，妄笑，好歌乐，妄行不休也。癫疾始发，意不乐，僵仆直视，其脉三部阴阳俱盛也。俺触公子三部之脉，阴平阳谐，匀行和畅，与常人无异。再者，失心疯者是少有眈困，而公子他闹休规常，闹累了，就休息，且睡得如此娴惬，小鼾不断。公子的辩智也是常人之智。王某到书房翻看了一次，他便有知晓，非心疯者所能。你再看他的眼神，敏锐觉警，炯炯有神，毫无僵仆直视之光。"

"本郡延请了那么多的名医高手，咋的就没一个能察觉出他是装疯呢？神医，你真是神医也。"

"郡守大人，可别这么说，王某不过是时运宽畅。刚一到，就碰上公子困觉，这才近身试脉。有了脉诊方与他对仗言试，才得出的结果，与神医沽誉风马牛不相及也。"

"王神医，犬子既然死爱面子活受罪，莫非他甘愿诚服地承认装疯吗？这事倘若传扬，那他今后……"邓厚话到此，无奈何地叹了一声长气。

"正是如此，王某方只与大人言明。此外，无人知晓。在这之前，俺已给公子挑明，王某会给他一个顺理成章的台阶，包括郡守大人在内，也佯装一无所知。"王叔和说完，与邓厚一番耳语。邓厚边听边点头称是。

同郡守商定后，王叔和用蔡侯纸将治"病"之方写上，悄声闪入书房。邓公子此时泪流满面，不知如何是好，见了王叔和的纸方后，即刻按方而行，开始又吼又骂，骂完了仍捧兵简高声朗读。

第二天，辰时刚过，邓隘依照王叔和的治方，仍然是外甥打灯笼——照旧地骂声再起。邓郡守安排的四名大力士齐呼而上，将邓隘按倒用绳索捆住。王叔和上前对邓公子的三部九候细细地诊摸了一番，当着邓隘及郡守衙内的若干人等之面，与邓郡守展开了一番对话。

邓厚说："王神医，吾儿之病，可有救治之神方？"

王叔和回答："回大人话，公子之病救勿能救，单凭三部九候之断不能定夺。只因此病拖得太久。若救之，还得用奇方一验，方可断裁。不过试用奇方，倒要让公子吃些苦头，怕是大人心疼爱子，不忍让王某下手。"

邓厚摇手说："但试无妨。只要吾儿狂病可治，任凭神医施方。"王叔和说："那好，王某壮胆施方了。"说完，王叔和吩咐人牵来一只怀团的羊，又令人将邓隘上身之衣脱光，两只脚系上两根缆索，悬于房梁之上，一声喝起，邓隘和身子倒悬，头朝下离地三寸，邓隘的嘴巴上，王叔和让人用蔡侯纸沾上水，贴在其上。杂人做完这些事，王叔和手一挽亲自去厨下端来一碗水，一边往邓隘的脚心上滴水珠，一边将羊扯到身前。那羊嘴巴一沾邓隘脚心的水珠立马舔了起来，且越舔越快，舔完了左脚舔右脚。

羊舌头一沾邓隘的足心，邓隘身子疾速地一缩一挺，喉咙里有声要出，可嘴上沾着蔡侯纸，有声也出不来，只好见缝就钻从鼻子而出。那只羊愈舔愈带劲，因那足心上的水是咸的。羊舌使劲一舔，邓公子可受不了，身子急挺急挺，一串高声从鼻子冲出,立马带出两串浓浓的鼻涕。

见邓公子浓鼻涕出窍,王叔和即刻止住,让人将羊牵走,双手一拱:"恭喜大人,贺喜大人,贵公子此疾有救也。"

邓厚喜形于色,急急问道:"何以见得,王神医?"

"羊舔脚,狂病脱,乃古之医箴。可只说对了一半。羊舌舔脚心,奇痒难忍,一般者皆笑过不停。可笑归笑,治痊者少得可怜,唯有鼻窍出浓涕者方可除根。此乃医祖华佗之圣断。"

其实,王叔和所言虚虚实实。据后世人辑纂的《华佗神方》里的确有"羊舌舔足心,可断失心疯"之记载。但将蔡侯纸沾水贴住嘴,靠鼻窍出气出声,带出浓浓鼻涕,则是王叔和的杰作。

就这样,王叔和略施睿智,既保全了邓隘的体面,又挽回了邓郡守的影响,真可谓一举两得。不,应该是一举三得:使他王神医的声名在弋阳城广为流传。

几天后,王叔和用邓郡守所赠医酬,在弋阳城的药行里挑选大批西阳买不到的药材,满满装了十余筐。邓郡守特意挑了四匹马驮运,另选了十名军士保护随行。

临出门,王叔和拉着邓公子的手,意味深长地说道:"邓公子,兵书战策刻在竹简上,是死的。可真正要真刀真枪地用上,得靠人的化裁,万不可死啃书简,冥冥不化。且非用兵伐武,世间万物莫不如此。王某有幸,所居之地就在举水河畔。滔滔举水,虽默默无语,然七百年前柏举大战的惊天壮举、声震尘寰的惨烈场面,似乎总随着河水波光在闪现。小伙子,啥时候有兴致,到西阳举水河畔,身临其境,究探究探当年二十万楚军缘何败之于吴王的三万之师,如何?"

王叔和与邓厚郡守父子上下左右正说着话,一匹快马"嘚嘚嘚"地来到了郡衙门前,马上跳下的武将见了郡守赶忙施礼。那将军灼了王叔和一眼,立马惊呆了老半天,以拳击掌噫叹连连:"这这这,不是太医令王、王、王叔和王大人吗?"

"什么?什么?王将军,你,你说他是王叔和王太医令?"邓厚瞠目结舌地看着王叔和问那位将军。

"郡公大人,正是那大名鼎鼎的王大太医令。"被称王将军的回答完邓厚,旋即给王叔和深深一揖,"王太医令,没有认出在下是吧。在下王铤,荆州上庸人。南新训军,魏武帝点我为旗牌。历五年的生死搏击后,随司马大将军账下做侍旌校都尉。去岁秋,荣升至弋阳守备。前几日奉郡守公之令外出筹粮,在大将军府,王铤多次目睹过大人妙手神术。我身上几十处伤痕皆是你的红粉膏所治。今日能再见大人,铤三生有幸也。"

王铤刚刚说完，邓郡守父子"扑通"跪之于地："王太医令、王大人，下官有罪，用匪盗邪伎待你，大人不仅不恼，反而以德报怨，救尔父子于水火，真乃大德高才，泰山襟怀。愧杀下官有眼无珠，无心无肝……"

邓厚伏之于地磕头似捣蒜，儿子邓隘则趴在地下大放悲泣，哭成一团。这倒把王叔和弄了个大红脸，一把将邓氏父子拉起，不无疚诚地说道："邓大人，你是堂堂郡守，是俺的父母官。王叔和早不是太医令，是西阳举水河畔的乡野医翁，是你的子民。给公子治病乃医者天职，况且你已付了高额酬金，何愧之有！快快请起，别折杀叔和了。"

鄂东有俚语云：祸福不分家，私下连枝杈。祸藏福之朵，福萌祸之花。

守备王铤的突然出现，又无意中说出了王叔和的身份，使郡守邓厚对王叔和的钦佩上升为敬意。当即将王叔和强行留下，又让驮运药材的军士先行至西阳给恩公王叔和的家人报信。又快马加急给朝廷送信，告知原几次寻之无果的"受职留俸"的王太医令在西阳找到了。在这之前，朝廷曾向全国诏寻王叔和下落。假如邓厚没有派军士抢来王叔和给儿子治病，王大太医令隐居西阳的消息什么时候传到京师，极有可能是猴年马月的事。当然，朝廷的"受职留俸"王叔和不领仍然生活得潇洒，但对《脉经》的刊刻传播，还有对其子孙出人头地，入仕传薪，岂不太重要，太重要了。

不过，当时的王叔和是断然想不到这一层的，也毫无心思去思考这些的。

那天，被邓厚郡守敬崇难却的盛情留下后，王叔和可闲不住，除了晚上与邓隘父子笑论兵书医道外，白天就在郡衙大门前搭起了临时医帐。尽管在临时医帐只坐了三天诊，那影响声名似高台擂鼓——四方八应，远近皆知。

第四十七章

邓厚暴病　西阳送薪俸
郡守余生　白鹤献神方

邓厚郡守这次来西阳，其实是公私兼顾。说公，是来给王叔和送俸薪的。自从那天守备王铤认出王叔和是朝廷多次诏寻的太医令后，邓厚给朝廷报告了王太医令寓居弋阳西阳。朝廷遂将这七八年王叔和受职留俸的薪俸交由邓厚转呈王叔和。这俸薪也好，薪俸也罢，就是钱。说到钱的事，得啰唆几句。

王叔和开医馆，建医堂，给乡民施医施药，收购艾蒿草药，弟子医馆开业，一送药就是三五担、十几担之多，哪来这么多钱？还有，写《脉经》几易其稿，消耗的纸张，那可是个不小的数字。三国时期，纸张使用已进入市场，进入民间。但，那是一种十分奢侈的用品，类似于今天 20 世纪 90 年代初的移动电话，首次进入县城那种砖头式"大哥大"的天价，一部一万几千元。当时的纸张，按史籍记载，一张类似于今天用的四尺蔡侯纸，可够一个人吃两天以上的生活费。说白了，王叔和的钱从哪里来？他是受职留俸。留俸是多少？够他花销吗？

古代官员的俸薪称秩中多少。如，秩中二千石，这是薪金的级别。汉代以俸禄多寡作为官员职位高低的标志。大将军、三公的品秩最高，为万石，月俸为三百五十斛，或不定级。其余官员的品秩和俸禄是确定的。依次是：中二千石，月俸一百八十斛；比二千石，月俸一百斛；六百石，月俸七十斛；比六百石，月俸五十斛；四百石，月俸四十五斛；比四百石，月俸四十斛；三百石，月俸四十斛；比三百石，月俸三十七斛；二百石，月俸三十斛；比二百石，月俸二十七斛；一百石，月俸十六斛。一共十三个等级。月俸都是一半谷一半钱。三国魏时官员的俸禄按品级定等次，称秩为品，一品最高，九品最低。

古代官员，特别是汉代至晋朝官员的工资都是很高的。京城七品以上官员，府第都是朝廷修建的，还按品级给厨佣等人发工资。一般一个官员一个月十斛的俸薪足够得很。最苦的当然是大耳朵的百姓了。万般皆下品，唯有读书高的说法就是这样来的。

王叔和官秩为三品，一千五百石，月俸一百斛，还有车马费补贴。按当时的生活水准，他一个人的俸薪足足可养活十五到二十个人以上。公元 252

年，王叔和进京祭悼司马懿，经抚军大将军司马师的荐举，魏少帝曹芳小口一张，就给王叔和双份的俸金，另赐金三百镒。一镒为二十四两。三百镒，等于七千二百两，这该是多大数目的奖赏。反正皇帝的钱，也不是他挣来的，想给谁就给谁，想给多少就给多少呗。此后，虽说换了曹髦、曹奂皇帝，当家人实际上都是司马氏一家子，王叔和的受职留俸双份工资继续保留。到了晋武帝司马炎当皇帝，那更不用说，王叔和是他的恩人，还会少他的工资吗？所以说，王叔和虽然定居于封闭的西阳山里，他的钱是花不完的。还有地方官与富绅的馈赠，如库盈一次性要给王叔和一半的家财，再加上王叔和原在京城太医院做了十余年的京官，一定有不少积蓄。之所以他能够施药施救毫不腰酸，是完全富足的。

邓厚郡守这次送来的是王叔和自离京师以来的俸薪，足以使他开一百个药堂还有余。再加上邓厚用绑票的手段将王叔和抢至弋阳给儿子看病，心里那种内疚久久难释，闻知王叔和的姝痊亭药馆曾遭洪水洗劫，便以给王叔和重建居所的名义，拨付了一批官银送来。

说私的，是来找王叔和瞧病的。邓郡守得了啥病呢？还真是个难言的奇怪病症。让王叔和束手无策，寝食难安了好几天。

邓厚郡守这个病是大半年前得的。刚开始，只是嘴巴里有些肿溃，外加后颈脖有些瘙痒难忍。服了郡医的清热解毒药剂后，很快有些好转。不想，十余天之后，又旧疾复发，口腔再起肿溃。令人头痛的是，后颈脖瘙痒加剧而且新的溃疡向下延伸。外敷内服清热解毒散后，恢复了正常。可十天半月又重新发溃发痒，且肿溃处不断向下蔓延。就这样，反反复复地折腾了五六次。这次刚刚发病，前几天开始仍以口腔肿溃开始，颈后瘙痒延至腋下，溃痤积痒难耐。

王叔和给邓厚郡守诊了脉，脉象也无有大沉大浮、细滑细弦之异。因为是一郡之首，脉诊虽无大的异象，无非是风、寒、暑、湿、燥、火六淫之气过甚，邪余化热，热积成毒所引起的皮瘴之疾。可王叔和还是十分谨慎地将郡医给郡守开的内服外敷方药细细问寻，反复斟酌了一遍，然后开了张除热化毒、滋阴和阳的大黄加味方。因大黄的用量上稍有加量，王叔和便亲自煎熬，细观火候，再让郡守喝下。在王叔和看来，郡守的病虽有些怪，可毕竟只是毒积热泄的肌肤淫疢，算不了什么疑难痼疾。他的大黄加味方，是恩师楼公与仲景师父的名方组合，治疗六淫邪热可以说是药到病除。王叔和预算着郡守喝了药，睡上一觉，大约子时左右要起床拉上一两次，尔后会轻松许多。

俚语云：人算不如天算，天算不如眼见。以今天的俏皮话说，想得美，活见鬼。期望越高，摔得越糟。邓郡守的病并没有按照王叔和药到病除的预期，而是倒行逆施出现了意想不到的恶化。

当晚喝下王太医亲自煎的药汤，邓厚也是满心欢喜，深怀谢意，期待着睡上一觉即有奇效。万万没有想到，半个时辰没到，腋下、颈后瘙痒加剧，异常的热燥感顺着任督二脉向下游走。奇痒之燥锋最后落脚于郡守的私密处，就安营扎寨赖着不走了。痒比痛难受，渴比饿难挨。这人的私处一发奇痒，那可是六月天喝腊猪油——特别的腻口啊。不抓嘛，受不了。这动手一抓，立马溃皮流疡。这还不算，肚子也逐生鼓胀，拉了几次仍不见好转。丑时临近，肚子鼓隆鼓胀，私处奇痒。邓郡守先是火里烧乌龟——忍着痒痛，咬着牙关不好出声。因不是在弋阳郡第，而是在人家的医堂里。可是挨忍到五更天，邓郡守煎熬不住了，只好让人去叫王太医。

王叔和赶来一看，是深感意外，这是怎么回事？当即施救。此时的邓厚肚子鼓膨膨的，汤药是喂不下了，只好缓解奇痒，施以外药。清热解毒药涂敷了仍无大效。王叔和没法可施了，只有运用针灸了。这针灸还算有些灵妙，几针下去，邓郡守鼓胀的肚子虽没有完全瘪下去，可也维持着原样。私处的奇痒勉强有所缓解，但溃疡之处仍在扩张。忙到天亮，王叔和是一身的疲乏，脑子发胀，心里发慌。为啥呢？因郡守呼叫无力，浑身发烫，痛苦万分，迷迷糊糊，一副惨状。

眼下，刚过春分，河边的柳树渐渐鼓起了绿色的芽萌。王叔和蹲在河边捧起甚为凉寒的河水，洗了几把脸，长长地叹了口气。看着波光粼粼的水流，王叔和陷入了沉思。事医几十年了，奇痒怪病他还真的见了许多，可邓郡守的这种肌肤之痒的怪异还从未见过。他对自己昨天的轻慢甚为懊悔。懊悔有什么用？眼下最最关键的是要解决郡守的鼓胀之症。如何解决？大黄都泻泄不下，还有比大黄更厉害的吗？再者，郡守的溃疡之痒为何自上而下，又偏好陷凹之处呢？最令人困扰的是，尚不知此痛的根源所要。难道不是六淫所致吗？

心神难宁的王叔和似乎没有理出头绪。弟子万全悄悄地近身告诉他，白鹤道长又送西陵草药来了，现在正在给邓厚郡守诊断。

"什么，白鹤道长来了？"

万全默默无语地点了点头。

王叔和紧锁的眉头瞬间舒展："他老人家来了，郡守大人兴许有救了。"

这白鹤道长是谁，王叔和尚未与他见面，就断言郡守大人兴许有救？能让王叔和钦佩诚服的人，定然不是等闲之辈。

这白鹤道长是西陵龙泉观的住持，与王叔和的相识，甚为有趣。那是三年前，王叔和在杏邑苑，即后来的三不堂坐诊。鹤发童颜的白鹤道长含笑坐于王叔和的对面，请王叔和给他诊脉。王叔和按寸口取脉法给他诊脉，先按了老道长的左手，王叔和大吃一惊。怎么回事，这位老者毫无脉象，再按右手，同样无脉。王叔和心里纳闷，未必寸口取脉要因人而异。遇奇异的脉象，王叔和并不惧怕，而正是他寻证脉象的实例。于是，王叔和笑着说："这位大德仙翁，叔和要麻烦给你的人迎把一下脉，不适之处，请海涵。"

老者微微一笑，说道："王太医，寸口摸不出的脉，人迎、趺阳也一定摸不出的。其实，脉诊之论早就该改为，太医所取的寸口诊脉甚为之准，不用改诊人迎、趺阳。实话实说吧，适才老朽的脉象为假象，是故意试试太医的，你现在再给老朽试一试。"

王叔和再一按老人的脉，象数全有了。这下令王叔和对老人肃然起敬，此乃真大德高士了，居然会将自己的脉象缩忍皆无，这是他王叔和遇到的第一高人。高人在民间的说法，不是妄谈。王叔和便起身向老人施礼作揖，老人连连还礼说："太医折杀老朽了。你能编纂《伤寒论》，果然名不虚传。只是老朽多舌了，这《伤寒论》中的脉诊立论该删繁就简了，过于复杂会令后学之人莫衷一是。"

"那依大德之见，该用多少脉象为佳？"

"天地人和，二十四节，甚为明辨。人之脉象最多按二十四节气来分辨最为妥帖。"

老人说到这里，指着王叔和案头上的《伤寒论》说道："老朽曾对此论走马观花地觑了一遍，实乃精彩之章，犹以方汤为最，前无来者也，尚可锦上添花的是脉学之论。看太医案头的脉象录辑，敢莫要重辑脉论？"

王叔和心里想，此翁真是太神奇了，居然知道《伤寒论》是俺编纂的，而且还读过《伤寒杂病论》，在这荒蛮僻远的西阳之地，无啻于奇人也。于是，王叔和再次行礼作揖，说道："叔和有此虚心，只是担心力不从心，烦劳仙翁不吝赐教。"

"二十四脉，再多不得，重修脉经，非太医莫属。"老人说完，抚须而去。

从此，王叔和就与白鹤道长成了忘年之交。白鹤道长的博采深诣，令王叔和折服，王叔和的仁心善举令白鹤道长刮目相看。隔三岔五，白鹤道长会到三不堂一叙，且时常送一些西陵的草药过来。

"仙翁来临，柳暗花明，郡守福星，叔和救星是也。"还没有跨入室内，王叔和隔着门槛向白鹤道长深深一揖。

"哎呀，王太医折杀老朽了。来得早，不如来得巧罢了。"白鹤道长赶紧以揖相还。

"听万全弟子说，仙翁已给郡守大人察过脉了？"

白鹤道长微笑着点了点头："怎么，王太医，此疾棘手乎？"

王叔和无可奈何，一脸庄重，道："不瞒仙翁，叔和浮虚，自不量力也。昨日为大人诊脉后,以为不过六淫入肌肤,祛邪除毒,升阴和阳,定无大碍。谁想到,小小肌疾,居然有夺命之易。到今日一筹莫展,尚不知为何疾何源。枉事岐黄几十年,惭愧也!"

白鹤道长说:"王太医所用之方,是按《素问》'汗出见湿,乃生痤痱。热怫内馀,郁于皮里,甚为痤疖,微为痱疮'所组,自当没错。只是,此疾虚隐顽劣,每每误导而至延误加剧。"

"道长仙翁已知其疾缘由了?"

白鹤道长没有正面回答叔和,只是轻轻问了一句:"太医可读过《元化神方》?对了,曹魏宫中称《华佗神方》也。"

"啊,叔和读过,不过,宫中残简,甚为不全。"

"郡守之疾,《华佗神方》皆有记载,名曰狐惑也。"

白鹤道长告诉王叔和,所谓狐惑,当为邪迷之至,乃湿热遏化毒所引起反复发作的溃疡肌糜之烂痒症。常医者多以清热解毒为上。这样,虽短暂缓解瘙痒,却加重了患者病情。其源在于清热毒之药必为苦寒之味。而苦寒伤阳助湿,以至阴湿不化,乃至病重,重而下坠,必将往任督二脉低凹处移游。王叔和所用的大黄加味方正是苦寒重方,加剧了其病的重湿之移,郡守私处奇痒,祸当在此。至于苦而不泻,腹肚鼓胀,是为脾伤湿积,运化失常。欲解其状,当以健脾渗湿为上。

白鹤道长说,十年前,他诊治过类似郡守之症的病人。其方乃华佗神医之方,以薏米仁为君,赤小豆为臣,当归加茯苓、王不留行佐以藿香、滑石、红花、漏芦、生白术加附子。方中薏米仁需宜大剂之量。此仁既清上焦益肺,又理中焦脾胃,使上焦宣发,肺行治节,布津道,通水道为。肺宣得通,中焦运畅,枢机能转,湿燥自然通津而去。赤小豆下行渗津液,通小肠,利大便,二便带血出湿热之邪。附子起命火,振神机,引诸药通畅十二经络,鼓新陈代谢,促生机复健,患者自然安康。

王叔和一听,连连拊掌:"郡守有救也。仙翁所言之药,三不堂皆有。且薏米仁乃弟子万全购自蕲地所产,为上上之货。仙翁,叔和去取给你过目如何?"

白鹤道长扯住兴致勃勃的王叔和,轻声叹了口气:"太医不知。适才之方乃华神医治狐惑第一方,此方仅对狐惑初起有效。方中附言:狐惑屡犯,腹鼓、瘙移加引药方可痊。十年前,老朽所治之公子症与郡守同,因无引药而未痊愈,拖了一年多,还是带憾而亡。"

"引药为何物,让仙翁为难?"

"百年牡丹根是也。"

"百年牡丹根?那……"

白鹤道长举手示意他还有话说:"实不相瞒王太医,郡守的疡溃已致命根。《华佗神方》记载,狐惑肌溃致命根,涌泉者,当以三五十年鳖甲、百年蜈蚣研蔚粉加胡麻油调之涂溃处方可痊愈。内服之汤,百年牡丹根为引,外敷之药百年蜈蚣为君。这两个'百'乃稀世罕见之物。何处可觅?三五十年鳖甲,老朽还有珍藏,尚可一用。依老朽愚见,先用方药给郡守施用,虽无方引,但仍可有效。待其稍有好转,回弋阳便是也,好对郡守有个交代。至于这百年牡丹根、百年蜈蚣能否觅得,那就看郡守之造化了。"

白鹤道长话已至此,王叔和是无话可说。白鹤道长亲自调制煎熬内服外用之药,让郡守用过后返回龙泉观。王叔和看着用药后的邓厚苦痛立减,安然而睡,心里的石头算是放下一半。

叮嘱万全弟子照看好郡守,拖着沉重的脚步回到家里,王叔和仍忐忑不安。找不到百年牡丹根、百年蜈蚣,邓郡守仍命悬一线,不能痊愈。作为郎中,他王叔和有责有愧。不行,得千方百计去找这两个"一百"。怎么找,到哪里去找呢?叔和陷入了沉思。

看着丈夫愁眉苦脸,长吁短叹,一旁的韩娣看在眼里是急在心里,遂轻步上前,柔声说道:"劳公,你劳累了一天,身子都倦了,让劳婆给你揉揉解乏可好?"

王叔和被妻子韩娣的柔情所动,勉强一笑:"让劳婆费心了。你还是早点歇息,让劳公静一静,理出个头绪,自来安息。"

韩娣说:"劳公有啥难事,说出来,兴许劳婆我能替你分忧。"

王叔和先是沉吟不语,即刻苦笑摇头:"甚事劳婆可帮,只是这事劳公说出来,也徒劳无益。还是不说为好,以免俺劳婆也牵心挂怀。"

"可不,可不,劳公说嘛,要说,要说。"

王叔和被缠不过,只好将邓郡守的病情缘由粗略叙述了一遍。说到最后,叹了一声气:"天下之大,万物之多,这百年牡丹根、百年蜈蚣断然是有的。俺明日出告示,用重金悬赏,只有此招为好了。"

韩娣柳眉柔紧,燕语鹃声:"啥子?劳公,你说有百年牡丹根、百年蜈蚣,邓郡守就可以康复痊愈了?你看你劳公,你瞎着急嘛,这两样东西,我们家都有。还贴啥子告示,悬啥子赏。"

"什么,什么?这两样东西,俺家里都有?在哪里,俺咋一点不知?劳婆,那可不是三不堂药橱里的丹皮、蜈蚣。是百年牡丹根、百年蜈蚣虫。"

韩娣柔媚一笑:"百年牡丹根,在康王寨我兄长那里。是一把装羽箭的箭囊。还有一张用百年镔铁铸的弓背、百年老狐的筋做的弦,称之为三百宝弓。是祖上传下来的,兄长视其为宝,从不轻易示人。"

"那百年蜈蚣在哪里?"王叔和又惊又喜急不可耐地追问韩娣。

"劳公那是你的宝贝。咱俩成亲时，你亲手交给我一个铁盒子，说里面装的是百年蜈蚣，万万不可揭开。"韩娣说完去里间端出个小巧玲珑的铁盒子。

王叔和这才恍然大悟，那是当年上党真阳观道长吴阳子师父留给他的遗物。到西阳后，王叔和忙于写经治病，将其忘得一干二净。捧着铁盒子，睹物思人，师父吴阳子的早逝，这毒蜈蚣乃罪魁祸首。吴阳子临终前将毒蜈蚣交给王叔和，是让其牢记疏忽大意乃从岐大忌。万万想不到，这只曾在胡麻油罐里浸泡百日的死蜈蚣，三十余年后，居然给王叔和化难解厄，救了弋阳郡守的命。

第二天天未亮，王叔和一边派人上康王寨给兄长韩天送信，让他急带百年牡丹根之箭囊下山救人。一边派人告知龙泉观白鹤道长，百年牡丹根、百年蜈蚣精皆已备齐，速来三不堂为郡守配药。

扁担服箩筐，膻腥服生姜，一行服一行。白鹤道长用百年牡丹根、百年蜈蚣调制的药给郡守大人内服外用后，仅十余天，鸠形鹄面的邓厚，气血匀和，康复如常。

离开三不堂返弋阳，邓厚郡守上了马，又跳下来给送行的白鹤道长与王叔和长跪不起，泣不成声……

第四十八章

王杭习医　弃儒百事问
大禹镇恶　龟纽成龟峰

次子王杭十二岁了。儿子十二岁生日那天，王叔和特地让妻子韩娣办了一桌酒菜，把老师童禅还有毛瑄、厍盈等邀聚一堂。一来是感谢童禅这些年对两个儿子的教导培养；二来也想与童禅交流交流，对王樱、王杭读书潜质有所了解；其三吧，小儿子王杬也快五岁了，早该入童禅的书坞读书，叔和担心兄弟三个共师一人，怕童禅不好管，也想听听童禅及毛瑄、厍盈的意见。

王樱再过半个月满十四岁，已长成了个帅小伙子。王杭虽十二岁，比王樱也矮不了多少。平时，老师管得严，兄弟俩除了读书背书互督互监外，在一起很少自由自在地相处。今日老师给他们放了一天假，又回到家里，二人不用说有多高兴。兄弟俩先是在一起咕咕嘀嘀地有说有笑，不一会儿各自拿出笔来，在园子里蘸水练起字来。王樱在一边写了一大排满满的"祖宗、祖宗"，王杭写的是一大排"祖孙、祖孙"。毛瑄看了看二人的字，皱起了眉头，将兄弟俩招到跟前，问道："你们两兄弟同师一个先生，怎么练字练的不一样呢？王樱，你是兄长，说说你练的'祖宗'出自何典？"

王樱说："毛伯伯，祖宗出自《礼·祭法》，始祖称祖，继祖者为宗，殷人祖契而宗汤，是为祖有功，宗有德，称之祖宗。"

毛瑄点了点头又问王杭："王杭，哥哥所言之《礼》，可否读之？"

王杭点了点头："嗯，侄儿读过。"

"哦，既已读过，咋的你所练之字是'祖孙'，与哥哥有一字之别？"

"瑄伯，三日前老师所教之《礼》记述祖宗，曰：殷、周二朝各异。殷以宗为有功复君主之称，而周制则凡继祖者均称之为宗。老师释曰，后代帝王祖宗庙号皆承周制，始以祖宗即祖先。"

一旁的王樱拉住毛瑄，打断了王杭的话："瑄伯，国儒当尊《礼》为上，弟弟他好穷究杂说，不可为信……"

王杭也抢过王樱的话头："杂说虽杂，理不杂，哥哥偏拗一根筋，杂说端的不可信？"

毛瑄笑容可掬地拉着王杭问："王杭，这'祖孙'可有典出？"

王杭说："有哇，有哇，是瑄伯借给侄儿的《列子·汤问》上曰：'上谓祖，下谓孙，是为祖孙。祖至九是谓最高；孙生子，子又生孙，子子孙孙，至九而又成祖。'《墨子》又曰：'上尊九祖，下衍九孙：曰父、曰祖、曰曾祖、曰高祖、曰天祖、曰列祖、曰太祖、曰远祖、曰鼻祖、曰子、曰孙、曰曾孙、曰玄孙、曰来孙、曰晜孙、曰仍孙、曰云孙、曰耳孙。'瑄伯还告知过侄儿说，典载人之胚胎，鼻先受形，故鼻祖为始祖。耳孙甚远，仅耳目闻之始得名矣。可称祖孙十八代，勿言祖宗十八代。"

毛瑄拍了拍脑袋问："呀，毛伯父人老了，还真记不得是啥时候说过这祖孙十八代的事？"

王杭想了想，拍手雀跃道："是哥十二岁生日那天你讲给我们听的，哥，你也听过毛瑄伯说的，是吧？"

王楒有些腼腆地点了点头："这祖宗、祖孙十八代之别，侄儿是听过瑄伯讲过。不过侄儿认为，习儒者当以尊《礼》至上，杂说是不可以取之以《礼》的。"

王杭说："杂说也是说，可取，可取！"

王楒说："不可取，不可取！"

看着两兄弟的辩言，一旁的王叔和、童禅等不由笑起来。

童禅说："叔和老弟，适才你问童禅，他们学业可有高下。你这不是看得清楚明白了。王楒循规蹈矩，礼制不越寸圭，当有仕宦天赋。王杭也天资聪颖，悟性了得，只是对礼规儒学远淡寡言，喜诸子百家之杂，且年龄愈大愈难管束。而杏林橘井，纳旧纳新，悬壶济世可创可循。依愚兄拙见，让王杭跟着你习医究药，比习儒有百益而无一害。"

毛瑄、库盈等异口同声地附和童禅之见。

王叔和说："各位兄长既然都认为杭儿习儒不如习医，那就先听听他自己的主张吧。"

于是，童禅将王杭喊至身边正色道："王杭，你今日又长一岁，在孝感书坞也有七八年了，为师的儒学愚教，不用瞒隐，你也有些腻了。今日为师想给你推介一位新师，不知你意下如何？"

王杭问："老师是要让王杭离开孝感书坞另行择师？"

童禅点了点头。

王杭说："新师在哪儿？弟子要见见新师，方可回答师尊。"

"远在天边，近在眼前。"童禅一把将王杭领到王叔和的面前。

"哦，老师是说，要我跟着父亲习学杏林之术？"王杭喜形于色地扭过头来问童禅。

"可行否？"

"行行行，太好了，我早就说想跟父亲当弟子，只是不敢开口。父亲大人请放心，爱者，高师也。儿子自小就喜欢悬壶究草，偷看父亲的不少医籍，虽不甚理解，一团雾水，仍兴趣不减，偷读依然。这下子，儿子称心了。"

王杭如此一说，王叔和当然是勉励有加，鼓赞不断。于是儿子的生日宴自然成了谢师宴，王叔和与童禅、毛瑄、库盈皆醉成一团。

热爱加兴趣是最好的老师，古往今来，古今中外，概不例外。王叔和当年接触医事医籍，仅有几岁的年纪，而王杭已经十二岁了，且文化基础比父亲当年厚实多了，所以他学起来甚是得心应手。医堂的任何事对王杭而言，皆有磁石力，每事必刨根究底。

有一天，王叔和在杏邑堂坐诊，一天里的病人中，有三个都是捧着肚子叫难受，都说呕吐是主症候。王叔和给三人诊脉切诊后，开的方子却不一样。给第一位开的方子是张仲景的瓜蒂散，给第二位开的是黄连汤，也是仲景之方，给另一位开的是仲景的理中汤。这三剂药皆由父亲口述，王杭执笔。晚上回到家里，小王杭缠着父亲是问了又问，想了又想。王叔和便逐一给王杭细讲其因。第一位呕吐是有痰湿、实热之证，故用瓜蒂散风痰积滞。第二位开的黄连汤是平调寒热，升降阴阳。第三位病人为寒聚中焦，阴寒炽盛，故用甘草、人参、白术、生姜、附子理中扶阳。

王杭似懂非懂地躺在床上对父亲的解答细细品嚼，想着想着，半夜里又一筋斗翻起来问父亲，第三个病人有病聚中焦之句，那第二位、第一位病人病聚什么焦？儿子如此一搅和，全家人不用说，是半夜都没睡好觉，可王叔和还有妻子韩娣心里那种高兴显而易见。

王杭从医半年左右，王叔和发现儿子对药的兴趣胜过于医，逢药必问根由。比如说韩信草为啥叫韩信草，甘草又为何叫国老？山上的杜鹃花为啥又叫子规花，到底是鸟变成了花，还是花变成了鸟？

王叔和忙着写《脉论》又要坐诊接待病人，再说，他肚子里也没有百科全书，对儿子的"百问"他有时还真的答不上来。答不上来不要紧，正好可以鼓赞儿子多读书，就让儿子到书本上去找，有的东西书上有，有的东西书简翻破了，也找不到，王杭就不依不饶，不问个清楚明白决不罢休。

有一次，赤亭守备的夫人胃肠老是不舒服，王叔和确诊是胃阴甚亏。用了诸多的养滋胃阴的方子，效果甚微。王叔和绞尽脑汁，搜肠刮肚地琢磨方子，记起了当年襄阳侯习昭的夫人所患之疾与守备夫人如出一辙，楼升道长也用了诸多方剂收效不佳,后来到鹿鸣山采了一种叫石斗角的鲜草加单味薄荷就治好了习昭夫人的胃阴亏。

石斗角是一种什么草?就是今天的石斛呗。这石斛分金石斛、米石斛。其功用也没今天人炒的那么神奇,但是滋养胃阴倒是挺有效的。石斛之药以鲜用最好,古代药铺包括 20 世纪六七十年代的医院中药房,皆有鲜石斛出售。相传石斗角草改名石斛,是因为古人药铺多用斛桶装土在园子里搭荫棚植盛石斛草而衍生来的。

当年楼升道长上鹿鸣山采石斗角草,王叔和随行故认得此草,于是,王叔和决定也用石斗角草给守备夫人一用。

石斗角草长在悬崖峭壁多有石头角岩遮阴的石缝里,非高山峻岭、巨石嶙峋之处不生,王叔和经毛瑄指点,要上龟头山,也就是今天的麻城龟峰山采药。王杭是死磨硬缠地跟着父亲登上了龟峰山。

一到龟峰山,王杭就被气势雄伟、栩栩如生的巨石龟头吸引住了,等到王叔和采药归家,王杭是天天缠着王叔和讲石龟的事。

"父亲,这大石龟是不是真乌龟变的?"

"是乌龟变的,那它吃东西吗?"

"是自己爬上去的,还是别人送上去的呢?"

"不是自己上去的,是自己长成的。"

"那是什么时候长成的?"

……

不管王叔和怎么回答,总也满足不了儿子的好奇心。

王叔和被缠不过,那天正好毛瑄来了,便把这大石龟的难题交给了毛瑄。

毛瑄虽说会编故事,可也仍然堵不住王杭的提问。

毛瑄点子多,就问王杭:"王杭,龟鹤龟鹤,你可知道龟鹤之意?"

王杭说:"知道,知道,龟、鹤皆为人世间长寿之物。"

"好,那伯父再问你,龙泉观白鹤道长你可知否?"

"白鹤道长是父亲的好友,父亲说写《脉论》要好好向他请教的。"

毛瑄笑了:"这就对了,白鹤道长原在龟头上待过,加上龟鹤、鹤龟,只有他最了解龟峰山石龟的由来的。你说是不是?"

毛瑄巧妙地转移了话题,王杭一门心思要到龙泉观向白鹤道长求教。机会来了。这一天,王叔和忙完了手中的杂事要到龙泉观就《脉论》的撰写请教白鹤道长,王杭当然是寸步不离地跟到龙泉观。见了白鹤道长,王杭行完大礼,就迫不及待地问道:"白鹤爷爷,龟鹤同寿,这龟头山的大石龟是不是真乌龟变的,啥时候变的,瑄伯说了,再没有别的人比你更清楚,孙儿今天来,就是专门听道爷讲这石龟的来历来的。"

白鹤道长看着一旁偷着乐的毛瑄就知道是他的点子，可眼下王叔和为撰写《脉论》而来，他想把他多年积淀的关于脉论的经验与王叔和交流切磋。小家伙的兴趣也不能挫伤。怎么办？白鹤道长略略思忖，就有了主意。

"王杭，过来。"白鹤道长微微一笑，将王杭揽到怀里，轻声问道，"王杭，侍父业医可会背古籍医典吗？"

"会呀，会呀，我十岁就偷着背《八十一难经》。现在呀，我喜欢背的是《神农本草经》。"

"那《灵枢》《素问》能背吗？"

王杭咬着手指脸红着："回道爷，《灵枢》《素问》还背不了，尤是《素问》我有点不喜欢背。"

白鹤道长语重心长地道："听你父亲讲，侍父从医是你自己喜欢的。从医之人不喜欢背《灵枢》《素问》那可成不了好郎中。这龟头山的石龟哪一年有的，是真龟还是假龟，道爷熟记于心。要讲给你听，没问题。不过，你道爷有个小小的条件，你啥时候背会了《素问》，道爷就带你坐到龟头上讲个清清楚楚，明明白白，如何？"

白鹤道长真无愧于大德高才，经丰验足之人，轻言细语几句话，使有些小顽皮的王杭服服帖帖地不吵不闹，专心致志地背起了不甚喜欢的《素问》。

两个月后，王叔和带着王杭再到龙泉观，王杭滚瓜烂熟地背完了《素问》。白鹤道长当然没有食言，选了一个秋阳高照的日子，带着王杭父子登上了龟峰山巨大的龟头。倚在一处避风的石岩下，白鹤道长绘声绘色地把龟头山的悠久历史与鲜为人知的神奇神秘，从头至尾叙述了一遍。

白鹤道长告诉王杭，龟头山巨大的龟头，不是什么天上的神龟偷吃了御酒被上天贬下凡间，也不是人间的凡龟吃了许多灵芝草变成的龟模样，而是一颗巨大的龟纽。

啥叫龟纽？龟纽就是印信，今天叫印章。自远古开始，君王的印章把手，也叫印之鼻纽，是龙形的。王侯将相的印章把手是龟形的，名曰龟纽。系印龟纽的绳子叫龟绶。《汉旧仪》卷上曰："丞相列侯将军金印紫绶；中二千石、二千石银印青绲绶，皆龟纽。"

是谁的龟纽有如此之大？大禹的印章呗！大禹的印怎么会掉在这里？说起来话就长了。

传说共工触山，女娲补天后，神州大地基本上是以水为主，到处是水乡泽国。因洪水肆虐，自尧帝开始，皆以治水泛滥而救生民。尧传位于舜，舜帝治水开始了大刀阔斧地移山填海，手下最得力的助手就是禹。舜帝封禹为治水总

335

管、大行都统，人们尊呼为大禹。大禹治水在总结尧、舜二帝的经验上推行低填高凿的疏导为主要办法，相传今日长江上的瞿塘峡、巫峡、西陵峡、夔门峡皆是大禹用斧头劈开的。

今日麻城龟峰山一带当年是大海的一处接天口，冒出的海水百余丈高。大禹就用龙的大儿子赑屃驮山将这里的接天口给堵上了。也许那天大禹给赑屃吃的牛羊肉特别多，赑屃特高兴。本来大禹是要赑屃驮一座山将接天口堵住就行了，而赑屃力大无穷，接二连三地驮了几十座山将本来平坦有序的地方也全堆成了山，这就是今日鄂东之地大山重重、奇峰怪异、东高西低的原因所在。这山一多嘛，地底下原有的海神精灵就无处藏身，一些有包藏祸心的生灵就借故兴风作浪，索要祀祭祸害百姓。

被赑屃驮山堵住的海眼，原归独眼虬龙所管。独眼虬龙原本是双眼，因经常祸害百姓和地方，被天神用箭射瞎了一只眼，可见此虬龙的作恶天性。独眼虬龙的领地被山堵了，尽管被堵之前，大禹已经奏之海神龙君，给独眼虬龙另行安排了新的领地，可独眼虬龙十二分的不乐意，一年半载就将原有的海眼口弄开，将压在上面的山掀翻，海水又喷涌而出。没堵之前，接天口海眼虽喷出的水有百余丈，可有低处可泻。赑屃山堵住了平坦之地，这掀山之水就不得不往西倾泻，给这里的生灵带来了灭顶之灾。大禹很生气，便赶到这里亲自指挥堵海眼。独眼虬龙天不怕地不怕，嗨，就怕大禹来说话。大禹一来，独眼虬龙就乖乖地夹起尾巴溜走了。大禹一走，独眼虬龙又从海底冒出来兴风作浪。就这样反反复复，不休不止地折腾。大禹为此事伤透了脑筋，可也没有办法呀，独眼虬龙虽怕他，可他毕竟动不了独眼虬龙的根基。怎么办呢？作为天下治水的大统领，他大禹总不能老待在这一个地方不走吧！

有一天，独眼虬龙乘大禹刚离开，又掀翻了海眼口上的大山。大禹刚走到东边即今日蕲州的地界，就接到独眼虬龙又拱山闹事的消息，立马回头。因此，今日蕲春县与浠水县交界的地方有个叫禹王回头的地名仍在沿用。

大禹一回到龟峰山，独眼虬龙又赶紧沉了下去。就在这时，舜帝派雁使给大禹送来了驴皮信，要他五日之内赶到淮源参加十分重要的论功行赏大会，史称"舜帝封疆"。不用说，这个大会绝对不能缺席。不缺席，离开了这里，独眼虬龙岂不又要卷土重来？

这天夜里，大禹是一夜没有合眼，总在反复琢磨，用什么办法制服独眼虬龙，让其不作难。天快亮时，大禹的助手们忙着收拾东西，不小心将他的龟纽印掉在地下砸了一个大深坑。大禹一见龟纽之印马上闪出一个念头，这龟纽是权力的象征，是舜帝专门给他铸造的，莫若将龟纽压在这镇压海眼口的山上，以示他大禹没有离开。

于是，天一放亮，大禹就令手下人将他的龟纽大印搬到山上，重重地往下一砸，又遣神雁赶往蜀地引来一大批子规鸟，围着龟纽大印不停地鸣叫："禹啊，禹在。禹在，禹啊！"

大禹的这一招还真灵，独眼虬龙从此就被大禹的龟纽大印牢牢地镇在了海底，再也没有掀山作浪了。天长日久，大禹的龟纽就与大山合一，成了今天的龟峰上的巨型龟头了。

围着龟纽大印天天啼叫的子规鸟，喉咙嘶哑了，嘴巴叫出了血，"子规啼血化杜鹃"的词汇应该由来如此。当然，杜鹃花全国各地哪里都有，可像麻城龟峰山如此之茂密，如此之辽阔的地方不能说没有，可有，也不会很多。

世间万事万物都是天地所孕育，也是大自然鬼斧神工的产物，只要你静下心来，细细地咀嚼咀嚼，人间的一山一水，一花一果，一草一木，不会没有源头缘由的。这大禹龟纽成龟峰，子规啼血化杜鹃的故事，虽是逸闻撷拾，却也惟妙惟肖，给人以遐想，给人以欢乐。

当年，白鹤道长讲述这"大禹龟纽成龟峰"的故事时，相信他一定糅合了不少坚心励志、循规守礼的元素。何以见得？因为自打那次以后，王杬一改顽劣不羁的习性，一夜间变成了大人，成为父亲的得力助手。王叔和《脉经》的纂修刊行，王杬功不可没。

第四十九章

叔和奔丧　司马懿病逝
残身自强　皇甫谧试针

　　光阴似箭瞬间过，日月如梭线穿针。三千六百五十天，争吵谈笑间悄悄而过，王叔和离京都入西阳十年有余。这十年间，天下还算太平，魏、吴、蜀三国虽摩擦纷争从未停息，但没有发生很大的战争。曹魏之国仍然是少帝曹芳做皇帝。曹芳八岁登基，由遗尿少年长成了凛凛国君，人长性子脾气自然跟着长。太尉王凌甚为恼火，准备废掉曹芳，改立楚王曹彪为皇帝。岂知鹬蚌相争，渔翁得利。太傅司马懿以七十二岁高龄奉诏率大军东征王凌。王凌兵败，无地自容，只好自刎谢罪。

　　司马懿班师还朝，皇帝曹芳在德政殿为太傅接风洗尘。席间，少帝亲自持樽给司马太傅连敬三樽。司马懿高兴，一饮而尽。饮酒回府，司马懿头重脚轻卧床不起，这一卧就卧了半月多。司马懿自算他时日不多，便将儿子司马师、司马昭叫到床前，叮嘱两兄弟要做两件事。哪两件事？

　　其一，将两年前被他诛杀的尚书何晏的《论语集解》刊行于世。此书稿乃何晏家被抄没时，司马懿亲自将书稿带回太傅府，一有空便阅读不舍。其二，将已故尚书令王弼的遗著《周易注》《老子注》刊刻传世。

　　《周易注》《老子注》的刊刻不用说好理解，当以王弼为著者。那《论语集解》的刊刻，难道仍以何晏为著者？司马师几次想问，但话到唇边又缩了回去。此时的司马懿已咳喘不停，语无伦次。还是次子司马昭聪明，用一锦帛写了一行字：以父亲之名刻刊《论语集解》？

　　司马懿看着锦帛，眉目圆睁，拼声呵斥："荒唐至极！著者何晏……何晏……切勿造——次！"

　　司马懿说到这里，艰难地坐起来，长长地嘘了口气："天下纷争，何时休止？老夫已看不到这一天了。倘若太医令王叔和在京，兴许俺还有时日。只可惜，老夫无缘与他相——见……你、你……们……"

　　说到这里，司马懿伸着的右手无力地垂了下来，挺直的头颅歪向一边，算是坐着而逝。

司马懿去世的消息，是毛瑄从弋阳郡带回的。当时魏少帝昭告全国，给司马懿治丧，各州、郡纷纷置办祭礼，忙得不可开交。毛瑄正在弋阳郡的朋友家里，自然得知司马懿去世的消息。

告不告诉王叔和呢？从弋阳回到西阳，毛瑄犹豫了大半宿。为什么？毛瑄考虑到，王叔和倘若回到京都奔丧，还能不能回到穷乡边陲的西阳，得打个问号。若回不了西阳，王叔和的《脉论》撰写有可能利少弊多了。不告诉吧，毛瑄也似乎觉得太对不住王叔和了。权衡再三，毛瑄还是将消息告诉了王叔和。

王叔和听完毛瑄的话，眼睛当即直勾勾的，嘴巴张得大大的，可好半天说不出半个字来。惊愕过后，王叔和立马收拾东西，要赶往京师给司马懿奔丧。

一旁的库盈、童禅等人相互交目后准备劝阻。众人欲开口，毛瑄摇了摇手，几个人想说的话都咽了回去。毛瑄说："叔和老弟，京师遥远，多有不便，你必须得带个人做伴，库充、康泰哪个都行。"

"不要，不要！这是去奔丧，带个人一路十二分不方便。"王叔和边答话边摇手。等他回过神来，看着满屋惶愕无措的人，才伴伴一笑，说："你们咋这样看着俺？放心吧，去京师，最多也就两三个月就回来。俺心里明白，家里好多的事都等着俺。"

辞别了毛瑄、库盈、童禅及妻子、弟子，王叔和心急火燎地赶往弋阳郡。郡守邓厚早就备好了随从及快马。一路上，王叔和是晓行夜宿，快马加鞭地紧赶快行，十月朔日，就赶到了洛阳城。

今朝之洛阳，远比十年前王叔和所熟悉的洛阳城要繁华富丽多了。大街小巷店铺林立，鳞次栉比；从早至晚行人比肩，川流不息。王叔和无暇流连京都的繁华锦绣，边走边问地找到了太傅府。

此时的司马太傅府门前，哀乐动地，挽幛蔽天。白色之屦扎成的大挽坠（球）前三后四，五层六选，随着秋风的呼啸摇摇摆摆，凄凄凉凉。

王叔和上前报上姓名，立即被引祭管事引至太傅大厅。司马懿的儿子司马师、司马昭兄弟身着斩衰重孝，见了王叔和躬身揖手施了礼后，司马师手一招，有人立马上前听候吩咐。不一会儿，祭堂执事迅及将孝服呈至王叔和面前。王叔和一看那孝服，眼睛立马又圆了。为啥哪？因那孝服规格太高了，是齐衰之服。

什么叫齐衰之服？说到这里，当就古代的祭礼之规，简明扼要地做一说明。在古代，轻生重死是大传统。《孟子·离娄下》曰："养生者不足以当大事，唯送死可以当大事。"其实呀，轻生重死之弊俗在殷商时代就极为奢侈盛行。自周朝开始，周文王开始创制《周礼》，对丧葬的规格有着严厉的区分。人死了，是要分三六九等的。如天子死了，称"崩"，也叫"山陵崩""驾崩"。诸侯国的国君死了，称"薨"。士大夫死了，称"卒"。士子，也就是读书人死了，称"不禄"。只有一般黎庶之人死了，才叫死。当然喽，没有二十岁的庶民死了，连"死"都没资格叫，只能叫"夭"。出身显贵家庭没有过二十岁的人死了，称"殇"。至于孝服的礼数，也特有讲究。分"五服"之内，"五服"之外。这"五服"之内的人与死者除了血缘之亲，如儿子、女儿、女婿、孙子、外孙之外，还有与死者关系非同一般者，如生死之交，还有官员的至信至爱等等。这"五服"之孝，分斩衰、齐衰、大功、小功和缌麻。斩衰之服饰乃用最粗生麻布制成，是死者儿子、儿媳及未出嫁的女儿之服。穿斩衰服的孝期为三个年头，两周年。齐衰是熟麻布做成，并缝了边的服饰，故而称"齐"衰。穿齐衰服的是出嫁之女、女婿及死者的生死之交、至亲高朋和死者生前有过特殊交代的人穿戴。穿齐衰服的孝期有三个月的、一年的和两周年的。而大功、小功、缌麻的服饰皆是较为细密的熟麻布所制，着服者是死者的孙子、曾孙、侄子、侄孙及外甥、外孙辈，最为明显的区分是有长短之别。今天之农村的传统丧葬所用的服饰，基本上是承袭几千年前的丧服规格，这表明，丧葬文化的传承根深蒂固。

王叔和接到手的是齐衰之服，当然是心头一热，泪盈双眼。这说明在司马懿及司马师、司马昭父子的心里，他王叔和的分量非同一般。行完了三跪九磕的大礼，王叔和被管事引入客厅稍事休息。司马师二兄弟分别抽隙来与王叔和见面，自然是倾诉离别十余年来困知勉行的问候，和重回京师藏器待时的寒嘘。申时一过，司马氏兄弟见王叔和一身风尘、困顿有加，遂让人将王叔和送至京都馆驿以三品太医令的身份安顿好，并向太医院通报了王叔和已返还京都的消息。

第二天一大早，太医院主持全面工作的太医给事中张苗，带着太医院院丞田畴及太医院的十余位同僚赶至京都馆驿迎接王叔和。这张苗、田畴皆是王叔和的嫡传弟子，师徒见面不用说，是百感交集，喜泣涕零。在二位弟子和太医院十余太医的簇拥下，王叔和重返阔别了十余年的太医院。

十年多了，物是人非，太医院队伍里，不少老太医不见了，添了不少新面孔。张苗不厌其烦，逐一介绍，哪些老太医已经致仕，哪些老太医已经作古。新太医中哪些有啥专长，哪个又有啥特技，只说得王叔和点头不已。

晌午中，张苗给王叔和摆上接风洗尘宴，太医院一干人等全部参加。

"诸位仁僚，"喜溢眉梢的张苗举起酒樽，以十分欢畅的语气说道，"十年瞬间，吉人天相，师父重归太医院，是尔等的福耀。来，师父，弟子率太医院同门为你的涅槃重归，干樽。"看着张苗的樽口朝下，太医院的老少爷们当然是异口同声地重复着顶头上司张苗的敬词："为师父的涅槃重归干樽！"然后，一个个一饮而尽，逐一量樽。

此时此刻的王叔和，是心潮澎湃，激情难抑，双眼挂着泪花，一肚子早就想好的话，偏偏转着弯带着角地出不来，举着樽左顾右盼不知该说啥好。尴尬片刻，王叔和猛地站起来，双手擎着酒樽，一口气喝完，泪眼婆娑地看着众人。

张苗看出师父的激动，即刻起身离席来至王叔和席前，深揖一礼。这叫避席顿首，表示深深的敬意。待王叔和席地，张苗回到自己的席前，又举樽而说：“师父，你受职留俸之后，太医院群龙无首，弟子蒙圣恩领班，那是滥竽充数，有如嫩竹做篙——实不相配。今日你老人家重回太医院掌舵，俺是如释重负，如饮琼浆。来，弟子再敬。”张苗话声一落，一旁的田畴也举樽说道：“弟子陪师兄同敬师父。”太医们皆心领神会，一齐举樽：“为王太医令重返太医院干！”

就在大家酒酣耳热之际，太医院门禁急匆匆来到了张苗席前，一番耳语后，张苗脸色骤变，急招呼田畴至席旁说：“针痴谧家人来告，他又扎翻了穴道，手脖僵直，小溺不禁，无语失音。快，你速速带人去，若有不测急报知。”

张苗的语声尽管压得很低，对席前的王叔和却听得真切清楚。闻听有人手脖僵直，小便失禁说不出话来，王叔和心头一颤抖，“噌”的一声就站了起来：“张苗，此人疾危，勿轻以待。走，俺随田畴一起去。”

这叫什么？这叫太医必恪的责任至上。就像是今天上了战场的军士，猛听到冲锋的号角一样，不冲不行也。

张苗深知师父的德操医道，二话没说，手一挥，一行人风扫残云般地走出了太医院，钻进了与太医院仅一墙之隔的钟鼓巷。

这针痴谧是什么人？他的大名叫皇甫谧。在三国年代默默无闻。可在今天的中华医学史上，那可是赫赫有名的功勋巨擘人物。他撰著了中华医学史上第一部，也是世界上最早的针灸之著《黄帝三部针灸甲乙经》，后世人简称《针灸甲乙经》或《甲乙经》。

皇甫谧比王叔和小十四岁，出生于公元215年，殁于公元282年，享寿六十七岁，比王叔和晚去世两年。皇甫谧对中华医学的伟大贡献，愚以为不仅仅是他的针灸学专著《针灸甲乙经》，还有他对王叔和整理张仲景《伤寒论》的记载。他在《针灸甲乙经》自序中曰：“近代太医令王叔和撰次仲景遗论甚精，指事施用。”可以这样说，没有皇甫谧《针灸甲乙经》序中这二十个字的记载，后世医家是不可能知晓中华方书之祖张仲景的千秋大著《伤寒论》的纂修出自于王叔和之手。更不知道，王叔和还担任过太医令之职。因为在《三国志》《晋书》等官方史籍文献中，没有片言只字的痕迹。

那么，皇甫谧对王叔和的记载算不算权威呢？请看医史文献《医籍考》对皇甫谧的记载，就一目了然。“皇甫谧（215—282）字士安，自号玄宴，安定朝那（今甘肃平凉县西北）人，晋代杰出的针灸学家。所著《甲乙经》以十干列目，以甲乙命名。今传本作十二传，合一百二十八篇。阐明经络原理，确定穴位名称和位置，论述取穴法等一系列有关针灸的问题，整理总结了晋代以前的针灸治疗经验，是我国现存最早的针灸学专著。"

一行人匆匆赶到皇甫家，一进门都似那炎天暑月含了块冰坨子，直冒凉气。只见皇甫谧歪坐于榻沿，头硬脖歪地一动不动。他左手僵直，手指叉开指向后背，右手食指硬痴痴地指向前方。嘴巴张得老大老大，那是一声大叫过后，音腔未出，声律贯气而合不拢嘴。双胯之下，一片湿渍。不用说，是小便之迹。后背的衣襟被掀起堆之于僵挺的颈脖后，三根金针刺之于背上脊椎。一旁的童儿号哭不止，年迈的家佣，大概是到太医院报信之后，一口气刚跑回家，手撑着墙壁在大口大口地直喘粗气。

久历岐黄、见过诸多疑难杂症之患的王叔和，不由脸写惶惑，眉头紧锁。而张苗倒有些定力，不慌不忙地上前，抽出榻上的金针，在皇甫谧后背的三根扎针处分别扎上一针，轻轻捻动几下，再快速将背上先扎的三根针抽出，其僵硬的身子和手指垂软了许多，只是嘴巴还未合拢。张苗让田畴用针在皇甫谧的两耳后，各扎上一针，嘴巴旋即合上了。

看着二位弟子如此娴熟地化解了眼前的危患，王叔和心里美滋滋的。再看皇甫谧瘦弱的脸上溢着无奈之笑，转动着似乎不太灵便的身躯，双手连连作揖："又给二位太医添烦添堵，士安无以回报，真是惭愧惭愧。"

王叔和这才看清，皇甫谧是残疾之躯。那么，他是为了治疗残身才扎金针，还是扎金针不小心而误致身残？

看着王叔和一脸的问号，张苗悄悄将师父拉至院廊，将皇甫谧为何扎针的前因后果，一口气说了个小葱拌豆腐———清二白。

皇甫家族是陇西地区声名显赫的豪强氏族。皇甫谧高祖曾做过汉成帝刘骜的陇西太守，曾祖官至车骑中郎将。其祖上因得罪过董卓而弃武从商。皇甫谧三岁嗣在叔父名下。婶母对他管教很严，到了叔父手上，生意做到了许昌、洛阳。魏明帝太和初年，皇甫谧的叔父买下了与太医院毗邻的钟鼓巷拱璧胡同的一处豪宅，全家从陇西安定迁入京都。这一年皇甫谧十三岁。十三岁的皇甫谧虽说聪颖慧卓，却比同龄少儿少了许多自由与快乐，因为他行动不便。

五岁那年，皇甫谧生了一场大病，差一点见了阎王。命虽保住了，可落下了身瘫腿软、脚手无力的后遗症，也就类似于今天的小儿麻痹症。皇甫家不愁钱，而有钱能使鬼推磨。皇甫谧的叔父母便四处用重金悬赏，遍请高人为儿子治病。

有一天的半夜三更，一位独眼老者叩开了皇甫家门，自称要给皇甫公子治病。独眼老者还真有两把刷子，他一不开方，二不施药，仅凭九根金针，不出十天使瘫卧于榻上的皇甫公子身骨硬朗，坐了起来。又用半个多月时间，使皇甫谧塌软无力的双手基本恢复了正常功能，可以握箸用膳，执笔写字。就在皇甫谧父母为儿子的康复欢天喜地的时候，独眼老者说，皇甫公子的恢复只能到此为止，下身之瘫仍是不治之躯，永远也站不起来。而且，现已恢复的身躯每三年必须复治，否则有复瘫的可能。

为了确保儿子的永远康复，皇甫谧父母将独眼老者留在了家里。独眼老者也特别乐意。他不仅针术了得，而且一肚子才学，三坟五典、天文地理、兵书战策无所不精，自然而然就成了皇甫谧的老师。皇甫谧天赋极高，过目不忘，对独眼老师所授知识甚喜，尤对老师的医书，也就是金针之术十二分的偏爱这也许是金针使他能坐起能自理所催生。

师长尤喜执着子，爹娘最爱顺头儿。独眼老者见皇甫谧公子青睐金针之术，心中暗喜，自己的独特之技，终于找到了传人。除了讲授金针医理医源的深奥秘籍外，独眼老者还亲自动手做了两个一大一小的木头人。大木头人用十分坚硬的栗木做成，上面划刻着粗线条的经络，有任脉、督脉和三十六大主穴。小木头人则用轻软的梧桐木所做，方便于穴道针术的扎试。有了这两个木头人做实践，皇甫谧对针术的学习如鱼得水，十分顺畅。可这种顺畅太短太短了。皇甫家搬到京都钟鼓胡同的第三年春天，独眼老者的那只好眼睛一夜间也突然失明。双目失明，教授试针选穴就十二分的不容易。而且这种不容易的光景也仅只有三年。三年后的冬至日，独眼老者含笑而逝。

独眼老翁咽气前的头一天说出了一段秘密，他姓田名乙。祖上曾是东汉桓帝刘志宫中的太医，其金针术乃祖辈所传。汉灵帝刘宏的中平末年田乙与父亲田恒同时被召入太医院。入宫一年后，田恒给皇太后施针治眼障时，遭宦臣暗算，误伤了太后之眼被当场处死。田乙受牵连被剜去右眼赶出太医院。自此，田乙隐身于天水积麦伏羲观三十余年。本想不再理睬尘世俗事，可愈老愈觉得金针绝技失传于心不安，皇甫谧父亲悬赏求医之事传开后，田乙毅然下山施针。遇上了心有灵犀一点通的皇甫谧，田乙十分欣慰，尽其所传而无憾。临终时的那一刻，目不能视、口不能言的田乙摸索着先将他家祖传的金针之囊放入皇甫谧的左手，然后颤抖着用手指在皇甫公子的右手心写了四个字：勿失勿上。

这是什么意思呢？"勿失"之意是叮嘱皇甫谧要将金针之术传承下去，不可失传。"勿上"呢？那是一种告诫，切勿进宫当太医。

师尊遗言，何其之重。已至弱冠的皇甫谧自然掂得出分量。可是如何传承，传承给谁？皇甫谧倒冥思苦想了几天几夜。他身残不能行走，不用说给世人施治传术的可能渺茫无望。带弟子传承吧，他人微言轻，残身无名，谁会上门受教？唯一可传的途径，是撰著成经，刻刊于世，才能遵从师训，不负师遗。可要撰著又谈何容易？田乙的针术虽有秘传绝妙，却乏有经络原理，穴道穴位平寡，只有按《灵枢·九针》所记，极少有自创之妙。以针刺穴，以穴制疾的病理机源以及行针指要，也甚为幽薄。要将人体上的斯文细密、百病诸疾和洞造玄微、针刺神奇一览无余地展演传人，尚需奥理繁例。这些繁例何处得之察究？唯逐试逐记，试中审慎，试中明晰。

说一千道一万，一句话，谁愿当他皇甫谧施针传术的活靶子？以今日之语：谁来做试针的志愿者？答案仅四个字：非己莫属。

如果说，下定决心很难的事，那么，实现决心的过程绝对是难上加难。

皇甫谧开始将自己作为施针记术的活体。除了朔、望之日和父母、祖上的生日忌日，每天必试，试之必记。先是试取穴位。新定名的每一个穴位，少则要试二三百次，多则上千次。试准确了就按师父留下的大木头人上的经络分布刻上位置，再抄之于蔡侯纸上。穴与体、体与疾的变化皆是一根看不见的链条，既十分的敏感，又十二分的复杂，一遍不行，试两遍，甚至百遍几百遍，直到再无变化为止。就这样，年复一年，皇甫谧用金针在自己的残躯弱体上不厌其烦、反反复复地践行着他从未出口的无声誓言：是师父的金针拯救了我，我不能让师父的金针失传。这就叫信念如磐何惧难。

说到这里，得把堂堂太医院的代理一把手张苗是怎么与皇甫老兄认识的事做个交代。三年前八月间的一个傍晚，刚刚回府的张苗就被人紧急地请到了皇甫谧的家。能请到张大太医的人叫梁柳，是皇甫兄姑姑的儿子，比他年长五岁，时任城阳郡守，也就是今天山东省高密市的市长。梁太守与抚军大将军司马师交谊深厚。张苗也是经司马师的荐引方与梁柳谧结识。张苗初进皇甫谧家的情景，与今天一行人所看到的不相上下。皇甫谧头顶的百会穴上，一根金针露出小半截。那是童儿下扎得太深，往外拔出时被拔断了。当时的皇甫谧虽动弹不得，但尚未失语，便按着自己多次的试扎，指引着张苗将断针拔出，使皇甫老兄躲过了一劫。也就是那一次，皇甫谧以身试针，报效师尊的行为举止令张苗佩服得五体投地。一来二往、五次三番，二人成了莫逆之交。在张苗的安排下，只要是皇甫老兄的家人进太医院无论是借书还是找人，皆畅通无阻。田畴以及其他太医也相继被张苗带进了皇甫谧家，见证了这位老兄精诚至极的举止。太医们深受震撼，钦敬之余，给皇甫谧送了个美号：针痴谧。再后来，张苗也将皇甫谧以身试针的事迹向司马师等人做了汇报。这为皇甫谧后来《甲乙经》的刊刻成书铺平了道路。

王叔和是张着嘴巴，瞪着眼珠子听完张苗的介绍。他太震惊了，天底下居然还有人对岐黄之术如此痴诚。

不等张苗引荐,王叔和跨步入内来至皇甫谧榻前,深施一礼,赞叹连连:"先生究针屡舍其身,如此痴诚,闻所未闻,真可钦可敬也!"

皇甫谧这会儿正趴在榻上,任田畴给他处置适才受伤的脊椎。当即闻声而起,见王叔和是个生面孔,不免面带疑惑,正欲开口一问,张苗赶至上前歉声说道:"士安大兄,不好意思,先未禀告,此乃小弟的恩师,大魏太医令王叔和大人。"

"哎哟,兄台你就是术德双臻、赫赫驰名的叔和太医令?士安残躯无礼,失敬,失敬!"皇甫谧嘴里说着,忘记了自己的腿脚是软的,双脚点地,身子一倾险些栽倒。王叔和疾步抢前,一把将皇甫谧抱之于怀。

"士安老弟,叔和不才,亦常思,从岐之道,曲若鸡肠,难之又难。可与老弟相比,愚兄幸也,真是惭愧,惭愧!"王叔和说完将皇甫谧扶于榻上。

皇甫谧亦将王叔和拉坐于身旁,艳羡之光闪之于目,侃侃而谈:"王大人,从岐先贤,方乃人中之杰,其举其行,堪为楷模。黄帝创制于九经,岐伯剖腹以蠲肠,扁鹊造虢而尸起,文挚徇命于齐王,医和显术于秦晋,仓公发秘于汉皇,元化存精于独识,仲景垂妙于定方。还有王太医令,没有你举大魏之力,倾心费时主持撰次,仲景遗论难见天日,你何愧之有?"

"谧弟言重了,贤师遗论之纂,乃明帝卓见,太尉高策,张苗、樊阳众太医之合力也。"

那是一段充满传奇而又神圣的时光,中华医学史上的二位功勋巨擘,幸运结缘,相见恨晚,万语千言似说不尽道不完,一直谈到烛灯初上,二人才依依不舍含泪而别。

第五十章

得益匪浅　太医院论脉
进退两难　大将军举荐

　　告别皇甫谧回到京都馆驿，王叔和是一宿难眠。皇甫谧自强不息献身岐黄的精神，深深地鞭策着他，给他撰写《脉论》的激情上，似乎又添了一把火。想到这次回京都机会难得，太医院珍藏的诸多医籍，得抓紧看一看，以张苗为首的太医们经验丰富，得好好请教请教。用完早膳，王叔和翻出带来的五章《脉论》稿往袖肘里一塞，起身就往太医院走。

　　深秋的洛阳城，是风神的世界，晚间又下了一整夜的雨，清晨的风更为刺骨。从京都馆驿到太医院，要途经一处叫魁门关的大场院。这大场院原本是汉章帝刘炟时期一位黄门侍郎的宅邸，因侍郎参与谋逆，官兵前来抓捕时，侍郎闭门不开拼死相抗，结果其阖家二十余口皆被官兵杀死于宅内。自此此宅荒废，断瓦颓垣。因传说闹鬼，"魁门关"被改称"鬼门关"，也有人叫"官不来，富不理"之地。可乞丐、花子、流浪者不怕鬼，将此处当作天堂，无处可归者皆聚集于此。王叔和任太医令时，推行防疫避瘟之策，曾率人对这里进行过强制性治理。没想到都二十年了，这里居然是肮脏龌龊之处、乞丐云集之地。平时，人们皆绕道而行，绕不开的也是遮鼻掩口、连走带跑地通过这里。

　　王叔和走到这里，脚步却放慢了许多。因为他听到了一位老者的呻吟声。王叔和近前细看，靠着残垣的呻吟者其实并不老，只穿着一件缺了前襟的单衣，双手抱臂，浑身哆嗦，嘴唇上下嗑嗑直响。很显然，那种呻吟是寒冷催发的鼻颤之声。王叔和看不过眼，怜悯之情油然生发，摸了摸身上，袍子里的内衫上还套有一件棉背心。那是临行前，韩娣连夜赶缝的。犹豫片刻，王叔和三下五除二解开外衣，脱下棉背心披在那汉子身上。这下可了不得，破墙垛子里立马冲出几个蓬头垢面、衣破褴褛的人来将他围住，有的讨钱，有的讨衣，有的扯住他还尚未穿上的衣袍不放。就在王叔和哭笑不得、举手无措时，远去冲来几个人将他扯出乞丐们的包围，送入去太医院的官街才匆匆而别。

　　顺着官街王叔和快步走到太医院门口，田畴才领着马车去接他。见师父已步行到此，田畴甚是脸红，说是适才点卯去了耽误了时间，并告诉王叔和，张苗正领人收拾太医令的值守房。

啥叫值守房？今天领导干部的办公室呗。王叔和听后一愣，怎么，俺的值守房还空着？心里头不由热乎乎的，忙催着田畴带路直奔值守房。

王叔和的值守房在太医院的南厢头。那可是太医院最宽敞明亮、冬暖夏凉的地方。王叔和春天最喜欢欣赏蒲公英，夏天最爱闻艾蒿和紫苏，秋天是菊花，冬天又偏爱枸骨刺与雪花。当了太医令之后，手下都会按照他的喜爱，四季轮换摆放。眼下，正是深秋，也是洛阳寒菊白菊的盛花期，值守房回廊两侧，一溜排白菊正绽蕊怒放，那香味沁人心脾，王叔和心中的一股暖流悄然升腾。

值守房内，张苗正指挥着人摆放王叔和原来使用过的《汤液经法》《元化神方》《广汤经液》《胎胪药录》等医籍残简和新刊刻的《伤寒论》等。看到王叔和进屋，张苗灿然一笑："呀，师父，你咋这么快就到了。好了，好了，马上停当，马上停当。"

王叔和连连摆手，说："张苗，你别忙了，师父怎么还会在这里值守。用不上了，用不上了。啊，对了，这是太医令的值守房，太医令会要用的。"

"师父，谁人不知，谁人不晓，俺大魏太医令就是你呀！"

"看你几个傻小子，那是啥时候的事？已是陈谷子烂胡麻了，俺辞去太医令已十多年了。"

张苗说："弟子何尝不知，那是师父你去寻师母才不得为之。可你现今的俸薪仍然是太医令之金，这太医令的位子当然是你的。这么多年，大魏朝文武人尽皆知。现今呀，你已回到太医院复职，这值守房俺昨天就得收拾。怪弟子考虑不周，是吧，田畴，你昨日也不提醒提醒我。"

一旁的田畴连连点头："师父，怪俺怪俺，那不是师兄的错。"说到这里，田畴用略带顽皮的口气问道，"哎，师父，西阳的师娘肯定很漂亮吧？什么时候接师娘，还有那两个小师弟？你可一定得让俺去接。师兄，这接师娘、师弟的事交给俺，保证万无一失。"

王叔和不等张苗答话，一本正经地问道："谁说要接师娘、师弟来京城的？"

张苗说："当然要接的。师父，等几天忙空了，俺就安排田畴去西阳接师母。这事勿用操心，到时候你只需写上几句话让田畴捎着就行了。"

王叔和说："张苗、田畴你给俺听着，千万别张罗着到西阳去接师母。俺也不会回太医院，等司马太傅的丧孝满了，俺马上返回西阳。"

"什么，师父你还真的回西阳？"张苗、田畴不约而同地问道。

王叔和郑重其事地点了点头，说道："你们跟了俺这么些年，哪里听过师父打过诳语，讲过虚言？"紧接着，王叔和把这些年来他在西阳的经历生活以及收获细细说了一遍，也将他正在撰写脉学之书《脉论》的事和盘托出。

"俺这次借给司马太傅奔丧的空隙到太医院来,压根就没有想到再回太医院官复太医令之职,而是到这里来查阅查阅相关医籍,再就是请你们大伙给俺的《脉论》指点迷津。这《脉论》俺已经写出了前五章,张苗哇,你去把在院的太医都找来,让大伙给俺指点指点。"

王叔和一边说着,一边伸手往袍肘里摸。谁知肘里空空,再撩起袍子转了个圈子,啥也没有,不由脸露惊愕:"俺的《脉论》哪?清晨出门时,特意塞到肘里带给你们看的。咋不见了?"

王叔和这么一说,张苗、田畴等一干人的心当即都悬了起来,上前将王叔和的身上上下摸个遍,真的是空空如也。张苗将王叔和扶到榻上,说:"师父,你先别着急,好好想想,是不是落在田畴去接你的马车上了?"

一旁的田畴脸唰的一下红到了脖子根,结结巴巴地说:"师父他、他……他没坐俺的车。车子启程时,师父已经走到太医院门口了。俺、俺……"

"咋的?师父没坐车,是自个儿走过来的?那,师父,你到过哪里?"

张苗这么一问,王叔和马上想到了清晨魁门关断垣前,给单衣乞丐脱背心的一幕。对了,一定是丢在那个地方。王叔和当即把路过魁门关的经过说了出来。

这下子,值守房里人都傻了眼,在那个鬼地方丢了东西,无疑像石头入海,狼烟升天,没得办法找。

看着垂头丧气、懊悔莫及的田畴和愁眉不展、满屋打转的张苗,王叔和心里很不是滋味。十余年从未谋面,弟子们仍然对他尊崇有加。若为这事使他们互生埋怨,留下阴影真的不值。不就是几卷写了字的纸吗?丢了可以重写嘛。刚才怎么没想到这一层?咋办?解铃还须系铃人呗!王叔和打定主意,双手拍大腿:"张苗、田畴,师父真是老了,这才想起来,俺写的《脉论》五章,先是装在锦囊里带给你们看的。可装行囊时,你师娘说,花了那么多心血的东西,让俺一个人带着不放心。她怕路上有个啥闪失,让给俺拿下去了。你看,你看,让你们急得……"

"哦,师父,那魁门关,你没丢东西是吧?"

"丢了,那是师父写给士安先生的几句钦敬之句,想让你们代俺转交给他。士安先生真是太了不起了。"

王叔和毫不利己专门利人的隐忍之变,使值守房沉闷压抑的气氛瞬间又洋溢着欢乐。最欢快活跃的是田畴:"师父,你在写《脉论》呀,真是太好了,《八十一难经》《汤液经》《灵枢》《素问》和你纂辑的《伤寒论》中虽都有诊脉之论,可忒含蓄、忒薄寡了。再者,这诊脉的法则也忒复杂了。夏秋之季还好说,一到数九寒冬给人诊脉呀,还得撩衣脱靴,多不方便。要是你能琢磨出个简便又有效的诊法，那可是天下第一功呀！师父，俺是愈说愈想早点看到你的《脉论》，俺喉咙里似早伸出了小手一样。这么着，俺明日就动身，到西阳去取《脉论》，顺捎着把师娘、小师弟也接过来，如何？"

一旁的朱太医立马响应田畴的说法："田医丞大人言之有理。朱某愿随田大人到西阳拿《脉论》接太医令夫人。"

身材魁伟的章太医也挺身而出，说道："西阳路远，时下天气转冷，路途恐多有不便，接太医令夫人拖家带口的，我也跟随田大人当助手。"

张苗看着王叔和说："师父，司马太傅的孝丧，你是五服之二的齐衰服，最少也得守服三个月。到西阳拿《脉论》稿，接师母很有必要。田畴说明日动身俺觉得可行。你看要不要给师娘写几句函言？"

王叔和表面若无其事，平静如常，心里却是波澜迭起，倒海翻江。到西阳拿《脉论》，怎么拿，拿什么？他们去了岂不是穿了帮。这《脉论》丢了也太可惜了，那不是一般的东西，那是俺耗费了快十年的心血呀！去接韩娣母子，韩娣她拖家带口的能来吗？就算她能来，那毛瑄兄，还有厍充、康泰他们怎么办？也让他们来京城？最要紧的是眼下，张苗、田畴还有这些太医争着要动身。怎么办？燃眉之急是先要把眼下这一关蒙过去才是上策。想到这里，王叔和强装笑脸说道："张苗、田畴还有朱太医、章太医，多谢你们考虑得如此周全。给师母写信的事得先让俺想一想，写啥子才让你师母高兴。当下，俺最想去东观，查找医籍残简。晚上，再给你师母写函话如何？"

王叔和如此一说，张苗、田畴当然是应允不及，连声称好，领着一行人直奔东观。

东观就是书房。传为汉武帝刘彻所创，始为皇帝书房的专用名。到汉安帝刘祜时代，皇宫内包括宫外太医院在内，凡藏书之处皆称东观。一接触到医籍药简，王叔和紊乱如麻的思绪才得以平静下来。这正好应了南北朝刘勰《文心雕龙》里的一句名言：书乃良药，可医愚也。

在东观里，王叔和一待就是一整天，晌午的午膳也在观里吃的。这一天，王叔和翻找出他认为与写《脉论》相关的许多籍简，准备誊抄备带。思绪一回到《脉论》胸口就似乎隐隐作痛。看看夕阳西下，戌时来临，王叔和就盘算着要离开太医院到魁门关去找一找，兴许这些与金钱和食品无关的纸张，不会被乞丐们所争抢。可是一提到回京都馆驿，张苗、田畴等异口同声要亲自用马车送。王叔和编了种种要步行的理由，都说服不了弟子们对他的呵护。一朝被蛇咬，十年怕井绳，清晨的前车之鉴使得张苗、田畴特别谨慎。若不能步行，寻找《脉论》的侥幸就无法进行了。怎么办呢？就在王叔和绞尽脑汁地想借口时，一位门禁值守的医工快步而进地向张苗报告，门外有一个人拿着一叠写有诊脉之论的蔡侯纸，说是清晨一位太医院的太医落在魁门关的。那人说，是他花钱买了许多大饼，从一群乞丐手里换来的，他要亲手交给那位丢失的太医。

张苗一愣，瞪眼看着田畴。田畴也瞪着张苗，脸上都泛起了大大的问号：咋回事？

王叔和先是双眼鼓突，瞬间回过神来，一声大喊："那是俺的《脉论》！"手中的书简甩得远远的，兔子一般冲出东观。

送《脉论》的人三十开外，自称姓沙名参，是洛阳广济药行的老板。他祖上几代皆是开生药店的，到他手上生意做大了，改称药行，在洛阳小有名气。沙参说，今日一大早他要赶到铜驼街办点急事，抄近道路过"鬼门关"时，发现一群乞丐打群架。被打者死死护着怀里的东西，任凭一群乞丐们拳打脚踢不放手。沙参赶上去一声大喝驱散了群丐，再看那挨打的乞丐怀里，是一个装得鼓突突的漂亮锦囊，掏出一看，皆是写满了字的蔡侯纸。一看内容，哟，全是谈诊脉的学问。沙参开药行当然知道这样的诊论，一般人是写不了的，只有太医院的太医才可能有这种本事。正好，保护锦囊的乞丐也告诉他，是一位穿官袍的人见他穿着单衣，冷得发抖，将袍内的棉背心脱给他时落下的。沙参也是个菩萨心肠的汉子，更加钦敬掉锦囊的人，便掏钱买了一大包饼子让挨打的乞丐分给群丐们充饥，然后带着锦囊到铜驼街办完事后，就往太医院赶。一路上，沙参琢磨着，他手中的这东西太珍贵了，如果不是太医院的人写的怎么办？于是，便提出了非丢锦囊的太医亲自来取不可。

丢失的心血宝贝失而复得，真是菩萨有眼，苍天垂怜。送走沙参之后，王叔和双眼噙泪，怀抱锦囊，久久不放。看着师父的举止和瞬间的变化，张苗、田畴如梦初醒，晌午间，师父突然转口，说《脉论》被师母留在西阳的解释，显然是化解他们担心的美丽谎言。

汉魏时期的孝丧礼制规定，着齐衰服者，除带"七"之日外，其余时间勿须天天守在孝堂磕头。过了"七"孝日，王叔和没有听从张苗的劝告，回住原来的太医令府，只是让张苗、田畴陪着他到家里看了一趟。

屋要人衬，人要饭衬。这话啥意思？这是鄂东方言也。意思是说，再好的房屋，得要人住；再有本事的人，不吃饭不行。昔日热闹的太医令之家，如今大门挂锁，院落荒凉，杂草丛生。张苗一开始就告诉过王叔和，养子昌途几年前抑郁成疾，且坚决拒绝医治，不到一年光景就不治身亡。昌途一死，张苗就将家童侍佣全部遣散，以节用开支。养子不在了，太医令府还空着，这倒令王叔和感到意外。张苗还告诉王叔和，辛宛英才女几年前到洛阳城东的白马观剃度研经，伴黄卷青灯了。闻之此讯，王叔和双目紧闭，一言不发，算是对痴情才女的追思和忏悔吧！

自太医令府出来，王叔和从京都馆驿搬进了太医院。白天王叔和猫在东观查抄医籍药典，晚上与张苗、田畴还有值守的医丞、太医、义工们谈脉论诊，五章《脉论》张苗分发给太医们轮流换看。见王叔和如此谦恭，毫无太医的架子，那些从未与他打过交道的太医、医工们也甚为欢欣活跃，对王老太医令的《脉论》也敢品头论足，对脉诊之法也产生了浓厚的兴趣。

有的说，脉理之浩繁，必有一纲。有的说，脉理浩繁，证病识源，难得十全。有的说，脉切十二经，岂无主次分？古人所言，必有其理，谁敢造次？有的说，春夏秋冬，四季不同，脉切各异，难以苟同。有的说，天下万物，四季而统，人体百异，五行归合，甚为有序，脉诊脉切，定有能统可合之契源。

太医们议去论来，议题逐渐明晰，古之贤哲所创的人迎、寸口、跌阳三部九候脉诊法太烦琐复杂，应该穷原竟委，高屋建瓴，另辟蹊径，寻找一条便捷高效的其他诊法。可有人立马反对说，那行不通，先哲们用了千余年的脉诊之法，岂能一朝而废？谁敢负此责？谁会信此法？一番沉默过后，商量着提出折中之法，在先哲们所传的三部九候诊脉法选出一种诊法。反对者亦表示认同，算得上是众心归一了。那这三部诊法选哪一项为主诊法？若论脉诊方便，非寸口诊法莫属。可是，寸口脉诊能有举一反三、一统盖全之准确？

这可是关键中的关键。

怎么办？以事实说话呗！三个臭皮匠胜过诸葛亮。有人提出，对同一人，三种诊法同时进行，然后同示脉论。

这办法好呀！可谁来当这被诊的病人？用现今时髦话说：得找一个病人做试诊的志愿者。

这天中午，太医们又围榻而坐，扯来扯去扯到这关键处又卡了壳。

"让俺来吧！"牛高马大的章太医站了起来。他已有三天未到太医院值守，告休书上写有七个字：染风寒，恙休三日。

章太医干咳几声说道："各位大人，章某给人诊脉断疾十余载，还从未知自己的脉象如何，也从未被人诊过脉。今日列位为老太医令王大人撰《脉论》献策试诊，章某染恙三日有余，有幸作试，无愧病有其所。不过，下官失礼斗胆了，这诊脉者当王老太医令、张给事中、田太医丞三位大人莫属。不知可否？"

众太医齐声喝彩称好。

诸事停当，章太医端坐于榻上，王叔和上诊人迎，张苗中捺寸口，田畴下按跌阳，以众太医一齐默数一百个数字记时。

依照事先的约定，三个人首先说出脉诊的象状，再用笔写出所诊之证。一百个数时一到，众太医异口同声：百数已至，停。

三个人同时从章太医的身上抽回手，略略思忖，王叔和首先开口："如捻葱叶,举之有余,按之不足,阳浮之脉。"

张苗说:"如循榆荚,风佛(拂)鸟毛,与《素问》之记:厌厌聂聂,浮脉也。"

田畴说:"如水漂木,轻手可得,脉浮也。"

三个人从不同之处所诊出的脉象不约而同:浮脉。

脉象相同,那么断诊的病症是否一致? 太医们都瞪大了眼睛盼着三个人写出的结果。

这次是张苗先写完,蔡侯纸一合交给了事先商定的主持人朱太医。田畴也不甘落后,第二个交了卷。王叔和最后写完,不过他的答案没有交给朱太医,而是直接给了章太医。三张"判决书"一齐亮相,皆只有相同的两个字:风热。

全场的太医、医工们一齐欢呼,把太医院方井场院中老槐树上的八哥鸟,震得不知所措"唰唰"齐飞。

这下临到章太医表态服不服的时候了。他按住胸口,重重地干咳了几声,说:"各位大人,章某诚服也。这些天俺是风痰在胸,小溲不畅,与三位大人所断毫无二异。无论是《伤寒论》,还是《素问》典籍皆有同论:脉浮有力,风热也。"

三处诊脉,脉象如出一辙,断证不约而同的结果极大地鼓舞了太医院的太医们。田畴率先发言:"这下好啦,数九寒冬给人断诊,可少了许多麻烦。俺认为,太医院应立个规矩,诊脉当只用寸口即可。师兄,你是太医给事中,主掌太医院之舵。当立规乎。"

张苗思忖良久,说道:"这些时日的脉诊之究,皆是给师父《脉论》的撰著添砖加瓦的。以寸口脉诊唯一而立规示众,兹事体大,当禀之于上再行定夺。不过,依苗之见,先不以太医院之名立规,而以先哲医籍之论,告示天下为最妙。其实,刚才的脉诊结果,《素问·经脉别论》早有定论:'气口成寸,以决死生。'何为气口? 前贤释注一目了然: '三世脉法,皆以三寸为寸关尺之分,故中外高下,气绪均平,则气口之脉而成寸也。夫气口者,脉之大要会也,百脉尽朝,故以其,分决死生也。'"

什么叫得益匪浅? 什么叫集思广益? 王叔和呀,是哑巴吃汤圆,心里最有数。不过他高兴归高兴,烦恼的事也缠得他喘不过气来。啥子烦恼事? 得从司马懿的葬礼说起。

司马懿的葬礼日选在辛未年冬月初七,其规模之高、气势之宏,一般的皇帝也难得一比。去世时,司马懿职在太傅,算得是百官之首。可一应丧仪皆是以王者之尊进行的,有的甚至超过了王者,当是皇帝的礼仪了。如前文叙述到的用"白色之罽扎成的大挽坠"中的"罽"是啥玩意儿? 用毛织成做丧礼的精美之织品。这种"罽坠",除了皇帝是不可以用的。司马师、司马昭兄弟虽执掌这曹魏的军政大权,可也不敢胡乱造次张狂。当时的司马师论官秩,只是个抚军大将军,直到第二年的正月才去掉了"抚军"二字,晋升为真正的大将军。司马懿如此高规格的葬仪当是魏少帝曹芳的恩赐。这也不难看出曹芳长大了,长成了一个很有心计的皇帝了。他要以此大礼稳住司马兄弟,巩固自己的皇权。曹芳心里也像明镜一样,司马氏兄弟位高权重,对他的威慑甚烈,可眼下,他别无他法,只能用权宜之计以恩维稳了。

皇帝如此敬崇父亲,司马师自然受宠若惊。他的身体一贯欠佳,羸弱之体被父亲恢弘高贵的葬礼折磨得够呛的,是典型的死人磨活人。服斩衰期间,司马师几乎是强撑硬顶,服药未断。父亲出葬那天,突然又冒出了新的毛病来。啥毛病?噫气频繁,连声不断,声音响亮,扯得头昏目眩的司马师难以站起,下跪更难。

这噫气嘛,类似今天的打嗝。吃饱喝足了,打几个饱嗝倒是件挺舒坦的事,可时间打长了,舒坦就成了折磨。司马师本就拖着病体,加上这噫气的加入,那可是雪上加霜了。太医院张苗亲自赶来给司马师开方配药。按说,噫气打嗝也算不上啥疑难之症。张苗给司马师先行开的是十枣汤。此次脉诊之后,开的是生姜泻心汤。这十枣汤、生姜泻心汤,都是张仲景的名方,《伤寒论》中亦有记载。可是连喝了三帖生姜泻心汤,司马师的噫气仍未见丝毫减轻。这下张苗有些举棋不定,连夜赶到京都馆驿找王叔和请教。葬礼当天,司马师噫气连连,王叔和皆在近前,作为上上宾客,又穿着齐衰之服,王叔和不便过问。再者,有太医院太医在,他王叔和也不能去插杠子。听了张苗的叙述,联想到司马师的体质及连日来葬礼的劳顿,王叔和当即与张苗赶到司马师家里。此时的司马师家人正急得像热锅上的蚂蚁,六神无主了。

王叔和给司马师号了脉,看了舌口,按了胸脘后,举笔稍做思忖开出方汤:半夏、干姜、黄连、黄芩、党参、代赭石、旋覆花、茜草、佛手、降香、苏梗,外加大枣十五颗。药点回后,王叔和逐一细审,再亲自浸泡分火熬煎。司马师服药后,不到大半炷香的工夫,噫气渐停,倦态逐消。

王叔和所开方汤,张苗当然一清二楚,那也是张仲景的两个名方合并加减而成。方名:半夏泻心汤、旋覆代赭汤。

看着张苗似有不解,王叔和说:"生姜泻心汤可主干噫食臭。可是张苗哇,你是否疏忽了司马大将军的体弱加劳累,而在饮你的十枣汤吧。先师《伤寒论》第一百五十七条曰:'胃中不和,心下痞鞕,干噫食臭,胁下有水气,腹中有雷鸣,下利者,生姜泻心汤主之。'而大将军胁下无水气,腹中无雷鸣,而是劳累所致,引肝气犯胃,胃气上逆而升降失调催发的噫气。此二汤合一,以半夏散结除痞,干姜温中散寒,二黄泻热开痞,旋覆花、代赭石重镇将逆香理气,复脾胃升降消痞,加大枣补益中气,自当效如桴鼓。此乃异病同治、同病异治之奥理也。"

听完王叔和的一番汤解之说，张苗是连连点头，口服心服。

连续几天，司马师服了王叔和的一系列加减之汤后，是脸色红润，浑身有力，阖家上下对王叔和是敬崇有加，无限感激。司马昭说："难怪父亲临终大呼，太医令在京，他还有时日。果不其然，医术了得。兄长要向皇帝奏明，给他封赏，让他早日复掌太医院，对你的身体大有好处嘛。"司马师说："俺已成竹在胸，明日为他举荐讨赏。"

三天之后，王叔和被人请至大将军府。司马师一番客套过后，开门见山直奔主题："王太医令，师已奏请帝上，你官复太医令，赏双俸。今日请你来，一者，速修家书至西阳，迁家眷徙京。二者，选吉日至太医院复职。"在司马师的意想中，王叔和听了这两项，一定会喜形于色，谢不绝口，可他万万没想到，他的一番苦心好意倒让王叔和添了不少的苦恼，吃了不少的苦头。

第五十一章

归心似箭　叔和跪山涛
心如止水　太医救孤儿

曹芳皇帝小口一开，可把王叔和弄了个目瞪口呆。有人说，这么好的大喜事，你王叔和还目瞪口呆，是不是真的会大喜伤筋喜糊涂了？一点也不糊涂。因为他王叔和压根儿就没有再回太医院官复太医令的欲望。这里既有"伴君如伴虎"的因素，最关键的则是西阳的男男女女、老老幼幼、山山水水、花花草草已经将王叔和的骨骼脑际血管经络填充得盈盈富富毫无缝隙。这就是俗话说的，人各有志，心无二用。如果说，前一段，在太医院王叔和屡屡对张苗等弟子所言，他不会回太医院，只是一种客套和应付，那是大错特错了。因王叔和绝不是那种行浊言清、口是心非之徒。

可眼下，皇帝的诏书已下，不说天下皆知，最起码朝堂上的文武大臣是人尽皆知吧。王叔和谢完皇恩，是怎么到京都馆驿的，他自己毫无印象。再说，太医院接到司马师大将军派人送的信，张苗等一干弟子是喜形于色，兴高采烈地赶到馆驿迎接师父。一路上，王叔和是双眉紧锁，吐气挟忧，一言不发，连常规常见的客套礼节皆忽略不计，使张苗等人心里都打上了问号。众人面面相觑，轻声止语地看着张苗张太医给事中。张苗也从兴奋中回过神来，有些语焉不详地问道："师父，是不是这些天在司马大将军府邸劳顿累乏还没有恢复，还是弟子我来接你接迟了？"

"张苗，你不要多想了。"王叔和连连摇手，示意张苗不要误会。"师父眼下是身陷两难，进退无门才愚痴至钝，心不在焉呀！"看着张苗，王叔和也不顾忌，一股脑儿地将他的满腹心事吐了出来。也许是憋在心里的东西讲出来了，浑身轻松许多，王叔和长长地嘘了口气："张苗哇，不回太医院复职，那可是杀头之罪。可俺回了太医院官复太医令，那也违忤了俺的意愿，俺对毛瑄兄、库盈、童禅等挚友回西阳的承诺可也是掷地有声呀！自食其言，俺还算人嘛？人都不是，还当得了太医令？！张苗，还有你们大伙，皆聪颖十分，给俺出出主意如何？！"

王叔和推心置腹一番话，倒也把张苗等一干人说愣了。此时此刻，王叔和的形象也似乎更高大伟岸，魁奇无比。说什么呢？满厅之人一个个沉默无语。就在全场静肃得能闻到各自心跳之声的当口，一句洪亮之声打破了沉寂："山巨源拜见太医令大人。"随着话至语落，一位魁凛之人跨进厅来。只见他身高八尺有余，膀阔背雄，面如芝瑞，目似皓月，双耳垂俊，秀骨峥峥。他是谁？他就是闻达四方的"竹林七贤"之一的山涛山巨源。

此时此刻，山涛与王叔和并不认识。可打这次开始，山涛就成了王叔和的福星知己。《脉经》的刊刻传世，没有山涛，极有可能难以成行。还有王叔和的长子王楒、长孙王昉步入仕途，山涛功不可没。故此，笔者费些笔墨先将山涛做一番交代。

山涛（205—283），字巨源，河内郡怀县，即今河南武陟县人。山涛是"竹林七贤"之一，与阮籍、嵇康、刘伶等人齐名，竹林七贤经常在一块弹琴赋诗，乘兴豪饮，其中山涛酒量最大，"饮酒至八斗方醉"。因家贫，早年山涛不甚得志，到四十岁才当了一个郡治主簿，而且一干就是十三年。

司马懿与曹爽争权时，山涛隐身不闻政事。司马师执政后，才倾心事政，先后当过郎中、尚书吏部郎。司马昭因钟会作乱于蜀，离京西征，以山涛为行军司马镇守邺都。司马昭加封晋王后，准备立次子司马攸为世子，山涛劝司马昭不可立次当立长子司马炎。司马炎称帝后，将山涛进爵位新沓伯，后官拜师徒，直至七十八岁悬车告老时，被朝廷誉为"年耆德茂，朝廷硕老"的良吏楷模。

山涛出仕为官，以清廉自持，忠于职守，选贤任能。他兼管吏部，典掌官员升降的肥缺，有很多人巴结他，贿赂他，皆被他拒之不受。有一年鬲县（今山东平原县西北）的县令袁毅给他送了一百斤上等生丝。这可是高额度的贿赂，用今人之言，是巨贿。当时的一斤生丝，是一两黄金的价，一百斤生丝就是一百两黄金。这袁毅为什么要花这么大的本钱行贿？为了他儿子袁一的官位。袁一贪赃枉法，私吞了三万担军粮的空饷，要被砍头的。袁毅这次行贿不止山涛一人，相关部门都送了。山涛接到这一百斤生丝后，他知道先不能交出来，便与夫人韩秀商量怎么办。韩秀是魏明帝时期司徒韩暨（赐谥南乡恭侯）的长女，甚有贤名，南北朝时期的《贤女传》皆有其传。夫人便出主意，将儿子山该、山淳、山允、山谟、山简都找来，说明原委，要儿子们将生丝藏于阁楼之上，上面贴上封帛，写明日期，盖上五个儿子的印章，严嘱谁也不许动。

两三个月后，袁毅的事行迹败露，儿子袁一被绳之以法砍了头。袁毅人毁财空，当然不干，便交代了向官员行贿的事。那可是朝野轰动，受贿的人太多了，整整三十人，最多的是山涛，一百斤生丝。其他的十斤、五斤、三斤不等。这些人全部被抓，去抓山涛的官员到了山家，夫人韩秀就将他们带到阁楼上。官员一看一百斤生丝原封不动，上面标注的日期与袁毅交代的一点不差，封帛上的"灰积陈旧,印封如初"。当即上报皇帝,山涛不仅没被抓,反而官升一级。

当然,上述山涛之事,皆是后来的事。眼下的山涛还只是陈留郡(今河南开封市)的主簿,论官阶,比太医令可小了三四个品级。论关系,山涛是司马师夫人的亲表叔。司马懿去世,山涛与夫人专程来洛阳吊唁。司马懿下葬后,山涛准备回陈留,谁知夫人突然患病卧床。经表侄司马师介绍,这才赶到太医院请王叔和出诊。

王叔和虽未与山涛谋面,但山涛的声名才气他自当有所耳闻。山涛自我介绍后,张苗又细细地将山涛与司马氏兄弟之间的关系做了一番说明。王叔和二话没说,当即吩咐张苗对太医院的全面主持不可有任何松懈,医囊一背随同山涛赶往京都馆驿。

山涛夫人韩秀此时正卧之于驿馆榻上,柳眉紧缩,杏眼盈辛,那种酸酸之状,显然是疼痛隐忍的余积。

王叔和号了脉,心里"咯噔"一愣,山夫人正值妊娠,怀期不会少于四五个月。从脉象和夫人的面目之状所断,王叔和似问似答地说了一句:"夫人是疼凝贯筋,痛寒彻骨吧?!"

山夫人不无艰难地扭了扭身子,一丝苦笑跃于脸上,纤纤秀发随着喘咳动了动,算是对王叔和似问似答的默认。

回到厅中,王叔和双手一拱:"恭贺山大人,夫人怀甲,当又是虎子矣。"

山涛点头一笑:"真无愧是太医令,触脉即断男女,啥事都瞒不过太医之眼,下官钦佩之至。也正是贱荆怀妊,这疼游痛走、彻夜不眠之疾当不知如何是好。"

王叔和说:"山大人不必忡忧,夫人脾湿寒凝,肾阳亏虚以至阳虚里生外寒而引发的疼痛游移,加之妊娠重虚那就是痛上加痛了。叔和开方,先去痛燥湿,再温阳以助。"边说,王叔和边开出了方汤,随手递给了山涛。

这山涛虽不是郎中,可作为名噪一时的文人对一些简单的医理还是略有所知的,一看王叔和递给他的方汤纸,不由脸凝惊诧:"王大人,贱荆娠怀有五,服此辛热之汤,岂不堕乎?"

山涛何出此言?原来,王叔和所开出的汤剂名曰附子汤。为五味药:附子二枚,茯苓三两,人参二两,白术四两,芍药三两。四帖,热服。

稍知医事者皆知晓,附子是辛热之物,这怀娠之妇,宜当禁忌为上。

"山大人勿忧。叔和的汤剂上还有一行字须细看之:附子,炮,去皮,破八片。这炮附子与生附子有天地之性、阴阳之别。再者,此附子汤非叔和所制,乃先师熟方。《伤寒杂病论》书云:'少阴病,身体痛,手足寒,骨节痛,脉沉者,附子汤主之。'《金匮要略》又云:'妇人怀娠六七月,脉弦发热,其胎愈胀,腹痛恶者,少腹如扇,所以然者,子脏开故也,当以附子汤温其脏。'请大人放心,叔和回太医院亲自炮制附子熬汤以侍夫人服用。"

连续几天，王叔和亲自炮药熬汤，山夫人服了两帖就疼痛全消，四帖服完身轻骨健完全康复，这下可把山涛乐坏了，对王叔和可谓是钦敬有加。这天，山涛特地在京都最有名的酒肆醉月楼办了一席上等酒菜，酬谢王叔和，请了张苗、田畴等太医院的太医们作陪。

这以酒谢恩本应是件十分高兴的事，可是山涛发现，王叔和一脸的无奈，满腹的愁结，喷香喷香的馔肴在王太医令的嘴里，似乎形同嚼沙石瓦砾。当然，山涛不是王叔和肚子里的蛔虫，不知他为什么高兴不起来。愁闷之人必有烦恼难以启齿，作为夫人的恩人，他山涛岂能坐视不闻。于是，山涛举樽说道："王大人，贱荆之疾，诸多良医畏之如虎，不敢施治，大人不仅不畏，且亲自为其炮药熬汤，药到病除，乃大恩高德也。在下观之，太医令大人眼下似有难解之忧事。请诉之下官，当赴汤蹈火而不辞。"

山涛这么一说，王叔和如同落水之人遇上了救命稻草。是呀，山巨源乃竹林七贤，足智多谋，旷闻卓见，必有超人之法，俺的两难之事何不求之于他。不求便罢，求当求到位。王叔和一番思忖，毫不犹豫地离席，"扑通"一声跪在山涛的席前，大放悲声地道出了心中的苦楚之痛。

王叔和这突如其来的一跪，倒真的把"眼眨慧计出，眉动妙略来"的山涛给跪蒙糊了。论年龄，山涛比王叔和小四岁。论品秩，山涛是七品，王叔和是三品。论身份，山涛是谢恩者，王叔和是受恩人。山涛不蒙才是怪事一桩。不过，话又说回来，当王叔和说出他眼下归心似箭却进退两难的缘由后，山涛对王叔和人格人品的认知，自当是雨后的竹笋，"蹭蹭蹭"地往上冒。这也许是若干年后，山涛为《脉经》的刻刊行世，为王叔和长子、长孙的仕途举荐不遗余力，恪尽职守的一大原因之一。

这天晚上，山涛与王叔和在京都馆驿的房间里是抵足而眠，彻夜长谈，办法是想了一个又一个，假设是论衡了一茬又一茬。待到东方发白、雄鸡唱晓的时光，山涛凤目一闪，字字铿锵地说出了四个字：立走为上。当然，立走为上，不是偷偷而行，不辞而别，而是由王叔和先写一份谢恩表，算是对皇上官复太医令的答谢，也是对重返太医院的表态回应。再写一份受职留俸请奏。其理由是远隔数千里的西阳山，妻韩娣已正怀娠，山高路远，行动不便，待妻子娠乳后，再携家眷赴京上任。这受职留俸的时间，多在一年半载。受职留俸的请奏上，王叔和还特此言明，他受职留俸期间，由太医院给事中张苗代行太医令之职。这谢恩表和受职留俸请奏由谁呈送给皇上呢？解铃还须系铃人，由大将军司马师代呈。其缘由很简单，给王叔和请复太医令的奏呈是司马师上的。

谈及司马师大将军的奏呈之事，王叔和似乎有些为难，这受职留俸的请奏无疑把司马大将军的好心当成驴肝肺。看着王叔和的愁态，山涛凤眼一眨立马又有了主意，由他和太尉司马孚，还有表侄司马昭一同陪着王叔和到司马师大将军府呈递谢恩表和请奏。一切按山涛的筹划所定，两天后，山涛领着王叔和会同太尉司马孚、卫将军司马昭来拜会司马师。一番客套过后，王叔和双手执领呈上谢恩表与奏呈说道："承蒙大将军抬爱，使叔和重返太医院，官复太医令，其恩德荣耀俺刻骨以记，铭心以报。不日返西阳，迁家徙眷上任，恐时日不济，不能应期入京，故有一请奏烦劳大将军代呈陛下以谢皇恩浩荡。"

司马师接过王叔和的请奏，闪目只看了两行，似哑巴吃汤圆——心里有数。再看因由，不由皱起了眉头，猛地抬起头双目如电直射王叔和，几丝不悦由里及表很快溢之于脸上。看着看着，司马师眼前浮现出父亲司马懿临终前的那一幕，父亲欲起又倒下喊出的那番话荡之于耳鼓："吾命休矣！倘若王太医令在京，兴许俺还有时日，只可惜，老夫无缘与他相见——你……你……你们……"司马师想到这里，不由在肚子里叹了声气，放下手中的请奏，声音低沉地说道："王太医令既然归心似箭，司马师焉有不代劳之理。只是，只是这留俸一事恐有诽语詈言，休怪司马师不尽力道。"

"那俺重写请奏，避言留俸。"王叔和说完疾身上前，欲拿回司马师案几上的请奏。

司马师挥了挥手，示意王叔和打住，旋即又拿起请奏，脸凝庄重，说："这就不必了。王太医令是俺司马家的福星，萱堂累累提及，老父生前亦念念不忘。前些日，又是你妙手回春，令吾脱恙复康。俺不打妄语，于国于家吾皆不放你回西阳。可你归心似箭，心去难留，俺司马师若不成全，岂不被人所耻？"说到这里，司马师无可奈何地叹了声气，抖着手中的请奏道，"太医你去吧，去吧，一路走好，这留俸之事，俺司马师当竭力而为。"

司马师说的皆是真情挚语，他为王叔和真可谓做到了仁至义尽。第二天上朝，司马师呈上王叔和的谢恩表和请奏书。皇帝曹芳看完了后轻声问司马师："大将军以为如何？"

司马师缓缓而答："太医令医技高超，国人诚服有嘉。回西阳接家眷当属礼教，然其妻有娠，西阳路遥，恐颠劳误期，先受职留俸，辞让张苗给事中代行太医令之职，其忠君敬业之心昭然若揭也。"

曹芳听到这里，当然明白，挥了挥手说道："准其所奏，烦爱卿代为宣诏吧！"

"陛下。"司马师见曹芳离开龙椅准备转身回内苑，遂声调高亢地喊了一声。

曹芳有些尴尬地转过身来问道："爱卿还有何事？"

司马师说："陛下，西阳路远山遥，乃穷乡僻地，王太医令回乡迁眷返往艰辛，日久，恐其微薄之俸难以为继，若恩赐其赏，足可见陛下求贤若渴也。"

曹芳咬了咬牙根，一字一句地说道："爱卿速速昭告三司台，太医令王叔和受职留俸，加双俸。另先赐金三百镒，以助迁眷。"

皇帝开口，大将军执行，不用说那办事的效率比离弦的箭、脱缰的马还要快捷。才过两天，太医令王叔和受职留俸领双俸，张苗代行太医令的诏书已到位，另行赏赐王叔和的三百镒金也送到了太医院。

王叔和返回西阳的准备一应就绪。临别前，张苗从太医院挑选了两个年轻的太医跟随师父到西阳。王叔和坚决不同意，其理由十分简单，太医院人少事多，而他单身进京，单身回去，毫无需要。可张苗等一行太医坚持己见，双方正在僵持着，只见四匹快马由远及近，马上跳下来的是老太尉司马孚和两位干练的军丁。

这是怎么回事？司马孚盈盈一笑，道出了他是受其侄司马师大将军的请托，专程来给王叔和送行的，为保一路平安快捷，司马师特意挑了两名军丁，随同王叔和返西阳。此外，也给王叔和选了一匹快马。这下可解了张苗的围，两名太医自不用同行。司马孚、山涛、张苗一干人等将王叔和送至洛阳西门外的驿亭，才依依不舍地分了手。

自魏少帝曹芳的嘉平三年十月，至嘉平四年三月离开洛阳，王叔和在洛阳住了整整半年的光景。一路上，王叔和过电影般地回想起半年来京城的所见所闻、所思所行、所得所成，真是百感交集。在这浴火重生的半年里，王叔和最刻骨铭心的顿悟仅两个字：重——复。人的一生，形影难离的不是权钱，不是名利，更不是尔虞我诈、生死抗争，而是重复。生存之重复、生活之重复、痛楚之重复、幸福之重复，还有最为重要的重复，那就是处世之重复——你怎样对待别人，别人就怎样对待你。

由"重复"的联想，王叔和又有一种骄傲自豪油然而生。骄傲自豪什么呢？骄傲自豪他选择的职业：为苍生除疾解痛。在京都的半年里，也正是他"医道至诚，岐黄荣光"的举止，才使他如愿以偿地返回西阳。一想到任重道远的《脉论》写作和三不堂里熙攘顾盼的西阳父老，王叔和的心一阵紧缩，手中的缰绳不由扯得紧紧的。座下的快马四蹄生风，呼啸着冲向了茂密的树林，将两名随行的军爷抛得老远老远。

归心似箭的王叔和一离开洛阳，不走官驿之道，专挑偏僻近道而行。十多年前，王叔和寻妻进西阳走的就是这条近道。其路线是浚仪、睢阳、谯郡、淮阳、山桑、弋阳，今天的地名就是开封、商丘、亳州、阜南、潢川、六安、金寨。进入潢川以后，就是今日之大别山区。不用说，一千六百多年前的大别山麓是绝没有今天的便利交通，除了山还是山，离开岭还是岭。山多林密，路匪人稀，自然是盗寇丛生，匪患横行。一进入今安徽霍邱境内，王叔和就意识到这偏僻之道太阴森恐怖，得快速转向官驿往弋阳郡官道而行。可惜呀，他的想法是干鱼铺买胆——迟（鄂东方言，切开取出之意）了。跑了整整一晌午，还不见官道的影子。看看日头转向，王叔和一行才走出一处长长的山峦，眼前豁然一亮，一片开阔之地一望无涯。一行三人相视一笑，正欲纵马而驰，只听见山峦中一声锣响，灌木丛中弹出数条藤索，三匹马不约而同一声嘶叫齐刷刷倒之于地。三人着地晕乎乎来不及翻身，一群持刀举枪之徒蜂拥而上，将三人捆成了粽子。很快一块黑乎乎臭烘烘的布条蒙住了双眼，被人抬着就走。

当三人被解去眼罩，屁股着地时，已经是黑夜了。王叔和站起来伸了伸被藤索捆得酸胀不已的脚手，揉了揉昏涩僵刺的双眼，就被人押进一处十分宽敞的山洞。洞内松明火把呼呼作响，参差不齐的石桌木凳分列两厢。石厅正中处的虎皮靠垫上，斜靠着一个人，披肩长发遮住了那人黄色上衣的一半。押送王叔和等人的小头目上前与长发人一番耳语，长发者立马站了起来，"蹭蹭蹭"地来到王叔和面前，疾声而问："你是太医？"

王叔和一惊，惊的不是那人怎么知道他是太医，而是从语音中辨出，问话者是个女的。

王叔和悟得一点莫错，此人正是一介女流。一个娇柔腼腆、风韵婉婷的女人，咋的成了匪首山大王呢？这事说起来，得费一番口舌。

王叔和一行所行的山脉名曰九尾黄狐山。民间相传，此山出产黄色皮毛的狐狸而得名。黄狐山上的知母寨，同西阳康王寨一样，也是曹操执政时期推行"以民治地"的官方山寨。吃官饷的山寨主姓仇，武艺高强，威慑四方，统管着方圆三百里的三十三个大小山寨。自十几年前，九尾黄狐山地域接二连三地闹瘟疫。瘟疫过后，十室九空，村毁庄没。仇寨主所统辖的三十三个山寨上的人丁也似蟹子去了上壳——所剩无几。主寨知母寨上三百余人，也差不多死去了一半以上。三年前，仇寨主也在一场瘟疫中撒手人寰，没有儿子的仇寨主临终前将象征寨主权柄的犬纽石印交给了独生女儿仇姑。眼前这位被王叔和等人当成匪首的女子就是知母寨少寨主仇姑。

听了仇姑的自我介绍，王叔和心中的一块石头算是落了地。既然是堂堂的官方寨主，为啥要用山匪、强盗的下三烂方式将他们弄上山呢？王叔和正准备询问仇姑，突然间，山洞深处传出几声婴儿的啼哭，紧接着，洞内洞外相呼相应，婴儿、幼儿的啼哭一阵紧一阵。

蛮荒山嶂之地何来如此之多的婴儿、幼儿？难道……

看着王叔和的惊诧之状，仇姑长发一甩，无奈地摇了摇头，说道："王太医，也正是这些孤儿，仇姑不得不用匪盗之卑劣，让你等受屈受罪。不然，咱这荒山寨寨太医岂会踏脚屈身。"

仇姑一边说一边接过女眷抱着的啼哭婴儿，讲出的一番话令王叔和肃然起敬。

原来，仇老寨主虽为习武之人，心地却十分善良，待人接物，慈心厚德，铁骨柔肠。山下的每次瘟疫过后，仇寨主总要冒死带着寨丁到疫区将无人收拾的尸体掩埋。也是大千世界、无奇不有。在无数次的疫后处置中，仇寨主发现总有十分顽强的生命存在。死人堆里，常有一岁两岁甚至才几个月的婴儿没有死去。仇寨主先是将从死人堆里扒出来的婴幼儿送至就近的官府衙门，却屡屡令他寒心透骨。在死人堆里甚至几天几夜都未死去的婴幼儿，却死在了官衙府驿。于是仇寨主牙骨一咬，将那些死人堆里扒出的孤儿带回了山寨。十余年，经他带回的婴幼儿不少于百余人，虽在抚养中死去了不少，可顽强活下来的也有几十个。随着岁月的蹉跎，一些年长的孤儿也步入了拯救孤儿的行列。在父亲言传身教的影响下，仇姑完全继承了父亲的美德，对孤儿的抚养无微不至，对孤儿的搜救始终如一。今年初，外地山寨的一些寨眷寨属突然病故，遗下的孤儿，她也全部接进了知母寨。十几天前知母寨连续下了几天几夜的大雨，婴儿先后发病，高烧喉肿、耳肿。寨里的草郎中虽扯草药予以诊治，却无济于事，死了好几个。万般无奈之下，仇姑令人到山下请郎中。因瘟疫的蔓延，方圆二百里杳无人烟，下山的寨丁便赶到几百里外的山桑县请郎中。有哪个郎中愿意到几百里外的山寨出诊呢？下山的寨丁深夜里不得不强行绑了一位郎中。那郎中被绑在马上，一路颠簸到山上，刚放下马，半句话没说上就脚手一伸见了阎王。

仇姑大发雷霆，命令手下再强绑郎中不可用马驮，只能用人抬。王叔和一行三人被抬上山时，有七八个寨丁被累趴下了。

谈到如何发现王叔和是太医时，仇姑甚为骄傲地告诉王叔和，他们的人跟踪了两天两夜。

那天晌午，在淮河过滩时，王叔和上林子里方便，好半天没出来，二位军爷便扯开嗓子"王太医、王太医"地四处喊叫，正好让路过的知母寨寨丁头目听到了，遂一路跟踪。离开山桑进入霍邱界，王叔和一行在亭子里商量着如何找官道驿站，也让尾随的寨丁听得真切。于是在王叔和必经的山峦与平畴交界处埋伏等候多时……

仇姑与王叔和正说着话，怀里的婴儿"哇"的一声又号哭不止。王叔和伸手接过婴儿一声惊叫："哎哟。这么高热烫手呀！"

仇姑说："是呀，王太医，大小几十个都一样，发热、脸肿、脖子肿。"

"发热的孤儿有几十个？"王叔和瞪圆了双眼问仇姑。

仇姑边点头边领着王叔和往洞里走。

举着火把，王叔和将三十多个发烧的孤儿逐一看了一遍。这些发烧的孤儿最小的才几个月，最大的也不过十岁。他们中有的已高烧昏迷，有的哭哑了嗓子，有的已开始抽搐。

孤儿们得的啥子病呢？王叔和一看症状，立马告诉仇姑，孤儿们得的是蛤蟆瘟。这蛤蟆瘟就是今天的小儿痄腮，是一种小儿急性传染病。发病急，传染快，轻者以耳下腮部肿胀疼痛为特征，重者恶寒发热，小便短赤，滞壅窒息而亡。

这么多的患儿，又时至午夜，危在旦夕，怎么办？王叔和双眉紧锁，脑子里飞速旋转起来。他记起去年春上，西阳赤亭的一个山庄里也发生了蛤蟆瘟，赤亭名医徐醉用一种名叫蛤蟆衣的草药给治好了。这蛤蟆衣是西阳人的俗称，其名就是车前子草。这知母寨有没有车前子草呢？王叔和想到这，叫上仇姑多找些寨丁，带上火把、锄铲到林子里寻找车前子草。

苍天有眼，一走到寨前的路边，王叔和就发现了一丛丛车前草。挖草洗净，王叔和将草样交给一些寨丁按此寻挖，自己将洗净的车前草绞汁涂抹在患儿的红肿处。又让人用瓦钵熬煎汤汁给患儿喂下。对十几个重症昏厥的患儿，王叔和又用金针扎其百会之穴。忙到第二天太阳高升时，所有患儿涂抹了两次以上的车前草汁，喂上了两至三次用车前草加赤小豆熬煎的汤药，才使患儿高热渐退，啼哭渐止。又忙了一天一夜，几十名患儿总算脱离了危险，几名年龄稍大些的幼儿已经下地嚷着要吃东西。两天两夜没有眨眼的王叔和这才感到浑身乏力，头沉腿笨地倒床便睡。

睡了半天一夜，王叔和方一觉醒来，睁眼一看，倒把他着实吓了一跳。

只见眼前的石几上，摆放着大钵小罐的食馔。仇姑和寨中的大小头目十余个，还有随行的二位军爷，一个个目不转睛地瞪着他。见王叔和醒来，仇姑"扑通"往地一跪，身后的大小头目也一齐跪倒，二位军爷也不知所措地匍匐在地。

仇姑说："王太医令，你妙手高超，救了三十多个孤儿的命，仇姑感恩不已。回想起咱用匪盗手段对待太医大人，真是罪不可恕呀！仇姑向你谢罪谢罪。"边说，仇姑边磕头不停。王叔和哪见过这样的阵势，手忙脚乱地将众人扶起。填饱了肚子，王叔和对洞内外所有的患儿又进行了一次复诊，给个别患儿又用了药，站在患儿的榻前，王叔和心事重重。眼下这些孤儿虽说脱离了危险，可潜在的危险如影随形。时下正是山区多雨之季，山洞里阴暗潮湿，空气滞阻不畅，而小儿蛤蟆瘟正是由风温病毒所致，邪入少阳经络，郁而不散，易于复发。还有婴幼之儿，正气低下，易染病嗜疾，长期留在山寨凶多吉少，最好的办法是让少儿离开山寨，另择佳地抚养。

这天傍晚，王叔和将他的想法告知了仇姑，满以为仇寨主会喜形于色，拍手叫好。令他大跌眼镜的是仇姑却柳眉似箭，杏眼如灯，摇头摆手连连说不。其理由很简单，对官府衙门无半丝半缕的信任，老父临终千叮万嘱要她不可将孤儿送给官方。王叔和告诉仇姑，孤儿虽暂脱危险，可性命之忧随时可能发生，他王叔和也不可能长久地待在山寨，就是他住在山寨，诸多的突疾怪病也会使他束手无策，因山寨的条件太差太差，婴儿的体质千差万别，危如累卵。仇姑说，生死在各人的命，纵然死在山寨，皆各自命尽，也比死于官府衙门强，话说到这个份上，王叔和无言以对。晚上回到洞中之榻上，王叔和反转难眠，猛然想起，皇帝赏赐的三百镒金，这可是一笔可观的资财，莫若让仇姑寨上的人随孤儿下山，用这些金子开一所养孤苑，必当是财尽其用，人尽其力。

第二天一大早，王叔和向仇姑讲了由他出资办养孤苑的主意。仇姑仍然是头摆断了，手摇弯了不同意。理由是她和她的寨丁们野散惯了，只要下了山，绝离不开官衙的羁绊管束，她们无法适应。

这叫什么？这叫瞎子拉胡琴——各润各的门。王叔和讲得口干舌燥，仇姑是充耳不闻。

怎么办？难道就此屈服于仇寨主的愚昧，让活生生的孤儿在这偏僻孤远病瘴重重的山寨里熬煎？王叔和冥思苦想了一夜，断然决定舍弃自己的生命也要让仇寨主走出愚昧的羁绊。

第二天早上，仇姑仇寨主发现送给王太医的早膳原封未动，午膳同早膳一样未沾箸迹。莫非厨艺不佳不合太医口味？仇姑晚膳亲自下厨，也亲自送之于王叔和下榻处。王叔和正襟而坐，闭目而谈，字字铿锵地告知仇姑："仇寨主不答应带孤儿下山生活，俺王叔和身为太医不得不以死相劝。"

仇姑震惊了，大名鼎鼎太医令为了这些山寨的无名孤儿，真的以命相舍？她犹豫了一阵子，理智告诉她，不可能的！人世间这种舍生忘死的人如凤毛麟角。可仇姑娘万想不到的，王太医就是这凤毛麟角中的一员。

第二天，王叔和仍然水米不沾，闭目不语。

第三天，王叔和仍然闭目打坐，心如止水。

第四天下午，王叔和虽昏倒了两三次，可仍然挺身而坐，脸无惧色。

第五天上午，看着双手撑住榻沿，面有苦色，身子微颤的王叔和，仇寨主泪如雨下，发疯般地抱住王太医，那哭声呼谷传响："王太医，你可不能死呀，不能死呀！仇姑我立马带着孤儿随你下山，下山呀！"

第五十二章

小小黄鱼　难住大太医
皇皇《脉论》　毁于小老鼠

办完了知母寨仇姑寨主及孤儿下山安置的一应事务,王叔和终于回到了朝思暮想的西阳四望山。消息传开,西阳人的欢喜比过年还热烈,每天上门看望的络绎不绝。捉鸡的、提蛋的、拿山货的、送鱼虾的乡邻推进拥出。这天中午,赤亭下滩的鲍氏兄弟"呼哧呼哧"地抬来了一筐东西,往王叔和杏邑苑院子里一倒,澄澄赤赤的全是小黄丁。

小黄丁就是黄丁鱼,两条长长的须,两根坚硬的刺,头大尾小,浑身黏糊糊的,触手就有涎。大黄丁鱼三五斤以上的都有,鱼肉鲜嫩,煮汤最为可口。最好吃的是黄丁小鱼煮齑(腌)菜,西阳人称之为西阳第一味。黄丁鱼蛰手,一般很难抓到,只有春季涨水时节产卵过后,长到三寸左右的小黄鱼成群结队不离不弃,一捞就是半桶。鲍氏兄弟一大早碰上了小黄丁围戏,抓了满满一大筐。去年春上,鲍氏兄弟的母亲发春哮(喘),被痰噎住了,是王叔和用针灸祛出了积痰,才使老太太逃过了一劫,兄弟俩念念不忘王太医的恩德。听说王太医已从京都返回,他们两手空空,甚有为难。今早捞了一筐小黄丁,兄弟二人喜之不尽,一合计就给送来了。

头一回看到如此多的小黄丁,韩娣乐得合不拢嘴。看着不断拥来的乡邻,韩娣煮了满满三锅米饭,将鲍氏兄弟送来的小黄丁鱼一锅全烩了。鲜嫩的小黄丁,在含酸泛黄的齑菜煮沸下,香味四溢。从三不堂回家的王叔和,老远就闻到鱼香味,进院门连声嚷嚷:"好香好香呀!"

该吃午饭了,院子里黑压压地站满了乡亲,所有的乡邻韩娣一个也没让走,她要借鲍氏兄弟的小黄丁鱼给她的劳公王叔和办一顿接风席,让众乡邻作陪。

见乡亲们都席坐以待,韩娣盛了满满一钵黄丁鱼端至丈夫席前,含笑说:"劳公,你自京都回西阳,给劳婆我还有在席的所有父老乡邻都是惊喜,乡邻们都念叨你盼着你。今日借鲍氏老哥俩的黄丁鱼给你接风洗尘,也向关心劳公的众位乡亲致以谢忱。来,这钵黄丁鱼先由你尝。"

王叔和笑着接过韩娣的鱼钵,用鼻子使劲地嗅了嗅后,说道:"各位乡邻,俺们一起品尝如何？"

众人异口同声："太医先尝，太医先尝！"

王叔和举着箸，笑眯眯地先喝了一口汤，连连咂嘴："真鲜，真鲜！"

随着鱼汤下肚，王叔和惬意十足地挟起一条小黄丁，用欣赏的眼神看了看后大口一张，双唇一合咬了下去。只听一声："哎哟！"王叔和的嘴就被小黄丁腮翅上的两根尖刺牢牢地撑住了。刹那间，鲜血自他的口角流出，染红了衣衫。

王叔和是齐鲁大汉，南方的鱼原本就见得比较少。再者，鱼之腥味，王叔和平时就不太喜欢，就像南方人对北方的牛羊膻味有排斥一样。很少吃鱼的王叔和今天被妻子韩娣的厨艺所折服，加上小黄丁鱼配腌菜者，那就是一道绝配之味。还有妻子的多情、乡亲们的热情气氛使他王叔和想都没想到小黄丁鱼会有如此坚硬的骨刺。这就叫大意失荆州——得意易忘形。

当天夜里，韩娣捧着丈夫的双颊，是眼带梨花，心似刀插。此时的王叔和腮脸处肿得老高，因那两根小刺骨已刺入了牙根部，拔出时又连扯带拉地捎出了些牙肉，稍需用牙嚼的食物他是吃不了，只好用了几天的米粥菜羹。

一朝被蛇咬，十年怕井绳。那次小黄丁鱼卡喉事件过后，王叔和是谈鱼色变，不仅见鱼不沾，连别人说鱼也浑身起鸡皮疙瘩。这可把韩娣急坏了。先哲圣人曰：一念之差，足丧平生之善；终身检饬，难盖一事之愆。韩娣是一介山姑，并不懂得先哲圣人之言，可她贤淑如兰，慧敏似葱，心里对丈夫的愧疚难以释怀。这春夏之季，举水河畔的鱼多得不得了。尽管那个年代，人们都还不知道鱼的营养十分丰富，可知道鱼的味道最好，口感最好哇！那么好吃的东西不吃真的太可惜了。不行，得想办法让丈夫吃鱼。韩娣遂动起了脑子，比如将鱼的刺一根一根地全部挑出，再将鱼肉埋在丈夫的饭肴之下。可王叔和似乎有先天的嗅觉，一闻到那鱼味，别说是吃下去，其他的东西也毫无胃口。这样弄得韩娣好不尴尬。怎么办呢？韩娣陷入了痛苦的思索中。

再说，赤亭下滩的鲍氏兄弟，那天在杏邑苑真恨不得挖个地洞钻进去。尽管王太医被小黄丁鱼咬了嘴他们毫无过错，可是那小黄丁鱼毕竟是他们兄弟送的。回家后，老母亲也不时地责怪他们，老嚷嚷让兄弟俩想个办法弥补弥补。这天，兄弟俩网住了一条大鱼足有二三十斤。王太医吃不了小黄丁鱼，这大鱼总可会吃吧。兄弟二人扛起那鱼送往杏邑苑。兄弟俩这次多了个心眼，叮嘱韩娣说："弟妹子，王太医不善吃鱼，主要是怕刺，这条鱼大，刺也大，你费费心，将这鱼刺鱼皮先给剔出来，没有刺了，王太医就不会被刺咬的。"鲍氏兄弟的话，点醒梦中人。韩娣一听，这哥俩的话太有道理了。送走兄弟俩，韩娣回到厨上挽起袖子，杀鱼取肉，剔皮去刺地忙乎了半个时辰，那条大鱼不见了，眼下案子上只是一堆无刺骨无鳞皮的鱼肉了。这堆鱼肉怎么弄呢？按照已经试过的办法，煮熟后再放入饭羹之下，丈夫还是嗅得出来，不会吃的。只有彻底改变鱼的模样，让丈夫认不出是鱼，他才有可能尝一尝。

韩娣脑子里想着，手里就操起刀在那鱼肉上使劲地剁起来。剁着剁着，那堆鱼肉就成了一堆肉泥，用手一捏，软乎乎的十分细腻，想捏成啥就捏啥。捏成啥模样呢？韩娣抓起一把肉泥正盯着看。院子里的母鸡拍着翅膀骄傲地叫个不停，儿子王杬手里举着个鸡蛋又蹦又跳地跑进厨房："娘亲，娘亲，黑鸡下蛋了，黑鸡下蛋了！"鸡蛋？儿子的一句"鸡蛋"立马给了韩娣灵感。好，就做成蛋的模样。

这天晌午，韩娣到三不堂给王叔和师徒送去的午餐里，就多了一道新式样的菜，用鱼肉做成的蛋，白白胖胖。王叔和看了一眼，举起箸夹住就往嘴里送，一口咬下去，"嗬"，这鸡蛋咋没有蛋黄。再一嚼，味道全不同，此鸡蛋劲道多了，因忙着给人看病，王叔和也没有过多地去想，吃了两个"蛋"喝了几口汤就放下了。

晚上回到家里，用膳的钵子里装得满满的皆是"蛋"。王叔和吃了一个就嚼出不同，笑着问韩娣："劳婆，这是不是蛋呀，比蛋劲道多了。"

韩娣抿嘴一笑："咱劳公有长进了，还知道这鱼蛋比鸡蛋有劲道。"

"鱼蛋？啥子鱼蛋？"

"鱼生的蛋呗！"

"鱼还能生蛋？"王叔和放下箸一本正经地看着韩娣，又看看钵中的"蛋"。

"劳公，它不是鱼生的，是用鱼肉做的。"韩娣一边笑，一边把上午鲍氏兄弟送鱼补过，以及教她如何剔骨去刺，好让他吃鱼。她又如何将鱼肉剁成泥，儿子王杬送鸡蛋受启发做成蛋模样的前后经过绘声绘色地说了一遍。

"它真是用鱼肉做的？"王叔和夹起一个，用劲地咬了一口，嚼了几嚼后仍一脸的疑惑。

"劳婆几时骗过劳公呀！不信你去看，鱼皮、鱼刺还有鱼鳞、鱼头、鱼翅都在这里放着呗。"

王杬也夹起鱼蛋咬了一口，将剩余的塞进王叔和的嘴里，边带劲地嚼着，边嚷嚷说："父亲，娘亲给你做鱼蛋，把手都割了好几处，流了好多血，还让我给她包扎呀！你看你看，娘亲的手都这样了。"

看着韩娣缠满布带的手，王叔和心底涌出一股热浪，一把将韩娣揽在怀中，一字一句地说道："劳婆，你真好！"

连续吃了几顿鱼蛋后，王叔和甚为惬意，他给韩娣建议，把毛瑄儿、库盈、童禅等好友都接到杏邑苑尝尝劳婆的新烹艺。

这天夜里，毛瑄、库盈、童禅还有库充、康泰、万全、庞夫等一应弟子齐聚杏邑苑。大家席地而坐。王叔和端出鱼蛋，一人一钵，说道："这是楒儿、杬儿娘亲几天前创制的一道美食。庳充、康泰、万全、庞夫你们几个早就吃了几顿，不用掺和。俺要让毛瑄兄、童禅先生还有庳大商贾边尝边猜，是用什么东西做的。猜中了，叔和罚酒一樽，猜不出来，你们也要自罚一樽如何？"

因是叔和自行提议，又要考考毛瑄兄等，晚上做鱼蛋时，王叔和特意给韩娣出了些小点子，将三不堂药橱里的生姜去皮，还有葱、蒜、韭、蓼、芥等五辛作料剁了些在鱼肉中，又掺和一些五谷之渣（粉）。这样既去掉了淡淡的腥气，又使口感别有一番滋味。

毛瑄先是囫囵吞枣般吃了两个，然后咬一口嚼一下再反复看几看，闻一闻，连续吃掉了一半，也没猜出啥东西做的。干脆抹了抹嘴，端起酒樽说道："弟媳不愧是烹饪高手，愚兄猜不出，自罚自罚也！"说完，一仰脖子，"咕咚"一口喝光了盏内的酒。

童老先生接二连三地吃了几个，也不时用鼻子闻了闻，看了看几遍后，边摇头边笑着说："老朽无能，只知道美味可口，不知何物所成。恕人老量小，我自罚半樽如何？"先生嘴里说只罚半樽，可端起来却一饮而尽。

庳盈不愧为走南闯北的老江湖，再者他自小住在赤亭水边，尝了几个鱼蛋后，就尝出了是用鱼肉做成的。可他没有直言拜上是鱼肉，故意卖了卖关子说道："我猜呀，这道美食所用之物，虽没有脚，却能走南闯北畅游天下。虽没有翅膀，却能随雁翱翔于天，传情递书不是？！"

正在吃鱼蛋的毛瑄不由一怔，手中之箸放之于席，伸着脖子问庳盈："庳大财翁，你说这钵中的美食是鱼做的？不可能，不可能。"

一旁的康泰被庳、毛二位的隐语弄糊涂了，自言自语道："鱼没有脚可以游行天下，可怎么会与雁飞天哪？"

庳充忙扯了扯康泰低声说道："不知当不知，勿插嘴多舌。古有'鱼雁传书'之典故。当年，苏武牧羊于大漠，教使者谓单于，言天子射上林中，得雁，足有锦书。古乐府《饮马长城窟行》曰：'呼儿烹鲤鱼，中有尺素书。'"

庳盈耳闻侄儿与康泰的交谈，甚为得意，笑着问毛瑄："毛大隐士，这美食是不是鱼做的，你问问王太医吧。"

王叔和喜笑颜开地将韩娣拉到毛瑄席前说："快告诉兄长，是怎么做的。"

韩娣无不腼腆地把为啥做鱼蛋的前前后后，向毛瑄说了一遍。

"哎呀，真是用鱼肉做的，愚兄咋的一点没有尝出来哩？好！好！好！太好了。弟妹不仅又创出了一道美味佳肴，更为重要的是让叔和贤弟终于也吃上这举水河的鱼了。"毛瑄说到这里，脖子一扬，问韩娣，"哟，弟妹，这么好吃的东西，叫啥名字？"

一旁的王杭马上接过话茬："瑄伯，娘亲说叫鱼蛋，鱼做的鸡蛋。"

"鱼——蛋？"毛瑄夹起一个咬了一口后，摇头晃脑地重复了一遍："鱼——蛋。这名字不甚雅美，难扬其意也。"

"那让兄长给取个名字好不好？"韩娣向厍盈、童禅等人招了招手。

大家齐声说道："非毛学究取名莫属！"

毛瑄说："取名不难，可好与不好，大伙自辨分晓。当年呀，吕不韦纂《吕氏春秋》有'本味'一说：'流沙之西，丹山之南，有凤之丸。'有凤之——丸，丸，鸟之卵也。这道佳肴以鱼而成，就叫鱼——丸，如何？鱼丸，鱼丸，鱼中之丸。"

"好！"毛瑄语音未落，老先生童禅第一个站起来为毛瑄点赞，"丸比蛋甚雅甚韵也！老朽也记得《诗》之《商颂》咏殷中有'陟彼景山，松柏丸丸'之句。真是太雅了。不过，老朽尚有赘言以表，不知可否？"

一屋人欢呼雀跃："说，说，快说！"

童禅指着钵中说道："佳肴雅名，当有雅形。既然称丸，就得像丸，不要做得像鸡蛋般大，让它名物相等，形如鸟卵，如何？"

众人齐声叫好。厍盈也兴奋不已地站了起来，说："美哉鱼丸，美味鱼丸，皆是弟妹的功劳。依厍某之见，这美味佳肴可不能让王太医独自享用，当广而传之，让西阳人都尝尝都会做这道佳肴。咱赤亭鱼多的是，赶明后天，厍某用骒车接弟妹到赤亭给厍家弄的娘儿们教教这鱼丸的做法。怎么样？韩家妹子，到时候你可不要留一手啰。"

韩娣脸泛红光，连连摆手："不会的，不会的……"

品鱼蛋的结果，完全出乎王叔和的意料。他原本借品尝鱼蛋的机会，与毛大哥他们聚一聚。没想到给妻子锦上添花，弄出一段鱼丸佳话。

客人走后，韩娣亢奋得怎么也睡不着。她万万没有想到她仅仅为丈夫能吃上鱼而做出的一道菜，居然博得了毛大哥、童先生、厍富绅等有头有脸者的赞赏，又给取了那么好听的名字，还要让她把做法传给所有西阳人。这读书人的脑子咋能装这么多的东西，这么好使呢？想着想着，韩娣翻身坐起，扳着丈夫的膀子说："劳公呀劳公，毛大哥肚子里的墨水可真多呀，这鱼丸的名字就是好听。而且还要这么多的说辞。今后嘛，我再给你做更多你喜欢吃的菜，再让毛大哥他们给取个好听的名，行不？"

韩娣所言，绝不是心血来潮，而是发自肺腑。这位康王寨里长大的山姑，对丈夫王叔和的爱入骨入髓，肝脑涂地。她虽目不识丁，可对丈夫《脉论》写作的帮助和影响也非同小可。

自京都返乡的半年后，王叔和就全身心地投入《脉论》的写作。在太医院，张苗、田畴等太医异口同声要王叔和剔除前朝切脉之弊端，以手太阴肺经的寸口三部为切脉之要。这无疑是十分正确的,可张苗他们提出的要"以事叙理,以典论要"的建议倒让王叔和有些犹豫。什么叫"以事叙理,以典论要"呢?简单而言,就是在论述某种脉象的同时,以例由说明,最好是前朝脉论上所载的范例。比如,切脉创言者名医扁鹊给晋国上卿赵简子切脉使其起死回生,以脉论虢国太子的尸厥假死。还有汉文帝时脉诊高人淳于意的切脉奇诊,汉和帝时民间隐医郭玉的脉诊妙断。建议皆言之凿凿,没有前朝实论,那你的《脉论》有谁相信,如何推广?这些建议当然有道理,可是如果每一论皆用举证实例,那可不是件容易的事。倘若不采纳太医们的建议,王叔和又似乎有失道德。这就叫礼多失范,虑多失措。《脉论》动笔了,举棋不定的王叔和却连续几天,守着几章《脉论》大眼瞪小眼,一张蔡侯纸摊之于案几上,没有写下一个字,可从京都带回写满了字的那几叠纸却翻得破烂不堪。这一切韩娣皆看在眼里急在心里。丈夫怎么啦?韩娣想问一问,可又开不了口。因为她对丈夫要撰写的脉学之著,是七窍通了六窍——一窍不通啊!从丈夫这些天的焦灼与徘徊揣测,一定是遇上难以翻过的坎。坎再大又有啥办法?她韩娣目不识丁,无能为力呀!帮不了丈夫的忙,宽宽他的心总可以吧?

这天夜里,走入误区的王叔和躺在榻上翻来覆去,烦躁不安。韩娣一边给丈夫扇着风,一边轻声说道:"劳公,你常叮嘱劳婆宽心为上,何烦之有。你心里的疙瘩解了这么几天,说不定睡上一觉,睁开眼就解开了嘛。"

王叔和看着韩娣饱含温柔的双眼,苦笑着摇了摇头,嘴巴张了张又合上了,那眼神似乎在说:劳婆呀你不懂,给你说了也没用。

韩娣何等聪明,笑靥如花地对着丈夫的耳根,柔声蜜语说:"咱爹在世时常说,鸡公也有四两力。劳婆我比鸡公强不强?"

王叔和被韩娣的温柔和幽默逗乐了,翻身坐起来,把心里的酸甜苦辣一股脑儿说了个痛快。

韩娣停住了手中的棕叶扇,扳着丈夫的肩膀说:"呀,劳公,你说的这些,劳婆我还真的帮不了你。可我记得我娘在世爱说的那句话,兴许能帮你。"

"什么话?说出来听听。"

"我娘说,是精是怪,自己养的自己爱。劳公你自己要写书,也写出了这么多,别人指手画脚先甭管,先按自己心里想的写出来,那才叫痛快。我哥训寨丁时,有句话常挂嘴边:胸有一棵竹,哪个能扛走?"

王叔和为之一震:"胸有一棵竹,哪个能扛走?说得真在理!"

水太清则无鱼,人太谦则无志。韩娣的俗言俚语,拨开了王叔和对《脉论》思考上太过谨慎守诺的阴霾,让丈夫一觉睡到了大天光。第二天,韩娣又瞒着丈夫,让厍充赶到白杲宫将毛瑄请到了杏邑苑。毛瑄已从厍充那里得知王叔和

《脉论》的撰写走入了误区以及韩娣请他下山的目的后，见了王叔和客套话都免了，开门见山道："贤弟，必有事实，乃有其闻，乃行文撰章者之篓。可愚兄有一事不明，贤弟不可妄语，得实话实说。"

王叔和有些莫名其妙，昂头而说："兄长几时听过叔和的妄语虚言？"

"听过。贤弟曾对俺讲过的脉象之数据，脉论之证例，不都是妄语虚言吗？"

"什么？毛兄，俺言及的脉象脉证皆是愚弟经过数数次的证印和参之论，岂是妄语虚言？"

"这就对了。"毛瑄满脸春风，说，"贤弟的脉象脉论毫无虚言，不正是与张苗太医们所说的'以事叙理，以典论要'不谋而合？老哥别的不会，可看人是走不了眼的。俺看准的王太医绝不是变形易色、随风东西的至下者。好，走吧，贤弟，光阴金贵，为兄等着要看你的脉学之大论，带上你的行装到俺的白呆宫专心致志地写《脉论》吧！"

就这样，王叔和跟着毛瑄上了白呆宫，全心全意地扑在《脉论》的写作上。几天后，韩娣将家中的里里外外安排妥当，也赶到了白呆宫，无微不至地服侍丈夫写《脉论》。

放下了包袱的王叔和，在环境静谧的白呆宫，可谓是如鱼得水，畅意十足。手中的笔如龙蛇飞舞，案头的纸似紫燕衔泥。不出三个月，十五卷《脉论》悄然而成。

这一年是公元255年，王叔和五十五岁。这一年的天干纪年为乙亥岁，闰正月。王叔和的《脉论》完成于三月，若不闰月就是四月天。书稿一封笔，王叔和与毛瑄开怀畅饮了一整天，在似醉非醉中，王叔和怀抱五尺余高的书稿，郑重其事地放入毛瑄的案头。王叔和双手齐额，说道："毛兄，《脉论》正式交给你了，其一，审读斧正，其二，拜托兄长作序添花。"

毛瑄脖子一扬，一樽酒"咕咚"下肚，字铿语锵："愚兄乃读《脉论》第一人真幸运也。太医放心，吾不会添花，只会洗垢索瘢，包你讨厌。"说完伏案大睡。

第二天，送走了王叔和，毛瑄捧起《脉论》，仅读了两章，便自言自语："太医名不虚传，此论初读当尝鼎一脔，甚有嚼头也。"

"何物甚有嚼头？可否留些余美给戴某乎？"一位身材魁梧之人，走了进来，接过毛瑄的话茬。毛瑄惊愕地抬起头来，一见那人雀跃而起："哎呀，什么风把戴贤弟给吹来了？"

滁州人戴宗，与竹林七贤交游甚笃的皖南怪才，一生好游山水，淡于仕途，十年前与毛瑄在蕲阳龙舟节会上相见恨晚，也曾与王叔和有一面之交。

毛瑄指着案头上的《脉论》说："此乃太医王叔和的脉论新作，嘱老朽先睹为快，尚刚入味，就被你给搅了。"

戴宗拿起几张《脉论》若有所悟："王叔和？啊，对了，那次蕲阳龙舟会上有所交往。此公朝乾夕惕，深藏若虚，可交也。毛兄当为此公叙赞叙赞。"戴宗说完话锋一转，告诉毛瑄，他此行来白杲是邀约兄长到桐柏山聚游，各地的骚客文友在桐柏相聚。

什么叫聚游？大概是好友聚会加游玩的意思。与今天的文人诗友在风景区开个啥笔会、研讨会、座谈会差不多。桐柏山毛瑄向往已久，到那里去，吃喝玩乐皆有人给埋单，这样的好事打着灯笼也难找，毛瑄立马兴高采烈答应下来。那这《脉论》还没看，带到路上看？戴宗直摆手说："我的老大哥，聚游就聚游嘛，带这玩意儿干吗？玩就玩个畅快。这样吧，添客不杀鸡，你让王太医也同往桐柏。路上多位太医，听听岐黄医道岂不妙哉。再者，兄台对太医褒赞有加，戴某亦作深交，可谓一举几得矣。"

毛瑄连声呼妙。当即修书成札系之于信鸽飞向山下。书中言明三人结伴到桐柏聚游，三日后晌午，在赤亭滩口相见。

王叔和接信札也甚为惬意，如今《脉论》大作已经完成，三不堂里有几个得意弟子坐堂，他也可以放心放胆地去放松放松。

三日后，三人于赤亭滩口上船，欢天喜地驶往桐柏山。

对毛瑄、王叔和、戴宗三人的潇洒聚游暂且放下不表，说一件大别山西阳地的新鲜事，也是件骇人听闻的恐怖之事。

一个大半岁的小孩，睡在独门独户的农家木桶里，被一群老鼠吃得只剩下一副骷髅。你说这事恐怖不恐怖。这场鼠灾发生在公元255年的农历六月，北宋史学家、政治家司马光在《资治通鉴》里记下了这惊心动魄的一幕。当时的弋阳郡西阳、赤亭、山（三）河等域地农户田中的禾稻，像被人用镰刀割掉了一样，整丘整块全被老鼠搬走了。山上的竹子、地里的菜蔬和庭园里可以吃的东西，都成了老鼠的美食。觅食的鸡、池塘河畔的雏鸭也难逃老鼠的偷袭。总之一句话，当时的西阳人谈鼠色变，稚子小儿啼哭时只要喊一声"老鼠"立马戛然无声，眼睁如灯。

这老鼠猖獗的时间也就不到两个月光景，也正是毛瑄、王叔和、戴宗他们到桐柏山优哉乐哉的日子。这三位达人至者被桐柏山的美景、淮河源的碧波给黏住了。一住就是几十天，待回到西阳已是五十余天后的事。

在赤亭下渡时，毛瑄、王叔和他们听说了老鼠吃人的事。回到白杲宫时已近黄昏。包袱行囊一甩，毛瑄就直奔他的密室。干吗呢？临走时，毛大隐士为了安全起见，将王叔和的十五卷《脉论》手稿藏进了密室。一打开密室门，毛瑄一声怪叫，倒地晕了过去。这搞的啥子名堂？刚刚还余兴未尽的人，眨眼倒地不醒，莫非遇上了摄魂夺魄的蛇妖魍魉？若遇上了蛇妖就没有这场灾难啰！蛇鼠是天敌嘛。有了蛇，《脉论》就不会被猖獗的老鼠咬成碎片。

老鼠为啥去咬《脉论》书稿呢？因密室有些阴暗潮湿。为了防潮防蛀，毛瑄特地弄了些秕渣炭末拌了不少芸香、樟丁、姜砂等防霉之类的草药。老鼠闻香而动，将密室暗道门下的石头啃去了一个大洞。

看到王叔和花费十年心血写成的《脉论》被自己的掉以轻心而毁掉了，毛瑄是心如刀剜，交瘁徒突而倒地。王叔和等一干人好不容易将毛瑄救过来后，毛瑄如小孩一样号啕大哭，哭过了，又用头撞墙，欲以死谢罪。

毛瑄撞墙的一刹那，把王叔和搞毛了："毛兄，你要是再这样寻死觅活的，俺就让你死去，你死了，这碎片就能还原成书稿？老鼠咬了算什么？大不了俺再写呗！不就是再花十年吗？俺再写十年就是了。毛兄要是死了，俺啥都不写了！信不信？不信，俺马上写字据你拿着！"

王叔和的激将法把毛瑄给镇住了，他立马不再悲泣，愧疚之目光痴痴地看着王叔和。

王叔和盻目圆睛地问毛瑄："兄长是要俺现在写保证书，还是晚上写《脉论》？"

话已经说到这个份儿上，毛瑄真的无话可说。他疾步上前抱住王叔和久久不放。

这天夜里，白杲宫王叔和的下榻处，松油灯盏通宵未熄。一夜间，王叔和真的写出了《脉论》的初章之要，看着熬红了眼的王叔和，毛瑄说："贤弟，愚兄完全相信你对脉论的深耕易耨，可身体要紧，不要拼命蛮干。俺等着你的好消息。"

回到家里，王叔和担心韩娣知道了《脉论》手稿被老鼠咬成碎片的事会特别着急，便一言不发没有吭声，仍然装着若无其事的样子。其实呀，他心里的痛楚如蜂蜇蚁咬。这还不算，他向毛瑄当场发了愿，《脉论》重撰不出三年。可不能在家里写呀，韩娣岂不又要刨根究底问个明白。反正瞒一天是一天，王叔和便在三不堂里重写《脉论》。

大别山一带有句俚语：屋内点灯，外面亮。有一天夜里，王叔和一家子正在用晚膳，西阳的乡绅卫丁慌里慌张地闯了进来，劈头就问："王太医，听人说你费十年殚精所撰的《脉论》在白杲宫被老鼠咬成了碎片，这是真的还是讹谣呀？"

卫丁的这番话无啻于是油锅里调进了几滴水，立马引发了沸腾。出乎人的意料，王叔和最揪心的是韩娣却十分的平静，没有什么惊张之态。其实，韩娣几天前就知道了这个消息，秀外慧中的山姑反而担心起丈夫经受不起这个打击而颓废。倒是有两个人的激动令王叔和瞠目结舌。

这两个人是谁？说出了你也许头摆断了都不会相信会是他们俩。他们是三年前随王叔和自京都返西阳的二位军爷。

傻眼了不是？这二位司马师大将军挑选的军爷，居然在西阳住了三年多？恐怕是说破了天，讲塌了地也没有人相信。但的的确确，实实在在是这样的。

这到底是怎么回事呢？王叔和也是一头雾水，莫名其妙，隐忍不言了三年多。按常理，二位军爷将王叔和送回西阳后，住上个三五天，最多半月一月就应该自行返回京都。可这二人不知是被那次知母寨寨丁的藤索绑糊涂了，还是王叔和家里的饭菜给吃糊涂了，反正天天心安理得地优哉乐哉，从不提返回京都的事。俗话说，客走主人安。可客不走主人又有什么办法？总不至于下逐客令往京都赶吧？别说是王叔和做不出来，素重礼仪的大别山其他人也很难做到。这三年多了，二位军爷天天干什么？啥都没干，整天东游西荡，三不堂转几转，看几看，要不给韩娣挑粪种菜，喂鸡喂猪，想干什么就干什么。刚开始，韩娣还给二位讲客气，劝他们不要忙乎，时间一长，就以为常了。二位仁兄，有时也到赤亭、三河口、康王寨等地方去转一转，也先后几次到弋阳郡溜达，反正他们怀揣大将军府的腰牌走到哪里都吃香喝辣的。这次西阳闹鼠害时，二位老兄到弋阳郡住了快两个月，刚从弋阳回西阳才三天，对王叔和《脉论》被鼠咬成碎片的事一无所知。一听到卫丁乡绅的话，二位仁兄几乎是同时瞪圆了大眼珠子，看着王叔和，嘴里几乎是吼出来的声音：太好了，太好了！

满屋人惊呆了。《脉论》遭鼠咬，还连声叫好，这二位，脑子里钻进了老鼠吧！胖乡绅卫丁愤愤上前，将二位手中的饭钵一把夺过弃于地下，高声喝道："豕犬不如的东西，看你还幸灾乐祸！"

二位仁兄被卫丁突如其来的一夺，弄得脸红脖子粗不知如何是好。那黑大个子两手一摊："《脉论》遭鼠毁，咋的不好哪？"黄脸皮军爷马上接过话茬："那王太医就可以留在西阳重写《脉论》，俺哥俩就可返回京都，当然是——好——好事。"

这二位哥们儿的一唱一和，满屋之人皆似米汤泡澡——糊里糊涂的。只有王叔和心里一颤：哎哟，俺倒忘塌影了。三年前返西阳是按山涛策划，写请奏回西阳迁徙家眷，待韩娣娠乳过后即返京上任。现如今，小儿子王枘已三岁多了，难怪二位军爷不言返京，原来他们是在等护送他王叔和一家子返京赴任的。哎呀，真惭愧，惭愧死了。

想到这，王叔和忙不迭地给二位施了一礼："二位军爷，那日临行前，司马大将军可有特别嘱告？"

黄脸皮军爷连声说："有，有，有。"

黑大个子一阵风般进屋拿出一方锦帛交给王叔和。叔和摊开一看，上有十九个字：此行西阳，遇太医家不虞，可索奏请返。司马子元。

这是怎么回事？这就是司马师的高明之处。王叔和的第二次受职留俸请奏上说得十分清楚明白，待妻子生完孩子后，多在一年半载带家眷返京师回太医院履职。可司马师知道，王叔和压根就没有打算回太医院上任。如果王叔和不回太医院，那可就是欺君大罪，弄不好是要掉脑袋的。最起码，他受职留俸的双倍俸禄是保不住的。有人说，他司马师不是权倾朝野，皇帝曹芳都得看他司马师的脸色吗？事实是这样的。可天有不测风云，世事难料，没有谁能保证他司马氏的地位一成不变牢不可破。不测之变神仙都没法预料，假如有一天，司马家族权势异位，那王叔和的未来就得改弦易辙。于是司马师筋骨痛早打点，选挑了两个军士同往西阳，一来保护安全，二来可做个卧底给王叔和提醒提醒。这锦帛上的三句话是告诉二位军士，如果遇上了王叔和家里有意料不到的突发事情，你就找王太医索要一份新的奏请返回京城。只要有了新的奏请，他司马师就可以再去找皇帝为王叔和的受职留俸弄一个合法手续。

二位军爷到了西阳，也许有乐不思蜀之感，也许他们也朝思夜盼早点回京师，可是王太医家里没有"不虞"之变故呀！只好守在这里嘛。军人的天职是服从命令，估计他们二位动身前，司马大将军给他们的命令是要保护王太医令一家子返还京师，故而才守在西阳三年多。现在终于有了"不虞"之故，皇皇《脉论》被老鼠给毁了，王太医令可以以此为由，给皇上再写一份请奏在西阳重写《脉论》，他们就可以返还京师交差。这不是好事，是什么事？如此说来，二位军爷的拍手叫好应该没有错。

事已至此，王叔和不得不将他如何返西阳的前因后果对韩娣、卫丁等人说了一遍，对二位军爷也千恩万谢。

当天夜里，王叔和铺纸握笔一封请奏一挥而就——

受职留俸太医令 臣王叔和请奏皇帝陛下：

沐天恩回西阳徙眷，侍妇乳难，时日延误，乞请宽宥。

医承数命，脉匦万千，春秋有别，过用可堪。

前贤论脉，旧经秘述，不胜之至。然，东矛西盾，繁简不全。臣置西阳十余载，悉心究研，成《脉论》十五卷。乙亥未月，风云不测，天谴鼠害，祸及西阳，灭禾食婴，洗劫空前。臣之《脉论》，毁之鼠口，虽痛彻髓骨而不坠志：脉不重论，臣不瞑目。

臣凿龟数策，回京师修论，买椟还珠，引足救经乎！故愿投闲置散，枉尺直寻于西阳，按迹循踪重修《脉论》，以谢皇恩之浩荡，以彰医者之天职。

代太医令张苗，天性炳灵，久居德范，可堪实任。

臣　王叔和再拜于西阳

第五十三章

好事多磨　《脉论》从头越
命悬一线　巫医求太医

　　在西阳住了三年多的二位军爷,终于要返京师了,毛瑄、童禅、库盈、卫丁等都赶来送行。王叔和提前给二位军爷置办了不少礼物,给司马师大将军带了不少特制的眼疾膏药。因为只有他王叔和才知道司马师的眼睛有隐疾。还要给谁带礼物? 王叔和点着脑袋瓜子在暗暗思忖。啊,对了,应该给张苗带点什么。王叔和正在埋怨自己不该忘记给张苗的礼物,几天前回黄柏山看老娘的弟子康泰,正挑着一大担皂荚忽闪忽闪地进了屋。

　　皂荚是啥玩意儿? 皂荚就是皂荚树结的果实,形状像今天的菜蔬刀豆。用皂荚壳煮汁可以做染黑的原料。皂荚的最大功用是用来去污洗衣服,20世纪六七十年代,大别山一带的农家仍然用皂角(荚)洗衣服,那个年代,肥皂可是稀罕物。王叔和那个年代,皂荚不用说是去污洗衣服的宝贝。康泰老家黄柏山有一棵二三百年的古皂荚树,每次回家,康泰就要挑一担给师娘做礼物。韩娣总将用不完的皂荚分给乡邻。

　　看到康泰的皂荚,王叔和眼前一亮,犹豫了一会儿,伸手拿了三个皂荚掂了几掂后交给了黑大个子军爷,郑重其事地说道:“兄弟,这三个皂荚是送给太医院张苗代太医令的礼物,烦请你一定送到,切记,切记!”

　　二位军爷走了后,韩娣将王叔和拉至一边低声说道:“劳公,张太医令没有礼物就没有礼物,你拿三个皂荚给他当礼物,人家会咋想? 适才这么多人咱也不好拦你。”

　　王叔和笑了笑,正欲告知韩娣其中含义,一旁的康泰大声嚷嚷:“师父,休怪弟子多嘴,你拿三块皂荚当礼物,倒也真的寒酸,还不如不送。唉,这也怪我偏偏那当口进屋,真不该,真不该!”

　　万全说:“师兄,师父不是那种随便的人,他用皂荚当礼物,肯定是有名堂的。师父你说是不是?”

　　儿子王穗麻溜地挤到韩娣的跟前,悄悄说道:“娘亲,爹爹送的皂角不是三个是三十六个。”

"三十六个？"韩婇瞪着凤眼看着儿子。

"师尊前日教儿子读《周礼》,《礼》之《夏官·校人》曰:三乘为皂,三皂不正好三十六匹？"

听着弟子的童声稚语,童禅甚为高兴,边抚着王楒的头边问王叔和:"叔和呀,太医院可有三十六太医？"

王叔和笑着点了点头。

"这就对了嘛。顺着稚子的思路,老朽揣摩,叔和给张太医以三块皂荚做礼物,其意是鞭策代行太医令的张太医,要大业潜心,洁身自净,把三十六太医捏得像一个人。此外,也许还有另一层深意,意在告诫张太医,岐黄术业,关乎人命,永无尽头,切不可忘乎所以。因实未坚者曰皂,《诗》之《小雅》云:既方既皂,谷实之早。"

王叔和连连向童禅作揖:"先生之言,拨云见日,叔和之意尽在其中。楒儿稚慧大有长进,功在先生,功在先生。"

趁着一屋人给童禅师徒嗒嘴夸天的当口,咱给说说大魏朝前后不到半年时间发生的两件天大的事。

这第一件大事是皇帝易主,换了新的皇帝。新皇帝当然姓曹,名髦,原本是魏文帝曹丕的儿子东海王曹霖之孙,封号为高贵乡公,时年十四岁。

那原来的皇帝曹芳死啦？没死,被大将军司马师给废啦,废为藩王齐王。齐王治在河内郡重门,今天的河南省武陟县之西。曹芳被废,《资治通鉴》记载得很清楚。嘉平六年(公元254)九月,曹芳对司马师诛灭中书令李丰不满,经夏侯玄等人的谋划,以安东将军司马昭去镇守许昌于长乐观觐见时,先杀司马昭,再遣军杀司马师。曹芳答应了,可在召见时胆怯而放弃。司马师于当月的甲戌日以郭皇太后令,召集君臣会议,历数曹芳"荒淫无度,亵近倡优,不可以承天绪"之罪,挟群臣签字,将时年二十三岁,做了十七年皇帝的曹芳给废了。

这第二件大事是半年后的公元255年农历二月,魏大将军、太尉司马师因眼睛隐疾突发,猝死于许昌。

这大魏国的一、二把手废的废,死的死,如此之大事,王叔和咋毫无知晓呢？那年代,没有手机、网络,西阳又偏僻,王叔和对时局政务很不上心,加上司马师突然死亡后,其弟司马昭封锁消息,秘不发丧,魏国上下一年多少有人知,王叔和知道这事是在两年以后。

如此说来,王叔和托二位军爷带给皇帝的请奏岂不成了一张废纸？没有废。司马师死后的半个月内,其弟司马昭就胁迫新皇帝曹髦将司马师的一切职务大权交给了他。明白地说,司马昭成了魏国名义上的老二,实际上的老大。

前文说过，司马昭的老娘屡屡提及，王叔和是他司马家的福星救星。司马昭的儿子即后来取魏代之的晋武帝司马炎的出生，皆是王叔和的功劳，王叔和的请奏当然是硬邦邦、响当当的有效，要不然，直到去世，他王叔和不照样拿着受职留俸的双份薪水？

好啦，插播的新闻就此打住。他王叔和毫不关心这些，眼下他最上心的事是重写《脉论》。给皇帝的请奏上说得字字铿锵，那可不是闹着玩的。当然，即便没有在皇帝的请奏上言及重修《脉论》，王叔和也不会对毛瑄的承诺食言。

《脉论》重修，怎么重修？说得容易，做起来可不容易。第一稿《脉论》虽说花费了十年光景，实际上开撰的时候还是比较顺利的。因当时王叔和有一股报恩毛瑄的冲动，后来虽说也几易其稿，但总体架构没有变。这第二稿能不能重蹈前辙，按第一稿的架构继续写下去，王叔和陷入了沉思。

如果说王叔和的第一稿《脉论》是对《灵枢》《素问》等先贤脉说的归纳总结，毫不过分，特别是张仲景师父的脉论他几乎是照搬无误。如果按照这种循踪一稿的思路，二稿的写作难度应该不是很大。因上述先贤之典皆在，特别是上次进京，张苗给他带来两套《伤寒论》《金匮玉涵方》，那可是他王叔和耗费心血、几易其稿的东西。还有一点也甚为重要，以前他参阅的典籍皆是竹简木椟之类，翻简阅记很不方便。而《伤寒论》是蔡侯纸所订，参阅摘记就得心应手多了。可不墨守成规的王叔和认为，既然第一稿被鼠咬掉，也是天意，是苍天对他所撰的东西还不满意，这说明第一稿的《脉论》还不能成为循脉治病的依据。要不然毛瑄兄的密室那么牢固，老鼠怎会将门下的岩石都啃成窟窿？天意，天意不可违，重修《脉论》可不能照搬照套，得另辟蹊径从头越。

从头再越，头在哪里？该说该纳的脉象先贤们都说了，望着眼前堆积如山的医简医籍，王叔和瞠目结舌，似狗咬刺猬无处下口。这天中午，王叔和翻来覆去地在《伤寒论》中寻寻觅觅，似乎想从师父的典籍中找到《脉论》从头越的头。不知不觉中，王叔和迷迷糊糊地走进了南阳温凉河畔老瑶山的灵棚。那是给师父张仲景守孝的灵棚，是王叔和与表哥卫汛等一干弟子搭建的。奇怪的是师父张仲景居然坐在棚子里的竹榻上。王叔和大喜过望，"扑通"往下一跪："师父，师父，好久不见，想杀弟子了。"师父似乎对王叔和特别地讨厌，仰着脖子沉着脸不理不睬。看到王叔和跪的时间太长了，张仲景手一甩，一堆东西落在了王叔和的面前。叔和一看，哇，那可是师父《伤寒卒病论》的原稿。信手一翻，书上显出一行字：脉浮而芤，浮为阳，芤为阴；浮芤相搏，胃气生热，其阳则绝。王叔和喜形于色："师父，这是你论脉的精辟之道，弟子的《脉论》全都给你用上了。"

张仲景说："谁稀罕你的所用！吾且问你，《商君书·开塞》首句还记得否？"

"记得，记得。圣人不法古，不修今。法古则后于时，修今则塞于势。"

"何为修？"

"遵循曰修。商君说，真正的圣人，既不盲目效法古代，亦不会拘守现状而一成不变。因为世、道、人、物、体皆在变化。"王叔和毫无拘谨地一口气说完。

"既然知道不可法古，不可修今，为何要死守老夫的脉说而不自新？"

王叔和说："你是俺师父呀，再者，弟子也不是圣人呀。"

"看你还犟嘴！"张仲景一声吼，将王叔和一掌推了下去。王叔和一声惊叫，翻身坐起，原来是做梦。

心有所想，想有所梦，梦有所得，王叔和这段时间老想的是《脉论》重修该如何从头越，梦中与师父张仲景的一番对话仍历历在目。师父言之有理，斥责他不应该守住师父的脉说之要一成不变，而是要在继承中发扬光大，才符合天道人道之道。何为发扬光大？当然是师父在脉说脉论上还尚没有发现和总结的东西。

心结解开了，王叔和的《脉论》第二稿进展十分顺畅，不到几个月光景，就写出了前五章。重九过后，王叔和带着重写的《脉论》五章到白杲宫给毛瑄报喜。可一进白杲宫就闻到了一股浓浓的药香之味，原来毛瑄病了。

王叔和给毛瑄按了脉，知道兄长仍有郁忧滞痗，不用说，根源仍在那次鼠祸。解除有郁忧之结，他新修的《脉论》就是毛兄的一剂良药。王叔和将新修的五章《脉论》稿郑重其事地放至毛瑄的怀里，眉飞色舞地说道："兄长请看，叔和践诺给你送新修《脉论》，不是愚弟王婆戴花——自戴自夸，俺认为这重撰的《脉论》比原来的可大有改进。原稿是按师父张仲景《伤寒论》上的三步脉诊法为要，你看这第二稿俺已将'头部诊人迎，手部诊寸口，足部诊趺阳'彻底地改为'独取寸口'。俺这几个月在三不堂反复地对二十几位求诊者，用独取寸口法施用，诊断效果完全一样。求诊者也不用几次折腾，把脉者也方便多了，真是一举两得。毛兄，你放宽一百二十个心吧，俺绝对用不了十年，最多两三年，新的《脉论》一定写成。大哥要是给俺鼓励鼓励，兴许两三年都不要。"

毛瑄看着怀中的《脉论》新稿，脸上的晦色立马消失，心中的郁结快速化开了不少，不顾叔和的劝阻，连夜对第一章进行了细读。第二天，毛瑄神清气爽地对叔和说："贤弟，你真的无愧于'伟大'二字。这第二稿比第一稿无论是深度还是广度皆有质的飞升。愚兄多余的话一概不说，当为新《脉论》锦上添花，建议你若放弃三部脉诊，改为独取寸口，你当将原有的脉象重复、并象重新归纳，删繁就简，用不能多于三十种的脉象最好。此外，愚兄还建议《脉论》

这书名，还可以继续放开思维想象，多选几个名字比较比较。依愚兄之悟，《脉论》之名，似乎不能涵盖脉学中的全部内容。"

毛瑄的这通话，对王叔和的启发不小，真是活到老学到老，三个乡下佬，胜过弯弯绕；几个泥瓦匠，顶个诸葛亮。回家后经过几个月的反复琢磨以及对新的患者脉象的归纳比对，王叔和将原有的几十种脉象筛掉重复的、相近的，提出了"独取寸口为纲，脉象三十为状"的脉学新观点。

寒来暑往，春去冬来，转眼一年弹指挥间。这一年的十月刚过，毛瑄给王叔和、库盈、童禅等人送来了不少暖木（栗炭）。大家感谢之余，不免问道："毛学士专程送暖木，莫非有说道儿？"

毛瑄看了看天，缓缓道来："十月朔日，老朽窥东升之日，蠹有双木。《易》曰：日朔，日竖木，坎（水）雪沃。又屡屡见狗吃草，俗云：狗吃草，百年大树雪压倒，不过老朽也尚未见过印证。有备无患，古之箴也，暖木虽寡则尽毛瑄之心意，见笑见笑。"

毛瑄的预测还真的十分灵验。立冬节末至，西阳之地就铺天盖地下起了大雪。那满天飞舞的似乎不是雪，而是飘飞的白布，见不到空隙，百步之外看不清人影。而且雪一着地就冻，满山的树木冻成了塔形，大风一扫，连枝带树一齐倒。林木茂密之处，雪与冰将树干枝叶差不多都连了起来，山风呼啸过后，倒下的就不是一棵树，而是一片林。

山上的树皆被雪摧毁了不少，那么山中的人呢？就更加凄惨了，史料记载，公元258年冬季的弋阳地大雪，冻死人逾千。

王叔和一家当然是安全的，可受冻的滋味也是一言难尽，最难受的是晚上，再多再厚的褥被也挡不住寒冷。王叔和冥思苦想出了个好主意，弄了许多不大不小的石头铺在烤火的烤塘。什么叫烤塘？就是山区人冬天用来专门烧火取暖的房子多在屋内挖低许多，故而称塘，也有的称烤房。长期受到火的烘烤，地下的石头有的烧红了，待冷却过，铺草于石头上，草上再铺褥子，这样就暖和多了，热暖的时间也长了许多。王叔和便招呼弟子们顶风冒雪挨家挨户告知烧石取暖之法。

大雪是毫无情面的，就连自称能与鬼神对话的巫师，也深受其害。

这天夜里，西阳最大最牛的巫医老巢龟神观里，乱成一锅粥。不是暴雪压塌了屋顶房梁，而是巫医舵把子吴亮正处在生死关头，他大口大口地咯血，吐出的血一出口就冻成了血块块。自戌时关门开始，吴亮已接二连三地吐了五六次，什么神灰、打咒、驱邪、逐魔的一套把戏都弄过了，毫无效果。生命垂危中，极度不想死的吴亮想到了一个人，只要此人出手相救，他也许还有生的希望。这个人是谁哩？就是三不堂里的王叔和。

可王叔和他能来吗？吴亮想到这里，脚手冰凉双眼皮耷了下来。这些年，他吴亮对待王叔和还真是十二分的过分。吴亮依仗着自己有一个八竹竿也搭不到一起的亲戚在赤亭当副守备做后台，披着巫医与鬼神对话的幌子，无恶不作，坏事做尽。做得最多的恶事，就是利用西陵人的无知，用巫术骗奸上门求巫治病的妇女。王叔和在四望山开姝痊亭、三不堂后，吴亮的龟神观是每况愈下，门可罗雀。这还不算，王叔和居然还敢公开与他吴亮对着干。有一次，吴亮骗奸了赤亭丫头山的一名病妇。病妇的丈夫上龟神观找吴亮辩理时，被吴亮的手下打成重伤咯血不止。王叔和得知后，派弟子们将受害人抬到三不堂免费治疗。等受害者伤愈后，又出钱出力到弋阳郡找郡守邓厚告状。邓郡守见有王叔和的信，当然是秉公而断，将吴亮传至弋阳关进了大牢。最后，经赤亭副守备从中调停，吴亮出了不少的"血"，也给受害人家赔偿了大批钱财，方才脱了牢狱之灾。

打那次事件以后，吴亮知道自己的官后台比不过太医王叔和，便转换手段以阴的暗的下三烂之法报复王叔和。比如半夜三更到三不堂泼尿丢屎包，给韩娣养的猪、鸡下毒，将韩娣种的菜蔬一夜间拔出半茬根，在万全切晒的中药里掺老鼠屎，等等。韩娣发现四望山凤翅崖有一株硕大的忍冬藤（金银花），每当忍冬开花之季，韩娣就会带上背篓竹筐到凤翅崖采摘忍冬花。这事让吴亮的手下发现了，吴亮便指使手下将韩娣攀爬的那棵树上做手脚，致使韩娣从几丈高的树上栽下来差点丧命。

这些破事烂事王叔和知道都是吴亮干的，可也找不出直接证据，只好作罢。那次韩娣从树上摔伤后，脾气火暴的康泰当即操起门杠子要去找吴亮拼命，被王叔和扯住不放。康泰牛脾气发了，用劲一带将王叔和甩出了丈多远，将左臂摔成骨折。吴亮知道王叔和的左臂摔折了，高兴得手舞足蹈与观里的弟子们喝了一整天的酒以庆贺。

一想到这些年与王叔和明争暗斗所使的阴招毒措，吴亮把到嘴找王叔和的话重重地咽进了肚子里。

观外的暴风雪一阵紧一阵，时至亥时头，吴亮忍不住又张口吐了几口血。大口大口喘息过后，吴亮求生的欲望十二分强烈，他招手让大弟子朱耳朵近前，一边抹着嘴角的血瘀，一边有气无力地说："你们，你们快到三不、三不堂找、找……找王太医给为师救、救……救一命。"

"什么？师父，到三不堂找王太医？是我耳朵听岔了，还是你急糊涂了？"

"没、没……没错，找王、王……王太……医，快……快，去……去呀！"

"师父，王太医他会来救你吗？弟子不敢去。"朱耳朵缩了缩脖子，摇了摇头。

吴亮瞪着布满血丝的眼珠子:"你没去,咋知道他不会来?大风雪夜,你们,你们多带些钱、钱去跪地求、求……他。"

朱耳朵苦着脸,大声地说道:"挑一担金子王叔和也不会来的,我敢保证!"

"你去、去……去不去?要、要……要师父跪地求你是吧?"

朱耳朵见师父把话说到这个份儿上,哪里还敢犟嘴,无可奈何地把头上的皮帽子使劲地按了按,手一招,领着四个人拉开了大门,咆哮的暴风雪将他们一口吞没。

此时王叔和的家里,也就是杏邑苑改名为杏邑居的火塘边,王叔和与弟子们正在讲故事。这是韩娣出的主意。韩娣说天这么冷睡不着,干烤火没意思,这么多人聚在一起多不容易,每天晚上讲岐黄的故事。神农、黄帝、歧伯、伊尹都讲过了,今夜的故事主人翁是扁鹊。故事的讲述人当然是王叔和。王叔和讲的扁鹊不用说是用当时的语境,那文言文的味听起来有些费劲。笔者毛遂自荐,将王叔和所阐述的扁鹊用今天的语境展示给各位。

扁鹊这个名字,对大多数人而言,不应该陌生。千百年来,扁鹊成了中华民族神医的象征,也是世界上独一无二的中医药文化史上功勋巨擘之人物。扁鹊的"六不治",中医界无人不知,无人不晓。《史记》载:"人之所病,病疾多;医之所病,病道少。骄恣不论于理,一不治也;轻身重财,二不治也;衣食不能适,三不治也;阴阳并,脏气不定,四不治也;形羸不能服药,五不治也;信巫不信医,六不治也。"

这段话的意思是,依权依势,为人傲慢、轻狂、骄横、放纵,不讲道理为一不治。贪图钱财,轻视生命为二不治。衣食无节制,不能调节适当,为三不治。阴阳错乱,五脏功能不正常,病深不早求医的,为四不治。身体非常虚弱,不能服药的,为五不治。迷信巫术的为六不治。

现代医学专家学者认为,扁鹊的"六不治"与扁鹊的高尚医德相悖,应该不是扁鹊的主张,而是《史记》作者司马迁的个人议论。先从行文看,没有"扁鹊曰"这样的字眼提示,与司马迁其他传略中对引用者的原话手法大相径庭。再者,这"六不治"违背了从医者的职业操守:见死不救,非医者之所为。专家们认为,扁鹊"六不治"中仅一不治和六不治认同是扁鹊的观点。专家们认为,蛮横不讲理者,你治不了,也没法治。其六,信巫不信医者,不治。在古代,巫医不分的时代,有利于医学的发展,对冥顽不化的人,不予治疗,说得过去。但,只要是信巫者转变了观念,上门求治,那不治也是不仁的。

也许是苍天有眼,对作恶多端的吴亮一次惩罚;也许是昊天有德,对医道至诚的王叔和有意考验。就在王叔和津津乐道地讲述扁鹊"六不治"的故事,一屋子人竖着耳朵听得津津有味的时候,大门被"咚咚咚"地敲个不停。康泰手脚麻利地一跃而起，拿起顶门杠子，呼啸的寒风裹着暴雪将已成了雪人的朱耳朵等五个人送进了屋内。

朱耳朵一行顾不上抖掉身上的积雪，趴在地上边磕头如捣蒜，边哭诉着吴亮突然咯血不止，生命垂危，指名道姓只有王太医可以救他的命，故而派他们前来接请王太医到龟神观救命。

朱耳朵头磕得鼻涕满面，肘子一抬抹了一把继续说道："王太医，因风雪太大太大，弟子们无法抬人，只好烦请你老人家劳步到龟神观了，诊金随便开口，只请太医开恩开恩！"

康泰一下子跳了起来，踢了朱耳朵几脚，嘴里大声嚷嚷："哎呀，苍天开眼啦！吴亮你这个巫妖也有今天，这是报应、报应。师父，你说什么也不能去！"康泰说完，将朱耳朵还有其他几个使劲地往外拉，"滚，滚，滚，快滚！你们这些狗东西，今天就是说得活人倒地，死鱼跳门，我也不会让师父出门的。"

王叔和将康泰拉到一旁，和颜悦色地说道："康泰，为师教你的为医三不你还记得？"

康泰把嘴一翘："记得！不可取大利，不可生妄心，不可分贫富。"

"记得就行，记得就当救人要紧，让师父出门。"

"不，师父，这巫妖的事与大利、妄心、贫富根本挨不上边的。"

王叔和说："咋的挨不上边？贫富之中就涵盖了恩与仇。依你所见，为师的从医'三不'当加上一'不'，不可记恩仇吧！"

康泰被师父问得哑口无言了。可他仍然不想师父出门，猛地记起师父刚刚讲的扁鹊神医的"六不治"，便高兴得声调提高了好几倍："师父，师父，弟子记忆不好，忘性大，你适才讲到神医扁鹊'六不治'中的最后一个不治，是啥子？弟子忘了，快教给我。"

王叔和莞尔一笑："真亏了你呀，康泰，'六不治'的最后一句，是信巫不信医，六不治也。"

"那就太对了，师父，那吴亮他狗日的不是信巫不信医，而是巫——医，专门给医者做对头的巫医。"康泰说完是拍手直乐哈。

"可他当下是不信巫，而信医了。你看，这狂风暴雪的，派弟子下跪求俺去救治，敢说这不是信医不信巫了？扁鹊神医说，信巫不信医六不治，可他没说，信巫改信医的也不治。傻孩子，遇事不可只看见脚尖，要往远处看，向前看才是正理。"

"王杭、万全赶快收拾医囊，别忘了带上金针、艾绒。"王叔和说完拉开了大门，师徒随同朱耳朵一行淹没在暴雪中。赶到龟神观，已是下半夜了，此时的吴亮，已咯血咯成了一摊泥，闭着眼睛有气无力地等死。

一搭脉问询，原来是吴亮见天气太冷，吃狗肉补暖，只因贪嘴吃得太多，加之几天前受了风寒，咳嗽不止。这狗肉一吃，马上生热化火，催动肺热痰涌，气壮火旺一并生发而吐血不止。王叔和给吴亮扎了针灸，先止住了吐血，又以平凉息火汤配伍，并亲自熬药尝味让其服下，第二天就转危为安。

不随俗物皆成土，只待良时却补天。

吴亮死里逃生后，所做的第一件事是用金丝楠木做了块大匾，上书四个大字：岐黄荣光，敲锣打鼓地送到三不堂。第二件事是遣散了手下的二十几个弟子，让他们各自归家谋求一个正当职业。第三件事，是将大雪过后，西阳地界上全家被冻死无人收尸的五户十三具尸体出资让人帮助安葬。第四件事，是将西阳地大雪灾后，家人被冻死只剩下孤家寡人的五个孩童、三个老人接到龟神观供吃管住地颐养起来。当了那么多年的巫医，钱对吴亮而言是小菜一碟。加上他本是鳏夫独身，已过花甲之年，将八个无依无靠的老少爷们和一个无家可归的原弟子，组成了一个特殊的十口之家，自由自在、自得其乐地生活着。

《左传》上有句名言：大德灭小怨，道也。

巫医吴亮投胎换骨般的变化，在西阳成了茶余饭后的佳话。但也有人摇头不信，便跋山涉水不辞辛苦地赶到龟神观一睹为快。这件事震撼最大的当是王叔和的弟子们。一个雨天的午后，三不医堂里没有了其他人，弟子们看着那块金光闪闪的"岐黄荣光"的匾额拉开了话匣子。

最先开口的是庞夫："记得当年我杀了人，从家里初到西阳时，师父正在写姝痊亭悬挂的告牌。那上面有八个字：一德立，而百善从之。师父告诉我，那是圣人之言，要终身领悟铭记，然后问我知不知道此语之意。我信口而言知道知道，可实际上没有任何感觉，更不知是什么意思，直到吴亮送来这块匾，我才明白了那八个字的含义。"

"那天夜里，要不是师父点名喊我，打死我也不会去的。"万全看着王叔和扮了个鬼脸说道，"你说这人吧，也还真的没有一成不变的。他吴亮过去做得太损太阴了，师父那次骨折的第二天，我在牛鼻山无意遇上他，当时他身旁没有弟子，我真想跳上去咬死他。可现在，这也变得太快了吧！前几天我看到这匾上吴亮的两个字还以为是做梦。这，这，这，这叫什么来着？我还真的说不出来。"

现已长得牛高马大的王杭喝了口水，咂了咂嘴巴说："万全师弟，我告诉你吧，你那说不出来的话，依我看叫病中常有悔悟处，治病治心也治人。实话实说，那天晚上，是我爹喊我去，换上别人，你大卸八块我也不出门。就是到了龟神观，爹开帖子要我抓药，我心里呀还真的直默祈'药不灵，药不灵，快点死，快点死'。那天吴亮来送匾，我心里噌的一下就明白了，老爹常挂在嘴

384

边的医乃仁术，医者仁心，原来是这么回事。这叫什么，这叫……"

"这叫诚者，天之道也；思诚者，人之道也。这不是我说的，是圣人说的。"接王杬话茬的是位帅小伙子，名叫徐和，是赤亭丫头山老名医徐醉的儿子，十几岁就跟着父亲摇铃背囊走四方行医。王叔和在四望山开三不堂，徐和是天天吵着要父亲让他到三不堂拜王叔和为师。徐醉当然不愿意，今天拖到明天，明年拖到后年，拖了好几年，把小伙子拖烦了，就躺在榻上不吃也不喝。徐醉没办法，只好撒手不管。徐和到三不堂才一年多，小伙子原本就有岐黄的功底，人又精湛肯学，很快就成了王叔和的得意门徒。

徐和踱着方步，双手交臂边思边说："我爹行医走四方，挂在嘴边也有两句话：良药一帖治身病，心药一剂服万心。我也常琢磨这是啥意思？现在明白了，啥子叫心药，心药就是人最需要的关头，你关心了他，你满足了他就是心药。师父，我说得不一定对，可就是这个理。就说那天晚上，师父如果被我们几个拦住了没有出诊，吴亮不管是死了还是侥幸没死，那龟神观与咱三不堂一定是深仇大怨，百年不息。可师父就不一样，正身直行，巫邪自息，师父一进龟神观，就开出了心药。王杬老弟，你抓的是毒药。毒药治了他的身，心药服了他的心，才有了这'岐黄荣光'的匾额鼓振我们。"

德不优者不能怀远，才不大者不能博见。

坐在一旁记上午脉循之要的王叔和，听着弟子们的论述十分高兴。吴亮送匾后的脱骨蜕变，他似乎不甚关注，使他感到意外的是社会上居然有如此强烈的反响，就连这些原对吴亮切齿痛恨的弟子们，也对吴亮刮目相看。他想这也许就是诚之所感，触处相通的缘故。合上记好的脉循之要，王叔和看了看天，打算做下白日之梦，一抬头瞧见康泰正踩着架子在抹那块大匾。王叔和心里一冷，嗯，腿快嘴快的康泰咋一言不发？莫非他还没转过弯来。啊，对了，离康泰要回黄柏山开医铺的日子不到两个月，得问问他还缺些啥。

"王杬、万全、庞夫、徐和你们都过来。"王叔和招了招手说道，"你们几个听着哈，今儿除了厍充在赤亭药堂，你们都在，五月五康泰的黄柏山医铺要开张，康泰你放下放下，过来给师兄师弟们说说，准备得怎么样，要他们帮忙的别不好意思说。还缺什么你张嘴，只要师父有的。"

康泰挠着后脑勺咧着嘴笑着说："师父，弟子那巴掌大的医铺，你和师母开春就张罗起，啥都不缺，万事俱备只等吉期。可有一个额外的请求，弟子也不好意思说。"

"说，说，只要师父有的，拿得出的，刚才俺不是说过了吗？张嘴就给。"

"真的？"康泰"嗨嗨嗨"地边挠头边大声说道，"那我说了，你一定得给。我呀，想师父把这块'岐黄荣光'的大匾送给我。"

"那可不行，这是大伙的匾，得挂在三不堂。"不等王叔和开口，庞夫挥手反对。

个子不高的万仝也站了出来："怪不得师兄今天这么勤快，一个人搭架子擦匾，原来是别有用心想独吞，没门，得留在三不堂，不行！"

"我也不同意。"

"我也不同意。"

康泰见几位师兄师弟异口同声地反对，脸也红了，不无沮丧地说道："师父，师兄弟们说得皆在理，这事就算我瞎说乱侃。"

王叔和摇了摇手说："康泰，师父还没表态。只要你说出要匾的理由，师父还有师兄弟们认为你说得在理，这匾你就可以拿走。"

"师父，我娘说我是个直肠子转不了弯的人，脾气躁，性子急。那天晚上，我生着法子跟你打罩棍，歪理拔壳地阻拦你去龟神观。要不是师父你医乃仁术，医者仁心的大度，哪会有这块匾来？那天吴亮送匾来，我的头一下子全蒙了。天啦，当郎中的咋还有这本事？恶毒满贯的坏家伙皆能治好！我真的不相信，可这大匾就是见证呀！师父让我回黄柏山开三不医铺，带上这块匾，我就把它当作医乃仁术、医者仁心的一面镜子，每天照几照，镇镇我的臭脾气。"

第五十四章

瘴气成疠　艾汤护幼婴
洪水泛滥　浊浪吞《脉诀》

听了康泰一番话，王叔和当即表态，等五月端午康泰的医铺开业，他亲自送匾到黄柏山庆贺。

这不到两个月的光景，眨眼就到了。开业的前三天，王叔和带着万全、库充、庞夫一行将大匾送到了黄柏山墟（街）上康泰的三不医铺。

干吗叫医铺不叫医堂或者药堂？康泰谈起定医铺名称的事是头头有道。康泰说，师父在西阳开的是三不医堂，当然不可以与师父相提并论。叫药堂吧，咱黄柏山以挖药卖药为生的人多的是。你称药堂，他们会怎么想？会以为你在抢他们的饭碗。咱黄柏山墟上有递（驿）铺，我就以医见长叫医铺。"三不"是师父定的铁规，当然不能忘，故称三不医铺也。

黄柏山，地处大别山腹地，位于今天湖北麻城市与河南商城县的接壤处。这里群山叠嶂，奇峰怪岭比比峥嵘；古木参天，岚雾蔽日，处处盎盎春光，是古往今来我国南北之分的交颈联袂地之一。

前文已叙，康泰在这黄柏山是飞机上安喇叭——声名远扬的人物，由一个叫花子头儿，变成了太医的弟子，那富有传奇色彩的新闻人尽皆知。现如今身怀岐术还乡开医铺，当过皇宫太医院太医令的师父王太医，要来亲自送匾祝贺的消息，十天半月前就传遍了十里八乡。王叔和他们一到墟上，就被看热闹的山民围得水泄不通。挂好"岐黄荣光"的大匾，康泰是左瞄瞄，右瞧瞧不无得意。

趁着弟子们张罗医铺的杂事，王叔和到墟集上转了几转，到林子里也看了些地方，晚上回到康泰的家里就神色凝重地告诉康泰说："康泰呀，你回黄柏山开医铺正是时候，这里的瘴疠之气太浓太浓，说不定会引发疾疫的。这种疾疫的受害者主要是新出生的婴幼儿，咱们可不要掉以轻心。"

何为瘴疠？王叔和告诉弟子们，瘴与疠是两码事。这瘴气是深山老林中由湿热蒸发而形成的一种郁瘵致病的气。疠，说白了就是瘟疫。《左传》上就有"天有灾疠、疾疫也"的记载。《灵枢》则称疠者"营气热胕，其气不清，故使其鼻柱坏而色败也，皮肤伤溃是为辣癞病"。五月为毒月、恶月，所生之婴儿极易感染这种病的。当年在襄阳，天沟山谷七八个五月出生的婴儿都感染了这种瘴疠，师父楼升用陈艾煮汤给婴儿洗澡，才救下婴儿的性命。

难道王叔和有未卜先知的神灵之法？没有，没有！咋就预测这里可能要有瘴疠发生呢？他到黄柏山才一天呀！经历、经验、智慧，还有作为郎中特殊职责的一种嗅觉。他走南闯北，见多识广，经历过诸多瘴疠发生的地域。见这里山高林密，雾气浓郁，阳光短少。他进树林里，嗅到的腐霉之味甚为憋胸。还有，他们带来的几匹马，才几个时辰就响鼻连连，烦躁不安，拒食康泰备办的草料，而且嘶鸣不断。

明日就是端阳，医铺正式开张，四乡八里来的人一定不少，机不可失，时不再来。抓住这个机会，告知黄柏山人，割艾蒿，扯菖蒲预防瘴疠。最为重要的一项事是要细细访寻，凡可能在这五月出生孩子的家庭，将万全提前给康泰备办的三担干薪艾蒿分发给要生孩子的家庭，并耐心教会他们如何使用。当天夜里，王叔和将弟子们召之一处，明确分工，逐一安排，且反复叮嘱，兹事体大，不可延误。

人是世界上最最高等之动物。因为人，有思想，有思维，会思考，有能创新，能创造的智慧才成为万物之王。然而，万事万物没有绝对的千篇一律。都是人，有的人聪明绝顶，有的人愚蠢至极。聪明也好，愚蠢也罢，百分之九十九为后天所造。后天所造之人，又受生存、生活环境的桎梏，受教育造化的局限。圣人孔老夫子，几千年前就告诉统治者：民众开化了，就给予权利和自由，不开化，就要通过教育达到开化。老夫子的原话仅十个字："民可使，由之。不可使，知之。"怎么教化呢？两个字：读书。当代著名诗人，儿童文学大家严文井对读书教化作用的洞察入木三分。严老先生说："读书人才更像人。书籍，在所有动物里面，只有人这种动物才能制造。"

啰唆了这么多，当然是为王叔和恪守医业操守，救人一命，胜造七级浮屠；深知教化至重，从医者义不容辞的举止点赞点赞。可惜呀，山旮旯里的大耳朵百姓受教化的机会太少了，对王叔和医者仁心的奉献有点不屑一顾。

他们到三不医铺来，求医者除外，大多数是来看热闹的，来看太医院的太医令是不是横鼻子直眼睛。对王叔和及弟子们谈瘴疠，防疾疫的教化，毫无兴趣，充耳不闻。你说得唇干舌燥，他们笑笑而了。你给他们发干艾蒿，他们接过后皱皱鼻子闻一闻，或者扯片叶子嚼几嚼，有的立马不要退给你，有的左手接过，右手甩掉。

人上一百，形形色色。这大山沟里也有自诩智商高，属于黄柏山米筛上的人物，接过艾蒿，脑子里立马吊了个问号：哟，干吗发这东西，还分文不取？嗯，对了，肯定是这叫花子头搞名堂，弄啥子花样呗。发这玩意儿一定是给你下套，先让你用上瘾，等你还需要了，再高价掏你兜兜的钱。初生的婴儿，必须用这玩意儿洗澡才能防治疾疫？真他娘的鬼话连篇！千百年过去了，从没听说过要洗什么艾汤澡，才能把命保。你洗过吗？我没洗过，你看，你看，还不是人模狗样，活得好好的，真是活见鬼！

这类人不仅自己不要，还对那些将艾蒿拿回家的人特别地关心：哟，你还真的拿回了，快扔掉扔掉，那是康叫花子下的套，你还真的当成宝？

康泰医铺的开业，轰动了黄柏山，牵老携幼、拖儿带女赶热闹的人还真的不少。可防疾疫、辟瘴疠的效果，离王叔和深思苦虑的要求还相差甚远。光庞夫们下午捡回被人们丢弃的艾蒿就有大半担。

先贤韩非子曰：智术之士，必远见而明察；能法之士，必强毅而劲直。王叔和没有灰心丧气，让万全将记下快临盆解怀的家庭，找出路途近的几户，逐一上门苦口婆心地解释直到主人答应照办才出门。

几天后的上午，康泰的儿子出生了。那可把康泰及师兄弟们乐坏了，老的少的欢天喜地，其乐融融。就在此时，离康泰家不远处的一户人家，室内也传出一声婴儿啼哭。王叔和见弟子们还在乐乎中，便带着干艾蒿亲自上门当说客，没有想到主人不领情，将王叔和堵在门外。

"干什么，干什么？青天白日，朗朗乾坤，敢私闯民宅？！"

王叔和深施一礼："这位兄台，恭喜你喜得贵子。在下叔和以岐黄之术行世多年，虽初至宝地，凭医者之直觉，认为这山里的瘴气已成疬瘵，对初生婴儿极为不利。这些阴干的薪艾可煮汤至冷后给婴儿洗上十天半月，当可除疬疫也。"

从这雄阔气派的房院看，这家主人在黄柏山地面也可能是数一数二的主。他踱着方步，慢条斯理地说道："听说你是太医？太医会有如此的下贱？踏门上户送什么蒿艾？这啥玩意儿？几根破草，还除瘴辟疠？！告诉你吧，我冯牛之乎者也，也略知一二，没吃过大猪肉，还没见过大猪走路？你真的是太医？太医不在京都陪天子享清福，跑到这鬼不生蛋、鸟不拉粪的山沟里开医铺？你真的是太医，会收个玩蛇的叫花子头头当徒弟？不说啦，不说啦，说多了漏底。快走吧，快走吧！"

王叔和犹豫了一会儿，又推开了冯牛的院门："冯贤弟，这艾蒿煮汤很方便，反正婴儿也是天天要洗澡的。你就试试吧，有百益而无一害。"

冯牛这下恼火了，眼睛一瞪："假太医，你还蹬鼻子上脸没完没了，真的可恶至极！你走不走？再不走，冯爷那就对你不客气！"

"冯牛兄弟，你，你听俺说……"

不等王叔和说完，冯牛"哐"将门关上。

碰了一鼻子灰，受了一肚子气，王叔和回到康泰家是闷闷不乐，好不伤感。

万全说："师父，仁医受恶报，仁心收恶草，真是老鼠咬了罄，好说不好听。依弟子说，你仁心已到，管不了这么多。干脆咱们明天回三不堂。"

王叔和先点头，立马又摇头："万全，师父不否认你说得在理。可师父想呀，咱们的医乃仁术，医者仁心是在履行医者天职，不是图回报的。不行，你们几个仍要吃苦，到那些不接受艾蒿的娠妊之家，死磨软拽，以诚动人，不达目的誓不休……"

《礼记》曰：富润屋，仁润心，德润身。《庄子》云：真者，精诚之至也；不精不诚，不能动人。

王叔和的持挚痴诚，终于开花结果水到渠成。万全、厍充、庞夫们天天都带回好消息：某某户接受了，某某人诚服了，某某家已经洗了好几次……

康泰儿子满月啦！看着胖胖乎乎的小家伙，康泰头发梢都带着笑。中午，满月席办了满满三大席，亲朋故旧，街坊四邻欢聚一堂。

"师父，"康泰酙满酒，毕恭毕敬地来至王叔和席前，"这第一樽酒非师父莫属。不过喝这酒还得麻烦师父你一件事。"

"啥事？"

"给我儿子取个名，还要取一个什么、什么、什么表字。想起来伤心呀，我可没有那表字玩意儿。"

王叔和笑了笑："康泰呀，按《礼》之规，儿女取名，月满父母取。那表字，得至弱冠由族贤、乡贤定。"

康泰手一挥："山里人不讲《礼》，咱家八辈找不出个喝墨水的。亲友都在这儿，不会争这个礼数的是不是？"

一桌亲友皆同声异口："不争，不争！"

"承蒙众多亲友乡邻抬举，王叔和敢不从命一试？倘若名字不符权当戏言。"王叔和站起来想了想说道，"父康泰，子康福，表字，平安。康福之福，乃托上苍之福、圣恩之福、黄柏山父老乡亲之福。这平安嘛，与福一脉之承——平——安——是——福！"

……

这天夜里，王叔和将一干人集之一处，说道："俺们这次来黄柏山，眨眼就过了四十余天，再不能待了。明日，厍充、万全可先行回西阳，俺到弋阳郡去。听厍盈兄说，弋阳邓厚郡守三个月前已回京师，新任郡守唐禾还尚未与之见面。庞夫到西阳多年还没去过弋阳郡，故随俺前往。康泰呀，师父及你师兄弟明日走了，你一个人在这里要恪守'三不'，好自为之。还有什么需要，你吱声，师父竭力而为。"

康泰站了起来："师父，你们明日真的都走呀？"

王叔和点了点头："若无瘴疠之忧，早该离开了。"

康泰说："师父，我当年拜师时，你就说我悟性足，耐性不足；功底薄，锥劲不薄，不适攻内病之疾，专事疖、痈、疬、疮等外疾。医铺所置之药亦以外疾为主。假如有人非缠着我治内疾杂病，我当如何？"

"三不之二，不可生妄心当为铁箴，不可逾越。可劝其另寻高医，勿延其诊，勿误其命。"

康泰说："这就对了。故而弟子有一请求，隔三岔五，师父，还有师兄师弟轮换来黄柏山坐诊巡医如何？"

王叔和闭目沉思了一会儿点头道："可以。不过，为师也有一事须你牢记。你的邻居冯牛之子，与你儿子同天所生，因拒师劝，染瘴夭亡。还有黄柏山其他十几家亡婴之户若再有娠妊，你当摒弃前嫌，亲自上门劝其煮艾祛瘴，万不可敷衍了事。可否做到？"

康泰拍胸不止："师父放心，弟子牢记，绝不敷衍！"

"好，为师深信不疑。"王叔和说完问康泰，"可有墨砚纸笔？为师想练练笔。"

一旁的万全立马找来纸笔，王叔和举笔凝思一挥而就写了两行字：

王叔和奉黄柏山第一外疾之医铺：

勿忘久德，勿思久怨；动则三思，虑而后行。

因明日早行，王叔和师徒皆比平时早半个时辰睡觉。刚刚进入梦乡，一阵紧急的叩门声将王叔和一行吵醒。只见徐和与另一陌生人牵着马气喘不停，大汗淋漓地站在门外。

一进屋，徐和就告诉王叔和，康王寨寨主、师母韩娣的哥哥韩天去世了。

当天夜里，王叔和师徒几人就离开了黄柏山，赶到康王寨已是第二天的下午。身经百战缉盗擒匪无数的韩天已躺在冰凉的石床上。凌副寨主告知王叔和，半个月前，韩天奉命下山缉盗，在与盗匪匪首的搏斗中身负重伤，抬回山寨后，韩天坚决不同意派人下山找妹夫治疗，坚持以草药自治。因天气炎热伤口恶化，于前日晚上含笑而去。临终前，韩天留下最后一句话，将他葬之仰天锅。

这仰天锅，也叫仰天洼，在与康王寨对峙的孤峰岭半山腰上。这里地处七个山峦的合围中，是一处形如巨锅的洼地。周围的七个山峦形同北斗七星俯视着锅洼，故名仰天锅。二十年前，韩天在这里猎狩时就说过，他死后葬之于此。

遗言不可违。第二天天未亮，王叔和就带着王椶、王杬和凌副寨主一行找到仰天锅，果然是一处好地方。只是道路崎岖，途中荆棘杂木藤葛遍地插足不进。寨丁们费了九牛二虎之力，才砍出一条便道。

韩天终身未娶，膝下无半男半女。王叔和毫不犹豫地决定，王椶、王杬、

391

王枻三个儿子以韩天之子身份持杖竹，披斩衰之服。

有关斩衰之服，前文的司马懿去世时已有交代。故而只对"杖竹"做点说明。杖竹是古代丧礼的重要礼仪，类似于今天孝子们手持的孝子棍，鄂东方言称"蒲竹棍、护灵棍"。其实呀，这种礼俗由来已久，且名堂多多。《埤雅·释木》曰："父丧杖竹，母丧杖桐。竹有节，父道也；桐能同，母道也，母从子者也。"竹杖就无须解释，母丧为啥要以桐木为杖呢？很简单，一点就通。桐乃梧桐，古人认为，梧桐是凤凰栖息之木，女为凤，母亲当以桐木为杖。可是这种习俗传至今天，大概是人们怕麻烦，加上梧桐愈来愈少见，母亲去世亦用竹棍代之。

韩天是因公殉职的，他的葬礼自当是隆重热烈，弋阳郡守，还有赤亭的守备皆派员参加。葬后三天，王叔和带着三个儿子王榡、王杬、王枻来给韩天复土。王叔和说："榡儿、杬儿你们听着，你弟王枻才八岁，少不知事，暂无责任，你俩皆是大人了。舅无子，你们既为他的儿子，每年一度的寒食清明必当上坟祭祀。可有一条，这仰天窝地处山峦怀抱之处，土肥地沃，木林藤葛疯长之至，到时候你们如何辨坟以祭？"

王杬想都未想，随口就说："爹，这很容易，把舅舅的坟茔堆成高高的，在这洼地之中一看便知。"

王叔和摇了摇头："朝廷丧制有严格规定，一品以上大员方可堆丘，二品、三品官员方可蠹石。你舅无级无品，岂敢堆丘立石，那可是欺君犯上之事。"

"爹，那砍几棵大竹子放之于坟上，做记号，行不？"小王枻眨巴着眼睛问道。王叔和抱起王枻在其脸上亲了一口："枻儿的主意不错，只是你太小了，还不知丧制有禁，父母之坟是绝不可以再放第二次竹木棍杖的。"

王榡已是一位英俊的小伙子，他眉头紧锁，扯了根狗尾巴草含在嘴里捻转了几下看着王叔和说："父亲大人，榡儿有个想法不知可否？"

"说来听听。"

"这竹木之棍杖不可重放，那可用黄荆条缠上白色蜀锦之类，插之于舅舅坟茔之上。荆条、蜀锦十分耐腐，白色之锦十分醒目，咱兄弟每年祭坟时，以新换旧，年年如此，当不会找不到坟茔的。"

王叔和满意地点了点头："榡儿主意不错。王杬你是否还有更好的主意？"

王杬说："哥哥主意已甚全美，杬儿只补两句，这蜀锦撕成条状再缠之于黄荆条上可随风摇摆，一看便知。还有三兄弟每人三根，合之于九，数字吉利，又引人注目，老远就可以看见，岂不省了许多事。"

王叔和心里一阵热乎将三兄弟招至身前，抚着王枻的头说道："王榡主意甚好，以后就看你们的行动。来对着皇天后土给舅许愿言誓。嗯，主意是榡儿出的，这誓愿嘛，杬儿你先许。"

王杌跪地磕了三个头，双手至额说道："王杌在舅舅坟前许愿，皇天可鉴，后土可证，岁岁清明，给舅上坟，子而孙，孙而子，子子孙孙，代代相承。"

王杌刚一跪地，就听不远处有人高喊："快来救人呀，毛老爷子摔折了！"

毛老爷子，毛老爷子是谁？白杲宫毛瑄。毛瑄咋这个时候才来？因韩天的去世甚为突然，加上炎天暑热，不可拖迟，故而，王叔和决定，山下什么人都未打动。毛瑄鬼使神差地思念王叔和，因王叔和到黄柏山去了几十天未有联系，昨日下山到四望山三不医堂想会会叔和老弟，这才得知韩天寨主去世。毛瑄与韩天是几十年交情，老友去世，焉有不去之理，便雇了抬山椅上了康王寨。闻听王叔和与儿子正在给韩天坟复土，便死活不肯坐山椅，犟着要自己走到仰天锅到韩天的坟前磕头。康王寨的凌副寨主苦劝无效，便派了两个寨丁带着毛瑄到仰天锅。一路上急急火火，但也算顺利，谁知就在爬最后一道坎时，摔下了山崖。

毛瑄终于获救了，身子也无大碍，仅右脚踝骨扭伤最重。第二天，王叔和与全家带着毛瑄回到了四望山杏邑居。自那次大雪灾毛瑄下山送炭后，二人还尚未见面。毛瑄受伤了倒给二人提供了同居一室无话不谈的机会。从雪夜救吴亮到巫医蜕骨向善，从康泰开外疾医铺到黄柏山艾汤护婴，从妻兄去世到让儿子持杖披衰坟前言誓中的林林总总、枝枝叶叶。谈论最多的自然是《脉论》。

王叔和说："兄长，《脉论》早该封笔让你过目了。只是这前后一年多，事杂事繁，无暇静坐，再对《脉论》过过脑子筛几筛。眼下，是兄长受伤，俺沾光。有你坐镇，俺啥事都放下，要不了多久，保准让你看到一部新《脉论》。"

时光似水，日月如梭。转眼又到了冬季，毛瑄在杏邑居一晃就住了四个月。其实，他的骨伤仅两三个月就差不多好利索，也曾屡屡提及要回白杲宫，王叔和每每皆有说辞，说得毛瑄无言以对，只好一住再住。

这天夜里，毛瑄拿着山上信鸽传下来的信札对王叔和说："看看这是你嫂子捎来的，说家人明天下来接俺回山。"

王叔和手不接札嘴里说道："怎么，兄长想嫂子啦？哎哟，老夫老妻还这么恋黏？愚弟佩服。要不让嫂子再下来陪陪兄长？"

"不，不，不，俺在这里，她已下来几次了。愚兄是说，客走主人安。贤弟整天忙得不亦乐乎，俺却无所事事，还牵系你一心挂两头，俺回去也找点事做。"

"兄长真的想做事？"王叔和一副天真烂漫的样子，脖子伸到毛瑄胸前，"俺保你有事做。兄台，你等着。"

王叔和旋风般跨门而出，一会儿工夫怀抱一摞书稿往毛瑄案头一放："叔和二稿《脉论》已毕，请兄台过目。怎么样，这下子有事做了吧。"

毛瑄脸盈喜气："哟，那可是件可喜可贺的大事，让童老先生还有库盈他们都过来同喜同贺？"

王叔和摇手而说："等兄长过目了，认定了，拍板了再请他们不迟。只有兄台对脉学有究，你不定论，就不算《脉论》。现今老弟将书稿交给兄台，如若兄台思念嫂子、孙儿，可将它带回去看也行。"

一想到第一稿《脉论》毁在白呆宫，毛瑄浑身如刺猬入怀，连声说："愚兄就在这里拜读，以便随时与贤弟分享收获。"

就这样，毛瑄在杏邑居又住了不少时日，对《脉论》斟字酌句，循根溯源地读了几遍。每读一遍，皆有不同的感悟，也有不同的收获。心里每每念叨：贤弟，你深究脉理的坚韧一根筋，愚兄自愧不如。道贵通达、学贵沉潜、法贵灵验、术贵精研，《脉论》"四贵"备全也。

正月十五大望之日，在毛瑄的催促建议下，王叔和请来了库盈、童禅、卫丁等好友。众人入席，毛瑄反客为主举起了酒樽："诸位达贤，今日是一岁一度的上元之日，一元复始，万象更新。毛瑄借酒献贤，告知诸位，叔和贤弟的《脉论》新撰十五卷大功告成，俺有幸先睹为快，匪益万千。荣耀之至，以干为敬！"说完一口喝干。

毛瑄亮樽见众人皆未动口，惊问道："怎么，诸位大贤今日限酒？"

卫丁说："毛大哥，这是杏邑居，不是白呆宫，你喧宾夺主，先得后拽，当然是自敬自干呗！"

童禅也站了起来："毛兄，脉学之论，这一席之上，除了叔和只有你是内行。你既先睹为快，大家的意思是要你先说说《脉论》之好好在哪里。大家说是不是？"

众人齐声说是。

毛瑄若有所悟："好，俺就班门弄斧。昔日董老夫子仲舒公有言可喻《脉论》之好。夫子曰：虽有天下之至味，弗嚼弗知其旨也。"

库盈摇头反驳之："毛大哥，今日你似醉非醉，得便宜卖乖好不得意。董夫子是说，天下再好的美味，不尝怎能知其味，得其精髓呢？新《脉论》只有你读了，兄当用自己的话，言旨《脉论》之好，哥们儿，是不是这个意思？"

卫丁、童禅皆点头赞许。

挠了挠脑壳的毛瑄故作恍然大悟状："哇，绕来绕去是要老朽点赞是吧？那你们听着《脉论》之好用两句话可蔽之：睹一脉如句中，反三隅于字外。"

卫丁、童禅、库盈相视一笑，一齐叫好。

王叔和一本正经说道："仁兄不可光有谬赞，也得给《脉论》指谬抠弊说点什么？"

毛瑄想了想："那就是《脉论》之名难涵其义，改个名字最好。"

王叔和连连点头："俺早有想法，也似有其名，正好请诸位仁兄定夺。俺将'脉论'改名'脉诀'，不知妥否？"

童禅率先点赞："好，'脉诀'之名好。诀，窍门、方法也。"

"诀，窍诀、秘诀，不错乎。"厍盈也点头赞许。

卫丁也连声附和："好，好，好，'脉诀'之名好！"

见毛玱没有吭声，王叔和走至他的席前，轻声问道："兄长，大伙儿都说'脉诀'比'脉论'好，你是老夫子，该兄长定夺。"

毛玱犹豫了一会儿，他本想说欠妥二字，因他深究过《易》，这"诀"在易中就不是吉象。诀，有决绝、长别、诀溃、决口之含义。可是看到大家都说好，特别是王叔和自己甚为惬意，他不能给大伙扫兴添堵，便转笑而答："不错，不错，'脉诀'之名乃贤弟深思熟虑之结晶，不好也好呀！"

满堂之人正在举樽给王叔和喝彩庆贺时，王杭悄悄进屋，说三不堂来了个哑巴病人，哑巴病人会写字，点名道姓要王叔和瞧病。

王叔和给众人道了声对不起，就赶到三不堂。见了那人不免皱起了眉头。那人不光是个哑子说不了话，还手有残疾，左手臂紧贴着身子骨，仅手腕是活动的。哑子说不了话，可脉证脉象能说话呀！王叔和先摸寸口，右脉无异，可左脉十分的不正常，时而紊乱时而正常，时而暴突搏冲。再摸人迎、趺阳，左右脉又较为正常。再让那人张开嘴巴。那哑子似乎是有意装呆拖延，弄了老半天才张开嘴让王叔和看。看完了，王叔和让王杭拿来纸笔写了行字：烦先生自诉何处患疾。那人提笔就写：嘴巴有异，不痛不痒不自在。

王叔和一看脸部，那哑巴脸上是鼓出了一个疱状物。用手触之，十分的坚硬。王叔和便让那人张口，内腔里啥都没有，反复让其张口合上，再张口再合上地弄了几遍，皆一样，摸之有，看之无，王叔和不禁有些生疑也有些着急。当他闭目沉思了一会儿，眼一张正与那哑子的目光触成一线。从哑巴得意眼神一闪间，王叔和明白了。提笔写道：先生属疑奇症，叔和技薄，当另寻高医。那人看了，提笔而写：堂堂太医，岂无医治之能？与太医之名悬也！

王叔和见了那行字，高声说道："先生，世间没有至全之人，更无至全之医。俺三不堂有不可取大利、不可生妄心、不可分贫富之铁箴。不可生妄心乃指治不了治不好的病绝不可沽名好强，逞能施药，以延误疾者之命。王杭、徐和，送先生走好。"

王杭、徐和上前做了一个请的手势，那人眼睛一圆，昂头不走。二人只好上前搀扶他。那哑巴犟着身子左摇右摆地一挣扎，只听"啪"的一声，左臂腋下掉出一个鸡蛋样的石头砸在左脚唇上。那人龇牙裂齿间，嘴里又掉出一个圆圆的杏子核，当即红脸跛足地出了门。不一会儿，那哑巴又折了回来，冲王叔和深鞠一礼，张口说道："王太医令，真神医、仁医也！"遂扬长而去。

一屋人惊呆了：他不是哑巴？！

王叔和笑了笑："当然。不然俺怎会对一个哑巴说那番话呢。不过，刚开始俺也没看出，因他嘴里的小咽舌被他憋气鼓舌掩盖了，是他的一丝得意提醒了俺。啊，对了，王杭、徐和，你们记住，先天聋哑之人，是没有咽舌，耳无听聪。后天之哑，耳不失聪，区别在此。"

回到杏邑居，人已散尽各奔东西。韩娣递过一张纸说是毛瑄兄长留的。上面写着：庄子云：道行之而成，物谓之而然，慎哉。《脉论》改《脉诀》是为决。速让王杭抓紧抄备一份以防不测。

韩娣说："劳公，兄长是啥子意思？"

王叔和说："毛兄真是心细如发、谨小慎微之人，上一回《脉论》遭鼠咬，仍有余悸。他怕又有闪失，让王杭重抄一份以备意外发生。这主意不错，既可保无虞，又可使杭儿习温脉学。"

自那天开始，王叔和便吩咐王杭将《脉诀》带至三不医堂，一有空重抄一份。其他弟子有空了也帮着抄誊。

毛瑄无愧饱学之士，对《易》的深奥莫测也甚有所究。《脉诀》之"诀"之中所显现的卦象甚为不妙，可又不便于明说。

这就是读书之人常怀的忌讳。当然，毛瑄的不直言也甚有道理，极为正常，那天即便直言拜上也不一定有作用。那天叔和得意，众人叫好，他说了也可能是吃力不讨好。想等到叔和得意之心冷却再实话实说。可芝麻掉进了针鼻孔，突如其来的哑巴病人又将叔和扯走了。只好留字以警，也不失补救之策。

古往今来，灾祸可预不可防、可测不可解的范例多如牛毛。王叔和对毛瑄的缜慎提醒采取了果断措施，让王杭有空备抄不就是最好的预防吗？可是防不胜防呀！

这天夜里，确切地说是农历七月十五之夜。七月十五为中元节，民间传说是鬼节，孤魂野鬼无人祭祀便会在这一天被阎王放假下山讨钱讨祭祀，人们便会在这一天的下午早早归家，关门闭户，以避野鬼缠身，夜晚则更不敢出门。三不医堂不到太阳落山也早早关了门。子时左右，惊雷滚滚，巨闪不停，狂风聚起，暴雨倾盆。王叔和的杏邑居在西阳是数一数二的豪宅了，也被暴雨冲刷得百孔千疮。最惨不忍睹的是濒临举水河畔的三不医堂，已被滚滚山洪冲得东倒西歪地泡在浑水浊浪里。《脉诀》手稿和王杭誊抄的备份已七零八落，大部分被卷走，剩下的漂在水中被房中的杂物搅成一团。

王叔和疯了一般冲到水里，捞了几页捏成一团，放声大哭，嘴里高喊着："不要了，不要了，俺全不要了……"

第五十五章

横河慧女　孔夫子巧遇
回车书坞　光武帝赦封

《脉论》手稿被鼠咬，《脉诀》书稿又被水搅，耗费了十余年的心血打了水漂，王叔和心中的那种隐痛比千蚁啃骨，百虱挠心还难受。连续十余天，王叔和寡言少语，无精打采，人在明显地消瘦。看在眼里痛在心里的妻子韩娣跑去找毛瑄，说："毛大哥，你快给叔和他想个办法，把他带到哪里去散散心，好不好？要不然，照这样下去，我担心他会垮下去的。"

毛瑄想了想，韩娣这个主意有道理，前车之鉴，王叔和当年因寻庞姝中暑险些丢了命，幸亏遇上了他才死里逃生。眼下分散王叔和的注意力，让他心胸舒坦的最好办法，就是找个地方让他忘却心中的伤痛垒瘼。

什么样的地方对王叔和才有磁力吸引力呢？

人到这个时候，往往易陷于固执的旋涡，一般很难以接受别人的劝解，甚至有时愈劝愈结巴。毛瑄正在绞尽脑汁地选地方，童儿送来一请札，毛瑄一看愁容换成了笑脸，遂对韩娣交代了一番，让她先回去等候。

韩娣回家不一会儿，毛瑄就赶来了。一进屋，毛瑄也不给王叔和打招呼，而且直呼韩娣："韩娣媳，好事来了，明日我带你去一个地方走一走，让你长知识，开眼界。"

韩娣说："毛瑄大哥，啥好事呀？"

毛瑄手中的请札一举："娘娘宫复修重建，明日举行竣工庆仪（典礼），护圣宫傅道长请我们参加庆仪。那娘娘可是了不得的人呀，你呀，去好好参拜参拜，沾些灵慧之气。"

"呀，是哪个朝代的娘娘，让毛瑄大哥这么激动？"

"不是激动，是钦佩得五体投地。你想想吧，叔和弟媳，连孔子圣人都钦佩不已的女子，天下能找出几个呀？"

"孔圣人，哪个孔圣人？"一旁的王叔和冷不丁地插问道。

"叔和贤弟，你是明知故问吧，普天之下，还有几个孔圣人。孔圣人就是孔圣人嘛。"

王叔和立马露出惊讶之色："就是鲁哀公立庙，汉高祖亲祀的至圣先师孔圣人？"

"是呀，非他莫属，别无其二。"

"如此说来，孔圣先哲到过这西阳之地？"

"岂止到过西阳，还在西阳巧遇一洗衣女子。那女子与孔圣人的一番对话，令老夫子折服不已，对女子的认知也自此不再另眼。"

"贤弟是说，明日开仪的娘娘宫，就是为祭祀令孔圣人折服的娘娘所修。"

毛瑄将手中的请札递给了王叔和："正是，正是，所以俺来请弟媳同往。"

王叔和看了请札，眉开眼笑起来，说："这等好事，贤弟，不光你弟媳去，我当然也要去嘛。"

毛瑄会心一笑："愚兄求之不得。贤弟若去，要看的地方还有护圣宫、回车书苑。"

"回车书苑？回车书苑在哪里？"

"都在夫子河，明日去了一看便知。"

毛瑄所说的令孔圣人折服的西阳女子是谁？这护圣宫、回车书苑又是怎么回事呢？要说清这几件事，那咱们的笔峰得跟随毛瑄的叙述，转回到春秋时期。

公元前499年，孔子官至鲁国大司寇摄行相事。他上任第七天，在两观台诛杀乱政大夫少正卯。司空季桓子与少正卯是亲戚，想去找鲁定公给少正卯说情。其手下说少大夫已经绑在了两观台，迟了就来不及了。于是，季桓子就直奔两观台找孔子说情。孔子很客气地告诉季桓子，仁政义政，可以宽恕诸多不仁不义，包括盗者、窃者，但绝不宽赦五种大恶者：一种是通达事理而用心险恶者，二种是行为怪僻而固执者，三种是语言诡诈而巧辩者，四种是对怪异的事掌握特别多者，五种是依顺非理之事却善于伪装者。这五恶者，只要有一恶，必不可赦。少正卯，人称乱政祸首，五恶俱全，若赦免了他，先王所定的"心逆而险，行辟而坚，言伪而辩，记丑而博，顺非而泽，恶一必死"的法典，岂不成了一简空文？

季桓子讨了个没趣，自此与孔子结下了梁子。

公元前498年，齐景公病亡，新君继位。季桓子便与齐国大夫黎钮密谋，让黎钮唆使齐国新君给鲁定公送去了八十名绝色美女、一百二十匹上乘好马。鲁定公当然是眉开眼笑，准备照单全收，可又担心孔大司寇的极力反对。季桓子说："这太简单了，大王不再诏见孔司寇，若他来拜你，你推病不见，不就完事了。"

从此鲁定公天天与美女、宝马打交道，不理政务。孔子多次求见，皆被季桓子挡驾，最使孔子不能接受的是，鲁定公居然在祭祀过后，连祭祀的肉也没有按礼制之规分送给大臣们，就去与美女取乐。于是五十五岁的孔子于公元前497年春季，离开了故土，开始周游列国。

这天孔子及弟子们进入陈国地界，陈国的君臣听说孔子要到楚国去讲学，就坚决不让孔子出陈国。为什么呢？陈国的大臣们认为楚国如此强盛，如果孔子再到楚国去讲经辅政，那楚国就会更加强盛。孔子就给陈国的君臣们商量，他与弟子们到楚国去，没有别的意图，只是为了去了却一个心愿。啥心愿？亲眼看一看长江。陈国君臣们知道溢然争辩不过孔子，于是就来了个一箭双雕，只允许孔子带一个弟子去楚国，其余的都留在陈国。在人家的地盘里再有理也说不出来，孔子想了想就同意了。带哪一个弟子同行呢？子路自告奋勇愿与师父前往楚国。于是孔子与子路驾车往楚国而去。

这一天，孔子、子路进入陈、楚交界的西陵之地，被一条大河挡住了去路。赶车的子路立马下车问津（渡口）去了。孔子坐在车子上打盹。突然，河中跃出一条几十斤重的大鲤鱼，鲤鱼落水的一声巨响，把停在河边的辕马吓了一跳，拉起车狂奔不止。等到孔子好不容易抓住缰绳，马车"嚓"的一声，歪着不动了。孔子下车一看，是车子的轮轴断了。

孔子想，子路去问津还不见人影，刚才马受惊一路颠簸，身子骨似散了架，不如下车走一走，顺便找个人打听打听，买好木料等子路回来好修车用。

孔子才走了几十步，就看到河边有一个女子正在低头洗衣衫。孔子上前施了一礼，说："这位大姐，烦扰你了，请问此处可有买东西的坊铺？"

洗衣女即刻起身还了一礼，说道："观先生庚年堪比我爹，闻声，先生当是齐鲁圣邦人。呼我大姐，折杀于我，我姓刘，就呼我刘女吧。"

孔子一听，连连点头，刚要问话，洗衣女话先出唇："先生不用问，此地叫横河，我家就在河边上，要东西勿言上坊铺，我家就有，你等着，我去拿给先生。"洗衣女说完，端起衣篮声轻步捷地走了。

等孔子回过神来，那洗衣女已走出了一箭之地。孔子只好把没说出的话咽了回去。不等孔子的眼神从宽阔的河道上收回来，洗衣女又身轻似燕地站在了他的面前，手中拿着一长段上好的檀木和一把斧子。孔子惊呆了，呆得有些失态。瞪着洗衣女手中的檀木及斧子，孔子惊讶地问道："刘女莫非神女，怎知老夫要的是斧子和木头？"

刘女嫣然一笑："是先生自己说的呀！"

孔子说："老夫未言及二物，只是说要找买东西的坊铺而已。"

"这就对了嘛。先生来自齐鲁，齐鲁乃礼乐肇承之地，言必文，行必礼，说话无不智涵。先生说要东西，东方甲乙木，当然要的就是木头；西方庚辛金，当然就是斧子了。如果刘女没猜错，先生是坐车而来，定是车轴断了，故而我选了一条做车轴的檀木。"刘女说完，双手将木、斧呈上。

孔子接过木头斧子又问刘女："刘女读过《易》？"

刘女摇摇头："没有呀！"

孔子说："没读《易》，刘女怎知'东西'就是木与金？只有《易》中才有天干地支和五行之说了。"

刘女笑着说："先生，《易》是啥，我还真的不知道。这'东西'指的就是木与金，幼小时，父亲讲故事都讲烂了。"

"讲故事？啥故事？"

"周文王过渭水，遇上一洗菜女，姜太公过泾河遇一投河女，都猜出了'东西'皆是木与金的故事。"

"你爹会讲这些故事？"

"会讲，会讲，我这里的老人都会讲故事。我公爹的'东西'与木头、斧头的故事与我爹的不一样，他说过渭水河遇上投河女不是姜子牙，是老子李聃先生。你今天遇上其他人也会猜出你要的就是木头和斧头，我五岁的儿子也知道，因为他听过我讲的故事嘛。啊，不说了，先生，你快去修车吧。车修好了，你就走。"

孔子说："那怎么行，我要将斧头还给你。"

刘女连忙摇手说道："不劳先生费力了。你将斧头放在路边，上面压块石头就行了。"

孔子看着手中的斧头说："那过路人不拿走了吗？"

"不会的，不会的。咱横河的乡俗，路边的东西，无论是啥，只在上面压有石头，就是有主人来取的东西，哪个都不会动的。"刘女说完轻盈而去。

孔子又返回车边，子路正好找来了。

二人修好车，子路问孔子，斧头是买的还是借的。

孔子回答是借的。

子路说："去送吧。主人在哪里？"

孔子把洗衣女的话说了一遍，然后将斧头放入路边，找了块石头压上。

子路就催孔子上车，说："老师，河津我已问清楚了，在下游三里地之处，过了河正好可以打尖用膳，楚国的米饭可香着哦。"

孔子摇摇头，说："回车吧，回车吧，楚国连洗衣女皆知五行天干，不仅如此，几岁的娃儿也打小知道文王、子牙、聃公过渭河、泾河巧遇的故事，还有这里的民风民俗，路不拾遗，咱们去楚国还有何意义呢？"

见子路似乎还未转过弯来地发着呆，孔子立马从子路手中接过鞭子，手一扬，载着二人的马车"咕咚咕咚"地转回了陈国。

随着毛瑄有声有色的叙述，王叔和的嘴巴时张时合，完全被孔子的回车故事吸引住了。毛瑄讲完了，端起韩娣送来的水盅正在喝水，王叔和似乎回过神来，急不可待地问毛瑄："兄长，你刚才说孔子巧遇洗衣女，借东西的地方叫横河，横河在哪里？"

"横河就是夫子河嘛。"

"那横河咋又成了夫子河呢？"王叔和已完全被孔夫子的故事牵住了自问自答，"哦，我明白了，夫子河，夫子河，一定是孔夫子改的。"

暗自高兴的毛瑄看了看一旁偷着乐的韩娣一眼，接过叔和的话茬："那倒不是，横河改名夫子河，是在孔老夫子去世几百年后的事。"

王叔和瞪大眼睛问道："那谁改的？"

毛瑄笑了笑："这事我也说不清楚，走吧，咱们现在就去夫子河，让护圣宫的傅道长告诉你，他才是夫子河历史最全知百晓的人。"

毛瑄带着王叔和夫妇一行，赶到夫子河护圣宫，已是日落酉时。

护圣宫傅道长与毛瑄同庚共月，二人相交二十余年，甚是莫逆。傅道长虽然与王叔和是初次见面，但有毛瑄这层关系，二人是初识如故，相见恨晚。稍事休息，傅道长就领着王叔和夫妇边看边聊起了护圣宫。

护圣宫共有三重殿，主殿供奉的是孔夫子，正殿供奉的是圣门十俊。

啥叫圣门十俊呢？

这是西汉大儒董仲舒遵循汉武帝刘彻的旨意——于太初元年（公元前104年）从孔子七十二贤人中选出的十位品行最拔尖的弟子。并依据这十位弟子各自专业专长特点分为四科：德行科，言辞科，政事科，献文科。所谓德行科，就是在德行节操上名气最大的四个人：颜渊、闵子骞、冉伯牛、冉仲弓。所谓言辞科，就是伶牙俐齿最擅长言辞理辩的子伐、子贡二人。所谓政事科，就是擅长处理公文政务的冉有、季路。所谓献文科，就是最熟悉古代文学文献的子游、子夏二人。后世称之为"圣门十才俊"，亦称"圣门四科"。

一千七百多年前，观庙供奉的圣也好，神也好，仙也好，不像现在十分高大壮观，因为那个时代的供奉最奢侈的圣像神佛是陶土烧的和石头雕刻的。古代绘像技术相当原始，典籍记载孔子及其最得意弟子颜渊的画像是晋代大画家顾恺之所绘，相传也是孔子最逼真的画像。唐代以后，朝廷所建的孔子庙的孔子像，包括今日国家公认向世界推介的孔子标准像皆源自于顾恺之的绘像。

那么，傅道长领王叔和所看的护圣宫孔子殿的孔子像，不用说是陶土烧成的像了，而且圣门十俊殿里供奉的十位贤俊弟子连像都没有，仅用石雕的牌位而已。

王叔和是个用心专一之人，脑子里"谁将横河改名为夫子河"的问号始终没有放下。本想到护圣宫他就要让傅道长说个清楚明白，傅道长领他们拜参孔子殿，问这问那显然有失礼貌，他只好把到嘴边的问话缩了回去。可一进圣门十俊殿，他忍不住了，十位圣贤的参拜一完毕，王叔和就给傅道长深施一礼，说："傅住持，请恕叔和大不敬。横河是谁改名成夫子河的，兄长说大师你最全知百晓的。叔和涵养极薄，少见多怪，可否让叔和洗耳恭听。"

"无量天尊！"傅道长手中掸拂一甩，双手揖礼，"将横河改名夫子河之人，远在天边，近在眼前，王太医请随贫道来矣。"

王叔和跟着傅道长走进次殿，也就是第二重大殿。只见殿中供奉着一尊头戴冲天冠旒金串的雕刻之像，牌位上刻有十一个篆字："大汉光武帝君刘秀之神位。"

王叔和恍然大悟："呀，横河改名夫子河源自光武帝。"

傅道长立于石雕之前，深深一揖："是呀，光武帝君不仅改横河为夫子河，这护圣宫、回车书苑、娘娘宫，皆由他颁诏而建。"

刘秀为啥要改横河为夫子河呢？正史上虽未见片言只字，但民间却广为流传，是孔老夫子的在天之灵救了刘秀的命。

公元9年，汉朝的王莽改汉朝为新朝，自己做了皇帝。王莽的政权虽然称新朝，可恢复的却是周朝的制度，把天下的田地全部收归朝廷所有称王田，这就引起了豪门富绅皇亲贵族们的反对。王莽将王田交给百姓耕种，百姓皆是穷光蛋，缺种缺牛，田地也都给荒芜了。两三年光景，天下发生大饥荒，人饿死无数。新市，也就是今天湖北京山县，有兄弟二人，一个叫王匡，一个叫王凤，在当地农民中威信很高，便举旗造反，以起义的地方绿林山（在今湖北当阳县）为名，号称绿林军。绿林军声势浩大，一呼百应，不仅穷苦百姓拥护，当地的豪门富绅也纷纷响应。

绿林当时归南阳郡春陵县管辖，春陵有一家汉朝的远房宗室叫刘钦。刘钦有三个儿子，其中小儿子刘秀，也举旗响应农民起义。刘秀作为汉朝宗亲，又有文韬武略，他一举旗不用说是势如破竹，两三年的光景，手下就聚集了几十万人，很快就将王莽推翻了。王莽虽死了，可他统治的手下仍然有百万大军在抵抗，这还不算什么，要命的是另一个刘氏宗亲关东的刘玄，捷足先登，攻下洛阳后便以洛阳为都城称皇名曰更始帝。你刘玄称帝就称帝吧，刘秀也没说什么，遂归并入刘玄，做了个大司马。刘玄手下的一帮谋士知道刘秀的身世，担心刘秀有称帝之心，便叫刘玄收了刘秀的兵权。刘秀虽说是大司马，实际上就是个光杆司令，除了几个贴心的哥们儿，手下的兵马不过两千人。刘秀的手下都替刘秀打抱不平，要他离开刘玄另寻高枝。这事很快传到刘玄的耳朵里，刘玄急得似热锅上的蚂蚁,那些谋士就给刘玄出了一个十分恶毒的点子,以刘秀冒充汉成帝的儿子刘子舆的名义,派出大军追杀刘秀。

这实际上是个天大冤枉。冒充刘子舆的人叫刘林。刘林也是汉朝宗室,曾投靠过刘秀,也劝刘秀脱离刘玄自行称帝。刘秀不同意,便与刘林分道扬镳了。刘玄硬把这事摊在刘秀的头上,刘秀是三十六计,走为上策,于是刘秀开始四处躲避刘玄的追杀。

这年夏天,刘秀与好友邓禹、冯异、傅莹等几人躲开了刘玄的追兵,逃到了潢州(今河南潢川县)准备到江夏蕲州找李通、李铁兄弟俩,以图东山再起。可一出潢州城,就被刘玄的手下发现了,在躲避刘玄追杀的途中,又被唆使刘林冒充刘氏嫡宗的王郎发现了。王郎亲自带着两千多人追杀刘秀,这无疑是雪上加霜。在进入西陵境内的大山时,刘秀与冯异、邓禹、傅莹几人又跑散了,一个人是慌不择路,跑到了横河边,找了几把,也不见渡口。那个时代的横河不像今天的夫子河,窄的地方一个箭步可以跳过对岸,当时的横河"宽若数百丈,深若十余丈"。

刘秀又是个旱鸭子,跑到岸边转了几头,找不到藏身之处,此时追兵的喊杀声已经越来越近了。走投无路的刘秀看到河边有一棵巨大的柳树,上面浓荫蔽日,枝杆横天,便三下五除二地爬到了柳树上,刚刚选了一根树权子准备坐下来,突然刘秀觉得有一双手抓住他的双脚,使劲地往下一扯,他双脚立马落空,双手脱离了紧抓的树枝,人咚的一下掉进了河里。在落入水下的一瞬间,又有一双手托住了他的身子,直往大树的根部送。等到刘秀睁开双眼,他的身子已经露出了水面,可眼前仍然是白浪滔滔。

这是咋回事呢?原来刘秀露出水面的地方是这棵大柳树的根部。也许是这树太古太大了,年深日久,根部被大水冲成了一个漩涡,形成了一间房子大小的空间,空间上有巨大的树根盘根错节,那树身子又斜歪向着横河中,横斜部分在岸上被巨大的树身挡着,这就留下了一两尺高的间隙,刘秀坐在漩涡洞的树上,眼睛可以看到河面对岸,耳边除了水流声,还可以隐隐听到岸上的动静。

再说,王郎带着一千多人很快寻迹追到了大树下,四下一看,除了横河水,只有这棵大树。王郎也知道,刘秀不谙水性,是没办法潜水过河的。只有这棵大树可以藏人的。兵士们也很快发现了刘秀刚才上树时的脚印。王郎哈哈大笑:刘秀啊,刘秀,你今日死定了,死得好惨,死无葬身之地。

王郎当即吩咐军士将所有的弓箭都集中起来,又将会射箭的军士分成十队,每队三十人,每人五十支箭,围着大树向上射。十队人三百弓箭手轮番射完了几千支箭,如果刘秀躲在树上,不用说是万箭穿身,浑身难找出半寸全肉的。

箭射完了，又等了老半天，不见刘秀的尸体掉下来，王郎似乎还有些不放心，难道刘秀没被射死？于是王郎又选了十几个会爬树的军士到树上寻找刘秀的尸体。爬树的军士爬到树上，心里多少有些害怕，加上树身树干树枝上都插满了箭支，难拨又难上。有个爬树的小头目便在树上向下喊："王大帅，我们看到了刘秀的身体，被箭杆钉在树上，我们也被箭杆挡住了，上不去。"

王郎一听高兴得手舞足蹈。长剑一挥，带着一千多军士返回南宫（今河南新县东南），向刘林报喜讨赏去了。

王郎带人在岸上折腾得不亦乐乎时，刘秀居然坐在树根下的漩涡洞里美美地睡了一觉。看看天黑了，一阵冷风吹来，刘秀打了个哆嗦，睁眼望去，一片漆黑，心里不由紧张起来。为啥，因为他不会游水。这水下有多深，他往下一沉不用说，似秤砣落水，连泡泡都不会冒出一个。不出这个树洞吧，不会饿死，晚上也会冷死。刘秀正在揪心揪肝地着急时，脚下突然又似乎有一双手往下扯，身子咕咚掉下了水，很快地那双手又将他托起，等他清醒过来，人已经抱住了岸边水下的一块石头。头一伸出水面，刘秀听到了大树下有人在低声哭泣，再仔细一听，那声音好熟好熟。因漆黑一团，看不清楚树下人的身影，刘秀从岸边摸出一块石头扔向树下的河里。

"咚"的一声水响，把树下人吓了一跳，几个声音同时发问："谁？"

刘秀从声音中觉察出有冯异的声音，便站起身来："冯异，是冯异吗？"

树下的三个黑影循声跑到刘秀的面前，原来真的是冯异、邓禹、傅莹。

三人将刘秀拉上岸，争先恐后地问刘秀怎么样。刘秀把如何上树又如何从树上掉入河里躲过王郎的追杀，又如何从树根漩涡中浮出水面的事说了一遍，对王郎万箭射树的事当然是毫不知情。听了冯异三人关于王郎向树上射了几千支箭，将树身子射成了刺猬般的箭树，三人以为刘秀被王郎射死在树上，又无法上树找到刘秀的遗体，只好在树下哭祭一番的话后，刘秀"咚"的往地下一跪："多谢苍天树神的救命之恩。若刘秀有发达之日，定将祀祭谢恩。"

当天晚上，刘秀、冯异等人渡过了横河，在河对岸一山坳里找到一处守山老者的窝棚栖身时，刘秀问老者，河对岸的大树可有名人异事之说。老者将那株大柳树已有四百多年，当年孔夫子由此到楚国去，在树下与弟子子路修车以及遇刘女送木头和斧子的故事绘声绘色地讲了一遍，刘秀当即跪倒，隔河遥向那树连连磕头：多谢圣人老夫子神灵搭救。

十年以后，刘秀坐上了皇帝位，史称光武帝。有一天，刘秀同被他封为一号功臣的高密侯邓禹一起狩猎。邓禹说他晚上做了个梦，梦见大树将军在皇上当年落水的那棵大树上给皇上建庙。

大树将军是谁？就是刘秀最信赖的冯异。冯异自从那次刘秀脱险后，就被刘秀封为大树将军，屡立战功。在刘秀平定各路敌手，统一天下的头一年，冯异病故于军营中。

邓禹如此一说，刘秀马上记起了十年前神奇脱险和守山老者所说的孔子巧遇刘氏女在树下修车、回车的事情。第二天上朝时，颁诏改横河为夫子河，敕建护圣宫、回车书苑、娘娘宫。并令司马都总管傅莹之子傅善任弋阳郡守，负责监造护圣宫、娘娘宫、回车书苑，同时免去夫子河百姓三年的税赋。傅道长告诉王叔和弋阳郡守傅善当年监造的护圣宫建在大柳树的左边，回车书苑建在树之右，娘娘宫建在护圣宫、回车书苑的正对面，这三处御赐建筑形成三足鼎立的格局，香火十分兴旺。在后来东汉的一百八十年间，这二宫一苑因天灾兵燹屡毁屡建。曹魏时代，大柳树被洪水推倒，二宫一苑也因河道易辙几次迁址。魏明帝太和初年（公元227年）重建被火烧毁的护圣宫时，经地方名士请陈上奏，皇帝曹叡同意敕建光武帝君殿，这才有了王叔和看到的次殿光武皇帝雕像。这也是曹叡的聪明加豁达，你不是有人嚼舌头说我老曹家篡汉吗？我就给你汉光武帝建庙立像，把你的嘴巴给堵上。三年前靠近河边的娘娘宫被一场大水给推倒了，地方上只好改址重建。这重建的娘娘宫，也就是一间殿，供奉着洗衣女石像和两块大石雕刻。一块石雕上刻着四行字：夫子借东西，刘女送檀斧。至圣喑嗌叹，回车不赴楚。另一石雕刻的是《周礼·天宫》上的四句话：妇德谓贞顺，妇言谓辞令，妇容谓婉娩，妇功谓丝枲。

在夫子河的几天里，王叔和是天天兴奋不已，不时地在毛瑄面前赞叹夫子河的历史深卓、人文渊邃，还有点责怪毛瑄没有早点将他带到夫子河来开开眼界。每天一大早，王叔和就带着韩娣到护圣宫、娘娘宫跪拜行礼，祭祀完了孔子、圣门十俊、光武帝和洗衣女，就一头钻进回车书苑里不出来，因为他王叔和最喜欢的地方还是回车书苑。

魏晋南北朝以前的书苑与后世的书院有本质的区别。《辞海》解释"苑"有三种含义。其一，畜养禽兽并种植林木的地方，多为帝王及贵族游玩的风景园林，如上林苑、杏苑、菊苑。其二，树木茂盛貌。其三，荟萃，多指学术文艺的集中，如艺苑、学苑、书苑等。故而才有书苑之名。而书院之院字，是在唐代才出现的字，肇始于唐代官署的专用字，如长白山御史台所属的台院、殿院、察院、书院，到宋代开始，书院成了教书育人的场所，明、清时代尤为鼎盛。除了朝廷办的官费书院外，诸多名流士子、隐士皆办有私家书院，等同于今天的公立、私立大学。

那汉光武帝刘秀在夫子河敕建的回车书苑是干什么的？用今天的话说，纪念孔夫子用的纪念馆。

回车书苑房子不多，但面积挺大，进门是一个庭院，竹木成荫，花草含笑，四周皆是宽敞别致的九曲回廊。回廊壁上悬挂有九十九块木刻雕板，每块木雕板皆刻着记载孔子生前大事的文字，也就是一块雕板一个故事。如："俎豆礼容""职司乘田""问礼老聃""泰山问政""代行中都""夹谷会齐""礼堕三都""诛少正卯""观器论道"等，过了回廊即为殿宇，共三重大殿。第一重主殿皆用的是巨石雕刻。第一大石雕，雕的是孔子横河遇洗衣女刘氏的经过。第二大石雕，刻的是孔子、子路大柳树下修车轴回车陈国的经过。第三块石雕刻的是光武帝遇险大柳树，孔夫子神灵护刘秀的经过。第四块大石上刻下了刘秀称帝，诏改横河，敕建二宫一苑的经过。

第二重正殿里也全是石雕摆设，但雕刻的石块比主殿小得多，内容主要是记叙孔子当年与弟子赴陈国、楚国的八大历程：因膳去鲁、忠信济水、子路问津、萍实通谣、子西沮封、受鱼致祭、楚狂接舆。这八大历程，每一历程也刻有一段文字。

第三重次殿全是雕版木刻，刻的皆是孔子一生中的经典论述，类似今天的语录摘抄。

如孔子的仁者一绝：仁者先难而后获。

学思二为：学而优则仕，仁而优则学。学而不思则罔，思而不学则殆。

人之三德：一曰正直，二曰刚毅，三曰柔顺。

君子三畏：畏天命，畏大人，畏圣人之言，小人不知天命，而不畏也。

君子四喻：君子喻于义，小人喻于利。君子欲讷于言而敏于行。君子成人之美，不成人之恶。君子谋道不谋食，忧道不忧贫。

仁政者五美：惠而不费，劳而不怨，欲而不贪，泰而不骄，威而不猛。

仁之六境：克己复礼为仁。仁以为己任，不亦重乎。杀身成仁，死而后已。无求生以害仁，有杀身以成仁。仁者安仁依于礼。仁远乎哉？我欲仁，斯仁至矣。

智者九思：得思义，视思明，听思聪，色思温，貌思恭，言思忠，事思敬，疑思问，忿思难。

这些木雕上的孔子论述，皆是经过学者仕子的精心挑选，虽义理深邃，却精辟易记，无不给人以思索，给人以振奋，给人以拼搏。

回车书苑的次殿，除了传承文明、延伸精彩的经典妙句外，还有一处别出心裁的文化载体，觅己台，也叫寻思处。觅己台是用四块大木板镶成四方，矗立在一方巨石之上，每方木板凹有诸多的直隙，每方直隙里放有一块竹简，竹简书有一句话，竹简上的话，多是《诗经》《春秋》《论语》等典章里摘抄句，也有从历代典籍和儒学大家诠释经典的论句。简上的论句有长有短，有褒有贬，述凶述险。如"群居终日，言不及义，好行小慧。""为仁由己。欲速则不达。""见小利则大事不成。""天行健，君子以自强不息。""富贵不能淫，贫贱不能移，威武不能屈。""唯利是图,见利忘义。""怒不变容,喜勿失节。""利令智昏,巧取豪夺。""仁人难期永寿,智者不免斯疾。""养生者不足以当大事。""不述先父先哲之诰,无益后生之虑。""居之无倦,行之以忠。""大道废,有仁义,见利思义,见危受命。""恻隐之心,仁之端也"等等。

有趣的是,所有竹简文字部分皆面向凹隙,露出的简背上只有四个字:寻思觅己。

进殿者,可以自抽,也可以不抽。抽简后可以找殿侍生论解,也可以不找殿侍生论解,类似于今天佛寺、庙观里的抽签。庙观抽签,多少有些迷信的成分。而回车书苑里的抽简既是一种文化传承的巧妙载体,也是一种养性修身、寻欢觅趣的游戏。比如说,一位仁人君子抽出的简写的是"利令智昏,巧取豪夺"之句,就是对他的一种警惕。抽到了"四体不勤,五谷不分"的简,就是对他的一种告诫。假如是一位龌龊小人抽到了上述的二种简,心里断然有一种考虑:人在做,天在看,还是收敛些好,故此,设计此简者称此举为寻思觅己。这无疑是孔子"有教无类"思想的张显张扬。

王叔和最喜欢的就是"觅己台"的这种创举。每天一到这里就要抽简,连续四天分东西南北四方各抽一方。第一天抽出的简上是《易》中的一句话:"天行健,君子以自强不息。"第二天抽出的简上是《老子》之句:"仁者必造立施化,有恩有为。"第三天抽出的简句为:"士不可以不弘毅,任重而道远。"第四天的简句是荀子的两句话:"隐居以求其志,行义以达其道。"

这四方简文,对王叔和而言,无啻于四支强心剂,所有的迷茫心悸抛到九霄云外。第五天一大早,王叔和行李一背向护圣宫的傅道长告辞:"多谢,多谢了。夫子河真乃心坚惑去之圣地,待叔和《脉经》重撰封笔,定当多住时日,以增睿智。"

第五十六章

见贤思齐　觅徒养孤苑
闻恶思宥　问脉龙泉观

见贤思齐，择其善者而从之；闻恶思宥，择其凶者而警之。

王叔和夫妇自夫子河归来，见被暴雨损毁的杏邑居已修复一新，三不医堂弃原址改离举河半里多路的一处山坡重建，也只剩下少量的尾欠，这使他很意外。王杭告诉父亲，两处房子修建，四乡八里的乡邻隔三岔五来帮忙，才使房子建得快。

这天清晨，王叔和早早来到新建的三不医堂屋里屋外转了几圈后，登上后山树林，遥望着举水河，思考着三不医堂即将重开的一些事务。只见徐和在坡下高喊："师父，快回去，有人从弋阳郡专程找你。"

王叔和闻声回到家，只见来人是龟神观的吴亮。吴亮虽逾七旬，身子骨倒十分硬朗，说话音宏语壮，见了叔和客气有加，寒嘘过后，指着身旁的一位说道："王太医，这位小哥自称是弋阳郡来，与你熟悉，专程来找你，昨晚在我观里借宿，天不亮就要走。我怕他路不熟，便引到你家里，你们是熟人吧？"

王叔和看着眼前的小伙子虽有些眼熟，可就是记不起来是谁。弋阳郡？弋阳郡里除了原郡守邓厚一家子外，没有什么熟人。邓厚一家早回京师了。守备王珽五大三粗，可眼下这位身子羸弱。啊，对了，王珽五十多岁，莫非是王珽王守备的公子？想到这，王叔和笑着问道："人老眼拙，你莫非是弋阳王珽王守备的公子？"

那人有些苦笑地摇了摇头："王太医真的把我当成了大男人？"说完撕下头巾，露出真容，原来是一位娇柔女性。

满堂之人惊呆了，王叔和睁目细看，一声惭愧："哎呀，原来是你，真没想到，真没想到！"

"我就知道王大太医把我忘得一干二净。可我忘不了你，这次来就是给你添烦。"

这女人是谁？知母寨的女寨主，被王叔和以死相挟方肯带孤儿下山的仇姑。一别九年，仇姑又女扮男装，王叔和当然是认不出来。

仇姑告诉王叔和,当年王叔和将皇上所赐三百镒金交给她建创的养孤苑仍在办,弋阳邓郡守因有王叔和这层关系,倒也十分支持,新郡守唐禾的支持就比邓厚差远了。资费支持还在其次,关键是这些孤儿长大了出路在哪里?新的孤儿时有所进,可进来的孤儿就不愿走。为啥?吃穿不愁嘛,孤儿当然舍不得走。孤儿们一天长大一天,人长脾气长,男孩子斗嘴打架天天有。仇姑尽管按王叔和的吩咐请有先生教孤儿识文断字,温顺的则行,顽皮的则令先生头痛不已,不时找仇姑吵着要辞教。邓厚郡守在任时,仇姑上门求告,邓厚就亲自到苑里挑选年长的孤儿进衙内当差或送入军门。唐禾郡守仇姑也找了,虽未拒绝,可就是"今日复明日"地拖着不见动静。眼下,就有十几个孤儿已到了该离苑的年纪,因郡衙安排无望,愁得仇姑瘦了一身肉,万般无奈,这才来找王叔和解难。

　　"王太医,当年你曾对仇姑说,养孤苑只要有难处,郡衙解决不了的事,当来找你。这次我来了,你可不许食言哇?食言也不怕,反正我这次来是死猪不怕开水泡,太医不去弋阳仇姑就赖在这里不走。"

　　王叔和连声向仇姑说对不起,这事他可真的忘塌了影,因他只顾一门心思著《脉论》《脉诀》。在黄柏山时他也打算去拜见新郡守唐禾,妻兄韩天突然去世,连夜而返。此后,虽有几次想到弋阳,东缠西遭的事一绊扯就给拉下了。

　　"仇寨主,俺有愧于你,不该把这事忘在脑后。这样好不,你头回到西阳,好好歇几天,待俺把手头要紧的三不医堂重开的事弄完,随你到弋阳找唐郡守如何?"

　　仇姑已从吴亮嘴里晓得王太医这些年的大事小事。特别是洪水冲毁三不医堂,冲走《脉诀》手稿的事令仇姑也心痛不已,当然是满口答应等到三不医堂开业再回弋阳。

　　十几天后,三不医堂终于重新开了张,不用说,库盈、毛瑄、童禅、卫丁等人还有举河两岸与西阳四乡八里的百姓都赶来庆贺。这倒也让仇姑见证了王叔和在西阳的声誉影响非同一般。

　　三不医堂开张的第三天,王叔和带着庞夫与仇姑启程到弋阳。

　　见了弋阳郡守唐禾,一番客套过后,王叔和也不转弯抹角,将仇姑的养孤苑乃皇帝御赐三百镒金所创办以及仇姑的难处向唐禾摊了牌:"郡守大人,这御办养孤苑,当是天下唯一,办在弋阳也是弋阳的荣耀。大人重视有加,乞望今后再雪中送炭,锦上添花。叔和代陛下支付这三百金,故而感激不尽。"

　　王叔和这么一说,倒使唐禾甚有愧疚。论官秩,王叔和是三品大员,他是四品;论秩俸,王叔和拿双俸,这表明王叔和虽受职留俸,可在皇上,特别是在朝权独揽的司马大将军的天平上,他唐禾与眼前的王太医不可同日而语了。

当即表态问仇姑养孤苑眼下有何事只管开口。仇姑说，眼下无有需求，但恐日后多有麻烦，望郡守大人解难。

这不对呀！在王叔和家里，仇姑不是说眼下有十几个该出苑的孤儿因无出处而急瘦了一身肉，才长途奔波找王太医吗？咋的眼睛一眨，居然暂无需求呢？

这个呀，是王叔和的主意。在路上，王叔和思忖着三不医堂重新开张时的盛况。眼下，三不医堂人手十分紧缺，库充、康泰皆各自开有医堂、医铺，虽不时也来三不医堂帮衬，毕竟只能是应急补缺。三不医堂开张前，王叔和特地赶到赤亭丫头山说服徐醉到三不医堂坐堂，这样三不医堂有徐醉、徐和父子和万全、庞夫、王杭撑着，可解暂时的燃眉之急。三五十年后怎么办？还有堂里其他的杂役之事也尚需人手，仇姑养孤苑里的孤儿岂不是很好的人选。王叔和把心中所想与仇姑说了，仇姑也十分的叫好，这才对唐禾郡守改变了说法。

不闻不若闻之，闻之不若见之，见之不若知之，知之不若行之。

在去养孤苑的路上，王叔和叮嘱仇姑先不要给孤儿讲明他的身份和此行的目的，他要先了解了解这些孤儿的基本素质，以便心中有数。说白了，是要先考考他们。怎么考，王叔和早胸有成竹。

养孤苑是当年受王叔和委托，邓厚郡守亲自选的地方，距弋阳城九里地，有一连串好听又耐人寻味的地名。苑址处叫妲己献羞，也称美女献羞，其形其势似一个仰睡的裸体美女。苑后的暗山叫嫦娥争宠，也叫美女争峰。苑前一条河名曰娲女洗乳河，简称洗乳河。

一进苑，王叔和就与苑里的老先生进行了沟通，对孤儿的识文断字心里有数。养孤苑的孤儿有三十多人，绝大部分皆是九年前在知母寨经王叔和救治过的那批孩子。这些从死人堆里被仇老寨主父女所救的孩子，极少有人知道自己姓甚名谁，更不用说生庚年月。只好靠身高定长论幼。仇姑认定这次急需出苑的孤儿共十五人，年龄大约在十三岁至十六岁间。唯一的女孤儿是个后天失语的哑巴，另一个哑巴男孩子乃先天失语。

王叔和让仇姑将十五个孤儿召集在一起，问的第一句是："娃儿们，你们知不知道你姓啥子？"

除了两个哑巴，十三人异口同声："我们姓仇。"

"啊，你们的父亲姓仇是吧？"

寂静了片刻，一位个儿不高、略显成熟的孤儿站出来答道："我们是孤儿，没有父亲，皆随养娘之姓。"

一个面目黝黑骨相清奇的孤儿也站了出来，口气高亢："养娘说，我们都是一位王太医救的，让我们姓王。可王太医长啥模样，谁都没见过，那当然不姓王，你们说是吧。"

孤儿们有的点头，有的说是。

王叔和看了仇姑一眼，笑着说："对，对，对，姓仇好，坚决莫姓王。那你们都叫仇什么？说出来听听，谁的名最好听？"

"我叫仇黑子。"

"我叫仇北斗。"

"我叫仇大力。"

"我叫仇石头。拳头像石头一样硬。"

"我叫仇胖子，最会吃东西。"

"我叫仇撑天，个儿最高，养娘说我再长就会把天撑住。"

"我叫仇铜锣，嗓门特别大。"

……

"我、我胆儿最小，他们都叫我仇老鼠。"

最后一位刚说完，孤儿们哄堂大笑。

一旁的王叔和、仇姑、庞夫，还有先生也笑个不停。

"仇家的娃子们，你们呀，平时都争强好胜，自认为都了不得。养娘今日请了一位大德高师，让他来检衡检衡你们谁最有本事，好不好？"

孤儿们这才瞪大了眼睛看着王叔和，有的扮鬼脸，有的伸舌头，有的胆儿大立马上前套近乎。

王叔和出考的第一道题很简单，让孤儿们默写出二十一个字：医、道、德、贤、仁、爱、亲、疾、疫、瘟、诊、断、脉、神、药、济、群、黎、龟、鹤、龄。这二十一个字，连句读就成了：医道德贤仁爱亲，疾疫瘟诊断脉神，药济群黎龟鹤龄。

时间一到，王叔和让庞夫将谁第一个交字，字写得最公整、最潦草以及有三个没写完和写不出来的孤儿逐一记册。

王叔和出的第二道题是竖鸡蛋。他拿出鸡蛋做示范，大头在下，小头在上轻轻一放，蛋即立竖。凡竖得最多和一个未竖的也分别记下。

这第三道题，王叔和让孤儿们分数芝麻，将一半米一半胡麻搅在一起，每人一捧，看谁分拣出的芝麻最多。

最后一道题甚为有趣，王叔和将事先备办好的河泥与泥鳅每人一个大泥罐，看谁从泥罐里抓出的泥鳅最多。

抓泥鳅的这道题，最有意思，十五个孤儿全神贯注一手按住泥罐，一手伸入罐里咬牙切齿，目不转睛地抓呀抓，捏呀捏，那黏滑滑的泥鳅十分的顽皮，弄得孤儿们一脸泥水。有的一只手抓不住，干脆双手齐来，结果将罐子弄翻了，泥水、泥鳅弄了一身，把一旁观看的仇姑笑得前仰后合。

王叔和告诉仇姑，这四道题皆有说辞。默写字最检衡平时学习的态度。这竖鸡蛋，可判断一个人掌握方法的窍定之力。米中数芝麻则可检测人的耐心细致。泥中抓泥鳅能考验一个人的方法、意志、智慧和手指之韧力。

四项考试结束后，王叔和也没让公布结果，不存在谁录取谁不录取。仇姑甚为通达，说："王叔，这两个残疾儿你那三不医堂不好用，就不用跟你走。"王叔和说："你放心，俺心里有数，不会委屈他们的。"

明日就要回西阳了，这天晚上，仇姑把所有娃儿都召到院里，泪眼婆娑地说道："娃儿们，养娘屡屡提及的救命恩人王太医，你们可否想见？"

"想见，想见！"

"来，看看他是谁？他就是大恩人王太医。"

仇姑指着王叔和无不动情地说道："王太医恩重如山，为救尔等之命，不惜生命劝养娘下山，又献出皇恩赏金办这养孤苑，否则哪有尔等的今天！现如今又收你们于堂下，给汝等衣食饭寝。你们须当知恩图报……"

王叔和慌忙将仇姑的话打断："娃儿们，养娘才是你们的恩人救星，汝等明日随俺至西阳要常思养娘的天高地厚之恩，以勤补拙，以能补缺，学一技之长，崇仁尚德，做一个有志有能有益万民之人，方可报养娘之恩。尺有所短，寸有所长，昨日之小试，俺已尽记于心，会依长施用。明日启程，你们给养娘再亲一亲，抱一抱，好不好！"

孤儿们欢呼雀跃，纷纷将仇姑围住。

到郡衙向唐禾告别，唐郡守将早已备好朝廷送来的三年多俸薪交给了王叔和。王叔和将俸薪取出一半说道："郡守大人可将这些以郡衙之名义资助养孤苑，万不可提及是王某的俸薪，否则，仇姑是断然不会收的，叔和拜托，拜托了。"

唐禾捧着俸薪，目光凝滞，看着王叔和远去的背影，心里肃然起敬。

回到三不堂，王叔和将数芝麻和抓泥鳅最多的仇黑子、仇北斗、仇大力、仇石头交给了徐醉、库盈、徐和、王杭，作习医之徒而带。将竖鸡蛋立得多立得快的仇胖子、仇铜锣、仇撑天、仇老鼠交给了庞夫、万全做药工之徒而教授。将字写得比较好且较多的仇好好、仇书书交给柜账房先生，教他们记事抄账之技。其他的几位交给了勤役杂务。将后天失语的仇无语交给了韩娣做帮手。让先天失语的仇说跟着菜圃的老张头，且一再承诺，人人皆有薪酬。一切安排妥当，王叔和才长长地松了口气。

仇姑的心病给除了，可王叔和的心病仍未释怀。什么心病？《脉诀》的重修。在夫子河的日子里，王叔和就暗暗发誓，不修誓不休。因他脑子里，孔圣人的"知而不行，只是未知；知而弗为，莫如勿知"两句话始终如鼓槌敲而不停。《脉论》《脉诀》虽说已毁，可脑子里的脉学之道仍然还在。作为医者，一脉系安危。知而不传，枉为医名；传而不精，自辱其身。老子曰：天下难事必作于易；天下大事必作于细。脉学的难与易，已成竹在胸。可脉学的大与细，他王叔和还尚在纠结中，所以迟迟未有动笔。这次弋阳之行，王叔和还自唐禾郡守那里得知，朝廷的九五龙椅又易新君。坐了五年帝位的曹髦获悉，郭皇太后与被他赐封为相国、晋公的大将军司马昭在西宫密谋要废掉他，便怒气冲冲，亲自执戟闯进郭皇太后西宫要杀郭皇太后，不巧与司马昭相遇。护卫司马昭的卫将军贾充当即指使骑督成卒的弟弟、太子舍人成济一枪将曹髦刺死，时年二十岁。这皇权之位，也真的太诱人了。五年前，找曹髦做皇帝，他还死活不肯。才坐了五年，又坚决不让。结果是非命而亡，甚至连死后的尊荣也被削夺一干二净。郭皇太后将其废为庶民，以民礼葬之于今天洛阳市西北之滨的瀍涧。新皇帝是十五岁的陈留王曹奂，由司马昭的长子、中护将军司马炎为持节特使到北方迎接至洛阳登基。

王叔和虽说对朝政毫无兴趣，可多少也从这条信息中嗅出点什么，稍有空隙，《脉诀》重修的火焰已烧得他发烫发红。

这天晌午，已声称闭门谢客的王叔和就被儿子王杭敲开了门。开门一看，王杭身后站着原巫医吴亮。吴亮说："恩公，休怪公子。他已反复示吴某，恩公已闭门谢客，是吴亮死缠活磨有要事急见不可。"

"吴兄，有何要事快快说来。"

吴亮眉飞色舞道："此事若成，那可是件天大的喜事。"

王叔和一愣："天大喜事？快说来听听。"

吴亮绘声绘色地告诉王叔和，他那年收养的五个孤童中，年龄最大的是两个女孩，当时都有十二三岁，现已出落成如花似玉的大姑娘。三不医堂重修时，吴亮带着她们来帮工，一来二去，两位大姑娘与庞夫、卫仝心心相印好上了，吴亮是个粗人也被蒙在鼓里。今日一大早，二位姑娘说身子不舒服要去三不医堂瞧病。二人走后，做饭的老弟子告诉吴亮，她们俩瞧什么病，是去找王太医的两位弟子相好去了，吴亮便悄悄跟在后头。果不其然，二位姑娘走到柏子山就拐了弯上了骆驼垴，原来庞夫、万全二人正在骆驼垴采药。

"恩公呀，"吴亮说到这里激动不已，"男大当婚，女大当嫁。咱做长辈的赶紧把这事挑明了，给他们把喜事办了好不好？"

王叔和一拍大腿："哎哟，俺真是忙糊涂了。万全二十好几，庞夫当有三十多了，咋没有想到他们的婚事呢？吴亮兄，你说的不虚也，这是件天大的好事。赶明日，你把二位姑娘带来，俺今晚就找万全、庞夫问个清楚明白。如若你的闺女点了头，就立马给他们办喜事。"

第二天，万全、庞夫和二位姑娘三头对六面，当着王叔和、吴亮、韩娣、徐醉的面携手言欢，各自许愿，万全、庞夫非二女不娶，二位姑娘非万全、庞夫不嫁。

有情人终成眷属，无心果喜生连理。一个月后，万全、庞夫牵着心上人走进了王叔和替他们置办的新房。万全的妻子叫汪桃，庞夫的媳妇姓来名香。

操办完万全、庞夫的婚事，王叔和、韩娣夫妇也累得够呛。韩娣忙乎得头昏脑涨，终于撑不住，卧床不起，两餐水米未沾。王叔和出了趟门，到赤亭给守备的母亲瞧病去了。回来后听说韩娣病了，东西一放就往家里赶。

韩娣看着夫君焦急的模样，一挺身坐了起来："劳公别着急，劳婆没啥病，要说有呀，是心病。"

"心病？"

"是呀，你看，庞夫、万全都已成双成对了。楒儿虽比他们年纪小，可也早到了成家立业的年龄。这孩子一门心思光读书，像你。楒儿没结婚就是我的心病。"

"心病还得心药医。愚兄给兄弟、弟媳送心药来了。"随着话声，毛瑄不请自进，一脚跨了进来。

王叔和赶紧给毛瑄奉座，嘴里说道："万全、庞夫新婚你来贺喜，回白呆宫才十几天就下来了，一定是有要事吧？"

毛瑄一本正经："这事可是件天大的事。刚才进屋，俺不是说过吗，心病还得心药医。俺来给弟媳送心药来了。"

韩娣、王叔和四目以对有些莫名其妙："心药？"

毛瑄看着二人的惊诧窘态心有不忍，笑着说："俺受童禅先生所托给王楒作伐当媒人来了。"

"童先生所托？"

"是呀，童老飞鸽传书，要俺做媒将小女儿童鸾许配王楒，且请库盈为证。若无异议，开春三月即可选吉日嫁女。这事愚兄本可以过年后再来当这红媒，可掐指一算不行，得疾速下山。万、庞已婚，弟妹必有心病。还真的让俺一猜一个准，适才你们的对话俺在外听得真切。弟妹，心病已愈是吧？"

韩娣连连答应："好了，好了，全好了。"

王叔和、毛瑄拊掌大笑。

女嫁男婚本是缘，有缘无须费周折。

公元 263 年三月，六十三岁的王叔和终于完成了传宗接代的又一件大事，长子王楒与师长之女童鸾花开并蒂喜结良缘。一年后，王叔和再了夙愿，升座

414

爷爷。

长孙满月宴，毛瑄、库盈、卫丁、童禅、徐醉这一席热闹非凡，把喜庆之气氛渲染至高潮。毛瑄毛大隐士仍然唱主角："王楒依古训，儿子满月，为父者当取名以示父爱。侄孙大名说来听听。"

王楒举着酒，连连摆手："不敢，不敢。他爷爷、嘎爹（鄂东方言，外祖父）还有伯伯你等皆高贤大德之辈，小可岂敢班门弄丑。"

"楒儿说得对。"王叔和站了起来，"嘎爹乃饱学之士，经纶满腹，孙儿之名早乾坤已握了。"

童禅急急而起，推让客套了老半天才说道："老朽遵《易》卦算，孙儿当三岁后方可取大名，故以举水之呼，乳名举儿。"

待满屋喝彩称妙声渐息，毛瑄再掀高潮："王太医，现今非昔比，儿孙满堂，弟子成群，瑄建议你再开一个书堂，以训弟子后贤。"

"瑄兄之议与徐某不谋而合。"徐醉忙站起呼应毛瑄，"蒙太医抬举，让老朽坐堂，亦带徒授业。老朽草根而已，雕虫小技不足挂齿，岂能带出高徒？愚观三不医堂后继不断，当务之急要开一书堂，整体以导，让太医坐堂授业，方能解众弟子岐黄之大惑也。"

"盈以为，开书堂非仅以授业岐黄，当放野阔视，国儒之学、礼乐之道、生民之术皆无不可。禅兄亦可将你的书苑与之合一，王楒、童鸾等后秀堪当执教大任。若如此，库氏子族的弟子都可上太医书堂习技。"库盈之论赢得一屋之众叫好。

王叔和心花怒放："听君之言，尽解吾惑。那日养孤苑携孤儿回，俺亦萌生诸兄之想，因有畏忌不敢妄作。想来惭愧，当依众兄之说行之。不过，叔和有一狭见不知妥否。愚以为此番所创堂与三不医堂有别。以书苑之名为好。"

"此意甚好。"毛瑄应声以赞。

"那瑄兄以为称何书苑为佳？"

毛瑄用手一指："童禅师儒在此，定有骊珠彩名以献。"

童禅见反复推让推不掉，遂拈须缓缓而道："《易》有至言甚为典箴，曰：刚柔交错，天文也。文明以止，人文也。观乎天文，以察时变，欢乎人文，以化成天下。禅自中取二字，冠称文化书苑。所谓文化，乃以文化人，教化天下也。"

大贤荀况老夫子曰：居不隐者思不远，身不佚者志不广。这毛瑄、童禅真无愧隐士饱学之名，"文化书苑"虽简简单单，却意蕴高瞻，含义昭然。

"知莫大乎弃疑，行莫大乎无过，事莫大乎无悔"是王叔和一贯奉行的处世原则，一旦认准的事，办起来大刀阔斧，所向披靡。

半年后，众贤喝彩的文化书苑闪亮拔起。书苑与三不医堂相距半里，遥相以对，文化书苑庆仪的第一讲，王叔和说破了天，讲破了地也推不掉。讲什么呢？因书苑眼下只是开典打闹台，尚无学童，当以三不医堂自己的弟子为主宾。经毛璩、徐醉、童禅等人认可，王叔和的第一讲，以脉学之论为题。

准备了大半夜，王叔和兴冲冲地登上了学苑的讲台，往下一看，王叔和张嘴结舌，有些不知所措。这是为何？因堂下黑压压的皆是西阳的父老乡亲。西阳人闻知王太医文化书苑开庆，像过节迎亲一样从四面八方拥来看稀奇。那个年代的文化书苑，可不像今天高中、大学校园的讲堂，宽敞得容个几万人、千把人是小菜一碟。笔者估摸着王叔和当时的文化书苑厅堂也只能容百人以下。来了如此多的乡邻，三不医堂的弟子们，当然是礼让三先，退避三舍站得远远的。如何是好？王叔和转瞬间脑海里转个不停，全是乡邻大耳朵百姓，讲手中的脉学之论，岂不是牛屁眼贴膏药——黑对黑？啊，有了，王叔和脑子里旋出了《素问》中"经脉别论"中的一句话："故春秋冬夏，四时阴阳，生病起于过用，此为常也。"对呀，人为什么会生病呢？寻常百姓当然难以知道，纵有个别略知一二的人，对其因其原也未必全知百晓。当以"生病起于过用"为题。

"诸位父老，四乡亲长，书苑开典，皆来捧场，叔和谢之不尽。今讲人食五谷，焉有百病滋生弗异，是为何因？先哲圣黄帝之《素问》早有明察之论：生病起于过用也。"

王叔和不慌不忙，款款道来。他将《素问》中关于生病起于过用所论归纳为饮食不节、饮食偏嗜、七情太过、劳作过度、逸安过度、药物过用而至阴阳失衡，疾病乃生的因由阐述得简而有要，述之有序，听之解惑，明之释疑。他侃侃而谈，时而用自悟之语白话明言，时而引经熟诵原典。如在阐讲饮食偏嗜时，他一口气将《素问》之"生气通天论"原句诵出："阴之所生，本在五味，阴之五官，伤在五味。是故，味过于酸，肝气以津，脾气乃绝；味过于咸，大骨气劳，短肌，心气抑；味过于甘，心气喘满，色黑，肾气不衡；味过于苦，脾气不濡，胃气乃厚；味过于辛，筋脉沮弛，精神乃央。"

从人生病起于过用到病亦可防，勿可讳疾忌医，引用了所见所闻，如黄柏山煮艾蒿汤为婴儿洗澡除瘴疬的诸多例范。王叔和一口气讲了差不多一个时辰，使满堂之人听得如痴如醉。结尾之句亦不同凡响，令人难忘。

"圣哲箴言曰：耳有所闻，不学而不如聋，目有所见，不学而不如盲。叔和绝非智才，皆在于术业专攻，天职所在，众亲若在其位，学必习，习必熟，熟必久，当胜叔和百倍也！"

王叔和的文化书苑，因《生病起于过用》的首场精彩之论而一炮走红。此后成了西阳人引以为豪、无不向往的地方。童禅坐镇文化书苑，王樾、童鸢小两口皆为书苑专职业师以授学童，徐醉、库充、徐和、万全、庞夫、康泰等一干弟子皆也登堂讲医论药，毛瑄、王叔和亦不时开讲。

这天中午，王叔和在书苑为三不医堂新老弟子们讲述了正在重修的《脉诀》之论，其内容有新悟出的“脉形状指下秘诀及平脉早晏法、三关境界脉候所主、辨尺寸阴阳荣卫度数”等内容，深受弟子们的赞赏，特别是老方医徐醉称其为寻脉数载，指下难明，今闻此论，顿开茅塞，使王叔和对重修的《脉诀》愈信心百倍。午膳后美美地睡了一觉，刚刚醒来准备撰写《脉诀》，卫丁急急匆匆赶来请叔和到家为他的朋友诊脉。卫丁说这是一位来自许都的商界新友，姓关名叫巳，二人正谋划着一次大型商贸合作。昨日到家，刚刚发疾称十分不爽。卫丁与王叔和差不多是邻居，相距不过一里地，说说笑笑之间就到了卫丁的家。

关巳正侧身卧之于榻上。闻听有人进屋遂起身而坐，倒使王叔和吸了口冷气。咋回事？因那人长得太黑太黑，脸上黑得似用皂角熬汁刷过一般。那双眼睛如鹰眼，圆黑圆黑陷于深眶，看人有一股阴气刺目之感。卫丁引王叔和相认。一番客套过后，王叔和伸手按住关巳之腕，良久未松。关巳之脉异于常人，缓而无力似无阳气。此乃太阴之脉，王叔和行医五十余载从未遇过。在桑棺寨时，听师父桑老与一道长议论过太阴之人。后来读《灵枢》，专有太阴之论：“太阴之人，贪而不仁，下齐湛湛，好内而恶出，心和而不发，不务于时，动而后之……多阴而无阳，其阴血浊，其卫气涩，阴阳不和，缓筋而厚皮……其状黮黮然黑色，念然下意，临临然长长大，腘然未偻，此太阴之人也。”虽有记载，可王叔和从未遇过，心里当然有些漠然。

阴也好，阳也罢，乃他人先天之属，眼下最要紧的是把关巳的病治好才是他王叔和之首要。关巳自诉，手足厥寒，时有头痛脑动，并伴有小腿抽筋，畏冷。王叔和断诊，关巳初来西阳，水土不服，加之先天太阴必发其症，遂开出麻黄附子细辛汤三帖。二帖服过后，关巳热烧已减，王叔和又亲用艾灸，灸其关元、涌泉、足三里、三阴交之穴，以升阳补气。不出三天，关巳身子康复，对王叔和颇有好感，在卫丁面前不时称赞王叔和医术高超。

关巳的病好了，可王叔和的心病上身。什么心病？卫丁说过，关巳这次来西阳是与卫丁谈合作贸商之大事。听卫丁的口气，这关巳腰缠万贯，是个甚有来头的主，与他合作断然成功。按脉学之说，太阴之人贪而无仁，表面谦虚正经，而内心深藏阴险，好得恶失，喜怒不形于色，不识时务，只知利己，惯于后发制人。与这等之人合作，卫丁又浑然不知，盲目自信，毫无防备，其后果不堪设想。作为多年挚友，王叔和本想直言拜上向卫丁说出真情，可他又担心，上述记载仅古籍之论，他从未遇见，如果古论无据，或者偏执偏差，岂不又误了卫丁的生意。犹豫难决时，韩娣一言提醒了王叔和。韩娣说：“劳公未见此实，别人有无见过？龙泉观白鹤道长见多识广，劳公去问问也许有获。”

有谚云：得万人之兵，不如闻一言之当；得万千之财，莫若一生平安。

妻子的一句话，令王叔和拍案叫绝，正好因写《脉诀》之事，王叔和要求教白鹤道长，此去一举两得，遂立马赶往龙泉观。

见了白鹤道长，王叔和开门见山将关巳之脉象细细叙说了一遍后，双手一揖："道长乃大德仙翁，见奇异如观日月。《素问》之说，若非夸张，那人间真有太阴之人了？仙翁当有见教。"

白鹤道长吟思片刻脸凝蓑色道："老朽非但见过，还深受太阴之人的阴损之利害。否则，戴某也不会抛家弃子自豫章遁之西陵传道。"说到这里，白鹤道长将手中云帚拂了拂，"罢罢，历史疤痕不揭也罢。啊，有了，太医提及诊判太阴之人姓甚名谁？"

"姓关，关云长之关，名巳，巳蛇之巳。"

"关巳？"白鹤道长犹豫了一会儿，低声吩咐童儿，"快，去请佟公子。"

不一会儿，童儿领来一名衣阔巾鲜的中年人。

王叔和一看，双眼溜圆，来人正是那天到三不医堂装哑巴戏诊之人。

白鹤道长见王叔和一脸的惊愕，哈哈大笑："怎么，王太医认识佟公子？来，来，来，适才只顾说话，这位是从冀州来的佟公子，其父与老朽交谊甚挚。三年前，佟公子初来龙泉，我与他谈及太医三不医堂之事，公子非信，故装哑到三不堂戏诊。回来后，连呼太医大医也。"

佟公子也连连揖礼："王太医，小可冒犯，望高德海量勿记在下冒失之举。"

王叔和满脸堆笑："公子莫提，不足挂齿。"

白鹤道长说："佟公子，王太医来，说前几日他诊遇一太阴之人，姓关名巳。老朽前日似听你说，害得你血本无亏的人也叫关巳？"

"正是关巳，冀州人，鹰眼黑脸，险阴无比。"

王叔和大吃一惊："可此人自称许昌人也。"

"诓谎之语，冀州人，剥皮抽筋佟某也认得他。"

王叔和遂将好友卫丁与关巳结识，正欲与其合作贸商之事，关巳水土不服病于卫丁家，请他给关巳治病之事简言以叙。

"走，佟某愿速速与太医去当面揭穿关巳的嘴脸。"

白鹤道长送二人至观前，将王叔和拉至一旁说道："闻知太医两修脉学之论皆毁于天灾人祸，仍不自弃，亦再重修，老朽钦佩之至。故送太医两句话，脉象三十，仍太混杂，宜再精："其二，《脉论》《脉诀》之名，亦不符实，且难统全，可用《脉经》一试。"白鹤道长说完自袍肘里拿出一卷纸书，"这是老朽几十年前抄自东吴吕广《募腧经》中究叙脉论的摘简，几日前抄成纸书送给太医一阅。"

第五十七章

滴水穿石　《脉经》呼欲出
三生有缘　故友邱山候

　　王叔和带着佟公子赶回西阳，家门未进，直奔卫丁家。进屋一看，卫丁、关巳正在研墨铺纸准备写契合书。关巳见了佟公子一双深陷的鹰眼合闭了片刻后，立马抽身要溜。佟公子上前挡住高声怒喝："关巳，冀州的恶贾，你太阴太损，害得俺血本无归，身无分文，又想诓卫氏哥哥？休想，佟某要扭你究官！"

　　卫丁丈二金刚摸不着头脑："这位公子，他害你血本无亏？他是许昌人，不是冀州人呀！"

　　"他还自称过兖州人、谯人、胡人。卫哥，俺问你，关巳与你是不是讲他已弄到三百船梓油销往荆州军船坞，他已交了二百一十船的钱，尚有九十船由你出资交付后启程送至荆州，最多三个月可获利翻倍？这约契一签，你得马上付给他九十船的本金？"

　　"是呀。"卫丁抖着手中的几张盖有印符的函笺说，"这些约契还有荆州军坞开出的收签、预付金押契都在这里哟。"

　　"假的，假的！三个月前，俺手中拿着的与卫兄手上的东西毫无二异，上当后俺一怒之下将其撕粹，正愁官究无凭。你得好生保存，待俺报官后，你这些东西就是真凭实据。"

　　此时的关巳浑身颤抖，软成一堆泥，任凭卫丁、佟公子叫来的人处置。

　　关巳被西阳亭官所的军爷带走后，卫丁带着重礼到王叔和家是千恩万谢。卫丁一边忍不住直掉泪，一边说："叔和兄，此次若非你慧眼高识，卫丁决然倾家荡产。那日引你给其看病，我没说实话。与他不是新友，早认识三年多，那几次与关巳联手，皆获了些小利。这次事体大，家人及商道好友皆劝我，说此人貌太黑，眼太阴，不可交。"

　　"是呀。"王叔和接过卫丁话说，"那次没有给关巳捺脉，见了他的那双眼，叔和也会提醒你。《孟子·离娄上》云：存乎人者，莫良于眸子，眸子不能掩其恶。胸中正，则眸子瞭焉；胸中不正，则眸子眊焉。如此明显的警醒，当不深思？"

　　"这些卫丁都知道。孟子还云：听其言也，观其眸子，人焉廋哉？可叔和呀，你也知道卫丁做生意一贯有点特异独行，不似常人循规蹈矩，加之前几次的蝇头小利之甜头糊了心窍。"

"最重要的是关巳的大获利算账之诱惑，使老弟忘乎所以。人心不足蛇吞象，古贤说得太对了：欲不可纵，纵欲成灾；乐不可极，乐极生悲。"王叔和抓住卫丁的手按了按说，"虽万幸无损，可教训勿忘，叔和亦与兄弟共勉。"

龙泉观之行，既避免了卫丁的倾家荡产，又给王叔和的脉学重撰拨开了心头的雾霾。《脉论》第三稿王叔和早就开始了，可写着写着总有些不尽如人意。症结在哪里，王叔和似乎始终难以满足自己的挑剔。那天白鹤道长在观前临别时的两句话如雷贯耳：脉象三十仍太混杂，宜再精至。混杂、混杂；精至、精至。王叔和反复回嚼着这几个字，眼前一亮，迷雾远退，脉学之论的关键在于解开医者对脉的"指下难明"。脉象的归纳细分当是这次重修的重中之重。

思考，可以构成一座桥，让人通向新彼岸，是今之文人对思考重要性的总结。农村老百姓对思考的归纳则甚为风趣：米靠碾，面靠磨，遇到疙瘩靠琢磨。古之圣贤对思考的精辟之处则充满辩证哲理：得其精而忘其粗，在其内而忘其外。其意是说，思谋某项事物，审查了内容不妨忽略其华丽的外表；抓住了本质，不妨忽略其粗浅的表象。

王叔和的脉学之论第三稿，首先确立了"在心易了，指下易明"的标尺，大胆摒弃"先贤之论不可妄动"之桎梏，对《伤寒杂病论》中的脉学之论及《难经》中的脉论之说进行了反复比较，去其重复，筛其精华，扬弃谬误。又汲取毛瑄的建议，不可单一说脉象，而应该将脉象与诊断合二为一，既可以减少不必要的重复，又使循诊者一目了然。

天人合一，与天地相应，与四时相符，天有春、夏、秋、冬四季，年分十二个月，月含两个节令主宰着天人相顺，阴阳平衡，万物和谐生存。依据天人合一、人天同物、人天同类、人天同象的原理，王叔和大胆破例，大刀阔斧地将原《脉诀》自六七十种脉象归并成的三十种脉象再重新进行了比对、校删、重订、遴选并确立为"浮、洪、芤、滑、数、促、弦、紧、沉、伏、革、实、微、涩、细、软、弱、虚、散、缓、迟、结、代、动"二十四种脉象，使整体脉象的形体辨别、脉诊合一有了精微确至的大升华。

思路顺了，写起来自然得心应手。加上弟子们从洪水中捞出来的一些残稿几乎全是王叔和当时最为满意的精彩章节，无须大的改动。公元265年春，倾注了王叔和大半生心血的脉学之著，第三次脱稿封笔。

良金百炼而不失其采，美玉百涅而不渝其洁。滴水穿石，不是因其力量，而是因其坚韧不拔，锲而不舍。

看着十五卷洋洋洒洒的心血结果，王叔和心中涌出的酸、甜、苦、辣、咸润湿了双眼，缓缓合卷后，提笔凝思片刻，写下了铿锵霸气的两个字：脉经。

儿子王杭，还有三不医堂柜账房的仇好好、仇书书，天天晚睡早起地将《脉经》誊抄了两种备份，分别收藏。炎炎暑季，王叔和、韩娣夫妇带着《脉经》原稿到白呆宫给毛瑄报喜。

毛瑄见了厚厚书稿上遒劲透纸的"脉经"二字，连声叫"好！好！好！"粗略审视了一遍，毛瑄说："贤弟，水响低湍，山默顶天。这些年，因前车之鉴，愚兄再不敢劝你写第三稿，真没想到你不鸣则已，一鸣惊人地拿出了第三稿。而且此稿与前两次大有长进，犹以二十四气切二十四脉的气脉体气之要，甚为精辟。"

"那就请兄长为《脉经》作序。"见毛瑄连连摇手，王叔和说，"兄长，你放宽心吧，杭儿还有仇家弟子已将此稿誊备了两份留存，再不怕鼠啃虫蛀。"

"贤弟，愚兄不是此意。俺是琢磨，瑄乃一介隐民，声无息名不正言不顺，而贤弟《脉经》兄估摸必当是岐黄脉学集大成之论，可传千秋万世也。兄之序反倒弄巧成拙屈价无益，当请名贤大家作叙是为上策。纵而无大家之叙，弟用自序面世也比毛瑄的序强胜百倍。"

"传千秋万世？叔和毫无这种奢望，只是尽医者天职而已。兄长不必考虑如此之深，此序非兄台莫属。"

毛瑄说："吾意已决，断无食言之先河。"

王叔和深知毛瑄的脾气，知道多说无益，便话锋一转："兄长对《脉经》未必不说片言只字？"

毛瑄即刻翻出书稿指着卷首说道："愚兄建议，将扁鹊、仲景、华佗等前贤们论脉之说由首卷移至卷中。此来使全书结构嬗变，既保持了前贤脉学权威之论的扛鼎之用，又避免了后人认为《脉经》乃炒前人现饭的曲解和误导。"

王叔和微微点头："兄长言之有理。那以何为开卷之章？"

毛瑄字字铿锵："脉形分辨、持脉指法、持脉轻重法可堪。此乃贤弟真知灼见的新创首法。"

二人正说得热乎，韩娣进屋来递给叔和帛书说："樬儿让信鸽捎来急件，你看说啥？"

王叔和摊开帛书，只见上写道：父亲大人在上，弋阳唐郡守送来上党家书。送书者急归等复。王樬拜上。

王叔和夫妇不得不告别毛瑄往家里赶。一到家，王樬即将唐郡守送来的一纸书交给了父亲。王叔和一看，那页纸已是皱皱巴巴，且有多处缺损，不用说这纸书是经过了多次的辗转反复才弄成这样的。再看日期，已有九个多月了。书自上党而来，书信人是王叔和的嗣母毛氏亲笔：

421

叔和吾儿，音讯杳无二十余载。偶闻吾儿寓居五水蛮地。儿父升仙数十载，孤母瞑顽不离上党，幸有家童侍佣奉养，苟活余年，亦不甚孤。日前偶遇风寒，老骨渐枯，恐时日不多，欲思见儿一面，方得瞑目。上党河鱼，厨屋味亦浓，娘腻之。昔吾儿携江鱼，娘喜食，常昏花在目。山遥水远，亦不知儿之定居。孝善在根，凭天托书。

景元甲申辰月，孤母八十又四亲书

看完信书，王叔和已是面如水洗，泣不成声。二十年前，王叔和曾几次打听过嗣母事，众口一词，曰老人家早殁于上党瘟疫，自此也就再没有去牵心挂怀。没想到八十四岁的嗣母竟然在世，且神志清晰，思维如常，写出如此催人泪下之书。

当日之夜，王叔和决定几日后到上党。王叔和此时已六十五岁，王楒、王杭皆同声乞请要陪父亲到上党。

王叔和思考再三说："楒儿，你岳父年事已高，文化书苑，教务繁重，你当挑大梁，举儿又小，你不能去。杭儿主持医堂，担子甚重，须得劳神费力，自也离不开的。"

"那谁随父亲去上党？"兄弟俩双眼看着王叔和齐声问道。

韩娣在一旁急着问道："那夫君总不能一个人去上党吧？"王叔和说："俺让库充同行，只有他抽得开身，他的医堂有妻子梅氏照应。其他几个都离不开的。"

安排完去上党的一应事务后，王叔和郑重其事地对韩娣说道："劳婆这几天你得辛苦辛苦，买些举水河鱼，是干烤还是腌制，反正俺要带些给母亲。"

韩娣说："这炎天暑热，再怎么烤怎么腌鱼也会坏的。"

"那就带鱼丸吧，鱼丸兴许坏不了。"

"鱼丸也不行呀，上党这么远，带去了也不能吃的。"

王叔和抖着母亲的纸书噙着泪花说："劳婆，母亲在书中说几十年前她吃江鱼的情景仍历历在目。老人喜欢的东西，就是最好的东西。鱼丸坏了，可仍有鱼味，南方的鱼味没有北方的腥味，她不会怪责的。"

这天夜里，韩娣是彻夜未眠，脑子里总在浮现丈夫解开包鱼丸包袱时的那种尴尬和婆婆捂着鼻子的场景，鱼丸不行，鱼不行，鱼还能不能做成其他的东西呢？第二天，韩娣魂不守舍地唠叨着："鱼还能做什么？鱼还能做什么？"不想与端着一大簸箕面条的仇无语撞了个满怀，面条撒了一地。看着仇无语收拾地下的面条，韩娣生发了灵感，可不可以将鱼肉做成面条样的东西，晒干或者烤干。

能想到的就要试。韩娣到夫子河买回几条大鱼，像做鱼丸一样剔出净肉，

422

剁成鱼泥，放入面粉调匀，在锅里烤成一张张薄薄的鱼肉饼，再切成面状形的丝，先烤后晒。

暑天的太阳似火之烈，鱼肉饼切成的丝全晒干了。晚上，韩娣将干鱼肉丝煮了一钵让王叔和吃。王叔和端箸夹起就要往嘴里送，到了嘴边不由使劲用鼻子嗅了嗅："哟，劳婆哇，这面咋这重的鱼味，敢不是鱼做的吧？"

韩娣笑了笑说："你先尝尝不就知了。"

王叔和边吃边嚷："好吃，好吃，比面有劲道多了，就是有鱼味。"

"只要你吃出了是鱼味，那咱就成了呗！"

"咋的？还真是用鱼做的？"王叔和放下手中的面钵，惊愕地问道。

"一点不错，还是用夫子河的鱼做的。"韩娣一边回答一边招呼仇无语端上一拷箕鱼肉做成的干丝。"劳公，带这晒干的鱼肉丝，是不是比鱼丸要好？"

"太好了，太好了。"王叔和双手从拷箕里捧了一捧送到鼻子前闻了闻，眉飞色舞地问韩娣，"这么好的东西，得有个好听的名字。劳婆，叫啥名，你说了算！"

韩娣说："它样子像面，用鱼肉做的，劳婆也是受面开的窍，就叫它鱼面吧。"

公元265年八月十五望日，王叔和带着库充离开西阳前往上党。年纪大了，王榹兄弟千叮咛万嘱咐父亲不许骑马，让库充给租了一辆车，行程的速度比骑马慢了许多，到京师洛阳已过十月上旬。王叔和要做的第一件事，将十五卷《脉经》手稿亲手交给了弟子张苗，此时的张苗仍然代行太医令之职。在张苗的陪同下，王叔和连夜去拜见了山涛，此时的山涛已官拜尚书吏部郎。王叔和刚说出请山涛为《脉经》作序之语，山涛连连摇手不止："王太医，非巨源不识太医抬举，实在是山涛对脉论之玄不谙寸因，岂能担当大任。但巨源承诺，将为《脉经》的刊刻印行不遗余力。"

有了山涛的这句话，王叔和甚为满意地告辞了山涛、张苗等一行，与库充轻装上阵直奔上党。到上党必须经过京都洛阳城东的北邙山。

这天，王叔和师徒二人进入了北邙山下的邙桥客栈。这家邙桥客栈，大概是北邙山集镇最好的客栈，门前的邙河碧波浩渺，背后的北邙山林深竹茂。邙桥客栈院子里有处玲珑八面、精雕巧刻、藤缠鹤绕的亭榭。

二人登记住下后，店里的伙计告诉他们，不可到亭榭里面去。库充年轻好奇，便找伙计打听那亭榭里为啥去不得。伙计说，亭榭的石桌上，有一副棋盘，上面是残棋局，走棋老者已经走了二十多天，还分不了胜负，故而两老者已出租金将亭榭租下。所以客官不可上亭榭，以免扰了棋局。

走棋走了二十多天还分不出胜负，这件事情就有意思了。于是王叔和也插上了嘴，问店伙计，那老者如此神奇，可知大名。店伙计说，二位老者都是北邙山的隐士高人，一个叫福公，一个叫阮公，也有人称他为河南公，往日，二老也经常到这亭榭上来走棋寻乐，只是当日便见输胜。这一回不知怎么的，下了二十多天没完没了，听福公偶尔冒了一句，说是在等什么人似的。

阮公？河南公？王叔和心里一动，莫非是他？

是谁呢？就是后文王叔和《脉经》里提到过的阮炳阮文叔，自称阮河南。王叔和原打算在邙桥客栈住一宿，第二天一早赶路。听到这个消息，就打消了一大早就上路的念头，要见见这两位高士中是不是有与在师父张仲景家多次见面的阮河南。

第二天，日上三竿之时，二位棋手进了客栈。客栈伙计悄悄告诉王叔和，白髯飘逸的是福公，穿旧道袍的是阮公。王叔和盯着穿道袍的不睐眼，可离开南阳已经四十多年，怎么看也看不出来，怎么办？

王叔和一皱眉头，遂从包袱里摸了半张纸写了一句话：高士大贤，可知阮文叔阮河南？襄阳王叔和拜寻。把零碎钱连同那纸条交给了客栈伙计。二位老者一见字条，一齐停住了手中的棋子。那穿旧道袍的老者走下亭榭，双手抱拳，说道："老朽阮文叔阮河南是也。叔和贤弟可好？"

王叔和一听，如同小孩子一般喜得跳将起来，赶忙揖手："愚弟王叔和拜见文叔兄长。"

四十余年未见面的一对老人，那番高兴无法形容。二人喜泣相拥，久久不弃，将那一旁的银须髯翁忘至九霄云外。那髯翁哈哈大笑："阮河南，你是见了新人忘旧人吧？"

阮河南一听，也笑了起来，扯住王叔和指着髯翁说："叔和贤弟，这位是福公。二十天前，福公邀老朽下棋说是要等一位二十八年未见面的朋友，俺就陪他走了二十多天，这鬼东西不输也不赢，心不在焉，也不让俺赢，你说怪也不怪？来，来，来，福兄，这位老弟是……"

髯翁挥手止住了阮炳的话："老弟不用介绍，他，王叔和，就是俺等了二十多天，从未谋面的朋友。"

髯翁话一脱口，阮炳瞪大了眼睛。王叔和更是目瞪口呆，瞪着髯翁发愣。

髯翁哈哈一笑："王太医可别这样看着老朽哟。老朽问你，夫人可叫庞姝，二十八年前可否走失？"

王叔和惊愕之余，一把抓住髯翁的手："仙翁，仙翁，你是怎么知道的呀？你是谁？是神还是人呀？"

"我是人，一个九十还多两年半的垂老之人。"

髯翁扶王叔和坐下，一番自我介绍后，讲起了二十八年前一个风雨交加的下午发生的故事。

髯翁姓韩,名福,晋阳人氏,七十年前那也是赫赫有名的人物。公元192年起任洛阳太守。当年关羽护送刘备的糜夫人、甘夫人投奔刘备,过五关斩六将,过黄河斩蔡阳时,所过第二关,为洛阳关。曹操曾向洛阳时任太守韩福下过死命令,阻止关羽不准过关。强行过关,格杀勿论。为阻挡关羽,韩福手下偏将孟坦献计,由他孟坦出战关羽,几个回合过后,佯败以引关羽追击,让韩福用暗箭射杀关羽。不料关羽神勇无比,孟坦出战与关羽斗不到一个回合,就被关羽一刀劈于马下。在远处等待的韩福射杀关羽不成,又敬重关羽义薄云天,不忍阻挡,遂开关让关羽大摇大摆而过。事后,韩福怕曹操降罪,便挂印悄悄出城,遁于洛阳北邙山。古代有条不成文的规矩,大凡挂印隐身者,只要不席卷钱粮,不杀百姓者,当局皆不会追究其责。韩福的祖上是开易馆的。韩福幼时就曾跟随祖父习《易》,对《易》算有较深的探究。关羽过洛阳,他就算过,孟坦必死,关羽必过。因碍着众将,他不便讲明而已。遁于北邙山后,他在北邙山半山亭筑草庐、穿布衣、喝溪水、听松涛、弄古琴、研《易经》,小日子过得甚是滋润。

这天,韩福下了半山亭,到真一观同真一道长下了满满一上午的棋。下午时,暴雨铺天而泻。暴雨一停,韩福就往半山赶,走到半山亭溪涧时,只见溪涧上的桥不见了,再看涧下躺着一匹马和一个人。此人就是王叔和的夫人庞姝。庞姝怎么走到这里呢?

庞姝是要到灞桥去看承露盘的。好奇心、赶场子、观热闹、看稀奇是庞姝的特性,当时洛阳九龙宫外的翁仲矗起后,她赶去看了,现场不少人议论,这铜人算什么,只有一个架钟的架子而已。长安的铜人,还有承盘露那才是天下奇物、人间罕见的东西。庞姝在旁听到了,一打听,许多人都说要到长安去。庞姝心动了。为什么呢?因此时的王叔和正在外出公差,验证张仲景的《伤寒杂病论》去了。丈夫不在家,待在家里也没意思,庞姝主意已定往长安启程,走到这北邙山,不想遇上了大暴雨。雨停了,她急着赶路,没想到过溪涧桥时,不知道桥基被暴雨冲垮了,马一上桥就连桥带马跌下了溪涧。幸亏这溪涧不深,掉下去后又有马垫着,才死里逃生,只是胯骨被摔断了。

韩福将庞姝救至半山亭草庐庵,请来真一道长,挖药、接骨,给庞姝治疗。这伤筋动骨一百天,庞姝在韩福的半山亭一住就是三个月。

这三个月中,庞姝也没有说出自己的身份,韩福也懒得问。其实韩福心里似明镜一般,这少妇是有身份、有才学之人。那庞姝为啥不让韩福给洛阳城王叔和报个信呢?北邙山离洛阳也才百几十里地。庞姝不想捎信。捎给谁呢?丈夫外出不知道回家没有。捎信给辛宛英,庞姝当然不愿意。女人嘛,就是这种心态。眼下她瘸着腿，弄得如此狼狈，岂能让另一个漂亮女人来可怜她，照料她呢。庞姝心里就一个念头，先在这里悄无声息地把腿伤养好，把自己的美貌恢复再回去。就算丈夫回京去了，也好让丈夫给辛宛英姐姐创造个机会，早日让丈夫接受，也好早点给王家生个一男半女。这种心理也是庞姝不愿捎信的一个重要因素。

有一天，庞姝到韩福的书斋里找书看，一进韩福的书斋，庞姝眼睛马上睁得圆圆的。为什么呢？因为韩福的书斋里多半是与《易》相关的著作。当庞姝得知韩福用《易》算测出许多未来之事，兴致盎然，天天缠着救命恩人给她算未来。韩福被缠不过，就没头没脑地说了一句："夫人缘象已尽。"

韩福这句话一出，庞姝更是缠着不放。韩福走到哪里，就跟到哪里，到了最后，庞姝拿出了女人的撒手锏，不吃饭。说不吃就不吃，连续两餐真的是水米不沾，也不讲话，静坐挨饿向韩福示威。韩福的夫人急坏了，催韩福快点答应，免得把人家太医令的夫人饿坏了，那可不是好玩的。

韩福万般无奈，只好妥协，问庞姝要算什么。

庞姝说："第一，缘象已尽，是谁的缘象？第二，辛宛英与丈夫王叔和有没有缘？第三，丈夫王叔和命里有没有儿子，有几个儿子？"

韩福苦笑了半天，问清了王叔和、辛宛英、庞姝三个人的庚年生辰后，回答的第一件事：辛宛英与王叔和毫无缘分，辛宛英再怎么爱王叔和，也是瞎子点灯白费蜡。第二件事：丈夫王叔和命中儿子多多。第三个问题，实际上是一个问题，韩福缄言不语。

庞姝何等聪明之人，韩福越不说这件事，等于"缘象已尽"就是她庞姝与丈夫的缘象已尽。庞姝很识趣，恩人不说，再逼就太显自己没有涵养了。于是她柳眉一堆，用别处的问题来问韩福："依恩人之说，丈夫儿子多多，那就是我庞姝能生育了。请问恩人，我什么时候能开怀，恩公肯定算得出来。"

庞姝这个提问是很有水平的，韩福也真的服了眼前的太医令夫人。只好说了一声："罢，罢，罢了，夫人，俺实话对你说了吧。夫人开怀，今世很难。至于谁与你丈夫生儿子，这个老朽真的不知。只一件，倘若你回洛阳，王太医是不会再娶的，他对你的恩爱是日月可鉴的。话再说白了，夫人若要使王太医家香火再续，你最好不要回家。你若回家，王家香火必断。故此，老朽冒昧地说，夫人与你丈夫的缘分已尽矣。"

韩福的话已经说到位了。庞姝的泪水瞬间夺眶而出，摆在她面前的只有两条路，一条继续回家，让丈夫继续爱着她，宠着她，将养子昌途当儿子养，一条路她远离王家，让王家香火绵延。有人说，这庞大小姐是不是过于相信韩福的测算了。不否认有这种可能。可庞姝她相信。为什么这么相信？庞姝相信丈夫对她的爱没有假,辛宛英在她们家住了快七八年了,丈夫从不正眼看一眼,这就足以证明,只要庞姝在丈夫身边,丈夫心里绝对装不下别的女人。

这种对男人之爱的缜密细微、纤毫必现的察觉,也许只有最了解最亲密的女人独有的潜质。

为了丈夫,为了丈夫王家的香火永续,坚决不回洛阳。一夜的深思熟虑,庞姝打定主意。不回洛阳,那回哪里去呢?回襄阳娘家?嫁出去的女儿,泼出去的水,此路不通。庞姝于是想呀想,猛地想到了上党。丈夫曾经给她数次提到过上党,他王叔和还有一嗣母毛氏健在,且身子骨十分硬朗。丈夫每年都要给嗣母送物送钱的。主意已定,庞姝待腿完全恢复了,告别韩福,直奔上党。临行前,庞姝叮嘱恩公韩福万不可将她去上党的事,透露给丈夫王叔和。

第五十八章

叔和悼妻　韩王山守墓
陈母暴亡　死因成悬疑

　　韩福一口气说到这里，王叔和已是老泪纵横，湿透衣襟。

　　王叔和想着要给韩福磕头，被韩福、阮炳一把扯住。韩福说："王太医，这可使不得，现在你不是愣头青小子了，也是垂垂老人了。这磕头，老朽可受不起，快快起来说话。"

　　王叔和将老泪一抹，告诉韩福、阮炳，他正好要到上党看望嗣母，此行当是来对了。

　　韩福摇了摇头说："太医夫人恐早已不在人世了，你去上党，也是阴阳两隔。老朽早替你算过，夫人也未曾到上党，而是到别的地方隐身而居，三年前，就魂归天国了。"

　　韩福的推算真是绝顶。

　　庞姝的确没有去过上党。为什么？庞姝是个心细缜密之人。到上党，庞姝准备去见嗣母毛氏的时候想到了这一层：作为儿媳，来看婆母，天经地义，住上三五个月乃至半年的光景，都是说得过去的。时间一长嗣母岂不催着她回洛阳。说了真话，嗣母也会给丈夫报信的。不说真话，嗣母更要给儿子去信，这样一来，庞姝的一腔深爱岂不前功尽弃。那庞姝到底去了哪里呢？

　　"王太医，可曾在上党以外的地方待过？"

　　"待过，待过。禀福公，叔和九岁时，曾随师父吴阳子到泫氏县长平观住了几年。叔和也曾多次给夫人提过此事。"

　　"去吧，去长平观问问便知夫人踪迹也。"韩福说完，在王叔和的肩膀上捏了捏，"老朽二十多天前，算定你当经过此地去上党，故而在此等候，拉阮老弟做伴。走吧，文叔小弟，今日之棋俺定当赢你也。"

　　告别韩福、阮炳，王叔和与厍充心急如火燎般赶往上党，赶到已是二十余天以后。嗣母毛氏已于半年前去世。在嗣母冢前，王叔和用韩娣特制的西阳鱼面做祀肴，哭祭了一番后匆匆赶往泫氏县。

　　今日泫氏已物是人非，王叔和五十多年前的长平观已不见了，眼前的观宇上高悬的是"韩王山观"的匾额。一番打听，银发飘飘的韩王山道观无心道长热情地接待了王叔和师徒。

无心道长告诉王叔和，长平观早在三十年前毁于战火之乱，他乃韩王山观始建之人。二十多年前，一位年轻女子曾在观里住过两年多，后移居自建茅庐。三年前悄然归天，一切后事皆是他着人处置。

无心道长将王叔和带到庞姝冢前，王叔和跪地不起，库充及无心道长苦劝半天，才将王叔和带回观中。王叔和执意要在庞姝冢前守墓一年，并要库充先回西阳。库充说，师父，你这大年龄，徒儿岂能独归，也陪你给师母守墓。于是库充将原庞姝居住已差不多快毁掉的庐庵重新建好，师徒二人栖居于内，天天陪在庞姝墓前。韩王山无心道长被王叔和的虔诚深为感动，遂将观中一座石屋令人搬至庞姝的冢前，以便王叔和暴雨风雪之天进石屋打坐。

在韩王山给庞姝守墓的一年间，王叔和也没有闲着。对已成书的《脉经》重新在脑海里进行了一次检索，对阮炳及弟子张苗、太医院太医傅达等人对脉学之论的见解一一抄记，融会其中。

有一天，王叔和在石屋里打坐习练无心道长传授的静心养生大法时，库充看到一上山拾柴火的男子，冒着凛冽寒风，居然脱掉衣服赤膊露腿地狠狠抓痒。王叔和让库充将大汉带至草庐，细问病源。那大汉说，炎暑之夏，他口渴难忍，一口气饮下几钵井中之泉，当时舒坦，不想到下午胸脘胀满不适，口中涎痰甚多，经郎中开方吃了草药汤，这胸脘闷胀稍有好转，可双臂及胸前后背奇痒难忍，经年不愈。土方、秘法治了不少，皆无效果。

王叔和让库充给大汉开了帖瓜蒂散（瓜蒂、豆豉、赤小豆），让他依此药煎服。第二天一早，那大汉就上山告诉王叔和服药当日，半夜起来呕吐出白色痰涎一大堆，身痒顿时就消了，特地赶来给王叔和磕头的。库充不解其意，遂请教师父除此疾之秘道。

王叔和说，那大汉身痒乃痰饮壅塞于胸，上焦宣化失常。因在肺合皮毛，导致皮毛之气郁滞，必以痒见之于胸。《灵枢》云："在上者因而越之。"吐出痰涎，大汉胸膈之气通畅，当然瘙痒自止。

打那以后，那打柴汉子只要一上山，就给王叔和带来米面、菜蔬之物以示酬谢。一日闲聊中，王叔和得知大汉家里开有一小饭庄，生意甚是萧条。王叔和热心挂肠，遂打听饭庄里有啥子当家菜。大汉说："神医，俺泫氏人开饭庄，哪有啥子当家菜，不全都是豆腐煮萝卜、萝卜烩豆腐，家家差不离，隔上不隔下的。要不神医给俺饭庄取个响亮的菜名？可也别离豆腐、萝卜，俺只有这玩意儿当家。"

王叔和也就是随口问问，没想到这一问倒揽上了个难题。都是豆腐、萝卜，要取出个与众不同的菜名，不是件容易的事。他憋弄了几天也没有啥头绪。这天无心道长给王叔和送来些自种的土神果（花生）让他尝鲜。送无心道长下山时，二人聊起了韩王山的历史，那是当年秦将白起围困韩王留下的千古罪证，被屠杀的四十万降卒白骨至今犹存。临别时无心道长拂帚一甩："白起恶名，人神共愤，千古遗臭万世遗恨，可悲可叹可憎也。无量天尊！"

"白起，白起，白起。"回到石屋，王叔和反复默念着白起的名字，念着、念着兴奋不已，"就叫白起豆腐，不，叫千杵万戳白起豆腐。"等那汉子再来时，王叔和说："俺与你取了个新菜名，叫千杵万戳白起豆腐。做法与白豆腐一样，用葱姜蒜泥佐拌，白豆腐一块，盛于大钵即可。"

那大汉挠着头皮自语自问："白起豆腐？神医，白起，是不是那个秦国的杀人恶魔？"

王叔和点了点头。

"咱泫氏人最恨白起，老少爷们，穿开裆裤的屁娃一提白起，皆牙骨痒痒的。"

王叔和说："恨白起就有戏。你回去做好白豆腐，广扬告贴，再雇些嗓门大的童儿，在前店后巷四处嚷嚷：俺店创新菜，千杵万戳白起豆腐，速速品尝。"

几天后，那汉子抱着一罐酒，美滋滋的，还没进石屋就嚷："神医，神医，你那菜名太棒太棒，俺那小庄子天天爆满……"

春花谢，夏花开，寒来暑往又一载。

给亡妻庞姝守墓转瞬一年已满，王叔和师徒告别韩王山，辞别无心道长就往京师洛阳城里赶。一天晌午，师徒俩来到了距北邙山百里左右的神农垱。山道边一个七八岁的童儿一手抓着一只大公鸡，一手抹着鼻子哭。王叔和慌忙下车将童儿揽至怀中柔声细问他为何啼哭。

童儿甚为伶俐地告诉王叔和，他爷爷病了下不了床，奶奶要他将公鸡送到姑姑家杀鸡取胆给爷爷治病。可他走到这里迷路了，四处不见人影才急得大哭。

问清了童儿的家就在附近，王叔和让厍充抱着童儿来到童儿的家。这是一处独门独院之居，虽是茅屋草舍，却也收拾得井井有条。院子里种有紫苏、生姜、地黄、麦冬等药草，墙边靠着药锄、竹篓、棕衣，主人显然知医识药。

童儿的喊声惊动了屋内之人，迎出来的是一位六十左右的女主人。卧榻上的老翁与王叔和年庚不相上下，双腿僵直，一脸菜色，见有人进屋欲起不能，只好一脸苦笑无可奈何地说道："何方高贤，移步茅舍，拙夫残身，失礼失敬也。"

王叔和一番细问，方得知老汉姓王，世居神农垱，以挖药尝草为生。几天前上山采药，不慎摔折了腰腿，才不得不躺在床上。

王叔和自称也是游医，遂给老汉切了脉，看了折处的敷药，皆是十分得体，

430

便用针灸给老汉灸了几个穴道,老人连呼效疗效疗也!

一边收拾针具,王叔和猛地记起童儿说的杀鸡取胆的事,遂问道:"王老先生,适才童儿说找姑姑杀鸡取胆治病,俺可帮得上忙?"

王老汉叹了声气:"惭愧,惭愧,贱荆胆小如鼠,又忌杀生害命,连蚂蚁亦不忍踩,故而让孙儿到前洼找女儿杀之。"

"啊,原来这样。区区小事,俺让弟子库充给你取之便是。"

库充三下五除二将鸡胆取出。王叔和持鸡胆至王老汉榻前,问道:"王老先生,鸡胆在此,给谁治病,叔和可否代劳之?"

王老汉先是看着王叔和,后又低头不语。王叔和明白,他犯了医家之忌,老汉不语,定有忌讳。遂将鸡胆放好,双手一揖:"先生勿怪,俺多嘴了,保重保重,叔和去也。"

王叔和师徒刚走到院子里,里屋喊道:"仁医勿走。"

王叔和进屋,王老汉无不羞愧:"唉,老拙以小人之心度君子之腹。鸡胆治肛疡(痔)乃祖传之秘,屡用屡效。小老儿原本无此疡,恐这几日服跌伤猛药所催生,加之久卧难动,疑在肛变,求仁医劳手一助。"

王叔和与库充上前将老汉翻身,褪去内衫,只见其肛外红肿涌有细疮,有的略有溃破。按老汉吩咐,王叔和以皂刺刺一小孔在肛内外缓缓揉动,只见胆汁液出渗入肛疡处。仅片刻光景,老汉的肛疡即收口显效。

王老汉告诉王叔和,再厉害的肛疡勿论内外患,用鸡胆涂上三五次亦不复患,当以雄鸡胆汁为佳。

王叔和帮老汉料理完,让库充拿了些碎钱悄悄放之一旁,正待离开,王老汉将二人招至跟前,从榻边拿出本手抄卷递给王叔和:"仁医,此乃小老儿家祖传秘窍之方,鸡胆治肛疡亦在卷内,代代相传,秘不示人。今送之于你,以济普众。"

王叔和急急挡住不收,说:"万万不可,此秘方乃先生生存生活之本,俺岂敢夺你的饭食。"

"此方皆铭刻于小老儿之心扉,拙见仁医有高德太医之操,得之可祉万方之人,余心亦爽。"王老汉说完舒眉而笑。

这正是:病当灵药医,心乃至诚换。

离开神农垱,不出三天,王叔和就到了洛阳城。到洛阳城的第一件事,王叔和要找人为《脉经》作序。找谁呢?王叔和想到了皇甫谧。皇甫谧的身残志坚令他钦佩不已。与张苗到了皇甫家,皇甫谧闻之索序连声推辞:"王太医,谧资格尚浅,身份低下,庚年少短,岂敢与大人《脉经》作序,屈杀谧也。"

王叔和虔诚地问道:"那谧兄为叔和荐举一人如何?"

皇甫谧略略思忖说道:"王兄既言山巨源以谢,眼下京师声名鼎沸,仕民刮目的非张华莫属。若索得张华之序,《脉经》当有洛阳纸贵之望。"

张华是西晋的著名文学家,所著的《博物志》乃中华文化瑰宝级的经典,至今仍为世人所引用所欣赏。当时的张华时任中书侍郎,后擢升大司空,在洛阳城名重钟鼓,闻之以耀。王叔和久不在京华,对张华是一无所知,何以索序。张苗见师父茫然无望遂说道:"师父,张侍郎与弟子亦无深交,可弟子与张侍郎的文友陈寿甚为过密。京城人传,陈寿、张华,如鞍似马。马不离鞍,鞍不离马。弟子引师父去见陈寿,让陈寿再引荐张华。"

师徒二人到了陈寿府,门房见是张太医令上门喜之不胜,连说,老夫人有恙,正准备差人上太医院,没想到老夫人有缘,张太医令不请自到。

真是来得早,不如来得巧。

陈寿与王叔和第一次见面,也是第一次认识。陈寿是蜀汉人,王叔和对陈寿很陌生,知之甚少。可陈寿对王叔和虽说没见过面,但到了洛阳后,与太医院的人打交道对王叔和还是有所了解的。比如,陈寿是著作郎,四处搜集史料文献,一到太医院,王叔和领头集纂的《伤寒论》《金匮要略》这些早已刊刻行世的著述,他肯定是一清二楚的。

听了张苗的介绍,陈寿是连连施礼,原来是王太医令到此,寒舍生辉。正好萱堂痛之难忍,王太医来,乃萱堂之洪福也。

救人是第一位的。王叔和二话未说就给陈母捺起脉来。陈寿母亲得的是什么病?王叔和很快就断诊出,陈母是肚中的蛔虫积滞引起的胸中热痛难忍、呕吐不出的厥阴证。这种病说白了,不是什么疑难杂症,是个一般的病。老人家肚子里有蛔虫,因犯冷伤了胃,几餐没进食,老人家又有个嗜好,喜欢嚼甘草,蛔虫觅食而上攻进入胃膈引起的痛厥呕吐。

断完了脉,王叔和说:"陈大人无须担心,萱堂是腹有曲蛔作祟,乌梅丸即可除治。"

这乌梅丸是张仲景驱蛔虫名方,方中有附子、桂枝、干姜、川椒、细辛、黄连、黄柏、人参、当归等。王叔和开好方子,叮嘱陈寿说:"陈大人,令堂的方药乃师长仲景之方,药到病除。但千万不可服食甜物,甜物沾唇,蛔虫闻甘则动,虫多则挤会至病重,得苦则安,外忌甘草。适才陈大人言,慈母有喜嚼甘草之嗜,这几天当嘱劝萱堂,老人家千万在虫病未除尽之前,不可嚼甘草,切记,切记!"

给陈寿母亲开了药之后,张苗又对陈府家人细细言及服药之忌。王叔和这才与陈寿谈起了正事:"陈大人,叔和过府一来拜见,二有要事相求。"

"王太医不必客气,直言不妨,只要承祚能办之事,当竭虑而为。"

"叔和倾二十年余力,撰有《脉经》,欲想请张中书大人美言以序。张苗言陈大人乃张中书大人之至交,故请托陈大人引荐。"

陈寿离座,双手袖后,踱了几步方趄身而道:"张大人盛名难却,百务缠身,寿虽无十全之握,当鼎力荐举以足太医之愿也。不过,张大人对脉学自是陌生,不读原著恐难叙美。"

"那是自然。三日后,叔和再来为令堂回诊,顺将《脉经》全稿奉上,托陈大人转呈。"

三天后,王叔和带着《脉经》书稿来到陈寿的家,令他大吃一惊。

陈府门前扎起了孝幛,孝幡、旐帜高悬。一打听,陈寿母亲服了王叔和的药后第二天中午就病痛加剧,不治而亡。

这是为何?王叔和大惑不解,急忙向陈寿家人说明他就是前日来给陈大人母亲看过病的王叔和。那家人双眼一瞪,凶神恶煞地告诉王叔和,陈大人早就吩咐过,王叔和来,乱棍轰出!说完,一行人一哄而上,一气乱棍将王叔和赶出陈府半里地。这件事对王叔和而言,不亚于晴天霹雳。他想弄明白,陈母是如何死亡的。是他王叔和开的方子错了,还是抓药的发错了药,还是老人家犯了忌口,嚼了甘草怎么的。可陈寿一概不予理睬,既不准王叔和进府,也不向王叔和及相托的张苗太医诉说母亲去世前后的征兆,更不让张苗拿走所抓的药剂,一句话,拒绝提母亲的死。王叔和不死心,继续托人上门询问详情,皆石沉大海。

这真是天有不测之变,人有旦夕之祸。一切已顺山顺水顺人意的事,一夜间居然惊澜乍起,狂飙铿落。突如其来的变故把王叔和弄了个晕头转向,不知所措。他倒不是叹惜张华的序泡了汤,而最大的心病乃陈寿母亲之暴死。他王叔和行医数十余年,还从未遇到过服他的药莫名其妙地致人死亡的范例。他怀疑抓错药的概率微乎其微。最大的存疑是陈母不按医嘱,稍见痛减就嗜嚼甘草,或者是老人畏苦,服药后以甜去苦,那可就会引起虫蛔紊乱危及生命。然而他所有的存疑只是猜测而已,得不到任何验证。想到这里,王叔和对厍充说:"厍充你速回西阳,为师要在这里把陈母暴亡之实情弄个水落石现。否则为师难以安魄。"

厍充说:"师父,那可不行,徒儿放心不下。再说,我们离家已有一年半载了,再不回,师母还有椴弟、杭弟他们会急死。陈大人母亲之死,定有隐情,如今你问急了他不予理睬。弟子认为等过些时日,冷静些再来找陈大人细问也不迟呀!"

张苗也说:"师父,厍师弟言之在理。陈大人丧母,心如刀绞,短时内他是不会忘却的。再者,弟子昨日闻知朝廷要陈大人七天之后出补阳平令,你在京师干耗着,家里会急杀成一锅粥的。再者,弟子尚在太医院,待日后一定细

433

细查究再告知师父不迟。"

王叔和的原本盘算，待书序落拍，再到司马家拜访。此时的司马昭已经过世，其长子司马炎已改朝换代取魏称晋为晋武皇帝。这也许就是王叔和的个性所限，假如，他一到洛阳城就去找山涛引见朝拜武帝司马炎，也许就不会闹出陈寿母亲突然暴死的惨剧。然而，造化弄人，木已成舟，再后悔，也是正月十五贴门神——迟了半个月。更何况，他王叔和天生就不是趋炎附势之徒。现闹出了如此窝心之事，王叔和心乱如麻，也懒得去打搅山涛，带着困惑，带着悬疑离开了洛阳。

回到西阳，王叔和稍做调整，待心情平缓后所做的一件事，就是将在泫氏县韩王山为庞姝守墓时对《脉经》的重新调整，将十五卷删并成十卷，并为《脉经》写自序。据《永乐大典》收入宋代林亿等人辑纂的《脉经》影印本所载，王叔和的《脉经》原序全文二百三十二个字，今人加标点五十八个，合计文、点二百九十个。

《脉经》序

脉理精微，其体难辨。弦紧浮芤，展转相类。在心易了，指下难明。谓沉为伏，则方治永乖；以缓为迟。则危殆立至。况有数候俱见，异病同脉者乎！

夫医药为用，性命所系。和鹊至妙，犹或加思；仲景明审，亦候形证。一毫有疑，则考校以求验。故伤寒有承气之戒，呕哕发下焦之问。而遗文远旨，代寡能用：旧经秘述，奥而不售。遂令末学，昧于源本，互滋偏见，各逞己能。致微疴成膏肓之变，滞固绝振起之望，良有以也。

今撰集岐伯以来，逮于华佗，经论要诀，合为十卷。百病根源，各以类例相从；声色证候，靡不赅备。其王、阮、傅、戴，吴、葛、吕、张，所传异同，咸悉载录。诚能留心研穷，究其微赜，则可以比踪古贤，代无夭横矣。

王叔和的《脉经·序》短小精悍，强调了切脉的重要性，并且强调从医者，既要重视脉学脉诊，但也不可排除望、闻、问三诊的综合辨证之理。

以今天的白话译解，大意是这样的：

脉学的道理十分精深微妙，脉象的形态实在难以辨别。如弦脉和紧脉、浮脉和芤脉，脉形变化来回反复，相互类似，在理论上虽然容易明白，到了临床诊脉时却难以判断清楚。如果误将沉脉认为伏脉，治疗就会发生错误；若是把缓脉认为迟脉，诊断错误，危险就会立刻到来。更何况还会存在几种脉象同见于一病，不同的病征可以见到相同的脉象的情况呢？

医药的作用，与人的生命紧密相关。医和、扁鹊的医术高明，临证时还要反复进行思考。张仲景那样明于辨证的医生，也要脉证互参，才能做出正确的诊断。稍有疑惑，就要对病人进行考察核对，求得验证。所以在治疗伤寒时，有审慎使用承气汤告诫；对于呕吐、呃逆的症状，要对下焦的表现进行询问。况且前人留下的医学文献含义深远，艰深难懂，因而不利于广泛传播。于是，使后世医学知识浅薄的人，对脉象形成原理搞不清楚，反而指责这些理论是不正确的，于是各自炫耀自己的才能，以致轻微的病征发展成为无法医治的病变，顽固的病征断绝治愈的希望，确实是有原因啊！

现在收集自岐伯以来直至华佗时代所有的脉学经典理论和辨脉治病的重要方法，汇合成十卷。对各种疾病的根源，分别按照不同的类别依次排列，病人的声音、色泽、证候、脉象无不具备。其中对王、阮、傅、戴、吴、葛、吕、张各位医家所论述和注解医经的不同观点，都全部做了记载和收录。如果能够认真细心地研究，探索其中精微深奥之处的道理，就可以赶上古代名医精湛的医术，后代也就没有早死和不正常死亡的人了。

今天我们所看到王叔和《脉经·序》，实际上是经过了多次修改的。《脉经》成书到刊刻出版，中间经历了几次波折，十几年后，才正式刊行于世，这期间又进行了不断的完善。如序中所点名引用的人物，有的是后来增加的。其中的"王"，乃王遂，西汉人，擅长医术，以经方见长。"阮"，即阮炳，约出生于东汉末，与王叔和前后，祖传世医，精脉略，不喜声名，不喜约束，喜欢游历名山大川，做浪医，与王叔和有多面之缘，后隐于洛阳北邙山。公元266年，王叔和去上党住北邙山又曾见过一面。约在晋惠帝永康年间阮炳去世，享年百余岁。故后世医籍多称阮炳为晋代名医。"傅"即傅达，魏元帝时太医院太医，与王叔和弟子张苗友善。"戴"即西陵龙泉观的白鹤道长，戴为其俗姓。史载戴道长为东吴豫章人，与东吴太医吕广、吴普极为友善，因在太医院得罪了人，后弃官遁于西陵龙泉观。"吴"，即吴普，华佗的学生。"葛"乃葛玄，又称葛天师，三国东吴的道士，晋名医葛洪的从祖父。"吕"，即吕广，做过吴国的太医令。"张"，即王叔和最得意的弟子张苗。张苗后任晋武帝时的太医令。王叔和的《脉经》成书后，送与洛阳，由时任史部尚书令山涛转交给了太医令张苗。张苗经王叔和同意，对《脉经》进行过校点，加入了自己和太医丞傅达的一些论述。故此，王叔和在序中，补加了傅、张及阮的名字，其意昭然，他的《脉经》汲取了上述之人的脉论、脉述及脉略。

王叔和为什么要急着这样做呢？他要速将《脉经》书稿送至京都刊刻印行，也借送书稿再度进京，将陈母暴死之因弄个明白。当他准备再度进京时，全家人死活不同意，并搬来库充、毛瑄、徐醉、卫丁等人苦苦相劝，劝他的理由甚为齐全。其一，他上次出门一年多不在家，家里、医堂里好多难决之事等着他的决断。其二，陈寿母亲的死因要是弄明白了，张苗一定会有消息告知，他去与不去作用不大。其三，年事已高，路途奔波隐患匿祸。其四，也是极为重要的一条，韩娣在他回西阳前，已卧榻十几天了。

他王叔和不能去，那谁送书稿到京城？毛瑄的举荐使王叔和点头默许。

毛瑄说："老弟，此次京都送《脉经》非王楒莫属。其一，他年长，又习儒多年，肚子里有货，与山巨源交谈不会有闪失。其二，为王楒入仕计。可使山巨源更了解王楒的人品貌品。其三，陈寿母亲之死真的与贤弟有推不掉的责任，贤弟去未必有人肯实告。而贤侄去，言者不会有忌，当可获实情也。"

当天夜里，王叔和思考再三给山涛修书：

山大人台鉴：

叔和拙稿《脉经》已全，犬子楒，专至送大人斧正求刻。不胜以谢。

另乞：著作郎陈寿大人之母暴亡，叔和寝食难安。其亡前之夜，叔和托寿乞张中书索序过府，遇陈母蛔瘕呼痛，施乌梅丸以治。陈母嗜甘，蛔瘕之大忌，叔和曾严嘱以禁。死因疑悬，叔和屡过府求证，均遭寿拒。托大人余暇细究，若有隙，乞望速告。

西阳王叔和叩拜

王叔和远离官场，久居西阳，尚不知朝堂仕官之间的争斗恩怨何等激烈。他更不知道，他的这封信，更加剧了陈寿的丧母之痛。

咋回事呢？待下章细看。

第五十九章

一场隙争　著作郎遗恨
百日大旱　掘古井救民

　　官场的争斗是人类纯真、善良、忠勇、孝悌的另一面——贪婪、自私、纵欲、丑陋的缩影。古代尤烈。著作郎陈寿丧母纯属意外，却被官场勾心斗角的官员们当作了箭靶。这事当从红极一时的张华与山涛山巨源的恩怨说起。

　　张华与山涛有恩怨？有，且不是一般的怨，是积怨，父子两代的积怨。当年鬲县令袁毅行贿暴露后，除山涛出污泥而不染，被提拔重用外，其余二十九人全部被抓。被抓的二十九人中，张华的父亲张俨，时任刑典狱郎中，收了三斤生丝。山涛被皇上钦定为审查这二十九人的主审官。张华当时任鸿胪书吏，七品小官，为了减轻父亲的刑罚，专门去找山涛替父求情，山涛碍着面子，点了点头。可最终判决时收十斤以上者一律杀头，五斤的被刖手，三斤的被刖足，张俨与其他五个人一样被判以刖足刑。刖刑是什么刑？刖刑是一种很残酷的刑，刖手的，被砍去双手，刖足的，被砍去双足。张俨被砍掉双足，无疑是一种耻辱加负担。从此，张华对山涛心里无形就产生了芥蒂，久而久之就上升为怨气，成了仇恨。当然，这芥蒂也好，怨气也行，张华都不是公开的，首先是不与你山涛为伍，再后来是在决策大事上与你山涛对着干。

　　含辛茹苦搜博物，十年媳妇熬成婆。

　　张华《博物志》一刊行，是天下扬名，晋武帝司马炎"置枕边而不弃，日诵之赞之"。很快张华连升几级，当上了司空，比山涛仅差一级。这下可好了，你山涛年龄比我大，我又有皇帝老子做硬后台，自此，张华就处处与山涛公开搓反索。

　　自古官场一个理，没有永远的朋友，只有永远的利益。你张华太红了，也有人不服气，便揪住某某一件小事不放。陈寿得到了张华的器重，那些对张华有意见的人也不服气，斗不过张华，就找陈寿出气。如荀勖、夏侯湛等就天天在晋武帝面前说陈寿的不是，以气张华。晋武帝听多了，听烦了，就将陈寿出补阳平令。晋武帝心里明白得很，这些官员老是拿陈寿说事，是冲着他宠张华的。寡人把陈寿调出京城，看你们还拿什么说事。

就在晋武帝的诏书下达后的第二天，陈寿的母亲突然去世，老太太生前的遗愿是在洛阳安葬，当时也没有官员父母去世可致仕三年的法度，致仕之规是明朝以后的事。原汉、魏官员父母过世还有一个月、三个月、半年的事孝规定，到了晋武帝执政，他嫌这个守孝太长，误国误民，就改了，七天即可，而且从他改起。他母亲王元姬去世，他仅戴了七天的孝，就脱孝服，坐殿理政。这叫一个将军一道令，一个和尚一套经。这样一来，七天孝满，陈寿就要到阳平上任去了。可陈寿也偏偏是个犟颈人，他坚决不去阳平。阳平在哪里？在今天的陕西汉中市。他不去的理由是，他要按他南充的老规矩守满三个月的孝。实际上，陈寿清楚这些人都是冲着他的恩人张华来的，故此，犟着不走，心里说，看你们怎么办。晋武帝便派山涛去给陈寿做工作，将他劝出京城。假如皇帝派另外一个人去做工作，陈寿还有可能听的。山涛去了，张华就暗地里给陈寿打气，坚决不听。山涛好说歹说，陈寿都不理，最后说急了，陈寿说他宁愿不要这个官，也要给母亲守满三个月的孝。

　　这下可好了，给那些嫉恨张华的人找到口实，纷纷上书，要革去陈寿的官职，予以严惩。这些弹劾陈寿的人中，山涛是奉旨给陈寿谈话的大臣，当然弹劾的第一炮是他开的。张华为此据理力争。这件事《晋书》上皆有详细记载。如《晋书·陈寿传》："张华将举寿为中书郎，荀勖忌华而疾寿，遂讽吏部，迁寿为长广太守，寿以母忧去职。母遗言令葬洛阳，寿遵其志。又坐不以母归葬，竟被贬议。"

　　就在朝中反张华派以陈寿忤诏不尊为由闹得沸沸扬扬的时候，王梫到了洛阳，递上父亲书札。也不知何故，王叔和托山涛究实陈寿母亲死因的事，竟然被传了出去，这无疑为弹劾陈寿的烈焰中泼了一盆油。晋武帝虽碍着张华的面子，仍然给了陈寿罚俸一年的处罚。

　　后世史医学界有学者认为，王叔和作为三国魏太医令，搜罗编纂张仲景《伤寒论》，撰著《脉经》，功莫大焉，却被陈寿《三国志》拒之于人物传之外，甚为费解。陈寿《三国志》始纂于公元280年，完成于公元295年，王叔和已作古多年。陈寿是不是借母亲暴亡以及母亡后被政治旋涡险些绊倒，而记恨王叔和呢？这事除了陈寿，谁也不知道。

　　前文多次提到王叔和对政治天生有排斥细胞，不闻不问不信。王梫进京，纯是为了《脉经》的刊刻印行。至于他托山涛过问陈寿母亡的实因，是心中放不下从医者的那份责任。至于所引发的陈寿受罚等一系列恩怨情仇，他毫不知情。

　　王梫走了，王叔和最关心的是妻子韩娣的病。其实韩娣要说大病也没有，不过是思虑太过而引发心神失养。心主血藏神，思虑劳神过度，自当耗伤心血、损伤脾气而致病。作为一个女人，六十开外的丈夫外出一年半载音信杳无，她不担心吗？不担心那则是无心无肝的女人。

吃了几服药，韩娣心神好多了，可仍然浑身乏力，难以站起。一日午后，王叔和忙完了，坐在韩娣的身旁，看着她那消瘦的脸庞说："劳婆呀，劳婆，不是劳公说你，你真是个劳婆的命。原总担心劳公在外，这不劳公好生生坐在你的跟前，还锁着个眉头苦着脸干啥？来，给劳公笑一个，笑一个。"

韩娣被丈夫的怜爱诙谐逗乐了。梳理着零乱的头发，韩娣说："劳公呀，你真的好脾气，杶儿那样的不听话，你倒心安理得一点也不着急呀？"

王叔和说："急呀，急能解决问题，俺就啥也不做，天天急呗。"

"小时候，娘亲老是说，一娘生九子，九子九个样。我啥也不明白，这会儿明白了，明白了，也就急坏了。你看，樲儿授书，杬儿习岐，都那乖顺，可这杶儿文不成，武不就的，整天无所事事，还不都是我肚皮袋的。早知这样，那年还真不该生他。"

韩娣唠叨的杶儿，就是王杶。王杶排行老三，已经十二三岁了。这王杶也真的像韩娣说的那样，一点不争气。他念不进书，对儒经、医学毫无兴趣，坐在书苑里，其他孩子诵章背词，他背着背着就睡着了，有时身子一歪，不是倒在地上，就是砸在旁边的孩子身上，弄得一堂人不安。先生教写字，他怎么也握不好笔，常常不知所措笔尖朝上弄得脸上、手上黑乎乎的，让师兄师弟们笑得前仰后合。那好不容易写出的字比侄子举儿不如三分。因经常在书苑里出洋相，弄得鸡犬不宁，王叔和怕影响苑里的其他学子，就干脆不让王杶进学苑念书。为这事，韩娣很生王叔和的气，明争暗吵地闹了好几次。可王叔和似乎一点也不上心，前脚给韩娣点头磕脑表示要严加管束王杶，可转眼旧鼓一捶，让儿子我行我素，听之任之。这下，韩娣可受不了，不理不睬王叔和，动静闹得最大的一次是王叔和的《脉经》完稿后，王杶下河抓鱼被蛇咬伤险些丢了性命。韩娣给劳公发出了最最最强硬的抗议：三天不吃不喝。王叔和才又将王杶送进了书苑。

要说王叔和对王杶的散漫另类不着急，那可是真的冤枉了他。古人说一个人最难做到的是怒不变容、喜不失节、爱不露宠、恨不报复。王叔和正是这类人。自从书苑先生讲王杶无心习儒后，他就试探着让他习药，跟着万全、庞夫进药行。十余天后，庞夫摇头摆手连声说："使不得，使不得，师父呀！杶侄进药行，弄不好会闯大祸的。麻黄止汗用根，解表用茎教他读了几十遍，他也读了，可一让他背，总是颠倒地说，止汗用茎，解表用根。"

物有万类，人难十全。青草发芽，不离旧根。难道王杶真是个天生的蠢货、十足的笨蛋？王叔和屡屡自问，也屡屡否定。王杶出了药行后，王叔和就多了个心眼，让人悄悄跟着无局无促的王杶，看他天天做什么，喜欢什么。功夫不负有心人。几天后，盯踪的人对王叔和说："王太医，三公子可聪明了，心灵手巧，这满山的白茅、狗尾还有葛藤在他的手里那就是宝贝，三五下给你弄出个飞鹰、驴、马，还有拄着拐杖的老太太，可像真的一样。"王叔和也暗着验证了几次，譬如，叫王杶用麦禾秆给他编个扇子，用葛藤给他编个垫座。王杶皆不费力地完成了，令王叔和较为满意。有一天，王叔和将王杶唤至近前，说："王杶，你喜好编扎织绞之类的事，爹就满足你，给你找了个师父，你可愿否？"

王杶小手一拍："爹，太好了，儿子早就想说，怕你还有娘亲不愿意，不敢说出来。"

"只要你踏踏实实学门手艺，爹娘都高兴。出门在外，可不比在爹娘跟前，要严束自己，好好学技，与二位兄长比一比，看谁更有出息。"

王叔和同库充到上党去之前，将王杶送到距家不甚远的九龙山阎家铺。阎家铺有位姓阎的杂匠，乡村杂用之技，编织扎箍之类皆是一流的。拜了师，磕了头，王杶就留在阎家铺。谁知道，去了不到三个月，王杶就卷铺盖回来了。韩娣追问他为啥回来不去学技。王杶回答，他已将阎师父的手技杂艺都学会了，从此就在家里整天倒腾些竹头木屑的东西。夫君又杳无音信，儿子又如此淘气，韩娣悲思愁忧集一身，必致气血不畅、脾气不濡、营卫不当而生病。

王叔和回家后，细问王杶为何只在师父家学了三个月就不去了。王杶说："爹，不是儿子不去学，而是儿子已将师父的艺技全学会了。阎师父就是给人箍盆扎竿的手艺，儿子实话告诉爹，那玩意儿儿子不倾心。"

"说，告诉爹，那你到底要学啥艺技才倾心？"

王杶抓着头皮，皱着眉头思索道："儿子原来不知叫啥名，在阎师父那里听人说那玩意儿叫篾匠，就是专门用这漫山遍野的竹子做出好多好多东西的手技。"说到这里，王杶用一种很神秘的口气对王叔和说，"宿安的铁匠，蕲春的篾匠，天下闻名。爹，儿子学篾匠，只拜蕲春的篾匠为师哈，其他的篾匠杶儿不拜。"

这宿安就是今天的安徽省宿松县，与蕲春县毗邻。蕲春距西阳二百余里，给儿子找篾匠拜师，得先让人到蕲春访一访才行。王叔和办事一贯细致入微想得周到。去蕲春寻师的人去了二十多天了还尚无音信。韩娣以为夫君惯坏了儿子十分焦虑。

韩娣说："劳公什么都好，就是依着杶儿，处处让杶儿牵着鼻子走。若找不到蕲春篾匠咋办？就放任他游手好闲？"

王叔和笑着说："劳婆勿焦，天养万物，地生五谷，人有百艺。生虫必蛀木，俺们的杶儿不是鼠辈，时运未到……"王叔和正与韩娣说着宽心话。王杶气喘喘地进屋就喊："爹、娘,外面来了个行路客口渴讨水喝,无语姐姐给他上了茶水,那客人说他喝不惯苦茶,只喝白沸水,自己用匏瓢舀了半瓢水不小心泼在手上,痛得打哆嗦,你快去看看。"

王叔和赶出门来,只见院子里一位五十开外的汉子龇牙咧嘴直叫唤,伸着的左手被沸水烫后,已开始冒出了白色燎泡。王叔和扶汉子坐下,取下那人肩上的包裹,轻声道："这位仁兄不要着急,俺是郎中,行医开堂快三十年了,治沸水烫伤,几个月前俺获有一祖传秘方,十分灵验,你等着,俺去取药给你治伤。"说完,王叔和匆匆进屋取出一壶酒来,"腾腾腾"倒出大半瓢,说:"兄弟,按秘方说,沸水烫伤者起火泡入陈谷酒浸之,片刻即消。可那上面没言可否镇痛,若痛你可忍着点忍着点。"

那人也没说话,咬紧牙关将伤手伸入酒中,慢慢地眉舒目展,连声呼叫:"神方神方也!"再看手上的燎泡消失得无影无踪。

王叔和也暗暗称奇,酒有活血化瘀、镇痛之功。真是高手在民间,王老草医的祖传秘方真的十分灵验。待那汉子在酒里泡了快半个时辰,王叔和又让他取出敷了些镇痛解毒药膏,那汉子连声道谢。

王叔和说:"听口音,仁兄不是西阳人。"

汉子说:"扬州郡蕲春人。"

"怎么,仁兄是蕲春人?"

"蕲春桐梓人,姓梅,祖传篾匠,人称梅篾匠,到弋阳办事回返路过这里。怎么,兄长认识蕲春人?"

王叔和高兴得忘了回话,直呼王炖:"王炖,王炖,快来拜见师父。"

这可把那自称梅篾匠的弄糊涂了:"郎中兄长,你这唱的是啥子戏?我是半夜吃细鱼弄不着头脑。"

王叔和这才把儿子王炖要拜蕲春篾匠为师的瓜瓜蒂蒂历数了一气。

那汉子先对王炖审视了一番,又将王炖平时所编扎的藤艺和竹头木屑捣弄成的车马、房子、兽鸟看了看,快人快语:"这伢儿人长得倒有几分灵气,这双手也似有盘条弄篾的柔韧之劲。我遇上他也算有缘。这样吧,人我先收下了。不过,梅某卤腐汁蒸鸡蛋——有言在先。真金白银光看不行,得识内货。蕲春人都晓得,梅某从不收悟笨之徒。王炖我先带回蕲春,三个月后是留在蕲春还是送回西阳,就看他的本事。多谢兄台施治之恩。今日在这借住一宿,让你们一家子切磋切磋,若无异决,明日一早随我启程。"

人生万事成否取决心态,世间一切主宰皆由人为。王炖能不能留在蕲春成为梅篾匠的弟子,当然是他自己的造化。尽管儿子的前途仍悬念多多,可眼下毕竟卸下了王叔和夫妇心中的一块石头。石头落了地,韩娣的身子骨也一天强健一天。放下了双重包袱的王叔和，着手撰写《艾经》。前文已叙，王叔和写《艾经》也是多年的心愿。对艾蒿的了解王叔和在某种程度上比脉学更得心应手。从桑棺寨到襄阳岘山；从南艾北艾山艾到蕲艾；从襄阳城以艾蒿防疾疫到京都洛阳献除疫之策；从桑翁、楼公用艾到庞夫、万全制艾绒和自己用艾、灸艾的多年实践，写《艾经》可比写《脉经》容易多了。《艾经》的撰写写到了一半，王叔和就停下了。是他写不下去还是他不愿写？都不是，是老天爷不让他写。

这一年的五月二十，西阳的暴雨下了一天一夜，举水泛滥冲垮了不少农田耕地。对这一夜之灾，西阳人还不甚担心，他们担心的是日后的旱魃祸患。因这下雨的日子：五日二十犯了大忌。鄂东谚云，正月二十晴，树上挂油瓶。正月二十要雨，五月二十要晴。五月二十传说是龙王晒衣之日，若要下雨，哪怕几点雨打湿了龙袍，必招至四十天大太阳，雨下得愈大，干旱的日子就会愈长。民谣之说，虽有悖科学，可是灵验之多，老百姓不得不信。这一年五月二十之暴雨，还真的印验了。《资治通鉴》载：晋武泰始五年（269年）九月，弋阳旱魃为虐，如惔如焚，五谷绝伤，人畜断饮。大旱自六月初开始，到九月重阳仍滴雨未下。田禾草芥绝根而枯，山中树木枯死过半。先是小河断裂，后又举水断流，再过了些时日，举水河的河床干裂得塞得下脚。人畜饮水出现了困难，河中打井，杯水车薪。时间一长，杯水皆无，王叔和家不远处的九龙岭原本就寸草不生，如今火辣辣的太阳晒在那赤熠熠的砂石山，正午间反射出的光热形成烈焰般的热浪，被风吹过灼伤了不少人的鼻脸。

没水了，渴死了，西阳人哭丧着脸四处哀告。王叔和的三不医堂和文化书苑的大小人众，天天跟随着王叔和东奔西走地四处寻低洼之处打井。瞎子点灯白费蜡，打井的不仅未打出水来，反而被焦渴热蒸拖垮了好几个。

怎么办？王叔和心急如焚中猛地想起了一种传说。那是他刚到西阳不久，老人们说西阳有一口古井，相传是吴楚之争的柏举大战百余年后，一位得道游方道长开掘的。因受当年柏举大战尸骨成山、血流成河的污染，西阳的水都甚为难吃，百姓四处凿井无果。这天，一位外地的道长路过西阳，持铁杆，睁天目四处寻觅，最后选了一个地方，铁杆落地，瞬间一股清泉随杆而起，尝之甘甜无比，当地人做成水井，才救了四方群黎。

一百几十年前，汉代苏仙公得道成仙飞天前，对母亲说，明年天下疾疫，庭中井水一升，檐边橘叶一枚，可疗一人。第二年，真的发生疫病，苏仙公母亲依儿之说而行，果然救了四乡群黎，便八方传诵，凡井中放橘叶皆可祛疫。西阳一乡贤依传言而效，放橘叶于古井中，真的使井水治百病，百姓感恩称古井为橘井。可是令王叔和费解的是他到西阳几十年屡屡细访，知其橘井逸闻者

442

倒不少，但谁也不知此井在何处。这次若能找到此古井，说不定可解民倒悬。

王叔和把心中所想给一些年长者说了，有人出主意说，往东南六十里有座山名接天峰，接天峰上有座天堂观，也叫承天观。观中老道长俗姓乐，相传百余岁，百余年前的事兴许他能说出个子丑寅卯来。

功夫不负有心人，王叔和还真的将这位百岁老道长给接到了三不医堂。听了王叔和的一番话后，老道长手抚白髯微笑说道："太医找我还真的找对了，这西阳橘井的水我可喝了无数次。"

"那仙翁可知橘井现在何处？"

"时间太久，尚且不知。"

"那老仙翁可否有忆，最后一次饮那橘井之水是何年间？"

"当在七十年前，因地陷（地震）洪涝至，举河易道，这橘井从此就不见了踪影。"

老翁此语一出，王叔和还有满屋老者皆垂头丧气。

"不过，"仙翁手抚白髯走出屋外，望着远处寸木寸草无存的九龙秃岭说道，"这九龙奔水之势还在。当年的橘井就与九龙奔水的方位相对。太医莫急，你为万民奔忙，兴许会感动上苍，找到这口橘井。老朽虽无缚鸡之力，但审方度势还行。明日按乾坤八巽测试测试找找看。"

第二天，老翁以乾定位，以坤限势，依照九龙奔水之势，指点寻觅。王叔和带着弟子，老翁指到哪里就挖到哪里。挖了九处地方，终于找到了那处老井的盘石井壁。这下子，全场老少忘记了口渴，忘记了劳累，欢呼雀跃把老仙翁与王叔和高高举起。

顺着古井壁往下挖，愈见潮湿。终于清泉喷涌，水深盈尺。这第一捧水由老仙翁品尝。只见他将长髯撩起置于腋下，亲吮吸水，细品至味后，连声说："是那种味道。莫错，莫错，这就是那口百年古井。王太医，苍天佑你，万民之福也。"

古井重开，水甘不竭，西阳人扶老拽幼排着长队来古井汲水，干死蛤蟆渴死牛的日子终于结束。黎庶得救，百姓呼天，天可怜见，西阳万民再次赢得了抗争不屈之胜。

龙王开眼，大雨倾盆，这下雨的日子王叔和刻骨铭心：九月望日十五。这一天是韩娣的生日。事前因旱魃猖獗，韩娣坚决不让办生日。天下雨了，犹如大喜之至，王叔和临时起意，办了几席酒菜，一来庆寿庆喜雨，二来犒谢众弟子家佣及乡邻抗旱打井之辛劳。大旱正酷烈时，弋阳郡快马送来山涛急报，说是《脉经》刊刻之事，要王叔和进京一叙。王叔和不忍离开，便委托王穗代他进京，尚未归家。王杭便举酒逐席敬酒："来，各位师长、师兄、师弟、乡邻长辈、同辈，今日，是娘亲寿诞，并逢喜雨天降，是双喜临门。哥哥进京未归，弟弟学艺未回，王杭代他们给诸位敬酒，祝娘亲寿诞快惬，祝二老寿似松鹤，祝诸位长辈、同辈、晚辈同喜同贺同乐！王杭先干为敬。"

听着儿子口若悬河、出口成章的贺词，看着儿子英俊潇洒的身影，韩娣双眼笑成了两朵花："劳公，门旮旯的扁担，往常我是窄着看杭儿了。总以为他似你只会捺脉开药，拙嘴笨舌的。今个儿算开了眼，酒词一套套的，还真甜乎人。"

王叔和也沉浸在喜悦中，边点头边附和："嗯，劳公也算开眼啰，言辞不笨，是挺甜乎人。"

"别光说不错。我问你，王杭今年多大了？"

"多大了？"王叔和有点惊诧地看着韩娣，"劳婆，王杭可是你亲生的。他多大，你当比俺更清楚呀！"

"我不是这个意思。"韩娣摁了摁丈夫，"劳婆是说，杭儿都二十好几了，该娶媳妇了，当老子的该过问过问。"

王叔和吸了口气："哟，还真是当娘的心细。怎么，王杭的媳妇劳婆有主儿？"

韩娣一把将丈夫扯下席拉至屋内低声说道："劳公，别咋乎乎的，这事八字没撇，得先听杭儿的意思。"

"那女娃是谁呀？王杭见过不？"

"见过，见过，天天相见。"

二人正说着话，仇无语喜笑盈盈地举着酒樽进屋来，打着手势给韩娣两口子敬酒。

看着仇无语出门的背影，韩娣说："呀，还真是缘分，说曹操，曹操就到了。"

王叔和恍然大悟："劳婆，你是说，让仇姑娘给王杭当媳妇？"

韩娣忙点头不已："这心思，我萌生快两年了。无语她虽不能说话，可耳朵灵乎得很。心灵手巧，干啥是啥，人长得又水灵，又耐看，比王杭才小四五岁，真是天生的一对。"

王叔和若有所思地点了点头："好，劳公明白了，赶明日找徐老先生问问王杭。"

"这事得你做老子的先问杭儿。别人先问，假如杭儿心里有人，岂不闹得众人皆知，给儿子的声名不好，还有无语姑娘也挺难为情的不是？"

王叔和打心底佩服韩娣的心细有计。这也许天生就是女人的专利。

席散人尽已是关门戌时了，王叔和让王杭坐至自己的面前。这些年，王叔和只顾忙乎自己的《脉经》，像今天这样父子二人面对面地坐在一起的日子还真的很少。看着王杭娴熟的脸庞和精亮的双眼，王叔和打心底喜欢。自打十岁习岐以来，儿子一刻也没有懈怠过，专心致志，勤勤恳恳，十五岁正式坐堂，遣疾断方甚为周到。尤以这些年，王叔和东奔西走写《脉经》到上党、上京城，三不医堂皆是王杭主打，没有什么闪失。王叔和心里默默地自责自己，儿子都这么大了，做爹的关心关心责无旁贷。可怎么关心哪？王叔和又有些似斋公吃腊肉——开不了口。

王杭今天很高兴，兄长兄弟都不在家，他代行他们敬酒喝了不少酒，有些头重脚轻。父亲召唤他不知何事，可坐了老半天，父亲只顾看着他也不问话，他有些丈二金刚摸不着头脑。难道今天敬酒时说错了什么？难怪席宴中途，双亲二人就离了席。想到这，王杭赶紧站了起来，忐忑不安地问道："爹，王杭今日敬酒是不是有些胡言乱语？"

王叔和急急摆手，答非所问："王杭，你今年多大？"

"虚岁二十三。"

"啊，都二十三了。你哥是二十岁成的家吧？你可心有所属，说出来爹听听，定给你做主。"

王杭心里嘀咕，爹他今天怎么了？有些怪怪的。嘴里说道："爹，三不医堂这么忙，儿子哪有心思去考虑那些事。你放心吧，爹，王杭不会因这个贻误医业。"

"爹是问你，是否心有所属，不是说你不该考虑婚姻大事。"

王杭一听，担心放下了，说道："爹，孩儿心静如水，绝无所属。"

"真的？"

"真的，王杭不敢诳爹。"

看着儿子一本正经的模样，王叔和笑着站了起来拍着王杭的肩膀说："真的就好，真的就好，那你娘的心事了啰！"接着王叔和将上午他与韩娣的谈话细细末末抖了出来。"王杭，你有福气，无语姑娘真的不错，你娘的眼光看媳妇，准睃得很。"

王杭瞪大了眼睛："爹，闹了半天，你和娘是要我娶仇无语做媳妇？"

"是呀，就这事。你今日表态，爹立马择吉日给你们把喜事办了，省得你娘干操心瞎着急。"

"爹，"王杭一声喊过，双膝跽地，"孩儿虽心无所属，可毫无娶仇无语之意。无语妹妹虽相貌人品不可挑剔，可在王杭的心里，她没有丝毫领地。万事皆可从命爹娘，唯此事忤违二老。爹不答应，王杭跽跪不起。"

跽跪，是古代犯有重罪或大错之人为乞求对方原谅，带有一种惩罚自己的跪姿。下跪时，腰板脊直，头昂胸挺，双膝并齐，瞬间着地。

儿子跽地一跪，可把王叔和弄了个难堪。其实他，还有妻子，完全没有强迫儿子娶仇无语的意思。一把将儿子抱起，王叔和说："王杭，看你想到哪里去了。爹与你娘不是非逼你娶仇姑娘，而是想你早点成家立业，为王家添丁进口，这难道有错吗？爹在这里也郑重其事对你说一句，你年纪也不小了，该考虑考虑人生大事了。只要你倾心中意的，不择门第，不论贫富，哪怕是村头乞讨的叫花子，爹撂话于你，一概迎娶，包你满——意。"

晚上，王叔和把与儿子的谈话一字不落地告诉了韩娣，说到最后，王叔和为韩娣竖起了大拇指："劳婆高见，倘若让徐老先生问，王杭定当闹个沸沸扬扬，儿子还有仇姑娘一定是难堪至极。"

大雨又下了一天一夜，西阳低洼处又显灾露患了。大灾必有大患大疾，尤以先旱后涝为最。王叔和当即安排庞夫带着仇胖子、仇铜锣给弋阳唐郡守送去了十几担艾蒿、紫苏、蕺草、白头翁等草药，并修书告诉唐禾防疫祛瘟的做法，且再三叮嘱早早防范切勿大意。又让万全带着仇撑天、仇老鼠等人赶往蕲春、宿安收购除疫祛瘟之药草，源源不断地往弋阳送，西阳的家家户户皆按防疫祛疾之法进行了一次大预防。做完这些，王叔和又重抄纸笔，续写《艾经》。

一天正午膳时，王杭急急告诉父亲，徐醉老先生家里送信来，说是九秩老母徒生眼疾，徐老已急返丫头山，让王杭给告个假。王叔和边吃边点头以示知晓，咽下一口饭后，似乎又想起了什么，将已快出门的王杭招了回来："徐老先生几时走的？"

"刚走，最多半里地。"

"那这样，王杭，你带上爹的金针，与徐叔同往。记住，眼疾金针胜汤药，可禁畏之多亦胜汤药。《素问》言九针之别可记否？"

王杭点了点头："杭儿熟记于心。"

"好，给爹背一遍。"

"针各有所宜，故曰九针。一针皮、二针肉、三针脉、四针筋、五针骨、六针调阴阳、七针益精、八针除风、九针通九窍，除三百六十五节气，此之谓各有所主也。"

王叔和喜形于色，赞许有加："不错，不错。一定记住，老太太年逾九十，当慎之又慎。凡将用针必先诊脉，视气之剧易，方可以治也。去吧，去吧！"

第六十章

丫头山秀　王杭觅知己
杏邑居馨　王椵拒仕途

　　王杭与徐醉赶到丫头山徐家，已转时至寅，老太太正在熟睡中。见天亮尚早，二人遂粗略洗漱和衣而卧。

　　丫头山位于赤亭西北，相传远古时，此地一痴情男子等女佣而不娶，逸为痴汉等丫头而得名。徐醉的家在丫头山是数一数二之大户，高堂阔院，宽门大宅，前有药圃，后有茂竹，甚为气派。

　　王杭和衣眯了片刻，晨曦尚未初放时就起了床，出门至堂前后院转了几转。此时，林间鸟声喳喳，蟋语声声，似乎向人们宣告新的一天已经开始：你们快起床吧！嗅着林山竹海里的氤氲之气，王杭兴奋地抱起一根粗茂之竹，"噌噌噌"地蹿起丈余高，双足离开竹身沉重之躯将那个竹子弯成了弧形，王杭被冉冉吊起晃晃荡荡，好不惬意。看着离地只有三五尺高，王杭双手一松，双足点地，惯性将他推出丈余远，仍然迎风屹立。失去重吊的竹子猛然间弹回林中，竹林里噼噼啪啪，脆响四应，惊得林中的鸟儿大呼小叫，轰然而起。如此大的动静当然把徐醉一家给引出了门外。

　　"爹，这竹林里怎么了？不会有蟒蛇现身吧？"

　　看着一旁有些惊慌失态的王杭，徐醉明白了，准是小伙子精力过剩往竹林里鼓捣了什么，故意岔开女儿的话题："来，醴兰，这是爹常给你提到的王公子王杭。王太医听说奶奶眼疾，特让王公子携金针以治。贤侄，这是小女徐沅，我似曾与公子提过她。啊，兰儿你们先聊一会儿，爹去看你奶奶醒否。"

　　王杭的名字，徐沅并不陌生。父亲每次回家总要唠唠叨叨地谈起王叔和、王杭父子如何，王家父子早在她心里有位置，对王公子王杭似乎还有些朦朦胧胧的幻觉之感。因为王杭之"杭"与她徐沅之"沅"同音，今日见面似乎就更亲切，当即深施一礼："王太医，徐沅久闻大名，今日初见，山姑幸会，幸会。"

　　王杭连连摇手："徐姑娘，你弄错了，我不是太医，太医是我爹，我只是普通的郎中，你就叫我王郎中吧！"

　　徐沅被王杭的率直逗乐了："王郎中，王太医？太医、郎中都一样，瞧病的呗！"

"那可不一样，太医是官职，给皇帝看病，郎中就只能给常人瞧病。徐姑娘再也不可叫我王杬太医了，让旁人听到，还以为我王杬沽名钓誉。"

"好，好，不叫王太医，就叫你王杬哥，你也别喊我徐姑娘，叫徐沅妹。啊，不要，不要，哥呀、妹呀难听死了，我就喊你王杬，你喊我徐沅，行不？"

王杬亦常听徐醉讲女儿徐沅，挺有本事的，会采药看病。自父兄被请到三不医堂后，这丫头山的人三病两痛都是她徐沅给瞧。令王杬意外的是徐沅不仅人美，性格也不像山姑，豪爽大方又风趣，这正是他心目中喜欢的那种女子。那怎么说哪？王杬正搜肠刮肚地想词儿，徐醉出门喊道："王杬郎中，母亲大人醒了，想见你。"

王杬这才一溜烟地跟随徐醉进了屋。

其实，徐老太眼睛并无大碍，只是想念儿子罢了。前些日闹大旱，几个月徐醉都没回家。碰巧眼睛生火，长了眼屎，就让人下山找徐醉。没想到王叔和如此重视，专门派儿子给她瞧病，她挺过意不去的。王杬一进屋，徐老太太就站了起来，说："王太医真是宅心仁厚，老身不过风火之疾，沅儿用荠菜根早就将火去了，没想到还派少公子亲自上山为老身疗疾。少公子呀，你回去代向太医致谢了。"

徐老太这么一说，倒把王杬乐坏了，正与老太太说着话，徐沅进屋就笑："奶奶，你看你多大的面子呀，一句话，就把人家王太医的公子给诓上山了。王杬，你跟我奶奶说话，那可是十天半月都扯不脱话柄，走，走，到我卧房去，《难经》上好几个字都认不了，正好，请教你王杬王大郎中。"

一旁的徐醉低声斥道："徐沅，看你没大没小的。王公子不叫，总得喊声王杬哥吧。王杬、王杬，王杬是你叫的？"

徐沅吐了吐舌头，扮了个鬼脸，扯住王杬就跑。

王杬二十多岁，可是头一回进入大姑娘的闺房。徐沅的房子挺宽敞，一点没有闺房的那种温秀神秘，倒像是个书房，案子上、榻上都是书，还有简。写的蔡侯纸一叠又一叠的，有医方医案，也有建安七子的诗文。王杬一进门就被迎门而竖的一把扇子所吸引。那是一把用麦禾秆做的扇子，比常人用的大多了，大概不是用来扇风的，而是做门饰的，上书两行俊逸之字：有风不动无风动，不动无风动有风。很显然这是两句隐语，说的还是扇子。

王杬心里暗暗称奇，这徐沅还真名不虚传，读的书可比他王杬多多了。她让我教她《难经》之难字，哼，准是哄徐叔的。看这架势，她教我还差不多。见徐沅不说话，只顾这儿拍一下那儿按几按，王杬也装聋作哑不显声色，这里瞧瞧，那里摸摸。看到案边角有一张纸上面写满了娟秀之书，从行文看，似正始体的诗文。王杭正准备拿起来细看，徐沅一步上前将那张纸一把摁住，声轻意不轻地说："王杭，可不许你随便拿。这是山姑徐沅的榻房，不是你三不堂。"说完抓了一把简书将那纸盖住。

王杭猜得一点不错，徐沅毫无请她教字之意。她的意思很明显，让你王大太医的公子不要小瞧她徐沅是一介山姑。女孩子心细如发，思维缜密，徐沅早就暗恋王杭，可是两家的门第悬殊，使她不得不把那份暗恋埋得深深的。令她没想到的是王杭居然会上山给奶奶治眼疾。耳闻不如目见，目见不如躬行。王杭的医名，她如雷贯耳，今日一见其人，那股暗恋"噌"的一下就冒了出来。可暗恋归暗恋，不可以单恋呀？他王杭不恋她怎么办？她曾经旁敲侧击从父亲嘴里打探过，王杭尚未婚配，也未见有人提亲，那毕竟只是父亲的一面之词，我得亲耳听听他王杭的心声，这才把王杭拉进了她的闺房。

徐沅还没开口，堂屋的父亲徐醉就喊了起来："醴兰，醴兰，奶奶叫你。"

待徐沅一阵风似的跑了出去，王杭心里可乐了，立马身手敏捷从竹简下抽出那张纸，上面写的果然是一首时下甚为流行的正始体诗文。正始体即三国魏少帝曹芳正始年间盛行的一种文体，类似于今天的顺口溜。王杭甚有博闻强记之功，仅看了三遍，就全部背下了：

> 医道唯诚，于仁弥彰。百草亦尝，气味明详。
> 张机坐堂，经典流长。元化临采，广济八方。
> 太医隐遁，福祉西阳。剑胆琴心，初衷不惘。
> 上知下晓，中通伦常。三不行世，父子一堂。
> 未病先谋，上工所长。至精至诚，太医之纲。
> 二辞医令，三撰《脉论》。志欲悬壶，奉医送药。
> 文化书苑，行方智圆。杭沅亦声，是巧是缘？
> 沅杭合一，丝单梦悬。蜇心谁解，痴候王杭。

再看款书，"戊子上元"，那可是一年前写的。

王杭看得是热血沸腾，心跳如鼓。哇，徐沅你一年前就写了这篇诗文，说明我王杭在你的心目中还甚有位置的。你文中称颂我父亲的医道只是为下文抛砖引玉。徐沅哇，徐沅，你既在乎我王杭，干吗不早说呀？起码刚进屋你就把东西交给我不就得了，还故意藏着不让我看。省得我王杭做了一回品行不端之事，偷看你的私密。啊，对了，女孩子好矜持。你矜持我不矜持，待会儿我来说。

王杭正美滋滋的乐呵着，徐沅进了屋，脸上那股得意没了，是奶奶给她泼的冷水。徐老太太别看她年逾九秩，思维清晰得很，徐沅有意于王杭的那点心思，老太太早从孙女将王杭挂在嘴边上的热乎心知肚明。这次王杭见了面，老太太也打心底对王杭一百二十个满意。可老太太很有自知自明，人家王公子是太医的公子，你一个山旮旯儿的女娃子，攀得上这高枝吗？若是王公子心无所属那是再好不过的，若他另有所属那可不能死皮赖脸地去乞求为难人家。她见徐沅一大早兴奋异常地把王杭扯进了房里，有点担心孙女把持不住，为难王杭，这才让徐醉把徐沅喊了出来。

看着徐沅脸上红扑扑的，嘴角眉梢挂着笑，老太太伸过手将孙女的手拉住，一边抚摸，一边眯着笑："丫头，看把你美得快飘起来了。"

徐沅说："奶奶，没有哇，没有哇，我有啥好美的？"

"鬼丫头，你那肚肠里的那点蛐蛐奶奶清楚得很。王公子是真的不错，你爹一回来就夸他的医术如何如何，品行如何如何。这人品嘛，今个儿看得清清楚楚，不说千里挑一也是百里挑一呀。可有一点，丫头你要记住，一个巴掌是拍不响的。人家有无心仪之人，你尚且不知，可不要不知天高地厚地想说就说，不听别人说。千万别做那剃头挑子一头热的事。婚姻，婚姻，有缘才有姻，知道吗？"

徐沅点了点头："奶奶，孙儿知道了。"

"知道就好，去吧，去吧，别让王公子坐冷凳。"

奶奶的一瓢水将徐沅的热乎扑灭了一半，里屋的王杭可不知道。徐沅一回来，王杭就按自己既定方针先下手为强："徐沅呀，你读的书呀，比我多多了。你写的诗文，那遣词造句，我比不上你一个脚丫子。可有一点比你强。简洁明了。你说你那篇什么诗文明明只要六句话，你却弄了十六句多费劲。"

徐沅一愣："王杭你说什么呀？啥六句十六句的？"

"啊，你忘了？写了一年多是该忘了。那我就念给你听听。"王杭说完，摇头晃脑地念了起来，"杭沅亦声，是巧是缘？沅杭合一，丝单梦悬。蚕心谁解，痴候王杭。"

"你偷看我的东西，你无耻，你无耻！"

徐沅边说边双手往王杭胸口打，王杭顺势一把将徐沅揽入怀中。徐沅没有挣扎倒是像一只温顺的小绵羊依偎在王杭的胸口，一脸的泪花把王杭的衣襟湿了一大块。抚摸着王杭滚烫的面庞，聆听着王杭的咚咚心跳，徐沅仰起脸："王杭，你说话呀！"

王杭说："说什么，此时无声胜有声。"

徐沅说："才不，才不，奶奶说一个巴掌拍不响，不可剃刀挑子一头热。"

王杭说："奶奶咋说这个呀？"

徐沅就把奶奶的担心以及刚才喊她去的嘱托一股脑儿地抖了出来。

王杭明白了，眼睛一眨，把本想要说的"王杭心无所属，只属徐沅"的话咽了回去，他要逗一逗他的心仪之人。便捧起徐沅的脸说："徐沅，一手独拍，虽疾无声，奶奶的话，千真万确。孤掌难鸣，口说无凭，得立字为证。明天日出辰时，王杭是骡是马，是真是假，你当知晓也。"

这天晚上，王杭铺开纸笔给徐沅写心属之答案。怎么写？写徐沅写的正始体诗文他还真的写不了。就按自己最熟悉的东西写，思考片刻就一挥而就。

豆蔻半夏天南星，杭燕窝泥醴兰听。

槟榔初识红娘子，泽泻白术诉衷情。

常山路远多滑石，当使君子麦冬至。

生地蜀椒黄连苦，干姜通草泪芎藭。

重楼贼骨艾防风，蒲草合欢更苁蓉。

桑炭醇酒珍珠泪，桂心赤豆韭叶中。

红颜青黛岁月匆，沉胡苍耳白头翁。

金钗有价爱无价，马脂熟地茹芦通。

王杭的这份心属答案，文采一般般，可也算别出心裁，彰显了他的术业之长，既表达了他对徐沅的爱，又嵌进了四十味药。答案的最后，王杭又卖个关子，写了几行字：送我十六句，还你十六行，《灵枢》载一汤，药含十九味，列汤指药，百年好合，沉杭合一，地久天长。

第二天日出辰时到，王杭当着徐老太太、徐醉的面将他的心属答案双手呈给了徐沅。徐沅一看是脸溢红光，眉呈羞色，那滋那味只有她才领略出。看到最后的几行字，徐沅知道那是心上人在考她的习医技长。《灵枢》《素问》洋洋洒洒十余万言，可载的汤药仅一味，半夏汤。半夏汤含十九味药，如果读《灵枢》是囫囵吞枣者，不易发现这半夏汤的。这十九味药是：赤小豆、半夏、蒲草根、通草、乌贼骨、茜草（茹芦）、桑炭、马脂膏、蜀椒、干姜、桂心、白术、川芎（芎藭）、熟地、泽泻、艾、韭叶、鸡醴兰（亦称鸡屎醴）、醇酒。

徐沅冰雪聪明，不仅一口气背出了《灵枢》"半夏汤"的十九味药，也将另二十一味药朗朗诵出：豆蔻、天南星、燕窝、槟榔、红娘子、常山、滑石、使君子、麦冬、生地、黄连、重楼、防风、合欢、肉苁蓉、珍珠、青黛、玄胡(沉胡)、苍耳子、白头翁、金钗草。背完了，徐沅柳眉一挑："王杭，还有什么要考的，你尽管出，山姑我奉陪到底。"

王杭还能说什么，他不顾徐老太和徐醉夫妇在一旁，一把抱起徐沅连连旋转了几个圈才放下，徐家上下是乐不可支。

三天后，王杭、徐醉返回了西阳三不医堂，王杭拿着徐沅写的诗文和自己的心属答案，往王叔和的案台上轻轻一放，掉头就走。王叔和正在琢磨《艾经》的承上启下，对儿子的突然之举有些莫名其妙，闪目一看纸上的文字，心里明白了，儿子找到了媳妇。拿起两张纸就去找韩娣，夫妻俩的那种高兴史无前例。

451

从徐沉写的那十六句诗文以及那娟秀之体的书法看，儿子相中的女孩既懂医懂药更懂理，因为有其女先有其父，徐醉的为人王叔和岂有不知。如今好友成了亲家，真是锦上添花。

王杭的婚期定在了八月十五。合家上下忙得不亦乐乎，最最高兴的是韩娣。这天夜里，王叔和等韩娣忙空了，笑着说："劳婆，你要悠着点知道吗？因为喜事太多了，别喜糊了头。"

韩娣假装一本正经："啥喜事太多了，不就是杭儿结婚吗？若要是杶儿在身边一接两个，那才叫双喜临门。劳公，那天蕲春的梅师父说三个月就把杶儿给送回来，快三年了都不见个人影，真是的。"

"那是你听错了，劳婆。梅师父是说，三个月内杶儿不咋的，他才给送回。这都快三年没回，说明杶儿深得师父喜爱。不过呀，你放心，王杭结婚一定是双喜临门。"

"王杭结婚，双喜临门？你是说杭儿的媳妇有了？"

"你看你看，太心急了不是？徐沉她门都未过，你就想抱孙子。劳公呀，是想让无语姑娘的喜事与王杭同一天办。"

"无语姑娘办喜事？劳公你把劳婆真的说糊涂了。无语姑娘给谁办呀，让杭儿一结两个？"

韩娣的认真把王叔和笑得前仰后合。他告诉韩娣，自那次与王杭谈话后，他就开始关注仇无语了，不知不觉地发现无语姑娘与徐醉的弟子仇石头交往甚密，半年后王叔和与徐醉找仇石头谈心，仇石头把他与仇无语自养孤苑就十分要好，到三不医堂后二人仍心心相印，表示要不离不弃的事都说了。到了该男婚女嫁的年龄，徐醉说可以让仇石头把喜事办了。可王叔和不同意，劝仇石头耐心等等，他表示一定会把仇姑娘的婚事办得风风光光的。王叔和的担心是王杭还没找着可心之人，若让仇姑娘先行结婚会触动韩娣的盼儿媳神经，对韩娣的身体不利。

韩娣听完丈夫的苦心安排，是泪流满面，搂着王叔和的脖子泣不成声："劳公，你真好，真体贴劳婆，咱下辈子还做你的劳婆。"

古人云：昭事必诚，方是追远报本；致斋以敬，唯其忍性动心。这两句话用在王叔和的身上恰如其分。几十年如一日，王叔和把存上等心，想下等福；在高处立，向阔处行，作为恪守不怠的行为准则，再艰再难再复再繁的事皆化腐朽为神奇。人们常说，天有耳目人不知，人有善恶天亦知。王叔和的"舍得舍得，不舍不得，若得先舍，先舍先得"的理念也许真的感动了上苍。他家的好事喜事接二连三。

第二次进京的王樱风尘仆仆地带回了山涛的手书。山涛在书中告诉王叔和,《脉经》经他转呈晋武帝批准,已经交给太医院由新任太医令张苗着手勘校印刻。其二,经山涛督办,着令吏部清理前朝遗档,将前朝太医令王叔和受职留俸领双薪的档案翻了出来,照葫芦画瓢重新拟成奉章由山涛亲自上呈。在给皇帝司马炎的请奏中,山涛将王叔和与司马家族几代人的交谊巧妙地画龙点睛。司马炎听得是微微点头,祖父、父亲昔日的说教历历在目,遂大笔一挥:着令吏部按请奏执行。在山涛的授意下,新旧朝交替的两三年间拖欠未给的一并补上。有人说,这皇帝司马炎咋这么听山涛的。那叫一朝君子一朝臣。前文略叙过,司马昭加封晋王时,准备立次子司马攸为世子,是山涛冒死力劝司马昭不可立次不立长。司马炎一称帝就封山涛为大司徒。大司徒相当于今天的国务院总理,居一人之下万人之上,那说话的分量可想而知。

山涛书中言及的第三件事,是有关王楄入仕。山涛说,他曾有意将王楄留在司徒府试用观察了三个多月,认为王楄功底扎实,学养丰富,思维敏捷,可堪可造,待不日会同吏部的其他考选者一同举荐。

这么多这么好的事齐头并进,王叔和能不高兴? 他最高兴的事当然是《脉经》的刊印。他凝神闭目似乎看到了张苗等人对《脉经》勘校的废寝忘食,行医者对《脉经》的如饥似渴。

不用急,王家的好事还没完。离王杭的喜事只有两天,王叔和让王楄多费些心思把弟弟的婚事,确切地说应该是两对新人的婚事办好。这天下午,王叔和一家子正围在一起对明天喜事的准备逐项逐项过箩筛拍板时,准新娘子仇无语兴冲冲地跑进屋来,一把扯住韩娣比比画画地往外拉。

韩娣出门一看,眼睛直了,只见院子里站着两个人,其中的那个帅小伙子好生面熟。再睁目细看,天啦! 韩娣一声惊叫,那不是她朝思暮想、三年未见面的杭儿嘛。

正是王杭。那位年长者就是王杭的篾匠师父蕲春桐梓河人梅象。

一家人见面,搂搂抱抱,说说笑笑,倒把一旁的梅象给忘塌了影。史书记载:蕲人性躁,好直言,多不讳。蕲春篾匠梅象算得上蕲人性躁直言的代表,见王叔和一家只顾亲热把他晾在一边,便连咳了几声嗽说道:"王杭,你三年回家,一家子就如此乐乎,那要是十年八载回家,师父怕你的鼻子耳朵都会被娘亲啃掉啰!"

说话听声,打锣听音,王叔和这才如梦方醒:呀,倒把客人给冷落了,便连连揖礼:"对不起,对不起,师父莫怪,因次子王杭明日大婚,王杭突然回家,实在意外,这才全家失态冷落贵客,太不应该,太不应该。"

王叔和这么一说,倒也把梅象逗乐了:"哟,真是来早了不如来巧了。赶上公子大婚之喜,是王杭与他兄长有缘,也是梅某的福气,喝喜酒,喝喜酒,梅某提前恭喜，明日一醉方休。"

梅象的爽快把王叔和一家都说乐了，欢笑重新在院子里荡漾。

"王太医，正好你明日办喜事，那今天就把这事给办了。"

"梅师父，啥事？"

"蕲春人说话不拖丝带哨，梅某直言拜上。王枻在我家三年了，不用说，这个弟子是收定了。可眼下梅某不光要王枻做弟子，而是要收他做螟蛉子。"

"做螟蛉子？"

"对，做螟蛉子。而且口说无凭，得弄个约契之类。"

这事来得太突然了。儿子同意吗？韩娣答应吗？王叔和当即把王枻叫到一边："王枻，你师父说，要收你做螟蛉子，你愿意吗？"

王枻说："我是爹娘的儿子，爹娘同意儿同意。不过爹，儿子住在师父家里，师父他把王枻当儿子。儿子又长年累月不在爹娘身边，你让王枻放弃做篾匠回西阳，儿子又能做什么？儿子也真的两头为难。"

王枻把心里话都说了，王叔和不由细细地品味起王枻的话来，儿子说得在理，不可以使他两头为难。遂转身对梅象说："梅师父，弟子、螟蛉子皆是子，王枻也长年累月住在你家里，随便你怎么称呼都可以，枻儿也同意。那办约契的事就免了吧。"

梅象连连摇手，说："王太医，不办不行。实话对你说了吧，咱老梅家在蕲春为第一姓，人尽皆知，先有桐梓梅，后有蕲春县，有些家产甚为可观。可也有个规矩，无男之户，必收螟蛉方可继承，女儿、女婿皆外人无份。为王枻今后生计，没有你的约契真不行。"

梅象把话说到这个份上，王叔和沉思了一会儿说："好，叔和答应你。不过，梅老弟，俺把话说明白，签约契绝不是图你的遗产继承，而是刚才说的，让王枻在蕲春便于昂头阔胸做人。"

梅象一把拉住王叔和的手："王太医，不，亲家，梅象相信，梅象相信，你绝不是那种贪图便宜的人。"

此事一定，王叔和速将王楒、王杭、王枻召在一起，严厉嘱咐三兄弟万不可把王枻做螟蛉的事告诉母亲。王楒说："为什么呀，父亲，这大的事你没给母亲说吗？"王杭也说："爹，娘亲不同意，你干吗同意呀？王枻，是你坚决要给师父做儿子？"

王枻说："哥，你可别冤枉我啦！你问爹，我说得十分清楚，我是爹娘的儿子，爹娘愿意我同意，是不是爹？"

王楒说："父亲，你若为难，儿子去找梅师父说，反正……"

王叔和挥手止住王楒："你们都别说了，爹心里有数。枻儿师父打老远来催着办这事一定是有原因的，与人方便与己方便，你们母亲也十分的通情达理，也一定会同意的。只是眼下她的身子骨顶不住，所以先瞒一瞒。"

王叔和无愧于太医，他对韩娣的预测丝毫毕现。王杭大婚后的第六天，韩娣就病倒了。王叔和针灸、药并举才使她转危为安。第八天一大早，梅象就催着王杬准备动身回蕲春。王叔和将梅象拉进偏屋低声说道："梅亲家，叔和有一事相求，不知可否？"

梅象快人快语："说吧，说吧亲家，只要梅象办得到的。"

王叔和说："俺想让亲家先一人返蕲春，让王杬在家多住些时日，以尽孝道。"

梅象瞪大眼睛说："亲家，这是何意，岂说出这种话？"

"不瞒亲家，杬儿他娘，大限已到，少则三个月，多则半年，必去也。"

"你是太医、神医呀，未必也治不了？"

王叔和说："生与死乃大千世界不二法门。生命，生命，生之于父母，死之于天地。生命终结，没有谁能左右，纵然有神仙也难以匡扶不死，更何况叔和一介凡夫俗子。"

叔和之语通情达理，带着对亲家王叔和的钦敬之心，梅象独身离开了西阳返回蕲春。

王杬婚后的第五个月，已是春生万物之季。春传好消息，弋阳郡快马送来朝廷的诏书，王楒以孝勤入仕即日赴京上任。接到诏书王楒激动得一宿未眠。第二天，王楒与父亲商量准备进京之事。王叔和说："楒儿，能步入仕途，是山涛司徒大人的力鼎之功。入仕后要勤于政务，体恤于民，恪规守纪，视金玉如泥。圣人曰'吾日三省吾身'，万不可为人谋而不忠，与友交而不信。当以国事为家事。为父打算，你母亲大限，也不与你知，省得三番五次，耗费时间、程费……"

"什么，父亲，你适才说什么？说母亲大限也不与儿知？"王楒急忙打断父亲的话问道。王叔和点了点头："为父算你母亲过不了一两个月，当大限必至。楒儿你想想看，才进京月余就要往回赶，岂不折腾乎？自古君子，忠孝难两全。不与你知当为上策。"

"父亲，儿子不做官了。"王楒脚一跺，脸红脖子粗地说，"父亲，儿虽不才，尚知道，孝乃德之本，德之始，孝含全德，孝大于一切。为了入仕当官，居然连母亲的孝至也不要，这样的官有悖人伦，有悖常理，楒儿宁肯不要，也决不弃孝道！"

"王楒，这你可想好了，入朝仕君，多少人梦寐以求亦无此等机遇。过了这趟路，就恐难有下次机会。听为父的莫错，明日还是启程赴京吧！"

岳父童禅也劝道："王楒，这入仕之途可是万金难求呀！你父亲为了你手上的一纸诏书可是花了不少脑汁的。古人说，以喜冲忧，你进京入仕，也许大喜会冲掉你母亲的晦运。"

王叔和也顺着童禅的话茬说："对，对，你岳父大人言之有理，喜可冲晦。再者退一万步，母有不测，为父一定让你知道行不行，别使性子，明日启程，让你娘亲高兴高兴！"

"不，儿弃官之心已决，恕难从命！"王槐说完拂袖而去。

王叔和与王槐的谈话当然是瞒着韩娣的。此时的韩娣倒沉浸在另一种欢乐中。

这天中午，孙子王昉，也就是王槐的儿子举儿气喘喘地冲进屋，进门就喊："奶奶，奶奶，快去看呀，二婶子吐啦，吐啦，吐得不得了，说是把苦胆吐出来了。"

韩娣随孙儿赶到屋后的林子里，只见徐沅披头散发，脸色煞白煞白，地下一摊秽物。

"醴兰，怎么啦，病了是吧？这个王杭，媳妇病了也不管，还当什么郎中。"

"娘，别怪王杭。"徐沅一边抹了抹嘴上的残物一边低声道，"醴兰没病，是怀上了。"

"嗨，怀上了？有几个月了？"

"两个多月，原来也没啥，就自昨日开始，一沾东西就吐，特别是肉味，一闻那味就忍不住。娘，你是知道的，醴兰嘴馋，好吃你做的五花肉蒸干菜。这不，午膳才吃了两口就受不了，让王昉给瞧见了。王昉，你过来。"徐沅用手指在王昉鼻子上轻刮了一下，"小家伙，你嘴真快，眨眼就把奶奶给拽来了，婶子不是叮嘱你别让奶奶知晓吗？"

韩娣爱怜地抚着徐沅衣上的褶子说："醴兰，这是王家天大的事，咋不让娘知道？举儿这信报得及时，等会儿奶奶赏你一把土神果。走，回屋去。"

徐沅怀孕的消息传开后，王家喜气盈堂，一个个笑逐颜开。最乐最忙的是韩娣。她忙乎什么呢？韩娣听徐沅说，最贪馋她的五花肉蒸干菜，可是一沾那肉味就呕吐，这些天就天天思谋着怎么让那肉除掉味。东鼓捣西鼓捣，十岁就做饭烧菜的韩娣还真的又弄出了一道菜。她将五花肉剁成肉泥，拌上干菜、香菇和青蒿一起碾细，再用面筋糅合成团，蒸熟切成薄片，名曰肉蒿。也许是徐沅的妊娠反应期已过，也许是这种做法真的可去除肉味，再吃这带肉的薄片，徐沅再也不呕吐了。全家人大喜过望，晚上围成一团，夸赞韩娣做肉蒿的手艺。王杭说："娘，你是咋想到把肉做成这种菜的？"

韩娣笑了笑指着王叔和说："这可是你爹说的，只有想不到的事，没有做不到的事。"

王昉说："奶奶，你咋会想出这好听的名儿？肉蒿，肉蒿，名儿好，爷爷你

456

说是不？"

王叔和抚摸着王昉的头说："你奶奶呀，不光做的肉蒿好吃，这肉蒿的名也可有说辞的。他奶奶，别卖关子了，给他们说说。"

韩娣说："肉蒿中的青蒿香味最能去除鱼腥肉膻，肉加青蒿做成的当然叫肉蒿。还有我特喜欢'蒿'字下面的那个'高'字，高升高升，高尚高尚，听你参说呀，都是好词，咱就图个吉利不是。"

正在用篾条给王昉编老虎的王枇放下手中的活，插话道："娘，你就干脆叫肉高多好。"

韩娣一本正经地说："那可不行，这高字上的草可不能去。咱老王家是开医堂的，药草、草药，离了这草就没有老王家的……叫什么来着？"

"独一无二。"王昉脱口而出。

"不对，不对，不是这句词儿。"

"独特之色。"

"对，对，对，还是醴兰懂娘的心思，那'高'上之草就是咱老王家的独特之色。"

韩娣说完，全家开怀大笑，欢乐之语直至转点时方渐息。

第二天一早，王楒手持纸书对王叔和说："父亲，儿在山叔府里看到，凡皇上下擢升、入仕之诏的，当要写《谢上表》，凡因故不应诏的要写《谢恩辞呈》，儿写了《谢恩辞呈》，请过目。"

晋皇陛下：

举擢新仕王楒叩谢陛下隆恩。

楒，久居穷乡陋地，虽幼小习儒，然才疏学浅，仅米盐博辩也。蒙圣恩浩荡，握发吐哺，赐楒孝勤入仕。楒，殷忧雕虫小技，难报皇恩。故请辞，暂滞入仕，待深学厚博，先声后实再仕圣君。

　　　　　　　　　　　　　　　　　　王楒叩首再谢于西阳

第六十一章

《脉经》刊行　名垂千古史
座椅坠地　神遁药王山

王叔和对《谢恩辞呈》看了几看，道："王穗，这《谢恩辞呈》还算不错。但依为父看，此呈暂缓上呈为好。"

"那是为何？请父亲示儿。"

"等不了多久，儿必有大孝，待那时用《奉孝谢表》岂不更好。"

"父亲，你是说母亲危矣？昨晚，母亲谈笑风生，弘言阔语，康健得很，怎么……"

王叔和示意王穗不要出声，叹了声气："儿呀，为父事医六十余载，与你母亲同呼共吸三十余年，当不知她的大限何时？自前年始，她的身体就每况愈下，前几日，她晕倒过。为父捺其脉，乃伐脉也。"

"伐脉？伐脉怎讲？"

"《灵枢》曰：热病，七日八日，脉微小，病者溲血，口中干，一日半而死，脉伐者，一日死。为父认为，伐脉，来数终止，不能自还，因而复动，脉结则生，伐者死。你母亲多次溲血，因担心你们兄弟，才未告知。为父这段日子给她用了上上方，否则她过不了这多时日。"

"父亲，儿子还是不明白……"

"你是说，这几天她异常亢奋，甚为康健吧？那叫回光返照。是因为你弟媳怀孕的消息调动了她骨子里的所有元阳之气，一旦气消，就会轰然倒下油干灯熄，神仙也无回天之力。"

父子俩正说这话，王杭急急进屋，手持丧帖："爹，正好哥也在这儿，你歧亭岳丈岳母昨晚相隔仅一个时辰，二老先后辞世。送帖的尚在外候着。"

王叔和战兢兢地举起丧帖，面向歧亭方向拜了几拜，老泪纵横地对王穗说道："儿呀，节哀吧！岳丈二老，同日归天，老寿善终乃福者也！"

……

人生天地间，寿命皆有限。

王穗侍奉完岳父岳母丧事的第三天夜里，韩娣拉着王叔和的手，枯目溢笑，声如蚊唱："劳公，下、下……下辈子，还做……做你……你的劳、劳……婆……"

韩娣的丧事办得很特别，开西阳人丧葬之先河。倒不是奢侈厚葬，而是王叔和让三个儿子将头发全部剪下，置于韩娣棺木之中，让西阳人大开眼界。王叔和之所以这样做，倒不是新开古洞、心血来潮，而是依古制而行。

《礼记·礼制》载："发之于母，甲之于父也。"周朝的丧制规定，诸侯百官，其母去世，儿子当将头发剪下置于母棺之内。父亲去世，儿必须将手、脚上的指甲剪尽置于父亲棺材内。到东汉末，战乱频发，瘟疫流行，这项丧制基本废弃。如今，爱妻离别，王叔和悲伤之余，记起了前朝礼制，便复礼制而行。

母亲下葬后，王杶依山取材，砍下一批竹子，在其坟旁制了一间简陋而别致的竹房，兄弟仨依照西阳的乡规，给母亲在坟前守了七七四十九个日夜，民俗称之为足七孝。

这期间，王叔和也没闲着，代王樬写了《奉孝谢表》，又给山涛去了一札书，诉说王樬半月之内，遇岳父、岳母、母亲三重大孝，故不能奉诏到任，请山涛代为请奏以释罾指。兹事体大，得请弋阳郡快马驰报洛阳为好。王叔和正思忖着唤人到弋阳，庞夫上气不接下气地闯进屋来："师父，快、快，弋阳郡唐禾郡守已经到了三不医堂。"

"唐郡守到了三不医堂？"

"对，是专程来送匾的。"

赶到三不医堂，王叔和连连揖礼："不知郡守大人驾临，有失远迎，请大人宽宥海涵。"

唐禾春风满面，挥手而道："哎哟王太医，什么宽宥海涵，唐某是奉陛下圣意代为褒奖王太医来的。你看，这是唐禾奉圣诏所书之额。唐某之书虽糙潦拙笨，但意蕴诣昆，彰显的是皇上的圣恩。"

只见那匾额黑底金字，上书四个镏金大字：太医药王。

史载，唐禾乃西晋著名书法家之一，其书法效东汉末书法大家蔡邕、韦诞，势若鸾翔凤翥，时人呼之唐金钩、唐邕诞。唐禾告知王叔和，那次弋阳百日大旱后又遭连雨，疫情四起。弋阳郡按王叔和的事先筹谋，用王叔和送去的药草防之在先，备之在前，其他地方疾疫蔓延，死人无数，而疫至弋阳消。晋武帝闻报，亲诏唐禾至洛阳又是升又是赏金。唐禾亦不敢贪功，把王叔和的谋划送药在先之事如实奏知。晋武帝即赏王叔和金百锭，并口谕唐禾代书"太医药王"之额以褒赞。

闻知是晋皇圣恩，王叔和当即跪倒磕头谢恩。待王叔和与弟子将"太医药王"额匾竖之于三不医堂之正堂，唐禾引出夫人与王叔和见面。

王叔和见唐夫人一副恹恹之态，遂问道："唐大人，夫人贵体似有微不适？"

459

唐禾竖起拇指赞道："王太医真无愧太医药王。察色当判，切断疾患，扁鹊重生也。贱内这几日确有不适，故随之请太医解悬。"

王叔和给唐夫人捺了脉，看了舌苔、眼睑，问了食欲二便后说道："夫人乃毒侵脾肾，可食大补之物否？"

唐禾惊呆了，随口而出："怎么，人参补品也至毒乎？"

"《素问》云：生病起于过用，此为常也。人参虽是大补之物，过之即毒，且甚于毒。又云：饮食自倍，肠胃乃伤。"

"几日前，妾身兄长自辽东老家来带了一支老参，为百年之参。妾煨之以补夫君，夫君疼妾仅食微许，让妾身尽服。没想到一日后便头晕目眩，浑身乏力，大便溏泄，舌燥口干，郡医以气虚再补，便日益加重。"

唐禾急切问道："体虚亦补，今过之咋办？莫非以泻除过？"

王叔和说："大人不必惊忧，参毒除之易如反掌。莱菔子（萝卜籽）微炒煎汤可除也。"

王叔和让万全煎好萝卜籽汤，唐夫人连服了两天，神清气爽，恢复如常。唐禾夫妻俩是千恩万谢。临行前，王叔和将百锭赏金交付给唐禾，说："唐大人，叔和再托大人将这百金交给养孤苑仇寨主，仍是那句赘言，万不可言及是叔和之物，以郡助之名，仇姑不会推辞。还有，长子王棍三孝在身，忤诏未至京城。他的《奉孝谢表》和叔和致山司徒的书札，烦大人用特急马探驰报，叔和感激不尽。"

唐禾看了王棍的《奉孝谢表》连声赞呼："王棍宁奉孝不入仕，真孝廉也。太医放心，唐禾不仅速速驰报，还当写举荐王棍书，一同报与皇上。"

人情与世故，最难得是分寸；做人与做事，最难的是真诚。依愚短见，王叔和不将皇帝所赏百金给养孤苑，唐禾未必不急速驰报，也未必不写举荐书。送就送呗，还不用自己之名，做善事不留名真的很难得。这就是王叔和恪守的分寸与真诚：心术不可得罪于天地，言行要留好样与儿孙。

母亲的足七已过，王杶告别父亲和兄长等家人，赶往蕲春桐梓河梅家。王杬到三不堂坐堂，王棍仍然到文化书苑执教，王家的生活亦恢复了正常。王叔和一门心思赶写《艾经》，不足半年光景，《艾经》基本进入尾声，王棍怕父亲过于劳神于身体不利，便劝王叔和："父亲，你当休息休息，棍儿记得你好多时日没到白杲宫看毛叔，毛叔也未下山看你。儿陪你到白杲宫与毛叔侃侃天如何？"

王叔和想了想，王棍的话有道理，到白杲宫住上几天，顺带上《艾经》让毛瑄挑挑刺，老兄的眼光亮堂得很。再者，毛瑄已年至七十九，人老了特别怀旧在乎友情。遂点头同意了儿子的主意。

第二天，父子俩收拾好一应物品出了门。可刚走出半里地，白杲宫的门房曾富手持丧帖迎面而来。看着"慈严殡天"的黑底白字，王叔和心头一颤，不想脚底失衡向前一滑，重心后倾，仰面朝天倒在地下，使十几年前左臂旧伤复发。

见父亲痛苦得难以动弹，王楒说："父亲，你的旧伤摔动了，瑄伯的丧事儿代你去奠拜，你回家好好歇息，让庞夫大哥给你复诊。"

闻讯赶来的庞夫、万全亦都劝王叔和不要上白杲宫吊唁。王叔和忍着疼痛说："没有你们的毛瑄伯，俺早死了几十年。你们都别说了，这白杲宫俺爬也得爬上去。尔等若要关心师父，赶快找人用山椅把俺抬上白杲宫。"

身着斩衰之服的毛伋告诉王叔和："父亲自那天韩娣姨丧事回家后，就卧床不起，自行用药、灸治。我们要下山找王叔给他治病，父亲坚辞不让，说：生寄死归，弹指瞬间，视若等闲，他当知足矣。七十又九，亦当该走，大限之至，你叔和叔来了也拉不回来的，何须劳辛于他。等爹走了你再给叔吱一声，让爹听听他的肺腑之叨……"

凝视着白杲宫的里里外外，倾听着宫外的阵阵松涛，当年中暑西阳地，被毛瑄救于宫内，躺在宫廊风口处几天几夜才死里逃生的景象，在王叔和的脑海里须臾跃出。坐在毛瑄的棺椁旁，王叔和须眉泪涌，抚棺痛哭："兄台啊兄台，巧缘四十载，此诀何日再？死生与兄共，兄去独孤叹！《脉经》若兄魂，魂在兄不在。指日待刊行，当与冢前散……"

毛瑄的棺椁下葬后，王叔和独坐坟前闭目凝神了半个时辰，在王楒、毛伋的苦劝下，方依依不舍地下了山。

自白杲宫回家后，王叔和很快忘掉了一切悲痛，复伤的旧疾也很快愈痊，对《艾经》进行了再次审读，认为有些地方不尽如人意，见时近五月，便决意到蕲春走一趟，对蕲艾再做深究，亦打算顺便去看看儿子王杬。王楒、王杬兄弟还有一应弟子皆极力劝阻，毕竟他已过七十五岁了。就在王叔和拘束未定时，两桩大喜事使他不得不毅然放弃蕲春之行。头桩喜事是王杬又喜得贵子。第二桩喜事是弋阳快马送来了朝廷追诏，经山涛和唐禾郡守的双重举荐，晋武帝诏王楒入散骑常侍卿，任校对。

晋朝的散骑常侍卿，类似今天的国务院办公厅处，专门处理档案。校对一职虽只有七品之衔，可毕竟是京官且又在朝廷的核心机关，对初入仕者那可是打着探照灯也难找的美差。

两汉到三国至两晋，朝廷的官员待遇最好，七品以上京官可携家带口迁至京都，住宅用物皆由朝廷供给。

王楒动身前千叮咛万嘱托兄弟王杬要好生照料父亲，又拉着老父亲的手万语千言汇成一句话："父亲保重，父亲保重！"

王槵儿子王昉、女儿王轩、妻子童鸾一家四口去了京城，杏邑居似乎安静了许多。王叔和想着很有一段时间没有到三不堂坐堂，当去坐几天，以释胸臆。王叔和坐堂不到半个时辰，两位大汉"呼哧呼哧"抬进一位病妇。病妇丈夫见了王叔和就跪地磕头，诉说妻子自那天午间在溪涧喝水后，猛然发现两条水蛭在眼前游动，当即心疑她捧喝的溪水中有水蛭入喉。过了两天，妻子顿觉喉中有异物，欲吐不出，咽不下，自此四处求医，弄得人憔悴不堪，夜寝难眠，到处求诊，吃药无数，均无效果。王叔和给那妇人诊脉时，亲家徐醉悄悄至王叔和耳边，低声说道："亲家，几年前，我至三河口游诊时，给她看过，疑其有精神惧恐，此病神病也。先用茯苓四逆汤加减无效，又换酸枣仁汤亦无效。亲家去上党时，此妇亦到过三不医堂，她丈夫直呼要王太医把脉，闻知你去上党，遂不与人言，令人抬着就走了。"

王叔和给那妇人把完脉后，细细问了前因后果，心中有数但迟迟不开方。妇人丈夫也是个急性子，连声问道："王太医，都言你是神医，我内人之病神医可治好否？"

王叔和说："治好不难，只怕你出不起昂贵之药资。"

"只要神医能治好，再贵之资我也得出。说吧，所需药资多少？"

"药资三锭金。"

"什么，要三锭金？"妇人丈夫眼睛瞪得比杏子大。

那病妇也惊愕地抬起头来："王太医，要三锭金的药资？还不知能否治好？那就不治了吧，咱们回去。"

王叔和扬手示意，说："二位莫急，俺还没有把话说完。这三锭金也不要你们先掏出来，只须先签个约契。倘若你服了俺开的药，没治好，三锭金必收。治好了分文不取，只给俺王叔和传个名就行。"

那妇人一听，声音亮了许多："吃了药治不好，我还要出三锭金？治好了，反而不收分文？王太医，这是真的，还是你给我夫妇说笑话？"王叔和说："口说无凭，立契为证。因俺这药特别得很，俺不这样做就治不好你的病。怎么样，你敢签约契吗？"

那妇人牙一咬："咱签。"

签了约，画了押，王叔和带着那病妇两口子来到一溪涧边，指着那潺潺溪水中的鹅卵石对病妇说："这水中石三块，拳头大小，由你指定，俺取之回家煮汤，日服三次即可。"

那妇人感到这事特别新鲜，当即指了三个，王叔和让那妇人丈夫捞出后，回三不堂烧起泥钵煮至三五沸，冷却后亲自端给那妇人喝下。晚上，又让那妇人将三块石头放入榻上，目不转睛地看着石头直至睡着。

第二天、第三天王叔和带着妇人换了两条溪，用同样的办法，每处取石三个，煮而饮之，望石睡之。三天一过，王叔和再让妇人咽口水吃硬食物，那妇人欢天喜地般叫了起来："我病好啦，我病好啦！王太医真神医也！"

那对夫妻万谢千恩地走后，徐醉、王杭还有三不医堂的弟子们将王叔和围了起来，异口同声要听煮石治病的真谛何在。

王叔和见推辞不掉，只好娓娓道来。笔者为了节省笔墨，用现今顺口溜把王叔和所讲其奥归纳成八句话：

最难辨识心神症，喜怒忧思悲恐惊。

溪水入喉疑蛭入，选石煮石祛病根。

药物难治心头患，奇谈怪论分其心。

心病心医开郁结，病愈不收三锭金。

人生术业三百六十行，行行人必需，行行出状元。术业有专攻，闻道有先后，选择比努力更重要。愚以为，三百六十行，上上之行，一曰教师教书匠，传道授业，解惑去愚，以文化天下。二曰医生白衣天使，古称岐黄，百业中，唯医者雅称最多：神农本草、仁术道场、悬壶济世、素问灵章、杏林春暖、橘井流香、祛疾除痛、救死扶伤。二者较之，仁医乃上上之上。因为人世间最最珍贵的东西是人之生命；普天下最最神圣的职业是医生。《黄帝内经·灵兰秘典论》云：医乃精光之道，大圣之业。愚以为当年的王叔和亦为自己选择仁医术业最为自豪。何以为证？生活嗜好可管中窥豹。王叔和平时滴酒不沾，每当攻克了疑难顽患，奇葩怪症，必当小酌几盅，以示收获。

给弟子及徐醉他们讲完了煮石治顽的所行所悟后，王叔和吩咐王杭："王杭，去告知曾姨一声，备些下酒菜晚上爹要与你岳丈喝几盅。"

这曾姨是谁？那是两年前，王杭到九龙头出诊，发现昏倒在路边的一中年妇女。救醒后，那中年妇女自称家境贫寒外出乞讨三天没讨着，饿晕了。王杭见她支支吾吾说不出家在何方，遂带回家住在杏邑居。那妇人也甚灵巧，见醴兰的儿子才两岁多，又挺着个肚子忙里忙外，便主动承担起王家的家务事，不论脏活累活，见事就做，且心灵手巧，处事周到，王家上下皆对她信任有加，王杭夫妇称她为曾姨，王叔和喊他大妹子声叫声应，尽管叔和有时提及她的家事，问她是否想家，那曾氏就缄口不语，眼噙泪花似有难言之隐。时间一长，一家人就不提这事，那妇人仿佛就是王家一员，里里外外忙得乐乎。这天晚上，王叔和高兴与亲家徐醉多喝了几盅，全家人都休息了，二位亲家还坐在院子中谈兴正浓。正是九月望日，月满如盘，皎洁的月光洒在院子里，给人一种温馨之醉。徐醉今晚比叔和多喝了两三盅。人似醉非醉时，说话无所顾忌。徐醉说："亲家，今晚上就哥俩儿，愚弟有几句肺腑之言，不知可听否？"

王叔和说："亲家，你不必客气，有话就说，叔和洗耳恭听。"

"真的，那醉就说了。不过先声明一句，绝不是醉话，是真心话，掏心窝子话。"

"好，好，好，掏心窝话快点说。"

徐醉打了一个饱嗝，说："亲家母过世都三年多了，亲家一个人不用说孤单独影。这曾家老妹子到家也有两年多了，兄弟老瞧着你们俩挺般配。醉思谋了好长时间，明日我去找老妹子把话挑明了，兄长你是不是又要请我喝酒，喝喜酒对不？"

王叔和先是洗耳恭听，朦朦胧胧的，随着徐醉的声气，哼哼哈哈的，嘴里喃喃呢呢地："好，好，好。"

"真的，亲家你同意了？适才我心里还犯嘀咕担心你不同意，这喜酒喝定了。"

王叔和似乎听明白了，"呼"的一下站了起来："亲家，你刚才说什么？喜酒喝定了？"

"是呀，你连说了三个好，当然是喜酒喝定了。"

"啥子喜酒？"

"亲家与曾老妹子的合卺喜酒。"

"徐亲家，看你把话扯到哪里去了，这曾大妹子，你以为是普通人家的妇人？叔和告诉你，她不仅是大家之妇，还熟悉岐黄。叔和这些天思忖着帮她找家，让她全家团聚，还亏你动这歪心思。"

王叔和这么一说，把徐醉也说清醒了许多，揉着惺忪的醉眼问："她熟悉岐黄，亲家咋晓得？"

王叔和从袍肘里摸出一叠纸："你看看这个就知道了。"

那十几张纸上写有娟秀之字，什么神农、杏林、悬壶、橘井、岐黄、脉动、阴阳、金、木、水、火、土等。

叔和说："这些天听醴兰说，曾姨有空给王旼背诗，教旼儿识字。普通之妇能知道这些吗？咱老头子问她不方便，俺已让醴兰叫上汪桃、来香几个好好开导开导，让她讲出真情送她与家人团聚。看你净胡扯乱侃，喝喜酒。你呀亲家，你喝高了。刚才的胡言乱语就此打住，可别传出去，省得那些后生笑掉大牙的。"

王叔和的预判还真的准，经醴兰还有庞夫、万全的媳妇汪桃、来香几个人的反复劝导，曾氏女在一番痛哭过后，说出了实情。她丈夫姓焦，京城太医院太医，父亲也是太医院太医。两年前，她随丈夫到弋阳走亲戚，元宵节在弋阳城走丢了。她不知所措，瞎找乱撞闯到西阳，又累又饿，便倒在路边人事不省。

王杭将她带回杏邑居,她方知道是太医院前太医令王叔和的家,就更不敢暴露身世。为什么?要顾面子呗。她怕说出来一丢自己的脸面,二给丈夫、父亲脸上抹黑。王家一家子待她胜似亲人,她也不算委屈,便安心暂住,等待时机。

王叔和当即给弋阳郡守修了封书,给曾氏封足了路费,派人将她送到弋阳郡交给了唐禾郡守……

孔夫子曰:光阴可惜,譬诸逝水。淮南王刘安对光阴的金贵和无情形容得更入木三分:时间是没有声音的锉刀。转瞬之间,日历翻到了公元277年,王叔和七十七岁了。新春刚过,弋阳郡使送来快报,散骑常侍卿校对王楒擢升为秘书丞,成了五品大员。这小子还真行。王叔和当然心里清楚这是山涛山司徒这棵大树的福荫啊,便给王楒修了一封书,无非是勉励他要脚踏实地地循序渐进,万不可循名不实,得意忘形,给山司徒大人丢人现眼。写到最后,王叔和笔锋一转:楒儿,海与山争水,海必得之。先哲有云:钟鼓虚,故受考,笙竽虚,故成音。人不博览者,不闻古今,不见事类,不知然后犹目盲、耳聋、鼻痛者。朝有所闻,夕则习乏行之、改之、善思之,方不惑也、久长也、永固也。《脉经》刊刻,隙间可置心以视窥瞀弄笔之拙速告,以贴黄再正。

王叔和信中要儿子有空余时间要去过问《脉经》的刊刻,如果发现了错误速速告诉他,以便他及时改正。这实际上是一种变相责问之词:王楒,老子的《脉经》刊刻得怎么样了,你怎么也不告诉我一声呢?也足以可见王叔和对《脉经》刊刻十分牵心挂怀。能不牵挂吗?年纪不饶人呀,毕竟七十七岁,花费了大半辈子心血之作还遥遥无期,换上任何人也会是这样的。

王叔和给王楒的这封信估摸着还没到洛阳城,山涛的一封十万火急之书由京都快马直送至王叔和手中,折封细看,王叔和呆若木鸡,半晌说不出话来。沉默了片刻左右,他啥也没说,开始循循有序地收拾行李包裹。王杭晚上回家,发现父亲有些不对劲,遂问道:"爹,你要出门,到哪儿去呀?"

王叔和低声说道:"俺要到京都送《脉经》书稿。"

"什么,爹到京师送书稿?上次山涛大人信中说《脉经》不是快刊刻完了吗?还送什么书稿?"

王叔和没有吭声,依旧翻检手中的《脉经》书稿。

"爹,到底是为了什么?你快说呀,真急死我们啦!"

见王杭夫妇俩焦急不堪,王叔和才将山涛的急书递给了王杭。

太医叔和大兄台鉴:

大论《脉经》刊刻已毕,尚待订校,《艾经》亦入阁待刻。殊料天祸难测,午月甲申日午夜,京都内城突发燎火,殃及雍毓宫内苑刊刻阁,祝融暴虐二昼三夜,内苑砖木尽毁,寸瓦无存,死人百余。二经俱焚,涛,痛心疾首。然,亡羊补牢，未为迟也。椤言，兄之书稿亦有备存，乃苍天有眼，岐神助也。望兄接书急送备存至京，涛当竭力补分多处重刊，使二经早日泽世祉民乎。

山涛急候，恕不另催。

山巨源乞拜再拜于京都

王杬看完，毫不犹豫地说："爹，你年事已高，行亦迟缓，此事万分火急，分秒勿延，王杬当代父进京送备存。"

王叔和没有说话，继续整理着东西，意欲坚持自己送。

王杬磕地而跪："时间紧急，爹若仍持己见，王杬长跪不起。"

一旁的徐沅也双膝着地："爹，你就依了王杬吧！"

王叔和说："你们这是干吗呀？快快起来，起来呀！"

"不让王杬进京，跪死不起！"

"好，好，爹依你，你与庞夫同去。"

当天夜里，王杬就去找来庞夫做好一应准备，第二天一早，二人骑快马飞驰洛阳。

心如潭水静无风，矢志岐黄自从容。

王叔和又开始重写《艾经》了。因《艾经》没有备存，那次王椤进京走得急，来不及抄备就带走了《艾经》。这就是王叔和，大其心容天下之物、虚其心受天下之善、平其心论天下之事、定其心应天下之变的胸襟。

不到一个月，王杬、庞夫就返回了西阳，带回山大人的回书。书中说，《脉经》已分卷交三处刊刻阁急刻，一年半载刊行在望。山涛书尾之语情浓意蕴，语重心长：叔和兄，岁月较真儿不饶人，术业自有后来者。太医高龄，颐养为重。《艾经》无备存，切勿悔肠怨己，操之以急，依涛拙见，能撰则撰。世间万物万事，勿尽勿穷，昔往达今，有前贤当有后学，岂兄一人耳……

山涛大人的劝导还真的成了谶语。

文化书苑一年一度的秋分开苑那天，王叔和被一群山娃儿围在书苑院子里问七问八，叽叽喳喳，乐不可支。突然间，铺天盖地的龙卷风呼啸而来，孩子们大呼小叫哭成一团。王叔和急急呼唤他们进屋。年纪小些的仇无语之子和来香的女儿被怪风旋至院子旁的大枫树下惊哭不已。王叔和好不容易冲到二人身前，枫树似真的疯了，一枝被旋风折断的粗大树杈"轰"的一声塌了下来，将护住两个孩子的王叔和砸成了重伤。在榻上躺卧了大半年，王叔和顽强地站了起来，但离开了双拐仍寸步难行。王叔和突然丢掉拐杖，恢复正常出乎所有人的意外，亦印证了大惊大喜胜神医之说。

公元279年，王杬回到了西阳，且不是一个而是一家三口：妻子、儿子。王杬一进门见父亲拄着双拐，大惊失色："爹，你怎么啦？梅蕊，快来拜见爹。

王梅儿，这是爷爷，快给爷爷磕头。"

"儿媳梅蕊拜见爹爹。"

"孙儿王梅儿给爷爷磕头。"王梅儿说完，"咚咚咚"地连磕了三个响头。

王叔和喜泪盈眶，要去抱王梅儿，可腋下的两根拐杖撑着，连伸了两次都没有够着地下的王梅儿，猛然间双拐一丢，王叔和居然弯身将孙子扶了起来，抚摸着孙子的头，王叔和笑容可掬："王梅儿，这名字好，是姥爷给取的吧？"

王梅儿点了点头："姥爷说这是小名，大名留给爷爷取。"

"好，好，等会儿爷爷给你取名。爷爷问你，是你的蕲春好，还是爷爷西阳好哇？"

"爹，王梅儿是在豫章出生长大的，他不知晓蕲春在哪里。"

"什么，你们咋会在豫章？"

王杶说："四年前，儿随义父到豫章接收了一处五百多亩的庄园和店铺等遗产，全家在豫章落籍。"

"真的！"王叔和激动不已，情不自禁地迈开了腿去拉王梅儿。一旁的王杶高兴得直拍巴掌："爹，爹，你丢开拐杖走路啦！"

王杶回家所做的第一件事，是将杏邑居进行了一次大修缮，并在院子里用竹子修筑了一间竹亭，取名杶竹阁。第二件事是用纯竹子精雕细刻了一间小巧玲珑的竹屋。小竹屋飞檐翘角、门牖齐全。竹屋内厨之所用的锅钵瓢盆和席枕垫褥等榻卧之物，应有尽有，一应俱全。竹屋雕成后，置入杶竹阁，甚为壮观，成了王叔和每天必赏玩一番之乐事。消息传开后，前来参观的西阳人络绎不绝。这天是农历五月端阳，来杶竹阁参观的乡亲越来越多，王叔和一个个热情接待，细细诉说。正在介绍中，突然有一老妇双目定视，轰然倒地，倒地后，白眼珠子不停地往上翻，四肢不断抽搐。这要是换上别人，那可是庙背后起火——慌了神。在王叔和家里，是众人惊慌他不慌。一搭脉象，王叔和断老妇为中毒，忙让家人熬一碗浓浓的绿豆汤，灌下之后，老妇人很快哼哼哈哈地醒过来了。一询问，原来老妪是西阳元宝山的巫婆。再一问，老妪不好意思地说出她出门前，喝了一大缸用符帖烧成灰后泡的汤。王叔和笑着对众人说道："诸位乡亲，这位巫医给自己喝符神汤都中了毒，差一点送了性命，这说明巫神无神。以后呀，诸位切莫把生命当儿戏，去求巫喝符汤，好不好！"

一屋人齐声叫好，那巫婆也是千恩万谢后，灰溜溜走了。

端阳过后十余天，王杶说六月六与人约好了动工建竹楼要返豫章。临行前，王梅儿拉住王叔和小眼忽闪忽闪地说道："爷爷，你还忘了件大事，没给梅儿取大名。"

王叔和抚摸着王梅儿的头笑着说："哟，爷爷咋能把梅儿的大事给忘了呢。"

"孙儿，爷爷早给你取了大名，叫梅晓。"

"嗯，梅晓？"王梅儿昂起小脑袋瓜子，一本正经地说，"梅晓比梅儿好听。难怪姥爷常说爷爷你本事大，要我胜过爷爷，可梅儿想胜也胜不了哟。好听的名字爷爷都给取了，等我有了孙儿，没有好听的名字，咋办哪？"

王梅晓的天真稚气逗得满屋人欢声动地，笑语盈堂。

古往今来，凡初心不坠、匠心独运、仁心至上、诚心贯顶者，必将福祉苍生，阴骘子孙，德昭千古，与天地共寿，与日月同辉。

公元280年的二月十五花朝节，进京八年的王楒风尘仆仆地回到了西阳。除了带回十余套喷着墨香的《脉经》刊刻外，还有三则消息使三不医堂和文化书苑的老少爷们欢呼雀跃。其一，王楒现已升任散骑常侍卿秘书郎，领四品俸。其二，其子王昉于晋武帝咸宁二年五月，经山涛山司徒举荐为才俊候选人。八月初，晋武帝司马炎于洛阳德才殿召见各地荐举的才俊孝廉，王昉有幸被钦点为兖州昌阳（今山东莱阳市）县丞。同年十月，王昉已赴昌阳上任。其三，晋武帝恩准了王楒为母亲韩娣立碑的请奏。

手捧皇诏锦帛，眼观《脉经》刊刻本，王叔和心潮澎湃，热泪湿襟，虔诚至极跪之于地："王叔和叩谢皇恩！王叔和不枉此生……"

"父亲大人，山司徒大人临行前告知王楒，《脉经》刊刻本已入藏皇宫文渊阁、昭文阁、昌文阁、太医院。这是巨源叔给你的书信。"王楒扶起王叔和，边说边自肘后摸出山涛的书札双手呈给父亲。

王叔和看完了山涛的信，抚之于胸："王楒，你巨源叔待俺家之恩有如天高地厚，老父无以回报，尔当竭力以报。何以为报？仁、义、礼、智、信，不可一日不守；贪、嗔、惰、堕、渎，不可毫厘以沾。昉儿业已出仕，亦当告知，子子孙孙言必报恩。"

> 博古慰贤明，精心著《脉经》。
>
> 天地人九候，寸关尺三丁。
>
> 归象二十四，状名犹标兵。
>
> 风华醉十卷，汇含百篇英。

这首咏《脉经》至要精琢之赞，是今之医家黄河银细研深究后的感悟。

三月寒食节，王楒及兄弟王杭一家子，在母亲韩娣墓前矗起高大的石碑，碑刻正文十一个字：显妣王母敕封韩孺人之墓。这是西阳地区第一块敕封孺人之碑，昭示着王叔和一家的德操荣耀。

在毛瑄的墓前，王叔和焚化的一纸祭文言简意赅：大德贤兄，九泉有灵兮。《脉经》三撰，兄台功莫大焉。《脉经》刊行，生前顾盼兮。昔夙今至，贤兄瞑目兮。叔和乞叩，率门下再拜乎！祭文焚后，王叔和捧出十卷尚未开封的《脉经》刊行本，一卷一卷地点燃。那随风起舞的灰屑，将王叔和对恩人毛璀的怀念，送往九霄云天。片片纸灰，由近及远在空中旋转，似毛璀的笑靥，饱含着钦敬与祝贺⋯⋯

这一年的三月十五，晋龙骧将军王睿率巴蜀舰队八万余人、战舰五百余只，长驱直入建业石头城（故城址在今南京市中山门外清凉山）。吴末帝孙皓脱光上身，双手绑于身后，抬着棺木到王睿军营投降。

自公元222年建立，历经四位君王、历时五十八年的东吴帝国，至此灭亡。分裂近百年的三国鼎立局面终于画上句号。

吴国灭亡之后，建业（今南京市）户籍簿册于五月底清理完毕。计有五十二万三千户、男女二百三十万口、士兵二十三万人。收取东吴四个州（交、广、扬、荆）四十三个郡。全国总计二百四十五万九千八百四十户、一千六百一十六万三千八百六十三人，计有十九个州、一百七十三个郡国。

这一年的六月，晋武帝司马炎宣诏，赐降帝孙皓为归命侯。供给孙皓王者衣饰车辆，田地三十顷，每年谷米五千斛、钱一万、绢五百匹、丝绵五百斤。孙皓的太子孙瑾任中郎，十一个封王的儿子皆任命为郎中。五年后，曾骄奢淫逸、荒唐透顶的孙皓死于洛阳。

八月望日，西陵龙泉观新建老子殿落成。白鹤道长盛邀王叔和出席热殿庆仪。家里人要雇车马轿，王叔和不同意，最后同意家人用坐椅送他到龙泉观。

这是八十岁的王叔和今年第一次出远门，坐在躺椅上，他心情舒畅，最最高兴的是耗费二十余年心血的《脉经》终于刊刻传世了。高兴之余，一丝遗憾涌上心头。他的《艾经》虽已成稿，王楒那次进京又太突然，来不及抄誊备份就被带至京都后遭火焚而无存。

还有一件事，始终成为他心中的一份隐痛。著作郎陈寿母亲的突然身亡，他王叔和真想再到京城找陈寿陈大人再问一问原因。正在思绪绵绵之际，突然他身子一栽，翻坐于地。原来绑坐骑的绳子断成几截，好在椅子歪倒不太快，王叔和着地无甚大碍。他站起身来，看了看他着地的地方，前有一河流回旋，后有小山为靠，左边距龙泉观不过二里地，右有大堰蓄水，这个地方不错。王叔和暗暗欢喜，将这方土地牢牢地刻在脑际。

重阳九月九，家家喝花酒（菊花浸酒）。蛾眉月悄悄升挂于天际。王楒、王杭给父亲贺崇九节，王杭妻子徐沅特意赶制菊花糕，一家人围榻而坐，其乐融融。

王叔和说："楒儿、杭儿，你们都在，为父问你们，那天的坐椅是谁绑的呀？"

王杭一举手："父亲，那天是我毛里毛糙绑的椅子，险些将父亲摔伤，幸亏苍天庇佑，才没有摔着你，请父亲大人教诲。"

469

"父亲，别听兄弟瞎说。"王楒站起来说，"那天坐椅明明是孩儿绑的，父亲要责罚就责罚于我吧。"

王叔和笑了笑，挥了挥手，示意兄弟二人坐下："楒儿、杬儿推功揽过，为父甚为高兴。那天的椅子绑得太好了，那绳子也断得正是地方，为父要谢你们兄弟都来不及，还说什么责罚。"

"父亲，此话怎讲？"王楒、王杬一齐站起来问道。

"人吃土一生，土吃人一口呀！那天一摔倒，倒给老夫摔出了一处满意的归宿之地。明日你们兄弟速去西陵将俺落地而坐之处方圆半里地给俺买下来，那就是为父的百年寝地。"王叔和一脸惬意地将手一挥，"来，为父给你们写几句话，你们就知道那个地方的妙处。"说完，王叔和挥毫写下了八句话：

背山临流不见山，堰濯河清九回旋。

龙泉固左真佳境，心远身安地不偏。

霞横树梢淡岚隐，松声竹韵旭日临。

眉端不挂尘浊事，姝香娣贤化杜鹃。

公元280年，十月十五日早饭后，王叔和无疾而终。临终前，仅一句遗言：将小儿子王杬的玲珑竹屋于墓前焚化。长子王楒、次子王杬着斩衰、执孝杖、举孝幡，库充、康泰、庞夫、万仝、徐和、仇黑子、仇北斗等弟子着齐衰执祀，西阳民众数百人送药王上山，葬入药王自选之地。后经堪舆先生勘定，此地名曰九龙贯堰地，故址在今湖北麻城市白果镇药王冲老爷山，后人称药王墓地为药王坟。

王叔和的一生，历经坎坷，饱经风霜，南北闯荡，辛酸饱尝。既享受了皇家的大富大贵，也遭遇了人生的大起大落。最后，叶落深山，植根民间，与山妻共舞，与山民同乐。用冰洁之心、大爱之心、责任之心，将中医之道、岐黄之术，传承延伸至极至，跻身古代中医十大功勋人物榜。这是偶然的吗？绝不是！而是他用诚信立身，以仁术行世的必然结晶。

晋代哲学家杨泉的《物理论》对良医、大医有一段精湛之论。

大医者，非仁爱之士不可托也，非聪明达理不可任也，非廉节淳良不可信也。是以古之用医必选明良，其德能仁恕博爱，其智能宣畅曲解，能知天地神祇之次，能明性命吉凶之数，处虚实之分，定顺逆之节，原疾病之轻重，而量药剂之多少，贯微通幽，不失细少。乃为良医。

大医、良医，王叔和当之无愧。

《中庸》曰："能尽人之性，则能尽物之性，能尽物之性，则可以赞天地之化育，则可以与天地合参矣。"人而无信不知其可，乃孔老夫子的一句至理之言。足以可见，诚信在一个人生活中的分量何其之重。当今之世，诚信之誉对每个

470

人而言，皆是一张无形的通行证。

　　尽管信誉没有直接写在你我他的脸上，但诚信之誉，绝对是一个人的口碑。一个人怎样做人，如何做事？愚以为，王叔和值得研究研究。

　　以下用几句顺口溜为王叔和之传画上句号。

　　　　　　　一代脉祖乘鹤去，八方弟子捧心来。

　　　　　　　医乃仁术传佳话，橘井流香启后贤。

　　　　　　　五水西流问沧海，几多华屋易丘山。

　　　　　　　伤寒活人千秋颂，《脉经》济世万古传。

后 记

　　《王叔和传》是集体智慧的结晶，是以李江峰为会长的麻城市王叔和研究会全体同人精心研究的一项成果，是麻城市为"弘扬药王精神，开发药王文化，传承大医精诚，建设大美麻城"方略的另类总结。

　　黄冈市作家协会副主席、黄冈市中医药学会会长、《本草》杂志主编夏春明先生，是《王叔和传》成书出版的倡导者，他用"伟大的王叔和、传奇的王叔和、麻城的王叔和"主旨定位，大刀阔斧，高视阔步为《王叔和传》的成书出版指向导航。

　　麻城市委常委、统战部长戴昌远先生，是《王叔和传》成书出版的领导者，他用"替历史负责、替社会负责、替子孙后代负责，真实、全面、生动地再现药王的丰功佳绩，用大手笔、大气概、大境界开发药王文化，整体推进麻城建设"的高瞻统领，为《王叔和传》的成书出版鼓劲造势。

　　黄冈市中医药健康联盟领军人，黄冈市中医医院党委书记、院长曾勇，黄冈市中医医院常务副院长郑怀刚先生，以及原常务副院长，现任黄州区人民医院院长邓光锐先生，是麻城药王文化园建设和《王叔和传》成书出版的坚定支持者。几年来，黄冈市中医医院先后投入资金两百余万元，对王叔和墓园进行了重修，组织全院医务人员为文化园区及墓地绿化、美化出力。得知《王叔和传》成书出版，毅然解囊以助。

　　麻城市卫生计生局黄立文、邓进飞两任局长及班子集体，是《王叔和传》成功出版的坚强后盾。是他们的冰壶玉尺、并行不悖和补苴罅漏，《王叔和传》才毕其功于一役，成就其书。

　　吾三生有幸，五世有缘，遇上了一群至诚至信至仁至爱的王叔和"粉丝"。第一位是《王叔和传》成书出版的擎旗人李江峰先生。江峰先生高屋建瓴，用"还原医学史，复活王叔和"的高度概括，给《王叔和传》量体定身。他高端运筹，帷幄缜密，精详博记，凡探赜索隐的采风，亲历亲为，对活动的居、食、行、研安排细致入微；他科学严谨，八方求证，组织学者审评，延请专家论证，使《王叔和传》的成书出版，顺风顺水。

　　第二位"粉丝"是王叔和研究会副会长，麻城市中医医院主任中医师、副院长周子娄先生。子娄先生是驰名鄂东的名老中医，临床三十余年，祛疑难顽症不计其数。几十年如一日，始终恪守"中医不足道，其功在其效"的率性率真，

472

传承着中医辨证论治的神奇与神秘。作为《王叔和传》写作的医学顾问,他搜集整理了三十六个王叔和医案,既为我的写作减负解压,又使书中的经方医案,可循可信,能传能承。

第三位王叔和的"粉丝",是王叔和研究会副会长兼秘书长汪芳记先生。芳记先生是一位集医学、文学于一身的学者型医家。他闻道岐黄,以文载道,对《王叔和传》中医案经方的运用,不乏真知灼见。他文笔清雅,气韵沉雄,散文写得独具风骨,对《王叔和传》如何行文施妙,有着如山蕴玉化神奇之灵感。作为秘书长,他与我的交往最多最长最直接。每每至麻城,他既是向导、司机,又是服务人员,那种责任至上的定力、无微不至的涵养,令人如饮新茗,如品佳酿。

如果说,江峰先生是《王叔和传》成书出版的旗手,子娄、芳记二位就似助力《王叔和传》成书出版的两只隐形翅膀。在旗手的引领、翅膀的鼓振下,《王叔和传》的写作得到了麻城市卫计系统上上下下的关注、关爱。麻城市卫计局党委副书记程佳顺、党委委员熊明迹,麻城市中医医院原院长王明华,麻城市卫计局办公室主任陈志作、中医药管理科科长曾祥凤,麻城市皮肤病防治所党支部书记王宜天,白果中心卫生院院长徐子能、龟山中心卫生院院长关耀晴,阎家河镇卫生院院长鲍克忠等,皆为《王叔和传》的成书出版付出了心血汗水。他们或为采风提供便利,或为写作创造条件,或为文稿锦上添花。

《王叔和传》的出版,得益于天时地利人和。特别值得一提的是,湖北中医药大学博导、主任医师,全国名老中医学术经验优秀继承人王平教授,身为大学领导,在新学年开学之季,忙里偷闲审读书稿,并欣然作序,发凡言例,为拙作的问世扬帆给力。湖北中医药大学主任医师陈国权教授与副教授张志峰、宋杰等专家学者不厌其烦地阅审书中的医话医案,撰写审读意见,使拙作出版前的专业审查顺利过关。黄冈职业技术学院长期从事医古文教学的南东求教授,为书稿补偏救弊,画龙点睛。远在北京的老朋友陈鸣女士,为该书的出版献智出力,多方斡旋……

一言以蔽之,《王叔和传》的顺利出版,非一朝之论,非一日之功,非一人之力。万语千言汇成一句话:感谢感谢再感谢!

韩进林

2017 年 10 月 7 日于古城黄州

图书在版编目（CIP）数据

王叔和传 / 韩进林著 . -- 北京：中国文史出版社，
2018.5

（跨度传记文库）

ISBN 978-7-5205-0136-1

Ⅰ . ①王… Ⅱ . ①韩… Ⅲ . ①传记文学—中国—当代

Ⅳ . ① I25

中国版本图书馆 CIP 数据核字 (2018) 第 036620 号

责任编辑：薛媛媛　　薛未未

出版发行：中国文史出版社

社	址：北京市西城区太平桥大街 23 号　　邮编：100811
电	话：010-66173572　66168268　66192736（发行部）
传	真：010-66192703
印	装：廊坊市海涛印刷有限公司
经	销：全国新华书店
开	本：720×1020　　1 /16
印	张：30.5　　　　字数：581 千字
版	次：2018 年 5 月第 1 版
印	次：2018 年 7 月第 1 次印刷
定	价：88.00 元